中国语言文学文库·荣休文库

吴承学 彭玉平 主编

影湖居甲乙稿

欧阳光 著

中山大学出版社
·广州·

版权所有　翻印必究

图书在版编目（CIP）数据

影湖居甲乙稿/欧阳光著．—广州：中山大学出版社，2019.6
（中国语言文学文库·荣休文库/吴承学，彭玉平主编）
ISBN 978-7-306-06622-0

Ⅰ.①影…　Ⅱ.①欧…　Ⅲ.①中国文学—古典文学研究—宋元时期　Ⅳ.①I206.44

中国版本图书馆CIP数据核字（2019）第089704号

出 版 人：王天琪
策划编辑：嵇春霞
责任编辑：孔颖琪
封面设计：曾　斌
版式设计：曾　斌
责任校对：罗梓鸿
责任技编：何雅涛
出版发行：中山大学出版社
电　　话：编辑部 020-84110283，84111996，84111997，84113349
　　　　　发行部 020-84111998，84111981，84111160
地　　址：广州市新港西路135号
邮　　编：510275　传　真：020-84036565
网　　址：http://www.zsup.com.cn　E-mail：zdcbs@mail.sysu.edu.cn
印 刷 者：广州家联印刷有限公司
规　　格：787mm×1092mm　1/16　29.5印张　498千字
版次印次：2019年6月第1版　2019年6月第1次印刷
定　　价：86.00元

如发现本书因印装质量影响阅读，请与出版社发行部联系调换。

中国语言文学文库

主　编　吴承学　彭玉平

编　委（按姓氏笔画排序）

　　　　王　坤　王霄冰　庄初升

　　　　何诗海　陈伟武　陈斯鹏

　　　　林　岗　黄仕忠　谢有顺

总　序

吴承学　彭玉平

中山大学建校将近百年了。1924年，孙中山先生在万方多难之际，手创国立广东大学。先生逝世后，学校于1926年定名为国立中山大学。虽然中山大学并不是国内建校历史最长的大学，且僻于岭南一地，但是，她的建立与中国现代政治、文化、教育关系之密切，却罕有其匹。缘于此，也成就了独具一格的中山大学人文学科。

人文学科传承着人类的精神与文化，其重要性已超越学术本身。在中国大学的人文学科中，中国语言文学学科的设置更具普遍性。一所没有中文系的综合性大学是不完整的，也几乎是不可想象的。在文、理、医、工诸多学科中，中文学科特色显著，它集中表现了中国本土语言文化、文学艺术之精神。著名学者饶宗颐先生曾认为，语言、文学是所有学术研究的重要基础，"一切之学必以文学植基，否则难以致弘深而通要眇"。文学当然强调思维的逻辑性，但更强调感受力、想象力、创造力和语言表达能力。有了文学基础，才可能做好其他学问，并达到"致弘深而通要眇"之境界。而中文学科更是中国人治学的基础，它既是中国文化根基的重要组成部分，也是中国文明与世界文明的一个关键交集点。

中文系与中山大学同时诞生，是中山大学历史最悠久的学科之一。近百年中，中文系随中山大学走过艰辛困顿、辗转迁徙之途。始驻广州文明路，不久即迁广州石牌地区；抗日战争中历经三迁，初迁云南澄江，再迁粤北坪石，又迁粤东梅州等地；1952年全国高校院系调整，始定址于珠江之畔的康乐园。古人说："艰难困苦，玉汝于成。"对于中山大学中文系来说，亦是如此。百年来，中文系多番流播迁徙。其间，历经学科的离合、人物的散聚，中文系之发展跌宕起伏、曲折逶迤，终如珠江之水，浩浩荡荡，奔流入海。

康乐园与康乐村相邻。南朝大诗人谢灵运,世称"康乐公",曾流寓广州,并终于此。有人认为,康乐园、康乐村或与谢灵运(康乐)有关。这也许只是一个美丽的传说。不过,康乐园的确洋溢着浓郁的人文气息与诗情画意。但对于人文学科而言,光有诗情是远远不够的,更重要的是必须具有严谨的学术研究精神与深厚的学术积淀。一个好的学科当然应该有优秀的学术传统。那么,中山大学中文系的学术传统是什么?一两句话显然难以概括。若勉强要一言以蔽之,则非中山大学校训莫属。1924年,孙中山先生在国立广东大学成立典礼上亲笔题写"博学、审问、慎思、明辨、笃行"十字校训。该校训至今不但巍然矗立在中山大学校园,而且深深镌刻于中山大学师生的心中。"博学、审问、慎思、明辨、笃行"是孙中山先生对中山大学师生的期许,也是中文系百年来孜孜以求、代代传承的学术传统。

一个传承百年的中文学科,必有其深厚的学术积淀,有学殖深厚、个性突出的著名教授令人仰望,有数不清的名人逸事口耳相传。百年来,中山大学中文学科名师荟萃,他们的优秀品格和学术造诣熏陶了无数学者与学子。先后在此任教的杰出学者,早年有傅斯年、鲁迅、郭沫若、郁达夫、顾颉刚、钟敬文、赵元任、罗常培、黄际遇、俞平伯、陆侃如、冯沅君、王力、岑麒祥等,晚近有容庚、商承祚、詹安泰、方孝岳、董每戡、王季思、冼玉清、黄海章、楼栖、高华年、叶启芳、潘允中、黄家教、卢叔度、邱世友、陈则光、吴宏聪、陆一帆、李新魁等。此外,还有一批仍然健在的著名学者。每当我们提到中山大学中文学科,首先想到的就是这些著名学者的精神风采及其学术成就。他们既给我们带来光荣,也是一座座令人仰止的高山。

学者的精神风采与生命价值,主要是通过其著述来体现的。正如司马迁在《史记·孔子世家》中谈到孔子时所说的:"余读孔氏书,想见其为人。"真正的学者都有名山事业的追求。曹丕《典论·论文》说:"盖文章,经国之大业,不朽之盛事。年寿有时而尽,荣乐止乎其身,二者必至之常期,未若文章之无穷。是以古之作者,寄身于翰墨,见意于篇籍,不假良史之辞,不托飞驰之势,而声名自传于后。"真正的学者所追求的是不朽之事业,而非一时之功名利禄。一个优秀学者的学术生命远远超越其自然生命,而一个优秀学科学术传统的积聚传承更具有"声名自传于后"的强大生命力。

为了传承和弘扬本学科的优秀学术传统,从 2017 年开始,中文系便组织编纂中山大学"中国语言文学文库"。本文库共分三个系列,即"中国语言文学文库·典藏文库""中国语言文学文库·学人文库"和"中国语言文学文库·荣休文库"。其中,"典藏文库"(含已故学者著作)主要重版或者重新选编整理出版有较高学术水平并已产生较大影响的著作,"学人文库"主要出版有较高学术水平的原创性著作,"荣休文库"则出版近年退休教师的自选集。在这三个系列中,"学人文库""荣休文库"的撰述,均遵现行的学术规范与出版规范;而"典藏文库"以尊重历史和作者为原则,对已故作者的著作,除了改正错误之外,尽量保持原貌。

　　一年四季满目苍翠的康乐园,芳草迷离,群木竞秀。其中,尤以百年樟树最为引人注目。放眼望去,巨大树干褐黑纵裂,长满绿茸茸的附生植物。树冠蔽日,浓荫满地。冬去春来,墨绿色的叶子飘落了,又代之以郁葱青翠的新叶。铁黑树干衬托着嫩绿枝叶,古老沧桑与蓬勃生机兼容一体。在我们的心目中,这似乎也是中山大学这所百年老校和中文这个百年学科的象征。

　　我们希望以这套文库致敬前辈。

　　我们希望以这套文库激励当下。

　　我们希望以这套文库寄望未来。

2018 年 10 月 18 日

吴承学:中山大学中文系学术委员会主任、教授,长江学者特聘教授
彭玉平:中山大学中文系系主任、教授,长江学者特聘教授

目 录

甲 稿

论元代婺州文学集团的传承现象 …………………………… 3
从文人群落到文人集团
　　——元代婺州文人集团再研究 …………………………… 21
宋代诗社与诗歌流派 ……………………………………… 38
宋代的怡老诗社 …………………………………………… 50
郁悒失落的群体
　　——论元初遗民诗社兼与王德明先生商榷 ……………… 63
宋元科举与文人会社 ……………………………………… 73
六陵冬青之役考述 ………………………………………… 85
诗社与书会
　　——元代两类知识分子群体及其价值取向的分野 ……… 98
宋元诗社丛考 ……………………………………………… 111
月泉吟社考述 ……………………………………………… 224
月泉吟社作者考略 ………………………………………… 232
元初遗民诗社汐社考略 …………………………………… 263
宋元诗社活动年表 ………………………………………… 271
北郭诗社考论 ……………………………………………… 284
诗筒与古代文人交往 ……………………………………… 301
宋遗民诗人方凤生平和创作初探 ………………………… 304
张观光《屏岩小稿》证伪 ………………………………… 315
方孝孺与婺州文人集团 …………………………………… 326
黄溍年谱简编 ……………………………………………… 344

乙　稿

"书会"别解 …………………………………………………………… 373
戴善夫《陶学士醉写风光好》杂剧本事嬗变探微
　　——从杂传故事到通俗文学的个案考察 ………………… 388
从"惊梦"到"离魂"
　　——试论《倩女离魂》对《西厢记》的继承与发展 ………… 399
《中国十大古典悲剧集·娇红记》校评后记 ……………………… 406
以讹传讹，以俗化雅
　　——从梁灏故事的衍变看古代戏剧题材的世俗化 ……… 410
明清时期乡村演剧戏资体制初探 ………………………………… 424
《镜花缘》简论 ……………………………………………………… 446
也谈《三字经》的成书年代 ………………………………………… 457

后记 ………………………………………………………………… 461

甲　稿

论元代婺州文学集团的传承现象

婺州文学集团是上接宋末,历经元代,迄于明初洪武、建文年间,主要活动于浙东婺州地区的区域性文学群体。该集团在元代以至明初文坛上相当活跃,可谓名贤辈出,声名彰著。如宋遗民诗人之表表者方凤、谢翱、吴思齐,与虞集、揭傒斯并称"儒林四杰"的黄溍、柳贯,"在元人中屹然负词宗之目"(《四库全书总目提要》)的古文家吴莱,被明太祖称为"开国文臣之首"的宋濂,与宋濂并为《元史》两总裁的王祎,参与编修《元史》的胡翰,被黄宗羲许为"明之学祖"的方孝孺,等等,均为该集团的成员。尤为引人瞩目的是,在长达一个多世纪的时间里,该集团以师友传承为纽带,承响接流,往禅来续,前后历经四代,一直保持着勃郁的生机。这一传承现象在古代文学集团的活动中是十分突出的。剖析这一现象,并进而揭示这一现象之后所反映的社会文化思潮的变迁,以及它对文人士大夫行为方式和心态的影响,显然是一个很有意义的课题。

一

婺州,宋为婺州东阳郡,元改婺州路。据《元史·地理志》,婺州领县六——金华、东阳、义乌、永康、武义、浦江(浦阳),州一——兰溪州。① 该集团成员大多为这一地区的人,尤以金华、义乌、浦江三县为多。故笔者将其名之为婺州文学集团。

婺州在宋代乃人文荟萃之地,有"小邹鲁""东南文献之邦"之誉。著名理学家吕祖谦,传朱学嫡派的"金华四先生"之何基、王柏、金履祥、许谦,以专言事功独树一帜的陈亮,都是这一地区的人。各家学派著书立说,往复辩论,形成浓郁的学术氛围。另外,这一地区士大夫的文学活动也十分活跃,如义乌有宗泽、黄中辅、喻良能、良弼兄弟、何恪、陈

---

① 参见〔明〕宋濂等《元史》卷六二,中华书局1976年版,第1497页。

炳等人，均有文集传世，被后人称为"华川文派"。① 这种良好的人文环境，是婺州文学集团得以产生的摇篮。

婺州文学集团几乎是与宋王朝的覆亡同时形成的。其第一代盟主方凤，核心成员谢翱、吴思齐都是宋遗民。方凤（1240—1321），字韶卿，一字韶父，又字景山，号岩南。斋名存雅堂，故人多称存雅先生。浦江人。宋末曾授官容州文学，未上而宋已亡。谢翱（1249—1295），字皋羽，一字皋父，号晞发子。闽之长溪人。宋末曾入文天祥幕，署谘事参军。文天祥被执后，谢翱亡走浙东一带，曾依方凤居于浦江。吴思齐（1238—1301），字子善，一字善父，处州丽水人，后徙永康，为陈亮之外曾孙。宋末尝官嘉兴宰。宋亡后依方凤而居于浦江。方、谢、吴三人均以气节高峻为时人所重。如方凤，晚岁隐居浦江仙华山，"但语及胜国事，必仰视霄汉，凄然泣下"，临殁，"犹属其子樗题其旌曰'容州'，示不忘（宋）也"。② 谢翱曾于苏州之夫差台、会稽之越台、桐庐严子陵钓台之西台三次哭祭文天祥，所作《登西台恸哭记》，真情滂沛，血泪交迸，感人至深。吴思齐入元后，"家益艰虞，至无儋石之储。有劝之仕者，辄谢曰：'譬犹处子，业已嫁矣，虽冻饿者不能更二夫也。'"③。正是这种强烈的遗民心态和坚贞气节，使他们气味相投，成为莫逆之交："思齐与方凤、谢翱无月不游，游辄连日夜，或酒酣气郁时，每扶携向天末恸哭至失声而后返。"④ 他们创作了大量诗文，一寓其黍离麦秀之思，词旨悲怆，忠怀激愤，一扫宋末陈言是袭、纤碎浅弱的衰靡诗风，使"浦阳之诗为之一变"⑤。吴师道《北山行为方寿父作》诗云："峨峨仙华峰，

---

① 参见〔明〕宋濂《銮坡前集》卷七《华川文派录序》，见罗月霞主编《宋濂全集》，浙江古籍出版社1999年版，第486页。

② 参见〔明〕宋濂《浦阳人物记》卷下，见罗月霞主编《宋濂全集》，浙江古籍出版社1999年版，第1845～1846页。

③ 〔明〕宋濂：《吴思齐传》，见罗月霞主编《宋濂全集·宋学士先生文集辑补》，浙江古籍出版社1999年版，第2051页。

④ 〔明〕宋濂：《吴思齐传》，见罗月霞主编《宋濂全集·宋学士先生文集辑补》，浙江古籍出版社1999年版，第2051页。

⑤ 〔明〕宋濂：《浦阳人物记》卷下，见罗月霞主编《宋濂全集》，浙江古籍出版社1999年版，第1846页。

下有仙人宅。左招括苍之贞士，右挽延平之羁客。一时山水乡，聚此文章伯。"①戴良《祭方寿父先生文》云："当先公隐居行义于是中，而括苍有吴，延平有谢，亦翻然而来莅。人之望之，要不翅夫吕氏之友朱、张，方参居而鼎峙。"②这些记载显示，方、谢、吴三人以其高行峻节和富有特色的诗文创作，已然确立了在当地文坛的盟主地位。

考察婺州文学集团的形成，除了方、谢、吴三人的气节之美、文辞之工等个人因素外，还必须注意诗社活动所起的凝聚作用。

一提起遗民，人们自然想到洁身自好、高蹈远引的形象。其实这种情况自宋代以后已有明显改变。元初宋遗民的主要活动方式是结社唱和，如杭州有杭清吟社、白云社、孤山社、武林社、武林九友会等，会稽有越中诗社、山阴诗社等，江西有明远诗社、香林诗社、龙泽山诗社等，③可谓遍地开花，蔚为大观。这一现象说明，遗民们避世已不仅仅满足于个人独善其身，他们还迫切地希望从群体中获得精神支持，在同声相应、同气相求中获得面对生活的勇气和相濡以沫的力量。显然，在这一群体行为之后所反映的是强烈的趋群结盟的意识，而这种意识正是文学集团得以产生的思想基础。

在元初遗民诗社中，方、谢、吴三人在浦江组织的汐社和月泉吟社，最具规模和影响。汐社原成立于会稽。《（万历）绍兴府志》云："谢翱……间行抵勾越……王监簿诸人方延致游士……遂结社会稽，名其会所曰汐社。"④后来谢翱到浦江活动时，又将汐社的活动发展到了那里。方凤所作《谢君皋羽行状》云："乙未（1295）复来婺睦，寻汐社旧盟。"⑤宋濂《吴思齐传》记吴编有《汐社诗集》。可见，汐社在婺州地区的活动，即以方、谢、吴三人为中坚。何梦桂《汐社诗集序》云："海朝谓潮，夕谓汐，两名也。汐社以偏名何？志感也。社期于信，而又适居时之

---

① 〔元〕吴师道：《吴礼部集》卷五，《影印文渊阁四库全书》本，台湾商务印书馆1986年版。

② 〔元〕戴良：《九灵山房集》卷四，《影印文渊阁四库全书》本，台湾商务印书馆1986年版。

③ 有关元初遗民诗社的详细情况，可参阅拙著《宋元诗社研究丛稿》，广东高等教育出版社1996年版。

④ 〔明〕张元忭、孙鑛：《（万历）绍兴府志》卷三十九《寓贤》，见中国国家图书馆编《原国立北平图书馆甲库善本丛书》第369册，国家图书馆出版社2013年版，第1725页。

⑤ 〔宋〕方凤著、方勇辑校：《方凤集》，浙江古籍出版社1993年版，第76页。

穷，与人之衰暮偶，而犹蕲以自立者，视汐虽逮暮夜而不爽其期，若有信然者类，此谢君皋羽所以盟诗社之微意也。……潮以朝盈，汐不以夕亏，君有取诸此，固将以信夫盟，抑以为夫人之衰颓穷塞，卒至陆沉而不能自拔以死者之深悲也。"① 从何氏阐述的汐社命名缘起和结社宗旨可以看出，这乃是一个联络团结遗民故老、定期聚会、相互以气节相砥砺的遗民社团。

月泉吟社举办于元世祖至元二十三年（1286），发起人为原宋义乌令吴渭。其时方、谢、吴三人均寓居吴渭家，被吴渭聘为考官，主持甄选评裁。该诗社以征诗的形式开展活动，所征诗题为《春日田园杂兴》。对于诗题的含义，主办者曾做过特别说明：

《春日田园杂兴》，此盖借题于石湖……诸公长者，惠顾是盟而屑之教，形容模写，尽情极态，使人诵之，如游辋川，如遇桃源，如共柴桑墟里，抚荣木，观流泉，种东皋之苗，摘中园之蔬，与义熙人相尔汝也。②

这里指出"义熙人"，可谓画龙点睛之笔。"义熙人"即陶潜。他于晋义熙年间所作诗，皆题年号；入刘宋后所作，但题甲子，以示耻事二姓之心志。可见，月泉吟社同样是借吟咏田园风光来抒发眷怀故宋的遗民情结，表示不与元代政权合作的民族情绪。这一结社宗旨得到了遗民的广泛认同，参加诗社活动的人极为踊跃，共收到应征诗作二千七百三十五卷。今存《月泉吟社诗》一卷，收录了前六十名作者的诗作。在这些获选诗作里，如"种秫已非彭泽县，采薇何必首阳山"（九山人）、"往梦更谁怜麦秀，闲愁空自托杜鹃"（方赏）、"弃官杜甫羼天宝，辞令陶潜叹义熙"（避世翁）一类句子比比皆是。清代学者全祖望说："月泉吟社诸公，以东篱北窗之风，抗节季宋，一时相与抚荣木而观流泉者，大率皆义熙人相尔汝，可谓壮矣。"③ 确为的论。

---

① 〔元〕何梦桂：《潜斋集》卷六，《影印文渊阁四库全书》本，台湾商务印书馆1986年版。
② 〔宋〕吴渭：《月泉吟社诗》，《影印文渊阁四库全书》本，台湾商务印书馆1986年版。
③ 〔清〕全祖望：《跋月泉吟社后》，见朱铸禹汇校集注《全祖望集汇校集注·鲒埼亭集外编》，上海古籍出版社2000年版，第1439页。

汐社和月泉吟社的活动，无疑起到了团结、组织遗民的巨大作用，浦江一时成为东南一带遗民向往的中心，方、谢、吴三人作为诗社活动的组织者也声望日隆。"三先生隐者，以风节行谊为人所尊师，后进之士争亲炙之。"① "东南之士翕然师尊之。"② 在他们周围，聚集了大批追随者。自此，可以说婺州文学集团的轮廓已经初步显现出来了。

二

元英宗至治元年（1321）方凤逝世（谢翱、吴思齐均卒于此年之前），标志着婺州文学集团开创时期的结束。在此年前后，方凤的一批学生已开始活跃于文坛，并从中产生了第二代盟主——黄溍与柳贯。黄溍（1277—1357），字晋卿，义乌人，元仁宗延祐二年（1315）进士，授台州宁海县丞，后升侍讲学士。晚年上书辞官，乡居以终。柳贯（1270—1342），字道传，浦江人。大德四年（1300）任江山教谕，历任国子助教、博士、江西儒学提举等职，秩满归。晚年被诏为翰林待制，上任七月而卒。黄弱冠即"从仙华山隐者方君凤游，为歌诗相倡和"③；柳"执弟子礼于同里方先生凤、括吴先生思齐、粤谢先生翱。三先生隐者，以风节行义相高……公左右周旋，日渐月溃，不自知其与之俱化也"④。可见他们均得到方凤等第一代盟主的亲授。除了黄、柳二人外，第二代传人里值得注意的还有吴莱。吴莱（1297—1340），字立夫，浦江人。二十四岁时被举于乡，考进士不第，后荐授饶州路长芗书院山长。卒后弟子私谥渊颖先生，后改谥贞文。吴莱年辈稍晚于黄、柳，但他是方凤孙女婿，故所得较黄、柳为多。朱琰《金华诗录·序例》云："浦阳方韶卿，与闽海谢皋羽、括苍吴子善为友，开风雅之宗，由是而黄晋卿、柳道传皆出其门，吴

---

① 〔元〕黄溍：《送吴良贵诗序》，见《黄文献公集》卷五，《丛书集成初编》本，中华书局1985年版，第205页。
② 〔明〕苏伯衡：《申屠先生诗集序》，见《苏平仲文集》卷五，《影印文渊阁四库全书》本，台湾商务印书馆1986年版。
③ 〔明〕宋濂：《潜溪后集》卷十《故翰林侍讲学士中奉大夫知制诰同修国史同知经筵事金华黄先生行状》，见罗月霞主编《宋濂全集》，浙江古籍出版社1999年版，第307页。
④ 〔元〕黄溍：《翰林待制柳公墓表》，见《黄文献公集》卷十下，《丛书集成初编》本，中华书局1985年版，第518页。

渊颖又其孙女夫……此金华诗学极盛之一会也。"① 可见，黄、柳、吴等人的崛起，标志着婺州文学集团已完成了从第一代向第二代的过渡。

婺州文学集团第二代活动的时期，大致为元代大德至后至元年间，正是元王朝的统治相对稳定的时期。如果说婺州文学集团创立的契机正是宋元易代的巨变，其第一代成员文学活动的热点和中心始终围绕故国之思、黍离之感的话，随着社会条件的改变，其第二代的文学活动也发生了相应的变化。尽管由于深受第一代的影响，在黄、柳、吴等人诗文创作中时而微露家国兴亡的感慨，但这毕竟不再是他们文学活动的主流了。黄、柳都出任元王朝高官，吴莱曾参加科举，并出任长芗书院山长，第二代成员中包括方凤长子方樗出任过浦江儒学教谕，次子方梓出任义乌儒学训导，这说明他们对元政权的态度已由第一代时的坚拒逐渐转化为基本认同了。黄、柳、吴均是理学家，他们既讲理学，又擅文章，强调以文辅道、文道合一，经世致用、雅正平易，是他们文学活动的特点，亦是第二代的总体特征。这其实反映了元王朝尊崇程朱理学的政策取向对文人士大夫的影响。他们在创作上均取得了相当的成就。戴良论元代文章时说：

> 我朝舆地之广，旷古所未有，学士大夫乘其雄浑之气以为文者，固未易以一二数。然自天历以来，擅名于海内，惟蜀郡虞公、豫章揭公及金华柳公、黄公而已。盖四公之在当时，皆涵淳茹和，以鸣太平之盛治。其摛辞则拟诸汉唐，说理则本诸宋氏，而学问则优柔于周之未衰，学者咸宗尚之，并称之曰虞、揭、柳、黄，而本朝之盛极矣。②

从戴氏的评论中可以看出黄、柳的散文创作特点及其在元代文坛的地位。吴莱则力倡复古，以写古体、歌行擅名。清代王士禛《戏仿元遗山论诗绝句》云："铁崖乐府气淋漓，渊颖歌行格尽奇。耳食纷纷说开宝，几人

---

① 〔清〕朱琰：《金华诗录·序例》，转引自〔宋〕方凤著、方勇辑校《方凤集》，浙江古籍出版社1993年版，第233页。

② 〔元〕戴良：《夷白斋稿序》，见《九灵山房集》卷十二，《影印文渊阁四库全书》本，台湾商务印书馆1986年版。

眼见宋元诗?"①《四库全书总目提要》亦赞誉他"在元人中屹然负词宗之目","开明代文章之派"。②可见，婺州文学集团在第二代的努力之下有了进一步的发展，其影响已逐渐超出了浙东及相邻地区而向全国扩散。

婺州文学集团第三代盟主是宋濂，核心成员有王袆、胡翰、戴良等人。其活动时期主要在元惠宗至正至明太祖洪武初年。宋濂（1310—1381），字景濂，号潜溪。原为金华人，后迁居浦江。元至正中，荐授翰林编修，以亲老辞。朱元璋取婺州，即起用宋濂，除江南儒学提举。洪武二年（1369），诏修《元史》，任总裁，史成，除翰林学士，累官至翰林学士承旨。其时"在朝，郊社宗庙山川百神之典，朝会宴享律历衣冠之制，四裔贡赋赏劳之仪，旁及元勋巨卿碑记刻石之辞，咸以委濂，屡推为开国文臣之首"③。后以老致仕。洪武十三年（1380），因长孙慎坐法，举家谪茂州，道卒。宋濂始从吴莱学古文辞，"益取经史及诸子百家之书而昼夜研究之。凡三代以来古今文章之洪纤高下，音节之缓促，气焰之长短，脉络之流通，首尾之开合变化，吴公所受于前人者，景濂莫不悉闻之，于是其学大进。继登待制柳公道传、侍讲黄公晋卿之门，益讲求其未至。二公深相器重，每有咨叩，终日言之，无少倦之色。……由是景濂以文知名于时，台宪诸显人多愿得而观之"④。王袆（1322—1378），字子充，义乌人。元末与宋濂同受知于朱元璋，明初为《元史》两总裁之一，官至翰林待制。后出使云南，殉节死。谥文忠。袆"尝及柳公之门，若黄公之门，又获久游焉"⑤，"心传指授，悉得其蕴奥"⑥。胡翰（1307—1381），字仲子，一字仲申，学者称长山先生，金华人。明初以荐授衢州教授。洪武二年（1369），被召与修《元史》，史成，赐金帛遣归。宋濂

---

① 〔清〕翁方纲:《石洲诗话》卷八《王文简戏仿元遗山论诗绝句三十五首》，见郭绍虞编选、富寿荪校点《清诗话续编》，上海古籍出版社1983年版，第1508页。

② 参见〔清〕永瑢等《四库全书总目》卷一六七"渊颖集"则，中华书局1965年版，第1442页。

③ 〔清〕张廷玉等:《明史》卷一二八，中华书局1974年版，第3787～3788页。

④ 〔明〕郑涛:《宋潜溪先生小传》，见罗月霞主编《宋濂全集》附录一，浙江古籍出版社1999年版，第2324页。

⑤ 〔明〕王袆:《跋宋景濂所藏师友帖》，见《王忠文集》卷十七，《影印文渊阁四库全书》本，台湾商务印书馆1986年版。

⑥ 〔明〕苏伯衡:《王忠文后集原序》，见〔明〕王袆《王忠文集》卷首，《影印文渊阁四库全书》本，台湾商务印书馆1986年版。

《〈胡仲子文集〉序》云："同郡大儒若吴贞文公立夫，先生尝师事之，吴公亟称叹其才不置。黄文献公晋卿以文学名天下，见先生辄延致共语，所以期待者甚隆，而先生亦不为之屈也。"① 戴良（1317—1383），字叔能，号九灵山人，浦江人。至正二十一年（1361）以荐授淮南江北行中书省儒学提举。一度任职吴中，依附张士诚。明初变姓名隐居四明山中。洪武十五年（1382）被召至京师，迫使任官，以老病固辞，忤旨下狱，次年自裁身亡。赵友同撰戴良《墓志铭》云："时柳文肃公贯、黄文献公溍、吴文贞公莱，皆以文章鸣浙水东，先生往来受业门下，尽得其阃奥，与文肃公尤亲密。"② 上引材料将婺州文学集团内部师友传承的线索清晰地展示了出来：宋濂等人均受业于第二代的黄溍、柳贯、吴莱，黄、柳、吴等又师承第一代的方凤、谢翱、吴思齐，真是继往开来，生生不绝。对此，清人吴伟业曾感慨地说："浙水东文献，婺称极盛矣。自元移宋鼎，浦江仙华隐者方凤韶卿，与谢翱皋羽、吴思齐子善赓和于残山剩水之间，学者多从指授为文词。若侍讲黄公、待制柳公、山长吴公，胥及韶卿之门，出而纬国典、司帝制，擅制作之柄。景濂亲受业于三公，承传远而家法严，遂以文章冠天下。……世皆慕之为名宗工，而不知渊源于宋之逸老。呜呼，不有山泽臞孰为维斯文如带之绪，以俟来哲起而昌大之，其功焉可诬也！"③

以宋濂为盟主的第三代传人继承其师衣钵，并将之发扬光大。第三代活动的时期，可以说是婺州文学集团成就最为彰显的时期。宋濂论文首重道，他说："明道之谓文，立教之谓文，可以辅俗化民之谓文。斯文也，果谁之文也？圣贤之文也。"④ 但他并不像一些纯粹的理学家那样排诋文辞的作用。他说："故凡有关民用及一切弥纶范围之具，悉囿乎文，非文之外别有其他也。然而事为既著，无以纪载之则不能以行远，始托诸辞翰

---

① 〔明〕宋濂：《芝园续集》卷二《〈胡仲子文集〉序》，见罗月霞主编《宋濂全集》，浙江古籍出版社1999年版，第1507页。

② 〔元〕戴良：《九灵山房集》卷三十，《影印文渊阁四库全书》本，台湾商务印书馆1986年版。

③ 〔清〕吴伟业：《宋文宪未刻集序》，见〔明〕宋濂著、黄灵庚编辑校点《宋濂全集》附录二，人民文学出版社2014年版，第2770页。

④ 〔明〕宋濂：《芝园续集》卷六《文说赠王生黼》，见罗月霞主编《宋濂全集》，浙江古籍出版社1999年版，第1568页。

以昭其文。"① 这就将文与道统一了起来。在文学实践上，宋濂所作诗文固然大多不离阐道翼教的宗旨，有较浓重的道学气，但又不废文采，具有渊深闳博、恣肆多姿的风格。徐渭曾精辟地指出："金华宋先生之重也以道，卒用于学士也以文。"② 其实这也是婺州文学集团第三代的共同特征。宋濂等人明道致用的文学主张和实践，是对第二代黄、柳、吴等人的承继与发展，而他们所处时期正值元明嬗代之际，这就使他们的文学主张和实践与明王朝初期文治教化的要求不谋而合，因而得到明太祖的重用，其倡导的文风成为明王朝初期的主导文风也就不奇怪了。可以说，在明王朝初期的道德文化重建中，婺州文学集团发挥了重要作用。

洪武十四年（1381），宋濂逝世，十五年（1382），方孝孺受朱元璋的召见，即获重用，这标志着婺州文学集团第三代与第四代完成了交接。方孝孺（1357—1402），字希直，又字希古，人称正学先生。浙江宁海人。洪武十五年（1382）以荐授汉中教授。建文中召为文学博士，升侍讲学士。明成祖靖难师入南京，命草诏告天下，不屈死。方孝孺是婺州文学集团历代盟主中唯一的非婺州籍人。但他是宋濂的学生，其《题太史公手帖》云："某年二十时，获见先生于翰林，遂受业于门。及先生致事还金华，侍左右者数年，每蒙奖与，以为易教，所以陶冶鞭策之者甚至。"③ 宋濂对他十分赏识，称赞他："凡理学渊源之统，人文绝续之寄，盛衰几微之载，名物度数之变，无不肆言之，离析于一丝而会归于大通。生精敏绝伦，每粗发其端，即能逆推而底于极，本末兼举，细大弗遗。"④ 故尽传其所学。方孝孺论文力倡明道宗经，"以讲明道学为己任，以振作纲常为己责"，甚至鄙薄韩愈、扬雄，要超越汉、唐，直绍孔、孟。"盖其志在于驾轶汉唐，锐复三代，故其毅然自命之气，发扬蹈厉，时露于笔

---

① 〔明〕宋濂：《芝园后集》卷五《文原》，见罗月霞主编《宋濂全集》，浙江古籍出版社1999年版，第1404页。
② 〔明〕徐渭：《徐文长三集》卷二十《书茆氏石刻》，见《徐渭集》，中华书局1983年版，第571页。
③ 〔明〕方孝孺：《逊志斋集》卷十八，《影印文渊阁四库全书》本，台湾商务印书馆1986年版。
④ 〔明〕宋濂：《芝园续集》卷十《送方生还宁海并序》，见罗月霞主编《宋濂全集》，浙江古籍出版社1999年版，第1626页。

墨之间。"① 与其师宋濂相比，表现出更为明显的理学倾向。黄宗羲《明儒学案》云："景濂氏出入于二氏，希直以叛道者莫过于二氏，而释氏尤甚，不惮放言驱斥，有明之学祖也。"方氏的文学主张和实践，无疑反映了明初强化思想文化统治的现实，故此他也极得明朝廷的重用。据《明史》本传，他于洪武十五年（1382）被召见，朱元璋称赞他说："此庄士，当老其才。"准备大用。建文帝即位，迁侍讲学士，"国家大政事辄咨之"。② 婺州文学集团传至方孝孺一代本来仍可有大的发展，惜其于建文四年（1402）被戮，同时诛十族，其中即包括了他的学生。至此，延续了一百二十余年，传至第四代的婺州文学集团终于画上了句号。

三

戴良在谈到婺州文学集团内部关系时说："某等之于先生，或以姻亲而托交，或以乡枌而叨契，或以弟子而游从，或以友朋而密迩。"③ 这里提到了四种关系——亲缘、乡缘、师缘、友缘，加上戴氏未提及的政缘，乃维系古代文人群体的五种最重要的关系。但就婺州文学集团来说，师缘显然处于最为突出的地位。

重视和强调师缘，从师缘的角度来看待集团内部的接续承嗣，这也是婺州文学集团中人以及后世论者的共识。有关这方面的论述，在上面的引文中已有所涉及，为了更深入地认识这一问题，下面不惮辞费，再引录几条：

> 其友胡君翰曰："举子业不足为景濂，盍为古文辞乎。"遂与俱往浦阳，从吴莱先生学。……当是时，乡先生翰林待制柳公贯、翰林侍讲学士黄公溍，皆大儒，天下所师仰，景濂又各及其门，执弟子礼。而此两公者，则皆礼之如朋友。……景濂所为文，多经二公所指授。……景濂之文，其辞韵沉郁类柳公，体裁简严类黄公。大哉文乎，其不可无渊源乎！……于是二公相继即世，而景濂踵武而起，遂

---

① 〔清〕永瑢等：《四库全书总目》卷一七〇"逊志斋集"则，中华书局1965年版，第1480页。

② 参见〔清〕张廷玉等《明史》卷一四二，中华书局1974年版，第4017～4018页。

③ 〔元〕戴良：《祭方寿父先生文》，见《九灵山房集》卷七，《影印文渊阁四库全书》本，台湾商务印书馆1986年版。

以文章家名海内。①（王祎《宋太史传》）

昔日浦阳之言诗者二家焉，曰仙华先生方公韶卿、乌蜀先生柳公道传。方公之诗，幽雅而圆洁；柳公之诗，宏丽而典则；大抵皆取法盛唐而成一家言。……继其学而昌于诗者，又得吾戴叔能先生焉。……盖柳公学于方公，而叔能师事柳公为最久，渊源之懿，信不可诬。②（王祎《浦阳戴先生诗序》）

吾浦道学一脉，推宋潜溪太史，溯其源，实受业于吴立夫、柳道传二先生，而吴、柳又受业于余祖存雅先生。③（方怀璧《存雅先生遗集后跋》）

以上材料清楚显示，在婺州文学集团内部形成了一个以师缘为主导线索的传承机制，师缘成为维系该集团内部关系，并使集团不断延续发展的关键因素，这也是婺州文学集团最为鲜明突出的特点。

我们知道，唐以前的文学集团并不重视传承。其时文学集团的盟主大多为王公贵族或政治军事集团的领袖，如汉魏之际曹氏父子的邺下文学集团、西晋贾谧及其门下"二十四友"文学集团、东晋桓温文学集团、临川王刘义庆文学集团、南朝齐竟陵王与"竟陵八友"文学集团、梁昭明太子萧统文学集团、简文帝萧纲文学集团等。这些文学集团的盟主是由身份和政治地位决定的，这是士族门阀制度的产物。庶族文士，即使才华更高，成就更著，也只能依附于他们，而绝不可能取而代之。《南史·鲍照传》云："照始尝谒义庆未见知，欲贡诗言志，人止之曰：'卿位尚卑，不可轻忤大王。'"④ 这条材料生动地表现了鲍照与刘义庆的关系。虽然由于刘义庆的知赏，鲍照成为该集团中的一员，但以两人地位尊卑之悬殊，他也是不可能接替刘义庆成为盟主的。文学集团的这种内部关系，决定了此类集团盟主在世（在位）时热闹非凡、众星捧月，盟主去世（去位）后萧条沉寂、星流云散，局面难以长期延续下去。

当然，我们在魏晋时期文人群体活动中也能发现注重传承的现象，但

---

① 〔明〕王祎：《王忠文集》卷七，《影印文渊阁四库全书》本，台湾商务印书馆1986年版。
② 〔明〕王祎：《王忠文集》卷七，《影印文渊阁四库全书》本，台湾商务印书馆1986年版。
③ 转引自〔宋〕方凤著、方勇辑校《方凤集》，浙江古籍出版社1993年版，第196页。
④ 〔唐〕李延寿：《南史》卷十三，中华书局1975年版，第360页。

它主要存在于世家阀阅家族范围内。如南朝时期的王、谢两大家族。《梁书·王筠传》载王筠与诸儿书云："史传称安平崔氏及汝南应氏,并累世有文才,所以范蔚宗云崔氏'世擅雕龙'。然不过父子两三世耳,非有七叶之中,名德重光,爵位相继,人人有集,如吾门世者也。"① 谢氏家族辄自谢安始,其后有谢玄、谢晦、谢弘微、谢灵运、谢惠连以及谢庄、谢朓等,绵延数代而不绝。从保留的文献资料来看,这一类家族文学群体活动是比较封闭的,如《宋书·谢弘微传》所云："(谢)混风格高峻,少所交纳,唯与族子灵运、瞻、曜、弘微并以文义赏会。尝共宴处,居在乌衣巷,故谓之乌衣之游,混五言诗所云'昔为乌衣游,戚戚皆亲侄'者也。其外虽复高流时誉,莫敢造门。"② 对这一类家族文学活动,我们似应将其作为家族文化现象来研究,其文学上的传承不过是家族世系传承的一个方面,与文学集团的传承并不是一回事。

随着门阀士族制度的逐步解体和科举取士制度的实行,魏晋时期的那种以王公贵族为盟主的文学集团,到了唐代已基本上销声匿迹,代之而起的是真正有才华造诣的杰出文学家为盟主的文学集团,如中唐时期出现的韩愈、孟郊和元稹、白居易为领袖的两大文学集团。但是唐代文学集团的活动似仍未重视传承。从唐代文学集团的活动来看,其开创时期也是其最活跃最鼎盛的时期,随着盟主的谢世,集团的活动也随之趋于沉寂,始终未能出现第二代盟主登坛树帜承前启后的情况。当然,在唐代文学集团的盟主中,韩愈是比较注重提携奖掖后学的,他的学生李翱、皇甫湜等继承师说,在古文运动后期发挥了一定作用,已经初露文学集团传承嗣续的端倪。但李翱、皇甫湜等并未能聚集一批文士,把前代的事业进一步发扬光大,故我们只能视他们为第一代的余响。

这种情况到了宋代有了明显改变。北宋仁宗天圣至哲宗元祐年间,依次出现了钱惟演、欧阳修、苏轼为盟主的三个文学集团。考察这三个文学集团的关系,不难发现,欧阳修曾是钱惟演幕府佐僚,苏轼则是欧阳修任主考官时取中的进士,三人中后者均受到前者的有心栽培和奖拔,而后一集团都明显带有从前一集团蜕变演进的痕迹。尽管三个集团在文学观念、旨趣、风格等方面并不完全一致,特别是欧阳修、苏轼的文学主张与钱惟

---

① 〔唐〕姚思廉:《梁书》卷三十三,中华书局1973年版,第486～487页。
② 〔梁〕沈约:《宋书》卷五十八,中华书局1974年版,第1590～1591页。

演就有着明显差异，但从授受渊源看，三个集团之间的传承线索是十分清晰的。这说明，传承的意识在宋代文学集团的活动中已表现得十分明显。元代婺州文学集团正是在宋代文学集团重视传承基础上的进一步发展。

重视传承，其实质是希望文学集团的活动能够代代相传、长期延续，它反映了宋元时期文人士大夫结盟（集团）意识的强化。在文学集团的传承中，盟主的作用是极其重要的。如果说第一代盟主是自然产生的话，要想使集团历久不衰、长期延续，关键是要培养出下一代盟主。我们考察宋代文学集团和元代婺州文学集团的传承现象，不难发现，其前代盟主对培养下一代盟主都是十分自觉和不遗余力的。欧阳修初次读到苏轼的文章，就情不自禁地赞叹道："快哉快哉！老夫当避路，放他出一头地也。可喜可喜。"[1] 并将他视为接班人，明确告诉苏轼："我老将休，付子斯文。"[2] 苏轼也曾对其弟子宣称："方今太平之盛，文士辈出，要使一时之文有所宗主。昔欧阳文忠常以是任付与某，故不敢不勉。异时文章盟主，责在诸君，亦如文忠之付授也。"[3] 这里表现出的传承意识是何其鲜明。

婺州文学集团在这方面也是十分突出的。如方凤在追随他的众多弟子中，十分看重柳贯、黄溍两人，其《寄柳道传黄晋卿两生》诗云："盈盈黄菊丛，栽培费时日。依依五丝瓜，引蔓墙篱出。于今想新花，于今长秋实。花实岂不时，灌溉尚期密。毋令根荄伤，委弃等藜蕨。"[4] 谆谆教诲之意、殷殷期望之情溢于言表。吴莱七岁能属文，方凤"见而奇之，曰：'此邦家材也。'"[5]，并以孙女妻之。对吴莱的成长，方凤可谓倾尽心血。吴莱曾回忆说："始予弱冠时，从黄隐君游……岩南公尝一再携予诣隐君质《春秋》。"[6] 延祐七年（1320），吴莱赴京应礼部试，此时方凤年已八

---

[1] 〔宋〕欧阳修：《与梅圣俞书》，见〔宋〕欧阳修著、李逸安点校《欧阳修全集》卷一四九，中华书局2001年版，第2459页。
[2] 〔宋〕苏轼：《再祭欧阳文忠公夫人文》，见孔凡礼点校《苏轼文集》卷六三，中华书局1986年版，第1956页。
[3] 〔宋〕李廌撰、孔凡礼点校：《师友谈记》，中华书局2002年版（与《曲洧旧闻》《西塘集耆旧续闻》合刊），第44页。
[4] 〔宋〕方凤著、方勇辑校：《方凤集》，浙江古籍出版社1993年版，第5页。
[5] 〔明〕宋濂：《潜溪后集》卷六《渊颖先生碑》，见罗月霞主编《宋濂全集》，浙江古籍出版社1999年版，第241页。
[6] 〔元〕吴莱：《田居子黄隐君哀颂辞》，见《渊颖集》卷八，《影印文渊阁四库全书》本，台湾商务印书馆1986年版。

十一岁,仍满怀激情赋诗赠之:"从兹北上有历览,径到河洪经吕梁。青徐平野望不极,半万里程趋冀方。君不见,龙门探奇气益壮,文豪千载同翱翔。"① 表达了对吴莱寄予的厚望。第三代的宋濂同样受到第二代柳贯、黄溍等人的特别看重和刻意培养。郑楷所撰宋濂《行状》记宋濂及柳、黄之门执弟子礼,"柳公曰:'吾邦文献,浙水东号为极盛。吾老矣,不足负荷此事,后来继者,所望惟景濂。以绝伦之识,而济以精博之学,进之不止,如驾风帆于大江中,其孰能御之?'黄公曰:'吾乡得景濂,斯文不乏人矣。'先生所为文,多经二公指授"②。这段材料,将婺州文学集团两代盟主间传承交接的情形描述得再清晰不过了。至于宋濂对方孝孺的赏识和奖拔,前文已有述及,这里就不再重复了。

除了前代盟主对后代盟主的提携奖拔之外,后代盟主对前代盟主的尊崇推重对传承同样起着十分积极的作用。后代盟主对前代盟主的尊崇推重,不仅仅是表达尊敬感激之情,它还可以产生相得益彰、水涨船高的效应。在尊崇推重前代盟主的同时,也提升了集团的地位,扩大了集团的影响,并有利于后代盟主声望的提高和权威地位的巩固。方孝孺曾将这一现象称为"相资以成令名"。他在《上胡先生》一文中说:"苏氏西蜀之人也,一日挈其文就试于京师。欧阳公曰:'斯人也,吾之伦也,京师之人不敢望也。'由是苏氏之名隐然动天下。及欧阳氏殁,苏氏之道行,则推之曰:'欧阳公,今之韩愈也。'由是欧阳氏之道著于后世而愈尊,岂非相资以成令名者乎!"③ 这种前引后扬、交相倚重的现象在婺州文学集团中表现得十分突出,黄溍、柳贯、吴莱、宋濂、方孝孺等人对其先师的赞誉尊崇之语层出叠见于他们的诗文之中,不胜枚举。这就使婺州文学集团代与代之间的传承交接始终保持着和谐有序良性互动的状态,它必然有助于增强集团的凝聚力,有利于集团活动的长期延续。

四

婺州文学集团对传承的重视不是偶然的,它和宋元时期的思想文化思

---

① 〔宋〕方凤:《送吴立夫》,见方勇辑校《方凤集》,浙江古籍出版社1993年版,第40页。
② 〔明〕郑楷:《翰林学士承旨、嘉议大夫知制诰、兼修国史、兼太子赞善大夫致仕潜溪先生宋公行状》,见罗月霞主编《宋濂全集》,浙江古籍出版社1999年版,第2351页。
③ 〔明〕方孝孺:《逊志斋集》卷九,《影印文渊阁四库全书》本,台湾商务印书馆1986年版。

潮有着密切的关系。

我们知道，唐以前社会品评人物主要着眼于人物的家世门第，而宋元时期所看重的则是人物的渊源授受，两者在价值取向上有着明显不同。试看下面两则材料：

> 国初儒宗杨、刘数公，沿袭五代衰陋，号西昆体，未能超诣。庐陵欧阳文忠公初得退之诗文于汉东敝箧故书中，爱其言辨意深，已而官于洛，乃与尹师鲁讲习，文风丕变，浸近古矣。未几，文安先生苏明允起于西蜀，父子兄弟俱文忠公门下士。东坡之门又得山谷檃括诗律，于是少陵句法大振。如张文潜、晁无咎、秦少游、陈无己之流，相望辈出。世不乏才，是岂无渊源而然耶？① （张元干《亦乐居士集序》）

> 长孺之学出于国子正青田余学古，学古师顺斋处士同邑王梦松，梦松事龙泉叶文修公味道，味道则徽国公朱熹之弟子也。考其渊源，亦有所自哉。② （宋濂《胡长孺传》）

以上只是信手拈来的两个例子。像这种一谈人物就上溯其渊源授受，判别其门庭的例子，在宋元人著作中可谓俯拾皆是。它清楚地表明，将渊源授受作为品评人物的标尺，已成为宋元时期的主导倾向。

重视人物的渊源授受，也就是重视传承，实际上是尚统的社会文化思潮的反映。统者，世代相继之系统也。③ 在政治、史学领域被称作正统，在思想、哲学领域被称作道统，在散文领域则被称作文统。尚统作为观念形态，乃是我国血缘宗法社会的必然产物。对一个家族来说，统首先表现为家长的正宗地位和权威，其次表现为继承人血统的纯正，以使家族长期延续。而所谓正统、道统、文统，都是在此基础上的衍生和外化。

值得注意的是，封建社会后期，随着封建专制集权的高度发展，皇权的日益膨胀，从维护权威的需要出发，统的观念也被日趋强化，这一点，

---

① 〔宋〕张元干：《芦川归来集》卷九，上海古籍出版社1978年版，第155～156页。
② 〔明〕宋濂：《胡长孺传》，见罗月霞主编《宋濂全集·宋学士先生文集辑补》，浙江古籍出版社1999年版，第2056页。
③ 参见《辞源》，商务印书馆1981年版，第2423页。

早在唐代中期即已现出端倪。韩愈在《原道》一文中所编排的尧、舜、禹、汤、文、武、周公、孔、孟的道统谱系，以及《送孟东野序》一文中排列的自《诗》《书》、六艺、孔子之徒、庄周、屈原、司马迁、司马相如、扬雄、陈子昂、李白、杜甫到他本人以及他的弟子李翱、张继的文统谱系是大家所熟知的。韩愈对道统、文统的强调，当然主要在于阐发其文道合一、以道为主的文艺思想，但如果我们把它放在当时藩镇割据、皇权被严重削弱的社会背景下来考察，其中蕴含的维护和重振中央集权的意蕴也是十分明显的。

如果说韩愈在唐代对道统、文统的强调还只是曲高和寡的独唱的话，到了宋代则发展交汇成了声势壮阔的大合唱。宋王朝建立以后，为了防止唐末五代强藩割据的局面重演，同时又迫于北方少数民族的威胁，采取了一系列强化中央集权的举措。在这一背景下，有关"统"的论争成为思想文化领域内引人瞩目的热点。在政治、史学领域是正统之争，学者们津津执着于正闰、华夷之辨；在哲学和文学领域有关道统和文统之争更是热闹非凡。① 这些有关"统"的论争最终都归结为对统序的重新编排。如柳开、孙复等人所列之道统谱系就在韩愈之前加入了隋末大儒王通，谓："吾之所为道者，尧、舜、禹、汤、文、武、周公、孔子之道也，孟轲、荀卿、扬雄、王通、韩愈之道也。"② 苏轼则在韩愈之后增加了自己的恩师欧阳修，云："……五百余年而后得韩愈，学者以愈配孟子，盖庶几焉。愈之后二百有余年而后得欧阳子，其学推韩愈、孟子以达于孔氏，著礼乐仁义之实，以合于大道。"③ 宋代文人对统序的重视，必然促使传承意识的强化。南宋时朱熹作《伊洛渊源录》，《四库全书总目》评论此书云："记周子以下及程子交游门弟子言行……盖宋人谈道学宗派自此书始，而宋人分道学门户亦自此书始。"④ 像这样一部专门记述宗派渊源传

---

① 宋代有关"统"的论争情况，王水照先生《北宋的文学结盟与尚"统"的社会思潮》（见《国际宋代文学研讨会论文集》，四川大学出版社1991年版，第253～274页）一文论之甚详，读者可参看。

② 〔宋〕孙复：《信道堂记》，见《孙明复小集》，《影印文渊阁四库全书》本，台湾商务印书馆1986年版。

③ 〔宋〕苏轼：《六一居士集叙》，见孔凡礼点校《苏轼文集》卷十，中华书局1986年版，第316页。

④ 〔清〕永瑢等：《四库全书总目》卷五十七，中华书局1965年版，第519页。

承的开山之作出现在宋代，绝非偶然。

元代虽然是蒙古贵族在中原建立的政权，但中原文化中原有的各种统序并未因此而中断。元代统治者从巩固统治的需要出发，全面接受了儒家学说，并进而发展为独尊理学："至于《论语》《大学》《中庸》《孟子》，专以周、程、朱子之说为主，定为国是，而曲学异说，悉罢黜之。"① 程朱理学在元代成为官方学术，取得了在宋代都不曾有过的崇高地位，元代政权也因此获得汉族士大夫的认同，成为历代王朝嬗代合乎正统的继承者。

程朱理学被定于一尊，使元代有关"统"的理念有了新的发展。王祎为《元史·儒学传》之金履祥、许谦二传所撰《传论》云：

> 尧、舜、禹、汤、文、武、周公相传之道，至孔子乃集其大成。宋周、程氏者作，复续斯道之统。而道南之学，由杨时氏一再传为罗从彦氏、李侗氏，至朱熹氏又集其大成者也。然孔门群弟子唯曾氏之传得其宗。曾氏以其所传传之子思，子思传之孟子，一出于正焉。朱氏之徒亦众矣，得其宗者惟黄榦氏。榦传何基氏，基传王柏氏，柏之传为履祥，为谦。其授受之渊源如御一车以行大逵，如执一篪以节众音，推原统绪，必以四氏为朱学之世嫡，亦何其一出于正粹然如此也。②

从这段话可以看出，元代对统序的排列比之宋代更趋严整化，即更为强调传承的正宗和纯粹，这必然促进人们对师承关系的重视。《四库全书总目》之《经部总叙》论述元代学术时说："学脉旁分，攀缘日众，驱除异己，务定一尊，自宋末以逮明初，其学见异不迁，及其弊也党。"③ 所谓"见异不迁"，即在众说纷纭中认定宗主、严承师说："递相祖述，不敢妄

---

① 〔元〕苏天爵：《伊洛渊源录序》，见陈高华、孟繁清点校《滋溪文稿》，中华书局1997年版，第74页。
② 〔明〕王祎：《王忠文集》卷十四，《影印文渊阁四库全书》本，台湾商务印书馆1986年版。
③ 〔清〕永瑢等：《四库全书总目》卷一，中华书局1965年版，第1页。

为穿凿之说。"① 所谓"其弊也党",不也从另一侧面反映了元代文人趋群结盟的时尚吗?

婺州文学集团以师缘为传承线索,历四代而不衰,就是这一社会思潮和氛围的产物。该集团所处的婺州地区正是理学最为活跃的地区,著名理学家吕祖谦,被视为朱学世嫡的何基、王柏、金履祥、许谦均是这一地区人。金、许与婺州文学集团第一代盟主方凤等人活动的时期大致相同,彼此间来往十分密切。许谦曾赠诗方凤,云:"我乡诸老名日湮,岿然独睹灵光存。如川趋海知所尊,北顾每隔长山云。"② "紫阳丽泽辉一时,浙源远合江东婺。"③ 不仅对方凤十分尊崇,还将他引为理学同道。第二代的柳贯曾师从金履祥,故黄宗羲、全祖望《宋元学案》将他列名于《北山四先生学案》中。吴莱也曾受到许谦的指授④。宋濂曾从闻人梦吉学经,而梦吉之父诜为王柏之弟子,宋濂又师从柳贯以达金履祥,可谓朱学的正宗传人。我在这里不厌其烦地列举婺州文学集团成员与理学统序的关系,是为了对婺州文学集团重视传承的现象做出合理的解释,然而更重要的是想说明,理学重统序、重传承的理念已经深入文人士大夫的精神生活之中,并潜移默化地改变着他们的活动方式。对趋群结盟的热衷,对传承嗣续的自觉和强烈,已经成为封建社会后期文人活动的重要趋势。而婺州文学集团不过是这一趋势的鲜明生动的缩影。

原刊《文史》1999年第4辑(总第49辑)

---

① 〔明〕宋濂:《銮坡前集》卷七《赠会稽韩伯时序》,见罗月霞主编《宋濂全集》,浙江古籍出版社1999年版,第492页。

② 〔元〕许谦:《酬赵玉相并寄意方存雅》,见《白云集》卷一,《影印文渊阁四库全书》本,台湾商务印书馆1986年版。

③ 〔元〕许谦:《次韵方存雅登八咏楼感旧》,见《白云集》卷一,《影印文渊阁四库全书》本,台湾商务印书馆1986年版。

④ 〔元〕吴莱《白云先生许君哀颂辞》云:"而君平日遇予极厚。"见《渊颖集》卷七,《影印文渊阁四库全书》本,台湾商务印书馆1986年版。

从文人群落到文人集团

——元代婺州文人集团再研究

"群落",原本是生物学名词,它指的是生存在一起并与一定的生存条件相适应的动植物总体。然而,当我们移植这一名词来观察社会生活时,不难发现,社会生活领域亦存在着与动植物界十分类似的情况。在特定地理区域独特的自然人文背景下,往往域地分宗,形成区域性文人群落,其标志就是在一定的时期内,出现了不是零星的而是成批的文人,他们由各种因缘而发生联系,其活动在总体上呈现出刻着鲜明地域文化印记的共同风貌。

所谓集团,权威的解释是:"为了一定的目的组织起来共同行动的团体。"① 根据这一定义,集团应是那种有着自己的盟主和明确的宗旨,组织较为严密,行为较为自觉的团体。集团冠以文人则说明了集团的性质,如果再冠以地域,则说明它是一个在特定地域活动的区域性文人团体。

显然,文人群落与区域性文人集团是两个既有相同之处又有明显差异的文化现象。相同之处是它们都是在特定地域由文人组成的群体,而不同之处在于,前者只是该地域文人的一种原生态的自发组合,后者则是自觉的集团意识的产物。

文人群落与区域性文人集团又是两个密切关联的文化现象。前者可以说是后者的原始阶段,后者大多是在前者的基础上发展演变而成。元代婺州文人集团就是这样一个由文人群落发展演变为区域性文人集团的典型个案。拙文《论元代婺州文人集团的传承现象》② 对该集团做了初步探讨,本文是对这一课题的进一步思考。

---

① 中国社会科学院语言研究所词典编辑室编:《现代汉语词典》,商务印书馆2002年版,第593页。
② 欧阳光:《论元代婺州文人集团的传承现象》,见《文史》1999年第4辑(总第49辑),第291~303页。

一

自宋末元初以迄明初洪武、建文年间，在婺州地区六县（金华、东阳、义乌、永康、武义、浦江）一州（兰溪）的范围内，活跃着一个文人群体。其中较为著名的人物，金华有叶谨翁（审言）、张枢（子长）、苏伯衡（平仲）、宋濂（景濂，号潜溪）等，东阳有胡助（履信，一字古愚，号纯白道人）等，义乌有刘应龟（元益）、傅野（景文）、黄溍（晋卿）、王袆（子充）等，永康有胡长孺（汲仲）等，浦江有方凤（韶卿，一字景山）、黄景昌（清远，一字明远）、吴行可（直方）、方樗（寿甫，一字子践，号北村）、方梓（良甫，一字子发）、吴莱（立夫）、柳贯（道传，号乌蜀山人）、张丁（孟兼）、戴良（叔能，号九灵山人）、郑涛（仲舒）等，兰溪有吴师道（正传）等。另外，吴思齐（子善）是处州丽水人，谢翱（皋羽）是福州长溪人，他们两人在元初均流寓浦江，与方凤相友善；陈基（敬初）、方孝孺（希直，一字希古）是台州临海人，陈基长期从黄溍问学，方孝孺则是宋濂的学生，曾一度居住浦江，他们也都应归入婺州文人群体中。

以上所列的这数十位人物，相望于百载之内、百里之间，彬彬乎，郁郁乎，不能不让人惊叹婺州地区的人才之盛！然而，更值得我们注意的是，这些人物并不是孤立存在的，他们之间由于各种因缘而联系在一起。戴良在《祭方寿父先生文》中说："某等之于先生，或以姻亲而托交，或以乡纷而叨契，或以弟子而游从，或以友朋而密迩。"① 这里提到了四种关系：亲缘、乡缘、师缘、友缘，婺州地区的文人之所以能构成一个群落，正是由这四种关系来维系的。

下面让我们来做一个简略的考察。首先是亲缘。在上面所列的文人中，许多人都有亲属关系。如父子关系，方樗、方梓为方凤之子，吴莱为吴行可之子，等等；姻亲关系，方樗为吴思齐之婿，吴莱又为方樗之婿，方凤之妻为柳贯从表姑，宋濂的侄孙女为柳贯孙子之妻，王袆的孙女为宋濂孙宋恂之妻，等等。其次是乡缘。上列人物的地望，基本都在元代婺州路所辖区域内，居住地域的接近，风俗人情的相似，自然为他们的认识和

---

① 〔元〕戴良：《九灵山房集》卷七，《影印文渊阁四库全书》本，台湾商务印书馆1986年版。

交往提供了便利条件。再次是师缘。上列人物中大多数都有师弟子传承关系，而且这种关系一直延续了四代。如柳贯、黄溍、吴莱是方凤的学生，宋濂、王袆、胡翰、戴良、郑涛、陈基等又是柳、黄、吴的学生，方孝孺又是宋濂的学生。最后是友缘。友缘表现在两个方面，一是同处一地由于志趣相投而成为朋友，如方凤与吴思齐、谢翱、刘应龟、黄景昌、胡长孺等，黄溍与叶谨翁、张枢、胡助、吴师道等，宋濂与张丁、苏伯衡等；一是同门之间自然形成的亲密关系。可见，这四种关系犹如一张纵横交织的巨大网络，将婺州地区的文人几乎都囊括于其中，从而形成一个颇具规模的文人群落。

如上所言，文人群落尚是处于原生态的文人的自然组合，它又是如何发展演变成为具有自觉意识的区域性文人集团的呢？进一步考察不难发现，它是上述四种关系尤其是乡缘、师缘以及建立在师缘基础上的友缘不断强化的结果。

乡缘一般指同乡之间的缘分，它具有天然的亲和力。但是对婺州文人群落来说，乡缘并不仅仅是自然状态的东西，还包括对乡邦文献的整理、对乡邦前贤事迹的彰显，从而强化了人们对乡邦的历史和传统的认同，驱使区域性文人集团的形成。婺州不少文人都曾做过这方面的工作。例如吴师道有《敬乡录》、黄溍有《义乌志》、宋濂有《浦阳人物记》《浦阳文艺录》、王袆有《义乌宋先达小传》等。吴师道的《敬乡录》不满于自汉迄宋"上下千数百年，山川如昨，清英秀美之气，实钟于人，其间岂无名世者，而郡志所载仅六人，且仙佛之徒半之"①，于是旁搜远溯，汇集整理了婺州七邑七十三位先贤的事迹与诗文。宋濂的《浦阳人物记》"稽采史传，旁求诸儒之所记录，上下数百年间，一善不遗。先之以忠义、孝友，次之以政事、文学、贞节，合二十九人，区分类聚，勒成一家之言"②。其《浦阳文艺录》不仅收录浦阳籍古今作者所作诗文，而且收录"他邑之人其文有为浦阳而作足为其乡土之黼黻者"③。这种以地域为范围

---

① 〔元〕吴师道：《敬乡前录序》，见《吴礼部集》卷十五，《影印文渊阁四库全书》本，台湾商务印书馆1986年版。
② 〔元〕郑涛：《浦阳人物记后序》，见宋濂《浦阳人物记》卷末，《影印文渊阁四库全书》本，台湾商务印书馆1986年版。
③ 〔明〕王袆：《浦阳文艺录叙》，见《王忠文集》卷五，《影印文渊阁四库全书》本，台湾商务印书馆1986年版。

搜集整理文献的做法，虽非元代婺州文人首创，但生活在一地的文人不约而同地致力于此事，并形成风气，此前并不多见。通过他们的发掘和整理，婺州地区的历史和文化得到极大的发扬光大，并且深入人心，人们每谈及此，无不充满了强烈的认同感和自豪感。陈相的说法颇具代表性：

> 吾婺道学之传自宋东莱吕成公，以身任其道倡鸣于南渡之后，卓乎不可及已。元有仁山金文安公，以其传于北山何文定公、鲁斋王文宪公者而传之白云许文懿公。盖北山得于勉斋黄氏，而勉斋实出考亭朱子之门。故传得其正，粹然以道名家。他如待制浦阳柳公、侍讲乌伤黄公、礼部兰溪吴公、翰林东阳张公，以及国朝学士景濂宋公、待制子充王公，皆以斯文羽翼其道者也。海内论乡学渊源之懿，师友继承之笃，盖莫如吾婺。①

这种建立在对乡邦历史、文化、学术、传统理性认同基础上的乡土意识和情感，自然比一般意义上的乡缘更为自觉和强烈，它具有强大的凝聚力，在婺州文人群落发展演变为区域性文人集团的过程中发挥了重要作用。

如果说乡缘——对乡邦历史、文化、学术、传统的认同为婺州文人群落聚合为文人集团提供了基础的话，师缘以及由此派生的友缘则在此过程中发挥了决定性的作用。师弟子的关系可以说是婺州文人群落所有关系中最重要的关系。考察这一关系，呈现在我们面前的是一幅往禅来续、辉耀后先的生动情景：

> 金华称小邹鲁，名贤辈出。……至浦阳方韶卿，与闽海谢皋羽、括苍吴子善为友，开风雅之宗，由是而黄晋卿、柳道传皆出其门，吴渊颖又其孙女夫，宋潜溪、戴九灵交相倚重，此金华诗学极盛之一会也。②
>
> 迨存雅先生（方凤之号）起而光缵世学，文坛自雄一时，巨公

---

① 〔明〕陈相：《白云集序》，见许谦《白云集》卷首，《影印文渊阁四库全书》本，台湾商务印书馆1986年版。
② 〔清〕朱琰：《金华诗录·序例》，转引自〔宋〕方凤著、方勇辑校《方凤集》，浙江古籍出版社1993年版，第233页。

如黄文献、柳文肃、吴贞文诸公咸洒扫其门,迨宋景濂、戴叔能、方逊志辈犹私淑其学。①

婺州文人师弟子间的传承还具有传承谱系不断扩大的特点。即以其代表人物来说,第一代的方凤,传至第二代就有柳贯、黄溍、吴莱等三人;至第三代则扩大为宋濂、王祎、戴良、胡翰、郑涛、陈基等六人。另外,传承不仅是纵向的,还在横向之间交叉进行。例如黄溍曾从王祎之祖王炎泽学,王祎又从黄溍学;宋濂是黄溍的学生,黄溍之曾孙黄叔旸又为宋濂之弟子;王祎、宋濂是同门友,王祎之子王绅、王绶又是宋濂的学生……于是,百年之间传承谱系呈几何级数增长,从初时的数人扩大至数十人。宋濂为义乌楼景元所作《墓碣》,谈到楼讲学授徒时说:"受其学者,摄其粗疏,归于密微,必充然有得而后止。父既师之,其子又继之,其孙又执经从之,先后垂六十年,环境之内外率皆其弟子矣。"② 其实,这又何尝不是婺州文人师授传承情形的真实写照呢!

师弟子的关系,可说是除血缘关系外所有人际关系中最为稳固的关系。它具有一经建立就终身不变的特点。这一特点和我国古代文化中对师的重视的传统有关。稍具古代文化知识的人都会注意到一个有趣的现象,即在古代文献中"师"与"父"常常是并举的。像儒家思想资源里早就有"天、地、君、亲、师"之说,民间也有"一日为师,终身为父"的说法。对师的如此重视,不仅仅是单纯的感情因素,更是由师在传统文化中的地位所决定的。韩愈对师有一个著名定义:"师者,所以传道授业解惑也。"③ 而在传道、授业、解惑三者之中,又以传道最为重要,师的地位的崇高主要即根源于此。因为家族的延续靠的是父子之间的代代传承,而"道"——道统、文统的延续则靠师弟子间的代代传承,两者的功能几乎是一样的。特别是宋元以降,随着理学的重建并被定于一尊,人们更加重视统序传承的正宗与纯粹,王祎为《元史·儒学传》之金履祥、许

---

① 方士奇:《存雅先生遗集辑评跋》,转引自〔宋〕方凤著、方勇辑校《方凤集》,浙江古籍出版社 1993 年版,第 192 页。
② 〔明〕宋濂:《芝园前集》卷三《故楼景元甫墓碣》,见罗月霞主编《宋濂全集》,浙江古籍出版社 1999 年版,第 1197 页。
③ 〔唐〕韩愈:《师说》,见《昌黎先生文集》卷十二,《四部丛刊初编》本,上海书店 1989 年版。

谦二传所作《传论》的说法颇具代表性：

> 尧、舜、禹、汤、文、武、周公相传之道，至孔子乃集其大成。宋周、程氏者作，复续斯道之统。而道南之学，由杨时氏一再传为罗从彦氏、李侗氏，至朱熹氏又集其大成者也。然孔门群弟子，唯曾氏之传得其宗。曾氏以其所传传之子思，子思传之孟子，一出于正焉。朱氏之徒亦众矣，得其宗者惟黄榦氏。榦传何基氏，基传王柏氏，柏之传为履祥，为谦。其授受之渊源如御一车以行大逵，如执一籥以节众音，推原统绪，必以四氏为朱学之世嫡，亦何其一出于正粹然如此也。①

在这种社会文化思潮氛围下，必然促使人们对师承关系的更加重视，师弟子的关系也就比以往任何时候都要紧密。宋元以后人们品评人物所看重的已不是人物的家世门第，而是人物的渊源授受，即人物的师承，就是这一社会文化思潮的反映。② 明乎此，师缘在婺州文人群落发展演变为区域性文人集团的过程中所起的决定性作用也就不言而喻了。

婺州文人间的友缘也和师缘有着极大的关系，大多是在师缘的基础上直接或间接派生而形成的。如吴莱为方凤孙女婿，又从方凤学诗，于是通过方凤而结识了黄景昌③；方凤之友吴思齐见到方凤的学生黄溍，高兴地说："吾二十年择交江南，有友二人焉，曰方君韶父，曰谢君皋父。今皋父已矣，子乃能从吾游乎？子其遂为吾忘年交。"④ 两人其后果然情同莫逆，"间岁辄一再会，会则必欢欣交通，如果忘年者"⑤。胡翰在《北山纪游总录跋》中说："……自至正庚戌以来，卷中作者由侍讲黄公倡之，而

---

① 〔明〕王祎：《王忠文集》卷十四，《影印文渊阁四库全书》本，台湾商务印书馆1986年版。

② 拙文《论元代婺州文学集团的传承现象》〔载《文史》1999年第4辑（总第49辑），第291～303页〕对此问题有较详细的论述，读者可参看。

③ 参见〔元〕吴莱《渊颖集》卷八《田居子黄隐君哀颂辞》："岩南公尝一再携予诣隐君质《春秋》。"《影印文渊阁四库全书》本，台湾商务印书馆1986年版。

④ 〔元〕黄溍：《书吴善父哀辞后》，见《黄文献公集》卷四，《丛书集成初编》本，中华书局1985年版，第143页。

⑤ 〔元〕黄溍：《书吴善父哀辞后》，见《黄文献公集》卷四，《丛书集成初编》本，中华书局1985年版，第143页。

司理叶公、吏部吴公、长史张公继之；又其后而待制柳公、太常胡公、立夫吴公之诗附焉。数公同出吾郡，多擅名当世……余尝承下风，往来周旋其间……"① 胡翰本是吴莱的学生，但他通过吴莱而几乎获识了婺州文人集团第二代的所有代表人物。以上所举的都是由师缘而间接形成友缘的生动例子。至于同门之间所结成的友缘就更加亲密了。宋濂曾满怀深情地追忆师门求学的情景：

> 始濂游学诸暨时，与乌伤楼君彦珍、浦阳宣君彦昭、郑君浚常、浚常之弟仲舒，同集白门方氏之义塾。塾师乃吴贞文公立夫，盖乡先生也。彦珍最先还，而濂与彦昭、浚常兄弟讲学将一期。当夜坐月白，侯公熟寝，辄携手出步月下。时皆美少年，不涉事，竞跳踉偃仆为嬉戏，或相謷謷，或角觝其力，至不胜乃止。独濂朴戆易侮，不敢时相逐为欢。彦昭其间尤号雄俊。②

纯洁率真的友情十分动人。但更为重要的是，同门间的友缘是建立在对学问的摩切研讨和对继承师道的相互勉励的基础之上的。方孝孺在谈到同学的情形时说："……日夕相与周旋，论议倡酬，往复沉潜于天人之奥，博观乎兴废之理，追逐乎行业而浸灌乎文章，意气孚洽，无所觊慕，体不待粱肉而肥，心不待丝竹而畅……"③ 这种师友讲习之乐是无以为替的，后来方氏出任汉中教授，独居山南，"木石与之徒，猿猱与之俦，心欲言而口莫与谈，足欲行而物莫与娱。诸生讲授经义毕，辄冥目危坐，或取古人书缓读徐吟，间有所得，无从告语，惟仰观霄汉，默默悟道"④，将无友的痛苦宣泄得淋漓尽致。宋濂与王袆曾同学于黄溍之门，宋濂作《思媺人辞》表达自己继承发扬吕祖谦学说的志向，并将此辞书录王袆，云：

---

① 〔元〕胡翰：《胡仲子集》卷八，《影印文渊阁四库全书》本，台湾商务印书馆1986年版。
② 〔明〕宋濂：《芝园续集》卷一《故温州路总管府判官宣君墓志铭》，见罗月霞主编《宋濂全集》，浙江古籍出版社1999年版，第1490页。
③ 〔明〕方孝孺：《答胡怀秀才》，见《逊志斋集》卷十一，《影印文渊阁四库全书》本，台湾商务印书馆1986年版。
④ 〔明〕方孝孺：《答胡怀秀才》，见《逊志斋集》卷十一，《影印文渊阁四库全书》本，台湾商务印书馆1986年版。

"子充盖有志同予学吕者，书以识之，庸俟异日各考其学之成也。"① 王祎则回答说："祎与景濂居同郡，学同师，而窃亦有志斯事，故景濂此辞既成，即书以见贻。呜呼，前修远矣，坠绪茫茫，悬千钧于一发，使之既绝而复续，不在我后人之自力乎！"② 在事业上相互鞭策与勉励，正是同门之本色。像这种以师缘为契机而形成之友缘，自然不同于一般之友缘，它多了一份同属某一传承谱系的归属感和使命感，因此也特别稳固和长久。

婺州文人群落能够发展衍变为区域性文人集团，正是亲缘、乡缘、师缘、友缘不断强化并形成合力的结果。一个文人集团的形成，离不开众多的因素，例如是否能够产生成就突出又具威望的领袖，是否能够在一些特定问题上形成共识并群力贯彻实践，等等。但这些都属于文人集团的共性，不管属于何类集团都不可或缺；而以亲缘、乡缘、师缘、友缘为联系纽带，正是区域性文人集团独具的个性。以利益的一致或趣味的相同而形成的文人集团，往往宜聚也易散；而由亲缘、乡缘、师缘、友缘这四条纽带紧密联系在一起的区域性文人集团则特别稳固和长久，这是我们研究此类集团时不得不特别注意之处。

二

上一节我们从内部关系的角度对婺州区域性文人集团做了考察。对我们的研究对象来说，仅仅做到这一步还是很不够的。原生态的文人群落之所以能衍变为区域性文人集团，除了建立在地望基础上的亲缘、乡缘、师缘、友缘所起的黏合向心作用之外，更重要的还在于，它从乡邦历史文化的土壤中汲取了丰厚的养料，形成了一系列独特的传统，并通过师教乡习，前后相承，濡染涵育，潜移默化，逐渐成为群体的共同价值取向，并不断发扬光大。如果说亲缘、乡缘、师缘、友缘主要是在人际关系方面起凝聚作用的话，群体共同价值取向则在精神方面起着相同的作用。那么，对婺州文人集团来说，这一群体共同价值取向主要表现在哪些方面呢？

一是尚气节，重忠义。宋濂《景定谏疏序》云："吾婺旧称礼义之

---

① 〔明〕宋濂：《潜溪前集》卷七《思媺人辞》，见罗月霞主编《宋濂全集》，浙江古籍出版社 1999 年版，第 89 页。
② 〔明〕王祎：《思媺人辞后记》，见《王忠文集》卷八，《影印文渊阁四库全书》本，台湾商务印书馆 1986 年版。

郡，士生其间，皆存气节、仗忠义，而东阳为尤盛。"① 的确，婺州地区历来就有尚气节、重忠义的传统，特别是南宋以来，在民族矛盾尖锐，国家危机深重的局势下，气节不群之士更是代不乏人。像浦江梅执礼，在靖康之难中为国捐躯；金华郑刚中，为官清廉正直，不阿附秦桧，为其所忌，贬官而死；义乌黄中辅，"绍兴中，秦桧柄国，和议既成，日使士大夫歌颂太平中兴之美。闻其奸者，辄捕杀之。众咸缩头，独奋不顾，作乐府题太平楼，有'快磨三尺，欲斩佞人头'之语，几蹈不测之祸"②；至于永康的著名抗金爱国志士陈亮，就更为人们所熟知了。婺州文人集团很好地承继了这一乡邦的优秀传统，其第一代的代表人物方凤、谢翱、吴思齐，都是宋遗民中的佼佼者。方凤宋季曾授官容州文学，未上任而宋亡，自是无仕志，隐居仙华山下，"但语及胜国事，必仰视霄汉，凄然泣下"，临殁，"犹属其子樗题其旌曰'容州'，示不忘（宋）也"。③ 谢翱尝入文天祥幕，署谘事参军。后亡走浙东，于苏州夫差台、会稽越台、桐庐严子陵钓台之西台三次哭祭文天祥，所撰《登西台恸哭记》，血泪交迸，感人至深。吴思齐宋末尝官嘉兴宰，宋亡，麻衣绳履，退隐深山，"家益艰虞，至无儋石之储。有劝之仕者，辄谢曰：'譬如处子，业已嫁矣，虽冻饿不能更二夫也。'"④。他们不仅自己创作了大量忠怀激愤的诗文，还组织汐社、月泉吟社等遗民诗社，团结广大遗民，以坚持民族气节相砥砺。⑤ 事实上，方、谢、吴三人正是首先以其高行峻节的爱国志士形象而载入史册的。

随着元政权的巩固，婺州文人集团的第二代没有出现这方面的突出人物，但是，尚气节、重忠义的传统并没有中断，仍然通过师友讲习的形式延续着。到了元末明初，在该集团的第三代、第四代中又连续出现了好几

---

① 〔明〕宋濂：《朝京稿》卷五《景定谏疏序》，见罗月霞主编《宋濂全集》，浙江古籍出版社1999年版，第1746页。

② 〔元〕黄溍：《桂隐先生小传》，见《黄文献公集》卷十一，《丛书集成初编》本，中华书局1985年版，第525页。

③ 参见〔明〕宋濂《浦阳人物记》卷下，见罗月霞主编《宋濂全集》，浙江古籍出版社1999年版，第1846页。

④ 〔明〕宋濂：《吴思齐传》，见罗月霞主编《宋濂全集·宋学士先生文集辑补》，浙江古籍出版社1999年版，第2051页。

⑤ 有关汐社与月泉吟社的情况，可参阅拙著《宋元诗社研究丛稿》，广东高等教育出版社1996年版。

位气节不群之士。一位是王祎,明初受朱元璋知遇,任翰林待制。洪武初,奉使云南,招谕元朝残余势力。元方逼他投降,他大义凛然地说:"天讫汝元命,我朝实代之。汝如爝火余烬,尚欲与日月争光耶!我将命远来,岂为汝屈,今惟有死而已,宁以胁迫为惧耶!"① 遂不屈而死。另一位是方孝孺,建文中任文学博士。燕王朱棣靖难师入南京,命他草登基诏书,"孝孺投笔于地,且哭且骂云:'死即死耳,诏不可草。'"②。朱棣以夷九族相威胁,孝孺坚定地回答:"虽灭十族,亦不附乱!"大书"燕贼篡位"四字。最后被朱棣撕口割舌,磔杀弃市。还有一位是戴良。至正二十一年(1361)荐授淮南江北等处行中书省儒学提举,一度依附降元的张士诚。张士诚将败,挈家泛海抵登莱,欲投元军扩廓帖木儿部,未遂,寓居昌乐。明洪武六年(1373)南还,变姓名隐四明山。洪武十五年(1382)被征至京师,强使任官,固辞忤旨,自裁于寓舍。戴良以元遗民自居,选择了一条与他的同门宋濂、王祎等人不同的人生道路。汉族文士而忠于元室,这在当时并非个别现象。产生这一现象的原因相当复杂,本文不拟展开讨论,这里想要指出的是,从戴良身上,我们同样可以看到尚气节、重忠义的传统一脉相承。

  以上所介绍的这些气节不群之士,如果孤立来看,或许只是个人行为,无足深论;但如果我们考虑到他们生活在同一区域,他们之间存在着师友传承关系,他们属于同一集团中人,就不能不看到,尚气节、重忠义,实可视为该集团的一种群体精神。进一步考察不难发现,该集团中人在对气节、忠义行为的褒扬方面,的确是不遗余力的。像黄溍作有《陆君实传后叙》③,吴莱作有《桑海遗录序》④,两文都详细记载了宋末抗元的史实,对文天祥、陆秀夫等民族志士表达了深深的敬仰与哀悼之情;张孟兼详注谢翱的《登西台恸哭记》、宋濂的《浦阳人物记》专列"忠义"一篇;等等。凡此种种,均可说明,婺州文人集团中能够出现如此之多的气节不群之士绝非偶然,它和尚气节、重忠义的群体精神的涵育是分不

---

① 〔明〕郑济:《故翰林待制华川先生王公行状》,见程敏政《明文衡》卷六十二,明嘉靖六年(1527)范震、李文会刻本。
② 〔清〕张廷玉等:《明史》卷一四一,中华书局1974年版,第4018页。
③ 〔元〕黄溍:《黄文献公集》卷三,《丛书集成初编》本,中华书局1985年版,第111~113页。
④ 〔元〕吴莱:《渊颖集》卷十二,《影印文渊阁四库全书》本,台湾商务印书馆1986年版。

开的。

二是兼取众长，转益多师。婺州在南宋时期乃人文荟萃之地，被誉为"小邹鲁""东南文献之邦"，学术活动十分活跃。王祎在谈到婺州学派纷呈的情形时说：

> 宋南渡后，东莱吕氏绍濂洛之统，以斯道自任，其学粹然一出于正；说斋唐氏则务为经世之术，以明帝王为治之要；龙川陈氏又修皇帝王霸之学，而以事功为可为。其学术不同，其见于文章，亦各自成其家。……然当吕氏、唐氏、陈氏之并起也，新安朱子方集圣贤之大成，为道学之宗师，于三氏之学极有异同。其门人曰勉斋黄氏，实以其道传之北山何氏，而鲁斋王氏、仁山金氏、白云许氏，以次相传。自何氏而下皆婺人，论者以为朱氏之世嫡。①

以上所述各家学派，除了吕祖谦与朱熹的学说互有异同之外，朱熹与唐仲友、陈亮两家的学说实在是大异其趣、相互抵牾的。各家著书立说，往复辩论，形成浓郁的学术氛围。但是，入元之后，"国家混一南北，表章圣贤之学，教人取士非朱子不著为令，于是天下靡然向风，顾凡昔之所谓豪杰则已磨灭澌尽，虽其说之存者，盖亦无几矣"②。往日众家争鸣的局面已被朱学独尊所取代，婺州地区更是朱学世嫡何（基）、王（柏）、金（履祥）、许（谦）的一统天下。

在这种形势下，婺州文人集团除了生活在宋元之交的第一代的方凤、吴思齐等人外③，入元后的几代成员均较多地受到朱学的影响。如柳贯曾学经于金履祥，黄溍尝从石一鳌学，而石氏之学传自王世杰、徐侨而直达朱熹；吴莱、张枢、吴师道、胡翰均师从过许谦；宋濂除师从柳贯、黄

---

① 〔明〕王祎：《宋景濂文集序》，见《王忠文集》卷五，《影印文渊阁四库全书》本，台湾商务印书馆1986年版。
② 〔明〕胡翰：《送祝生归广信序》，见《胡仲子集》卷五，《影印文渊阁四库全书》本，台湾商务印书馆1986年版。
③ 吴思齐之祖吴深为陈亮女婿，黄宗羲《宋元学案》将方凤、吴思齐并归之《龙川学案》。

潜、吴莱外，早岁还师从过闻人梦吉，而梦吉为王柏门人闻人诜之子。①因此，从总体上说，该集团在思想渊源上应属于朱学的范畴。

然而，该集团并没有固守门户之见的陋儒习气，在尊崇朱学的同时，并不排轧诋斥其他学说，而是泛观广接，博采众长，具有开放的心态。宋濂为陈亮弟子喻偘作传，云："当乾道淳熙间，朱熹、吕祖谦、陆九渊、张栻四君子皆谈性命而辟功利，学者各守其师说，截然不可犯。陈亮倔起其傍，独以为不然……于是推寻孔孟之志、六经之旨、诸子百家分析聚散之故，然后知圣贤经理世故，与三才并立而不废者，皆皇帝王霸之大略。明白简大，坦然易行。人多疑其说而未信，偘独出为诸生倡，布磔纲纪，发为词章，扶持而左右之。使亮之门恶声不入于耳，高名出诸老上，皆偘之功也。"② 不仅表彰了喻偘维护师说的品行，还对陈亮的王霸事功学说表达了相当通达的态度。王祎论宋代学术时说："惟舂陵周子者出，始有以上续千载不传之统。河南两程子承之，而后二帝三王以来传心之妙，经世之规，焕然复明于世。关西张子因之……迨考亭朱子又集其大成而折衷之，广汉张子、东莱吕子皆同心勠力以闲先圣之道。而当其时，江西有易简之学，永嘉有经济之学，永康有事功之学，虽其为学不能尽同，而要为不诡于道者，岂不皆可谓圣贤之学矣乎？"③ 对各家学说持论公允，并无时人扬己凌人，相互排轧之弊。这种不固守门户的开放心态，使得他们能够转益多师，集取众长。柳贯的学术经历就是一个典型的例子："甫及冠，遭受经于兰溪仁山金公履祥。仁山远宗徽国朱文公之学，先生刻意问辨，即能究其旨趣，而于微辞奥义多所发挥。既又从乡先生方公凤与粤谢公翱、括吴公思齐游，历考先秦两汉以来诸文章家，大肆于文，开合变化，无不如意。先生曾不自以为足，复裹粮出见紫阳方公回、淮阴龚公开、南阳仇公远、句章戴公表元、永康胡之纯、长孺兄弟，益咨叩其所未至。诸公皆故宋遗老，往往嘉先生之才，无不为之倾尽。隆山牟公应龙，得太史李心传史学端绪，且谙胜国文献渊源之懿，仪章、官簿、族系，如

---

① 参见〔明〕黄宗羲原著、〔清〕全祖望补修《宋元学案》卷六十七《勉斋学案》，卷六十九、七十《沧州诸儒学案》，卷八十二《北山四先生学案》，中华书局1986年版。

② 〔明〕宋濂：《喻偘传》，见罗月霞主编《宋濂全集·宋学士先生文集辑补》，浙江古籍出版社1999年版，第2041页。

③ 〔明〕王祎：《知学斋记》，见《王忠文集》卷八，《影印文渊阁四库全书》本，台湾商务印书馆1986年版。

指诸掌。先生又往悉受其说。自是，先生之学绝出而名闻四方矣。"① 柳贯之终能成为大家，是和他的不主一家，博采众长分不开的。这实际上也是婺州文人集团通过师教乡习而形成的优良传统之一。从他的学生宋濂身上，我们可以清晰地看到这一传统的延续："宋南渡后，东莱吕成公绍濂洛之统，始倡道于婺，而何、王、金、许，是为朱子之世嫡。景濂因文以求道，既从柳公闻仁山金氏之说，又与白云许氏之门人吴正传、张子长辈，议论出入，究极朱学之精微。他乡邦耆宿，博雅典实，如方存雅、胡汲仲兄弟之流，亦各旁搜远溯，左右采获。盖其涵蓄封殖，中闳外肆，不名一家，譬则集众腋以缝裘，合庶羞而腼鼎，岂一人一世之力哉！"②

三是关注现实，究心世务。作为婺州文人集团的群体精神之一，它主要表现在两个方面，一方面是关心国是民瘼，积极参与现实政治的主体意识。该集团的历代成员除少数人做过高官外③，大多数只做过山长、学正、教谕、判官一类的小官，甚或是布衣之士，但是他们并没有因此而放弃自己知识分子的责任，对国是民瘼、现实政治始终持有密切关注的态度和积极参与的热情。第一代的方凤在宋末只是太学生员，面对元军步步紧逼的危急局势，奋然上书丞相陈宜中，献御江、分阃、守战三策④；谢翱乃一介布衣，当文天祥在福建兴勤王之师时，他"倾家赀率乡兵数百人赴难，杖策诣军门，遂属谘议参军"⑤。第二代的吴莱，年仅十八岁，即拟作《谕日本书》，"人谓其有终军、王褒之风"⑥。第三代的王祎，青年时期北上元都，"尝草书数千言，将上于朝，以救阙失"⑦。宋濂在元末曾被荐举为翰林国史院编修官，他固辞不就，隐居龙门山著书。但宋濂并非

---

① 〔明〕宋濂：《潜溪前集》卷十《故翰林待制承务郎兼国史院编修官柳先生行状》，见罗月霞主编《宋濂全集》，浙江古籍出版社1999年版，第117～118页。
② 〔清〕吴伟业：《宋文宪未刻集序》，见〔明〕宋濂著、黄灵庚编辑校点《宋濂全集》附录二，人民文学出版社2014年版，第2770页。
③ 黄溍官至翰林侍讲学士，柳贯官至翰林待制，但只做了七个月；宋濂、王祎、苏伯衡等做高官是在入明之后。
④ 参见〔宋〕方凤《上陈丞相书》，见方勇辑校《方凤集》，浙江古籍出版社1993年版，第61～63页。
⑤ 〔清〕徐沁：《谢皋羽年谱》，《丛书集成续编》本，上海书店1995年版，第658页。
⑥ 〔明〕胡翰：《渊颖吴先生文集序》，见〔元〕吴莱《渊颖吴先生集》卷首，《四部丛刊初编》本，上海书店1989年版。
⑦ 〔明〕方孝孺：《王待制私谥议》，见《逊志斋集》卷七，《影印文渊阁四库全书》本，台湾商务印书馆1986年版。

真的要做隐士,而是看见元政糜烂,已无回天之力。后来朱元璋攻下婺州,召见他,他即为朱所用,成为明代开国之初参与制礼作乐的重要文臣之一。事实上,婺州文人集团除了宋元之交、元明之交这些特定时期出现了方凤、吴思齐、谢翱、戴良等遗民外,没有出现过隐士。后来不仅宋濂、王祎、胡翰、张孟兼、苏伯衡、郑涛……婺州文人集团的第三代几乎悉数成为明初统治集团的文臣,以致该集团中人充斥朝中,成为一道惹人瞩目的风景线。苏伯衡曾以自豪的口吻描述说:"前年秋,伯衡以非材忝教成均,会许先生为大司成,相与甚亲且乐也。未数月而张君孟兼亦来为学录。吾三人者婺人也,人已爱慕婺多士友矣。及诏书招延儒臣纂修《元史》,而宋先生以前起居注来,胡先生以前郡博士继来,王先生以漳州通守又继来,相见益亲且乐。三人者亦婺人也,人皆谓婺信多士友,而伯衡与诸先生亦自庆夫会合之盛焉。"① 明初政权中文臣多婺州文人集团中人的原因当然是多方面的,而该集团关心国是民瘼,积极参与现实政治的传统,通过师友相承议论沾濡对其成员产生的影响,应该是一个不容忽视的重要原因。另一方面是不尚空谈,究心世务,重视实际才干。该集团中人虽然大多受朱学的影响,是正统的儒者,但他们并不像一些道学家那样不务实际,空谈性命,而是十分注重理论与实际的结合。针对当时出现的两种倾向——"自世儒务为高论而不屑意于事为之末,或者遂指经义为无用之言以相诟病"②,他们做了大量辨正工作。首先,他们反对那种空谈性命的"无用"之儒。王祎云:"世之所谓无用者,我知之矣:缝掖其衣,高视而阔步。其为业也,呫毕训诂而已耳,缀辑辞章而已耳。问之天下国家之务,则曰:'我儒者,非所习也。'使之涉事而遇变,则曰:'我儒者,非所能也。'嗟乎,儒者之道,其果尽于训诂辞章而已乎!此其为儒也,其为世所诋訾而蒙迂阔之讥也固宜,谓之无用,固诚无用矣,而又何怪焉。"③ 对其进行了辛辣的讽刺。其次,他们强调孔孟之学并非空言,而是致用之道。宋濂云:"三代以下,人物之杰然者,诸葛孔明数

---

① 〔明〕苏伯衡:《送胡先生还金华序》,见《苏平仲文集》卷五,《影印文渊阁四库全书》本,台湾商务印书馆1986年版。
② 〔元〕黄溍:《跋余姚海堤记》,见《黄文献公集》卷四,《丛书集成初编》本,中华书局1985年版,第183页。
③ 〔明〕王祎:《儒解》,见《王忠文集》卷十八,《影印文渊阁四库全书》本,台湾商务印书馆1986年版。

人而已。孔明事功著后世……古人所以为圣贤者，其道德著乎其言，其才智行乎功业，而存乎册书，非徒以其名称之美而已也。……近代之所学者，浮于言而劣于行。孔孟之言非特言而已也，虽措之行事亦然也。学者不之察，率视之为空言，于是孔孟之道，不如霸术之盛者久矣。"① 在他们看来，圣贤之道，即经世致用之道。如果所言不能落实在所行上，那么再好的道也是没有意义的。正是从这一认识出发，他们对永嘉经制之学、永康事功之学给予了肯定："至于宋而有永嘉经制之学焉。盖自郑景望氏、薛士龙氏以及陈君举氏、叶正则氏，先后迭起，其于井牧、卒乘、郊丘、庙社、章服、职官、刑法之类，靡不博考而精讨，本末源流，粲然明白，条分缕析，可举而行。当其时，吾金华唐与正氏帝王经世之术，永康陈同父氏古今事功之说，与之并出，新安朱子皆所推叹，然于永嘉诸君子之学独深许之，岂不以经制之讲固圣贤之所以为道者欤？"②

对于当世之务，婺州文人集团的成员们的确表现出了极大的关注和热情。方凤"喜究心经世之务，凡所抒献，凿凿可见诸施行"③。他上书陈宜中献御敌之策，上至战略方针，下至战术布置，具体而详尽。祝眉苏评曰："言人所难，使能听用，何至有青澳、遑海之役？"④ 黄溍"明习律令，世以法家自专者，有弗如也"⑤。吴莱"凡天文、地理、井田、兵卫、礼乐、刑政、阴阳、律历，下至氏族、方技、释老、异端之书，靡不穷考"⑥，"其论守令、盐筴、楮币事，逮今十有余年，执政者厘而正之，往往多如其说"⑦。胡翰虽从许谦受经，但他"持论多切世用，与谦之坐谈

---

① 〔明〕宋濂：《朝京稿》卷五《静学斋记》，见罗月霞主编《宋濂全集》，浙江古籍出版社1999年版，第1735～1736页。
② 〔明〕王祎：《王氏迂论序》，见《王忠文集》卷七，《影印文渊阁四库全书》本，台湾商务印书馆1986年版。
③ 〔清〕方士奇：《存雅先生遗集辑评跋》，转引自〔宋〕方凤著、方勇辑校《方凤集》，浙江古籍出版社1993年版，第192页。
④ 〔宋〕方凤著、方勇辑校：《方凤集》附《上陈丞相书》附评，浙江古籍出版社1993年版，第62～63页。
⑤ 〔明〕宋濂：《潜溪后集》卷十《故翰林侍讲学士中奉大夫知制诰同修国史同知经筵事金华黄先生行状》，见罗月霞主编《宋濂全集》，浙江古籍出版社1999年版，第309页。
⑥ 〔元〕胡助：《渊颖吴先生文集序》，见〔元〕吴莱《渊颖吴先生集》卷首，《四部丛刊初编》本，上海书店1989年版。
⑦ 〔明〕刘基：《渊颖吴先生文集序》，见〔元〕吴莱《渊颖吴先生集》卷首，《四部丛刊初编》本，上海书店1989年版。

诚敬小殊"①。宋濂未仕时曾作《治河议》②，为执政者详细谋划治理黄河的办法……总之，该集团的历代成员中很少有朱熹所说的那种"醇儒"，他们既是学者，又能坐言起行，具有实际才干。他们能在明初政治舞台上叱咤风云，建勋立业，也是和这一群体精神的长期涵育分不开的。

四是对文学的偏重。该集团所活动的婺州地区，自南宋以来一直是理学重镇，产生了吕祖谦、唐仲友、陈亮以及传朱学世嫡的"金华四先生"何、王、金、许等各家学说。该集团虽然在思想渊源上与各家学说均有着直接或间接的联系，但总的来说，自其开山方凤始，已偏重于向文学的路向发展。方凤本身在思想上并无师承，只是由于他和吴思齐的关系，《宋元学案》将其归入龙川一派。方凤为时人所重，除了气节高峻之外，主要是由于他在诗文创作上取得的成就。入元之后，他将悲愤之怀、忠忱之气一托于诗文，血泪交织，真情滂沛，有力地改变了宋季诗文气局褊狭、纤碎浅弱的弊病，使人耳目一新，"浦阳之诗为之一变"③。第二代的柳贯、黄溍、吴莱等人，虽然在思想上各有师承，但他们入方凤之门，主要是从其指授为文辞，受其师影响，他们也较多地在诗文创作上用力，第三代也受到同样的影响，因此形成了诗文创作的浓郁氛围。正如前引朱琰在《金华诗录·序例》中所说："金华称小邹鲁，名贤辈出……至浦阳方韶卿，与闽海谢皋羽、括苍吴子善为友，开风雅之宗，由是而黄晋卿、柳道传皆出其门，吴渊颖又其孙女夫，宋潜溪、戴九灵交相倚重，此金华诗学极盛之一会也。"④王祎在谈到婺州学术时说："有元以来，仁山金文安公以其传于北山何文定公、鲁斋王文宪公者，传之白云许文懿公，实以道学名其家。而司丞永康胡公、待制浦阳柳公、侍讲乌伤黄公以及礼部兰溪吴公、翰林东阳张公，则以文章家知名。虽若门户异趋，而本其立言之要，

---

① 〔清〕永瑢等：《四库全书总目》卷一六九"胡仲子集"则，中华书局1965年版，第1469页。

② 参见罗月霞主编《宋濂全集·宋学士先生文集辑补》，浙江古籍出版社1999年版，第2150～2151页。

③ 〔明〕宋濂：《浦阳人物记》卷下，见罗月霞主编《宋濂全集》，浙江古籍出版社1999年版，第1846页。

④ 〔清〕朱琰：《金华诗录·序例》，转引自〔宋〕方凤著、方勇辑校《方凤集》，浙江古籍出版社1993年版，第233页。

道皆著于文，文皆载乎道，固未始有不同焉者，渊乎粹哉！"① 王祎在这里所列举的文章家，几乎全部是婺州文人集团的成员。虽然他一再强调道学家与文学家在文道合一上的一致，但毕竟他已看出两者"门户异趋（趣）"之处。事实上，婺州文人集团的发展路向表明，他们已不再是南宋某个理学派别的流亚或余波，他们以其对文学的偏重，已然成为自具特色的文人群体。黄百家云："金华之学，自白云一辈而下，多流而为文人。夫文与道不相离，文显而道薄耳。"② 全祖望云："予尝谓婺中之学，至白云而所求于道者，疑若稍浅，渐流于章句训诂，未有深造自得之语，视仁山远逊之，婺中学统之一变也。义乌诸公师之，遂成文章之士，则再变也。"③ 均指出了这一群体偏重文学的特色。关于这一点，四库馆臣说得更为清晰："（吴）莱与黄溍、柳贯并受业于方凤，再传而为宋濂，遂开明代文章之派。"④ 至于婺州文人集团在文学思想和创作上的成就和特色，拟撰专文论述，这里就不赘言了。

原刊《文史》2001年第1辑（总第54辑）

---

① 〔明〕王祎：《送胡先生序》，见《王忠文集》卷七，《影印文渊阁四库全书》本，台湾商务印书馆1986年版。
② 〔明〕黄宗羲原著、〔清〕全祖望补修：《宋元学案》卷八十二《北山四先生学案》黄百家按语，中华书局1986年版，第2801页。
③ 〔清〕全祖望：《宋文宪公画像记》，见朱铸禹汇校集注《全祖望集汇校集注·鲒埼亭集外编》，上海古籍出版社2000年版，第1098页。
④ 〔清〕永瑢等：《四库全书总目》卷一六七"渊颖集"则，中华书局1965年版，第1442页。

宋代诗社与诗歌流派

在宋代诗歌流派形成及壮大的过程中，往往伴随着诗社活动。如北宋大观、政和年间，徐俯所结之豫章诗社，其主要成员如徐俯、洪刍、洪炎等均列名于《江西诗社宗派图》中，另一成员吕本中则是此图之作者，这就显示了豫章诗社与江西诗派的密切联系。又如活跃于南宋后期的江湖诗派，在属于该派的一百三十八人中①，据笔者初步统计，有作品涉及诗社活动的就有二十一人，占了该派诗人总数的七分之一强，可见在这一诗派内部，存在着大量的诗社活动。再如南宋末叶杨瓒与张枢、周密等所结之西湖吟社，以审音辨律、精研词艺为主要活动内容，他们被视为宋词格律派的后劲，也绝非偶然。从以上所举事例不难看出，诗社活动与诗歌流派之间显然存在着某种必然的联系。考察这一现象，对我们更全面、深入地认识诗歌流派的形成及壮大不无裨益。

一

诗社活动与诗歌流派的关系首先表现在，诗歌流派的形成与文人交游唱和的风气有着密切的关系，而诗社活动从本质上说，即是文人交游唱和的一种形式。只不过诗社活动较之一般的交游唱和更具组织性，更有规律性，其成员之间的关系也更为紧密。因此，当一个诗社将钻研诗艺切磋句法作为自己的活动主旨的时候，就极易达致美学主张的趋同，从而对诗歌流派的产生及壮大起到催化和促进作用。

就拿宋代影响最大的江西诗派来说，以往学者大都认为，所谓江西诗派，"并非是一个有组织有纲领的文学群体，而是吕本中根据当时文坛上已经存在的情况和自己对这种情况的认识而代拟的名称"②。笔者认为，

---

① 此数字据张宏生《江湖诗派研究》附录一《江湖诗派成员考》，中华书局1995年版，第271～322页。

② 程千帆、吴新雷：《两宋文学史》，上海古籍出版社1991年版，第221页。

这一认识并不全面，因为它将江西诗派的形成视为一种自发的现象，从而忽视了豫章诗社在其形成初期所起的结聚诗人队伍、统一创作思想等显著作用。

关于豫章诗社的情况，张元干《苏养直诗帖跋尾》一文有详细的记载：

> 往在豫章，问句法于东湖先生徐师川，是时洪刍驹父、弟炎玉父、苏坚伯固、子庠养直、潘淳子真、吕本中居仁、汪藻彦章、向子諲伯恭，为同社诗酒之乐，予既冠矣，亦获攘臂其间，大观庚寅（1110）、辛卯（按应为政和元年，1111）岁也。①

除了上列数人外，参加过此诗社活动的，还有洪朋、谢逸、谢薖、李彭等人②，此数人亦被吕本中列入《江西诗社宗派图》中。

考察豫章诗社的活动，有两个特点颇为引人瞩目。一个特点是诗社成员与黄庭坚的密切关系。如徐俯、洪朋、洪刍、洪炎都是黄的外甥，李彭则是黄的舅父李常的从孙。这种亲缘关系，使他们在诗歌创作上能够得到黄的直接指点。如徐俯，黄庭坚《题所书诗卷后与徐师川》云："徐师川往时寄纸数轴求予书，公私多故，未能作报。前日洪龟父携师川上蓝庄诗来，词气甚壮，笔力绝不类年少书生。意其行己读书，皆当老成解事。熟读数过，为之喜而不寐。……老舅年衰才劣，不足学；师川有意日新之功，当于古人中求之耳。"③ 期许鼓励之意，溢于言表。又如洪刍，黄庭坚在《答洪驹父书》中对其传授作诗法则云："古之能为文章者，真能陶冶万物，虽取古人之陈言入于翰墨，如灵丹一粒，点铁成金也。"④ 谆谆教诲之情，如现眼前。这种亲密的关系，自然使他们较易接受黄庭坚的诗歌创作主张。诗社中还有一些人则受到过黄庭坚的赏识与品题。如黄庭坚

---

① 〔宋〕张元干：《芦川归来集》卷九，上海古籍出版社1978年版，第173页。
② 洪朋、谢逸、谢薖、李彭等人与豫章诗社同人生活于一地，活动于同时，他们的文集中保留了许多与诗社中人的唱和之作，显然参加了此诗社的活动。拙文《宋元诗社丛考》（见本书）对此有所考述。
③ 〔宋〕黄庭坚：《豫章黄先生文集》卷二十六，《四部丛刊初编》本，上海书店1989年版。
④ 〔宋〕黄庭坚：《豫章黄先生文集》卷十九，《四部丛刊初编》本，上海书店1989年版。

读了谢逸的诗后，大表赞赏，谓："晁、张流也，恨未识之耳。"① 说明他的诗歌创作与黄庭坚也是接近的。

豫章诗社的另一特点是十分重视对诗艺句法的切磋研探。像张元干即专门向徐俯请教句法。孙觌所作汪藻《墓志铭》云："公在江西，徐俯师川、洪炎、洪刍有能诗声，自负无所屈。一日，师川见公诗于僧壁，叹曰：'此吾辈人也。'率二洪诣舍上。"② 徐俯在寺院的墙壁上见到汪藻的诗，立即引起共鸣，他所说的"此吾辈人也"，显然是指在创作上旨趣相近的意思。他立即率二洪去拜访汪藻，想必即是为了交流切磋这方面的心得。汪藻亦将徐俯等引为同调，并虚心求教：

> 汪彦章为豫章幕官，一日，会徐师川于南楼，问师川曰："作诗法门当如何入？"师川答曰："即此席间杯盘、果蔬、使令以至目力所及，皆诗也。君但以意剪裁之，驰骤约束，触类而长，皆当如人意，切不可闭门合目，作镂空忘实之想也。"彦章领之。逾月，复见师川曰："自受教后，准此程度，一字亦道不成。"师川喜谓之曰："君此后当能诗矣。"故彦章每谓人曰："某作诗句法得之师川。"③

以上两条材料，将诗社同人之间探求诗艺，切磋句法的情形表现得十分生动。批阅今存该诗社同人的文集，不难发现，对诗艺句法的切磋研讨，是他们彼此间唱和的一个重要内容。试再举几例。洪朋《送师川》云：

> 去年徐郎诗句新，今来徐郎思不群。帝子楼前阅秋浪，秦人洞口入朝云。忽思赤壁过吾弟，更向舒州迎细君。及此瓦盆春酒满，烧灯夜雨重论文。④

李彭《题洪驹父、徐师川诗后》云：

---

① 〔宋〕惠洪：《冷斋夜话》卷七"谢无逸佳句"条，中华书局1988年版（与《风月堂诗话》《环溪诗话》合刊），第58页。

② 〔宋〕孙觌：《鸿庆居士集》卷三十四，《影印文渊阁四库全书》本，台湾商务印书馆1986年版。

③ 〔宋〕曾敏行著、朱杰人标校：《独醒杂志》，上海古籍出版社1986年版，第31页。

④ 〔宋〕洪朋：《洪龟父集》卷下，《影印文渊阁四库全书》本，台湾商务印书馆1986年版。

……徐诗致平淡，反自穷艰极。周鼎无款识，赏音略岑寂。阴何不支梧，少陵颇前席。洪语自奇险，馀子伤剽贼。大似樊绍述，文字各识职。二子辨钉饾，鄙夫与下客。粢食荐铏羹，熊蹯杂象白。殿最付公议，吾言可以默。①

谢薖《读吕居仁诗》云：

　　吾宗宣城守，诗压颜鲍辈。其间警拔句，江练与霞绮。居仁相家子，敛退若寒士。学道期日损，哦诗亦能事。自言得活法，尚恐宣城未。……探囊得君诗，疾读过三四。浅诗如蜜甜，中边本无二。好诗初无奇，把玩久弥丽。有如庵摩勒，苦尽得甘味……②

　　以上举的这些例证适足以说明，重视对诗艺句法的切磋研讨是豫章诗社最为突出的特色。对诗艺句法的格外重视，本是黄庭坚诗歌创作主张的一个重要方面。我们知道，黄庭坚论诗十分强调超越前人，所谓"随人作计终后人，自成一家始逼真"③。这一思想贯彻到创作实践上就是求新求奇，它既表现在"点铁成金""换骨夺胎"等诗艺技巧上，也表现在声调的拗峭、句意的奇崛等句法上，这也是江西诗派的重要风格特征。豫章诗社集结了一批志同道合的诗人，将对诗艺句法的切磋作为诗社活动的主要内容，往复探讨，孜孜以求，他们的努力对江西诗派这一风格特征的形成，显然起到了积极的促进作用。两者之间存在着某种必然联系是显而易见的。因此，我们在探讨江西诗派的形成过程时，仅仅将它视为自发的现象是远远不够的，这里面肯定包含了豫章诗社同人的自觉努力。

　　类似的情形，我们在宋代其他诗社活动中也可以见到。像南宋后期的江湖诗派，据前文所述，该派诗人间的结社唱和活动是十分频繁的。由于材料的疏略，我们对大多数江湖诗社的活动情形不甚清楚，薛师石所结诗社是保留材料较多的一个。

---

① 〔宋〕李彭：《日涉园集》卷三，《影印文渊阁四库全书》本，台湾商务印书馆1986年版。
② 〔宋〕谢薖：《谢幼槃文集》卷一，《丛书集成初编》本，中华书局1985年版，第3页。
③ 〔宋〕黄庭坚：《以右军书数种赠丘十四》，见《山谷诗注·外集补》卷二，《丛书集成初编》本，中华书局1985年版，第46页。

薛师石（1178—1228），字景石，号瓜庐，永嘉人。《江湖小集》卷七十三《瓜庐集》有《秋晚寄赵紫芝》诗，云："数日秋风冷，丘园独自身。闲看篱下菊，忽忆社中人。苦咏肩常瘦，移家债又新。极知君淡泊，十载得相亲。"赵紫芝即永嘉四灵之一的赵师秀，可知他们曾结诗社唱和。王绰《薛瓜庐墓志铭》记载了薛师石组织诗社活动的具体情形：

> 永嘉之作唐诗者，首四灵。继灵之后，则有刘咏道、戴文子、张直翁、潘幼明、赵几道、刘成道、卢次夔、赵叔鲁、赵端行、陈叔方者作。而鼓舞倡率，从容指论，则又有瓜庐隐君薛景石者焉。诸家嗜吟如啖炙，每有文会，景石必高下品评之，曰：某章贤于某若干，某句未圆，某字未安。诸家首肯而意惬，退复竞劝："语不到惊人不止。"①

这里所说的文会，当即指诗社活动。以薛师石为中心的一批江湖诗人，讨论切磋诗艺句法，甚至具体到逐章、逐句、逐字的程度，并最终取得了共识，成为诗社同人共同努力的目标。我们说，诗社活动容易达致美学主张的趋同，这条材料可谓生动的说明。

这种流派内部的诗社活动，显然对流派的形成、壮大，以及诗风的转变都起到了不容忽视的重要作用。赵汝回的《瓜庐集序》对此做了精彩的论述：

> 晋宋诗称陶谢，唐称韦杜。当其时，人人皆工诗，诗非不盛也，而四人者独首称，岂非侯鲭爽口不若不致之羹，郑声悦耳不若遗音之瑟哉！唐风不竞，派沿江西，此道蚀灭尽矣。永嘉徐照、翁卷、徐玑、赵师秀乃始以开元、元和作者自期，冶择泙炼，字字玉响，杂之姚贾中，人不能辨也。水心先生既啧啧敦赏之，于是四灵之名天下莫不闻。而瓜庐翁薛景石每与聚吟，独主古淡，融狭为广，夷镂为素，神悟意到，自然清空。如秋天迥洁，风过而成声，云出而成文，间谓四灵君为姚贾，吾于陶谢韦杜何如也。……景石名家子，多读书，通八阵八门之变，乃心物外，至忘形骸。筑庐会昌湖西，灌瓜贴树，

---

① 〔宋〕薛师石：《瓜庐诗》卷末，汲古阁景宋钞南宋群贤六十家小集本。

笃醇击鲜，日为文会，论切闿析，恐不人人陶谢韦杜也。……死后人士无远近争致其诗，其子弟手钞不能给，于是相与刻之……①

将诗歌创作学习的对象从晚唐的姚贾，进一步扩大到陶谢韦杜，在四灵、江湖诗派内部，诗风显然是有所变化的。从上面的记述可以看出，薛师石所组织的诗社活动，应是促成这一变化的重要因素之一。

另一个突出的例子是南宋末年杨缵、张枢、周密等所结之西湖吟社。周密《采绿吟·采绿鸳鸯浦》词序云：

甲子（1264）夏，霞翁会吟社诸友逃暑于西湖之环碧。琴尊笔砚，短葛练巾，放舟于荷深柳密间。舞影歌尘，远谢耳目。酒酣，采莲叶，探题赋词。余得《塞垣春》，翁为翻谱数字，短箫按之，音极谐婉，因易今名云。②

这里记述的即是该诗社的一次活动。文中的霞翁，即杨缵，字继翁，号守斋，又号紫霞翁，为该诗社之盟主。参加者有张枢（字斗南，号寄闲）、周密（字公谨，号草窗）、施岳（字仲山，号梅川）、李彭老（字商隐，号筼房）、吴文英（字君特，号梦窗）、徐理（号南溪）、张炎（字叔夏，号玉田）、王沂孙（字圣与，号碧山）、毛敏仲、徐天民等③。

这是一个以词的创作为主，兼及吟诗的诗社。特别关注词的音乐功能，审音辨律，损益琴理，删繁润简，别制新声是该诗社活动最主要的内容。杨缵本以精通音律著称。周密说他"洞晓律吕，尝自制琴曲二百操……近世知音无出其右者"④。在他的影响下，该诗社的成员对词的音乐性的热衷可谓到了痴迷的程度。如张炎《词源》卷下谓："近代杨守斋精于琴，故深知音律……与之游者周草窗、施梅川、徐雪江、奚秋崖、李商

---

① 〔宋〕陈起编：《江湖小集》卷七十三《瓜庐集》卷首，《影印文渊阁四库全书》本，台湾商务印书馆1986年版。

② 〔宋〕周密：《苹洲渔笛谱》卷一，《丛书集成初编》本，中华书局1985年版，第14页。

③ 参见肖鹏《西湖吟社考》，见《词学》第七辑，华东师范大学出版社1989年版，第88～101页。

④ 〔宋〕周密著、孔凡礼点校：《浩然斋雅谈》，中华书局1985年版（与《文录》合刊），第42页。

隐，每一聚首，必分题赋曲。但守斋持律甚严，一字不苟作，遂有《作词五要》。"① 袁桷《琴述赠黄依然》云："往六十年，钱塘杨司农以雅琴名于时，有客三衢毛敏仲、严陵徐天民在门下，朝夕损益琴理。"② 周密《木兰花慢·西湖十景》词序，对诗社同人间切磋研探词律的情形做了十分具体的描述：

> 西湖十景尚矣。张成子尝赋《应天长》十阕，夸余曰："是古今词家未能道者。"余时年少气锐，谓："此人间景，余与子皆人间人，子能道，余顾不能道耶？"冥搜六日而词成。成子惊赏敏妙，许放出一头地。异日霞翁见之，曰："语丽矣，如律未协何？"遂相与订正，阅数月而后定。是知词不难作，而难于改；语不难工，而难于协。③

像这种对词律音调的反复商榷切劘，显然是极有利于诗社同人间美学主张的一致和创作风格的统一的。今观该诗社成员的词作，在各自的创作上容或表现出不同的个性和特色，但要之皆音调谐婉，守律谨严，后世治词者将他们归之于宋词创作的格律派，不是没有道理的。当我们考察这一共同风格的成因时，能够无视诗社活动所起的显著作用吗？

二

关于诗社活动与诗歌流派的关系，我们还可以从诗社之结社形式及其活动方式等方面来加以考察。

首先，诗社活动必有其发起人即组织者，称作主盟，或谓之"社头""社首"，一般多为在文学上或政治上有成就、影响的人。如许昌诗社的叶梦得，豫章诗社的徐俯，洛阳耆英会、真率会的文彦博、司马光，等等。

诗社的主盟大多具有自觉的盟主意识。像豫章诗社的徐俯，刘克庄

---

① 〔宋〕张炎著、夏承焘校注：《词源注》，人民文学出版社1963年版（与《乐府指迷笺释》合刊），第31页。

② 〔元〕袁桷：《清容居士集附札记》卷四十四，《丛书集成初编》本，中华书局1985年版，第756页。

③ 〔宋〕周密：《苹洲渔笛谱》卷一，《丛书集成初编》本，中华书局1985年版，第1页。

谓:"豫章之甥,然自为一家,不似渭阳,高自标,藐视一世,人多推下之。"① 俨然以文坛盟主视之。徐俯本人这种盟主意识也是十分自觉的。周煇《清波杂志》卷五载有他的一件逸事:"公视山谷为外家,晚年欲自立名世。客有赘见,甚称渊源所自,公读之不乐,答以小启曰:'涪翁之妙天下,君其问诸水滨;斯道之大域中,我独知之濠上。'及观序《修水集》'造车合辙'之语,则知持此论旧矣。"② 徐俯本是黄庭坚的外甥,受其指点,传其衣钵,本来是很自然的,但他不喜欢别人这样说,可见其登坛树帜、别立门户的愿望十分强烈。

诗社的参加者则具有比较自觉的对盟主的尊崇意识和服膺意识。即以徐俯为例,吕本中《徐师川挽词》云:"江西人物胜,初未减前贤。公独为举首,人谁敢比肩?"③ 又云:"徐俯师川,少豪逸出众,江西诸人皆从服焉。"④ 李彭《题洪驹父、徐师川诗后》云:"籍甚洪崖县,高寒欲无敌。徐郎聘君后,挺挺百夫特。堂堂无双公,户外满屦迹。虎豹雄牙须,侪流甘辟易。"⑤ 韩驹《次韵师川见后》云:"使君直气奋凌空,帐下森森已八龙。……我无草舍容朱毂,君有诗声抵素封。"⑥ 可见,豫章诗社的同人,甚至包括江西诗派中的人,都十分肯定徐俯的盟主地位,对其表现出由衷的尊崇和服膺。

登坛树帜、领袖群伦的盟主意识也好,对盟主的尊崇、服膺意识也好,其实都是群体意识的体现。由这种意识激发的集团心理,对任何一个文人集团、文学流派来说,都是其内部构成不可或缺的基本条件,是产生群体凝聚力的重要因素。诗社活动显然有利于这种意识的培养和强化,从而对流派的产生起到促进作用。

其次,唱和、品第、标榜这些常见的诗社活动形式,也有利于诗社扩大影响,蔚成风气,从而对流派的形成和壮大发挥积极的作用。

---

① 〔宋〕刘克庄:《后村先生大全集》卷九十五,《四部丛刊初编》本,上海书店1989年版。
② 〔宋〕周煇撰、刘永翔校注:《清波杂志校注》卷五"徐东湖"则,中华书局1994年版,第194页。
③ 〔宋〕吕本中:《东莱诗集》卷十九,《影印文渊阁四库全书》本,台湾商务印书馆1986年版。
④ 〔宋〕吕本中:《东莱吕紫微师友杂志》,《丛书集成初编》本,中华书局1985年版,第1页。
⑤ 〔宋〕李彭:《日涉园集》卷三,《影印文渊阁四库全书》本,台湾商务印书馆1986年版。
⑥ 〔宋〕韩驹:《陵阳集》卷三,《影印文渊阁四库全书》本,台湾商务印书馆1986年版。

唱和是诗社活动最基本的形式。诗社同人间通过互相唱和，交流诗艺，切磋句法，从而容易达致美学主张的一致，形成共同的风格，这一点我们在上文已经谈到。这里需要补充的是，唱和对扩大诗社影响的作用。

这里所说的唱和，分为两类。一类是诗社同人间的唱和。一群诗人，在同一地点，频繁地唱和，这一现象本身就极易造成声势，并通过他们唱和的诗作的传播而使诗社的影响不断扩大。吴自牧《梦粱录》卷十九"社会"条云："文士有西湖诗社，此乃行都搢绅之士及四方流寓儒人，寄兴适情赋咏，脍炙人口，流传四方，非其他社集之比。"① 显然，西湖诗社的唱和活动，通过其诗作的传播，"脍炙人口，流传四方"，从而引起了普遍关注，产生了很大影响。赵文《熊刚申墓志铭》云："尧峰陈先生焕，明经士，公雅敬之。……丙戌（1286），与尧峰倡诗会，岁时会龙泽徐孺子读书处，一会至二百人，衣冠甚盛，觞咏率数日乃罢。……邻郡闻之，争求其韵赓和，愿入社，其风流倾动一时如此。"② 这里所说的是元初熊刚申与陈焕等在江西丰城龙泽山所结之遗民诗社，其活动由于参加者众多而形成巨大声势，并通过其唱和之作的传播，造成了"风流倾动一时"的效果。有的诗社还把同人的唱和之作结集刊行，如叶梦得许昌诗社刊有《许昌唱和集》、邹浩颍川诗社刊有《颍川集》、王十朋楚东诗社刊有《楚东酬唱集》，这就更有利于诗社影响的扩大了。

另一类是诗社成员与非诗社成员之间的唱和。诗社并非一个封闭的群体，诗社成员除了同人间的唱和之外，他们还有各自的交游圈子，而对本诗社活动的歌咏，往往也是他们和其他人唱和的内容之一。如张孝祥有《夜读五公楚东酬唱，辄书其后，呈龟龄》诗：

> 同是清都紫府仙，帝教弹压楚山川。星躔错落珠连纬，岳镇岩峣柱倚天。宫羽在县金奏合，骅骝参队宝花鲜。平生我亦诗成癖，却悔来迟不与编。③

---

① 〔宋〕吴自牧：《梦粱录》，浙江人民出版社 1980 年版，第 181 页。
② 〔宋〕赵文：《青山集》卷六，《影印文渊阁四库全书》本，台湾商务印书馆 1986 年版。
③ 〔宋〕张孝祥著、徐鹏校点：《于湖居士文集》卷七，上海古籍出版社 1980 年版，第 57 页。

此诗即是张孝祥读了《楚东酬唱集》后与王十朋的唱和之作。诗中对楚东诗社的活动表示了由衷的倾慕，并对自己未能加入其中感到万分惋惜。王十朋随之作了《次韵安国〈读楚东酬唱集〉》等六首诗与之唱和。① 这种唱和活动，对扩大楚东诗社的影响显然是十分有利的。尤其是张孝祥是一位名人，经过他的"宣传"，楚东诗社必定更加广为人知。类似的例子在宋代诗社活动中还可以举出不少。如苏颂有《留守太尉潞国文公宠示耆年会诗，次韵继和》②、范纯仁有《和文太师真率会》③诗，均是和洛阳耆英会的组织者文彦博的唱和之作。又如北宋庆历末年，杜衍在睢阳举五老会，"是时，欧阳文忠公留守睢阳，闻而叹慕，借其诗观之，因次韵以谢，卒章云：'闻说优游多唱和，新诗何惜借传看。'"④他们虽然没有加入诗社，但他们和诗社中人的唱和显然无形中有助于诗社影响的扩大。当然，并不是说每一个诗社的活动都必然导致流派的产生，然而，流派的产生和壮大往往需要借助诗社活动为其聚集队伍，壮大声势。我们从上面所举的豫章诗社、江湖诗社、西湖吟社的活动中，即可看到他们由同人间的唱和不断扩大影响，并形成流派的一条清晰的线索。

品第、标榜也是诗社增强凝聚力并发挥影响的一个重要手段。品第是诗社主盟对社友的诗作评裁优劣，定其高下。像薛师石，"日为文会，论切阎析"，"每有文会，景石必高下品评之"。刘克庄《送谢倅序》云："余少嗜章句，格调卑下，故不能高。既老，遂废不为。然江湖社友犹以畴昔虚名相推让，虽屏居田里，载贽而来者，常堆案盈几，不能遍门（阅）。"⑤ 这里所反映的即是诗社主盟主持评裁，以及诗社成员热衷于得到主盟品第的现象。

标榜则主要指诗社同人互相间的称许、夸耀。即以豫章诗社来说，如洪朋《送谢无逸还临川》诗云："东山谢安石，事业照星斗。佳人临川秀，自言乃其后。……早岁翰墨场，挥洒不停手。河发昆仑丘，风怒土囊

---

① 参见〔宋〕王十朋《梅溪后集》卷二十六，《影印文渊阁四库全书》本，台湾商务印书馆 1986 年版。
② 〔宋〕苏颂：《苏魏公文集附魏公谭训》卷十一，中华书局 1988 年版，第 135 页。
③ 〔宋〕范纯仁：《范忠宣集》卷四，《影印文渊阁四库全书》本，台湾商务印书馆 1986 年版。
④ 〔宋〕王辟之撰、吕友仁点校：《渑水燕谈录》卷四，中华书局 1981 年版，第 48 页。
⑤ 〔宋〕刘克庄：《后村先生大全集》卷九十六，《四部丛刊初编》本，上海书店 1989 年版。

口。春来入诗垒,窥杜逮户牖。笔力挟雷霆,句法佩琼玖。……人才古所难,吾子定不朽。……"① 李彭《观吕居仁诗》云:"西风鏖暑功夫深,老火由来欺稚金。……清如明月东涧水,壮如玄豹南山雾。抑扬顿挫百态随,鸷鸟欲举风迫之。莫言持此黄初诗,直恐竟亦不能奇……"② 吕本中评谢逸、谢薖诗云:"谢康乐诗规模宏远,为一时之冠,而玄晖诗清新独出,又自有过人者。…… 本中窃以为无逸诗似康乐,幼槃诗似玄晖……"③ 这些评论,今天看来,大都不无溢美之嫌,但如果我们知道这是当时诗社的风气,也就不足为奇了。林希逸《林君合四六跋》一文,也曾谈到江湖诗人中的此种习气:"江湖诸友人人有序有跋,若美矣。或以其浅淡,则曰玄酒太羹;或以其虚泛,则曰行云流水;疏率失律度,则以瑞芝昙华目之;放浪无绳束,则以翔龙跃凤誉之。讥侮变幻,而得者亦自喜。"④ 其实,吕本中所作《江西诗社宗派图》又何尝不是一种标榜呢?

在品第、标榜这些具体手段之后,所体现的无疑是一种群体精神,它们在维系、调节群体内部关系,使群体保持和谐方面发挥着重要作用。品第既是盟主权威的具体体现,同时又是对盟主权威的进一步强化;标榜则能使诗社成员感到自身价值被认同,从而产生荣誉感、自豪感,进一步提高参加群体活动的兴趣,并吸引更多的人加入诗社活动。这些手法犹如润滑剂,使诗社活动这部"机器"处在一种良性互动的状态中。在此基础上,诗歌流派的脱胎而成,也就是很自然的了。孙觌《西山老人文集序》谈到江西诗派形成时说:"元祐中,豫章黄鲁直独以诗鸣。当是时,江右学诗者皆自黄氏。至靖康、建炎间,鲁直之甥徐师川、二洪驹父、玉父皆以诗人进居从官大臣之列,一时学士大夫向慕作为江西宗派,如佛氏传心,推次甲乙,绘而为图,凡挂一名其中,有荣辉焉。"⑤ 这里即肯定了徐俯等人豫章诗社的活动在江西诗派形成过程中所起的重要作用。

最后,诗社活动中所采用的竞赛评比的方法,也有利于活跃创作,统

---

① 〔宋〕洪朋:《洪龟父集》卷上,《影印文渊阁四库全书》本,台湾商务印书馆1986年版。
② 〔宋〕李彭:《日涉园集》卷五,《影印文渊阁四库全书》本,台湾商务印书馆1986年版。
③ 〔宋〕谢薖:《谢幼槃文集》卷首,《丛书集成初编》本,中华书局1985年版,第81页。
④ 〔宋〕林希逸:《竹溪鬳斋十一稿续集》卷十三,《影印文渊阁四库全书》本,台湾商务印书馆1986年版。
⑤ 〔宋〕孙觌:《鸿庆居士集》卷三十,《影印文渊阁四库全书》本,台湾商务印书馆1986年版。

一诗风,扩大诗社影响。在这方面,最具代表性的是宋元之际的月泉吟社。月泉吟社是浦江月泉社之主盟吴渭向四方诗社征诗的一次大型诗社活动。征诗题目为《春日田园杂兴》。寄诗应征者共二千七百三十五卷。吴渭专门邀请谢翱、方凤、吴思齐三人为考官,主持甄选评裁,从来稿中选出前二百八十名,即此次征诗活动的优胜者。今存《月泉吟社诗》一卷收录了前六十名的诗作。

如何选出优胜者?显然不能仅凭考官个人的喜好,必须设定一个共同标准,作为评比的依据,这就是吴渭所说的:"此题要就春日田园上做出杂兴,却不是要将杂兴二字体贴。"[1] "作者固不可舍田园而泛言,亦不可泥田园而他及。舍之则非此诗之题,泥之则失此题之趣……诸公长者,惠顾是盟而屑之教,形容模写,尽情极态,使人诵之,如游辋川,如遇桃源,如共柴桑墟里,抚荣木,观流泉,种东皋之苗,摘中园之蔬,与义熙人相尔汝也。"[2] 而各地参加者既为此次征诗活动踊跃投稿,也即表示他们接受了此一标准。

类似月泉吟社的活动形式,在宋代诗社中保存的材料不多,但也并非无迹可寻。如葛胜仲《次韵德升再讲酬唱》:"莲社追攀每愧心,诗盟此假偶重寻。……龟洛赋成应夺锦,鸡林价重定酬金。"[3] "夺锦""酬金"云云,说明存在着竞赛评比的情况。徐大焯《烬余录》乙编载:"帘影,词人某氏女。工词曲,为诸社冠。"[4] 显然也可见存在着多个诗社之间举行创作竞赛并评比高下的情况。诗社内部的竞赛评比自然有助于同人间创作思想的统一,而各个诗社横向的竞赛评比,则促进了不同文人群体之间的交流,更有助于某种诗风的推广扩大,这对诗歌流派的形成自然是大有裨益的。

原刊《宋元诗社研究丛稿》,广东高等教育出版社1996年版

---

[1] 〔宋〕吴渭:《月泉吟社诗·春日田园题意》,《丛书集成初编》本,中华书局1985年版,第2~3页。

[2] 〔宋〕吴渭:《月泉吟社诗·诗评》,《丛书集成初编》本,中华书局1985年版,第5~6页。

[3] 〔宋〕葛胜仲:《丹阳集》卷十九,《影印文渊阁四库全书》本,台湾商务印书馆1986年版。

[4] 转引自缪钺主编《中国野史集成》第10册,巴蜀书社1992年版,第267页。

宋代的怡老诗社

有宋一代，文士结社唱和活动十分活跃，各种类型的诗社文会蓬勃兴起，遍布域中。据笔者初步考察，有材料记载的各类诗社达六七十家，较为著名的如邹浩颍川诗社、徐俯豫章诗社、贺铸彭城诗社、叶梦得许昌诗社、欧阳彻红树诗社、王十朋楚东诗社、乐备昆山诗社以及西湖诗社等。在众多诗社中，有一类属于怡老性质的诗社，参加者多为退休官员，年龄多在七八十岁以上，诗社多冠以耆英会、九老会、真率会一类名称。由于此类诗社的主盟大多担任过朝廷高官，故在社会上产生了较大影响。今天看来，此类诗社主要为退休老人怡情适兴的一种群体活动形式，文学上的成就并不算高，但从他们的活动和吟咏中，我们也不难看到宋代社会政治、文化状况的某些折光。以往古典文学界对这一现象似乎从未予以注意，故笔者不揣浅陋，试草此文，对宋代的怡老诗社做一初步考察。

一

首先，我们将以时间先后为序，对宋代怡老诗社的情况略做考述。

（1）李昉汴京九老会。

其事见于王禹偁为吴僧赞宁所作《右街僧录通惠大师文集序》，略云："先是，故相文正公悬车之明年，年七十一，思继白少傅九老之会。得旧相吏部尚书宋琪年七十九、左谏议大夫杨徽之年七十五、鄂州刺史判金吾街仗事魏丕年七十六、太常少卿致仕李运年八十、水部郎中直秘阁朱昂年七十一、庐州节度副使武允成年七十九、太子中允致仕张好问年八十五、大师时年七十八，凡九人焉。文正公将燕于家园，形于绘事，以声诗流咏播于无穷。会蜀寇作乱，朝廷出师，不果而罢。"①

这里所说的故相文正公即李昉。昉字明远。宋初历翰林侍读学士，拜

---

① 〔宋〕王禹偁：《小畜集》卷二十，《影印文渊阁四库全书》本，台湾商务印书馆1986年版。

中书侍郎平章事，卒谥文正。据《宋史》本传，昉致仕之年为淳化五年（994），这里说"悬车之明年"，即应为至道元年（995）。这是现知宋代怡老诗社中年代最早的。但此诗社之立仅止于意向，并未开展过活动。

（2）徐祜苏州九老会。

其事见于龚明之《中吴纪闻》卷二"徐都官九老会"条。云："徐祜，字受天。擢进士第，为吏以清白著声。庆历中，屏居于吴，日涉园庐以自适。时叶公参亦退老于家，同为九老会。晏元献、杜正献皆寓诗以高其趣。晏之首题云：'买得梧宫数亩秋，便追黄绮作朋俦。'杜之卒章云：'如何九老人犹少，应许东归伴醉吟。'时与会者才五人，故杜诗及之。享年七十有五，终都官员外郎。"① 文中晏元献为晏殊，杜正献为杜衍。该九老会可考者仅此。

（3）马寻吴兴六老会。

庆历六年（1046），马寻为湖州太守，曾于郡之南园举六老会。事见周密《齐东野语》卷二十"耆英诸会"条："吴兴六老之会，则庆历六年（1046）集于南园。郎简（工部侍郎，七十七）、范锐（司封员外，八十六）、张维（卫尉寺丞，九十，都管张先之父）、刘余庆（殿中丞，九十二，述仲之父）、周守中（大理寺丞，九十，颂之父）、吴琰（大理寺丞，七十二，知几之父）。时太守马寻主之，胡安定教授湖学，为之序焉。"② 据此材料，该六老会之与会者实乃七人。

（4）杜衍睢阳五老会。

事见王辟之《渑水燕谈录》卷四，略云："庆历末，杜祁公告老，退居南京，与太子宾客致仕王涣、光禄卿致仕毕世长、兵部郎中、分司朱贯、尚书郎致仕冯平为'五老会'，吟醉相欢，士大夫高之。……五人年皆八十余，康宁爽健，相得甚欢，故祁公诗云：'五人四百有余岁，俱称分曹与挂冠。'……是时，欧阳文忠公留守睢阳，闻而叹慕，借其诗观之，因次韵以谢，卒章云：'闻说优游多唱和，新诗何惜借传看。'"③

杜衍，字世昌。仁宗朝，拜同中书门下平章事。以太子少师致仕，封

---

① 〔宋〕龚明之撰、孙菊园校点：《中吴纪闻》卷二，上海古籍出版社1986年版，第49～50页。
② 〔宋〕周密撰、张茂鹏点校：《齐东野语》卷二十，中华书局1983年版，第368页。
③ 〔宋〕王辟之撰、吕友仁点校：《渑水燕谈录》卷四，中华书局1981年版，第47～48页。

祁国公。卒谥正献。五老会举行之地睢阳，宋时称南京，又称宋城，即今河南商丘市。

(5) 章岵苏州九老会。

事见龚明之《中吴纪闻》卷四"徐朝议"条："徐师闵，字圣徒，仕至朝议大夫。退老于家，日治园亭，以文酒自娱乐。时太子少保元公绛、正议大夫程公师孟、朝议大夫闾丘公孝终，亦以安车归老，因相与继会昌洛中故事，作九老会。章岵为郡守，大置酒合乐，会诸老于广化寺。又有朝请大夫王琰、承议郎通判苏湜与焉。公赋诗为倡，诸公皆属而和之，以为吴门盛事。"① 章岵，字伯望。以朝散大夫、尚书司封郎中知苏州。据《正德姑苏志》卷三《职官志》载，章岵以元丰元年（1078）到任，任三载。故知该九老会的活动当在此一时间内。

(6) 文彦博洛阳五老会。

彦博字宽夫，累官同中书门下平章事，封潞国公。神宗熙宁、元丰间，以太师致仕，居洛阳。哲宗元祐初，命平章军国重事，居五年，复致仕。绍圣四年（1097）卒，年九十二。有《潞公文集》。文彦博有《五老会》诗，原注云："元丰三年（1080）九月，范镇内翰、张宗益工部、张问谏议、史炤大卿。"诗云："四个老儿三百岁，当时此会已难伦。如今白发游河叟，半是清朝解绶人。喜向园林同燕集，更缘尊酒长精神。欢言预有伊川约，好作元丰第四春。（原注：为来岁张本。）"② 从此诗末联可知，该五老会在元丰三年（1080）、四年（1081）均有过活动。

(7) 文彦博洛阳耆英会。

历来有关此会的记载颇多，其中以邵伯温所记最详，云："元丰五年（1082），文潞公以太尉留守西都，时富韩公（弼）以司徒致仕，潞公慕白乐天九老会，乃集洛中公卿大夫年德高者为耆英会。以洛中风俗尚齿不尚官，就资胜院建大厦曰耆英堂，命闽人郑奂绘像其中。时富韩公年七十九，文潞公与司封郎中席汝言皆七十七，朝议大夫王尚恭年七十六，太常少卿赵丙、秘书监刘几、卫州防御使冯行已皆年七十五，天章阁待制楚建中、朝议大夫王慎言皆七十二，太中大夫张问、龙图阁直学士张焘皆年七

---

① 〔宋〕龚明之撰、孙菊园校点：《中吴纪闻》卷四，上海古籍出版社1986年版，第93页。
② 〔宋〕文彦博：《五老会》，见《潞公文集》卷七，《影印文渊阁四库全书》本，台湾商务印书馆1986年版。

十。时宣徽使王拱辰留守北京,贻书潞公,愿预其会,年七十一。独司马温公年未七十,潞公素重其人,用唐九老狄兼谟故事①,请入会。温公辞以晚进,不敢班富、文二公之后。潞公不从,令郑奂自幕后传温公像,又至北京传王像,于是预其会者凡十三人。潞公以地主携妓乐就富公宅作第一会,送羊酒不出;余皆次为会。洛阳多名园古刹,有水竹林亭之胜,诸老须眉皓白,衣冠甚伟,每宴集,都人随观之。"②

（8）文彦博洛阳同甲会。

此会参加者共四人：文彦博、程珦、司马旦、席汝言。事见文彦博《奉陪伯温中散程、伯康朝议司马、君从大夫席于所居小园作同甲会》诗,云："四人三百十二岁,况是同生丙午年。招得梁园同赋客,合成商岭采芝仙。清谈亹亹风生席,素发飘飘雪满肩。此会从来诚未有,洛中应作画图传。"③元丰五年（1082）耆英会活动时,文彦博、席汝言均年七十七,而同甲会时年已七十八,故知这是元丰六年（1083）的事。

（9）司马光洛阳真率会。

邵伯温《邵氏闻见录》卷十紧接文彦博耆英会之后云："其后司马公与数公又为真率会,有约：酒不过五行,食不过五味,惟菜无限。楚正议违约增饮食之数,罚一会。皆洛阳太平盛事也。"此真率会似不只举行过一次,每次的参加者也略有不同,试举其著者。司马光有真率会诗,题云《二十六日作真率会。伯康与君从七十八岁,安之七十七岁,正叔七十四岁,不疑七十三岁,叔达七十岁,光六十五岁,合五百一十五岁。口号成诗,用安之前韵》④。此七人中,除伯康（司马旦）、叔达（不详）两人外,均参加过耆英会,从所记各人年龄来看,该会的举行日期为元丰六年（1083）。又,《宋史·范纯仁传》云："丐罢,提举西京留司御史台。时耆贤多在洛,纯仁及司马光,皆好客而家贫,相约为真率会,脱粟一饭,

---

① 参见〔宋〕洪迈撰、孔凡礼点校《容斋随笔·四笔》卷八"狄监卢尹"条,中华书局2005年版,第721页。
② 〔宋〕邵伯温撰,李剑雄、刘德权点校：《邵氏闻见录》卷十,中华书局1983年版,第104～105页。
③ 〔宋〕文彦博：《潞公文集》卷七,《影印文渊阁四库全书》本,台湾商务印书馆1986年版。
④ 〔宋〕司马光：《传家集》卷十一,《影印文渊阁四库全书》本,台湾商务印书馆1986年版。

酒数行,洛中以为胜事。"① 此以范纯仁、司马光两人为首的真率会,在两人文集中均有记录。范纯仁《和君实微雨书怀韵》云:"……邀朋拟白社,取友尽苍髯。馔具虽真率,宾仪去谨严。"② 君实,即司马光字。司马光《邀子骏、尧夫赏西街诸花》诗云:"试问二三真率友,小车篮舁肯重过。"③ 子骏为鲜于侁字,尧夫即范纯仁字。据《宋史·鲜于侁传》,其于神宗元丰末年分司西京御史台。故知此真率会的活动时间当在元丰六七年间。参加过此真率会活动的,似还应有以下诸人:一是范镇。镇字景仁,曾任知制诰、翰林学士。神宗朝历端明殿学士。范纯仁《蜀郡范公景仁挽词三首》其二云:"伊洛相逢日,忠贤盛集时。游从敦气义,唱和若埙篪。"④ 味其诗意,景仁显然参加过纯仁真率会的活动。二是祖无择。无择字择之,曾任龙图阁学士,权知开封府,进学士。其所撰《聚为九老自咏》,诗序云:"龙学因分司西京御史台,与司马温公九人为真率会,谓之九老。"⑤ 显然也参加过司马光组织的某一次真率会的活动。

(10) 程俱衢州九老会。

程俱,字致道,衢州开化人。宣和二年(1120),赐上舍出身。高宗朝,擢中书舍人,兼侍讲,罢,提举江州太平观,除徽猷阁待制。其《与叔问预约继九老会》诗云:"七老当年四美并,韩温千载接仪型。世间天爵兼人爵,云外台星聚德星。白发簪花看更好,碧山环座眼偏青。相期勉继耆英会,留与衢人作画屏。"⑥ 诗题中之叔问为赵子昼,字叔问。高宗建炎间,曾官礼部、兵部侍郎等职。据程俱所撰叔问墓志铭,其卒于绍兴十二年(1142),此前"以旧职提举江州太平观,寓止衢州凡七年,未尝有留滞之叹。……得宽闲之地城南之郊,为池亭林圃,间与交旧游息

---

① 〔元〕脱脱等:《宋史》卷三一四,中华书局1975年版,第10286页。
② 〔宋〕范纯仁:《范忠宣集》卷二,《影印文渊阁四库全书》本,台湾商务印书馆1986年版。
③ 〔宋〕司马光:《传家集》卷十一,《影印文渊阁四库全书》本,台湾商务印书馆1986年版。
④ 〔宋〕范纯仁:《范忠宣集》卷五,《影印文渊阁四库全书》本,台湾商务印书馆1986年版。
⑤ 〔宋〕祖无择:《龙学文集》卷四,《影印文渊阁四库全书》本,台湾商务印书馆1986年版。
⑥ 〔宋〕程俱:《北山集》卷十,《影印文渊阁四库全书》本,台湾商务印书馆1986年版。

其间，浩浩然若将终身而不厌者"①。据此，该九老会之活动时间，当在以绍兴十二年（1142）为下限上溯七年这一期间（1136—1142）内。

（11）朱翌韶州真率会。

朱翌，字新仲，舒州人，号灊山居士。政和八年（1118），赐同上舍出身。南渡后，为秘书少监、中书舍人。绍兴十一年至二十五年间（1141—1155），翌因忤秦桧，责授将作少监，韶州安置。桧死，北返，充秘阁修撰，授敷文阁学士。其所撰《灊山集》卷二有《同郭侯、僧仲晚至武溪亭议真率会》诗，末联云："尺书相与盟真率，岭海风流似洛京。"② 据此可知，该真率会的举行地点当在作者贬官之地韶州。

（12）史浩四明尊老会。

史浩，字直翁，明州鄞县人。绍兴十五年（1145）进士。孝宗朝曾两任宰相。卒赠会稽郡王，谥文惠。其《鄮峰真隐漫录》卷四十七录有《满庭芳》词五首，分别题为《四明尊老会劝乡大夫酒》《劝乡老众宾酒》《代乡大夫报劝》《代乡老众宾报劝》《代乡老众宾劝乡大夫》。同卷《最高楼》词小序云："乡老十人皆年八十，淳熙丁酉（1177）三月十九日，作庆劝酒。"③ 可见，此尊老会显然是与耆英会、真率会相类似的怡老诗社活动。据《宋史》本传，史浩于隆兴元年（1163）拜尚书右仆射，之后不久，即因事罢职家居，共十三年，至淳熙五年（1178）方复召为右丞相。该尊老会的活动，当即在其罢职家居期间。此外，《鄮峰真隐漫录》卷三十九还录有《五老会致语》《六老会致语》④ 各一篇。此五老会、六老会显然与前述尊老会为同一时期举行的怡老诗社活动，只是由参加者的人数不同而名称各异。

（13）汪大猷四明真率会。

汪大猷，字仲嘉，号适斋，明州鄞县人。官至吏部侍郎，兼权尚书。其举真率会一事，见于楼钥《适斋约同社往来无事形迹次韵》诗，略云：

---

① 〔宋〕程俱：《北山集》卷三十三《宋故徽猷阁直学士左中奉大夫致仕常山县开国伯食邑九百赠大夫赵公墓志铭》，《影印文渊阁四库全书》本，台湾商务印书馆1986年版。

② 〔宋〕朱翌：《灊山集》卷二，《影印文渊阁四库全书》本，台湾商务印书馆1986年版。

③ 〔宋〕史浩：《鄮峰真隐漫录》卷四十七，《影印文渊阁四库全书》本，台湾商务印书馆1986年版。

④ 参见〔宋〕史浩《鄮峰真隐漫录》卷三十九，《影印文渊阁四库全书》本，台湾商务印书馆1986年版。

"舅氏年益高，何止七十稀……义概同古人，闾里咸归依……为作真率集，率以月为期……凡我同盟人，共当惜此时。"① 又《士颖弟作真率会次适斋韵》亦有句云："舅甥巾屦频相接，兄弟樽罍喜更同。参坐幸容攻媿子，主盟全赖适斋翁。"② 楼钥，字大防，号攻媿子。宁宗朝，历翰林学士，同知枢密院事，进参知政事。钥为大猷甥，曾与大猷并居翰苑，人称"舅甥三学士"③。其所撰大猷行状，谓大猷于绍熙二年（1191）致仕回乡，卒于庆元六年（1200），云："公既谢事，而钥得奉祠，六年之间，有行必从，有唱必合，徒步往来，殆无虚时，剧谈倾倒，其乐无涯。"④ 以大猷之卒年上推六年，为庆元元年（1195），此一期间，当为该真率会的活动时间。

（14）刘爚建阳尊老会。

刘爚，字晦伯，建阳人。幼受学朱熹、吕祖谦之门。乾道八年（1172）进士。宁宗朝，累官国子司业、工部尚书，兼太子右庶子。其有《壬午春社之明日，讲尊老会于西山之精舍。庞眉皓首，奕奕相照，真吾邦希阔之盛事。辄成口号一首，并呈诸耆寿，且以坚异日恬退之约云》诗，云："耆年自是国之珍，何间衣冠与隐沦。华发共成千一岁，清樽相对十三人。休谈洛社遗风旧，且颂仙游庆事新。三径未荒宜早退，要将寿栎伴庄椿。"⑤ 从此诗可见，该尊老会乃模仿"洛社遗风"的耆英会一类怡老诗社。诗社活动时间为"壬午"，即宁宗嘉定十五年（1222）。参加者共十三人，其中既有"衣冠"，亦有"隐沦"。从"真吾邦希阔之盛事"一句来看，诗社活动之地当在作者家乡建阳。

以上即宋代怡老诗社的大致情况，当然并不是全部。此类诗社，有些由于记载过于简略，面貌不甚清楚，这里就存而不录了。

---

① 〔宋〕楼钥：《攻媿集》卷六，《影印文渊阁四库全书》本，台湾商务印书馆1986年版。
② 〔宋〕楼钥：《攻媿集》卷十二，《影印文渊阁四库全书》本，台湾商务印书馆1986年版。
③ 〔清〕厉鹗《宋诗纪事》卷四十七"汪大猷"则："庆元中，进敷文阁学士。与甥陈居仁、楼钥并居翰苑，人称舅甥三学士。"上海古籍出版社1983年版，第1200页。
④ 〔宋〕楼钥：《攻媿集》卷八十八，《影印文渊阁四库全书》本，台湾商务印书馆1986年版。
⑤ 〔宋〕刘爚：《云庄集》卷一，《影印文渊阁四库全书》本，台湾商务印书馆1986年版。

二

从上文简要介绍不难看出，怡老诗社的活动在宋代十分普遍，它几乎贯穿了有宋一代，已成为宋代的一个引人瞩目的社会现象。

考察宋代怡老诗社的活动，不能不追溯到它的源头——唐代白居易的洛阳九老会。会昌五年（845），白居易七十四岁，时闲居洛阳，与胡杲等八人举九老会唱和，因绘图书姓名、年龄，题为《九老图》[①]。此会以其参加者均为高年耆宿而为世人所瞩目。然而，这一文坛盛事，在唐代似乎并未找到它的知音，倒是到了宋代，成了文人士大夫群起仿效的对象，个中原因，颇值得探讨。

首先，包括怡老诗社在内的各类诗社大量涌现，乃是宋代文人生存方式演变的产物，它与宋代文人的群体化、集团化倾向，以及群体意识的趋强这一大的人文环境有着密切的关系。

王水照先生在比较唐宋文人生存方式的不同时指出："如果说，盛唐作家主要通过科举求仕、边塞从幕、隐居买名、仗策漫游等方式完成个体社会化的历程，从而创造出恢宏壮阔、奋发豪健的盛唐之音，那么，宋代的更大规模的科举活动所造成的全国性人才大流动（每次省试聚集汴京士人达六七千人）、经常性的游宦、频繁的贬谪以及以文酒诗会为中心的文人间交往过从，就成为宋代作家们的主要生存方式了。"[②] 这是非常敏锐和深刻的观察。文人间频繁的宴集交游，客观上势必增进思想感情的交流，加强他们的联系，促使他们在政治观点、文学观念上的趋同，从而形成不同的文人圈子，随之又通过渊源授受、迭相师友而逐渐形成不同的群体、集团和派别。像北宋从钱惟演西京幕府到"欧门"到"苏门"这三个文人集团的递相演进，南宋从辛弃疾到"传其衣钵"的韩元吉、陈亮、刘过等辛派词人的演进，都显示了一条以宴集交游为联结纽带的文人群体形成的清晰线索。

宋代文人的群体化、集团化现象，反映了文人群体意识的趋强。所谓群体意识，通俗一点讲，即将个人融于群体、集团、派别之中，从群体

[①] 参见〔宋〕计有功《唐诗纪事》卷四十九，上海古籍出版社1965年版，第740页。
[②] 王水照：《北宋洛阳文人集团与地域环境的关系》，载《文学遗产》1994年第3期，第76页。

的、集团的、派别的角度来观察和思考问题。宋代文人的这种群体意识是相当自觉的。张元干在《亦乐居士集序》中说:"……国初儒宗杨、刘数公,沿袭五代衰陋,号西昆体,未能超诣。庐陵欧阳文忠公初得退之诗文于汉东敝箧故书中,爱其言辨意深,已而官于洛,乃与尹师鲁讲习,文风丕变,浸近古矣。未几,文安先生苏明允起于西蜀,父子兄弟俱文忠公门下士。东坡之门又得山谷隐括诗律,于是少陵句法大振。如张文潜、晁无咎、秦少游、陈无己之流,相望辈出。世不乏才,是岂无渊源而然耶?"①这种一谈文学发展就细数其渊源师承、判别其门庭的做法,在宋人著作中可谓俯拾皆是,不胜枚举,它所体现的就是一种鲜明的、自觉的群体意识。宋代思想上的学派(如洛学、蜀学)、文学上的流派(如江西、江湖)、政治上的党派(如北宋中后期的新党、旧党)层出叠见,此起彼伏,都与文人士大夫群体意识的趋强有着直接的关系。

　　诗社活动从本质上说,即属于宴集交游的一种形式。但是诗社与一般的宴集交游又有所不同。因为既称其为"社",就带有一定的组织性。例如诗社都有主盟,即该诗社的组织者,多由在文学上或政治上有成就、影响的人担任,如许昌诗社的叶梦得,豫章诗社的徐俯,洛阳耆英会的文彦博、司马光,等等。大多数诗社都有着相对固定的成员并定期聚会,这就比之一般的交游唱和更有规律。有的诗社还订有社规盟约,作为诗社同人共同遵循的宗旨。如洛阳耆英会就订有"序齿不序官"等七条《会约》。(见陶宗仪《说郛》)显而易见,诗社比之一般的宴集交游更具凝聚力,也更易强化文人的群体意识。事实上,对许多文学上的流派、政治上的集团的形成,诗社就起到了明显的中介作用。像豫章诗社的主要成员,如徐俯、洪朋、洪刍、洪炎、谢逸、谢薖、李彭等均被列名于吕本中所撰的《江西诗社宗派图》中,就明显可以看出豫章诗社的活动与江西诗派的形成之间存在着某种必然的联系。又如洛阳耆英会、真率会,其主要成员如文彦博、富弼、司马光、范纯仁等都属于政治上的旧党,虽然在他们的诗社唱和之作中并未发现明显的涉及现实政治的内容,但也很难排除他们由于政治观点的一致,而有意无意地加强了个人间的交往,具有某种政治上结盟的意味。总之,一方面,诗社是宋代文人由于生存方式的演变而导致的群体化、集团化趋势的产物;另一方面,它又在群体化、集团化的进程

---

① 〔宋〕张元干:《芦川归来集》卷九,上海古籍出版社1978年版,第155~156页。

中起到了明显的催化作用。

另外，对参加诗社活动的个人来说，他们从中不但能得到友朋相得之乐，而且身预于某一有影响的群体（例如，列名于宗派图中、"九老"的称谓等），还能使他们感觉到自身价值的被承认，产生强烈的荣誉感。孙觌将这种文人心态描绘得十分生动："元祐中，豫章黄鲁直独以诗鸣。当是时，江右学诗者皆自黄氏。至靖康、建炎间，鲁直之甥徐师川、二洪驹父、玉父皆以诗人进居从官大臣之列，一时学士大夫向慕作为江西宗派，如佛氏传心，推次甲乙，绘而为图。凡挂一名其中，有荣辉焉。"① 这种时尚风习，必然对文人参加诗社活动产生巨大的吸引力。像洛阳耆英会举行时，王拱辰远在北京，"闻之，以书请于潞公曰：'某亦家洛，位与年不居数客之后，顾以官守，不得执卮酒在坐席，良以为恨。愿寓名其间，幸无我遗。'"② 在元丰三年至七年（1080—1084）的短短四五年时间里，仅在洛阳一地，就有五老会、耆英会、同甲会、真率会等多个诗社频繁交叉地举行活动，可见文人士大夫对参加诗社活动倾注了何等的热情！这正是诗社大量出现的强大动力。

三

作为诗社的一个特殊类型，怡老诗社的大量出现，除了具有与其他诗社相类似的普遍原因外，还有属于自身的特殊原因，不能不予以注意。

怡老诗社的大量出现显然与宋王朝实行偃武修文的政策有关。宋王朝建立之后，为了防止前代藩镇割据、尾大不掉的政治局面的重演，采取了一系列限制、解除武将兵权的措施，并实行全面的文官治国。宋朝之优待士大夫，在整个中国历史上可以说是最为突出的。文官不仅有较优厚的俸给，在离职时还可以领宫观使的名义支取半俸，甚至专门设置一些"虚衔"来供他们颐养天年。如洛阳西京留司御史台，"旧为前执政重臣休老养疾之地，故例不事事"③。在这种政策下，文官们退老之后，一般来说，

---

① 〔宋〕孙觌：《鸿庆居士集》卷三十四《西山老人文集序》，《影印文渊阁四库全书》本，台湾商务印书馆1986年版。
② 〔宋〕司马光：《洛阳耆英会序》，见《传家集》卷六十八，《影印文渊阁四库全书》本，台湾商务印书馆1986年版。
③ 〔宋〕叶梦得撰、宇文绍奕考异、侯忠义点校：《石林燕语》，中华书局1984年版，第52页。

能得到较好的生活保障。因而,优游湖山、结社唱和就成了他们消磨晚年岁月、丰富精神生活的较佳形式之一。在本文第一部分考述中,曾引了部分怡老诗社的诗作,可以看出,其内容大体不出安于宴乐、遣心诗酒的范畴。这一创作倾向,实乃他们生活状况的反映。

宋代的怡老诗社活动,大多都遵循着"序齿不序官"的活动规则。这一规则本来是唐代白居易洛阳九老会首先提出来的,但在唐代似乎并未见到有多少继踵者,到了宋代,却被怡老诗社活动所普遍遵循。这一现象,颇值得探究。

所谓"序齿不序官",即诗社排名时,不是以传统的官阶大小、地位高下为序,而是以年龄长幼为序。显然,在这一规则中体现了一种朴素的平等精神,带有一定的背离官本位的平民意识,从而确立了一种有别于官场以等级严明为特征的人际关系的新型交游规则。例如洛阳耆英会,预会者十二人,完全依照年龄大小排列名次。官职高者,并不因此而强居人前,如文彦博,曾官丞相,德高望重,亦是该诗社的组织者,却因年龄小于富弼,排在第二位,其所作诗仍作谦词云:"当筵尚齿尤多幸,十二人中第二人。"① 官职低者,也全无自卑之感。如席汝言,原官职仅为尚书司封郎中,却因年长排名第三,其所作诗云:"共接雅欢恩意洽,不矜崇贵礼容优。"② 对这种交游规则表示了由衷的赞同。可见,"序齿不序官"的交游规则极易创造出一种平等的、祥和的人际关系的氛围,使预会者的身心感到极大的愉悦,他们对参加诗社活动乐此不疲、趋之若鹜,也就不难理解了。

"序齿不序官"交游规则的确立,与宋代科举制度的完善有着直接的关系。我们知道,科举制度虽在唐代已经成形,但是由于权贵豪门操纵的"通榜""公荐"等办法的存在,前期封建社会世族与庶族分离的状况并未完全打破。宋王朝建立之后,对科举制度进行了一系列改革,如取消"公荐",实行弥封、誊录、锁院、别头等措施,基本上取消了权贵豪门在科举上的特权,排除了他们对科举的干扰。只要文章合格,不分门第、乡里,都可录取,使社会各阶层的举子在"机会均等"的前提下公平进

---

① 〔宋〕文彦博:《耆年会诗》,见《潞公文集》卷七,《影印文渊阁四库全书》本,台湾商务印书馆1986年版。

② 〔清〕厉鹗:《宋诗纪事》卷十二,上海古籍出版社1983年版,第313页。

取。用今天通行的话来讲，即"在考试面前人人平等"。这就使地主阶级内部世族与庶族的界限逐渐消失，"地主阶级知识分子第一次作为一个完全平等的阶层，在比较宽松的政治气氛中登上了历史舞台"①。这种平等的精神必然渗透到社会生活的其他方面，"序齿不序官"的规则被普遍接受，正是科举考试所体现的平等精神的反映。

怡老诗社的活动，还显示出摒除繁文缛节，不注重排场和形式，追求俭素质朴、率性所行的价值取向。怡老诗社的这一特点，集中反映在它们的社盟会约里。以最具代表性也最具影响力的洛阳耆英会为例，其所订《会约》共七条，即：

> 序齿不序官。
> 为具务简素。
> 朝夕食不过五味。
> 菜果脯醢之类各不过三十器。
> 酒巡无算，深浅自斟；主人不劝，客亦不辞；逐巡无下酒时作菜羹不禁。
> 召客共用一简，客注可否于字下，不别作简。
> 或因事分简者，听会日早赴，不待促。
> 违约者每事罚一巨觥。②

不难看出，怡老诗社的参加者刻意追求的是一种与官场生活明显不同的民间生活情趣，一种不拘形式、率性所行、朴素自然的氛围。怡老诗社多称之为"真率会"，正是对这一价值取向的形象概括。

"真率"者，真诚直率之谓也。《宋书·陶潜传》云："贵贱造之者，有酒辄设，潜若先醉，便语客：'我醉欲眠，卿可去。'其真率如此。"③可见，所谓真率，通俗一点讲，即摒除任何矫饰、造作，以真面目示人。显然，这里面有某种个性的东西的闪光。怡老诗社的参加者，大多是经历了几十年宦海生涯的老人，官场森严分明的等级、奢华豪侈的生活、刻板

---

① 金诤：《科举制度与中国文化》，上海人民出版社1990年版，第111页。
② 〔明〕陶宗仪等编：《说郛三种》，上海古籍出版社1988年版，第3523页。
③ 〔梁〕沈约：《宋书》卷九十三，中华书局1974年版，第2288页。

烦琐的形式，以及人际关系中的尔虞我诈、虚情假意，早已使他们感到厌倦，使他们隐约觉得失去了做人的真趣，活得一点儿也不轻松。因此，他们退老之后，希望摆脱官场生活加诸身心的种种束缚，找回久已埋没、消磨、扭曲、失落的真情、真性。范纯仁《和文太师真率会》诗云："贤者规模众所遵，屏除外饰贵全真。盍簪既屡宜从简，为具虽疏不愧贫。免事献酬修末节，都将诚实奉嘉宾。岂唯同志欣相照，清约犹能化后人。"① 赵鼎《真率会诸公有诗，辄次其韵》诗云："云何造请门，日满户外屦。却想耆英游，风流甚寒素。淡然文字欢，一笑腥膻慕。"② 两诗将此种心态可谓描摹无遗。宋代怡老诗社的大量出现，和此种文人心态显然有着密切的关系。

原刊《文学遗产》1997 年第 1 期

---

① 〔宋〕范纯仁：《范忠宣集》卷四，《影印文渊阁四库全书》本，台湾商务印书馆 1986 年版。

② 〔宋〕赵鼎：《忠正德文集》卷五，《影印文渊阁四库全书》本，台湾商务印书馆 1986 年版。

郁懑失落的群体

——论元初遗民诗社兼与王德明先生商榷

《文学遗产》1992年第6期载王德明先生《论宋代的诗社》一文，对前人和时贤均较少涉及的宋代诗社活动，做了较为全面的论述，读后令人耳目一新，获益良多。但王先生文中所说的宋代诗社，也把元初的遗民诗社包括在内，对此笔者却不能苟同。笔者认为，元初的遗民诗社虽然是直接承继宋代诗社而来，但其产生的时代背景、诗社活动的内容以及诗社的组织形式等方面，都与宋代诗社有很大的不同，具有自身鲜明的特色，不能不加区别地将二者混为一谈。本文拟就此谈点粗浅看法，以就教于王先生和方家学者。

一

王先生文中提到的宋代诗社，如月泉吟社、汐社、越中诗社、山阴诗社等，从时间界定来说，均产生在元代政权建立以后。

月泉吟社于至元二十三年（1286）十月十五日以《春日田园杂兴》为题征诗四方，于次年（1287）正月十五日收卷，三月三日揭榜。此时距宋恭帝德祐二年（1276）元兵入临安已过去了十一年，就是距厓山之役陆秀夫负末帝赵昺蹈海殉国的祥兴二年（1279）也已过去八年了。

汐社成立的时间虽无确切记载，但从盟主谢翱的活动线索里，仍不难考知其成立的大致时间。谢翱《登西台恸哭记》云："始故人唐宰相鲁公开府南服，予以布衣从戎。明年别公漳水湄。后明年，公以事过张睢阳及颜杲卿所常往来处，悲歌慷慨，卒不负其言而从之游。今其诗具在，可考也。……又后三年，过姑苏。姑苏，公初开府旧治也。望夫差之台而始哭公焉。又后四年而哭之于越台……"① 这里对其宋亡之后的行踪记述得十分清晰：宋景炎元年（1276）七月，文天祥开府南剑州，谢翱"杖策诣

---

① 〔宋〕谢翱：《晞发集》，《影印文渊阁四库全书》本，台湾商务印书馆1986年版。

公,署谘事参军"①。景炎二年(1277)正月,文天祥移军漳州,翱于此时与天祥别,故有"明年别公漳水湄"之语。"后明年"云云,指宋末帝昺祥兴元年(1278)十二月,文天祥兵败被俘,祥兴二年(1279),天祥被执北上,曾题诗张巡庙一事。"又后三年"云云,指至元十九年(1282),谢翱过姑苏,登夫差之台哭祭文天祥。"又后四年而哭之于越台",则指至元二十三年(1286),谢翱来到会稽,登越王台哭祭文天祥。元张孟兼注《登西台恸哭记》,于此句下注曰:"此丙戌(1286)年也。按行述谓公是年过勾越,行禹穸间,北向而泣焉。"②据此可知,谢翱到达会稽的确切时间是至元二十三年丙戌(1286),换言之,汐社成立的时间不可能早于此年。

越中诗社、山阴诗社成立的确切时间虽也难以确考,但我们从今存黄庚《月屋漫稿》中得知,越中诗社的诗题是《枕易》、山阴诗社的诗题是《秋色》,黄庚参加了这两个诗社,并获越中诗社第一名。黄庚,字星甫,天台人,生卒年不详。《四库全书总目》说他"生于宋末,入元未仕,遂收入宋诗。然宋亡时,庚尚幼,观其集首自序,乃泰定丁卯(1327)所作,时元统一海内已五十七年,不得仍系之宋。今仍题作元人,从《浙江通志·文苑传》例也"③。据此,黄庚在宋末年纪尚幼,参加诗社比赛必定是在入元之后。

以上所说这些诗社,既不是跨越两个朝代的,也不属无法确知其活动时间的,它们分明产生于宋朝政权已经彻底覆灭,元朝政权业已建立之后。因此,从时间界定上说,理应将它们称为元初的遗民诗社。

二

然而,时间界定并不是我们区分宋元诗社的唯一标准。在中国文学史上,当两个朝代交替之际,把进入新朝的作家归于旧朝,或将曾在旧朝生活过的作家归于新朝的情况并不少见。这是一个比较复杂的问题,应区别不同情况做具体分析,不可能有一个统一的标准。笔者之所以反对将元初

---

① 〔宋〕方凤:《谢君皋羽行状》,见方勇辑校《方凤集》,浙江古籍出版社1993年版,第75页。
② 〔宋〕谢翱:《晞发集》,《影印文渊阁四库全书》本,台湾商务印书馆1986年版。
③ 〔清〕永瑢等:《四库全书总目》卷一六六"月屋漫稿"则,中华书局1965年版,第1424页。

遗民诗社与宋代诗社混为一谈，是由于与宋代诗社相比，元初的遗民诗社呈现出种种不同的特点，而这又是由元初特定的政治、文化背景决定的。

元初的遗民诗社，从总体上说，已不再是文人墨客嘲风吟月、以诗会友的一般雅集聚会，而是具有浓厚政治色彩的文学团体。

今存宋代诗社中的作品，正如王德明先生文中正确指出的，大多数为应社之作，并无充实的内容。周密的《采绿吟》记叙了一次词社活动，其序云："甲子（1264）夏，霞翁会吟社诸友逃暑于西湖之环碧。琴尊笔砚，短葛练巾，放舟于荷深柳密间。舞影歌尘，远谢耳目。酒酣，采莲叶，探题赋词。余得《塞垣春》，翁为翻谱数字，短箫按之，音极谐婉，因易今名云。"① 诗社的活动大致上也是如此，离不开文人儒士诗酒唱和、吟风嘲月的狭小范围。吴自牧《梦粱录》卷十九"社会"条云："文士有西湖诗社，此乃行都搢绅之士及四方流寓儒人，寄兴适情赋咏，脍炙人口，流传四方，非其他社集之比。"② "寄兴适情赋咏"，可说是对南宋这一类诗社活动的总体概括，它从一个侧面反映了文人士大夫脱离现实、醉生梦死的精神状态。

然而，元代蒙古贵族的铁骑，惊醒了昏睡中的知识分子，改朝换代的巨变、家国沦丧的惨痛以及民族压迫的残酷给他们的心灵以强烈的震撼，使他们不得不面对现实。因此，抒发亡国之痛，表现遗民故老眷怀宗邦的强烈感情，讴歌田园隐逸生活以寄寓消极反抗的爱国思想，就成为这一时期诗社活动的中心内容。例如月泉吟社，虽然以《春日田园杂兴》为题，似乎像范成大的《四时田园杂兴》一样，只是描写田园的风光景色，然而组织者唯恐人们误解了题意，专门指出："《春日田园杂兴》，此盖借题于石湖，作者固不可舍田园而泛言，亦不可泥田园而他及。舍之则非此诗之题，泥之则失此题之趣……使人诵之，如游辋川，如遇桃源，如共柴桑墟里，抚荣木，观流泉，种东皋之苗，摘中园之蔬，与义熙人相尔汝也。"③ 这里点出"义熙人"，即晋义熙间不肯屈事刘宋的陶渊明，可谓点睛之笔。而参与者也是心有灵犀，在中选的诗中，像"种秫已非彭泽县，

---

① 〔宋〕周密：《苹洲渔笛谱》卷一，《丛书集成初编》本，中华书局1985年版，第14页。
② 〔宋〕吴自牧：《梦粱录》，浙江人民出版社1980年版，第181页。
③ 〔宋〕吴渭：《月泉吟社诗·诗评》，《影印文渊阁四库全书》本，台湾商务印书馆1986年版。

采薇何必首阳山"（第五十五名九山人）、"往梦更谁怜麦秀，闲愁空自托杜鹃"（第十一名方赏）、"吴下风流今莫续，杜鹃啼处草离离"（第七名栗里）、"弃官杜甫罹天宝，辞令陶潜叹义熙"①（第三十五名避世翁）一类句子比比皆是。清代学者全祖望说："月泉吟社诸公，以东篱北窗之风，抗节季宋，一时相与抚荣木而观流泉，大率皆义熙人相尔汝，可谓壮矣。"② 可谓切中肯綮之论。

元代的遗民诗社不仅是广大入元知识分子抒发亡国悲痛、表现爱国思想的场所，同时它还起到了联系、团结广大遗民，互为激励，以保持民族气节的作用。

上文对月泉吟社的介绍已可看出这一点，而在这方面最突出的，是谢翱等人组织的汐社。关于汐社的宗旨，何梦桂在《汐社诗集序》中说："海朝谓潮，夕谓汐，两名也。汐社以偏名何？志感也。社期于信，而又适居时之穷，与人之衰暮偶，而犹蕲以自立者，视汐虽逮暮夜而不爽其期，若有信然者类，此谢君皋羽所以盟社之微意也。……潮以朝盈，汐不以夕亏，君有取诸此，固将以信夫盟，拟以为夫人之衰颓穷塞，卒至陆沉而不能自拔以死者之深悲也。"③ 从此序中不难看出，汐社之取名，一方面有按时定期聚会之意，另一方面也包含坚持晚节，不以衰颓穷塞而改志的意思。《汐社诗集》今已不传，难以确知他们吟咏的内容，但汐社的成员基本都保持民族气节至终。谢翱的情况自不待言。像方凤，晚年隐居浦阳仙华山中，虽贫病艰窭，仍不屈志节，"但语及胜国事，必仰视霄汉，凄然泣下"，临殁，"犹属其子樗题其旌曰'容州'（按方凤宋末曾授官容州文学），示不忘也"。④ 又如吴思齐，"宋亡，麻衣绳屦，退隐浦阳，家益艰虞，至无儋石之储。有劝之仕者，辄谢曰：'譬犹处子，业已嫁矣，虽冻饿不能更二夫也。'所善惟方凤、谢翱，相与放游山水间，探幽发

---

① 以上诗句均引自〔宋〕吴渭《月泉吟社诗》，《影印文渊阁四库全书》本，台湾商务印书馆1986年版。

② 〔清〕全祖望：《跋月泉吟社后》，见朱铸禹汇校集注《全祖望集汇校集注·鲒埼亭集外编》，上海古籍出版社2000年版，第1439页。

③ 〔元〕何梦桂：《潜斋集》卷六，《影印文渊阁四库全书》本，台湾商务印书馆1986年版。

④ 〔明〕宋濂：《浦阳人物记》卷下，见罗月霞主编《宋濂全集》，浙江古籍出版社1999年版，第1846页。

奇，以泄其羁孤感愤之意。遇心所不怿，或望天末流涕。晚自号全归子"①。这些固然和个人的思想、性格、意志有关，但诗社成员之间互相激励、精神上互相支持也是一个重要因素。这说明，元初的遗民诗社，文学的功能已趋淡化，政治功能则明显加强，已不仅仅是单纯的文学团体了，而是具有浓厚政治色彩的文学团体。这一特点，正是宋代诗社所不具备的。

三

考察元初的遗民诗社，还必须注意它与元初取消了科举考试这一特定历史背景之间的关系。

我们知道，元代政权建立初期取消了科举，一直到元中叶的延祐年间方正式恢复。科举的停止，一方面把知识分子从科举考试的枷锁中解脱了出来，使他们更专心于诗歌创作。戴表元《胡天放诗序》云："当是时（按指宋代），诸公之文章方期于用世，无有肯刻心凋形沉埋穷伏而为诗者。山川虽佳，其烟云鱼鸟，朝夕真趣，不过散弃为渔人樵客之娱而已。兵戈以来，游宦事息，乃始稍稍与之相接。而前时诸公讦谟典策之具，亦且倚阁无用，呻吟憔悴，无聊而诗生焉。"② 陆文圭《跋陈元复诗稿》云："科场废三十年，程文阁不用，后生秀才气无所发泄，溢而为诗。"③ 说的都是这种情况。

另一方面，一直以来把参加科举作为人生首要目标孜孜以求的知识分子，突然间士失其业，同时也失去了生活的目标。面对这种历史的割裂，他们感到惶惑，感到茫然，感到无所适从，他们急需找到新的精神寄托，找到实现人生价值的新的途径。在没有其他选择的情况下，参加诗社正好可以满足他们的这一精神需要。

因此，在宋代，参加诗社不过是文人雅士消闲生活的点缀，而在元初，参加诗社则成了知识分子重要的生活内容。像获月泉吟社第一名的连文凤，据《月泉吟社诗》，他本人又是杭清吟社的成员。而在他的《百正

---

① 〔明〕应廷育：《金华先民传》卷二《吴思齐传》，《续金华丛书》本，见《四库全书存目丛书》史部第九一册，齐鲁书社1996年版。
② 〔元〕戴表元：《剡源集》卷八，《影印文渊阁四库全书》本，台湾商务印书馆1986年版。
③ 〔元〕陆文圭：《墙东类稿》卷九，《影印文渊阁四库全书》本，台湾商务印书馆1986年版。

集》中，有一首题为《枕易》的诗，而我们知道，《枕易》是越中诗社的诗题，说明连文凤也参加了这一诗社的活动。又如越中诗社第一名黄庚，其《月屋漫稿》中还有两首分别名为《秋色》和《梅魂》的诗，前者注曰"山阴诗社中选"，后者注曰"武林试中"。考《月泉吟社诗》，其第十九名周㻛、第二十七名东必曾都注曰"武林社"，由此可知，"武林试中"即武林社中选之意。上举的连文凤和黄庚，每人均参加过三个以上诗社的活动，由此可见，诗人们参加诗社活动是何等频繁！

  诗人们对诗社的浓厚兴趣，反过来进一步促进了诗社的繁荣。用雨后春笋来形容当时遍地出现的诗社是再恰当不过了。据《月泉吟社诗》注，仅杭州一地，有名可考的诗社就有杭清吟社、白云社、孤山社、武林社、武林九友会等。而耐得翁《都城纪胜》、吴自牧《梦粱录》所记南宋临安诗社均只有西湖诗社一家。周密《武林旧事》"社会"条，记南宋后期临安各行各业的"社会"达十五个之多，却没有一个是诗社。这些记录当然会有缺漏，但总体上仍反映了当时的客观现实。这说明，元初的遗民诗社在数量上远远超过了宋代诗社。

  元初的遗民诗社不但数量众多，而且规模也比宋代诗社扩大了。宋陆梦发《兰皋集序》云："曩见冯深居言旧客海宁之渔亭，枚举吟社，起自竹洲（吴傲）之客汪柳塘以下二十余人，一时雅集，不减山阴。"① 在宋代，这种二十余人以内的诗社最为常见。而元初的诗社规模则要大得多。赵文《熊刚申墓志铭》云："公讳升，字刚申，熊氏，富州广丰乡瑾上里人……丙戌（1286），与尧峰（陈焕）倡诗会，岁时会龙泽徐孺子读书处，一会至二百人，衣冠甚盛，觞咏率数日乃罢。……邻郡闻之，争求其韵赓和，愿入社，其风流倾动一时如此。"② 这是在元初几乎与月泉吟社同时在江西举行的一次诗社活动，参加者有二百人之多，可见规模之大。但与月泉吟社相比，简直又算不了什么。月泉吟社于至元二十三年（1286）十月十五日征诗，于次年正月十五日收卷，短短三个月时间，就征得诗稿二千七百三十五卷。这其中有一部分属一人两卷，像今存《月泉吟社诗》所录前六十名中，第三名、第十三名均为梁相，第六名、第五十三名均为魏新之，似此情况的共有七人。但即使排除了重卷，参加者

---

① 〔宋〕吴锡畴：《兰皋集》卷首，《影印文渊阁四库全书》本，台湾商务印书馆1986年版。
② 〔元〕赵文：《青山集》卷六，《影印文渊阁四库全书》本，台湾商务印书馆1986年版。

至少也应在二千人以上。如此规模巨大的诗社活动，在此之前是从未有过的。

诗社规模的扩大，还表现在诗社的活动不再局限于一地，参加诗社的人也不再局限于某几个趣味相投的人的小圈子，而是更加开放。例如汐社，《（万历）绍兴府志》"寓贤"目云："谢翱……间行抵勾越。勾越多故家，而王监簿（英孙）诸人方延致游士，日以赋咏相娱乐。……遂结社会稽，名其会所曰汐社，期晚而信也。"① 方凤《谢君皋羽行状》则云："会友之所名汐社，期晚而信，盖取诸潮汐。……乙未（1295）复来婺、睦，寻汐社旧盟。"② 这说明汐社起码在会稽和金华、桐庐三处地方都有过活动。月泉吟社参加者的地域，仅今存《月泉吟社诗》所录前六十名的作者，就分属浙江、江苏、福建、江西等数省。知识分子对诗社活动抱有如此巨大的热情，除了通过诗社活动可以使他们抒发怀念故国的思想感情，彼此激励互勉之外，不是也和停止科举之后，他们需要找到新的精神寄托，找到实现人生价值的新的途径这一心态有关吗？

四

关于诗社的活动形式，根据现有的材料，宋代诗社大都离不开分韵赋诗、次韵唱和的路子，具有相当大的随机性。而在这方面，元初诗社却要正规得多。

首先，元初的诗社活动要定出一个诗题，如越中诗社诗题为《枕易》、山阴诗社诗题为《秋色》、武林社诗题为《梅魂》、月泉吟社诗题为《春日田园杂兴》等。其次，要聘请名士硕儒充任考官，担任评裁诗卷的工作。如越中诗社的考官是前侍郎李应祈，月泉吟社的考官则是谢翱、方凤、吴思齐三人。再次，诗稿完成后，考官将从中选出优胜者，确定名次，并写出评语。如越中诗社第一名黄庚，《月屋漫稿》所录《枕易》诗后，就附有考官李应祈的评语。月泉吟社则选出了二百八十名优秀者（今仅存前六十名），以连文凤为第一。每名优秀者的诗后，均附有谢翱等人的评语。最后，有些诗社还要依据名次对优秀者给

---

① 〔明〕张元忭、孙鑛：《（万历）绍兴府志》卷三十九，见中国国家图书馆编《原国立北平图书馆甲库善本丛书》第369册，国家图书馆出版社2013年版，第1725页。

② 〔宋〕方凤著、方勇辑校：《方凤集》，浙江古籍出版社1993年版，第75页。

予物质奖赏。例如月泉吟社，第一名连文凤所获的奖赏为"公服罗一缣七丈，笔五贴、墨五笏"。第四至十名所得奖赏则为"春衫罗一缣，笔二贴、墨二笏"。①

对这种诗社活动形式，王德明先生称之为"大型的诗歌比赛"，这也未尝不可。但若联系元初的社会背景，笔者却认为，这是在模拟科举考试的形式。从今存《月泉吟社诗》中可以窥到一些线索。

《月泉吟社诗》有一个令人注意的现象，即其所载的前六十名作者的署名均用寓名，而别注本名、字号、籍贯于其下。例如第一名，署名为罗公福，别注则云："杭清吟社，三山连文凤伯正，号应山。"② 不难推测，诗卷在考官手里的时候，用的乃是寓名，只是在评选结果出来以后，才注上本名的。对于这一做法，明黄养正认为："其名姓之诡托，无非赵宋之遗民者。"③ 清全祖望也猜测说："岂当日隐语廋辞，务畏人知，不惮谬乱重复以疑之耶？"④ 这种意见当然有一定道理，但笔者认为，这并不是主要的原因。

我们知道，元代蒙古贵族入主中原之后，对汉族人民的压迫主要表现在政治方面和民族歧视方面，至于文化方面的统治，较之后来的明清时代，相对来说是较为松弛的。元孔齐《至正直记》卷二"梁栋题峰"条记载了这样一件事情："宋末士人梁栋隆吉先生有诗名。……一日，登大茅峰题壁赋长句有云：'大君上天宝剑化，小龙入海明珠沉。''安得长松撑日月，华阳世界收层阴。'……一黄冠者与隆吉有隙，诉此诗于句容县，以为谤讪朝廷，有思宋之心。县上于郡，郡达于行省，行省闻之都省，直毁屋壁，函致京师，捄梁公系于狱。不伏，但云：'吾自赋诗耳，非谤讪也。'久而不释。及礼部官拟云：'诗人吟咏情性，不可诬以谤讪。倘使是谤讪，亦非堂堂天朝所不能容者。'于是免罪放还江南。"⑤ 这条材料生动地反映了元初文化统治的一个侧面。事实上，只要不是直接鼓吹反抗元代统治，抒发一下怀念故国的感情，并不是什么犯大忌的事情。这一

---

① 参见〔宋〕吴渭《月泉吟社诗》，《影印文渊阁四库全书》本，台湾商务印书馆1986年版。
② 〔宋〕吴渭：《月泉吟社诗》，《影印文渊阁四库全书》本，台湾商务印书馆1986年版。
③ 〔明〕黄养正：《月泉吟社重刊诗集序》，浦江县志编委会重刊本1984年版。
④ 〔清〕全祖望：《跋月泉吟社后》，见朱铸禹汇校集注《全祖望集汇校集注·鲒埼亭集外编》，上海古籍出版社2000年版，第1439页。
⑤ 〔元〕孔齐：《至正直记》卷二，上海古籍出版社2012年版，第89～90页。

类诗歌在元初文人的诗集中比比皆是，甚至歌颂民族志士文天祥、陆秀夫的诗歌也不少见，元代杂剧中也有不少这一类题材，而作者都没有避讳署本名。月泉吟社不过借吟咏田园风光曲折地寄寓一点民族情绪，也大可不必为此而采用寓名的形式。

因此，笔者认为，采用寓名的方式，主要是借用科举考试的"糊名"而以示公正。关于这一点，前人已有所论及。钱谦益云："月泉吟社，仿锁院试士之法。"①《四库全书总目》云："岂（方）凤等校阅之时，欲示公论，以此代糊名耶？"② 在元初取消了科举考试的情况下，借用科举考试的一些形式来开展诗社活动，无疑迎合了广大士子的心理。他们虽然不能参加科举考试，但通过参加模拟科举考试的诗社活动，可以重温旧梦，并从中得到些许精神补偿。因而，广大知识分子对参加诗社趋之若鹜，也就不足为奇了。

五

比之宋代的诗社，元初遗民诗社对后世的影响也更加巨大和深远。组织形式的日趋完善和正规化，使自唐代产生的诗社最终发育成熟并基本定型了。由于月泉吟社保存的这方面资料最为详尽，也最具代表性，我们或可将这一组织形式称为月泉吟社模式。这一模式多为后来的诗社所遵循。明李东阳《麓堂诗话》云："元季国初，东南人士重诗社，每一有力者主之，聘诗人为考官，隔岁封题于诸郡之能诗者，期以明春集卷，私试开榜次名，仍刻其优者，略如科举之法。"③ 清罗元焕《粤台征雅录》云："粤中好为校诗之会，亦称'开社'……至预布题，并订盟收卷，列第揭榜，悉仿浦江吴清翁月泉吟社故事。"④ 从这些记载中，我们可以看到这一模式对后世的影响何其深远！

这一模式还为其他文学活动所借鉴。元钟嗣成《录鬼簿》记叙了在扬州举行的一次散曲创作活动："维扬诸公，俱作《高祖还乡》套数，惟

---

① 〔清〕钱谦益撰、潘景郑辑校：《绛云楼题跋》，上海古籍出版社2005年版，第187页。
② 〔清〕永瑢等：《四库全书总目》卷一八七"月泉吟社"则，中华书局1965年版，第1703页。
③ 〔明〕李东阳：《麓堂诗话》，《丛书集成初编》本，中华书局1985年版，第7页。
④ 〔清〕罗元焕撰、陈仲鸿注：《粤台征雅录》，《丛书集成初编》本，中华书局1985年版，第4～5页。

公（睢景臣）《哨遍》制作新奇，皆出其下。"① 这段记叙虽然简略，难以确知这次活动的详细情况，但也不难看出，这次活动有一个共同题目，有不少人参加，既然说睢景臣之作最好，想必也是经过评选才得出的结论。杨维桢《聚桂文集序》则记叙了一次文会活动："嘉禾濮君乐闲，为聚桂文会于家塾，东南之士以文卷赴其会者凡五百余人，所取三十人，自魁名吴毅而下，其文皆足以寿诸梓而传于世也。予与豫章李君一初实主评裁，而葛君藏之、鲍君仲孚又相讨议于其后，故登诸选列者，物论公之，士誉荣之。"② 从这里的描述来看，其组织形式与月泉吟社、越中诗社是一脉相承的。

当然，对后世影响更大的还是其体现出来的爱国主义精神。明毛晋跋《月泉吟社》云："虽虮尾一握，然其与义熙人相尔汝，奇怀已足千秋矣！"③ 并把它与元杜本所辑的宋遗民诗集《谷音》同刻。清赵信《南宋杂事诗》咏及月泉吟社等宋遗民事迹时云："桑海英风不可攀，南朝寂历旧江山。惟余几辈才人在，诗卷长留天地间。"④ 都是着眼于它的爱国主义精神。在明清时期，每当社会动荡，阶级矛盾、民族矛盾尖锐激化的时期，具有浓厚政治色彩的诗社、文社就会大量涌现，并以追随元初遗民诗社相标榜。像全祖望《湖上社老晓山董先生墓版文》所云："有明革命之后，甬上蜚遁之士，甲于天下，皆以憔悴枯槁之音，追踪月泉诸老，而唱酬最著者有四社焉：西湖八子为一社……南湖九子为一社。……已而，西湖七子又为一社。……最后南湖五子又为一社。"⑤ 明末清初，是中国诗社发展最繁盛的时期，出现了复社、几社等一大批高举爱国主义旗帜，具有浓厚政治色彩的诗社、文社，从它们身上，我们也不难窥见元初遗民诗社的影子。

原刊《文学遗产》1993 年第 4 期

---

① 〔元〕钟嗣成等：《录鬼簿（外四种）》，上海古籍出版社 1978 年版，第 36 页。
② 〔元〕杨维桢：《东维子集》卷六，《影印文渊阁四库全书》本，台湾商务印书馆 1986 年版。
③ 〔宋〕吴渭：《月泉吟社诗》卷末附毛晋跋，《丛书集成初编》本，中华书局 1985 年版，第 3 页。
④ 〔清〕赵信：《南宋杂事诗》卷七，文海出版社 1981 年版，第 23 页。
⑤ 〔清〕全祖望撰、朱铸禹汇校集注：《全祖望集汇校集注·鲒埼亭集外编》，上海古籍出版社 2000 年版，第 850 页。

宋元科举与文人会社

结社风气的盛行，是宋元时期较为引人瞩目的社会现象之一。

吴自牧《梦粱录》卷一"元宵"条载："姑以舞队言之，如清音、遏云、掉刀鲍老、胡女、刘衮、乔三教、乔迎酒、乔亲事、焦锤架儿、仕女、杵歌、诸国朝、竹马儿、村田乐、神鬼、十斋郎各社，不下数十。更有乔宅眷、旱龙船、踢灯鲍老、驼象社。"① 这是说唱歌舞技艺按专业分工组成的各类会社。

《梦粱录》卷二"诸库迎煮"条云："……次八仙道人、诸行社队，如鱼儿活担、糖糕、面食、诸般市食、车架、异桧奇松、赌钱行、渔父、出猎、台阁等社。"② 这里有饮食行业由手艺不同而结成的各种会社，也有属于其他行业的会社。

耐得翁《都城纪胜》"社会"条，亦记录了当时京城临安的诸多会社组织。如文学方面有西湖诗社；说唱音乐方面有小女童像生叫声社、遏云社、清乐社；游艺玩耍方面有蹴鞠打球社、川弩射弓社、马社；饮食方面有奇巧饮食社；佛教方面有光明会、茶汤会、净业会、药师会、放生会；收藏鉴赏方面有七宝考古社以及锦体社、八仙社、渔父习闲社、神鬼社、花果社；等等。③

以上材料，勾勒出一幅宋代社会各类会社繁花竞放、争奇斗妍的生动图景，这是宋以前的时代所不曾有过的现象。这一现象说明，随着封建经济的高度发达，社会分工更加细密，各种社会群体的分界日益明显。以往以个体为主的生产经营方式，已不能适应商业活动日趋活跃的社会现实。为了生存和发展，从事共同专业的人们，自觉地组织起来，结成会社，依靠群体的力量，以利于更有效地发挥本专业的特长，同时亦可以更有力地

---

① 〔宋〕吴自牧：《梦粱录》卷一，浙江人民出版社1984年版，第3页。
② 〔宋〕吴自牧：《梦粱录》卷二，浙江人民出版社1984年版，第12页。
③ 参见〔宋〕耐得翁《都城纪胜》，《影印文渊阁四库全书》本，台湾商务印书馆1986年版。

表达和维护共同的利益和要求。

封建社会的社会分工,将文人的社会角色定位在从政上,而科举是实现这一社会分工的必由之阶。对青年士子来说,说他们是以科举为专业,可能并不为过。特别是在宋代,由于实行全面的文官政治的需要,大大扩充了科举名额。据记载,宋太宗在位二十二年,仅进士一科取人即近万人[①],而唐朝二百九十年间取士总数不过六千多人[②]。因此,在唐代,科举并非文士的唯一出路,边塞从幕、隐居买名、仗策漫游,文士自身价值的实现尚有着多种选择。而在宋代,全社会读书人几乎都被吸引到了这条并不算宽阔的道路上,这势必造成科场竞争的日趋激烈。

宋代针对唐代科举的弊端进行了一系列整顿、改革,如禁止"公荐",实行锁院、弥封、誊录等制度,逐步建立了一整套严密的科举立法,这就基本上排除了权贵对科举取士的操纵,行贿请托等营私舞弊现象大大减少,唐代盛行的"行卷""温卷"之习逐渐告绝,取士的标准主要看考生的成绩而不是其他,这就对考生本人的才学提出了更高的要求。

宋代对科举考试的内容也进行了改革,废除了诗赋、帖经墨义考试,改试经义、论、策。其中所谓"经义",专限于从儒家经典出题,且大都只是从经典中摘出的只言片语,要求考生加以敷衍阐发,这就需要考生平时必须熟读儒家经典。而且这类文章在内容上专主一家之说,并不允许考生自由发挥,考生为了出人头地,只有从形式技巧方面寻找出路。因而对文章形式技巧的钻研练习,就成为考生准备应试的重要的功课之一。

从以上简要论述,我们不难看出宋代科举的两个显著特点:一是考生人数的扩大,使参加科举不再只是知识阶层中个别人或部分人的行为,而是整个知识阶层的共同行为,具体到某一地某一乡,都有许多人在同时准备参加科举;二是与唐代以诗赋取士更重视个人禀赋和临场发挥不同,宋代科举考试的内容更具普遍性、共同性,用通俗的话来讲,即大家都使用着共同的教材。这就给考生们组织起来以得商讨切磋之效提供了可能。宋元时代与科举有关的会社就是在这种情况下应运而生的。下面拟对这些会社做一初步考察。

---

① 参见〔元〕脱脱等《宋史》卷二九三,中华书局1985年版,第9796页。
② 参见金诤《科举制度与中国文化》,上海人民出版社1990年版,第51页。

一、课会、课社、书会、文会

宋元时期与科举有关的会社名称并不统一，或称课会，如陈造有《赠课会诸公》诗，云："书社他年事，寻盟未厌烦。须吾执牛耳，助子跃龙门。凌厉先诸彦，从容即万言。隽功科举外，暇日要深论。"① 或称课社，如林希逸《资福岭庵前作》诗，原注云："岭内有神祠，旧时课社十日一集其间。"② 或称书会，如李光有《戊辰冬，与邻士纵步至吴由道书会，所课诸生作梅花诗，以"先"字为韵，戏成一绝句。后三年，由道来昌化，索前作，复次韵三首，并前诗赠之》③ 一诗。这里所说的书会，与通常所指民间艺人所结、专门从事创作说唱、话本、戏曲等通俗文学作品的书会不同，乃是文士读书会讲的一种组织，与家塾、舍馆的性质相近。耐得翁《都城纪胜》"三教外地"条云："都城内外，自有文武两学、宗学、京学、县学之外，其余乡校、家塾、舍馆、书会，每一里巷须一二所，弦诵之声，往往相闻。遇大比之岁，间有登第补中舍选者。"④ 可见书会与科举考试有着十分密切的关系。或称文会，如元代杨维桢、濮乐闲等即创立过聚桂文会。杨维桢《聚桂文集序》记其始末云："……嘉禾濮君乐闲，为聚桂文会于家塾，东南之士以文卷赴其会者凡五百余人，所取三十人，自魁名吴毅而下，其文皆足以寿诸梓而传于世也。予与豫章李君一初实主评裁，而葛君藏之、鲍君仲孚，又相讨议于其后。故登诸选列者，物论公之，士誉荣之。"⑤

宋元时期与科举有关的会社的活动内容，大抵不出以下三个方面：

第一，作为此类会社最重要的功能，主要在于举子之间相互激励，商讨切磋，以收到比个人埋首苦读、孤独无友更明显的功效。试看陈著《桂峰课会檄》一文：

---

① 〔宋〕陈造：《江湖长翁集》卷十一，《影印文渊阁四库全书》本，台湾商务印书馆1986年版。
② 〔宋〕林希逸：《竹溪鬳斋十一稿续集》卷一，《影印文渊阁四库全书》本，台湾商务印书馆1986年版。
③ 〔宋〕李光：《庄简集》卷七，《影印文渊阁四库全书》本，台湾商务印书馆1986年版。
④ 〔宋〕耐得翁：《都城纪胜》，《影印文渊阁四库全书》本，台湾商务印书馆1986年版。
⑤ 〔元〕杨维桢：《东维子集》卷六，《影印文渊阁四库全书》本，台湾商务印书馆1986年版。

窃以功名分内事，敢辞桑砚之磨；富贵学中来，当效祖鞭之著。镒基有数，机会又新。欲谐携手之欢，须断同心之利。身惭丁白，何时膺三接之荣；指数槐黄，此去仅一岁之隔。正宜勉力，莫待临期。况丽则之技术难穷，而妆点之功夫无尽。谁可人自为师、家自为学？要在得则相善，失则相规。俾尽所长，各言尔志。白雪阳春，人皆得句；高山流水，行遇知音。毋独擅其已能，冀相忘于下问。其来渐矣，声名盛同里之扬；以数考之，事业应吾侪之奋。从今以始，愿缔其盟。①

这是一篇举子相期结课会的宣言，文中"欲谐携手之欢，须断同心之利""谁可人自为师、家自为学？要在得则相善，失则相规""毋独擅其已能，冀相忘于下问"等语，将举子们参加此类会社的心态揭橥得颇为清楚，这正是此类会社大量出现的原因所在。可惜的是，有关此类会社具体活动情形的材料保存下来的不多，但从现存少量材料中亦不难略窥其一二。像李流谦《比观仲结诸公课会，皆勍敌也。行就举南宫，作此赠之》一诗，记述了一个课会的活动：

……诸君堂堂万骑将，折棰自足笞狂虏。收拾波澜着盆盎，却恐蛟龙愁窘步。信手拈来即三昧，安用区区备先具。朝窗暮几不停缀，宝玉牵联斗奇富。论如《过秦》有古意，赋拟《两都》多杰句。朝来次第出示我，两耳卓槊惊咸濩。华歆便可置龙头，牧之岂肯居第五。我骇虚弦痛方定，未暇相从执旗鼓……②

此诗虽然也未对课会的具体活动做更多描绘，但我们从诗中却不难感受到一种互为师友、商讨切磋的气氛，一种融洽无间的群体精神，举子们对此心向往之是不难理解的，像此诗作者即对未能参加这一课会活动而深感惋惜。可见，通过参加课会活动，举子们深得友朋相得之乐，原本枯燥单调的应试准备，也变得兴味盎然了。

---

① 〔宋〕陈著：《本堂集》卷五十三，《影印文渊阁四库全书》本，台湾商务印书馆1986年版。

② 〔宋〕李流谦：《澹斋集》卷三，《影印文渊阁四库全书》本，台湾商务印书馆1986年版。

第二，除了在举业方面的商讨切磋之外，课会等会社的另一重要功能是通过友朋之间的规正砥砺，加强举子的道德修养。在这方面表现最为突出的是徐鹿卿所创立之青云课社。其《青云课社序》述其始末甚详：

> 己卯之春，其月建寅，其日己亥，青云课会十有七人集于里之崇元观，以文会也。酒才数行，殽核具而已。卒饮相顾言曰：朋友之会尚矣。兰亭之集以修禊会，别墅之游以围棋会，竹林七贤以放达会，酒中八仙以沉醉会，朋友之会尚矣。而以文会者寡也。惟吾乡里之士，平时过从聚合，言论鲠鲠如药石。矧当天子诏贤兴能、郡诸侯劝驾之秋，蓄锐待敌，正其时矣，可不益图切磋之功乎！此课会之举，吾徒所以相长而求益也。凡与此会者，不以技，过者必知所裁，而未及者必知所勉也；不以齿，长者毋至于亢，而少者毋至于惮也；不以分，师生得以相正，亲戚得以相规，而兄弟子侄得以相指摘也。言而失，则约之中；行而失，则返之善。其所以辅仁者又有在于文会之外也，岂直曰缀缉之工而缔绘之巧耶！①

从此序不难看出，青云课社虽然也为应试而进行作文技巧方面的切磋，然其立社之宗旨似乎主要在道德修养方面，所谓"辅仁者又有在于文会之外"是也。我们知道，在中国传统文化中，对知识的追求和才能的培养，总是和对道德的修养和维护结合在一起，后者的重要性甚至远在前者之上。这一价值取向是儒家以伦理为本位，重视主体道德修养的思想所决定的。特别是宋代以后，随着理学的确立及其影响的扩大，对士人道德的要求也越来越强化。课会一类会社的参加者多为举子，对这些未来的从政者来说，道德修养自然是他们人格培养的一个举足轻重的方面。道德修养虽是属于个体的行为，但在传统文化中，朋友间的规正砥砺所起的作用从来都是得到大力提倡的。青云课社等会社在这方面所起的作用则是进一步将原本个体之间的行为群体化、组织化了。

第三，课会等会社还举行模拟科举考试的活动。像前面提到的元季杨维桢等所立的聚桂文会，专门聘有考官主持评裁。从五百余人中选中三十

---

① 〔宋〕徐鹿卿：《清正存稿》卷五，《影印文渊阁四库全书》本，台湾商务印书馆1986年版。

人，列榜公布，"物论公之，士誉荣之"，实际上相当于一次科举考试的预演。举子们通过参加这类活动，可以检视自己所学，获得考试经验，增强应试信心，故极受广大举子欢迎，以致此种"乡评里校之会，岁不乏绝"①，而"士之之与是会者，人固以欲之桂待之矣"②。

宋元时期与科举有关的会社，除了上述之外，还有一种属于经济方面的结社。由于科举规模的扩大，把许多下层士人也吸纳了进来，甚至那些原本不属于士的阶层，也"未有不舍其旧而为士者也"③。然而，参加科举并不仅仅靠才学，亦需要一定的经济保障，像赴举途中的舟车盘缠、在京期间的吃住开销，都是一笔不菲的开支。对于那些家境贫寒的士人来讲，仅靠自家或少数亲友之力，往往无力承担这笔开支，于是，像"过省会"一类专为考生提供经济资助的会社就应运而生了。真德秀《万桂社规约序》一文，就详细记载了这样一个会社的活动情况：

> 林君彬之以《万桂社规约》示余。余叹曰：尝知饥者可以语耒耜之利，尝知寒者可以论蚕织之功，否则以为漫然而已。忆余初贡于乡，家甚贫，辛苦经营，财得钱万，囊衣笈书，疾走不敢停。至都，则已惫矣。比再举，乡人乃有为所谓"过省会"者（原注云：人入钱十百八十，故云），偶与名其间，获钱凡数万，益以亲友之赆。始舍徒而车，得以全其力于三日之试，遂中选焉。故自转输江左以迄于今，每举辄助钱二十万，示不忘本也。吾乡去都十日事尔，其难若是，则温陵之士其尤难可知也。林君此约其为益又可知也。盖纾其行以养其力，一也；无怵迫以养其心，二也；无丐贷以养其节，三也。一举而三益俱焉，此余所以深有取也。然吾乡与约者几千人，林君为此二十年矣，同盟仅三百有奇，濂溪杨公所以叹其不如莆之盛也。林君其思所以广之，使与者愈多，则获者愈厚，余所谓三益者，庶乎其可望也。若夫身为劝驾之官，而未能复续食之制，窃有愧焉。姑捐库

---

① 〔元〕杨维桢：《东维子集》卷六，《影印文渊阁四库全书》本，台湾商务印书馆1986年版。

② 〔元〕杨维桢：《东维子集》卷十七《聚桂轩记》，《影印文渊阁四库全书》本，台湾商务印书馆1986年版。

③ 〔宋〕苏辙：《上皇帝书》，见《栾城集》卷二十一，上海古籍出版社1987年版，第465页。

缗五万佐之，且以为此邦故事。虽未能赎吾愧，亦以见吾志云。①

从文中的记述来看，这显然是一个类似今天的互助会的民间会社，其活动方式是，通过众人的集资，聚沙成塔，集腋成裘，建立基金，然后提供给有需要的人。对如真德秀一样的家境贫穷的举子来说，此举切实地解决了他们的经济窘迫之忧。我们可以看一下宋代官僚队伍的构成，其中出身贫寒者可谓比比皆是，声名较著者如吕蒙正，中举前与妻子住在破窑中，饥寒交迫（传奇《破窑记》即演述其事）；寇准早年家贫，母亲去世时"欲绢一匹作衣衾不可得"②；范仲淹二岁丧父，母亲改嫁，生活贫艰，"冬月惫甚，以水沃面；食不给，至以糜粥继之"③。欧阳修四岁而孤，母亲"亲诲之学。家贫，至以荻画地学书"④。他们全都科举得中，并位居高官。当然，并没有材料证明他们曾得到"过省会"一类互助会社经济上的资助，但宋代许多像他们一样的贫寒士子，由于得到此类会社的经济资助而步入仕途则是不争的事实。

二、 同年会

赵升《朝野类要》卷五"同年乡会"条云："诸处士大夫同乡曲，并同路者，共在朝、及在三学，相聚作会，曰乡会。若同榜及第聚会，则曰同年会。"可见，同年会是科举考试时，同榜登第的考生所结之会社组织。

其实，同年会与科举的关系，主要在于科举为其出现提供了一个契机，参加者之间同科录取的经历和相似的政治地位，很容易产生一种亲和力，作为一条无形的纽带把他们联系在一起。

同年会一类会社的出现，从本质上讲，这是封建官僚政治的产物。我们知道，在封建专制制度下，封建统治阶级内部始终充满了错综复杂的矛盾。一方面是君主与臣下的矛盾。君主为了防止皇权被削弱甚至被篡夺，

---

① 〔宋〕真德秀：《西山文集》卷二十七，《影印文渊阁四库全书》本，台湾商务印书馆1986年版。
② 〔宋〕邵伯温撰，李剑雄、刘德权点校：《邵氏闻见录》卷七，中华书局1983年版，第68页。
③ 〔元〕脱脱等：《宋史》卷三一四，中华书局1985年版，第10267页。
④ 〔元〕脱脱等：《宋史》卷七十八，中华书局1985年版，第10375页。

对臣下猜忌戒备有加，不可能给予充分信任。他们喜怒无常，恩威并用，生杀任情，臣下或是飞黄腾达、衣紫腰金，或是贬官、罢职、流放、杀头，命运完全掌握在君主手中。另一方面是官僚之间的矛盾。他们由于政见之争，更多的是围绕权位之争，钩心斗角，尔虞我诈，诬陷诽谤，互相攻讦，无所不用其极。仕进之路荆棘丛生，陷阱密布，偶有不慎，就会招致灭顶之灾。在这种复杂的政治背景下，为官从政最怕的就是孤立无援。因此，官僚们由于各自利益的相关而结成不同的派别、集团，得以在政治角斗中互通声气、党援朋比，使自己立于不败之地。同年会即政治结盟的形式之一。柳开《与朗州李巨源谏议书》云："同年登第者，指呼为同年。其情爱相视如兄弟，以致子孙累代，莫不为昵比，进相援为显荣，退相累为黜辱。君子者成众善，以利民与国；小人者成众恶，以害国与民。"① 这段话可谓将同年会之本质揭示得淋漓尽致。

现存宋代同年会活动的材料，不少都表现了政治结盟的意蕴。如黄公度《松峰庵即席示同年》诗：

> 才子连镳俯近垧，霜风散逐马蹄轻。芳樽屡约同年会，要路行看异日情。境僻却嫌丝管沸，坐阑转觉笑谈清。松峰自此宣高价，不使慈恩独擅名。②

诗中"要路行看异日情"一句，把希冀同年之间在仕途上联镳并辔、相互提携的心态表露无遗。又如王之道《边公式、周表卿侍郎同年会》诗，原序云："侍郎边公式、周表卿以绍兴十七年夏四月癸丑讲甲辰同升之好，与诸公把酒湖上，为泛舟之集，预会者余宅仲、李景圭、王端才、何才卿、蔡仲平、时昌臣、李宜仲、王彦光及之道共一十一人。坐中公式令之道赋诗为唱，得东字韵，修故事也。之道奉命，不敢以固陋辞，强勉奉呈。"诗云：

> 侍郎修好燕群公，雁塔题名二纪同。谈笑静移杨柳日，杯盘清泛

---

① 〔宋〕柳开：《河东集》卷九，《四部丛刊初编》本，上海书店1989年版。
② 〔宋〕黄公度：《知稼翁集》卷上，《影印文渊阁四库全书》本，台湾商务印书馆1986年版。

芰荷风。鹏抟竞祝三旌贵,鲸吸相期百榼空。此会明年应更好,马周行亦起新丰。①

诗的末句用了马周起新丰的典故。唐代马周少孤贫,好学落拓,不为州里所敬。西游长安,宿于新丰逆旅。后"至京师,舍于中郎将常何之家。贞观三年,太宗令百僚上书言得失,何以武吏不涉经学,周乃为陈便宜二十余事,令奏之,事皆合旨。太宗怪其能,问何,何答曰:'此非臣所能,家客马周具草也。每与臣言,未尝不以忠孝为意。'太宗即日召之,未至间,遣使催促者数四。及谒见,与语甚悦,令直门下省。六年,授监察御史,奉使称旨,帝以常何举得其人赐帛三百匹"②。我们知道,同年登第的人,在仕途上的遭遇可能并不一致。有的官运亨通,青云直上;有的则坎坷困踬,沉抑下僚。即以此同年会来说,边公式、周表卿等人已官至侍郎,而王之道所任最高官职不过是河南转运判官③。王之道在诗里用此典故,显然是以马周自比,含蓄地表达了希冀已身居高位的同年大力援引,使自己早日得到皇帝赏识之意。

同年会的活动形式大致可分为两类:

一类是建会结盟的仪式,比较正规、严谨。范成大《吴下同年会诗碑序》云:

> ……既朝谢,揆日集贡院,奉赐第录黄于香案,列拜庭下。礼毕,更以齿班立:四十以上东序西向,未四十西序东向。推年最长若最少者各一人升堂,长者中立南向,少者北向。春官吏赞拜,少者拜,又赞,答拜。长者洎两序皆再拜,谓之拜黄门,叙同年。④

元代同年会的情形与此大同小异。宋褧《同年小集诗序》云:

---

① 〔宋〕王之道:《相山集》卷十二,《影印文渊阁四库全书》本,台湾商务印书馆1986年版。
② 〔晋〕刘昫等:《旧唐书》卷七十四,中华书局1975年版,第2612~2613页。
③ 参见〔清〕永瑢等《四库全书总目》卷一五六"相山集"则,中华书局1965年版,第1351页。
④ 此碑文见〔清〕陆增祥《八琼室金石补正》卷一一六,文物出版社1985年版,第821页。

天历三年（1330）二月八日，同年诸生谒座主蔡公于崇基万寿宫寓所。既退，小集前太常博士艺林王守诚之秋水轩，坐席尚齿，酒肴简洁，谈咏孔洽，探策赋诗。右榜则前许州判官伊鲁布哈、前沂州同知库春、前大司农照磨温都尔、奎章阁学士院参书雅勒呼。左榜则前翰林编修王瓒、前翰林修撰张益、前富州判官章谷、翰林应奉张彝、编修程谦。疾不赴者前陈州同知纳沁、深州同知王理、太常太祝成鼎，时鄂啰调官监濠之怀远县、库春监庆元之定海县、谷广东元帅府都事，皆将赴上，雅勒呼旧亦名为雅古云。执笔识岁月者，前翰林编修詹事院照磨宋褧也。①

另一类是日常的联谊，活动形式和气氛都比较轻松，与一般的诗社文会活动并无二致。陈造《集同年记》一文，记述的就是这样的一次活动：

小宰费公士寅、西掖陈公宗召、左史汤公硕倡之。庆元庚申（1200）二月八日，合乙未岁同年进士饮于西湖环碧之园。其叙以拜，其坐以齿，其主席者三，某官其预招者十二某某。自举觞至扬觯三十刻，所饮既酣，合辞言曰：仕熙代，取科第良幸，而吾主客十六人者官于中外，合而离，越二十六年，离而复合。把杯相属，道国恩，论情素，劝加餐，祝亨嘉，聚首一笑，不其尤幸。况时仲春，风物媚妩，欲雨倏晴，云日葱昽，西湖山水，秀丽甲天下。而环碧之涵虚，又西湖胜处。宜春宜晴宜觞咏，俯仰徙倚，湖光澄渟，盎盎如酿，鸟鱼弄影，窥闯樽俎，风柔无力，落梅泛香，断续袭人。一时佳胜，为吾徒有，不止古所谓四并者。政恐后谪仙无此乐，非三钜公笃事契、忘名分，未宜得此，此不容不识。客命某致辞，书者胡有开也。②

从此文的描述可见，该会的活动主要是流连山水，诗酒酬唱，并无任何涉及现实政治、人事等方面的内容，与大多数诗社活动相似。然而，正是通

---

① 〔元〕宋褧：《燕石集》卷十二，《影印文渊阁四库全书》本，台湾商务印书馆1986年版。
② 〔宋〕陈造：《江湖长翁集》卷二十二，《影印文渊阁四库全书》本，台湾商务印书馆1986年版。

过频繁地举行这类活动，有意无意地促进了同人间的感情交流，密切了彼此之间的关系，归根结蒂，仍是为其在政治上的结盟服务的。

唐代科举就有编辑刊行新科进士名录的做法，称作《登科记》。宋代沿袭了这一做法，改称《同年小录》。洪迈《容斋续笔》卷十三"金花帖子"条云："唐进士登科，有金花帖子，相传已久，而世不多见。予家藏咸平元年（998）孙仅榜盛京所得小录，犹用唐制以素绫为轴，贴以金花，先列主司四人衔……皆押字；次书四人甲子，年若干，某月某日生，祖讳某，父讳某，私忌某日，然后书状元孙仅，其所纪与今正同。别用高四寸绫，阔二寸，书盛京二字，四主司花书于下，粘于卷首，其规范如此。"这里所说的是《同年小录》的制作形式，在这一点上，宋代与唐代基本上一脉相沿，差别不大。

值得注意的是唐宋两代编辑此类文件时价值取向的不同侧重。唐代《登科记》似乎主要是为了显示中举者名列其中为天下所知的荣誉，刘禹锡《赠致仕滕庶子先辈》诗云"朝服归来尽锦荣，登科记上更无名"①，可见世人也主要是从这一点着眼的。而宋代之《同年小录》则政治结盟的意蕴甚浓。曾丰《同班小录序》详细记述了这一现象：

> 淳熙十六年（1189）正月庚戌，皇帝御后殿，临轩选人，李耆庆以下凡三十有二员，踵吏部侍郎班于庑，次第见已，传旨改秩。退聚于天庆观，具衣冠再拜而三揖，叙同班也。阅六日丙辰，又聚于旌忠观。相与言曰：古人气投道合，适然行同途，宿同馆，犹定交去，况朝觐臣子大礼！吾三十二人者，东西南北士也，乃获为同班，非幸与！聚拜结契，其事虽出迩年，要有不可废者。虽然，非久相亲，难记而易忘，人情则然。兹初结契相许至子孙，于久要之义得矣。更旬月随牒散而之四方，岁复一岁，少者衰，衰者老，卒然遇于道，往往忘面目，甚则忘声音，又甚则并姓名忘之，岂待至子孙哉！于是类爵里状刊而次之，谓之小录，人授一帙，备忘也。备忘未有具，则三者之终不忘，难矣。既有具则嗣自兹面目声音藉或忘之，姓名则容不忘也。虽曰不忘矣，或面相承，或书相遗，言行有过而不告，与忘同；文学有疵而不指，与忘同；政术有悖而不责，与忘同。班中士类贤者

---

① 〔唐〕刘禹锡：《刘宾客集》卷二十五，《四部备要》本，上海中华书局1936年版。

恝然相忘，万万无有也。虽曰不忘而与忘同者，万犹有一，则班契不得为全矣。故于录之首致序，又于序之末致戒焉……①

这里所说的"同班"，是指官员秩满赴京朝觐，改调新职时的同班之人，虽与"同年"之义略异，要之都是以某一共同机遇为契机而结成的官僚群体，性质是完全一样的。从文中所述来看，其活动主旨主要在于借此机遇结盟，以求相互砥砺之效，并通过编刊姓名录的形式，强化同人之间的联系。

原刊《宋元诗社研究丛稿》，广东高等教育出版社1996年版

---

① 〔宋〕曾丰：《缘督集》卷十七，《影印文渊阁四库全书》本，台湾商务印书馆1986年版。

六陵冬青之役考述

南宋绍兴元年（1131），哲宗昭慈孟皇后崩，"遗命择地攒葬，俟军事宁，归葬园陵"①。后卜葬于会稽宝山之泰宁寺，称为攒宫。之后，南宋自高宗以下六代皇帝均攒葬于此山。高宗陵名永思、孝宗陵名永阜、光宗陵名永崇、宁宗陵名永茂、理宗陵名永穆、度宗陵名永绍，是为六陵。绍兴十二年（1142），徽宗梓宫自金还，亦攒葬于此山，陵名永祐。此外，南宋诸后妃亦多葬于此山。元兵下江南，蒙古贵族的铁骑不仅粉碎了南宋六陵归葬中原的美梦，更使其遭受了一场酷烈无比的浩劫。元江南释教总摄西僧杨琏真加利其金玉，将六陵尽行发掘，"至断残支体，攫珠襦玉柙，焚其骴，弃骨草莽间"②。更有甚者，番僧"断理宗顶骨为饮器"③，盖"西番僧回回，其俗以得帝王髑髅，可以厌胜，致巨富，故盗去耳"④。被祸之烈，使人惨不忍睹。此其时也，有山阴人唐珏、温州人林景熙等，独怀痛忿，不忍见陵骨暴旷荒野，乃秘密收拾诸陵遗骨，瘗葬于兰亭山南，并从宋常朝殿移冬青树栽植其上，作为标志。这就是历史上著名的六陵冬青之役。

关于这一事件的始末，《元史》所记十分简略。而当时以及后来人的各种著述对此事的记载又不尽相同，甚或相互抵牾，使人难所适从。本文拟对此加以考述。

一、关于发陵年代

在有关此事的记载中，年代的分歧最为明显，历来有三种不同意见。一说为元世祖至元十五年戊寅（1278）。元代罗有开《唐义士传》首主此

---

① 〔元〕脱脱等：《宋史》卷二四三，中华书局1985年版，第8637页。
② 〔元〕陶宗仪：《南村辍耕录》卷四，中华书局1959年版，第43页。
③ 〔明〕贝琼：《清江诗集》卷四《穆陵行并序》，《影印文渊阁四库全书》本，台湾商务印书馆1986年版。
④ 〔宋〕周密：《癸辛杂识·别集上·杨髡发陵》，中华书局1988年版，第264页。

说，其后陶宗仪《南村辍耕录》、张孟兼《唐珏传》、明代程敏政《宋遗民录》、清代毕沅《续资治通鉴》、万斯同《南宋六陵遗事》及《书唐林二义士传后》、全祖望《答史雪汀问六陵遗事书》、王仲光《南宋诸陵复土记》、周广业《会稽六陵考》以及近人夏承焘《乐府补题考》均同此说。另一说为至元二十一年甲申（1284）。《元史》、柯绍忞《新元史》、屠寄《蒙兀儿史记》以及程敏政《宋遗民录》所载明初阙名作者的《穆陵行并序》等主此说。还有一说为至元二十二年乙酉（1285）。周密《癸辛杂识》主此说，宋濂《书穆陵遗骼》、徐乾学《资治通鉴后编》亦同。

　　三说中，以至元十五年说影响最大，自《续资治通鉴》及夏承焘先生力主此说，迄今似乎已成定谳。然细考史实，似仍不无疑问。此说之主要根据有二。其一为谢翱《冬青树引别玉潜》诗有"知君种年星在尾"①句，"星在尾者，岁在寅也"②，此明言瘗骨之年为戊寅，即至元十五年。谢翱是福州长溪人，宋末曾入文天祥幕，后亡走吴越间，与唐珏、林景熙等交往颇深，故其所记应无大谬。然当时记述冬青之役的诗作，除谢诗外尚有唐珏的《冬青花》诗，中有"君不见犬之年，羊之月，霹雳一声天地裂"③之句，据此，则发陵年代应为丙戌六月，即至元二十三年（1286）；而元代郑元祐又记《冬青花》诗为林景熙所作，诗句别作"君不见羊之年马之月，霹雳一声山石裂"④，则发陵之年又作癸未五月，即至元二十年（1283）。唐、林均身预冬青之役，而所记年代与谢诗及诸说均不同。可见，仅凭谢翱这句诗，并不能作为定发陵之年为至元十五年的确证。

　　其二，陶宗仪《南村辍耕录》谓："至元丙子，天兵下江南，至乙酉，将十载，版图必已定，法制必已明，安得有此事？然戊寅距丙子不三年，窃恐此时庶事草创，而妖髡得以肆其恶欤。"⑤后来持发陵为至元十五年之说者，常引陶氏此说以为根据。按陶氏此说全为推论之词，意指杨琏真加之所以敢冒天下之大不韪，发掘宋朝帝王陵寝，是乘元兵初下江

---

① 〔宋〕谢翱：《晞发集》卷四，《影印文渊阁四库全书》本，台湾商务印书馆1986年版。
② 〔宋〕谢翱撰、〔明〕张孟兼注：《〈冬青树引〉注》，《影印文渊阁四库全书》本，台湾商务印书馆1986年版。
③ 陈衍辑撰、李梦生校点：《元诗纪事》卷三十一，上海古籍出版社1987年版，第710页。
④ 〔元〕郑元祐：《遂昌山人杂录》，《丛书集成初编》本，中华书局1985年版，第6～7页。
⑤ 〔元〕陶宗仪：《南村辍耕录》卷四，中华书局1959年版，第48页。

南，版图未定，法制未明，庶事草创的混乱之机所为。然而，历史记载与此并不相符。《元史·世祖本纪》载："二十二年春正月戊寅……桑哥言：'杨辇（琏）真加云，会稽有泰宁寺，宋毁之以建宁宗等攒宫；钱唐有龙华寺，宋毁之以为南郊。皆胜地也，宜复为寺，以为皇上、东宫祈寿。'时宁宗等攒宫已毁建寺，敕毁郊天台，亦建寺焉。"①《元史·董文用传》又载："（至元）二十二年……有以帝命建佛塔于宋故宫者，有司奉行甚急，天大雨雪，入山伐木，死者数百人，犹欲并建大寺。"② 这里说的"建佛塔于宋故宫"，盖指杨琏真加"哀诸陵骨，杂置牛马枯骼中，建白塔于故宫……塔成，名曰镇南，以厌胜之"③ 一事。从上引史料中起码明确了两个问题：一是杨琏真加毁宋诸陵建寺建塔，并非擅作主张，而是得到了元世祖忽必烈的允准，甚或就是执行忽必烈的命令。二是说明在陶宗仪所谓"版图必已定，法制必已明"的至元二十二年乙酉，用毁宋诸陵后所得金银来建佛寺、建佛塔镇压诸陵遗骨的工程正在加紧进行，并没有因版图已定、法制已明而有所收敛，从而也说明了所谓版图已定、法制已明，与发陵事件并没有直接的联系。发陵有可能发生在至元十五年，也有可能发生在至元二十二年以前的任何一年，归根结蒂，它是由蒙古贵族对汉族人民反抗的惧怕心理及其野蛮凶残的本性决定的。由此可见，陶宗仪将发陵之年定于至元十五年的推论是难以让人信服的。

除了以上两条根据难以成立之外，不少史料还清楚地显示出发陵之年不在至元十五年。

其一，宋祥兴二年、元至元十六年（1279），周密与张炎、王沂孙等十四位亡宋遗民在杭州分咏龙涎香、白莲、莼、蝉、蟹诸题，共作词三十七首，后编为《乐府补题》④。唐珏是这十四人之一。可见周、唐两人原即是朋友。当然，《补题》五咏非同一时间和地点之作，五咏没有一次十四人全到，也没有一人五次始终都参加。但周密、唐珏同时参加的起码有

---

① 〔明〕宋濂等：《元史》卷十三，中华书局1976年版，第271～272页。
② 〔明〕宋濂等：《元史》卷一四八，中华书局1976年版，第3499页。
③ 〔清〕毕沅：《续资治通鉴》卷一八四，中华书局1957年版，第5022页。
④ 参见夏承焘《周草窗年谱》，见《唐宋词人年谱》（修订本），上海古籍出版社1979年版，第315页。

两次：一为浮翠山房赋白莲，一为余闲书院赋蝉。① 可见两人的交往是比较密切的。发陵之年若在至元十五年的话，其事犹新，周密当应从唐珏处得知此事。同为有着强烈民族意识之亡宋遗民，对如此严重的事件岂有相瞒之理？退一步讲，即使唐珏因畏祸而不提自己参与瘗骨之役，但对发陵事件却无须隐瞒。事实上杨琏真加发陵是公开进行的，并非秘密。然而周密《癸辛杂识》所记发陵之年却为至元二十二年，所述消息得之参加发陵的僧徒互告状纸，而护陵收骨之人为"中官陵史罗铣"，与唐珏丝毫无涉，岂非咄咄怪事？清代周济曾臆测《乐府补题》诸词所咏即隐指去岁发陵之事。② 若真是这样，周密自当清楚知道发陵在至元十五年，而《癸辛杂识》所记却在七年之后，又该做何解释呢？而且参加《补题》吟咏之十四人中，今有文集存世者如张炎、王沂孙、李彭老、仇远等，并无只字论及《补题》与发陵事件之关系。元明以来，记载杨琏真加发陵及唐、林诸人瘗骨义举者甚多，亦无一人论及《补题》与发陵之关系，而此说独出于好以比附说词的清代常州诸老，不能不使人产生怀疑。③ 因而我们只能认为，至少在至元十六年，周密与唐珏等在杭州唱和之际，发陵事件尚未发生，换句话说，发陵之年不会早于至元十六年。

其二，发陵事件的主角是元江南释教总摄杨琏真加，那么，杨琏真加何时当上江南释教总摄一职与发陵年代的确定就有着直接的关系。关于这个问题，《续资治通鉴》的记载是："世祖至元十四年，二月，以西僧嘉木杨喇勒智（原按旧作杨琏真加）为江南总摄，掌释教，除僧租赋，禁扰寺宇者。"④ 若按此说，杨琏真加至元十四年（1277）就任江南释教总摄，至元十五年发陵则是合乎逻辑的事。然而，早于《续资治通鉴》的《元史》的记载却与此有别。《元史·世祖本纪》载："（至元）十四年二月……诏以僧亢吉祥、怜真加加瓦并为江南总摄，掌释教，除僧租赋，禁

---

① 参见〔元〕陈恕可辑《乐府补题》，《丛书集成初编》本，中华书局1985年版，第1～19页。

② 说引自夏承焘《乐府补题考》，见《唐宋词人年谱》（修订本），上海古籍出版社1979年版，第376～382页。

③ 夏承焘《周草窗年谱》亦持此说。萧鹏《周草窗年谱补辨》一文对此辨之甚详，见《词学》第5辑，华东师范大学出版社1986年版，第71～72页。

④ 〔清〕毕沅：《续资治通鉴》卷一八三，中华书局1957年版，第5001页。

扰寺宇者。"① 这里所述的时间是相同的，但从"并"字来看，任职江南总摄的显然是两人，而非《续资治通鉴》的一人，其中之"怜真加加瓦"与"杨琏真加"是否即为一人呢？考《元史》所记杨琏真加之名，重复出现达十数次，用字基本上是统一的，唯此一次作"怜真加加瓦"则殊不可解。或以两者读音相近即视为一人，则当时读音相近者尚有国师"亦怜真""亦摄思连真嗣"及"珈璘真"等②，我们是否也认为他们都是一人呢？当然，《元史》由于成书仓促，舛误不少。但明清以来，不少人对其加以订正，如汪辉祖《元史本证》、赵翼《二十二史札记》等，后者甚至列有"元史人名不画一"专节胪列《元史》人名歧互者，但都没有指出怜真加加瓦与杨琏真加实为一人。因此，在没有充分根据之前，我们只能认为《元史》所记应为两个人。怜真加加瓦于至元十四年任职江南释教总摄，那么杨琏真加任职的时间就只能在这之后了。事实上，杨琏真加的名字在《元史》中主要出现在至元二十一年至至元二十九年（1284—1292）这段时间，说明这段时间才是他的主要活动期。联系这一史实，发陵之年能否定在至元十五年就很值得考虑了。

其三，杨琏真加发陵后，遵照元世祖的命令，用发陵所得金银修天衣寺等佛寺，并建佛塔镇压宋陵遗骨。按照常理，发陵之年代与建寺建塔之年代不应相隔太久，否则遗骨的存放、保管都会成问题。元代罗有开《唐义士传》云："……越七日，总浮屠下令裒陵骨杂置牛马枯骼中，筑一塔压之，名曰镇南。杭民悲戚，不忍仰视。"③ 从叙述的语气来看，发陵与建塔的时间是衔接得相当紧密的。因此，从建寺建塔的时间可以反过来帮助我们推定发陵的时间。以下是《元史》中有关建寺建塔的记载："（至元二十一年九月）丙申，以江南总摄杨琏真加发宋陵冢所收金银宝器修天衣寺。"④ "（至元）二十二年春正月……时宁宗等攒宫已毁建寺，敕毁郊天台，亦建寺焉。"⑤ "（至元）二十二年……有以帝命建佛塔于宋故宫者，有司奉行甚急，天大雨雪，入山伐木，死者数百人，犹欲并建大

---

① 〔明〕宋濂等：《元史》卷九，中华书局1976年版，第188页。
② 参见〔明〕宋濂等《元史》卷二〇二，中华书局1976年版，第4518页。
③ 〔明〕程敏政：《宋遗民录》卷六，《丛书集成初编》本，中华书局1991年版，第60页。
④ 〔明〕宋濂等：《元史》卷十三，中华书局1976年版，第269页。
⑤ 〔明〕宋濂等：《元史》卷十三，中华书局1976年版，第272页。

寺。"①"（至元）二十三年春正月，以江南废寺土田为人占据者，悉付总统杨琏真加修寺。""［至元二十五年（1288）二月］江淮总摄杨琏真加言以宋宫室为塔一、为寺五，已成，诏以水陆地百五十顷养之。"② 以上史料清楚地显示了建寺建塔的起讫时间为至元二十一年九月至至元二十五年二月之间。照此推理，发陵的时间也应距此不远。发陵之后，随即建塔建寺，经过四年左右时间的紧张施工而于至元二十五年建成，比较符合常理。若定发陵之年在至元十五年的话，从至元十五年到至元二十一年就成了一个空白期，这段时间里遗骨放置于何处就成了问题。而且至元十五年发陵，至元二十五年始建成寺、塔，耗时长达十年之久，也未免太长了一些。

综上所述，把发陵之年定在至元十五年的说法是难以让人信服的，而至元二十一年或二十二年的说法则与上述史实比较契合。但这一说法细分起来亦有不同，实际上涉及了三个时间：明初阙名作者的《穆陵行并序》作"至元二十一年"，不署月③。宋濂《书穆陵遗骼》云："初，至元二十一年甲申，僧嗣古妙高上言，欲毁宋会稽诸陵。江南总摄杨辇（琏）真加与丞相桑哥相表里为奸。明年乙酉正月，奏请如二僧言，发诸陵宝器，以诸帝遗骨建浮屠塔于杭之故宫，截理宗顶以为饮器。"④ 据此则发陵之议在至元二十一年，而发陵则在至元二十二年正月。周密《癸辛杂识》则明言为"至元二十二年八月"。三说之中，若以《元史》所记至元二十一年九月即已用"发宋陵冢所收金银宝器修天衣寺"相核证，当以明初阙名作者所记为是。但笔者认为，对发陵的具体时间，原不必这般胶柱鼓瑟。杨琏真加所发南宋六陵，加上徽宗永祐陵，实为七陵，再加诸后妃之陵，总数几近二十所，若再加诸大臣墓，合计达一百零一所⑤，数目相当巨大。这些帝王后妃的陵冢，虽称之为"攒宫"，但毕竟是帝王派头，应是比较大型和坚固的，那些大臣的墓冢也不会太简陋。发掘这些陵

---

① 〔明〕宋濂等：《元史》卷一四八，中华书局1976年版，第3499页。
② 〔明〕宋濂等：《元史》卷十五，中华书局1976年版，第309页。
③ 参见〔明〕程敏政《宋遗民录》卷六，《丛书集成初编》本，中华书局1991年版，第65页。
④ 〔明〕宋濂：《銮坡前集》卷十，见罗月霞主编《宋濂全集》，浙江古籍出版社1999年版，第547页。
⑤ 参见〔明〕宋濂等《元史》卷二〇二，中华书局1976年版，第4521页。

墓，不仅需要大量的人力，还需要一定的时间，非短期所能完成。因而发陵就不是某一个月所为，而是一个持续的过程。如周密《癸辛杂识》所记就有两次：一次为"至元二十二年八月"，一次为当年"十一月十一日"，首尾相接几达四个月。若再联系其他史料，则大致可以推断，发陵的过程当从至元二十一年即已开始，断断续续，一直到至元二十二年方才结束。周密、宋濂等人每人只记录了这一过程中的某一次或两次发陵行动，因而才会产生所记年大致相同而月不同的现象。

二、关于参加冬青之役之人

究竟有哪些人参与了收埋六陵遗骨的冬青之役？关于这个问题，《元史》未做任何记载，其人其事多散见于当时或之后的各种著述中。这些著述众说纷纭，有的持之有据，有的则出自传闻甚或臆测，且十分零散。这里试图对这些材料加以综合、整理，并略做辨析。

其一为唐珏。珏字玉潜，号菊山，会稽山阴人。其事迹见罗有开《唐义士传》："岁戊寅，有总江南浮屠者杨琏真伽，怙恩横肆，势焰烁人。穷骄极淫，不可具状。十二月十有二日，帅徒役顿萧山，发赵氏诸陵寝。至断残支体，攫珠襦玉柙，焚其骴，弃骨草莽间。唐时年三十二岁，闻之痛愤。亟货家具得白金百星许，执券行贷，得白金又百星许。乃具酒醪，市羊豕，邀里中少年若干辈，狎坐轰饮。酒且酣，少年起请曰：'君儒者。若是，将何为焉？'唐惨然具以告，愿收遗骸共瘗之。众谢曰：'诺。'中有一少年曰：'发丘中郎将，耽耽饿虎，事露奈何？'唐曰：'余固筹矣。今四郊多暴骨，取审以易，谁复知之？'乃斫文木为匮，复黄绢为囊，各署其表曰某陵某陵，分委而散遣之，薶地以藏，为文而告。诘旦，事讫来集，出白金羡余酬，戒勿泄。"①除此传外，唐珏本人有《冬青行》二首咏此事。诗云："马棰问髐行，南面欲起语。野麇尚屯束，何物敢盗取。余花拾飘荡，白日哀后土。六合忽怪事，蜕龙挂茅宇。老天鉴区区，千载护风雨。""冬青花，不可折，南风吹凉积香雪。遥遥翠盖万年枝，上有凤巢下龙穴。君不见，犬之年，羊之月，霹雳一声天地裂。"②谢翱有《冬青树引别玉潜》诗，云："冬青树，山南陲，九日灵禽居上

---

① 〔明〕程敏政：《宋遗民录》卷六，《丛书集成初编》本，中华书局1991年版，第60页。
② 陈衍辑撰、李梦生校点：《元诗纪事》卷三十一，上海古籍出版社1987年版，第710页。

枝。知君种年星在尾，根到九泉护龙髓。恒星昼陨夜不见，七度山南与鬼战。愿君此心无所移，此树终有开花时。山南金粟见离离，白衣人拜树下起，灵禽啄粟枝上飞。"① 此皆为唐珏身预冬青之役之确证。

其二为林景熙。景熙字德旸，号霁山，温州平阳人。宋咸淳七年（1271）太学释褐，历泉州教授、礼部架阁，转从政郎。宋亡不仕。其事见郑元祐《遂昌山人杂录》，略云："当杨总统发掘诸陵寝时，林故为杭丐者，背竹箩，手持竹夹，遇物即以夹投箩中。林铸银作两许小牌百十，系腰间，取贿西番僧曰：'余不敢望收其骨，得高宗孝宗骨斯足矣。'番僧左右之。果得高、孝两庙骨，为两函贮之。归葬于东嘉。"② 另外，景熙亦有《冬青花》诗专咏此事。诗云："冬青花，花时一日肠九折。隔江风雨晴影空，五月深山护微雪。石根云气龙所藏，寻常蝼蚁不敢穴。移来此种非人间，曾识万年觔底月。蜀魂飞绕百鸟臣，夜半一声山竹裂。"③ 此诗与上引唐珏《冬青行》第二首所咏之事与用韵均相同，可知为同时唱和之作。林景熙《霁山集》中别有《答唐玉潜》《立春郊行次唐玉潜》等诗，则知二人本属旧友，由此可推知瘗骨之举并不是互不相干的孤立行动，当为两人所共谋。除此之外，景熙还有《梦中作》四首隐咏此事：

　　珠亡忽震蛟龙睡，轩敝宁忘犬马情。亲拾寒琼出幽草，四山风雨鬼神惊。
　　一抔自筑珠丘土，双匣犹传竺国经。独有春风知此意，年年杜宇泣冬青。
　　昭陵玉匣走天涯，金粟堆前几暮鸦。水到兰亭转呜咽，不知真帖落谁家。
　　珠凫玉雁又成埃，斑竹临江首重回。犹忆年时寒食祭，天家一骑捧香来。④

此四诗或云为唐珏所作。然唐珏今未有文集传世，而为景熙《白石樵唱》

---

① 〔宋〕谢翱：《晞发集》卷四，《影印文渊阁四库全书》本，台湾商务印书馆1986年版。
② 〔元〕郑元祐：《遂昌山人杂录》，《丛书集成初编》本，中华书局1985年版，第6～7页。
③ 〔宋〕林景熙：《霁山集》卷三，中华书局1960年版，第103～104页。
④ 〔宋〕林景熙：《霁山集》卷三，中华书局1960年版，第103页。

所收入。据《白石樵唱》方逢辰序，此集为景熙生前所自编，"且此四诗词格实与景熙他诗相类"①，故应属之景熙无疑。

其三为郑朴翁。朴翁字宗仁，温州平阳人。宋咸淳末上舍释褐，授迪功郎、福州教授，寻除国子正，转从政郎。宋亡不仕。其事最早见章祖程注林景熙《梦中作》诗，云："元兵破宋，河西僧杨胜吉祥行军有功，因得于杭置江淮诸路释教都总统，所以管辖诸路僧人，时号杨总统，尽发越上宋诸帝山陵，取其骨渡浙江，筑塔于宋内朝旧址，其余骸骨弃草莽中，人莫敢收。适先生与同舍生郑朴翁等数人在越上，痛愤乃不能已，遂相率为采药者至陵上，以草囊拾而收之。又闻理宗颅骨为北军投湖水中，因以钱购渔者求之，幸一网而得。乃盛二函，托言佛经，葬于越山，且种冬青树识之。"② 按章注作于元元统甲戌（1334），此距瘗骨之年不远，当有所据。又考林景熙所撰郑朴翁墓志铭云"余与国子正郑公生同里，学同师，由长至老同出处"③，可见两人交谊之深。且两人在宋亡之后，均流寓会稽王英孙家，故郑参与其事的可能性甚大。景熙所撰墓志铭虽未明言收骨之事，但其铭曰："公之文兮烂其河汉，公之行兮丰厥根干；历艰危兮忠孝不迁，人孰知兮知之者天。"细斟其词意，似亦有难言之隐，或即指此事欤？

又按连文凤《百正集》卷中有《寄郑宗仁》诗，其序云："稽山禹穴，莽为狐兔，神龙遗蜕，散乱榛芜。孝子仁人，一夕悉取而归之，有人心者能无愧乎！闻此怨泣，寄以诗。"诗曰："玉玄蓬莱问浅深，仙裾不受海尘侵。千年爱护神龙骨，万里凄凉老鹤心。夜月照愁低草色，秋风吹泪哭松林。钱塘流水情何恨，谁采苹花学越吟。"连文凤，字伯正，福建三山人。他与林景熙、郑朴翁等在宋末同为太学生。至元二十三年（1286），浦江吴渭举月泉吟社，以《春日田园杂兴》为题，征诗四方，得两千七百余卷，以罗公福为第一名。公福即文凤的化名④。同一年，连

---

① 〔清〕永瑢等：《四库全书总目》卷一六五"林霁山集"则，中华书局1965年版，第1414页。
② 〔宋〕林景熙：《霁山集》卷三，中华书局1960年版，第103页。
③ 〔宋〕林景熙：《霁山集》卷五《故国子正郑公墓志铭》，中华书局1960年版，第146页。
④ 参见〔宋〕吴渭《月泉吟社诗》，《影印文渊阁四库全书》本，台湾商务印书馆1986年版。

文凤还参加了在杭州改葬宋末殉节的徐应镳的活动①。由此可知，发陵瘗骨之年前后，连文凤即在浙江一带活动，故其所记应为实录，此亦可成为郑朴翁身预其役的有力佐证。

其四为王英孙。英孙字才翁，号修竹，会稽人，少保端明殿学士克谦之子，历官将作监簿。其说肇自元代张孟兼跋谢翱《冬青树引别玉潜》诗，云："文献黄先生之门人傅藻氏以书来，谓闻之文献者曰：杨总统初欲利攒宫之金玉，故为妖言以惑主听而发之。越中王修竹，一日出金帛与诸恶少，众皆惊骇而请曰：'平日且不敢见，今乃有赐，不审欲何为，虽死不敢避。'因徐谓曰：'尔辈皆宋人也。吾不忍陵寝之暴露，已造石函六，刻纪年一字为号，自思陵以下，欲随号收殡尔。'众皆诺。遂夜往收贮遗骸骨而葬，上种冬青树为识。"②据此，则此说应源自黄溍。按此说所述英孙事迹与罗有开《唐义士传》所述唐珏事迹相类，史料记述上的这一混乱情况实乃事出有因。元末明初人孔希普跋谢翱《冬青树引别玉潜》诗云："郡先生霁山林君，当宋亡时，忠义耿耿……尝与唐珏收宋遗骸于山阴，种冬青树其上。……盖先生乃王修竹门客，先生与珏所为，王盖与知之矣。"③原来他们本是一伙志同道合的朋友。林景熙《霁山集》中有与唐珏及王修竹的唱和之作数篇；明《（万历）绍兴府志》郑朴翁传云："宋亡，诸陵被发，与友人林景熙等谋间行拾之，语在景熙传中。既而归隐芳山瀑下。会稽王英孙延致宾馆，教授子弟二十余年。"④均可证此言不诬也。故唐、林、郑诸人之瘗骨之役，理所应当有王英孙参与。

不仅如此，王英孙在是役中还扮演着举足轻重的角色。此役需要大量的金钱——准备盛放遗骨的器具、酬劳召集来的里中少年、贿赂发陵的番僧……罗有开《唐义士传》所述唐珏的经费来源是"亟货家具得白金百星许，执券行贷，得白金又百星许"；然而该传又云，唐"家贫，聚徒授经营澔以养其母"。据其所述，仅货家具怎能得白金这许多？仓促行贷，

---

① 参见〔清〕释际祥《敕建净慈寺志》卷二十三，《丛书集成续编》本第58册，上海书店1995年版，第970页。

② 〔明〕程敏政：《宋遗民录》卷六，《丛书集成初编》本，中华书局1991年版，第64页。

③ 〔明〕程敏政：《宋遗民录》卷六，《丛书集成初编》本，中华书局1991年版，第64～65页。

④ 〔明〕张元忭、孙鑛：《（万历）绍兴府志》卷三十九，见中国国家图书馆编《原国立北平图书馆甲库善本丛书》第369册，国家图书馆出版社2013年版，第1725页。

又怎能得白金这许多？郑元祐《林义士事迹》云："林铸银两许小牌百十，系腰间，取贿西番僧。"然林乃客居异乡之人，仓促中怎能拿得出这许多银子？而英孙乃会稽阀阅大族，家饶于赀。故出资一事非其莫属。另外，瘗骨是一项十分艰巨的工作，不仅工作量大，还需要既迅速又秘密地进行，因而它不可能由单个人孤力完成，而应是有组织、有计划的集体行动。既然如此，就需要有人策划、组织、协调，而从地位、声望、钱财以至他们之间的关系（主人与门客）来看，这个人亦非英孙莫属。以上虽出自推论，当离基本事实不远。至于世人但知唐、林，而英孙之事却不显的原因，明代沈季友认为："盖王本国戚，又世家也，若挺身而前，虑败泄罹祸；时唐玉潜珏、林景熙德旸、谢翱皋羽诸人皆其馆客；王特捐赀募里少年，挟二士经纪其间；王固自讳，人亦但知唐与林也。"① 其说是有道理的。

其五为谢翱。翱字皋羽，一字皋父，号晞发子，福州长溪人。曾为文天祥客。其说源自元杨维桢《吊谢翱文并序》："异日，杨琏发陵事，翱又有阴移冥转之功。"② 其说虽过于玄虚，然元胡翰《谢翱传》云："……天祥转战闽广，至潮阳被执。翱匿民间，流离久之。间行抵勾越，勾越多阀阅故大族，而王监簿诸人方延致游士，日以赋咏相娱乐。翱时出所长，诸公见者，皆自以为不及，不知其为天祥客也。"③ 辄知翱与英孙等固所相识。考翱所著《晞发集》中，有《冬青树引别玉潜》诗；林景熙《霁山集》有《酬谢皋父见寄》诗，其结句云："夜梦绕勾越，落日冬青枝。"此均可证谢翱参与了其事。故长期以来，这似乎已成定论④。

然而，笔者认为，谢翱并没有参加冬青瘗骨之役。根据有二。

首先，对谢翱生平最权威的著述，当属方凤所撰《谢君皋羽行状》一文。因为方凤不仅与谢翱为同时之人，同时他还是谢翱中年以后最相契的朋友。宋濂《吴思齐传》云："思齐与方凤、谢翱无月不游，游辄连日

---

① 转引自夏承焘《乐府补题考》，见《唐宋词人年谱》（修订本），上海古籍出版社 1979 年版，第 379～380 页。
② 〔明〕程敏政：《宋遗民录》卷二，《丛书集成初编》本，中华书局 1991 年版，第 16 页。
③ 〔元〕胡翰：《胡仲子集》卷九，《影印文渊阁四库全书》本，台湾商务印书馆 1986 年版。
④ 张白山《关于谢翱的诗歌》："谢翱当时也参加收拾遗骸的工作。"参见《宋诗散论》，上海古籍出版社 1984 年版，第 101 页。

夜。或酒酣气郁时,每扶携向天末恸哭,至失声而后返。"① 任士林《谢翱传》云:"迨疾革,语其妻刘,我死必以骨归方凤,葬我许剑之地。方凤果闻讣至,与吴思齐、冯桂芳、方幼学、方焘、翁衡、翁登等奉骨如志。"② 其交情由此可见一斑。故谢翱若参加了瘗骨之役,方凤是应该知道的。然方传叙谢翱生平极详,其于谢翱哭祭文天祥一事不惮费辞,而于瘗骨事不涉一词,甚至连一点暗示都没有,不能不启人疑窦。

其次,谢翱《登西台恸哭记》云:"始故人唐宰相鲁公开府南服,予以布衣从戎。明年别公漳水湄。后明年,公以事过张睢阳及颜杲卿所尝往来处,悲歌慷慨,卒不负其言而从之游。今其诗具在,可考也。……又后三年,过姑苏。姑苏,公初开府旧治也,望夫差之台而始哭公焉。又后四年而哭之于越台。又后五年及今而哭于子陵之台。"③ 这里对其宋亡之后的行踪记述得十分清晰:宋景炎元年(1276)七月,文天祥开府南剑州,谢翱"杖策诣公,署谘事参军"④。景炎二年(1277)正月,文天祥移军漳州,翱于此时与天祥别,故有"明年别公漳水湄"之语。"后明年"云云,指宋帝昺祥兴元年(1278)十二月,文天祥被元兵所俘,祥兴二年(1279),天祥被执北上,曾题诗张睢阳庙事。"又后三年"云云,指至元十九年(1282),谢翱过姑苏,登夫差之台哭祭文天祥事。"又后四年而哭之于越台",则指至元二十三年,谢翱来到会稽,登越王台哭祭文天祥。元张孟兼注《登西台恸哭记》,于此句下注曰:"此丙戌(1286)年也。按行述谓公是年过勾越,行禹穴间,北向而泣焉,时有《冬青树引别玉潜》云。"⑤ 据此可知,谢翱到会稽的确切时间是至元二十三年丙戌。据本文第一部分考证,杨琏真加发宋诸陵的时间是至元二十一年至二十二年之间,故谢翱显然不可能参加瘗骨之役。

那么,又怎样解释谢翱与冬青之役有关的诗作呢?笔者认为,这些诗是谢翱至元二十三年到会稽后,结识了唐、林、王、郑等人,从他们那里

---

① 〔明〕宋濂:《吴思齐传》,见罗月霞主编《宋濂全集·宋学士先生文集辑补》,浙江古籍出版社1999年版,第2051页。
② 〔明〕程敏政:《宋遗民录》卷二,《丛书集成初编》本,中华书局1991年版,第10页。
③ 〔宋〕谢翱:《晞发集》,《影印文渊阁四库全书》本,台湾商务印书馆1986年版。
④ 〔宋〕方凤:《谢君皋羽行状》,见《存雅堂遗稿》卷三,《影印文渊阁四库全书》本,台湾商务印书馆1986年版。
⑤ 〔明〕程敏政:《宋遗民录》卷三,《丛书集成初编》本,中华书局1991年版,第21页。

闻知此事后所感赋的，故其诗所用多为追溯语气，如"知君种年星在尾"句，则明言冬青树为唐玉潜所种而己为局外之人也。

其六为全璧。璧字君复，一字君玉，号泉翁，又号遁初子。宋时曾官秘阁，入元不仕。其说出于其后人清代学者全祖望《宋兰亭石柱铭》一文，略云："……开庆以后，吾家三世连戚畹，而先太师徐公之薨，赐葬于斯，故邀恩命，以天章寺旁地尽赐先少师。……抑闻宋之初亡也，戊寅六陵之难，遗民鬼战，呜咽流泉，护双经于竺国，在斯寺也。其时先泉翁尚未迁杭，其与唐、林诸公固吟伴也，冬青之地主，即在吾家，而今总莫之征。"① 按唐、林等人瘗骨的确切地点是兰亭山南之天章寺侧②，据全氏此说，天章寺旁地既属其家，则全璧当应参加是役，至少瘗骨于此应征得他的同意。但此说独出于全氏，不见于元明两代其他著述。而全璧除月泉吟社存其《春日田园杂兴》诗一首外，今无其他文字传世；林景熙、谢皋羽诸人集中也未见与其唱和之作，其事迹既无可征，故全氏此说尚难以定论。

除以上六人之外，诸家著述中提到的，还有周密《癸辛杂识》之罗铣和章祖程引《厓山志》之余则亮。罗铣为"中官陵史"，护陵瘗骨为其职司所在，其事也与唐、林诸人无涉。关于余则亮事，清全祖望《冬青义士祠祭议与绍守杜君》一文辨之甚详，略云："若章祖程引《厓山志》，以为尚有余则亮，乃无稽之言。余则亮者，政和人余应龙。明洪武中曾官留守司知事，即赋《皇宋第十六飞龙》以志庚申君遗事者也。其人在政和，盖称宿儒，图经中有传可考，而相去八十余年，隔绝三朝，其时不与唐、林接，则于六陵事，定无豫。且祖程引《厓山志》以为据，是书予家有之，然并无此语，故益见其诬也。"③ 据此，则不应阑入冬青义士之列。

原刊《文史》1992年第34辑

---

① 〔清〕全祖望撰、朱铸禹汇校集注：《全祖望集汇校集注·鲒埼亭集内编》，上海古籍出版社2000年版，第454～456页。

② 参见〔清〕悔堂老人《越中杂识》上卷，浙江人民出版社1983年版，第35页；〔清〕全祖望《答史雪汀问六陵遗事书》，见〔清〕全祖望撰、朱铸禹汇校集注《全祖望集汇校集注·鲒埼亭集外编》，上海古籍出版社2000年版，第1668～1672页。

③ 〔清〕全祖望撰、朱铸禹汇校集注：《全祖望集汇校集注·鲒埼亭集内编》，上海古籍出版社2000年版，第618～619页。

诗社与书会

——元代两类知识分子群体及其价值取向的分野

诗社与书会，是元代引人瞩目的两类知识分子群体。

关于书会，前人及时贤多有论及；至于诗社，近年来也开始受到学术界的关注。然而将两者加以比较研究，则尚是一个有待开拓的新领域。笔者认为，考察在相同的社会政治文化背景下出现的这两类知识分子群体的同异，比之考察单个人更有助于我们认识在时代巨变中知识分子阶层的分化、群体价值意识的变迁，以及这一切给文学创作带来的影响。这显然是一个很有意义的课题。

一、 元代前期出现了两类知识分子群体——诗社与书会

诗社与书会的出现均非自元代始。

早在魏晋时期，文士间的雅集交游活动就很活跃，如阮籍等人的"竹林七贤"、王羲之等人的兰亭修禊，这一类活动已可视为后世诗社的滥觞。特别值得注意的是，这时还出现了一个释慧远与士人刘遗民、雷次宗等在庐山所结的白莲社，参加者达一百二十三人之众。[①] 这可能是最早以"社"来命名同志间的聚会。虽然该社宗旨主要是同修净土之法，与文学无涉，但其名称及结社形式显然对后世诗社有较大影响。唐代文人间的雅集交游活动更加频繁，有些活动更是定期举行，并有相对固定的成员，如白居易等人在洛阳组织的"九老会"，已初具后世诗社的雏形。然而，诗社的大量出现，则是始于宋代。

丁谓于宋真宗景德三年（1006）所作的《西湖结社诗序》[②]，记载了

[①] 参见〔梁〕释慧皎撰、汤用彤校注、汤一玄整理《高僧传》卷六，中华书局1992年版，第214页。

[②] 〔高丽〕义天：《圆宗文类》卷二十二，见《卍续藏经》第103册。转引自曾枣庄、刘琳主编《全宋文》卷二〇八，巴蜀书社1990年版，第600～601页。

北宋初年的一次诗社活动。该诗社的组织者为昭庆寺僧省常，应其邀，自宰相向敏中而下，愿入者十之八九，均"寄诗以为结社之盟文"。这是迄今所知宋代最早的诗社活动。整个宋代，诗社活动相当活跃，声名较著的有徽宗大观四年（1110）徐俯等人的豫章诗社，重和元年（1118）前后叶梦得等人的许昌诗社，高宗绍兴初年韩驹、吕本中等人的临川诗社，绍兴十八年（1148）乐备、范成大等人的昆山诗社，以及耐得翁《都城纪胜》、吴自牧《梦粱录》中都记载了的西湖诗社。可见结社吟诗在宋代已经成为一种风气，显示了宋代诗人群体意识的增强。

综观宋代诗社，其活动内容大多不出寄兴适情，诗酒唱和，送往迎来，切磋诗艺的范围，与一般文人墨客的雅集交游并无二致。参加者通常局限于或是师友传承，或是趣味相投的少数人的圈子里，其活动不过是文士们读书或宦涯生活的点缀，在他们的全部生活中并不占有重要的地位。因此，诗社在宋代还远不能称作具有自觉意识的有代表性的文人群体。

书会也是滥觞于宋代。它是与城市里的大众文化娱乐场所——瓦市同步出现的。参加者被称为书会先生，或书会才人，这一称谓表明他们是一些具有一定文学修养的人。据前人考证，他们大致由两类人组成。一类为民间艺人，另一类为科场失意的文士。

由于书会主要是为瓦市演出的杂剧、讲史、诸宫调等通俗文艺编写文学脚本，因此书会才人的写作目的十分明确，既非为了不着边际的"经国之大业""不朽之盛事"，也非不关痛痒的赋志抒怀、吟风嘲月，而是具有鲜明的功利性，即谋生的考虑。因为他们只有使自己的作品满足市民大众的审美趣味，才能使演出广受欢迎，换言之，他们才能因此获得经济收益。这一特点，客观上为中国文学的发展开辟了一个新的方向——商业化、大众化、通俗化的方向。可见，书会一出现，就与诗社分道扬镳，走上了不同的道路。

然而，宋代加入书会的知识分子毕竟有限，有名可考的仅见于周密《武林旧事》中记载的李霜涯、周竹窗等寥寥六人。[①] 当然，由于这些人社会地位低下，可能还有为数不少的人早已湮没无闻了，但这毕竟也表明宋代知识分子加入书会尚未能成为普遍现象，书会显然还是一个以民间艺

---

① 参见〔宋〕四水潜夫《武林旧事》卷六"诸色伎艺人"条，西湖书社1981年版，第105页。

人为主体的行会组织。因此,书会在宋代,也还不能算作具有自觉意识的有代表性的知识分子群体。

进入元代,书会、诗社的情况有了极大改观。比之宋代诗社,元代诗社具有以下四个显著特点。

其一,在极短的时间里,诗社集中大量地出现。宋代杭州一地,有文字记载的诗社仅西湖诗社一家,而元代杭州有名可考的诗社就有杭清吟社、白云社、孤山社、武林社、武林九友会五家。其他地区较著名的还有浙东的越中诗社、山阴诗社、汐社,浙西浦江的月泉吟社,江西的明远诗社、香林诗社及熊刚申、陈尧峰等在龙泽山创办的诗社。这些诗社成立的时间全部集中在元初的最初一二十年里①,真可谓遍地开花,一时蔚为大观。

其二,规模明显扩大。像江西熊刚申、陈尧峰在龙泽山创办的诗社,"一会至二百人"②,月泉吟社的参加者则在二千人以上③,其规模远非宋代一二十人的诗社可比。

规模扩大的另一标志是诗社活动的地域不再局限于一隅。宋代诗社多以地命名,像豫章诗社、许昌诗社、昆山诗社等,参加诗社的人也多局限于一地,形成一个类似现今文学沙龙的小圈子。元代诗社则突破了这一局限,呈现出更开放的格局。像月泉吟社,参加者分布于浙江、江苏、江西、福建等数省,汐社则起码在会稽、金华和桐庐三处地方都有过活动。

其三,组织形式更为正规严密。宋代诗社组织上较为松散,与一般分韵赋诗的文人雅集并无明显区别。元代诗社则要正规得多。以月泉吟社为例,元代诗社活动大致有这样几道程序:发出征诗启事,定出诗题和写作要求,以及交卷时间;聘请有名望的鸿儒硕士担任考官,主持评裁;选出优胜,确定名次,写出评语,给予奖赏。这就俨然似一个组织有序的正规的文学社团了。

---

① 江西熊刚申、陈尧峰在龙泽山创办诗社的时间是至元丙戌(1286),月泉吟社是在至元丙戌(1286),明远诗社、香林诗社是在至元癸巳(1293)前后,越中诗社、汐社、武林社、山阴诗社等诗社的成立时间也大致与月泉吟社相前后。

② 〔元〕赵文:《青山集》卷六《熊刚申墓志铭》,《影印文渊阁四库全书》本,台湾商务印书馆1986年版。

③ 月泉吟社共征得诗稿二千七百三十五卷,其中有部分一人两卷,但此种情况不算多,故总数当在二千人以上。

其四，诗社活动不再是文士们消闲生活的点缀，而成了他们重要的生活内容。从文士们频繁地参加诗社活动可以看出这一点。像获月泉吟社第一名的连文凤，同时又参加过杭清吟社、越中诗社的活动；获越中诗社第一名的黄庚，同时也参加过山阴诗社与武林社的活动。① 可见其时知识分子对参加诗社活动是何其热衷！

从以上特点不难看出，元代诗社已从宋代诗社那种文人雅集式的聚会发展成为更具组织性、自觉性、代表性的知识分子群体了。

元代书会的情况又如何呢？

由于文献资料的缺乏，书会有名可考的并不算多，较著名的有玉京书会、元贞书会、武林书会等。值得我们注意的是，元代知识分子大量加入书会。元钟嗣成所编《录鬼簿》，共收杂剧、散曲作家一百五十二人，分为七类。前二类为"前辈已死名公""方今名公"，共四十一人。其中除董解元等个别人外，大多为官宦，当与书会无涉。余五类共一百一十一人作者均将其冠以"才人"之名："前辈已死名公才人""方今已亡名公才人""已死才人不相知者""方今才人相知者""方今才人，闻名而不相知者"。《录鬼簿续编》则记录了杂剧、散曲作家七十一人。孙楷第先生认为两书中所录"泰半为书会中人"②，这一推测应是不错的。可见元代书会的人员构成中，知识分子的比例已经大大提高。这就将宋代以民间艺人为主体的书会转变为以知识分子为主体，书会自然也就演变为一个知识分子的群体了。

元代的诗社与书会出现的这些变化，显示了知识分子群体化加速的趋势，这显然与当时的社会政治形势有关，尤其是与元代统治者采取废止科举的政策有着直接的因果联系。

我们知道，自唐宋以来，随着科举制度的日趋完善，知识分子可以说百无一遗地被吸引到了这条道路上来。这既是他们实现"拯物济世"的社会政治理想的必由之路，也是改变他们社会地位和物质生活条件的必由之路，参加科举早已成为他们最重要的人生目标。因此，科举的废止，对

---

① 参见拙文《郁邑失落的群体——论元初遗民诗社兼与王德明先生商榷》，载《文学遗产》1993年第4期，第83～89页。

② 孙楷第：《也是园古今杂剧考》附录《元曲新考·书会》，上杂出版社1953年版，第395页。

他们来说，意味着"士失其业"①，犹如人生道路的一场大塌方、大断裂，带给他们的冲击和震撼是怎么估计也不过分的。面对这突如其来的历史巨变，他们感到惶惑、迷惘、恐惧，孤独无助、无所适从成为一种普遍的心态。因此，他们希望到群体中去获得精神慰藉，希望在同声相应、同气相求中获得面对生活的勇气和相濡以沫的力量。知识分子的这一精神需求，正是群体化的内在动因。

同时，杂剧等通俗文艺的勃兴，对剧本的需求日殷，这正为知识分子发挥自己的一技之长提供了用武之地。因而部分知识分子在仕途阻断之后，或出于谋生的考虑，或为这一方新天地所吸引，自觉或不自觉地加入了书会才人的行列。

可见，恰如一根藤上结出的两颗瓜，诗社与书会这两类知识分子群体的形成，正是元代特定的社会政治文化土壤培育的产物。

二、 诗社与书会在价值取向上的明显分野

然而，犹如由同一母体孕育出生的婴儿，也会呈现性格、情趣、爱好的个体差异一样，同为知识分子群体的诗社与书会，在价值取向上也表现出了明显的分野。

诗社可以说是知识分子传统价值观的体现者。综观元代的诗社，不难看出，尽管名称各异，所吟诗题也不尽相同，但诗社活动的内容始终不离两大主题，即眷怀故宋的遗民情结与归隐田园的隐士情怀。

披阅今存元代诗社的诗作，扑面而来的是强烈的亡国之痛和故国之思。映入读者眼帘最多的字眼是"梦"：

> 梦觉罗浮迹已陈，至今想象事如新。②（武林社黄庚）
> 轩裳一梦断尘寰，桑柘阴阴静掩关。③（月泉吟社九山人）
> 往梦更谁怜麦秀，闲愁空自托杜鹃。④（月泉吟社方赏）

---

① 〔元〕郑经：《青楼集序》，见〔元〕夏庭芝著，孙崇涛、徐宏图笺注《青楼集笺注》，中国戏剧出版社1990年版，第20页。
② 〔宋〕黄庚：《月屋漫稿·梅魂》，《影印文渊阁四库全书》本，台湾商务印书馆1986年版。
③ 〔宋〕吴渭：《月泉吟社诗》，《影印文渊阁四库全书》本，台湾商务印书馆1986年版。
④ 〔宋〕吴渭：《月泉吟社诗》，《影印文渊阁四库全书》本，台湾商务印书馆1986年版。

午桥萧散名千古，金谷繁华梦一场。①（月泉吟社临清）

出现频率最高的典故则是耻食周粟的伯夷、叔齐和不事刘宋的陶渊明：

行歌隐隐前村暖，忽省深山有蕨薇。②（月泉吟社子进）
种秫已非彭泽县，采薇何必首阳山。③（月泉吟社九山人）
自笑偷生劳种植，西山输与采薇翁。④（月泉吟社陈纬孙）
弃官杜甫罹天宝，辞令陶潜叹义熙。⑤（月泉吟社洪贵叔）

南宋王朝的覆亡，对汉族知识分子来说，不只是一般意义上的朝代兴替，停止科举的失落感、民族歧视的屈辱感、社会地位沦丧带来的人格和自尊心的贬损，构成巨大的心灵创伤和强烈的感情激荡，这是他们必须面对而又不愿面对的严峻现实。因而，眷怀故国、追寻旧梦、标榜气节就成了他们寄托思想感情，抒发胸中郁懑的最佳题材。

高唱隐逸之歌是元代诗社的另一主旋律。月泉吟社的诗题《春日田园杂兴》集中反映了这一点。此乃借题于范成大的田园组诗《四时田园杂兴》，参加者二千余人齐声高唱这一田园之歌，可见归隐田园已成为诗社知识分子们的普遍价值选择。然而，细读月泉吟社的诗作，我们感受最深的并不是像范成大般的对田园生活的由衷的热爱与向往，在旖旎秀丽的田园风光之后透露出来的是悲愤与无奈的意绪：

忙事关心在何处？流莺不听听啼鹃。⑥（冯澄）
吴下风流今莫续，杜鹃啼处草离离。⑦（杨本然）

---

① 〔宋〕吴渭：《月泉吟社诗》，《影印文渊阁四库全书》本，台湾商务印书馆1986年版。
② 〔宋〕吴渭：《月泉吟社诗》，《影印文渊阁四库全书》本，台湾商务印书馆1986年版。
③ 〔宋〕吴渭：《月泉吟社诗》，《影印文渊阁四库全书》本，台湾商务印书馆1986年版。
④ 〔宋〕吴渭：《月泉吟社诗》，《影印文渊阁四库全书》本，台湾商务印书馆1986年版。
⑤ 〔宋〕吴渭：《月泉吟社诗》，《影印文渊阁四库全书》本，台湾商务印书馆1986年版。
⑥ 〔宋〕吴渭：《月泉吟社诗》，《影印文渊阁四库全书》本，台湾商务印书馆1986年版。
⑦ 〔宋〕吴渭：《月泉吟社诗》，《影印文渊阁四库全书》本，台湾商务印书馆1986年版。

此境东风元自好，当年金谷事如何？① （周睐）
只恐春工忙里度，又吟风雨满城秋。② （翁合老）
东风岁岁添新绿，独我霜鬓多几茎。③ （朱孟翁）

从这些诗句中，我们不难感受到，归隐田园与其说是知识分子主动的追求，毋宁说是无奈的抉择。事实上，在科举之路被杜绝之后，早已习惯了在做官与归隐、入世与出世之间做单项选择的知识分子，除了归隐一途，又能有什么更好的出路呢？

眷怀故国也好，归隐田园也好，作为一种价值选择，归根到底都没有超出忠君不贰、"达则兼济天下，穷则独善其身""用之则行，舍之则藏"等传统价值观的范畴，尽管也有特定的时代内容贯注其中，但其基本精神是一脉相承、并无二致的。

可见，面对纷繁复杂的外部世界，诗社知识分子从总体上讲，所持的是一种消极退避的心态。悲怆、惶惑、失落、幻灭已成为这一群体的普遍症候。"大事已去矣，力既不能挽回，所以郁郁于不得志，犹托之空言，亦厌见衣冠制度之改，有不容自己者耳。"④ 于是只能向传统价值体系中退避，从传统价值体系中去寻觅精神支柱。从这个意义上说，诗社正是这样一个体现传统价值观的精神避难所，一个对抗外部世界的相对宁静的精神绿洲。只有在这个由同类人组成的相对封闭的圈子里，他们才会感到自身价值被认同，绷紧的神经才能得到片刻松弛，失衡的心理才能得到暂时平衡。元初诗社集中大量地出现，显然正是知识分子这一精神需求的产物。

书会作为另一类型的知识分子群体，当然也不可能摆脱传统价值观念的制约，甚至可以说，传统价值观仍然主宰着他们的精神世界。我们从元代杂剧和散曲中不难看到，诗社知识分子吟咏的眷怀故国、归隐田园的主题，同样也是书会知识分子剪不断、理还乱的情结。然而，比之诗社知识分子贫乏单一的精神世界，书会知识分子的价值选择则呈现出多元化的特

---

① 〔宋〕吴渭：《月泉吟社诗》，《影印文渊阁四库全书》本，台湾商务印书馆1986年版。
② 〔宋〕吴渭：《月泉吟社诗》，《影印文渊阁四库全书》本，台湾商务印书馆1986年版。
③ 〔宋〕吴渭：《月泉吟社诗》，《影印文渊阁四库全书》本，台湾商务印书馆1986年版。
④ 〔元〕孔齐：《至正直记》卷一，上海古籍出版社2012年版，第90页。

点，展现出绚丽多姿、五彩缤纷的精神风貌。

就拿"经纶济世""以道自任"这一被知识分子奉为圭臬的人生信条来说吧。打开元代散曲，像"老了栋梁材""恨无天上梯""困煞中原一布衣"①的悲愤愁怨，"整乾坤，会经纶，奈何不遂风雷信"②的郁邑叹息，"昨日在十年窗下，今日在三公位排，读书人真实高哉"③的追寻旧梦，以及"有一日起一阵风雷，虎一扑十硕力，凤凰展翅飞，那其间别辨高低"④的梦想企盼，可以说触目皆是。杂剧如《冻苏秦》《荐福碑》《破窑记》《王粲登楼》《范张鸡黍》《玉镜台》《陈母教子》等作品，也无不流露出强烈的功名观念。这说明，经纶济世、以道自任的理想和信念仍然是他们躯体上最敏感的一根神经，始终萦绕心头，须臾未曾去怀。

但是，书会知识分子在不能忘情于政治使命的同时，也表现出了另一种思想倾向，即轻视功名，甚至是否定功名："不占龙头选，不入名贤传。"⑤"三千贯、二千石。一品官、二品职。只落的故纸上两行史记。"⑥"糟腌两个功名字，醅淹千古兴亡事，曲埋万丈虹霓志。不达时皆笑屈原非，但知音尽说陶潜是。"⑦"那里也能言陆贾？那里也良谋子牙？那里也豪气张华？千古是非心，一夕渔樵话。"⑧这些话我们当然不能完全当真，在很大程度上它只是知识分子在理想破灭的情况下，为排遣苦闷聊以自慰的故作旷达之词，一种以表面潇洒来表现内心愤激的手法。但这一认识的普遍出现毕竟说明，在书会知识分子的思想里，功名观念已经大大淡化，他们已经不再将它视为唯一的价值选择。因此，我们在书会知识分子身上，很少能够看到对政治理想与信念的那种百折不回、九死不悔的执着追

---

① 〔元〕马致远：【金字经】，见隋树森编《全元散曲》，中华书局1964年版，第238～239页。

② 〔元〕曾瑞：【山坡羊】《讥时》，见隋树森编《全元散曲》，中华书局1964年版，第494页。

③ 〔元〕张可久：【水仙子】，见隋树森编《全元散曲》，中华书局1964年版，第981页。

④ 〔元〕无名氏：【水仙子】，见隋树森编《全元散曲》，中华书局1964年版，第1753页。

⑤ 〔元〕乔吉：【绿么遍】《自述》，见隋树森编《全元散曲》，中华书局1964年版，第574页。

⑥ 〔元〕马致远：《西华山陈抟高卧》第三折，见王季思主编《全元戏曲》第二卷，人民文学出版社1999年版，第15页。

⑦ 〔元〕范康：【寄生草】《酒色财气》，见隋树森编《全元散曲》，中华书局1964年版，第467页。

⑧ 〔元〕白朴：【庆东原】，见隋树森编《全元散曲》，中华书局1964年版，第200～201页。

求,更有甚者,对历史上那些为政治理想与信念而捐躯的往哲先贤,他们往往抱着一种嘲笑揶揄的态度。陶渊明可以说是诗社与书会知识分子共同向往追随的偶像,但稍做比较就不难发现,诗社知识分子注重的是他不屈事刘宋的气节,所谓"与义熙人相尔汝,奇怀已足千秋矣"①,而书会知识分子注重的却是他淡泊功名的生活态度。在中国历史上,淡泊功名的知识分子代不乏人,但像书会知识分子那样,整个群体都表现出淡泊功名的思想倾向,却是元代一个突出的社会现象。

正因为书会知识分子在一定程度上摆脱了传统的因袭重负,这就使他们能用一种新的眼光来审视生活,审视自我。他们不再把自己封闭在以为官从政为核心的狭小的生存空间里,而是迈向更广阔的生活。原本仅仅用来为官从政的知识和才华找到了新的用武之地——在蓬勃兴起的杂剧和散曲创作园地上尽情地施展发挥。失之东隅,收之桑榆。科举和仕途上的弃儿却成了"曲状元""风月主",他们的人生价值在另一领域得到了体认。

同时,既然无须将自我价值的实现仅仅定位在经纶济世、以道自任上,自然也就无须时时处处用传统道德信条来规范自己的行为。因而,滑稽善谑、佻达放浪成为书会知识分子的群体性格,放纵自我、率性而行成为他们普遍的生活态度。乔吉道:"时时酒圣,处处诗禅。烟霞状元,江湖醉仙,笑谈便是编修院。留连,批风抹月四十年。"② 王德信道"醉时节盘陀石上眠,饱时节婆娑松下走,困时节布衲里睡齁齁","保天和自养修,放形骸任自由"③。关汉卿道:"适意行,安心坐。渴时饮饥时餐醉时歌,困来时就向莎茵卧。日月长,天地阔,闲快活。"④

对书会知识分子的这种生活态度,以往的论者多从消极被动的一面着眼,认为是悲哀辛酸之情,以豪放旷达出之。这固然不错。然而这仅是问题的一面。我们是否应看到其中也有积极主动的一面呢?试看关汉卿的著

---

① 〔明〕毛晋:《跋月泉吟社》,见〔宋〕吴渭《月泉吟社诗》卷末附,《丛书集成初编》本,中华书局1985年版,第3页。

② 〔元〕乔吉:【绿么遍】《自述》,见隋树森编《全元散曲》,中华书局1964年版,第575页。

③ 〔元〕王德信:【集贤宾】《退隐》,见隋树森编《全元散曲》,中华书局1964年版,第293页。

④ 〔元〕关汉卿:【四块玉】《闲适》,见隋树森编《全元散曲》,中华书局1964年版,第157页。

名套曲《不伏老》吧:"……你便是落了我牙,歪了我嘴,瘸了我腿,折了我手,天赐与我这几般儿歹症候,尚兀自不肯休。则除是阎王亲自唤,神鬼自来勾,三魂归地府,七魄丧冥幽,天哪,那其间才不向烟花路儿上走!"① 从这曲词中我们未曾看到丝毫的被迫与无奈,只有对自己选择的理想和生活道路无比挚爱的情怀和执着追求的精神,显示出与传统价值观念相悖的另一类型知识分子的精神风貌。

可见,在知识分子的传统人生道路被阻隔之后,与诗社知识分子不同,书会知识分子从总体上来说,所持的是一种达观的、现实的、开放的心态。他们虽然也曾哀怨,也曾颓丧,也曾沉沦,然而作为整个群体,他们并没有深陷其中而不能自拔,并没有不知所措而无所作为。他们对现实不是一味地退避,而是直面人生,投身生活,从而及时调整了自己的人生坐标,重新找到了实现自我价值的途径。

三、 诗社与书会在价值取向上的分野的社会背景

上面我们简要概述了元代的诗社与书会这两大知识分子群体在价值取向上的分野。那么,为什么会产生这种分野呢?

考察这一问题时,我们注意到一个有趣的现象。我们发现,早期的书会知识分子主要出现于北方。《录鬼簿》"前辈已死名公才人,有所编传奇行于世者"一类里,共列名关汉卿以下五十六人,其中除赵子祥未标明籍贯外②,余皆为由金入元的北方人,籍贯分属大都、东平、彰德、真定、济南、太原、平阳、保定、涿州、洛阳、汴梁、亳州等地。虽然由于文献资料缺乏,我们对早期书会的具体数目难以确考,但上述书会知识分子的籍贯分布清楚地说明,元代早期以知识分子为主体的书会当也应是主要集中出现在北方。而诗社,据现有材料,则主要集中出现在原南宋统治地区的浙江、江西等地。书会——北方,诗社——南方,这看似是一个简单的地域问题,其实它和这两大知识分子群体价值取向的分野有着直接的紧密联系。

---

① 〔元〕关汉卿:【一枝花】《不伏老》,见隋树森编《全元散曲》,中华书局1964年版,第173页。

② 按孙楷第《元曲家考略》(上海古籍出版社1981年版),据元杨翮《送赵子祥序》谓其为宣城人,今属安徽省。

我们知道，宋金对峙时期，北方知识分子生活在金朝的统治之下。既而蒙古王朝灭金（1234），统一了北方，这时距南宋王朝的灭亡（1279）尚有四十余年时间。也就是说，同为知识分子，其时生活在北方抑或南方，他们身处其间的具体社会政治文化环境是有所不同的。

女真、蒙古作为少数民族入主中原，开创了一个民族大融合的时代。而民族融合的核心是各民族文化的交流融汇。这种交流融汇是双向的。一方面，女真、蒙古进入中原地区之后，在接受中原的生产方式，进而完成从奴隶制向封建制转化的同时，也必然受到中原高度发展的封建文明的强烈影响。像女真、蒙古统治者都不约而同地推崇儒家学说，女真人从饮食、起居、节序、婚丧等风俗礼仪各方面，无不"强效华风"①，以至"尽失女真故态"②。蒙古统治者在占据中原之后，也逐渐改变了早期游牧民族一味攻伐杀戮的做法，倚用儒臣，实行"汉法"。正如马克思、恩格斯所指出的："奴隶成了主人，征服者很快学会了被征服民族的语言，接受了他们的教育和风格。"③

另一方面，女真、蒙古的入侵，也使古老的中原文明受到强烈冲击，原来相对稳固的社会结构，特别是思想道德伦理观念产生松动，中原文明面对外来文明的冲击，也需要重新调适和整合。当然，中原文明最终以其海纳百川的博大胸怀，吸收了女真、蒙古民族文化中优秀的东西，使自己变得更加丰富。

北方书会知识分子就生活在这样一个多民族文化碰撞、融合的交汇点上。时代风习的浸淫濡染，在一定程度上，把他们从僵死封闭的传统价值体系所构建的狭小精神空间里解放了出来，使他们能够以一种前所未有的阔大眼光和开放胸怀来看待生活。他们的价值取向从单一到多元的转化，正是这一民族融合时代的产物。

其次，13 世纪初叶到中叶，也即是金末至元初，正是杂剧这一戏剧样式在北方出现，并逐渐成熟勃兴的时期。以杂剧为代表的反映市民阶层理想、情趣、价值观念的通俗文学，与表现封建士大夫理想、情趣、价值

---

① 〔宋〕范成大撰、孔凡礼点校：《揽辔录》，见《范成大笔记六种》，中华书局 2002 年版，第 16 页。

② 〔宋〕宇文懋昭：《大金国志》卷十二《熙宗孝成皇帝四》，中华书局 1986 年版，第 179 页。

③ 马克思、恩格斯：《德意志意识形态》，人民出版社 1961 年版，第 73 页。

观念的正统文学显然是大相径庭、大异其趣的。然而，两者之间的关系并非泾渭分明、冰炭不容的。它们之间也必然会相互渗透影响，进行双向交流，而北方的书会知识分子恰好处在两者之间的中介的位置上。

一方面，由于停止科举，"士失其业"，知识分子被迫进入书会，以创作杂剧等通俗文学来糊口谋生。当他们创作时，头脑中根深蒂固的传统价值观念、封建士大夫的趣味情调，都会自觉或不自觉地灌输到作品中，这是很自然的，毫无足怪。另一方面，也是更重要的一面，由于他们被抛离了原来的生活轨道，沉沦于社会底层，这就迫使他们跳出狭小封闭的知识分子的圈子，与下层人民发生交往，甚至与倡优为伍，因此必然会受到下层人民思想感情、情趣爱好、价值观念的濡染影响。同时，由于杂剧等通俗文学的基本观众是广大市民群众，为了使自己的作品广受欢迎，并获得经济效益，创作者就必须受到接受者——市民群众思想感情、价值观念、审美趣味的制约，并在潜移默化中改变了自己的立场和观念。从某种意义上说，元杂剧的辉煌，不正是书会知识分子们改变观念，重新调整价值取向的结果吗？

相比之下，北方书会知识分子所具备的时代条件，南方诗社知识分子却并不具备。

首先，他们生活的原南宋统治地区，当北方社会处在变革、整合、重构之时，这里的封建统治仍是铁板一块；当儒家的伦理道德学说在北方受到质疑、冲击之时，南方却因程朱理学的出现而得到强化。知识分子的身心都被紧紧禁锢在封建主义的既定轨道和精神罗网中，没有任何松动的可能。

其次，如上文所述，元代南方的诗社，大都集中出现在元代最初的一二十年里。这时，无论是元代蒙古贵族入主对社会的震撼，抑或是取消科举对知识分子的冲击，他们都还没来得及做出反应，他们尚处于最初的震惊、恐惧和无奈的精神状态之中。

因此，这些被传统价值观念的绳索紧紧捆缚住手脚的知识分子，在时代巨变突临之际，可以变通回旋的余地非常狭小，他们唯一的应变选择就是龟缩到由传统价值观念体系所建构的堡垒之中，以此来对抗剧烈动荡的外部世界。虽然他们高吟眷怀故国、归隐田园的主题，在弘扬民族正气，激励民族气节，改变宋季四灵、江湖诗人纤碎浅弱、气局荒靡的诗风，恢复和发扬我国诗歌的现实主义优良传统等方面起到了一定的积极作用；但是，由于他们对现实采取的是一种消极和退避的态度，他们的脚步始终未能迈出知识分子的狭小圈子，他们的精神始终未能超越传统价值观念的樊篱，这就决定了他们的创作从总体上说，不过是一群被时代所冷落、遗弃的知识分子的顾影自怜、自怨自艾，不可能取得大的成就。

原刊《中山大学学报》（社会科学版）1996 年第 3 期

宋元诗社丛考

弁　言

在中国文学史上，诗社的出现非自宋代始。早在魏晋时期，文士间的雅集交游活动就很活跃。曹丕的《与吴质书》曾生动地描述过邺下文人集团间的交游唱和："昔日游处，行则连舆，止则接席，何曾须臾相失。每至觞酌流行，丝竹并奏，酒酣耳热，仰而赋诗，当此之时，忽然不自知乐也。"①晋永和九年（353），王羲之和谢安、孙绰等四十一人在会稽兰亭修禊，"群贤毕至，少长咸集。此地有崇山峻岭，茂林修竹，又有清流激湍，映带左右，引以为流觞曲水，列坐其次，虽无丝竹管弦之盛，一觞一咏，亦足以畅叙幽情"②。从这里的描述来看，实无异于一次大型文人诗酒聚会，这一类活动已可视为后世诗社的滥觞。

东晋时，释慧远与士人刘遗民、雷次宗、宗炳等在庐山创立白莲社，建斋立誓，共期西方，参加者达一百二十三人之众③。这可能是最早以"社"来命名同人间的组织。虽然慧远立社之目的是同修净土之法，并非组建文学性社团，但其名称及立盟结社之组织形式显然对后世诗社有着启发和影响，将其视为后世诗社的源头之一似乎并不为过。

据笔者所见到的材料，"诗社"一名的最早出现是在唐代。见于文献的，如：

> 不与方袍同结社，下归尘世竟何如。④（司空曙《题凌云寺》）

---

① 转引自郭绍虞《中国历代文论选》第一册，上海古籍出版社1979年版，第165页。
② 〔晋〕王羲之：《兰亭集序》，转引自冯其庸等选注《历代文选》上册，中国青年出版社1962年版，第334～335页。
③ 参见〔梁〕释慧皎撰、汤用彤校注、汤一玄整理《高僧传》卷六，中华书局1992年版，第214页。
④ 〔清〕彭定球等编：《全唐诗》卷二九三，中华书局1960年版，第3319页。

洛阳旧社各东西，楚国游人不相识。① （司空曙《岁暮怀崔峒、耿沣》）

好与高阳结吟社，况无名迹达珠疏。② （高骈《途次内黄马病寄僧舍呈诸友人》）

吟社客归秦渡晚，醉乡渔去溟陂晴。③ （高骈《寄鄠社李遂良处士诗》）

暂对山松如结社，偶因麋鹿自成群。④ （温庭筠《重游东峰密宗禅师精庐》）

另外，清王文诰辑注《苏轼诗集》卷十《江覃秀才久留山中以诗见寄次其韵》一诗笺注，引张栻言曰："《九华山录》云：'龙池庵僧清宿与张扶为诗社，趋者如归。'"按《九华山录》为唐末五代时诗僧应物所撰。书中所记与僧清宿结诗社的张扶，为前蜀广都人，字子持，博学善文辞。武成初，凡幕府书奏笺檄，皆属扶具草，官至工部郎中。⑤ 以上材料所说的结社、旧社、吟社、诗社的具体情形虽已难以确考，但唐代已出现了以"社"相称的文人社团则是基本可以确定的。

在唐代的文人社团中，白居易所创之洛阳九老会值得注意。会昌五年（845）三月，白居易七十四岁，时闲居洛阳，与胡杲、吉皎、郑据、刘贞、卢贞、张浑、狄兼谟、卢贞等人结社唱和，白居易有《胡、吉、郑、刘、卢、张等六贤，皆多年寿，予亦次焉。偶于弊居，合成尚齿之会。七老相顾，既醉甚欢。静而思之，此会稀有；因成七言六韵以纪之，传好事者》一诗记其事：

七人五百七十岁，拖紫纡朱垂白须。手里无金莫嗟叹，樽中有酒且欢娱。诗吟两句神还王，酒饮三杯气尚粗。岿峨狂歌教婢拍，婆娑醉舞遣孙扶。天年高过二疏傅，人数多于四皓图。除却三山五天竺，

---

① 〔清〕彭定球等编：《全唐诗》卷二三九，中华书局1960年版，第3328页。
② 〔清〕彭定球等编：《全唐诗》卷五九八，中华书局1960年版，第6918页。
③ 〔清〕彭定球等编：《全唐诗》卷五九八，中华书局1960年版，第6917页。
④ 〔唐〕温庭筠著、〔清〕曾益等笺注：《温飞卿集笺注》卷九，上海古籍出版社1980年版，第79页。
⑤ 参见臧励和等编《中国人名大辞典》，上海书店1980年版，第936页。

人间此会更应无。(原注云：时秘书监狄兼谟、河南尹卢贞，以年未七十，虽与会而不及列)①

该年五月，此会又举行过一次，白居易亦作有《九老图诗》记之。从以上简要介绍不难看出，九老会的活动，有组织者，有相对固定的成员和活动地点，并定期举行聚会唱和——后世诗社的几个要素都已具备了。我们说，我国诗社的正式出现是在唐代，这一推断大体说来应是不错的。

然而，唐代的诗社活动材料毕竟十分有限，它反映了唐代诗社尚是一种刚刚出现的事物，如凤毛麟角，还很不普遍。诗社的大量出现，则是在宋代以后。

披阅宋元时期的文献，诗社这一字眼频频映入眼帘。声名较著的，宋代如邹浩之颍川诗社，贺铸之彭城诗社，叶梦得之许昌诗社，徐俯之豫章诗社，王十朋之楚东诗社，乐备、范成大等的昆山诗社，文彦博、司马光等的洛阳耆英会、真率会，以及南宋在西湖活动的一系列诗社；元代则有谢翱之汐社、吴渭之月泉吟社，以及越中诗社、山阴诗社、武林诗社等。用遍地开花、蔚为大观来形容宋元时期的诗社活动，再恰当不过了。

显然，诗社活动已经大步进入了文人的日常生活，成为宋元时期文人交游所普遍采用的方式之一。这一现象，清晰地显示出随着时代的发展、社会的转型，知识分子群体意识的增强。诗社活动，在政治上，往往能够集中体现知识分子的社会理想和对社会现实的诉求；在文学上，结社唱和则容易达至美学主张的趋同，对诗歌创作流派的形成有着不容忽视的重要影响。像在宋代诗坛上影响巨大的江西诗派、江湖诗派等诗歌创作流派的形成，都和结社唱和有着密切的关系。总之，对这一现象加以研究，是一个很有意义的课题。

对于宋元诗社的研究，近年来逐渐引起学术界的关注，不时有一些单篇论文发表。然而，对宋元诗社做全面研究，至今尚是空白。要做此一课题的研究，首先遇到的就是材料准备问题，应该尽可能地披阅今存宋元时期的文献，从中摘录出有关诗社活动的材料，并加以考订辨析，才能为下一步的研究提供基础。本文即是在此方面所做的初步尝试。

---

① 〔唐〕白居易撰、顾学颉校点：《白居易集》卷三十七，中华书局1979年版，第850～851页。

如何界定诗社？这是笔者在从事这一工作时首先碰到的问题。我们知道，诗社活动离不开雅集唱和，但是雅集唱和又不完全等同于诗社活动，两者既有密切联系，又有一定区别，如何区分，有时是颇费思量的。试看下面两道诗题：

《乙巳二月初八日，集独乐园，夜饮梅花下。会者宋退翁、胡明仲、马世甫、张与之、王子与、林秀才及余七人，以"炯如流水涵青苹"为韵赋诗，分得"流"字》（赵鼎《忠正德文集》卷五）

《甲子八月，与彭城诗社诸君会南台佛祠，望田亩秋成，农有喜色，诵王摩诘田园乐，因分韵拟之。予得"村"字》（贺铸《庆湖遗老诗集》卷二）

以上所举两例中，后一例若不是出现了"彭城诗社"的字眼，可以说和前一例几近完全一致，都有时间、地点、具体人数，活动的形式都是分韵赋诗。然而我们能否将前一例也视为诗社活动呢？当然，若做这样的认定也无不可，有些学者在他们的论文中也正是将此类分韵唱和视作诗社活动的。但这样一来，诗社的范围将大大地扩大了。因为像前一例这样的诗题，在宋元人的文集中可谓俯拾皆是，不知凡几！因此，为了把我们的考察限定在一个相对明确的范围之内，必须设立若干条标准，将诗社活动与一般雅集唱和活动区别开来。笔者初步想到的，有以下几条：

（1）凡是有正式的诗社名称，或订有社规会约，有相对固定的成员和活动地点，并定期举行活动的，自然应属于诗社的范畴。

（2）在雅集唱和活动或文人酬答中，出现了"同社""结社""入社"等字眼的，也应属于诗社的范畴。

（3）在雅集唱和活动或文人酬答中，虽未出现"社"字，但若使用了"同盟""诗盟"等字眼的，也应视为诗社活动。例如，邹浩有《月下怀同盟》[①]诗，据其诗注，所怀之裴仲孺、胥述之、崔德符、苏世美四人，即为其所结颍川诗社之社友。可见，同盟即同社之意。又如葛胜仲

[①] 〔宋〕邹浩：《道乡集》卷七，《影印文渊阁四库全书》本，台湾商务印书馆1986年版。

《次韵德升再讲酬唱》诗云："莲社追攀每愧心，诗盟此假偶重寻。"① 此"诗盟"显然指同社吟诗之意。

（4）在雅集唱和活动或文人酬答中，出现了"文会"字眼，也可视为诗社活动。如邹浩与颍川诗社社友苏世美的唱和之作《次韵世美冬夜见怀》诗云："芜城岁月已波逝，朅来文会消吾忧。"② 张纲与李公显等所结诗社，张纲《次韵李公显》诗云："老夫晚结交，文会欣有绎。"③

在下文对宋元诗社的考述中，笔者主要即是根据这几条标准来区分雅集唱和与诗社活动的。当然，这样做不可避免会将一些不符合此一标准，但很可能也是诗社活动的材料排除在外（最显著的例子是元代顾瑛之玉山雅集），但为了研究范围的相对明确，也只好这样了。

其次，宋元文献中有一些诗社活动的材料过于简略，仅仅靠这些材料，我们尚无法对其活动做出较为清晰的描述。如李之仪《浣溪沙·和人喜雨》词有句云："闻道醉乡新占断，更开诗社互排钀。此时空恨隔云泥。"④ 这里所说的诗社之人、之时、之地都不甚清楚。类似这种情况，在现有材料中占了相当大的比例。对这部分材料，笔者暂未将其列入下文，留待日后详考。

最后，需要特别说明的是，这是一件相当费时费力的工作。留存到今天的宋元文献汗牛充栋、浩如烟海，笔者为了收集这方面的材料，几年来埋首于图书馆，几乎耗去了除教学以外的所有时间，但仍远未能穷尽这方面的材料。有些文献保存在外地图书馆，由于经费、时间等原因，也未能前往查阅。因此这篇小文只能算是初稿，缺漏疏失在所难免，留待增补改正之处尚多。今后，笔者有志于对此课题做进一步的研究，希冀使拙文不断得到完善。

一、李昉汴京九老会

王禹偁为吴僧赞宁所作《右街僧录通惠大师文集序》，记有赞宁欲同

---

① 〔宋〕葛胜仲：《丹阳集》卷十九，《影印文渊阁四库全书》本，台湾商务印书馆1986年版。
② 〔宋〕邹浩：《道乡集》卷二，《影印文渊阁四库全书》本，台湾商务印书馆1986年版。
③ 〔宋〕张纲：《华阳集》卷三十六，《影印文渊阁四库全书》本，台湾商务印书馆1986年版。
④ 唐圭璋编：《全宋词》第一册，中华书局1965年版，第350页。

李昉等结九老会唱和事，略云：

> 先是，故相文正公悬车之明年，年七十一，思继白少傅九老之会。得旧相吏部尚书宋琪年七十九、左谏议大夫杨徽之年七十五、郢州刺史判金吾街仗事魏丕年七十六、太常少卿致仕李运年八十、水部郎中直秘阁朱昂年七十一、庐州节度副使武允成年七十九、太子中允致仕张好问年八十五、大师时年七十八，凡九人焉。文正将燕于家园，形于绘事，以声诗流咏播于无穷。会蜀寇作乱，朝廷出师不果而罢。今九老之中，李、宋、杨、魏、张已先逝矣，大师年八十二，视听不衰。①

这里所说的故相文正公即李昉。昉字明远，深州饶阳（今河北县名）人。后汉乾祐中举进士，后周显德中仕至翰林学士。入宋，历翰林侍读学士，拜中书侍郎平章事，以特进司空致仕。卒谥文正。据《宋史》本传，昉致仕之年为淳化五年（994），这里说"悬车之明年"，即应为至道元年（995）。《宋史》本传谓昉致仕后，"朝会宴飨，令缀宰相班，岁时赐予，益加厚焉"②。可知其闲居之地为京师汴京。此九老会较元丰五年（1082）文彦博等洛阳耆英会早八十七年，为宋初较早的诗社之一。惜此诗社之立止于意向，并未开展过活动。

二、释省常西湖白莲社

释省常（959—1020），莲宗第七祖，住南昭庆寺。景德三年（1006），与士大夫结西湖白莲社，其事见于丁谓《西湖结社诗序》，略云：

> ……钱塘山水，三吴、百越之极品，而西湖之胜又为最。环水背山二百寺，据上游而控胜概者，今常师所栖之寺曰昭庆者也。开阔物表，出入空际，清光百会，野声四来，云木之状奇，鱼鸟之心乐，居

---

① 〔宋〕王禹偁：《小畜集》卷二十，《影印文渊阁四库全书》本，台湾商务印书馆1986年版。

② 〔元〕脱脱等：《宋史》卷二六五，中华书局1985年版，第9138页。

处有遥观，游者跻躇，岂非万类之净界，达人之道场乎！师励志学佛，而余力于好事，尝谓："庐山东林由远公莲社而著称，我今居是山，学是道，不力慕于前贤，是无勇也。"由是贻诗京师，以招卿大夫。自是，贵有位者，闻师之请，愿入者十八九。故三公四辅，宥密禁林，西垣之辞人，东观之史官，洎台省素有称望之士，咸寄诗以为结社之盟文。自相国向公而降，凡得若干篇，悉置意空寂，投迹无何，虽轩冕其身，而林泉其心。噫！作诗者其有意乎？观其辞，皆若绩画乎绝致，飞动乎高情，往心东南，如将傲富贵，趣遗逸。朝夕思慕，飘飘然不知何许之为东林也？孰氏之为远公也？宗、雷之辈，果何人也？远公之道，常师知之；宗、雷之迹，群公悦之；西湖之胜，天下尚之。则是结社之名，亦千载之美谈也……景德三年（1006）春三月十日序。①

白莲社，又称莲社，滥觞于晋释慧远在庐山东林寺创立的白莲社。慧远立社之目本为同修净土之法，但因该社有士人刘遗民、雷次宗、宗炳、周续之等参加，可谓开了儒释交往的先河。后来随着儒释道三教合一社会思潮的发展，士大夫与释子的交往参禅渐成风尚，像唐代的韩愈、李翱、张说、李华、王维、白居易、柳宗元、刘禹锡、裴休等都与禅宗有密切的关系，周必大曾谓："自唐以来，禅学日盛，才智之士，往往出乎其间。"② 这种说法并不过分。

宋代的士大夫参禅之风更为盛行，士大夫与释僧的交往也更加密切，"莲社"一词几成儒释交往的同义语，试举几例：

五年依止白莲社，百度追寻丈室游。③（苏辙《回寄圣寿聪老》）

---

① 〔高丽〕义天：《圆宗文类》卷二十二，见《卍续藏经》第103册。转引自曾枣庄、刘琳主编《全宋文》卷二〇八，巴蜀书社1990年版，第600～601页。
② 〔宋〕周必大：《寒岩升禅师塔铭》，见《文忠集》卷四十，《影印文渊阁四库全书》本，台湾商务印书馆1986年版。
③ 〔宋〕苏辙著，曾枣庄、马德富校点：《栾城集》卷十三，上海古籍出版社1987年版，第309页。

远公香火社，遗民文字禅。虽非老翁事，幽尚亦可观。① （黄庭坚《题伯时画松下渊明》）

髭发难藏老，湖山稳隐身。却寻方外士，招作社中人。② （陈师道《湖上晚归寄诗友四首》其一）

云散虎溪莲社友，独依香火思何堪。③ （秦观《送佛印》）

鸟语演宝相，饭香悟真空。尚书三二客，净社继雷宗。④ （张耒《休日同宋遐叔诣法云，遇李公择、黄鲁直。公择烹赐茗，出高丽盘龙墨；鲁直出近作数诗，皆奇绝。坐中怀无咎有作，呈鲁直、遐叔》）

究竟此生安可逃，净土社中风最高。……世人发愿多自欺，十八逸民今友谁?⑤ （黄裳《送骆君归隐庐阜》）

莲社粗能追慧远，虎头宁复愧班超。⑥ （曹勋《和钱大参题松隐明秀堂韵》）

倘能容此无归客，便当结社追白莲。⑦ （邓肃《别珠公》）

可见，士大夫与佛释之交往，在宋代已成为相当普遍的社会现象。

释省常所立之西湖白莲社，虽明言为追随慧远白莲社，但略加比较，即可看出其明显的不同。慧远之白莲社，主旨为学佛："远乃于精舍无量寿像前，建斋立誓，共期西方。"⑧ 省常之白莲社，学佛之意味并不显著，其主旨似在与士大夫交往。参加慧远白莲社之士人如刘遗民、雷次宗等，皆为在野隐士，而省常之白莲社则皆为在朝公卿，从中似可看出佛释对士

---

① 〔宋〕黄庭坚：《山谷内集诗注》卷九，《影印文渊阁四库全书》本，台湾商务印书馆1986年版。

② 〔宋〕陈师道：《后山集》卷五，《影印文渊阁四库全书》本，台湾商务印书馆1986年版。

③ 〔宋〕秦观撰、徐培均笺注：《淮海集笺注》卷一，上海古籍出版社1994年版，第1362页。

④ 〔宋〕张耒：《柯山集附拾遗》卷六，《丛书集成初编》本，中华书局1985年版，第55页。

⑤ 〔宋〕黄裳：《演山集》卷三，《影印文渊阁四库全书》本，台湾商务印书馆1986年版。

⑥ 〔宋〕曹勋：《松隐集》卷十三，《影印文渊阁四库全书》本，台湾商务印书馆1986年版。

⑦ 〔宋〕邓肃：《栟榈集》卷八，《影印文渊阁四库全书》本，台湾商务印书馆1986年版。

⑧ 〔梁〕释慧皎撰、汤用彤校注、汤一玄整理：《高僧传》卷六，中华书局1992年版，第214页。

大夫的影响日趋扩大的倾向。

省常白莲社的唱和之作未能保存下来，但从丁谓序里可以看出其吟咏的主题大致不出"置意空寂，投迹无何，虽轩冕其身，而林泉其心"的范畴。孙何《白莲社记》亦云："若乃混韦布乎公衮，等林泉于市朝，身在庙堂，心在江海，以王、谢之名位，慕宗、雷之风猷。"[①] 从这些描述中不难看出士大夫热衷参加白莲社活动之心态。

关于参加该社之人，丁谓序中语焉不详，据孙何《白莲社记》，除了丞相向敏中及丁谓外，尚有贰卿长城钱公、参政太原王公、夕拜东平吕公、密谏颍川陈公、度支安定梁公、尚书琅琊王公、夕拜清河张公、侍读学士东平吕公、工部侍郎致仕沛国朱公、大谏始平冯公、紫微郎赵郡李公、安定梁公、弘农梁公、故邓帅陇西李公、故副枢密广平宋公、故阁老太原王公等。

三、马寻吴兴六老会

庆历六年（1046），马寻为湖州太守，曾于郡之南园举六老会，事见周密《齐东野语》卷二十"耆英诸会"条：

> 吴兴六老之会，则庆历六年（1046）集于南园。郎简（工部侍郎，七十七）、范锐（司封员外，六十六）、张维（卫尉寺丞，九十七，都管张先之父）、刘余庆（殿中丞，九十二，述之仲父）、周守中（大理寺丞，九十，颂之父）、吴琰（大理寺丞，七十二，知几之父），时太守马寻主之，胡安定教授湖学，为之序焉。[②]

又，《齐东野语》卷十五"张氏十咏图"条云："先世旧藏吴兴张氏十咏图一卷，乃张子野图其父维平生诗，有十首也。其一《马大卿会六老于南园》云：'贤侯美化行南园，华发欣欣奉宴娱。政绩已闻同水薤，恩辉遂喜及桑榆。休言身外荣名好，但恐人间此会无。他日定知传好事，

---

① 〔宋〕潜说友：《咸淳临安志》卷七十九，浙江古籍出版社2012年版，第2835页。
② 〔宋〕周密撰、张茂鹏点校：《齐东野语》卷二十，中华书局1983年版，第368页。按该书卷十五"张氏十咏图"条述此六人生平与此处有异，郎简年龄作"七十九"、范锐作"范说"、张维年龄作"九十一"、周守中年龄作"九十五"。（见第279～280页）同一人所作同一书，而所记如此不同，不知以孰说为是。

丹青宁羡洛中图。'"此诗即该六老会的唱和之作。

据上引材料，该六老会的实际参加者应为七人，主盟者为太守马寻。寻字子正，郓州（今山东郓城）人。大中祥符初进士。郎简，字叔谦，临安（今浙江杭州）人。中进士第，知福清县，擢著作佐郎，以尚书工部侍郎致仕。嘉祐元年（1056）卒，年八十九。张维，乌程（今属浙江）人，张先之父。以子封卫尉寺丞，赠刑部侍郎。余范锐、刘余庆、周守中、吴琰等生卒不详。另外，作序之胡安定为胡瑗，字翼之，泰州如皋（今属江苏）人。用范仲淹荐，由布衣拜校书郎，为湖州学官。历太常博士致仕。

四、徐祜苏州九老会

龚明之《中吴纪闻》卷二"徐都官九老会"条云：

> 徐祜，字受天。擢进士第，为吏以清白著声。庆历中，屏居于吴，日涉园庐以自适。时叶公参亦退老于家，同为九老会。晏元献、杜正献皆寓诗以高其趣。晏之首题云："买得梧宫数亩秋，便追黄绮作朋俦。"杜之卒章云："如何九老人犹少，应许东归伴醉吟。"时与会者才五人，故杜诗及之。享年七十有五，终都官员外郎。①

关于该九老会之情况，可考者仅此。叶参，字少列，咸平中进士。历兵、刑二部郎中，知苏、越、湖三州，终光禄卿。晏元献为晏殊，字同叔，临川（今属江西）人。景德初，以神童召试，赐进士出身。累擢知制诰、翰林学士，庆历中拜集贤殿学士，同中书门下平章事，兼枢密院使。卒赠司空，谥元献。杜正献为杜衍，生平见下文《杜衍睢阳五老会》。

五、杜衍睢阳五老会

王辟之《渑水燕谈录》卷四载：

> 庆历末，杜祁公告老，退居南京，与太子宾客致仕王涣、光禄卿

---

① 〔宋〕龚明之撰、孙菊园校点：《中吴纪闻》，上海古籍出版社1986年版，第49页。

致仕毕世长、兵部郎中分司朱贯、尚书郎致仕冯平为"五老会",吟醉相欢,士大夫高之。祁公以故相耆德,尤为天下倾慕,兵部诗云:"九老且无元老贵,莫将西洛一般看。"五人年皆八十余,康宁爽健,相得甚欢,故祁公诗云:"五人四百有余岁,俱称分曹与挂冠。"而毕年最高,时已九十余,故其诗云:"非才最忝预高年。"是时欧阳文忠公留守睢阳,闻而叹慕,借其诗观之,因次韵以谢。卒章云:"闻说优游多唱和,新诗何惜借传看。"①

以上即为杜衍睢阳五老会的基本情况。

杜衍(978—1057),字世昌,越州山阴(今浙江绍兴)人。大中祥符元年(1008)进士。仁宗朝,拜同中书门下平章事,罢知兖州,以太子少师致仕,封祁国公,卒谥正献。五老会举行之地睢阳,宋时称南京,又称宋城,即今河南商丘市。关于此会举行之时间,现存材料所记似有抵牾之处。上引《渑水燕谈录》谓"庆历末,杜祁公告老,退居南京,与太子宾客致仕王涣……为'五老会'……五人年皆八十余"。《宋史》卷三百一十《杜衍传》云:"庆历七年(1047),衍甫七十,上表请还印绶,乃以太子少师致仕……寓南都凡十年……卒,年八十。"据此,该五老会的举行之日就存在着两种可能性,一为庆历七年(1047),杜衍刚刚致仕时;一为嘉祐二年(1057),即杜衍去世的那一年。考厉鹗《宋诗纪事》卷八引《事文类聚前集》载钱明逸《睢阳五老图序》,原注云"时祁公年八十",序末署"至和丙申(1056)"②。据此可知,该会举行日期应以后一说较为接近。此年杜衍实为七十九岁。谓其八十,乃是虚数。《宋诗纪事》引《事文类聚前集》还载有五人所作《睢阳五老会诗》,据其原注,其他四人之年龄分别为:毕世长九十四、冯平八十七、王涣九十、朱贯八十八。兹录五人所作诗如下:

> 五人四百有余岁,俱称分曹与挂冠。天地至仁难补报,林泉幽致许盘桓。花朝月夕随时乐,雪鬓霜髯满座寒。若也睢阳为故事,何妨

---

① 〔宋〕王辟之撰、吕友仁点校:《渑水燕谈录》卷四,中华书局1981年版(与《归田录》合刊),第47~48页。

② 按宋仁宗至和年号只有甲午、乙未两年,丙申改元为嘉祐元年。

列向画图看。(杜衍)

非才忝预最高年,分务由来近挂冠。敢造钜贤论轨躅,幸依都府得盘桓。篇章捧和惭风雅,眷待优隆荷岁寒。倘许衰容参盛列,欲凭绘事永传看。(毕世长)

诏恩分务许优闲,肯借留都獬豸冠。名宦倘来空扰攘,丘园归去且盘桓。醉游春圃烟霞暖,吟听秋潭水石寒。退傅况兼为隐伴,红尘那复举头看。(冯平)

分曹归政养耆年,李下何由更整冠。贤相赋诗同笑傲,圣君优诏许盘桓。庞眉老叟俱称寿,凌雪乔松岂畏寒。屈指五人齐五福,乡人须作二疏看。(王涣)

各还朝政遇尧年,鹤发俱宜预道冠。乍到林泉能放旷,全抛簪绂尚盘桓。君恩至重如天覆,相座时亲畏地寒。九老且无元老贵,莫将西洛一般看。(朱贯)①

六、 章岵苏州九老会

元丰间,章岵任苏州太守期间,曾与郡长老结九老会唱和。据笔者掌握的材料,该会曾有过两次活动,每一次的参加者则略有不同。

其一见于龚明之《中吴纪闻》卷四"徐朝议"条:

徐师闵,字圣徒,仕至朝议大夫。退老于家,日治园亭,以文酒自娱乐。时太子少保元公绛、正议大夫程公师孟、朝议大夫间丘公孝终,亦以安车归老,因相与继会昌洛中故事,作九老会。章岵为郡守,大置酒合乐,会诸老于广化寺。又有朝请大夫王琉、承议郎通判苏滉与焉。公赋诗为倡,诸公皆属而和之,以为吴门盛事。元公少保和篇云:"五日佳辰郡政闲,延宾谈笑豁幽关。阊门歌舞尊罍上,林屋烟霞指顾间。德应华星临颍尾,年均皓发下商颜。名花美酒疏钟永,坐见斜晖隐半山。"方子通亦有和篇云:"使君萧洒上宾闲,金地无人昼敞关。风静箫声来世外,日长仙境在人间。诗成郢客争挥翰,曲罢吴姬一破颜。此节东南无此会,高名千古映湖山。"章守以

---

① 〔清〕厉鹗辑撰:《宋诗纪事》卷八,上海古籍出版社1983年版,第186~190页。

五日开宴,故二诗皆及之。①

据《正德姑苏志》卷三《职官志》载,章岵以元丰元年(1078)到任,任三载。该九老会的活动当即在此一时间。上引材料所载共八人,现略述其生平如下。

章岵(1013—?),字伯望。元丰元年,以朝散大夫尚书司封郎中知苏州。

徐师闵,字圣徒。其先建安人。父奭,历官苏浙,子孙遂为苏人。师闵治平初虞部员外郎知江阴军,熙宁十年(1077),以司农少卿知袁州,官至正议大夫,东海郡侯。告老,以中散大夫普宁郡侯致仕。

元绛,字厚之,钱塘(今浙江杭州)人。天圣八年(1030)进士。神宗朝,累官翰林学士,拜参知政事,出知亳州,改颍州,致仕。卒赠太子太师,谥章简。

程师孟,字公辟,吴(今苏州)人。景祐元年(1034)进士。累官知广州,召为给事中,充集贤殿修撰,判都水监,出知越州、青州,授光禄大夫致仕。

闾丘孝终,字公显,吴人。苏轼谪黄州时,孝终为太守,与之往来甚密。未几,挂冠而归,悠游乡里而终。东坡尝云"苏州有二丘,不到虎丘,即到闾丘"②,可见两人关系之密切。

王琬、苏滉及方子通三人生平不详。

其二见于米芾《九隽老会序草》一文。原注云:"十老会后更名曰耆英,又名真率。元丰间,章岵守郡,与郡之长老从游,各饮酒赋诗。余以杭州从事罢官,经由为作序。"序云:

中散大夫河间公,清德杰气,为时老成,高谊劲节,缙绅所仰。静镇吴国,四周星纪,威孚惠洽,讼庭晨虚。乃辟郡斋,会九隽老。惟内阁清河公,神宇轩拔,德章昭融,名威羌夷,勋书册府;朝议大夫广平公,秀质孤映,清标迈远,郁建功利,焕于汗青;大中大夫濮

---

① 〔宋〕龚明之撰、孙菊园校点:《中吴纪闻》卷四,上海古籍出版社1986年版,第93页。
② 〔宋〕龚明之撰、孙菊园校点:《中吴纪闻》卷五"闾丘大夫"条,上海古籍出版社1986年版,第108页。

阳公,冲襟爽澈,淑质端清,积厚施衍,父子显荣;朝议大夫德丰公、朝议大夫彭城公、朝议大夫徐公、朝散大夫郑公,并道韵虚旷,内德淳耀。或中台耆彦,或四方肤使,出处有裕,始终一德,恺悌利爱,布在世间。承议郎崇君、奉议郎黄君,素行洁修,乡用标准,早解簪绂,仕路式瞻。或顾顾硕德,天赐难老,貌若辽鹤,言为龟鉴。于是羽觞屡酬,雅章迭作,叙怀感遇,乐时休明,顾盼之间,穆如清徽,薰如太和……①

据周密《齐东野语》卷二十"耆英诸会"条载,米氏此序所列之十人,依次为章岵(年七十三)、张诜(年七十)、程师孟(年七十七)、卢革(年八十二)、徐师闵(年七十三)、闾丘孝终(年七十三)、徐九思(年七十三)、郑方平(年七十二)、崇大年(年七十一)、黄挺(年八十二)。

　　张诜,字枢言,寓家苏州。第进士,历越州通判、知襄邑县、陕西转运副使,迁天章阁待制知熙州。累官正议大夫、清河郡侯卒。

　　卢革,字仲辛,德清(今浙江湖州)人。年十六,登进士第。庆历中,知龚州,继知婺、泉二州,提点广东刑狱,福建、湖南转运使。累进太子宾客,以光禄卿致仕。用子秉恩转通议大夫。

　　崇大年,字静之。庆历进士。历知青田县,徙知浦城。以疾匄分司归吴。

　　徐九思、郑方平、黄挺三人生平不详。

七　文彦博洛阳耆英会

　　宋神宗元丰五年(1082),文彦博留守西京,仿唐白居易九老会故事,与聚居洛阳高年者合十二人,于富弼宅第置酒赋诗相乐。既而由闽人郑奂图形于妙觉精舍,时人谓之洛阳耆英会。关于此会始末,司马光《洛阳耆英会序》一文述之甚详,兹移录于下:

　　　　昔白乐天在洛,与高年者八人游,时人慕之,为九老图传于世。宋兴,洛中诸公继而为之者凡再矣。皆图形普明僧舍。普明,乐天之

----
① 〔宋〕米芾:《宝晋英光集》卷六,《丛书集成初编》本,中华书局1985年版,第43页。

故第也。元丰中，潞国文公留守西都，韩国富公纳政在里第，自余士大夫以老自逸于洛者，于时为多。潞公谓韩公曰："凡所为慕于乐天者，以其志趣高逸也，奚必数与地之袭焉。"一旦，悉集士大夫老而贤者于韩公之第，置酒相乐，宾主凡十有二人。既而图形妙觉僧舍。时人谓之洛阳耆英会。……又洛中旧俗，燕私相聚，尚齿不尚官，自乐天之会已然。是日复行之。斯乃风化之本，可颂也。宣徽王公方留守北都，闻之，以书请于潞公曰："某亦家洛，位与年不居数客之后，顾以官守，不得执卮酒在坐席，良以为恨，愿寓名其间，幸无我遗。"其为诸公嘉美如此。光未及七十，用狄监卢尹故事，亦预于会。潞公命光序其事，不敢辞。时元丰五年正月壬辰，端明殿学士兼翰林侍读学士太中大夫提举崇福宫司马光序。①

司马光此序后还附有与会十二人之姓氏，以年龄长少为序：

开府仪同三司守司徒武宁军节度使致仕韩国公富弼，字彦国，年七十九；

河东节度使开府仪同三司守太尉判河南府兼西京留守司事潞国公文彦博，字宽夫，年七十七；

司封郎中致仕席汝言，字君从，年七十七；

太常少卿致仕王尚恭，字安之，年七十六；

太常少卿致仕赵丙，字南正，年七十五；

秘书监致仕刘几，字伯寿，年七十五；

卫州防御使致仕冯行巳，字肃之，年七十五；

太中大夫充天章阁待制提举崇福宫楚建中，字正叔，年七十三；

司农少卿致仕王谨言（一作慎言），字不疑，年七十二；

太中大夫提举崇福宫张问，字昌言，年七十一；

龙图阁直学士通议大夫提举崇福宫张焘，字景元，年七十。

这个名单没有把司马光本人列入。因为此会是模仿白居易九老会的，白氏九老会参加者九人，其中胡杲年八十九，吉皎八十六，郑据八十四，刘真、卢贞八十二，张浑、白居易七十四，此外秘书监狄兼谟、河南尹卢

---

① 〔宋〕司马光：《传家集》卷六十八，《影印文渊阁四库全书》本，台湾商务印书馆1986年版。

贞，年均未满七十，虽与会而不列名。① 司马光此年年六十四，故"用狄监卢尹故事"，未将自己列入名单。又，王拱辰时任北京留守，诣书潞公，愿预其会。《邵氏闻见录》卷十记载，文彦博"令赵丞自幕后传温公像，又至北京传王公像，于是预其会者凡十三人"②。

诗酒唱和是耆英会活动的主要内容。《说郛》卷七十五载有《洛中耆英会》一卷，③ 录有与会者所作诗，每人一首；另有文彦博与富弼相互唱和诗各一首。文彦博诗云：

> 九老唐贤形绘事，元丰今胜会昌春。垂肩素发皆时彦，挥麈清淡尽席珍。染翰不停诗思健，飞觞无算酒行频。兰亭雅集夸修禊，洛社英游贵序宾。自愧空疏陪几杖，更容款密奉簪绅。当筵尚齿尤多幸，十二人中第二人。

从此诗不难见出耆英会活动内容之一斑，其他人的诗亦大抵如此。因此，仅从内容来讲，耆英会活动似无太多可观之处，不过反映了这些高官厚禄的退休老人养尊处优、优哉游哉的生活情趣罢了。值得我们注意的是耆英会的活动形式。

《说郛》所载《洛中耆英会》录有该会之《会约》，共七条：

> 序齿不序官。
> 为具务简素。
> 朝夕食不过五味。
> 菜果脯醢之类各不过三十器。
> 酒巡无算，深浅自斟；主人不劝，客亦不辞；逐巡无下酒时作菜羹不禁。
> 召客共用一简，客注可否于字下，不别作简。或因事分简者，听

---

① 参见〔宋〕洪迈撰、孔凡礼点校《容斋随笔·四笔》卷八"狄监卢尹"条，中华书局2005年版，第721页。按此材料中有两卢贞，同名而又同会，故洪迈已疑其"文字或误"。

② 〔宋〕邵伯温著，李剑雄、刘德权校：《邵氏闻见录》卷十，中华书局1983年版，第104～105页。

③ 参见〔明〕陶宗仪等编《说郛三种》，上海古籍出版社1988年版，第3519～3523页。以下所引《洛中耆英会》书中内容均出此本，不再注出。

会日早赴，不待促。

违约者每事罚一巨觥。

从《会约》中可见耆英会活动的若干特点：不讲等级，以年齿长幼为序，而不是以官阶大小为序；摒弃繁文缛节，不注重排场和形式；追求简素、随意、自然的氛围。以上这些特点显示出一种和官场生态明显不同的民间气息，想必这正是此会组织者刻意追求的效果。参加此会的都是经历了几十年宦海生涯的老人，官场森严分明的等级，奢华豪侈的生活以及刻板烦琐的形式，使他们隐约感到失去了做人的真趣，活得太假、太累，因此在退休之后，希望摆脱官场生活加诸身心的种种束缚，回归自然，任性而为，追求一种较为轻松的生活方式。司马光《和潞公真率会》诗云："洛下衣冠爱惜春，相从小饮任天真。"① 范纯仁《和文太师真率会》诗云："贤者规模众所遵，屏除外饰贵全真。盍簪既屡宜从简，为具虽疏不愧贫。免事献酬修末节，都将诚实奉嘉宾。岂唯同志欣相照，清约犹能化后人。"② 两诗将此种心态可谓描摹无遗。耆英会的结社形式正是这种心态的反映。这也正是将此类诗社活动又称作真率会的原因所在。这种民间气息浓厚的结社形式，使与会者的身心感到由衷的愉悦，故对他们产生了巨大的吸引力，他们乐此不疲、趋之若鹜也就不足为奇了。

据有关材料显示，在耆英会举行前后，此类性质的诗社活动，在洛阳还有过多起，耆英会不过是其中规模最大、影响最大的一次而已。前引司马光《洛阳耆英会序》中说："宋兴，洛中诸公继而为之者凡再矣，皆图形普明僧舍。"也就是说，在耆英会之前，即已有过两次类似的诗社活动，并图形于普明僧舍，而非耆英会之妙觉僧舍。王柏《题九老图后》一文所记与司马光相合，并对其中的一次有描述："唐有《洛阳九老图》，传于世久矣。我朝洛之诸公继者凡三，其二图形于普明僧舍，盖乐天之故第也。元丰中，又集于韩富公之第，凡十有一人，图形于妙觉僧舍，时人谓之《洛阳耆英图》。此则普明之本，亦九人：对弈者文潞公、司马温

---

① 〔宋〕司马光：《传家集》卷十一，《影印文渊阁四库全书》本，台湾商务印书馆1986年版。

② 〔宋〕范纯仁：《范忠宣集》卷四，《影印文渊阁四库全书》本，台湾商务印书馆1986年版。

公；观者富郑公；舞者赵公正南，讳丙；回视持书人则王公君贶，讳拱辰也。余则忘其姓名矣。"① 这是耆英会之前的另一次诗社活动，具体时间不详。参加者九人，王柏文中提到五人，均参加了后来耆英会的活动。

另一次似早在宋仁宗天圣、明道年间。邵伯温《邵氏闻见录》卷八载："天圣、明道中，钱文僖公自枢密留守西都，谢希深为通判，欧阳永叔为推官，尹师鲁为掌书记，梅圣俞为主簿，皆天下之士，钱相遇之甚厚。一日，会于普明院，白乐天故宅也，有唐九老画像，钱相与希深而下，亦画其旁。"② 这里说的钱文僖公为钱惟演、谢希深为谢绛、欧阳永叔为欧阳修、尹师鲁为尹洙、梅圣俞为梅尧臣。从邵氏的记载来看，他们并没有组织九老会一类的组织，但其行为是追慕白居易九老会之流风余韵则是显而易见的。

又，文彦博有《五老会》诗，题云："元丰三年九月，范镇内翰、张宗益工部、张问谏议、史炤大卿。"③ 此五人中，除文彦博与张问外，其余三人均未参加后来耆英会的活动。此诗末联云："欢言预有伊川约，好作元丰第四春。（原注：为来岁张本。）"可知此五老会在元丰三年（1080）、四年（1081）都有过活动。

又，文彦博《奉陪伯温中散程、伯康朝议司马、君从大夫席，于所居小园作同甲会》诗云："四人三百十二岁，况是同生丙午年。招得梁园同赋客，合成商岭采芝仙。清谈亹亹风生席，素发飘飘雪满肩。此会从来诚未有，洛中应作画图传。"④ 元丰五年耆英会活动时，文彦博、席汝言均七十七岁，此时他们都已七十八岁，故知这是元丰六年（1083）的事。程珦，字伯温，中散大夫；司马旦，字伯康，朝议大夫。此两人均未参加上年耆英会的活动。

又，司马光有《真率会》诗，题云："二十六日作真率会。伯康与君从七十八岁，安之七十七岁，正叔七十四岁，不疑七十三岁，叔达七十

---

① 〔宋〕王柏：《鲁斋集附录补遗》卷十一，《丛书集成初编》本，中华书局1985年版，第79页。
② 〔宋〕邵伯温著，李剑雄、刘德权校：《邵氏闻见录》卷八，中华书局1983年版，第81页。
③ 〔宋〕文彦博：《潞公文集》卷七，《影印文渊阁四库全书》本，台湾商务印书馆1986年版。
④ 〔宋〕文彦博：《潞公文集》卷七，《影印文渊阁四库全书》本，台湾商务印书馆1986年版。

岁，光六十五岁，合五百一十五岁。口号成诗，用安之前韵。"① 此七人中，除伯康（司马旦）、叔达（不详）两人外，均参加过耆英会，从所记各人年龄来看，该会的举行日期为元丰六年。

又，《宋史》卷三百一十四《范纯仁传》云："丐罢，提举西京留司御史台。时耆贤多在洛，纯仁及司马光，皆好客而家贫，相约为真率会，脱粟一饭，酒数行，洛中以为胜事。"② 这个以范纯仁、司马光两人为首的真率会，在两人文集中均有记录。范纯仁《范忠宣集》卷二《和君实微雨书怀韵》诗云："……邀朋拟白社，取友尽苍髯。馔具虽真率，宾仪去谨严。"③ 君实，即司马光字。司马光《传家集》卷十一《邀子骏、尧夫赏西街诸花》诗云："试问二三真率友，小车篮舁肯重过。"④ 子骏为鲜于侁字，尧夫即范纯仁字。据《宋史·鲜于侁传》，其于神宗元丰末年分司西京御史台。⑤ 故知此真率会的活动时间当在元丰六、七年间。参加过此真率会活动的，似还有以下诸人：范镇。镇字景仁，曾任知制诰、翰林学士。神宗朝历端明殿学士。范纯仁《蜀郡范公景仁挽词三首》其二云："伊洛相逢日，忠贤盛集时。游从敦义气，唱和若埙箎。"⑥ 味其诗意，景仁显然参加过纯仁真率会的活动。祖无择。无择字择之，曾任龙图阁学士，权知开封府，进学士。其所撰《龙学文集》卷四有《聚为九老自咏诗》，其序云："龙学因分司西京御史台，与司马温公九人为真率会，谓之九老。"⑦ 显然也参加过司马光组织的某一次真率会活动。

综上所述，在神宗元丰年间的西京洛阳，曾集中了一大批名宦耆宿，出现了数量可观的一批以耆英会、真率会、同甲会等名称命名的诗社，这

---

① 〔宋〕司马光：《传家集》卷十一，《影印文渊阁四库全书》本，台湾商务印书馆1986年版。
② 〔元〕脱脱等：《宋史》卷三百一十四，中华书局1985年版，第10286页。
③ 〔宋〕范纯仁：《范忠宣集》卷二，《影印文渊阁四库全书》本，台湾商务印书馆1986年版。
④ 〔宋〕司马光：《传家集》卷十一，《影印文渊阁四库全书》本，台湾商务印书馆1986年版。
⑤ 参见〔元〕脱脱等《宋史》卷三四四，中华书局1985年版，第10938页。
⑥ 〔宋〕范纯仁：《范忠宣集》卷四，《影印文渊阁四库全书》本，台湾商务印书馆1986年版。
⑦ 〔宋〕祖无择：《龙学文集》卷四，《影印文渊阁四库全书》本，台湾商务印务馆1986年版。

些诗社之间并不是彼此孤立的，它们或有纵向的承继衔接，或有横向的交叉汇合。诗人们频繁地活动于其间，形成了一个颇为壮观的诗社群。宋代文人结社意识的趋强，在这一现象中得到了鲜明的体现。

八、贺铸彭城诗社

贺铸（1052—1125），字方回，卫州共城（今河南辉县）人。娶宗女，授右班殿直。哲宗元祐中，通判泗州，又倅太平州。晚退居吴下，筑室于横塘，自号庆湖遗老。其《庆湖遗老诗集》卷二有《读李益诗》《田园乐》两诗。《读李益诗》序云："甲子（1084）夏，与彭城诗社诸君分阅唐诸家诗，采取生平，人赋一章，以姓为韵。"《田园乐》序云："甲子（1084）八月，与彭城诗社诸君会南台佛祠，望田亩秋成，农有喜色，诵王摩诘田园乐，因分韵拟之。予得'村'字。"①

彭城，即今江苏徐州。据夏承焘《贺方回年谱》②，贺铸于神宗元丰五年（1082）八月到徐州，领宝丰监钱官；至哲宗元祐元年（1086）正月离任，共三年多时间。彭城诗社当即其在徐州期间与当地士人的结社。

贺铸《彭城三咏》序云："元丰甲子（1084），予与彭城张仲连谋父、东莱寇昌朝元弼、彭城陈师中传道、临城王适子立、宋城王豜文举，采徐方陈迹分咏之。予得'戏马台''斩蛇泽''歌风台'三题即赋焉。"《题张氏白云庄》序云："彭城张谋父居泗州之东山，耕田数百亩，中择爽垲，列树松竹，结茅其间，榜曰白云庄。甲子（1084）九月，置酒招予与寇、陈、王、李四子。酒酣赋诗，予得'云'字。"《渔歌》序云："甲子（1084）十二月，张谋父、陈传道、王子立，会于彭城东禅佛祠，分渔、樵、农、牧四题以代酒令，予赋《渔歌》。"《三月二十日游南台》序云："与陈传道、张谋父、王文举乙丑（1085）同赋，互取姓为韵，予得'陈'字。"上引序文中与贺铸频繁唱酬的张仲连、寇昌朝、陈师中、王适、王豜等人，应即为彭城诗社之社友。现略考其生平如下。

张仲连，字谋父，隐居不仕。所居名白云庄。贺铸《庆湖遗老诗集》中有《题张氏白云庄》《和人游白云庄二首》《招寇元弼兼呈白云庄张隐

---

① 两序均引自〔宋〕贺铸《庆湖遗老诗集》，《影印文渊阁四库全书》本，台湾商务印书馆1986年版。下文所引贺诗均录自该集，不另注出。

② 参见夏承焘《唐宋词人年谱》，上海古籍出版社1979年版，第271～314页。

居》《留别张白云谋父》等数诗,是贺铸在徐州期间交往频密的友人。

寇昌朝,字元弼。贺铸《怀寄寇元弼》诗序云:"时寇官荆山戍。乙丑(1085)九月彭城赋。"诗云:"君投筦库可知非,我饱官粮又愿违。"据此可知寇曾于元丰八年(1085)秋离开徐州,赴符离之荆山任监钱税一类的小官。

陈师中,字传道。贺铸《送陈传道摄官双沟》诗序云:"乙丑(1085)六月,陈发彭城,舣舟汉祠下者累日。予方抱疾,不遑出饯,因赋是诗。"《夏夜怀寄传道》诗序云:"陈摄领双沟成税局。乙丑(1085)彭城作。"是知陈亦于元丰八年(1085)中离开彭城赴双沟任监税一类小官,但当年十月前即已去职①。又,贺铸又有《送陈传道之官下邳》诗,略云:"朝来忽叩门,颇惊黄绶新。告我即东下,得官淮泗滨。"据诗序,此诗为"丁卯(1087)九月京居病中赋",故陈之赴下邳做官已是贺铸离开徐州之后的事情了。

王适,字子立。生平失考。

王玒,字文举。贺铸《送寇元弼、王文举》诗序云:"文举乃元弼女兄之子,而复妻以女。寇之官符离之荆山戍,王亦从行。"可知文举与元弼为姑表、翁婿之关系。又,贺铸作于庚午(1090)九月的《怀寄彭城朋好十首》之十即为文举所作。诗云:"试吏王文举,俄缠风树哀。明年道灉上,为尔一徘徊。"自注云:"始调华亭刑狱掾,以家艰罢。今执丧宋城。"是知文举亦曾为小吏,不过也是在贺铸离开徐州以后。

除了以上五人与贺铸有频繁交往之外,其诗集中所涉及的徐州士人还有刘士真(字子仲)、张天骥(字云龙)、董初尝(字希远)、王有元(字会之)、王逋(字子敏)、寇定(字应之)等数人。不过这些人与贺铸只是间或有过从,未必是诗社中人。

贺铸于元丰五年(1082)八月到徐州,但结诗社则应是元丰七年(1084)之后。《庆湖遗老诗集》中诗多有纪年,现将有关诗社之作略做排列如下:

《读李益诗》元丰七年(1084)夏;

---

① 贺铸《题渊明轩》诗序云:"陈传道葺双沟官舍,濉水之北轩,索名于我,因命曰渊明轩。陈即去职。予高斯人,为赋是诗,寄题轩上。乙丑(1085)十月彭城作。"是知陈去职应在贺铸作此诗前。

《田园乐》元丰七年（1084）八月；
《题张氏白云庄》元丰七年（1084）九月；
《部兵之狄丘道中怀寄彭城社友》元丰七年（1084）十二月；
《渔歌》元丰七年（1084）十二月；
《彭城三咏》元丰七年（1084）；
《和人游白云庄二首》元丰八年（1085）正月；
《三月二十日游南台》元丰八年（1085）三月；
《送陈传道摄官双沟》元丰八年（1085）六月；
《送寇元弼、王文举》元丰八年（1085）八月；
《招寇元弼兼呈白云庄张隐居》元丰八年（1085）九月；
《怀寄寇元弼》元丰八年（1085）九月；
《题渊明轩》元丰八年（1085）十月；
《留别张白云谋父》元祐元年（1086）正月。

上引诗作的纪年清晰地显示出该诗社的活动时间是从元丰七年（1084）夏开始，至元祐元年（1086）正月贺铸离开徐州自然结束，前后历时约两年半。

上引诗作的纪年还显示出该诗社的活动是相当频繁的。特别是从元丰七年（1084）夏至元丰八年（1085）三月这段时间里，诗社同人的雅集几乎逐月举行，可以说是该诗社最活跃的时期。从诗社所咏内容来看，则大致有咏史怀古，如《彭城三咏》等；讴歌田园隐逸生活，如《田园乐》《渔歌》《题张氏白云庄》《题渊明轩》等；切磋诗艺，如《读李益诗》等。

除了贺铸之外，彭城诗社其他成员的诗作未能保存下来。贺铸的这些诗作成就并不算高，它的价值在于为我们提供了宋代文人精神生活的一个重要侧面，即文士们通过诗歌加强联系结为群体的强烈愿望。如果联系叶梦得许昌诗社，徐俯、汪藻等人的豫章诗社，邹浩颍川诗社以及西湖诗社等诗社大量出现的情况来考察，则不难看到文人群体意识日益强化已成为宋代文学发展史的一个引人瞩目的重要现象。

贺铸在与诗社同人的交游唱酬中，建立起了深厚的友谊。他在离开徐州后多次写诗怀念徐州诗友和诗社的生活。如作于元祐四年（1089）的《再送潘仲宝兼寄彭城旧交》："风雨扁舟幸少留，为君持酒话徐州。白鱼紫蟹秋初美，戏马飞鸣梦屡游。二阮年来知健否？季真老去尽归休。白云庄畔多闲地，不惜横刀直换牛。"作于绍圣二年（1095）的《怀寄寇元弼、王文举十首》其十云："偶得悲秋句，还惊旧社空。中庭步明月，朗咏与西风。"可见彭城诗社的这一段生活在贺铸的思想情感上留下了多么深刻的记忆，实在是贺铸生平中一个不可忽视的重要阶段。

九、邹浩颖川诗社

邹浩（1060—1111），字志完，常州晋陵（今江苏常州）人。神宗元丰五年（1082）进士。调扬州、颍昌（今河南许昌）府教授。擢右正言。坐谏立刘后，谪新州（今广东新兴县）。徽宗朝，迁吏部侍郎。坐党籍，再谪永州（今湖南零陵县）。大观元年（1107）复直龙图阁，卒。高宗朝，赠宝文阁学士，谥曰忠。有《道乡集》。

《道乡集》卷七《呈同社》① 诗云：

> 太史占星久寂寥，高阳烟月但蓬蒿。人才岂是非前日，天意端如待我曹。万古衣冠归指顾，一时天地入风骚。他年南北参商去，知有青编破郁陶。

同卷还有《月下怀同盟》诗，共五首，前三首云：

> 常时二妙过晴窗，丙夜犹同秋月光。不分城扉日多事，天南天北又参商。（自注：仲孺、述之。）
>
> 碧天如水驻冰轮，灿灿裁余一两星。想见墙东病居士，废书捐枕步中庭。（自注：德符。）
>
> 晚云携雨入径山，月到西湖万象闲。公子归来泛家宅，只应诗思落人间。（自注：世美。）

其四、五首无注，略。上引两诗题中所云"同社""同盟"，显然是指诗社。

---

① 文中所引邹浩诗文均录自《道乡集》，《影印文渊阁四库全书》本，台湾商务印书馆 1986 年版，不另注出。

此诗社为邹浩任颍昌府学教授时所倡立。时为哲宗元祐初年。① 其《颍川诗集叙》叙此事甚详，兹引于下：

> 故人苏世美佐颍川幕府，既阅岁，余始承乏泮宫，与世美皆江都尉田承君友。承君知其为僚于此也，书来告曰："韩城吾里也。崔德符、陈叔易天下士也。东南豪英森森，号为儒海，吾尝默求二子比者，殆不与耳目接，子其亲炙之。"叔易方杜门著书不外交，德符久之，始幡然命驾。时裴仲孺、胥述之里居旧矣，文行籍籍在人口，亦喜德符为我辈来也，而与盟焉。叔易虽未及致，而并得二士又过望。非公家事挽人，则深衣藜杖，还相宾主，间或浮清漪，款招提，谈经议史，挹古人于千百岁之上，有物感之，情与言会，落于毫楮，先后倡酬，以是弥年，裕如也。世美秩满且行矣，用刘白故事，裒所谓倡酬者与自为之者、与非同盟而尝与同盟倡酬者，共得若干篇，名之曰《颍川集》。《传》不云乎：诗以道志。观春秋时，其君臣朝聘必赋诗，一切用古语，然识者听之，且前判其治乱祸福不缪，况诚动于中而形于外者耶！是集也，可以观二三子志矣。世美嘱余为之序。

颍川，即颍昌之旧名。文中所说的具有"同盟"关系者共五人：邹浩、苏世美、崔德符、裴仲孺、胥述之，此五人即应为颍川诗社之成员。前引《月下怀同盟》诗，前三首均注所怀之人的名字，而后二首则无注，可见恰是为了将诗社同人与非诗社之人区别开来。

苏京，字世美，泉州南安人，徙居润州丹阳。哲宗朝宰相苏魏公颂之子。以父任假承务郎。历雄州防御推官、监江宁府税、忠武军节度判官、知丹阳县、签书昭庆军节度判官、通判沂州等职，徽宗政和七年（1117）卒。② 宋时忠武军治颍昌，是知苏京入社时其正在忠武军节度判官任上，即邹浩《颍川诗集叙》中所说的"佐颍川幕府"时。邹浩《次韵世美冬夜见怀》云："君家儒学频公侯，岂知孔孟穷于邹。他年事业知未艾，诜

---

① 据《宋史》本传，邹浩为元丰五年（1082）进士，元祐中（1089 年前后）即擢为右正言，其间还任过扬州府学教授。据此推算，其任颍昌府学教授应为元祐初年（1086 年前后）。

② 有关苏京家世生平材料，引自〔清〕陆心源《宋史翼》卷四本传，中华书局1991 年版，第 42 页。

诜孙子多清流。红莲上客更超诣,劲节耻与今人侪。自言名宦亦何有,回看家法长包羞。……"从诗句中约略可见出苏氏的精神风貌。

崔鷃,字德符,雍丘(今河南杞县)人,徙阳翟(今河南禹县),遂为阳翟人。阳翟在战国时曾为韩国都城,故邹浩《颍川诗集叙》中称其里为韩城。哲宗元祐中第进士,调凤州司户参军、筠州推官。哲宗元符末,上书,入邪等。钦宗靖康初,擢右正言,以疾乞解官,除直龙图阁,提举嵩山崇福宫卒。自号婆娑先生。《宋史》本传谓其"平生为文至多","尤长于诗,清峭雄深,有法度"。宋晁公武《郡斋读书志》亦称其"长于诗,清婉敷腴,有唐人风"。有《婆娑集》三十卷,今不存。其入颍川诗社当在科举入仕之前。

裴仲孺,名不详,仲孺为其字。颍昌人。邹浩《送裴仲孺赴官江西叙》对其生平及思想性格有较详细的描述。略云:

> 仆羁贯执经侍先生丈人,闻其论当时士大夫落落以文行动天下,而集仙裴公与焉。……后数年官学颍川,一日过僚友苏世美。席未展,有耿然丈夫子趋西阶拜揖已,走席尾坐不动,如石虎,如木鸡,唯鼻间之息栩栩与土偶人异。他日询世美,则曰裴公之子仲孺也。屐履见之。仲孺亦不余鄙,相好也。故虽不得师而得友以自幸。仲孺作尉釜岩中,方且溯长江、绝重湖,背斗去数千里,与洞庭枫叶争飘摇。昔司马子长、杜子美,皆放浪沅湘,窥九疑,登衡山,以搜抉天地之秘,然后发愤一鸣,声落万古,骨家仰之,几不减六经。仲孺之役亦在南方,又能文,如其行,安知非造命者戏一穷之使,鼓吹于斯文乎!他年蕲蕲世家,而多士尽倾,有曰小裴君者,必吾仲孺也。……

邹浩另有《送裴仲孺为太和尉》诗,可知其所谓"赴官江西",即赴太和(今安徽太和)作尉。诗中有句云:"况乃青云姿,四十困不遇。有室常罄悬,未免折腰去。"可知其亦为半生困踬怀才不遇者。

胥述之,名不详,述之为其字。颍昌人。邹浩《颐斋记》云:"颍川胥述之既以颐名其斋,属其友晋陵邹某为之记。……述之内翰之孙,都官之子,静重疏通,以世其家。"今所知述之家世生平材料仅见于此。

除以上四人外,邹浩在颍昌期间尝与之唱和的文士还有陈恬(字叔易)、鲜于绰（字大受)、鲜于群（字无党)、王实（字仲弓)、乐文仲、胡适道、崔遐绍等数人，但均属所谓"非同盟而尝与同盟倡酬者"。

据《颍川诗集叙》，诗社同人唱和之作曾编为《颍川集》，惜今已不传。但我们从邹浩"万古衣冠归指顾，一时天地入风骚"，以及"非公家事挽人，则深衣藜杖，还相宾主，间或浮清溵，款招提，谈经议史，挹古人于千百岁之上，有物感之，情与言会，落于毫楮，先后倡酬，以是弥年，裕如也"等诗文中，仍不难见出当日诗社成员的豪情逸致与诗社活动的生动图景。《道乡集》中还有《与德符、仲孺、述之宿南堂，分得"客"字》《南堂分韵得"秋"字》《曾园分韵得"得"字》《再宿南堂分韵得"屋"字》《上巳日招仲孺、述之》《与仲孺、述之、世美东禅纳凉校韩文，世美以韩公招先去》等诗，应都是诗社活动之作。

十　徐俯豫章诗社

张元干《苏养直诗帖跋尾六篇》甲卷云："往在豫章，问句法于东湖先生徐师川，是时洪刍驹父、弟炎玉父、苏坚伯固、子庠养直、潘淳子真、吕本中居仁、汪藻彦章、向子諲伯恭，为同社诗酒之乐，予既冠矣，亦获攘臂其间，大观庚寅（1110)、辛卯（按应为政和元年，1111）岁也。九人者，宰木久已拱矣，独予华发苍颜，羁寓西湖之上……念向来社中人物之盛，予虽有愧群公，尚幸强健云。"① 这条材料基本道出了此诗社的活动地点、时间以及主要成员的情况。

徐俯（1075—1141），字师川，洪州分宁（今江西修水）人，黄庭坚之甥。授通直郎。徽宗崇宁初，入元符上书邪等。高宗绍兴二年（1132)，赐进士出身。累官端明殿学士、签书枢密院事，权参知政事。号东湖先生。有《东湖集》，不传。

洪刍，字驹父，南昌（今江西南昌）人，黄庭坚之甥。哲宗绍圣元年（1094）进士。崇宁中入党籍。钦宗靖康（1126）时为谏议大夫。汴京失守，坐为金人括财，高宗建炎中流沙门岛卒。有《老圃集》。

洪炎，字玉父，洪刍弟。元祐末登第。南渡后，官秘书少监。有《西渡集》。

苏坚，字伯固。生平失考。

---

① 〔宋〕张元干：《芦川归来集》卷九，上海古籍出版社1978年版，第173页。

苏庠（1065—1147），字养直，澧州（今湖南澧县）人。苏坚之子。以病目自号眚翁。后徙居丹阳（今属江苏）之后湖，更号后湖病民。高宗绍兴间，居庐山，与徐俯同召，不赴。有《后湖集》，今不传。

潘淳，字子真，生平失考。

吕本中（1084—1145），字居仁，寿州（今安徽寿县）人。钦宗靖康初，官祠部员外郎。高宗绍兴六年（1136）赐进士出身。历中书舍人、权直学士院。以忤秦桧，罢职。卒谥文清。学者称东莱先生。有《东莱集》《紫薇词》等。

汪藻（1079—1154），字彦章，饶州德兴（今属江西）人。徽宗崇宁五年（1106）进士。高宗朝，累官中书舍人，兼直学士院；擢给事中，迁兵部侍郎，拜翰林学士。出知外郡。以尝为蔡京客，夺职，居永州，卒。有《浮溪集》。

向子䛊（1085—1152），字伯恭，临江（今江西清江）人。哲宗元符初，以恩补官。徽宗政和五年（1115），知咸平县。宣和六年（1124），任淮南东路转运判官。高宗朝，历徽猷阁直学士，知平江府。寻致仕，号所居曰芗林，自号芗林居士。

张元干（1091—1170?），字仲宗，号芦川居士，又号真隐山人，永福（今属福建）人。向子䛊之甥。曾为李纲行营属官，官至将作少监。高宗绍兴中，坐以词送胡邦衡，得罪除名。有《芦川归来集》《芦川词》等。

以上即是豫章诗社主要成员的基本情况。这里需要说明的是，参加过豫章诗社唱和的并不限于张元干所开列的这个名单，诗社活动的时间也不止于张文中所说的大观庚寅（1110）至政和辛卯（1111）这两年。

宋张世南《游宦纪闻》卷三载："龙溪先生汪公藻……幼年已负文名。作诗云：'一春略无十日晴，处处溪云将雨行。野田春水碧于镜，人影渡傍鸥不惊。桃花嫣然出篱笑，似开未开最有情。茅茨烟暝客衣湿，破梦午鸡啼一声。'此篇一出，便为诗社诸公所称。"① 按汪藻生于神宗元丰二年（1079），徽宗崇宁五年（1106）进士。这里说他幼年所作诗为诗社诸公所称，最低限度应是举进士之前的事。可见此诗社应早于崇宁五年

---

① 〔宋〕张世南：《游宦纪闻》卷三，中华书局1981年版（与《旧闻证误》合刊），第23页。

（1106）即已有活动。又，徽宗政和二年（1112），向子諲离开豫章时，该诗社也曾有过唱和活动，向所作《浣溪沙》词即作于此时，其序云："政和壬辰（1112）正月，豫章龟潭作。时徐师川、洪驹父、汪彦章携酒来作别。"① 据此可知，此诗社的活动，至少持续到政和二年（1112）以后。

未被张元干提及，但参加过此诗社活动的应该还有以下诸人。

洪朋，字龟父。洪刍、洪炎之兄，加上洪羽，兄弟四人号称"四洪"。朋两举进士不第。有《洪龟父集》。其《次韵徐十见招》诗云："徐郎春晚意何如，相见萧然水竹居。近得柏梁七字句，俱来茧纸数行书。赏心不减远公社，到眼全胜正俗庐。首夏清和吾定往，勿令弹铗食无鱼。"② 诗中的远公社，指晋释慧远在庐山与士人刘遗民、雷次宗、宗炳等所结之白莲社，这里应即代指豫章诗社。尾联两句显然是对徐俯召他参加诗社活动的回应。洪朋还有《立秋日诸公过敝庐得"秋"字》诗，有句云："数能文字集，如许岁月遒。"③ 这些诗句都显示出洪朋曾参加过豫章诗社的活动。

谢逸（？—1113），字无逸，号溪堂先生。临川（今属江西）人。终生隐居，未入仕途。谢逸有《溪堂集》，其中有与诗社诸公唱和诗多首，如《寄洪龟父戏效其体》《寄洪驹父戏效其体》《寄徐师川戏效其体》《怀吕聘君》《寄洪驹父兼简潘子真、徐师川》《以水沉香寄吕居仁戏作六言二首》等。既与诗社诸公生活于一地，彼此关系又如此密切，唱和频仍，参加诗社应是顺理成章之事。

谢薖（？—1115），字幼槃，号竹友居士，谢逸之弟。终生不仕。谢薖有《竹友集》，其中亦有与诗社诸公唱和诗多首，如《读吕居仁诗》《次洪驹父游明水韵》《有怀潘子真》等，显然也应是此诗社中人。

李彭，字商老，南康军建昌（今江西永修）人。有《日涉园集》。向子諲《水调歌头》词曾追叙了豫章诗社的一次活动，其序云："大观庚寅（1110）闰八月秋，芗林老、顾子美、江彦章、蒲鉴庭，时在诸公幕府

---

① 〔宋〕向子諲：《酒边集》卷下，见〔明〕毛晋辑《宋六十名家词》，上海古籍出版社1989年版，第232页。
② 〔宋〕洪朋：《洪龟父集》卷下，《影印文渊阁四库全书》本，台湾商务印书馆1986年版。
③ 〔宋〕洪朋：《洪龟父集》卷下，《影印文渊阁四库全书》本，台湾商务印书馆1986年版。

间。从游者洪驹父、徐师川、苏伯固父子、李商老兄弟。是夕登临,赋咏乐甚。"①词中亦有句云:"少日南昌幕下,更得洪徐苏李,快意作清游。送日眺西岭,得月上东楼。"此词序中的顾子美、蒲鉴庭因与向子諲、汪藻为幕府同僚之关系,未必是诗社中人;而所谓"从游者"洪刍、徐俯、苏坚、苏庠无一不是诗社中人,这里将李彭与他们并列在一起,可说是李彭参加了诗社的明证。何况李彭《日涉园集》中,也有与徐师川、洪刍、吕本中等人的唱和诗多首,可见他们关系之密切,实非一般交往所能解释。

综上所述,如果用全面的、动态的观点来观察,豫章诗社实际上是一个持续时间较长、参加人员众多的诗社,它的成员并非固定不变的,而是经常处在流动变化之中,一些人离开了,一些人又参加进来;某次活动是一些人参加,某次活动又是另一些人参加。张元干所记叙的只是这一诗社在大观四年(1110)至政和元年(1111)这两年间的部分活动,或者也可说是这一诗社活动最活跃时期的情况,而不应是它的全部。

考察豫章诗社的活动,有两个特点颇为引人瞩目。

首先,诗社成员与黄庭坚的密切关系。诗社成员中不少人都是黄庭坚的亲戚晚辈,如徐俯、三洪都是黄的外甥,李彭则是黄的舅父李常的从孙,他们在诗歌创作上都直接受过黄庭坚的指点,故较易接受黄庭坚的诗歌创作主张。还有一些人则受过黄庭坚的赏识与品题,如黄庭坚读了谢逸的诗后,大加赞赏,谓"晁、张流也,恨未识之耳"②。说明他的诗歌创作与黄庭坚的主张也是接近的。

其次,切磋诗艺句法是豫章诗社活动的一个重要内容。像张元干即专门问句法于徐俯,汪藻也曾向徐俯请教"作诗法门当如何入"③。孙觌所作汪藻墓志铭记叙了这样一件事:"……公在江西,徐俯师川、洪炎、洪刍有能诗声,自负无所屈。一日,师川见公诗于僧壁,叹曰:'此吾辈人也。'率二洪诣舍上。谒既去,公曰:'骚人墨客,撚须琢句,以鸣其不

---

① 转引自唐圭璋编《全宋词》第二册,中华书局1965年版,第954页。按引文中"江彦章"应为"汪彦章"之误。
② 〔宋〕惠洪:《冷斋夜话》卷七"谢无逸佳句"条,中华书局1988年版(与《风月堂诗话》《环溪诗话》合刊),第58页。
③ 〔宋〕曾敏行著、朱杰人标校:《独醒杂志》卷四"汪彦章为豫章幕官"条,上海古籍出版社1986年版,第31页。

平耳，乌足尚也。'至是数年，卒以大手笔称天下。"① 徐俯在寺院的墙壁上见到汪藻的诗，立即引起共鸣，他所说的"此吾辈人也"，显然是指在创作上旨趣相近。他立即率二洪去拜访汪藻，想必即是为了交流切磋这方面的心得。这种对诗艺句法有目的的切磋探讨，自然容易形成相似的创作主张和风格。

可见，豫章诗社实是一个具有相当自觉意识的文学团体。笔者以为，它的产生与江西诗派的形成之间似有着极为密切的关系，不能不予以注意。这不仅表现在诗社的主要成员如徐俯、洪朋、洪刍、洪炎、李彭、谢逸、谢薖等均列名于吕本中提出的《江西诗社宗派图》中，更表现在他们对黄庭坚创作主张的接受，以及通过不断地切磋探讨，从而在创作上形成了相似的风格。随着诗社成员交往的扩大、地位的提高，以及互相标榜鼓吹的风习，这种创作主张与风格的影响也随之扩大，最终形成了在宋代诗坛上蔚为大观的江西诗派。孙觌在《西山老人文集序》中谈到江西诗派形成的情况时说："元祐中，豫章黄鲁直独以诗鸣。当是时，江右学诗者皆自黄氏。至靖康、建炎间，鲁直之甥徐师川、二洪驹父、玉父皆以诗人进居从官大臣之列，一时学士大夫向慕作为江西宗派，如佛氏传心，推次甲乙，绘而为图，凡挂一名其中，有荣辉焉。"② 这里即肯定了徐俯、洪刍、洪炎等豫章诗社成员在江西诗派形成过程中所起的重要作用。

以往学术界大多认为北宋时所谓江西诗派"并非是一个有组织有纲领的文学群体，而是吕本中根据当时文坛上已经存在的情况和自己对这种情况的认识而代拟的名称"③。这一认识总体上是不错的。但笔者认为，这一认识似不无可补充之处，即我们应该看到，在江西诗派形成的初期，在江西南昌及附近地区，的确活跃着一个虽不能算作组织有序，但其成员之间联系相当紧密的文学团体——豫章诗社，他们有着较为一致的文学主张，频繁地开展活动，并创作了大量作品，因而对江西诗派的形成起了十分重要的推动作用。犹如在平静的湖面投入一颗石子，泛起的涟漪从内向外一圈圈地扩大，最终充塞了整个湖面一样，在江西诗派形成的过程中，

---

① 〔宋〕孙觌：《鸿庆居士集》卷三十四，《影印文渊阁四库全书》本，台湾商务印书馆1986年版。

② 〔宋〕孙觌：《鸿庆居士集》卷三十，《影印文渊阁四库全书》本，台湾商务印书馆1986年版。

③ 程千帆、吴新雷：《两宋文学史》，上海古籍出版社1991年版，第221页。

豫章诗社在某种程度上所起的就是这个石子的作用。

十一、叶梦得许昌诗社

元陆友仁《砚北杂志》卷上云：

> 叶梦得少蕴镇许昌日，通判府事韩璹公表，少师持国之孙也。与其季父宗质彬叔，皆清修简远，持国之风烈犹在。其伯父丞相庄敏公玉汝之子宗武文若，年八十余致仕，耆老笃厚，历历能论前朝事。王文恪公乐道之子实仲弓，浮沉久不仕，超然不婴世故，慕嵇叔夜、陶渊明为人。曾鲁公之孙诚存之，议论英发，贯穿古今。苏翰林二子迨仲豫、过叔党，文采皆有家法，过为属邑郾城令。岑穰彦休已病，羸然不胜衣，穷今考古，意气不衰。许亢宗干誉，冲澹靖深，无交当世之志。皆会一府。其舅氏晁将之无斁，自金乡来过；说之以道居新郑，杜门不出，遥请入社。时相从于西湖之上，辄终日忘归，酒酣赋诗，唱酬迭作，至屡返不已。一时冠盖人物之盛如此。有《许昌唱和集》。风月胜日，时一展玩于嵁岩之间，虽伯牙之弦已绝，而山阳之笛犹足慰其怀旧之思云。①

据此记载可知，叶梦得曾在许昌倡立诗社。叶梦得（1077—1148），字少蕴，苏州吴县人。哲宗绍圣四年（1097）进士，调丹徒尉。累迁翰林学士。以龙图阁直学士知汝州、蔡州，移帅颍昌（许昌）府。高宗朝，除尚书右丞江东安抚使，兼知建康府行宫留守，移知福州。晚退居吴兴卞山，自号石林居士。有《建康集》《石林词》等存世。据《宋史》本传，梦得帅颍昌府的时间在徽宗重和元年（1118）至宣和二年（1120）间，此即应为许昌诗社活动的时间。

据《砚北杂志》，除叶梦得外，参加此诗社的还有韩璹、韩宗质、韩宗武、王实、曾诚、苏迨、苏过、岑穰、许亢宗、晁将之、晁说之十一人。现略考其生平如下。

韩璹（1068—1121），原名璨，字君表，后改璹，字公表，开封雍丘

---

① 〔元〕陆友仁：《砚北杂志》卷上，见《笔记小说大观》第十册，江苏广陵古籍刻印社1983年版，第328页。本节所引《砚北杂志》均出自此本，不另注出。

人，少师韩维（持国）之孙。哲宗绍圣元年（1094），以诗赋奏名礼部，除签书宁海军节度判官厅公事。历保州、宿州、颍昌通判，以朝奉大夫致仕，徽宗宣和三年（1121）卒。晁说之称其诗"圭璧含辉，肄远之士则曰似谢康乐，近则似韦苏州"①。

韩宗质，字彬叔，韩维之子。徽宗朝曾任留司御史。②

韩宗武，字文若，丞相韩缜（玉汝）之子。进士及第。韩宗彦镇瀛洲，辟为河间令。徽宗时任秘书丞，刚直敢谏。历都官员外郎、开封府推官、淮南转运判官，以太中大夫致仕。著有《韩庄敏公遗事》，今不传。《宋史》有传。

王实，字仲弓，观文殿学士王陶（乐道）之子。《砚北杂志》卷上载其生平甚详，略云："未冠，从司马温公学，温公不以膏粱蓄之，教以名节，授《礼》《易》二经。""韩少师持国归以女，仲弓又从受诗，祖陶谢韦杜。故其文典雅华丽，华畅而不靡；诗静而深，婉而厉，有一唱三叹之音。""元祐初，梁右丞焘荐于朝，为籍田令。秩满，苏尚书轼镇中山，辟为属，不行。""崇宁初强起，一守信阳，归即谢事挂冠。里中叶少蕴守许昌，下车即往过之。视其貌盎然，不为崖异，而简远萧散，若初未尝与世交者。""善饮酒，所居凤台园，有修竹万余本。道溁水贯其中，竹木幽茂，不觉在城市间。""靖康之难南渡，死于鄂之咸宁。遗令不为铭文，而前自志其大略，使纳之圹中。其旷达无累于世如此。"

曾诚，字存之，泉州晋江人。鲁国公曾公亮之孙、端明殿学士曾孝宽之子。哲宗元符间曾任秘书监。其子曾怀，孝宗乾道、淳熙间曾任右丞相。

苏迨，字仲豫，眉州眉山人。苏轼次子。曾任承务郎。

苏过（1071—1123），字叔党，苏轼季子。历监太原府税、知颍昌府郾城县、通判中山府。善诗书画，时称"小坡"。晚家于颍昌，"从湖阴营水竹可赏者数亩，则名之曰'小斜川'，自号斜川居士"③。有《斜川

---

① 〔宋〕晁说之：《景迂生集》卷二十《宋故韩公表墓铭》，《影印文渊阁四库全书》本，台湾商务印书馆1986年版。
② 参见韩元吉《高祖宫师文编序》，见《南涧甲乙稿》卷十四，《影印文渊阁四库全书》本，台湾商务印书馆1986年版。
③ 〔宋〕晁说之：《景迂生集》卷二十《宋故通直郎眉山苏叔党墓志铭》，《影印文渊阁四库全书》本，台湾商务印书馆1986年版。

集》。《宋史》有传。

岑穰,字彦休。苏过《斜川集》卷六有《祭岑彦休文》,略云:"蚤陟巍科,驰声天衢,金马玉堂,指日可须。乃请试吏,遵回阔迁,弦歌两邑,古良大夫。……上党之治,益隆于初。刚亦不吐,弱焉必扶。期月而归,遂与世疏。幅巾深衣,筑室端居。……嗟余通家,三世乡间。臭味既同,婚姻与俱。"据此可知彦休亦曾科举为官,并与苏过为姻亲。

许亢宗,字干誉。其生平略见韩元吉《祭许舍人干誉文》,云其"恬情不竞,强志好修。同官奉常,阅岁两周。……赞道天步,日近冕旒。既迁郎曹,持节万里。使不失词,语皆称旨。乃在靖康,秉笔立螭。赠缴既张,鸿鹄高飞。……公隐卞峰,我守霅川。……曾未几日,召对紫宸。……赴官上饶,公无愠喜。行为两驿,遇疾不起……"① 据此可知,许亢宗在北宋徽宗宣和、钦宗靖康及南宋高宗朝均曾为官。《宋史·徽宗本纪》载,宣和六年(1124)"秋七月戊子,遣许亢宗贺金国嗣位"②。这与祭文中"持节万里"之说相合。是知亢宗入京做官当在参加诗社之后。

晁将之,字无斁。哲宗元祐间曾任学官③。

晁说之(1058—?),字以道,济州巨野人,自号景迂生。神宗元丰五年(1082)进士。苏轼以著述科荐。哲宗元符末,与崔鶠同书邪籍。靖康初,召为著作郎,试中书舍人,兼东宫詹事。建炎初,终徽猷阁待制。有《景迂生集》。

除以上十二人外,参加该诗社的,还应有韩宗武之子。此人高宗绍兴朝曾任运使之职。事见叶梦得《祭韩运使文》:"……侃侃大夫,庄敏之孙。盎然慈和,克绍其门。宣和丁亥(按应为'己亥'之误),从我许下。二十二年,如阅昼夜。持节西来,再见江濆。从游凋零,存者几人?……握手未几,一病莫留……"④ 考《宋史·韩缜传》,韩缜(庄敏

---

① 〔宋〕韩元吉:《南涧甲乙稿》卷十八,《影印文渊阁四库全书》本,台湾商务印书馆1986年版。

② 〔元〕脱脱等:《宋史》卷二十二,中华书局1985年版,第414页。

③ 〔宋〕范祖禹《手记》载其时一百九十七人姓字,晁将之名在其列,注云:"元祐八年(1093)荐学官。"见《范太史集》卷五十五,《影印文渊阁四库全书》本,台湾商务印书馆1986年版。

④ 〔宋〕叶梦得:《建康集》卷四,《影印文渊阁四库全书》本,台湾商务印书馆1986年版。

公）唯有宗武一子，这里说"庄敏之孙"云云，显然为宗武之子无疑。可能因其时尚年幼，或未曾入仕，故《砚北杂志》未将其归入十二人之列。

诗社诸人唱和的诗作汇编为《许昌唱和集》。韩维之玄孙、韩璜之侄韩元吉在《书〈许昌唱和集〉后》一文中谈到此集的情况："绍兴甲子岁（1144），某见叶公（梦得）于福唐，首问诗集在亡。抵掌概叹，且曰：'昔与许昌诸公唱酬甚多，许人类以成编。他日当授子。'其后见公石林，得之以归，又三十余年矣。今年［按据文末所题为淳熙二年（1175）］某叨守建安，苏岘叔子（按苏过之孙）为市舶使者，会于郡斋，相与道乡间人物之伟，因出此集披玩，始议刻之。盖叔子父祖诸诗亦多在也。箕颍隔绝，故家沦落殆尽，典型未远，其交好之美，文采风流之盛，犹可概见于此云。"① 惜此集今已不传。

许昌诗社中人今有文集存世者有三人，即叶梦得（《建康集》《石林词》），苏过（《斜川集》），晁说之（《景迂生集》）。叶梦得的文集，据陈振孙《直斋书录解题》所载共一百卷，今存《建康集》则只有八卷，"乃绍兴八年（1138）再镇建康时所著"②，余皆亡佚不存，故无从见到其帅颍昌时所作诗文，但其《石林词》及苏过《斜川集》、晁说之《景迂生集》中则保留了部分诗社同人唱和之作，使我们可约略窥得此诗社的活动情况。

苏过《斜川集》有《陪郡守游西湖泛舟曲水分韵得"会"字》《次韵叶守端阳日湖上宴集》《次韵叶守端午西湖曲水》等诗，可知其均为诗社同人雅集酬唱之作。除了集中唱和之外，诗社同人之间的彼此唱和也是十分频繁的。如《石林词》中的《临江仙·席上次韵韩文若》《临江仙·晁以道见和答韩文若之句，复答之》二首、《鹧鸪天·十二月二十二日与许干誉赏梅》，《景迂生集》中的《病卧闻韩公表雨中出谒》《即事谢公表两绝句》，《斜川集》中的《次韵晁无斁与叶少蕴重开西湖唱酬之诗》《次韵和韩君表读渊明诗馈曾存之酒唱酬之什》《次韵少蕴二首》，等等。

---

① 〔宋〕韩元吉：《南涧甲乙稿》卷十六，《影印文渊阁四库全书》本，台湾商务印书馆1986年版。
② 〔清〕永瑢等：《四库全书总目》卷一五六"石林居士建康集"则，中华书局1965年版，第1349页。

《石林词》今存共一百零三首，据词序可确实考知作于诗社的词即有十四首；《斜川集》中此类诗作也有十三首之多。由此可见，该诗社的活动是相当活跃的。叶梦得于离开颍昌的次年所作的《醉蓬莱》词，其序云："辛丑（1121）寓楚州，上巳日有怀许下西湖，作此词寄曾存之、王仲弓、韩公表。"其词云："问东风何事，断送残红，便拚归去。牢落征途，笑行人羁旅。一曲《阳关》，断云残霭，做渭城朝雨。欲寄离愁，绿阴千啭，黄鹂空语。　遥想湖边，浪摇空翠，弦管风高，乱花飞絮。曲水流觞，有山公行处。翠袖朱阑，故人应也，弄画船烟浦。会写相思，尊前为我，重翻新句。"① 不难看出，叶梦得对许昌诗社的活动和社友，怀有多么深厚的感情。

十二、李若水诗社

李若水《忠愍集》卷三有《次韵高子文途中见寄》诗，云：

> 人生半在客途中，休著狂踪比断蓬。别后梦烦庄叟蝶，迩来书误子卿鸿。月同千里水云隔，天隔一涯谈笑空。趁取重阳复诗社，要看红叶醉西风。②

李若水，本名若冰，钦宗为改今名。字清卿。曲周（今属河北）人。宣和末以上舍登第，调元城尉、平阳府司录。试学官第一，济南教授，除太学博士。靖康元年，擢吏部侍郎。从钦宗如金营，以力争废立，不屈死，年仅三十五。高宗建炎初，赠观文殿学士，谥忠愍。

从前引李诗"趁取重阳复诗社"句可以看出，若水旧曾与高子文在重阳节结诗社唱和。高子文，生平失考。若水《忠愍集》中有与其唱和诗多首。其《次韵高子文秋尽怀归》诗云："把酒送秋去，此怀难具陈。十年江海梦，一几簿书尘。自叹栖栖者，谁怜落落人。渊明归思切，篱菊带霜新。"《次韵高子文村居》诗云："幽人厌城市，结屋近松萝。一笛秋风急，千岩晚照多。竹根邻叟醉，牛背牧儿歌。笑杀青云友，朝绅换短

---

① 转引自唐圭璋编《全宋词》第2册，中华书局1965年版，第781页。
② 本节所引李若水诗文均出自《忠愍集》，《影印文渊阁四库全书》本，台湾商务印书馆1986年版，不另注出。

蕞。"从这些诗句可见，高子文是作者登第前在家乡时的友人，由此可知此诗社活动之地在作者家乡曲周，诗社活动之时则应为宣和末年。至于此诗社除李、高二人外还有何人参加，由于缺乏材料，今已难以确知了。

十三、欧阳澈诗社

欧阳澈（1091—1127），字德明，抚州崇仁（今属江西）人。高宗建炎元年（1127），徒步赴行在，伏阙上封事，请诛汪伯彦、黄潜善等，与太学生陈东俱死于市，年仅三十七岁。绍兴中，赠秘阁修撰。《宋史》有传。

欧阳澈《欧阳修撰集》卷四有《朝宗见和复次韵谢之》诗，云：

> 拾得佳篇李贺门，鸾笺重录教诸孙。清于月夕潇湘水，淡似清秋太华云。发药例虽沾剩馥，钩深应寡与去文。何时红树寻诗社，琢句令倾潋滟樽。①

同卷还有《陈钦若时寓盘龙，作诗寄之，因纪吟咏之美》诗，云：

> 凛凛冰霜嚼齿牙，沉沉清夜咏檐花。摩云气逸干星斗，落纸词研带绮霞。醉归麝煤奔渴骥，困纡象管引秋蛇。拟寻红树赓诗社，却日挥戈不许斜。

上引两诗均将红树与诗社联系在一起。另外，卷六《游春八咏》其五诗题即谓《狂吟红树》，有句云："爱携佳客懒寻春，残红枝下细论文。"将上述材料综合考察，可知红树当是作者家乡崇仁的一处景观，此处或生有枫树一类的树木，诗社同人常在此举行活动。故此，我们或可将此诗社名为红树诗社。

欧阳澈于高宗建炎元年（1127）即被害，据此推算，此诗社的活动应是在北宋末年。

关于此诗社的成员，据欧阳澈诗文考之，大致应有吴朝宗、陈钦若，

---

① 本节所引欧阳澈诗文均出自《欧阳修撰集》，《影印文渊阁四库全书》本，台湾商务印书馆1986年版，不另注出。

以及敦仁、德秀、子贤、仲宝、希喆、显道、世弼等人。这些人大概多是与欧阳澈一样的青年布衣之士，事迹多湮没无征，故其生平难以确考。

关于此诗社的活动，欧阳澈在《游春八咏》引中曾有生动描述：

> 清明日，与二三友乘舆联袂，选胜寻芳蹑蹬，卧翠眠红，松柏阴中，溪山佳处，即藉草飞觞，藏钩赌酒，美花媚人，好鸟劝饮，融融怡怡，荡荡默默。醒者忽醉，醉者复醒。如邀狂客，泛一叶于鉴湖；似对谪仙，埽寸毫于云梦。狂吟怪石，窃窥靖节之优游；长笑筠林，自得子猷之标致。咀西山之妙剂，疑羽翼之潜生；煮北苑之研膏，觉风流之战胜。典衣换酒，清欢不减于少陵；蜡屐登山，伟迹可夸于灵运。望芙蓉于日下，逸气飘扬；指仙掌于云间，烦襟雪释。于是留情寓景，命意成诗，不觉累成篇什……

从这段文字中，我们不难想见当年诗社士子纵情山水、放浪形骸的生活情趣和逸气飞扬的精神面貌。

然而，以上文字所展现的只是这群青年士子精神风貌的一个侧面。我们切不要误以为他们是不问世事，一味流连山水的隐者，相反，他们是一群关心国事、胸怀抱负、志节高尚的热血青年。欧阳澈即是他们的突出代表。

欧阳澈是南北宋之交的著名爱国志士。《宋史》本传记载了他在国难当头之际，以布衣之身奔走国事，痛斥误国权奸，以致惨遭杀害的事迹：

> 欧阳澈……善谈世事，尚气大言，慷慨不少屈，而忧国闵时，出于天性。靖康初，应制条弊政，陈安边御敌十策，州未许发，退而复采朝廷之阙失，政令之乖违，可以为保邦御俗之方，去蠹国残民之贼者十事，复为书，并上闻。已而复论列十事，言："臣所进三书实为切要，然而触权臣者有之，迕天听者有之，或结怨富贵之门，或遗怒台谏之官，臣非不知，而敢抗言者，愿以身而安天下也。"所上书为三巨轴，厩置卒辞不能举，州将为选力士荷之以行。
>
> 会金人大入，要盟城下而去。澈闻，辄语人曰："我能口伐金人，强于百万之师，愿杀身以安社稷。有如上不见信，请质子女于朝，身使穹庐，御亲王以归。"乡人每笑其狂，止之不可，乃徒步走

行在。高宗即位南京,伏阙上封事,极诋用事大臣,遂见杀……死时年三十七。①

欧阳澈能在国家民族生死存亡之际,挺身而出,不避斧钺,大胆建言,痛诋权奸,以至为此献出宝贵的生命,并不是偶然的一时冲动,诗社同人之间平时即以报国为己任、以节操相砥砺是一个重要因素。披阅欧阳澈的有关诗社之作,我们不难发现,此一方面的内容占了相当大的比重。像"恶客不容污我社,撷云要扫笔锋神"(《轩前菊蕊将绽,因书四韵示希喆,约九日聚饮于此》)、"鸡窗俯默谢尘嚣,炙手权门懒折腰。节操刚持忠孝砺,胸襟常以古今浇"(《述怀寄仲宝》)等诗句可谓触目皆是,表现出他们是一群不同流俗、胸怀抱负、追求坚贞节操的志同道合的朋友。《朝宗以诗见赠,叙从游之乐。广其意作古诗谢之,并简敦仁、德秀》一诗,更是把这种同调间的相得之欢与相互砥砺之情揭示得淋漓尽致:

延陵有伟人,遗我锦绣篇。粲粲荡醉眼,的的争春妍。卷阿细考核,字字皆青钱。知公太瘦生,苦吟希阆仙。丹煅复精炼,落纸人争传。亦常慕坡翁,汗漫如涌泉。有时醉风月,健笔挥云烟。冷饮味古昔,诗活珍盈编。嗤点寓深旨,读之心洒然。公才本瑰玮,那复加雕镌。耻与俗吏偶,杜门宗圣贤。岂意阘茸辈,辱公倒屣延。倾盖顿忘形,披雾呈青天。襟怀未易测,醉中颇逃禅。间亦不自揣,效颦西子前。骅骝超逸足,鸷驷乌能先。但欲偷格律,引玉时抛砖。每荷不鄙斥,珠玑贻我偏。樽酒结诗社,卓荦俱樊川。风流王世子,远拍贞曜肩。食蘗肠亦苦,志操不少迁。……伟我二三友,才名足联翩。休歌出无车,休咏寒无毡。……风云会遇自有日,骊珠不道终沉渊。公不见,新丰旅人时未偶,鸢肩沽酒浇尘垢。谋猷一旦重朝廷,始信男儿暂奔走。

可见,追慕古贤,砥砺志操,期待报效国家,正是此一诗社成员的共同精神追求,也是一条将他们会聚在一起、结成诗社的精神纽带。通过他们的频繁往来,迭相唱酬,这种精神追求又得到进一步升华和强化。

---

① 〔元〕脱脱等:《宋史》卷四百五十五,中华书局1985年版,第13362~13363页。

综上所述，我们发现，产生于北宋末年的红树诗社，与它之前的豫章诗社等诗社相比，发生了明显的变化，即文学功能的渐趋弱化和政治色彩的日益浓厚。诗社活动的内容从较多地集中在对消闲生活的歌咏、诗艺句法的切磋，进而转化为对现实政治的更多关注，这反映了知识分子注视焦点的转移。这种变化显然和时代有关。当社会剧烈动荡，国家、民族面临生存危机的时候，诗社作为知识分子的群体，必然会对此做出反应。它说明诗社并不仅是文学的团体，还具有政治的功能。在特定的历史条件下，政治功能的一面往往会凸显出来。在以后的宋元之交，我们同样可以看到这种情况。

十四、许景衡横塘诗社

许景衡（1071—1127），字少伊，温州瑞安（今属浙江）人。元祐九年（1094）进士。宣和六年（1124），召为监察御史，迁殿中侍御史。高宗建炎元年（1127），除御史中丞，迁尚书左丞，罢为资政殿学士，提举洞霄宫。卒谥忠简。

景衡《横塘集》有数诗涉诗社活动。卷五《寄张宰几仲》云：

> 往在横塘诗酒社，而今不忍重寻思。时人狂简无如我，县尹风流更有谁？塞上尘沙长冥寞，江南梅柳正葳蕤。人生闲健须行乐，莫学安仁鬓早衰。①

卷四《赵虞仲过仙岩以诗见寄，答之》云：

> 十年归梦在江湖，今日南飞塞雁孤。已觉登临多感慨，固应吟咏转荒芜。近闻仙岭寻先友，亦有诗筒及老夫。还许追随白莲社，横塘今已结茅庐。

从上引两诗来看，景衡早年未中举前，在家乡横塘曾与人结诗社唱和，两诗即为追忆当年社事而作。

---

① 〔宋〕许景衡：《横塘集》，《影印文渊阁四库全书》本，台湾商务印书馆1986年版。下文所引许诗均出自此本，不另注出。

又，景衡《横塘集》卷四有《护国寺诗》：

　　未暇远寻庐阜游，只消护国也深幽。种莲慧远谁还往，得酒渊明自献酬。恶句多惭居唱首，高吟长许作邀头。请看十八人同社，尽是人间第一流。

　　小诗聊记凤山游，仿佛东林水石幽。已愧高僧与摹刻，更烦诸老数赓酬。簿书底事长遮眼，林壑何人肯转头。会待从公白莲社，杖藜来往亦风流。

以上两首似作于为官期间，景衡尝与友人仿东晋僧慧远在庐山与士人结莲社故事，结社游览唱和，但具体社事已无可考。

十五、 吴云公岁寒社

元徐大焯《烬余录》乙编载：

　　吴云公雅善诗词，居城东之临顿里，著有《香天雪海集》，传诵一时。靖康国难后，披发佯狂，更号中兴野人。厌弃城市，时往来于吴江李山民家。李即忠愍公讳若水之侄，避寇来吴，就馆吴江，与云公为僚婿，且同为岁寒社诗友也。山民尝题《洞仙歌》于吴江桥亭，云："飞梁压水，虹影澄清晓。橘里渔村半烟草。今来古往，物是人非，天地里，惟有江山不老。　雨中风帽。四海谁知我。一剑横空几番过。案玉龙、嘶未断，月冷波寒，归去也、林屋洞天无镞。认云屏烟障是吾庐，任满地苍苔，年年不扫。"云公和以《念奴娇》云："炎精中否，叹人才委靡，都无英物。贼骑长驱三犯阙，谁作长城坚壁。万国奔腾，两宫幽陷，此恨何时雪。草庐三顾，岂无高卧贤杰。　天心眷我神州，我皇神武，踵曾孙发。河岳英灵俱效顺，狂贼会须灰灭。翠羽南巡，叩阍无语，徒有冲冠发。孤忠耿耿，剑锋冷浸秋月。"两词并刊集中。①

---

① 缪钺主编：《中国野史集成》第10册，巴蜀书社1992年版，第270页。

同书又载：

> 顾淡云，别号梦梁词人，著有《梦梁集》。和李山民题吴江桥亭一阕，倚《水调歌头》云："平生太湖上，短棹几经过。如今重到，何事愁与水云多。拟把匣中长剑，换取扁舟一叶，归去老渔蓑。银艾非吾事，丘壑已蹉跎。 脍新鲈，斟美酒，起悲歌。太平生长，岂谓今日识兵戈。欲泻三江雪浪，净洗胡尘千里，不用挽天河。回首望霄汉，双泪堕清波。"淡云居灵芝坊，亦岁寒社友。①

据上引材料可知，吴云公曾与李山民、顾淡云等结社唱和，并名之为岁寒社。

吴云公等三人生平未见它书记载，故无从考知。《烬余录》谓吴、顾均为苏州人，李山民则寓居吴江，可知此诗社的活动地点即在吴中一带。

《烬余录》谓李山民曾题《洞仙歌》于吴江桥亭，吴、顾二人则分别和以《念奴娇》《水调歌头》，故三词显然属于诗社唱和之作。然李山民《洞仙歌》词，据叶绍翁《四朝闻见录》卷三记载，为闽士林外所撰，并记其"以巨舟仰书桥梁，水天渺然，旁无来迹"②之事；吴云公和《念奴娇》词，据元黄溍《记居士公乐府》③文，为其六世祖黄中辅所作；顾淡云和词《水调歌头》，据龚明之《中吴纪闻》卷六所记撰者为无名氏。④叶绍翁、龚明之的活动年代均早于徐大焯，黄溍虽年代稍晚，但云此词见于其家集，似非无稽之谈，故徐大焯所记显然有误。

即以三词本身来看，亦有凿枘不合处。首先，按一般规律，和词应采原调、用原韵，而吴、顾之作与李山民原作调、韵均不同。其次，就三词内容来看，《洞仙歌》主要抒发世事沧桑岁月无情之感，并无明显的现实针对性。《念奴娇》《水调歌头》两词则显然作于靖康之变后，两词均抒发了强烈的亡国之痛和报国无门的苦闷，和原作的意旨并不一致，故很难

---

① 缪钺主编：《中国野史集成》第10册，巴蜀书社1992年版，第270页。
② 〔宋〕叶绍翁撰，沈锡麟、冯惠民点校：《四朝闻见录》丙集，中华书局1989年版，第127页。
③ 〔元〕黄溍：《金华黄先生文集》卷三，《四部丛刊初编》本，上海书店1989年版。
④ 参见〔宋〕龚明之撰、孙菊园校点《中吴纪闻》卷六"吴江词"条，上海古籍出版社1986年版，第141页。

将此三词视为作于同时同地的唱和之作。

综上所述，此三词的作者并非李山民、吴云公、顾淡云，将其作为岁寒社的唱和之作，显然出于徐大焯的附会。由于吴云公等三人均没有文集传世，故岁寒社吟唱的内容今天已无法得知了。

另外，除了吴云公等三人外，顾淡云的夫人杜芳洲亦是岁寒社之成员。其事亦见于《烬余录》乙编："杜芳洲，昆山南翔人。赘城东顾氏，夫妇工诗。宣和间，结岁寒吟社，与吟梅、沧浪鼎足。著有《联珠吟草》，多闺房倡和之作。建炎庚戌（1130）二月二十三日对缢死，家人急为殓。瘗甫就绪，城陷。遗绝命词三首，仅传结句云：'同骖鸾鹤冲霄去，肯向尘寰再问津。'"① 据《宋史·高宗本纪》，建炎四年（1130）二月，"金人入平江（即今苏州），纵兵焚掠"②。顾淡云、杜芳洲夫妇即自缢于城破之时，可见他们都是颇具民族气节的人物。从此记载也可考知岁寒社活动的大致年代，即从北宋徽宗宣和间至南宋高宗建炎四年（1130）之间。

十六、僧云逸吟梅社

元徐大焯《烬余录》乙编载：

> 云逸和尚，慧远僧裔，住持旃檀庵三十年。庵介梅、章两家别业。云逸能诗，结吟梅社以延客。社中梅子采南、章子咏华，效流觞曲水故事。广其庵前双鱼放生池，以通五亩别业之双荷花池、桃坞别业之千尺潭。北兵陷城，云逸犹驾瓜皮艇，容与杨柳堤畔。守堞兵散，招之使渡。云逸奋起，令结寨，守两日，忽慨然曰："毋苦众生也。"自投双鱼池死。兵遂溃，然无幸生者。③

有关僧云逸及吟梅社的事迹，可考者仅此。又，《烬余录》乙编载顾淡云、杜芳洲夫妇事迹，谓其"宣和间，结岁寒吟社，与吟梅、沧浪鼎足"（见前文），是知吟梅社活动之地即在苏州，北宋徽宗宣和间即已有活动。

---

① 缪钺主编：《中国野史集成》第 10 册，巴蜀书社 1992 年版，第 274 页。
② 〔元〕脱脱等：《宋史》卷二十六，中华书局 1985 年版，第 476 页。
③ 缪钺主编：《中国野史集成》第 10 册，巴蜀书社 1992 年版，第 270 页。

上引材料所云"北兵陷城",据《宋史·高宗本纪》,建炎四年(1130)二月,"金人入平江(即今苏州),纵兵焚掠"。是知僧云逸即死于此年,吟梅社的活动亦至此时为止。

十七、邓深诗社

邓深《大隐居士诗集》卷下有《次韵欧阳天聪》诗,云:

> 今古由来几废兴,人生底事漫劳生。一身休作笼中鸟,万事终归墙角蘖。且与风光闲作主,莫与诗社倦寻盟。相从只么消闲暇,自快人间物外情。①

除此诗外,诗集中涉及诗社之作还有《次韵答社友》《晚秋怀社中诸子》等诗。

邓深,字资道,湘阴(今属湖南)人。绍兴中举进士。轮对论京西湖南北户及士大夫风俗,高宗嘉纳,提举广西市舶。以亲老求便郡,知衡州。继擢潼川。后以朝散大夫终于家。

邓深《次韵答社友》诗云:

> 小轩名大隐,粗可供趺坐。遮眼时翻书,静愿结香火。似介还似痴,所尚与时左。不践名利途,窃谓志亦果。人生天地间,世路多坎坷。成败端有数,巧力不容佐。昧者迷所之,大似蚁旋磨。君看禽高飞,翼倦千仞堕。大刚者易亡,太锐者易挫。得失相乘除,倚伏两福祸。顾予何所乐,日晏得高卧。岂为七不堪,万事付懒惰。侪类每见宽,亦不攻其过。美人如敬翁,学问精而夥。松柏生涧壑,霜干久长大。富贵应不免,时有可未可。何须穷妇吟,再三叹寒饿。且冀宽此抱,会当有知我。属和聊写情,暂辍园蔬课。

从此诗的内容可以看出,邓深所结诗社的时间当是在其中举入仕之前,即绍兴初年;诗社活动之地,则是在其家乡湖南湘阴。

---

① 〔宋〕邓深:《大隐居士诗集》,《影印文渊阁四库全书》本,台湾商务印书馆1986年版。下文所引邓诗均引自此本,不另注出。

此诗社之成员,除了邓深及前引诗题中的欧阳天聪外,从诗集中可确切考知的还有何仲敏,事见《送仲敏东归》诗:"别仅三千里,书才一载通。固应难邂逅,那得许从容。今日君先去,何时我亦东。社中如借问,为道转疏慵。"可知仲敏乃邓深昔时诗社中之友人。惜此二人的生平已无可考。诗集中还有《诸人集予贫乐轩赏花,以"直把春赏酒,都将命乞花"为韵,深得"把"字》一诗,从分韵的情况来看,此诗社的成员当在十人以上。

《晚秋怀社中诸子》一诗当作于作者入仕之后,诗中云:"如今时节从来好,得醉功夫似旧么。傥有征鸿过巫峡,待凭诗句问如何。"早年的结社倡和,使作者与诗社同人间建立了深厚的感情,并深深怀念这一段生活。

十八、赵鼎真率会

赵鼎(1085—1147),字元镇,解州闻喜(今属山西)人。自号得全居士。崇宁五年(1106)进士,累官开封市曹。高宗绍兴初,擢右司谏,历官至尚书左仆射、同中书门下平章事。为秦桧所忌,安置潮州,移吉阳军,卒。孝宗朝,追谥忠简,封丰国公。有《忠正德文集》。

《忠正德文集》卷五有《真率会诸公有诗,辄次其韵》诗,云:

> 山林与钟鼎,出处无异趣。乌蓑等藜藿,同是一厌饫。此心无适莫,外物曾何忤。奚独淡交游,未肯耐纨绔。故寻漫浪人,要作寻常聚。主既不速客,客亦随即赴。倾谈剧悬河,泻酒快流霆。百年人醉醒,万物皆侨寓。云何造请门,日满户外屦。却想耆英游,风流甚寒素。淡然文字欢,一笑腥膻慕。我亦蹭蹬余,早向危机悟。绝意鸳鹭行,幸此松萝附。君诗妙铺写,纵横俱中度。我老学荒废,一词不能措。独于樽酒间,不惜淋漓污。何当赋归欤,去敛头角露。家有应门儿,稍能随指顾。鸡黍林下期,视此犹应屡。有兴即放言,安能限章句。①

---

① 〔宋〕赵鼎:《忠正德文集》卷五,《影印文渊阁四库全书》本,台湾商务印书馆1986年版。

从此诗中"何当赋归欤,去敛头角露""鸡黍林下期,视此犹应屡"等句来看,此诗似作于作者在朝为官之时,故时时流露不愿为官所累,向往民间质朴自由生活的愿望。其时当在绍兴初年,其地则应在临安。

十九、苏庠诗社

苏庠(1065—1147),字养直,澧州(今湖南澧县)人。苏坚(伯固)之子。以病目自号眚翁。后徙居丹阳(今属江苏)之后湖,更号后湖病民。高宗绍兴间不赴征召,悠然湖山以终。有《后湖集》,今不传。

苏庠在北宋徽宗大观、政和间即参加过徐俯等人豫章诗社的活动。南渡后亦曾与人结诗社唱和,事见宋刘宰《漫塘集》卷二十四《书碧岩诗集后》一文,略云:

> ……本朝南郭先生陈公、后湖先生苏公,近世紫薇舍人蔡公、棘寺亚卿谭公皆以诗显。……后湖辞聘家居,从其游者甚众,如洮湖之陈、烟霏之丁,父子伯仲皆相与游。策杖花朝,扣舷月夕,盖不知几来往。……年来诗社久废,山川寂寞……前辈风流尽矣。①

据刘宰此文,该诗社应为苏庠"辞聘家居"时所结。宋罗大经《鹤林玉露》卷十五曾载有苏庠辞聘之事,云:"绍兴间,与徐师川同召。师川赴,养直辞。师川造朝,便道过养直,留饮甚欢。二公平日对弈,徐高于苏。是日养直拈一子,笑视师川曰:'今日须还老夫下此一著。'师川有愧色。"② 师川,即徐俯字。据《宋史》本传,徐俯于"绍兴二年(1132),赐进士出身,兼侍读"③。是知其与苏庠被征召即应在此年或稍前,苏庠在后湖结诗社则应在此年之后。

关于该诗社的成员,刘宰文中提到的有"洮湖之陈、烟霏之丁"。"烟霏之丁"不详,"洮湖之陈"指陈序,家洮湖(在今江苏金坛,距苏庠所居丹阳后湖不远)。刘宰文中也提到他的生平,云:"公讳序,字彦

---

① 〔宋〕刘宰:《漫塘集》卷二十四,《影印文渊阁四库全书》本,台湾商务印书馆1986年版。
② 〔宋〕罗大经撰、王瑞来点校:《鹤林玉露》卷十五,中华书局1983年版,第88页。
③ 〔元〕脱脱等:《宋史》卷三百七十二,中华书局1985年版,第11540页。

育，于洮湖为最知名。初以诗受知于向芗林，芗林以寇莱公家孙女归之。会芗林入觐，高庙问中原故家，怅莱公之无后。芗林以一女漂流，为士人陈某之妻对。高庙恻然，即命官之。……后立朝为敕令所删定官，改秩签书保宁军节度判官听公事而卒。"另外，周紫芝《太仓稊米集》卷六十七《书后湖帖后》一文，也提到陈序与苏庠之关系，谓："余生平慕苏后湖之为人，恨不拜床下。晚与陈彦育游，见其道后湖酒间风味，笔底波澜，尤使人想见风采。彦育与之周旋莫逆，得此数牛腰，非但惟德其物，其字画咄咄，遂逼老坡。自当宝也。"①惜苏庠《后湖集》及陈序著作均未流传下来，故今已无从得知此诗社活动的具体情况。

苏庠隐居后湖期间，过从较多的友人还有周德友。清厉鹗《宋诗纪事》卷四十一引《铁网珊瑚》云："绍兴中，……苏公隐丹徒（按应为丹阳），五召不起。周君德友主县簿，愿从之游，文书往来，委屈如琐。求之古人，未易一二也。"②《宋诗纪事》录有苏庠《德友近在咫尺乃不相过，因成一诗》《德友求蒼卜花栽，戏作小诗代简》两诗，前诗有句云："喜君不减习主簿，愧我殊非庞德公。"张元干《苏养直诗帖跋尾六篇》亦云所见苏庠翰墨六大轴得之周德友③，可见两人交情匪浅。周德友或亦为此诗社之成员。

二十、程俱衢州九老会

程俱《北山集》卷十有《与叔问预约继九老会》诗，云：

七老当年四美并，韩温千载接仪型。世间天爵兼人爵，云外台星聚德星。白发簪花看更好，碧山环座眼偏青。相期勉继耆英会，留与衢人作画屏。④

程俱，字致道，衢州开化（今属浙江）人。以外祖邓润甫荫入仕。宣和二年（1120），赐上舍出身。高宗朝，擢中书舍人，兼侍讲，罢，提

---

① 〔宋〕周紫芝：《太仓稊米集》卷六十七，《影印文渊阁四库全书》本，台湾商务印书馆1986年版。
② 〔清〕厉鹗辑撰：《宋诗纪事》卷四十一，上海古籍出版社1983年版，第1060页。
③ 参见〔宋〕张元干：《芦川归来集》卷九，上海古籍出版社1978年版，第173页。
④ 〔宋〕程俱：《北山集》卷十，《影印文渊阁四库全书》本，台湾商务印书馆1986年版。

举江州太平观，除徽猷阁待制。

诗题中之叔问为赵子昼，字叔问。大观元年（1107）进士，为宗子第一。授奉承郎，调宪州通判，改知密州。建炎四年（1130），诏以吏部员外郎召，历官礼部、兵部侍郎等职。据程俱所撰叔问墓志铭，其卒于绍兴十二年（1142），此前"以旧职提举江州太平观，寓止衢州，凡七年。……得宽闲之地，城南之郊，为池亭林圃，间与交旧游息其间，浩浩然若将终身而不厌者"①。据此，该九老会之活动时间，当在以绍兴十二年为下限上溯七年（1136—1142）这一期间内。该九老会之其他成员，已无可考。

二十一、朱翌真率会

朱翌（1097—1167），字新仲，舒州（今安徽潜山）人。号灊山居士，又号省事老人。政和八年（1118）同上舍出身。南渡后，为秘书少监、中书舍人。绍兴十一年（1141），忤秦桧，责授将作少监，韶州（今广东韶关）安置。二十五年（1155），桧死，北返，充秘阁修撰，知宣州，授敷文阁学士。有《灊山集》《猗觉寮杂记》。

《灊山集》卷二有《同郭侯、僧仲晚至武溪亭议真率会》诗，云：

> 平远寒林暮霭横，右丞不死毕韦生。八人过处草齐绿，一日去来花笑迎。衲子自知空是色，将军要使酒犹兵。尺书相与盟真率，岭海风流似洛京。②

据此诗末句"岭海风流似洛京"一句来看，该真率会的举行地点当在作者贬官之地韶州，时间则在绍兴十一年至二十五年之间（1141—1155）。

又，清厉鹗《宋诗纪事》卷三十九引《瀛奎律髓》所载朱翌《示同会》诗，云：

> 无奈春寒老不禁，喜看晴日上窗棂。群花半露乾坤巧，百刻平分

---

① 〔宋〕程俱：《北山集》卷三十二，《影印文渊阁四库全书》本，台湾商务印书馆1986年版。

② 〔宋〕朱翌：《灊山集》卷二，《影印文渊阁四库全书》本，台湾商务印书馆1986年版。

昼夜停。柱杖有时挑菜甲,桔槔无复问畦丁。逢春不出何为者,众醉谁知可独醒。①

疑此诗即为该真率会的唱和之作。

二十二、 张扩吴县诗社

张扩《东窗集》卷一有两诗题云:

《大年、耆年各赋长篇,投名诗社中。顾景蕃及伯初、子温二侄传诵喜甚。子温有诗,因次其韵》
《诗社近日稍稍复振,而顾子美坚壁既久,伯初以诗致师请于老仆,无语,但乞解严尔》②

同集卷四《暮春舟中怀顾景蕃诸友会心堂折花,几至纷纭,因以问之》诗有句云:"坐怀同社二三子,剩有一番酬唱诗。"又,宋龚明之《中吴纪闻》卷六"顾景繁(与施宿武子同注苏诗即其人)"条云:"鄱阳张紫微彦实扩以诗闻天下,景繁结为一社,与之唱酬。"③ 以上材料清楚表明,张扩曾与顾景蕃等人结社唱和。

张扩,字彦实,号紫微,德兴(今属江西)人。徽宗崇宁五年(1106)进士。南渡后,历知广德军、著作佐郎、祠部员外郎、礼部员外郎。高宗绍兴十一年(1141),起居舍人。十二年(1142),起居郎,权中书舍人。十三年(1143),提举江州太平观。十七年(1147)卒。有《东窗集》。

顾禧,字景繁,一作景蕃。粤雅堂丛书初集《苏诗补注》卷八附录《苏州府志》载其简略生平,云:"吴郡人。祖沂,知龚州。父彦成,两浙运使。禧不求禄仕,居光福山,闭户诵读,著作甚富。绍兴间,有司以遗逸荐,不起。隐居五十年。筑室邘村,表曰漫庄。尝与吴兴施元之注苏

---

① 〔清〕厉鹗辑撰:《宋诗纪事》卷三十九,上海古籍出版社1983年版,第1009页。
② 本节所引张扩诗均录自《东窗集》,《影印文渊阁四库全书》本,台湾商务印书馆1986年版,不另出注。
③ 〔宋〕龚明之撰、孙菊园校点:《中吴纪闻》卷六,上海古籍出版社1986年版,第132页。

子瞻诗行世。"另外，上引《中吴纪闻》卷六同条亦云其"居光福山。……隐居五十年，享高寿而终"。

关于此诗社活动的时间，张扩《子温县丞侄长篇见赠，并携少卿伯父梅堂所赋绝句相示，翰墨宛然，叹息久之，因次其韵》诗有句云："吾年过半百，世事亦何慕。杖屦相扶携，筋骸日僵仆。"可知其结社当在其晚年休官之后，即在绍兴十三年至十七年间（1143—1147）。

关于此诗社活动的地区，由于缺乏直接材料，亦只能由有关材料间接考之。上面所引有关顾景蕃的生平材料均提到他是吴郡人，居光福山，终生隐居不仕。按吴郡，即今苏州市吴县，秦汉时尝为郡治，故称。光福山，在吴县西，上有光福寺。据此可知顾景蕃的主要活动之地即在家乡吴县一带。他既是此诗社的主要成员，那么此诗社的主要活动地区也应是在吴县及附近一带了。另外，《东窗集》卷四有诗题云：《景蕃暂如无锡，不暇相寻于云间，诗来问讯甚殷勤。会予续至江上，遂及邂逅，走笔奉呈》《别后一日，予游惠山寺，酌泉烹茶而去。时景蕃补葺旧隐，将自德兴奉亲而归，以诗追记之》。这里说的无锡及其名胜惠山寺，均距吴县不远，此亦可证此诗社的活动地区应大致不离吴县及附近地区。张扩晚年休官后，很可能即生活在这一地区，此诗社即他与当地士人所结。

关于此诗社之成员，除了张扩、顾禧外，据《东窗集》考之，尚应有顾彦成（字子美，曾任两浙运使，顾禧之父①）、张子温（曾任县丞），以及张元龄、张大年、张耆年兄弟②和张伯初等人。惜此数人之生平行实多湮没无考。

关于此诗社的活动内容，除了联袂游赏酬唱占了较大比重之外，切磋句法、比赛诗艺亦是主要内容之一。如《诗社近日稍稍复振，而顾子美坚壁既久，伯初以诗致师请于老仆，无语，但乞解严尔》诗：

宣城诗不多，警句忆江练。至今一斑在，时许管中见。顾侯③更

---

① 参见〔宋〕龚明之撰、孙菊园校点《中吴纪闻》卷六，上海古籍出版社1986年版，第133页。
② 张扩《东窗集》卷二《顾景蕃访大年侄昆仲，留宿细柳轩，夜论诗律，辄及老朽，大年作长篇调，景蕃末章见称过实，且欲尽借拙诗，因次其韵为谢》诗，自注云："大年之兄元龄、其季耆年皆好学，善属文。"
③ 侯，原误作"后"，今改。

难窥，机锋捷于电。欲求换骨诀，如仰射空箭。近逃滑稽嘲，不著毛颖传。深藏品题手，举市谢葵扇。我知老成人，别得妙方便。要留一转语，准备奔北殿。后生舌如铦，酬答了忘倦。不须远乞兵，唾手当八面。小人智谋短，敢倚筋力健。请驰班师檄，白罢两河战。

又如《大年、耆年各赋长篇，投名诗社中。顾景蕃及伯初、子温二侄传诵喜甚。子温有诗，因次其韵》：

诸君总能诗，字字秉忠信。联章辄惊人，我老终不近。朝来试披读，花雨乱巾社。独惭草元迂，浪说周易准。至今覆瓿谤，文字愧小谨。昨观两雄篇，词采溢肝肾。高参风雅淳，俯谢边幅窘。谁能报毂役，怒语激先轸。吾军老而怯，望敌倒戈盾。会看两犹子，秋风横雁阵。

从上引两诗中，我们不难看出此诗社的旨趣。

二十三、周紫芝诗社

周紫芝，字少隐，宣城（今属安徽）人。绍兴中登第。绍兴十七年（1147），任右迪功郎敕令所删定官；同年十二月，为枢密院编修官。绍兴二十一年（1151），知兴国军。自号竹坡居士。

紫芝《太仓稊米集》卷三十四有《将赴兴国别同社五君子》诗，云：

欲倾杯酒话平生，又解孤身作晓行。有友五人那忍别，去家三岁若为情。一时但恐无耆旧，四海谁言有弟兄。归路若随清梦到，江南虽远不多程。[1]

紫芝是由枢密院编修官出知兴国军的，故由此可知此诗社为紫芝在馆阁任上所结，其地为临安，其时则在绍兴十七年至二十一年间（1147—1151）。

---

[1] 〔宋〕周紫芝：《太仓稊米集》，《影印文渊阁四库全书》本，台湾商务印书馆1986年版。下文所引周诗亦出自此本，不另注出。

与紫芝同社的五君子为谁,紫芝集中并未明确说出,但从集中可以看出,紫芝在临安时期与王季共、陈相之、庭藻等人来往密切,往来唱和至数十首之多,此数人或即与紫芝同社之人欤?

《太仓稊米集》卷二十六有《诸公约游诸山而雨,分韵得"莲"字》诗:

> 华省缪通籍,群公接蝉联。坐曹苦无事,笑语相周旋。蛛尘生印窠,雌黄入遗编。赐沐不反舍,环湖走层巅。况乃三神祠,仿佛在云烟。蓐食戒明发,著鞭飞晓鞴。白石望磊磊,跳珠忽溅溅。咫尺不得往,使我意惘然。谁当却丰隆,旷荡开青天。同升太华顶,共摘玉井莲。斯盟可重寻,慎勿轻弃捐。

此诗显然为一次诗社活动之作。从"华省缪通籍"句来看,此诗社的成员均任职于馆阁。日常的案牍工作,不免使他们感到单调、无聊,于是在暇日相约登临揽胜,分韵赋诗,精神因此得到了很好的调剂。可见,结社唱和业已成为当时官员业余生活的一个重要内容。"斯盟可重寻,慎勿轻弃捐",显示出他们对参与这类诗社活动抱有巨大的热情。

另外,周紫芝由知兴国军离任后,晚年寓居九江,其间亦曾与人结诗社唱和,事见其《千秋岁》词序:"春欲去,二妙老人戏作长短句留之,为社中一笑。"① 二妙老人为作者自谓。作者晚年曾建二妙堂,其《南柯子》词序云:"二妙堂落成二十余年,而庐阜隐然常在有无间,似不肯为老人出也,作长短句以招之。"②《太仓稊米集》卷首陈天麟序云:"……官晚而名不达,自兴国守罢居九江,贫不能归宣城,而江山之胜,盖为晚助云。"可见《千秋岁》词应作于作者晚年寓居九江期间。但词序中所云之诗社之具体情形已难以考知了。

二十四、史浩诗社

史浩《鄮峰真隐漫录》卷五有《次韵周祭酒所和馆中雪》诗,共三首,其三云:

---

① 唐圭璋编:《全宋词》第二册,中华书局1965年版,第892页。
② 唐圭璋编:《全宋词》第二册,中华书局1965年版,第882页。

风急何辞上阁难,且来共住玉京班。一蓑已得诗中画,万叠休传海外山。未放微阳穿日脚,少留清影在窗间。莫嗔爱入西湖社,夫子龙麟正许攀。①

同集卷三有《诗社得"神"字》诗,云:

今宵文会友,作句擅清新。始也诗言志,终焉笔有神。既无折角者,宁有面墙人。只待逢真主,艰难七月陈。

史浩(1106—1194),字直翁,明州鄞县(今浙江宁波)人。绍兴十四年(1144)进士,调绍兴余姚县尉、温州教授,秩满,除太学正,升国子博士。孝宗朝,累擢中书舍人,翰林学士,知制诰,历右丞相,封魏国公,进太师。卒赠会稽郡王,谥文惠。据上引诗意,该诗社结社似在其任国子博士时,时间为绍兴二十年(1150)前后,地点则在临安。

二十五、李光昌化真率会

李光(1078—1159),字泰发,上虞(今属浙江)人。崇宁五年(1106)进士。知常熟县。钦宗受禅,擢右司谏。高宗绍兴元年(1130),擢吏部侍郎,历官至参知政事。忤秦桧意乞去,改提举洞霄宫。再谪至昌化军。桧死,复朝奉大夫,还,至江州卒。谥庄简。

《庄简集》卷五有《二月三日作真率会,游载酒堂,呈座客》诗两首,其一云:

郊外初闻黄栗留,仲春风物渐和柔。杀鸡炊黍成真率,挈榼携旗得胜游。聊欲劝君终日醉,未须悲我十年流。朝来已换轻衫窄,酒尽何妨典破裘。②

此诗中"未须悲我十年流"一句与其《水调歌头》词"相望万里,悲我

---

① 〔宋〕史浩:《鄮峰真隐漫录》,《影印文渊阁四库全书》本,台湾商务印书馆1986年版。下文所引史诗均出自此本,不另注出。

② 〔宋〕李光:《庄简集》卷五,《影印文渊阁四库全书》本,台湾商务印书馆1986年版。

已是十年流"① 句相合,《水调歌头》词题云"昌化郡长桥词",可知该诗亦作于贬居昌化军期间。据《宋史》本传,李光于绍兴十一年(1141)责授建宁军节度副使,藤州安置。十四年(1144)移琼州,居琼州八年,移昌化军。② 据此可大致考知该真率会的活动时期为绍兴二十二年(1152)前后。

二十六、乐备昆山诗社

范成大《石湖诗集》卷二有《中秋卧病呈同社》诗,诗云:

> 人间佳风月,浩浩满大千。俗子不解受,我乃知其天。以此有尽姿,玩彼无穷妍。受用能几何,北溟一杯然。天公尚龃龉,不肯畀其全。卧病窘诗料,坐贫羞酒钱。琼楼与金阙,想象屋角边。如闻真率社,胜游若登仙。四者自难并,造物届我偏。③

范成大(1126—1193),字至能,号石湖居士,吴郡(今江苏苏州)人。绍兴二十四年(1154)进士。孝宗时,累官权吏部尚书,拜参知政事。尝帅蜀,继帅广西,复帅金陵。进资政殿学士。卒谥文穆。其《石湖诗集》中提及诗社的只此一首,此诗社在何地举行,同社之人谓谁,诗集中并未留下线索。

考宋龚昱辑《昆山杂咏》④,录有马少伊所撰《喜乐功成招范至能入诗社》一诗,诗云:

> 燕国将军善主盟,新封诗将一军惊。范家老子登坛后,鼓出胸中十万兵。

同书还录有范成大的和诗《和马少伊韵》⑤,云:

---

① 唐圭璋编:《全宋词》第二册,中华书局1965年版,第785页。
② 参见〔元〕脱脱等《宋史》卷三百六十三,中华书局1985年版,第11342页。
③ 〔宋〕范成大:《石湖诗集》卷二,《影印文渊阁四库全书》本,台湾商务印书馆1986年版。
④ 清末民初《峭帆楼丛书》本。下文所引同出此本,不另注出。
⑤ 此诗《石湖诗集》未收。

气压伊吾一剑鸣,风生铜柱百蛮惊。君家自有堂堂阵,我欲周旋恐曳兵。

至此问题已然明朗了,范成大所参加的诗社之地在昆山,同社之人则有乐功成和马少伊。

乐备,字功成,一字顺之。祖籍淮海,后徙昆山。《洪武苏州府志》卷三十三、《正德姑苏志》卷五十一均有传,谓其"由进士官至军器监簿","有学行名,能文章,尤长于诗"。马少伊诗中的"燕国将军"即是指他,这是将他比为战国时燕国的大将乐毅。马诗谓其为"主盟",可见他在此诗社中占有重要地位,当是此诗社的组织者。

马先觉,字少伊,号得闲居士,昆山人。绍兴三十年(1160)进士。初主海门簿,调常州教授,迁浙西常平干官。《道光苏州府志》卷一百三有传。少伊有文集名《惭笔》,惜今已不传。

从上引马诗"新封诗将一军惊"之句可以看出,昆山诗社早在范成大参加之前就已经存在了,范成大不过是此诗社的最新成员。那么,在范成大之前,该诗社又有哪些成员,并举行过哪些活动呢?我们从《昆山杂咏》中似可窥得某些线索。

《昆山杂咏》卷中收有李衡所撰《短项翁》一诗,其序云:"比同功成过希颜昆仲于山中,千里置酒,酒阑剧谈放怀,深探名理,不觉至醉。千里有陶尊,系以筼笼,雅制殊不凡。闻钟子尝以'短项翁'目之,岂取子苍'缩肩短项'之语耶?千里勉令赋诗,归作长篇,以谢厚意,兼呈希颜、功成、观光诸兄。"诗云:

我生懒放世无偶,身即嚣尘志林莽。寒饥未免困啼号,束带深惭为升斗。先生闭户傲羲皇,云梦胸中吞八九。抟风暂尔抑雄飞,万事纷纷付卮酒。年来得此短项翁,落落虚怀真胜友。烟蓑称体剪疏筼,老态婆娑固不群。每笑鸱夷托后尘,臭味仍复羞昆仑。何曾为致常持满,来此与尔谈胚浑。异时先生登紫微,定自与尔相追随。想应赖尔排纷扰,坐觉秋毫泰山小。

次李衡原韵和其诗者有耿镃、钟孝国二人。另外乐备亦有和诗,但与李诗用韵不同,诗题为《比同彦平谒希颜、千里昆仲,千里留醉短项翁,

彦平有作。鄙拙者亦不能已,勉强乱道,幸笑览》。诗云:

> 君不见便服边先生,鼽鼽昼眠贮五经;又不见长头贾都尉,喋喋问字聒人耳。两人挟策烦天机,俱忘其羊乃其理。不如此翁不知书,肩高颐隐形侏儒。胸中无物只嗜酒,酒至辄尽宁留余。有时花帽突客前,清辩倾倒如流泉。不辞伴客竟佳夕,第恐吻燥舌本干。主人从今莫言穷,有此自足当万钟。但令时与圣贤对,勿学鄙士中空空。我昔已自闻其风,向来一笑忻相逢。他时访戴不必见,径须扌参户呼此翁。

次乐备原韵,李衡、钟孝国、耿镒等三人亦有和诗。笔者以为,以上所列乐备、李衡、钟孝国、耿镒以及希颜、千里昆仲六人即应为昆山诗社的最初成员,他们对"短项翁"的反复唱和即是一次诗社活动。笔者的这一判断,也可在《昆山杂咏》中找到佐证。

《昆山杂咏》录有石驹咏盆景诗一首。石驹,字千里,即乐备、李衡所访之人。其诗题为《昆山产怪石,无贫富贵贱悉取置水中,以植芭蕉,然未有识其妙者。余获片石于妇氏,长广才尺许,而峰峦秀整,岩岫崆峣。沃以寒泉,疑若浮云之绝涧,而断岭之横江也。乃取蕉萌六植其上,拥护扶持,今数载矣。根本既固,其末浸蕃。余玩意于此,亦岂徒投耳目之欲而已哉》。诗云:

> 巍巍六君子,虚心厌蒸烦。相期谢尘土,容与水石间。粹质怯风霜,不能尝险艰。置之或失所,保护良独难。责人戒求备,德丰则才悭。我独与之友,目击心自闲。风流追鲍谢,秀爽不可攀。如此君子者,足以激贪顽。小人类荆棘,屈强污且奸。一旦遇剪薙,不殊草与蕳。视此六君子,岂容无腆颜。

细味此诗题及诗,作者在片石之上不多不少种植六株芭蕉显然有深意寓焉。此六株芭蕉乃明显借喻诗社的六名成员,故有"六君子"之敬称。而"相期谢尘土,容与水石间""责人戒求备,德丰则才悭""风流追鲍谢,秀爽不可攀"等诗句,则是对诗社同人思想品格情趣追求的赞美。笔者的这一推测,想必不会离事实太远吧。

综上所述,昆山诗社的最初成员即上述乐备等六人,而马先觉和范成大则是后来陆续加入的。现将李衡等人生平略考如下。

李衡，字彦平，江都（今属江苏）人，避地居昆山。《宋史》卷三百九十有传，谓其"幼善博诵，为文操笔立就"。曾举进士，授吴江主簿，知溧阳县。隆兴二年（1164）召为监察御史，历司封郎中、枢密院检详，出知温、婺、台三州。晚年归居昆山，"结茅别墅，杖屦徜徉……聚书逾万卷，号曰'乐庵'"。年七十九卒。有《乐庵语录》等著作存世。

耿镃，一名元鼎，字德基，一字时举。生平仕履不详。善属文。宋刊《圣宗名贤五百家播芳大全文粹》收其文多篇。另外，仲并《浮山集》中有与镃唱酬之诗多首，其《用前韵别寄耿时举二首》有句云"少日声称满中外，几年词采秀东南"[1]，对镃可谓推崇备至。

钟孝国，字观光；石希颜，名不详；石驹，字千里，希颜之弟。此三人均为昆山人，生平失考。

除了上述八人之外，孔凡礼先生以为项寅宾也是昆山诗社的成员[2]。寅宾字彦周，生平仕履不详。《昆山杂咏》所录其《和郑逢辰元宵韵》诗，有"忆昔先皇赏露台，鳌山半影落蓬莱"之句，可知其行年较早，犹亲历过北宋宣和间之繁盛。范成大尊称他为项丈。《昆山杂咏》录有寅宾《雪》诗，范成大有《次韵项丈雪诗》相和；范成大有《元日奉呈项丈诸生》诗，寅宾则以《和范至能元日》相和。但寅宾除了与范成大相唱酬外，未见其与诗社其他成员有交往，故将他列入诗社成员，根据似欠充分。

关于昆山诗社的活动年代，并未有明确记载，只能据有关材料间接考之。范成大《石湖诗集》，据杨万里序，为范成大所自编。此书体例，大致编年为次。诗集卷一《两木》诗，据诗序为壬申（1152）五月作。卷一最后一诗《南徐道中》，原注："以下赴金陵漕试作。"是知范成大于是年曾赴金陵参加漕试。卷二《九月三日宿胥口始闻雁》诗，原注："以下归昆山作。"《中秋卧病呈同社》诗即列于此诗之后，可知其作于漕试归来第二年的中秋，即绍兴二十三年（1153）。其参加昆山诗社的活动大致即应在此年及稍前一段时间。

---

[1] 〔宋〕仲并：《浮山集》，《影印文渊阁四库全书》本，台湾商务印书馆1986年版。
[2] 参见孔凡礼《范成大早期事迹考》，载《文学遗产》1983年第1期。

二十七、张纲诗社

张纲（1083—1166），字彦正，金坛（今属江苏）人。政和四年（1114）以上舍及第，释褐辟雍正。绍兴初，历起居舍人、中书舍人、给事中。秦桧当政，纲卧家十余年绝不与通问。秦桧死，起为吏部侍郎，继擢参知政事。绍兴二十七年（1157）出知婺州，次年致仕。卒谥章简。

张纲《华阳集》卷三十五有《归乡》诗，云：

> 穷巷归来已白头，结茅何必傍休休。好山当户碧云晚，明月满溪寒苇秋。诗社纵添新句法，醉乡难觅旧交游。平生幸自无机械，一棹夷由去狎鸥。①

此诗当作于绍兴二十八年（1158）致仕返金坛家乡之后。诗中所谓"诗社"究竟是一般泛言友朋唱和，亦或是确有结社之举呢？从此诗中难以见出端的。

考《华阳集》卷三十六有《次韵李公显》诗，有句云："老夫晚结交，文会欣有绎。"此处所说的文会，当即为诗社之意。宋人集中此类说法并不乏见。如邹浩于哲宗元祐初年曾与苏世美等人结颍川诗社唱和，其《次韵世美冬夜见怀》诗云："芜城岁月已波逝，偈来文会消吾忧。"② 此处之文会即指诗社。可见，上引张纲诗中所说的诗社，乃是确指无疑。

李公显当是此诗社成员之一。此人生平已无可考。《华阳集》卷三十九有《念奴娇》词，题为"次韵李公显木樨"，可知此人与张纲过从颇密，乃张纲晚年所结之诗友。

二十八、冯时行诗社

清厉鹗《宋诗纪事》卷五十二引《成都文类》吕及之《梅林分韵得"爱"字》诗，有冯时行所作序，云：

---

① 〔宋〕张纲：《华阳集》，《影印文渊阁四库全书》本，台湾商务印书馆1986年版。以下所引张诗均出自此本，不另注出。

② 邹浩：《道乡集》卷二，《影印文渊阁四库全书》本，台湾商务印书馆1986年版。

绍兴庚辰（1160）十二月既望，缙云冯时行从诸朋旧，凡十有五人，携酒具，出西梅林。林本王建梅苑，树老，其大可庇一亩，中间风雨剥裂，仆地上，屈盘如龙，孙枝丛生直上，尤怪古者凡三四。酒行，以"旧时爱酒陶彭泽，今作梅花树下僧"为韵，分题赋诗。客既占韵，立者倚树，行者环绕，仰者承蕊，俯者拾英，吟态不一，皆可图画。……诸公导以斯游，江流如碧玉，平野秀润，竹坞桑畴，连延弥望。十十五五，篱落鸡犬，比间相亲，不愁不嗟。余散策其间，盖不知向之疲苶厌苦所在也。……又况所与游皆西州名俊慧事者耶。诗成，次第不以长少，以所得韵之后先联成轴。客有十五，韵止十四，吕义父别以"诗"字为韵。又有首眩诗不成者，缺"树"之一韵。余过沈犀，樊允南监镇税，语允南补之。诸公又属时行为之序。十五人者：成都杨仲约、施子一、吕周辅、义父、智父、泽父、宇文德济、吕默夫、杜少讷、房仕成、杨舜举、绵竹李无变、潼川于伯永、正法宝印老、缙云冯当可。①

此序详细记叙了一次诗酒唱和活动。《宋诗纪事》共录此次唱和诗十一首，其中于伯永诗有句云"今代文章篆，缙云主齐盟"，施子一诗有句云"深寻烟雨村，共作诗酒社"。可见，这即是一次诗社活动，组织者为冯时行，其时为绍兴三十年（1160），其地为四川成都。

现略述该诗社成员生平如次。

冯时行（？—1163），字当可，巴县（今四川重庆）人。绍兴中知万州，以斥和议坐废。绍兴末，历守蓬州、黎州、彭州。隆兴元年（1163），提点成都刑狱卒。有《缙云集》。

吕及之，字周辅；杨大光，字仲约；吕凝之，字默夫；吕商隐，字义父；吕宜之，字泽父。以上五人均成都人，仕履未详。

施晋卿，字子一，成都人。绍兴进士。

于格，字伯永，潼川（今四川三台）人。仕履不详。

樊汉广，字允南。沈犀监税。

李流谦，字无变，绵竹（今四川德阳）人。以父荫补将仕郎，授成都府灵泉县尉。秩满，调雅州教授。虞允文帅蜀，置之幕下。寻以荐除诸

---

① 〔清〕厉鹗辑撰：《宋诗纪事》卷五十二，上海古籍出版社1983年版，第1303～1304页。

王宫大小学教授，改奉议郎，通判潼州府事。有《澹斋集》。

张积，生平不详。前引冯时行诗序并未提及此人，然《宋诗纪事》所引有其所作诗，题为《冯先生访梅于成都西郊，同游十五人分韵哦诗，而积不与。翌日先生分"僧"字属积作之》，显然也算参加了此诗社的活动。冯氏诗序中还提到的吕智父、杜少讷、房仕成、杨舜举、宇文德济、正法宝印老等人生平已无可考。

二十九、 王十朋楚东诗社

张孝祥《夜读五公楚东酬唱辄书其后呈龟龄》诗云：

> 同是清都紫府仙，帝教弹压楚山川。星躔错落珠连纬，岳镇岧峣柱倚天。宫羽在悬金奏合，骅骝参队宝花鲜。平生我亦诗成癖，却悔来迟不与编。①

为张孝祥所激赏，并因自己的诗作未能收入其中而感到万分惋惜的这本诗集，名《楚东酬唱集》，是王十朋任饶州（即饶州鄱阳郡，故治即今江西鄱阳）太守时所结楚东诗社唱和的结集。

王十朋（1112—1171），字龟龄，温州乐清（今属浙江）人。绍兴二十七年（1157）进士第一，除著作郎，签判绍兴府。孝宗朝，累迁侍御史、国子司业，升吏部侍郎，出知饶、夔、湖三州。以龙图阁学士致仕。卒谥文忠。

《楚东酬唱集》今已不传，但从王十朋的《梅溪集》及有关史料里仍可约略考知楚东诗社活动的大致情形。

据《江西通志》，王十朋就任饶州太守的时间是隆兴元年（1163），又据汪应辰所撰王十朋墓志铭②，谓其于乾道元年（1165）七月自饶州移知夔州。王十朋在饶州太守任上的这段时间即应为楚东诗社活动的时间。

王十朋在读到上引张孝祥诗后，曾步其原韵，先后和作六首诗相酬答，其一为《次韵安国（按孝祥字）读〈楚东酬唱集〉》，诗云：

---

① 〔宋〕张孝祥：《于湖居士文集》卷七，上海古籍出版社1980年版，第57页。
② 参见〔宋〕王十朋《梅溪后集》附录，《影印文渊阁四库全书》本，台湾商务印书馆1986年版。

> 麾把江湖遇列仙，赓酬篇什满鄱川。窦家兄弟联珠日，庐阜峰峦夕照天（原注：鄱阳芝山有五老亭，西望庐阜，晚晴则见。范文正公诗："试凭高阁望，五老夕阳开。"）。三郡美名俱赫赫（原注：陈洪州、洪吉州、王兴化），一台遗墨尚鲜鲜（原注：何宪）。紫微妙语题诗后，光艳真能照简编。①

陈洪州、洪吉州、王兴化、何宪等四人，加上王十朋，即张孝祥诗题中所谓"五公"，此五人即为楚东诗社之成员。现略述其生平如次。

陈洪州，即陈阜卿，锡山（今江苏无锡）人。时任洪州太守。

洪吉州，即洪迈（1123—1202），字景庐，号容斋，鄱阳人。绍兴十五年（1145）进士。绍兴末曾出使金国。孝宗朝累迁中书舍人，拜翰林学士。以端明殿学士致仕，卒谥文敏。有《容斋五笔》《夷坚志》等著作存世。时任吉州太守。

王兴化，即王柜，字嘉叟，阳曲（今山西定襄）人，寓居泉南。王十朋有《嘉叟宗丞得郡，喜成一绝》《送王嘉叟编修上书荐张和公，请外得洪倅》等诗，后一诗有句云："南昌别驾亦不恶，三王高阁寻宗盟。"是知其曾在朝中任官，后外放任洪州通判。夹注称其为"王兴化"，按兴化，即兴化军，治所在今福建莆田县，即王柜曾寓居之所（泉南）。

何宪，即何麒，字子应，号金华先生，新津（今属四川）人。徽宗大观间宰相张天觉外孙。王十朋《子应和诗再用前韵》诗云："句工冰柱老研磨，赓酬往事思蓬岛〔原注：辛巳（1161）春日，馆中赓和最甚〕。"是知其曾在朝中任馆职，与王十朋即有交往。后调任饶州，提点刑狱公事。五人中其去世最早。王十朋《哭何子应》诗注云："何以正月二十二日行部，方议刊《楚东酬唱集》，途中亡。"

此诗社的活动是相当频繁的，《梅溪后集》中所载与此四人的唱和之作有二十余首，如果我们考虑到此诗社的存世时间只有两年左右，这个数字算是相当可观了。此诗社活动的时期正是隆兴和议之后南宋政局相对平稳之际，故其所吟咏的内容大抵不出诗友赠答、切磋诗艺的范畴，并无涉及过多的社会内容。可以看出，这些士大夫们不过是把结社吟诗作为孤寂

---

① 〔宋〕王十朋：《梅溪后集》卷二十六，《影印文渊阁四库全书》本，台湾商务印书馆1986年版。以下所引王十朋诗均录自该集，不另注出。

冷清的宦涯生活的点缀，他们热衷于斯，沉浸其中，主要是为了寻求精神上的慰藉与交流。

值得注意的是此诗社的活动形式。该诗社的五个成员分别在饶州、洪州、吉州三地做官，此三地虽说相距不远，但他们均有公务在身，显然不可能像其他诗社那样经常聚在一起开展活动，故他们采取了诗筒往来的形式。王十朋《提舶示观〈楚东集〉，用张安国韵。因思鄱阳与唱酬者五人，今六年矣，陈、何二公已物故，余亦离索，为之慨然，复用之韵》诗云："忆昔江东会众仙，诗筒往来走山川（原注：时陈在豫章，何按属郡，诗筒常往来）。"又，《陈阜卿书云："闻诗筒甚盛，可使流传江西否？"戏用竹萌韵以寄》诗云："欲遣诗筒寄诗伯，恐嫌白俗孟郊寒。"诗中出现的"诗筒"，是古人用以传书递筒的一种物品，多用竹子制成，称作邮筒。因文人多用其传递诗稿，故又称诗筒、吟筒。楚东诗社的五个成员均任地方长官，因此利用职务之便派遣使者在三地之间传递诗稿，对他们来说，是轻而易举的事，自然较多地采用了这种形式。王十朋《次韵何宪修途倦游怀鄱阳唱和之乐》诗云"马上诗成驿使驰，社中犹恨使来迟"，写的正是盼望驿使持诗筒到来的心情。从中我们亦可以看到宋代诗社活动的另一侧面。

楚东诗社的成员除了王十朋等五人外，张孝祥在后期也加入了此诗社。王十朋《安国读〈酬唱集〉有"平生我亦诗成癖，却悔来迟不与编"之句。今欲编后集，得佳作数篇，为楚东诗社之光，复用前韵》诗云：

六逸中无李谪仙（原注：前集恨不得公诗为六），诗筒忽得旧临川（原注：舍人前治临川，乃邻郡也）。枝芳又类燕山桂（原注：何卿往矣，今集又得五人），马立欣瞻刺史天（原注：五人二帅三守）。公似虞臣宜作牧，我惭鼠技滥烹鲜。新诗不减颜公咏，贵若山王定不编。

可见，张孝祥曾参加过该诗社的唱和活动，而王十朋等人对张的加入十分欢迎，并准备将唱和之作编为《楚东酬唱后集》。

张孝祥（1132—1169），字安国，号于湖居士，和州乌江（今属安徽）人。绍兴二十四年（1154）进士，廷试第一。官至显谟阁直学士。为南宋著名主战派人士和豪放词作家。孝祥曾于绍兴三十年（1160）除知抚州（故治即今江西临川）。孝宗即位，复集英殿修撰，知平江。他参加楚东诗社当即其赴任路经鄱阳之时。

张孝祥离开鄱阳时，诗社同人曾为其送行。王十朋有《五月二十五日，钱安国舍人于荐福，洪右史、王宗丞来会，坐间用前韵》诗记其事：

尊酒相逢半八仙，鬖丝我类杜樊川。江东渭北四方客（原注：张淮西、洪江东、王河北、某浙东），楚尾吴头五月天。莲社滥陪陶公饮，兵厨聊击陆生鲜。待将红药翻阶句，别作鄱阳一集编（原注：张欲尽和楚东唱酬诗，故云）。

孝祥亦作诗相赠答，诗云《龟龄携具同景庐、嘉叟钱别于荐福，即席再用韵赋四客诗》：

使君领客访金仙，小队旌旗锦一川。我欲采芝非辟世，公当立极要擎天。诗声政尔容传稿，僧律何尝禁割鲜。一笑鄱阳逢岁熟，问公钟磬几时编？①

此为张孝祥参加了楚东诗社唱和活动之明证。

三十、史浩四明尊老会

史浩（1106—1196），字直翁，明州鄞县（今浙江宁波）人。绍兴十五年（1145）进士。孝宗朝，累擢中书舍人、翰林学士、知制诰，历右丞相，封魏国公，进太师。卒赠会稽郡王，谥文惠。有《鄮峰真隐漫录》。

《鄮峰真隐漫录》卷四十七录有《满庭芳》词五首，分别题为"四明尊老会劝乡大夫酒""劝乡老众宾酒""代乡大夫报劝""代乡老众宾报劝""代乡老众宾劝乡大夫"。② 同卷《最高楼》词小序云："乡老十人皆年八十，淳熙丁酉（1177）三月十九日，作庆劝酒。"可见，此尊老会

---

① 〔宋〕张孝祥：《于湖居士文集》卷七，上海古籍出版社1980年版，第58页。
② 参见〔宋〕史浩《鄮峰真隐漫录》，《影印文渊阁四库全书》本，台湾商务印书馆1986年版。

显然是与耆英会、真率会相类似的怡老诗社活动。据《宋史》本传,史浩于隆兴元年(1163)拜尚书右仆射,之后不久,即因事罢职家居,共十三年,至淳熙五年(1178)方复召为右丞相。① 该尊老会的活动当即在其罢职家居期间。

《鄮峰真隐漫录》卷三十九,还录有《五老会致语》《六老会致语》各一篇。此五老会、六老会与前述尊老会为同一类型的活动,由参加者的人数不同而名称各异。致语是宋时喜庆宴会时,舞乐队表演之前所进的祝颂词,词文一般由文人代拟,用四六文写成,继以诗一章,称为口号。从此也可以看出,南宋时的怡老诗社活动形式,较北宋时更为繁复,不仅有诗酒唱和,还有舞乐队助兴。这比之文彦博耆英会所追求的真率、简约的宗旨,似乎已经走样了。

三十一、 廖行之诗社

廖行之(1137—1189),字天民,其先延平(今福建南平)人,五季时徙于衡州(今湖南衡阳)。淳熙甲辰(1184)登进士第,拜迪功郎,为岳州巴陵县尉。以亲老丐养而归,注授潭州宁乡县主簿,未赴,卒。

廖行之《省斋集》中有数诗涉诗社活动。《和家字韵呈同社诸公》诗云:

> 平生四海鲁东家,貌敬谁能礼有加。试向离歌谈狗曲,何如艳曲唱山茶。广平似铁诗犹好,河内闻箴喜更夸。惟有谪仙堪痛饮,世间佳处乐无涯。②

《中秋日简同盟诸公》诗序云:"是日诸公约为双桂熏炼之举,不克往。"诗云:

> 风囊啸谷猎尘衫,雨鬣行天驾玉骖。一洗蛮烟浑逐北,全提商令似征南。佳时不负中秋约,双桂能同一夜谈。我亦兰陔奉馨膳,与君

---

① 参见〔元〕脱脱等《宋史》卷三百九十六,中华书局1985年版,第12066~12067页。
② 〔宋〕廖行之:《省斋集》,《影印文渊阁四库全书》本,台湾商务印书馆1986年版。下文所引廖诗均出自该本,不另注出。

欢事喜相参。

《重九后菊未开》诗序云："春初得菊四株，植之于西窗之墙隈，粪土培之，加以灌溉，庶几为重九之观。今度重九且逾旬矣，尚未敷荣，作诗诘之。呈示同社诸友。"（诗略）

以上所引诗及序，清楚地显示廖行之曾与友人结诗社，并在中秋、重阳等节日聚会唱和。据《省斋集》附录田奇所撰《宋故宁乡主簿廖公墓记》，廖行之长期在家乡衡州生活，举进士后仅五年即去世了。举进士后除任过一任巴陵县尉外，其余时间亦是在家乡生活，故此诗社之地几乎可以肯定是在衡州，诗社活动的时间则应在其举进士之前，即淳熙甲辰（1184）之前。

三十二、 汪大猷四明真率会

汪大猷（1120—1200），字仲嘉，号适斋，明州鄞县（今浙江宁波）人。绍兴十五年（1145）进士。官至吏部侍郎，兼权尚书。其举真率会一事，见于其甥楼钥《适斋约同社往来无事形迹次韵》诗，略云：

> 舅氏年益高，何止七十稀。神明曾未衰，发黄齿如儿。义慨同古人，同里咸归依。度量海深阔，仁爱佛慈悲。居然三达尊，后生愿影随。为作真率集，率以月为期。……凡我同盟人，共当惜此时。①

又，楼钥《士颖弟作真率会次适斋韵》亦有句云：

> 甥舅巾屦频相接，兄弟樽罍喜更同。参座幸容攻媿子，主盟全赖适斋翁。

楼钥（1137—1213），字大防，隆兴元年（1163）进士。累官中书舍人，给事中。宁宗朝，历翰林学士，同知枢密院事，进参知政事。卒谥宣

---

① 〔宋〕楼钥：《攻媿集》卷六，《影印文渊阁四库全书》本，台湾商务印书馆1986年版。以下所引楼钥诗文均出自该集，不另注出。

献。楼钥曾与大猷并居翰苑,人称"舅甥三学士"①。其所撰大猷《行状》,谓大猷于绍熙二年(1191)致仕回乡,卒于庆元六年(1200)。《行状》云:"公即谢事,而钥得奉祠,六年之间,有行必从,有唱必和,徒步往来,殆无虚时,剧谈倾倒,其乐无涯。"以大猷之卒年上推六年,为庆元元年(1195),此一期间,当即为该真率会的活动时间。

三十三、刘爚尊老会

刘爚,字晦伯,建阳(今属福建)人。受学朱熹、吕祖谦之门。乾道八年(1172)进士。宁宗朝,累迁国子司业,擢权工部尚书,兼太子右庶子。卒赠光禄大夫,谥文简。

刘爚《云庄集》卷一有《壬午春社之明日,讲尊老会于西山之精舍。庞眉皓首,奕奕相照,真吾邦希阔之盛事。辄成口号一首,并呈诸耆寿,且以坚异日恬退之约云》诗:

> 耆年自是国之珍,何间衣冠与隐沦。华发共成千一岁,清樽相对十三人。休谈洛社遗风旧,且颂仙游庆事新。三径未荒宜早退,要将寿栎伴庄椿。②

从此诗可以看出,该尊老会乃模仿"洛社遗风"的耆英会一类的怡老诗社。诗社活动时间为"壬午",即宁宗嘉定十五年(1222)。参加者共十三人,合计年龄达一千一百岁,平均近八十岁,其中既有"衣冠",亦有"隐沦"。据"真吾邦希阔之盛事"之句来看,诗社活动之地当在作者家乡建阳。

三十四、潘牥诗社

潘牥(1204—1246),字庭坚,号紫岩,闽县(今福建闽侯)人。端平二年(1235)进士第三,历浙西盐茶司干官改宣教郎,除太学正,通判潭州。周密《齐东野语》卷四"潘庭坚、王实之"条载其尝结诗社事,

---

① 另一甥为陈居仁。见〔清〕厉鹗辑撰《宋诗纪事》卷四十七"汪大猷"则,上海古籍出版社1983年版,第1200页。
② 〔宋〕刘爚:《云庄集》卷一,《影印文渊阁四库全书》本,台湾商务印书馆1986年版。

略云：

> 庚子（1240）辛丑（1241）岁，先君子佐闽漕幕时，方壶山大琮为漕。……同时富沙人紫岩潘牥庭坚，亦以豪侠闻，与实之不相下。……殿试第三人，跌宕不羁，傲侮一世。为福建帅司机宜文字，日醉骑黄犊歌《离骚》于市，人以为仙。尝约同社友剧饮于南雪亭梅花下，皆衣白。既而尽去。宽衣脱帽呼啸，酒酣客散，则衣间各浓墨大书一诗于其上矣，众皆不能堪。居无何，同社复置酒瀑泉亭，行令曰："有能以瀑泉灌顶而吟不绝口者，众拜之。"庭坚被酒豪甚，竟脱巾鬈髻，裸立流泉之冲，且高歌《濯缨》之章。众因谬为惊叹，罗拜以为不可及，且举诗禅问答以困之，潘气略不慑，应对如流……①

据周密此文，该诗社的活动时期当为宋理宗嘉熙四年庚子（1240）至淳祐元年辛丑（1241）间，活动之地则为福建转运司所在地建宁（今福建建瓯）。其时潘牥任职福建帅司机宜文字。

刘克庄撰有《潘庭坚墓志铭》，云庭坚"为文脱去笔墨蹊径，秀拔精妙，结字有颜筋柳骨，小楷尤工。自其乡交游达于海内之士友，见之皆击节曰：'庭坚太白、子瞻后身也。'"联系周密文中所述，可见其确为性格豪放豁达之人。庭坚才高气傲，而仕途坎坷，虽以进士第三人及第，但因直言敢谏，屡受排挤，终生官不过通判，心中郁愤不满，故常常借狂放发之。《阳春白雪》外集录有庭坚《满江红》词，云：

> 筑室依崖，春风送、一帘山色。沙鸟外，渔樵而已，别无闲客。醉后和友眠犊背，醒来瀹茗寻泉脉。把心情、分付陇头云，溪边石。　身未老，头先白。人不见，山空碧。约钓竿共把，自惭钩直。相蜀吞吴成底事，何如只抱隆中膝。漫长歌，歌罢悄无言，看青壁。②

---

① 〔宋〕周密撰、张茂鹏点校：《齐东野语》卷四，中华书局1983年版，第69～70页。
② 唐圭璋编：《全宋词》第四册，中华书局1965年版，第2950页。

从此词可约略见出庭坚思想性格的另一侧面。

三十五、陈著鄞县诗社

陈著（1214—1297），字子微，号本堂，鄞县（今浙江宁波）人。宝祐四年（1256）进士。官著作郎，出知嘉兴府。忤贾似道，改临安通判。入元，隐居不仕。

其所著《本堂集》卷五十三，有《菊集所檄》文两篇，兹引于下：

一

优以天荒地老，共偷萍世之余生；露白风清，当为菊秋而一醉。脉累年之成例，踵九日以为期。亦知此时非复畴昔。战戈凛毒，膏草木以皆腥；劫火飞熛，烈山泽而如赭。虽欲少延于佳话，何从更觅于孤芳。谁谓灵石梵家，独似武陵仙洞。青壁丹崖之下，风物依然；苍松翠竹之间，霜根好在。且吾里虽经多事，而我辈尚能自持。儒衣儒冠俨典刑，其犹有乡规乡约矫礼义。其无怨不妨投暇以夷犹，且将与世而酩酊。而况黄有正色，金铃金钱之在前；白无纤瑕，玉盆玉球之布列。杨妃粉红者千叶，顺圣浅紫者大范。岂在多乎，聊复尔耳。人生能几百岁，调强作于千年；花开便是重阳，香岂衰于一夜。如拖筇曳屩，挈榼提壶。奚择乎清圣浊贤，奚分乎彼宾此主。餐夕英如灵均叟心溯楚骚，受寒华如渊明翁眼空晋俗。或围棋而开局面，或弹琴而写古音。气畅则吟洗每恨无钱之句，调高则唱和多情破帽之调。有蒲团可以供醉眠，有桐鱼可以即欢舞。相与乐此，能无从乎。牧之插满头归，谁肯洒落晖之泪；魏公下羞容淡，要同收晚节之香。故兹檄闻，幸以簪盍。丁丑九月日檄。

二

伏以须菊花满插，要酬佳节之难逢；把茱萸细看，曾问明年之谁健。忽焉今日，又是重阳。有前屡岁之成规，用后一日而为醼。其羞俎豆，以从樽罍。时复一中之，庶免明月清风之笑；人生行乐耳，长记丹崖青壁之游。兹檄星驰，如约云集。戊寅九月日檄。①

这两篇檄文，显然是陈著为召集社友于重阳节举行诗社活动所发的通知。从"脉累年之成例""有前屡岁之成规"等句可见，该诗社的活动曾持续了相当长的时间，大约以每年的重阳节为期，定时举行活动。文中所提到的这两次活动，一次为端宗景炎二年（1277），另一次为帝昺祥兴元年（1278），此时元兵已占领临安，南宋王朝实际上已经覆亡，广大汉族知识分子正经历着一场天翻地覆的巨变。和宋末元初的许多遗民诗社一样，该诗社也是以固守文化传统、相互砥砺、甘于恬淡、坚持晚节作为宗旨，像"青壁丹崖之下，风物依然；苍松翠竹之间，霜根好在。且吾里虽经多事，而我辈尚能自持。儒衣儒冠俨典刑，其犹有乡规乡约矫礼义""餐夕英如灵均叟心漱楚骚，受寒华如渊明翁眼空晋俗""魏公下羞容淡，要同收晚节之香"等句，即生动地表现了这一精神追求。惜此诗社的参加者及活动之具体情形已不可考。

三十六、 与江湖诗派有关的诗社

江湖诗派是活跃在南宋中后期诗坛上的一个诗歌创作流派，在文学史上曾产生过重要影响。《四库全书》本《江湖小集》和《江湖后集》所录该派诗人，总数达一百零九人。近年来张宏生先生根据现存十一种江湖诗集，考知该派诗人共一百三十八人。② 笔者检视现存江湖诗人的有关作品，发现不少诗作涉及诗社活动。现将有关材料叙次如下。

陈造《江湖长翁集》卷十六有《寄真州诗社诸友》诗：

畴昔离亭酒一钟，酒杯不比别愁浓。羡君联璧方保社，付我耦耕亲老农。握手陈雷便胶漆，几时韩孟果云龙。自今笔砚还高阁，可是诗情病后慵。③

---

① 〔宋〕陈著：《本堂集》卷五十三，《影印文渊阁四库全书》本，台湾商务印书馆1986年版。
② 参见张宏生《江湖诗派研究》，中华书局1995年版，第271～322页。
③ 〔宋〕陈造：《江湖长翁集》卷十六，《影印文渊阁四库全书》本，台湾商务印书馆1986年版。

陈造（1133—1203），字唐卿，高邮（今属江苏）人。淳熙二年（1175）进士。调繁昌尉，寻宰定海，官至淮南西路安抚司参议。"遭宋不竞，事多龃龉，自以为无补于世，置江湖乃宜，遂号江湖长翁。既不竟其用。"①

林希逸《竹溪鬳斋十一稿续集》卷五有《和山中后社韵一首》诗：

> 君家文曜授翁诗，椿老还如寔有仪。枕膝固应传已久，趋庭岂待问方知。山中香火留吟处，殿下云屏有隔时。愧我衰残谁伴侣，但寻莲社守禅规。②

林希逸，字肃翁，福清（今属福建）人。端平二年（1235）进士。历官翰林权直兼崇政殿说书，直秘阁，知兴化军。

高翥《菊涧集》有《清明日招社友》诗：

> 面皮如铁鬓如丝，依旧粗豪似向时。嗜酒更拼三日醉，看花因费一春诗。生前富贵谁能必，身后声名我不知。且趁酴醾对醽醁，共来相与一伸眉。③

高翥（1170—1241），字九万，号菊涧，余姚（今属浙江）人。厌举子业，好游历。晚年归隐西湖。

胡仲弓《苇航漫游稿》卷二有《与社友定花朝之约》诗：

> 花朝曾有约，来此定诗盟。隐几江湖梦，闭门风雨情。身名千载共，心事一般清。且尽吟樽乐，徂徕不用赓。④

---

① 〔清〕永瑢等：《四库全书总目》卷一六一"江湖长翁文集"则，中华书局1965年版，第1385页。
② 〔宋〕林希逸：《竹溪鬳斋十一稿续集》卷五，《影印文渊阁四库全书》本，台湾商务印书馆1986年版。
③ 〔宋〕高翥：《菊涧集》，《影印文渊阁四库全书》本，台湾商务印书馆1986年版。
④ 〔宋〕胡仲弓：《苇航漫游稿》卷二，《影印文渊阁四库全书》本，台湾商务印书馆1986年版。

又,《江湖后集》卷十二所录仲弓诗中,亦有两诗涉诗社活动,其一为《和社友游清源洞韵》:

涉险何如过虎牢,白云堆里著身高。登临我欲招元亮,谈笑时能接李翱。人境下看犹粟粒,洞天西去有蟠桃。学仙恐是虚无说,且向峰头跨六鳌。①

其二为《柬倪梅村》:

萧寺相逢喜溢眉,未言心事我先知。半生风月樽中酒,十载江湖社里诗。满眼秋容关客况,背时春色到南枝。翻思旧日长安市,醉拍栏干歌楚辞。

胡仲弓,字希圣,清源(今福建仙游)人。生平仕履不见著录。《四库全书总目》尝据其作品考之,谓其曾举进士,知官会稽,不久罢归,浪迹江湖。入元后不应征聘,穷饿以终。仲弓与江湖诗派领袖刘克庄及《江湖集》的编者陈起关系密切,其《过莆城怀刘后村中书因以奉寄》诗云:"入洛深衣已十春,身名千载有知闻。不须更结耆英社,溧水前头独绘君。"②将刘克庄比之北宋元丰年间在洛阳组织耆英会的文彦博,崇敬之情,溢于言表。仲弓《苇航漫游稿》中有与陈起唱酬诗多首。陈起卒后,仲弓曾作《哭芸居》诗哀悼:"锦囊方络绎,忽报殒吟声。泉壤悲千古,江湖少一人。病怀诗眷属,医欠药君臣。脂冷西风急,兴思暗怆神。"从中不难看出两人感情之深笃。

《江湖小集》卷十六徐集孙《竹所吟稿》有两诗涉诗社活动,其一为《寄怀里中社友》:

自笑初无作吏能,却因作吏远诗朋。与君交信欠逢雁,知我怀人独是僧。客枕梦残听雨夜,乡心愁绝对秋灯。何时岁老梅花下,石鼎

---

① 〔宋〕陈起编:《江湖后集》,《影印文渊阁四库全书》本,台湾商务印书馆1986年版。以下所引该集诗文均出自此本,不另注出。

② 〔宋〕胡仲弓:《苇航漫游稿》,《影印文渊阁四库全书》本,台湾商务印书馆1986年版。

分茶共煮冰。①

其二为《寄里中社友》：

> 欠作故人书，侵寻半载余。穷吟虽自各，入梦不相疏。梅蕊通春信，霜风促岁除。待余归故里，鸥约复如初。

徐集孙，字义夫，建安（今福建建瓯）人。理宗时尝薄宦于浙。《江湖小集》卷三十三林尚仁《端隐吟稿》有《雪中呈社友》诗：

> 风雨萧萧搅雪飞，一寒如此只贪诗。酒瓢倾尽囊金少，恐被梅花笑不知。

林尚仁，字润叟，号端隐，长乐（今属福建）人。陈必复序其诗，谓"其为诗专以姚合、贾岛为法，而精要深润则过之。……惟忧其诗之不行于世，而贫贱困苦莫之忧也"。

《江湖小集》卷四十四敖陶孙《臞翁诗集》有《谢叶司理、徐知县见贻之什》诗，原注云："二公乞入社。"诗云：

> 书生自是钻简蠹，净业还从竹背来。新诗细字行茂密，惊蛇起草盘蛟回。是身政欠虎头画，望山气如还枥马。翛然君子六千人，不受湘灵清泪洒。竹林定交业已成，北窗读书吾伊声。金鱼玉带不汝却，社中未厌山王名。

又，《江湖后集》卷十九敖陶孙《和开元寺省公作》诗后，附有省公原作，内中亦有句涉诗社：

> 莫辞委刺去蹁跹，料得先生已醉眠。打彻愁城休强酒，压低诗社不言贤。琴中有趣嗤陶令，席下无人诮孝先。想是逢人不肯出，未临

---

① 〔宋〕陈起编：《江湖小集》卷十六，《影印文渊阁四库全书》本，台湾商务印书馆1986年版。以下所引该集诗文均出自此本，不另注出。

法会定流涎。

敖陶孙（1154—1227），字器之，号臞翁，一号体斋，福清（今福建仙游）人。始为太学生，题诗三元楼吊赵汝愚，为韩侂胄所捕，亡命江湖。侂胄败，始登庆元五年（1199）进士第。历海门县簿、漳州教授、广东转运司主管文字，签书平海军节度判官厅公事。宝庆元年（1225），曾因《江湖集》案受牵连。

《江湖小集》卷四十八王琮《雅林小稿》有《答友人》诗：

秋山曾是共登临，感慨兰亭后视今。炎热不过能炙手，笑谈未必到知心。前言衮衮风波去，后约寥寥岁月深。室迩岂应人自远，酒盟诗社要重寻。

王琮，号雅林，括苍（今浙江丽水）人。嘉熙间为江南安抚司参议。曾官处州，知清江县。

《江湖小集》卷五十一姚镛《雪蓬稿》有《悼复石壁》诗：

一死虽如蜕，杀身真可哀。僧危能仗义，诗好更多才。鹤怨兰亭月，云消石壁苔。旧时同社友，寂寞载书来。

姚镛，字希声，号雪蓬，一号敬庵，剡溪（今浙江嵊州）人。嘉定十年（1217）进士。任吉州判官。以平寇功擢守赣州，后贬衡阳。景定五年（1264），为黄岩县主学。

《江湖小集》卷五十五薛嵎《云泉诗》有《古淡然老得帖往长芦，不受，却归松风旧寺，次社中韵》诗：

柱杖挑云上半肩，寻幽重到旧栖禅。浮生多故成南北，白发相惊问岁年。房闲松声难辨雨，山连海脉暗通泉。自从勇却长芦请，猿鹤终宵亦稳眠。

薛嵎，字仲止，一字宾日，永嘉（今浙江温州）人。宝祐四年（1256）进士。终长溪县主簿。

《江湖小集》卷七十三薛师石《瓜庐集》有《晚秋寄赵紫芝》诗：

数日秋风冷，丘园独自身。闲看篱下菊，忽忆社中人。苦咏肩常瘦，移家债又新。极知君淡泊，十载得相亲。

薛师石（1178—1228），字景石，号瓜庐，永嘉人。
《江湖小集》卷八十三李涛《蒙泉诗稿》有《诗社中有赴补者》诗：

有诗千首可成名，万户侯封亦可轻。自是高标凌富贵，肯随余子逐恩荣。君游璧水甘芳饵，仆为铨衡上玉京。水镜兰坡各求第，诗盟似未十分清。

李涛，字养源，临川（今属江西）人。
《江湖后集》卷十三录黄敏求《题陈赘谷、陈野逸吟稿》诗：

谢却梅花吟课少，苦无心事恼陶泓。得君近日诗编读，增我晴窗眼力明。爽似暑风秋九夏，清逾夜月昼三更。后山衣钵尘埃久，赖有双英主夏盟。

黄敏求，字叔敏，修水（今属江西）人。
《江湖后集》卷十四录刘植《文会飞霞观》诗：

水满平川月满船，船轻撑入藕花边。移来谢守岩前坐，疑是客成洞里仙。茶灶烟遮松际鹤，丝桐声杂树头蝉。明朝更践弥明约，句拟当年石鼎联。

刘植，字成道，号渔屋，永嘉人。淳熙元年（1174）进士。尝知建安。
《江湖后集》卷十五录邓允端《题社友诗稿》诗：

诗里玄机海样深，散于章句敛于心。会时要似庖丁刃，妙处应同靖节琴。韵胜想君言外得，字新令我意边寻。痴人说梦终难信，何日樽前取次吟。

邓允端，字茂初，临江（今江西樟树）人。

《江湖后集》卷十七录张辑《沁园春》词，有序云："予顷游庐山，爱之，归结屋马蹄山中，以庐山书堂为扁。包日庵作记，见称庐山道人，盖援涪翁山谷例。黄叔豹谓予居鄱，不应舍近取远，为更东泽。黄鲁庵诗帖往来，于东泽下加以诗仙二字。近与冯可仙遇于京师，又能节文，号予东仙，自是诗盟遂以为定号。十年之间，习隐事业，略无可记，而江湖之号凡四迁。视人间朝除夕缴者，真可付一笑。"词云：

东泽先生，谁说能诗，兴到偶然。但平生心事，落花啼鸟，多年盟好，白石清泉。家近宫亭，眼中庐阜，九叠屏开云锦边。出门去，且掀髯大笑，有钓鱼船。　一丝风里婵娟。爱月在沧波上下天。更丛书观遍，笔床静昼，篷窗睡起，茶灶疏烟。黄鹤来迟，丹砂成未，何日风流葛稚川。人间世，听江湖诗友，号我东仙。

又，《永乐大典》卷一万四千三百八十一"寄"字韵引《清江渔谱》，有张辑《临江仙》词，题"寄西镛黄大闻"，词云：

忆昔风流秋社里，几人秋雪襟期。凉风吹散梦参差。寒灯多少恨，长笛不堪吹。　别去化龙潭上水，东来不寄相思。白鸥应笑太忘机。沙头重载酒，休负桂花枝。

张辑，字宗瑞，号东泽，履信之子，鄱阳（今属江西）人。受诗法于姜夔，有《欸乃集》《东泽绮语债》。

《江湖后集》卷二十三录胡仲参《留别社友》诗：

漫浪归来六换秋，又携书剑入皇州。得些湖海元龙气，作个山川司马游。奔走客尘因念脚，勾牵时事上眉头。中朝满目皆知己，还有篇诗遣寄不。

胡仲参，字希道，清源（今福建仙游）人。仲弓弟。尝举进士不第。

有《竹庄小稿》。

吴潜《履斋遗稿》卷二有《望江南》词：

> 家山好，好是夏初时。习习薰风回竹院，疏疏细雨洒荷漪，万绿结成帷。　呼社友，长日共追随。瀹茗空时还酌酒，投壶罢了却围棋，多少得便宜。①

吴潜（1196—1262），字毅夫，号履斋，德清（今属浙江）人。嘉定十年（1217）进士第一。淳祐十一年（1251），为参知政事，拜右丞相、兼枢密使，封庆国公，改封许国公。以沈炎论劾，谪化州团练使、循州安置。卒赠少师。

戴复古《石屏诗集》卷六有《赵苇江与东嘉诗社诸君游，一日携吟卷见过，一谢其来》诗：

> 白首无聊老病躯，一心唯觅死头颅。时人误作梅花看，今日枝头雪也无。

又，清厉鹗《宋诗纪事》卷六十四曾原一名下注云："原一字子实，号苍山，赣州宁都人，领乡荐。绍定中，与戴石屏结江湖吟社。"②

戴复古（1167—？），字式之，号石屏，天台（今属浙江）人。绍定五年（1232），曾任教职。以诗游公卿间，声名颇著。寿至八十余。

《江湖小集》卷四十一叶茵《顺适堂吟稿》丁集有《寄社友》诗：

> 近来何事倦于吟，岂是因吟误却身。此道自来多冷淡，郊寒岛瘦少陵贫。

叶茵，字景父，笠泽（今江苏松江）人。仕途失意，寓居姑苏。

以上所叙涉及诗社活动的江湖派诗人共计二十人，约占现知江湖派诗

---

① 〔宋〕吴潜：《履斋遗稿》卷二，《影印文渊阁四库全书》本，台湾商务印书馆1986年版。

② 〔清〕厉鹗辑撰：《宋诗纪事》卷六十四，上海古籍出版社1983年版，第1611页。

人总数的七分之一强,它清晰地显示出江湖派诗人间结社唱和活动频繁的现象。虽然由于材料的简略,我们还难以确知他们结社活动的具体内容,然而结社这一形式本身对诗艺的切磋,以及诗歌创作主张的趋同,显然起着积极的催化作用。赵汝回的《瓜庐集序》,就谈到薛师石通过组织诗社活动,对永嘉四灵诗风向江湖诗风转变所起的促进作用:

> 晋宋诗称陶谢,唐称韦杜。当其时,人人皆工诗,诗非不甚也,而四人者独首称,岂非侯鲭爽口不若至之羹,郑声悦耳不若遗音之瑟哉!唐风不竞,派沿江西,此道蚀灭尽矣。永嘉徐照、翁卷、徐玑、赵师秀乃始以开元、元和作者自期,冶择泙鍊,字字玉响,杂以姚贾中,人不能辨也。水心先生既啧啧敦赏之,于是四灵之名天下莫不闻。而瓜庐翁薛景石每与聚吟,独主古淡,融狭为广,夷镂为素,神悟意到,自然清空。如秋天迥洁,风过而成声,云出而成文,间谓四灵君为姚贾,吾于陶谢韦杜何如也。……景石名家子,多读书,通八阵八门之变,乃心物外,至忘形骸。筑庐会昌湖西,灌瓜贴树,筹醇击鲜,日为文会,论切阖析,恐不人人陶谢韦杜也。……死后人士无远近争致其诗,其子弟手钞不能给,于是相与刻之。①

这里所说的"聚吟""文会"当即为诗社活动,组织者薛师石大力提倡江湖诗风,并通过结社唱和将其推而广之,出现了一大批追随者。可见,诗社活动在江湖诗派形成和壮大的过程中,显然起了重要的催化作用。

三十七、 南宋中后期在临安西湖活动的诸诗社

吴自牧《梦粱录》卷十九"社会"条云:"文士有西湖诗社,此乃行都缙绅之士及四方流寓儒人,寄兴适情,赋咏脍炙人口,流传四方,非其他社集之比。"② 耐得翁《都城纪胜》云:"文士则有西湖诗社。此社非其他社集之比,乃行都士大夫及寓居诗人,旧多出名士。"③

---

① 〔宋〕陈起编:《江湖小集》卷七十三《薛师石瓜庐集》卷首,《影印文渊阁四库全书》本,台湾商务印书馆1986年版。
② 〔宋〕吴自牧:《梦粱录》卷十九,浙江人民出版社1984年版,第181页。
③ 〔宋〕耐得翁:《都城纪胜》,《影印文渊阁四库全书》本,台湾商务印书馆1986年版。

以上两条材料均提到西湖诗社,然而此诗社究竟系何人主盟?参加者谓谁?材料里除了笼统谈到行都士大夫及寓居文士之外,并没有具体提及。考现存宋代文献,则有多处提到此诗社。兹略举数例。

李珏《击梧桐·枫叶浓于染》题作:"别西湖社友。"①

陈世崇《随隐漫录》卷三云:"景定癸亥(1263),特旨以布衣除东宫掌书,吟社贺诗数十……西湖吟社,各天一涯,穷达一场春梦。"②

周密《采绿吟·采绿鸳鸯浦》词序云:"甲子(1264)夏,霞翁会吟社诸友逃暑于西湖之环碧。琴尊笔砚,短葛练巾,放舟于荷深柳密间。舞影歌尘,远谢耳目。酒酣,采莲叶,探题赋词。余得《塞垣春》,翁为翻谱数字,短箫按之,音极谐婉,因易今名云。"③

汪元量《暗香·馆娃艳骨》词序云:"西湖社友有千叶红梅,照水可爱。问之自来,乃旧内有此种。枝如柳梢,开花繁艳,兵后流落人间。对花泫然承脸而赋。"④又,《疏影·虬枝茜萼》词序亦云:"西湖社友赋红梅,分韵得'落'字。"⑤又,《唐律寄呈父凤山提举十首》之九有句云:"遥忆武林社中友,下湖箫鼓醉红装。"⑥

以上所引材料都提到了西湖诗社(西湖吟社),但略加考察即不难发现,其中除了李珏与汪元量所指的是同一个诗社之外,其他材料所说之诗社彼此之间似乎并没有什么联系。这就说明了一个问题,《梦粱录》和《都城纪胜》中所提到的西湖诗社并非仅有一个,在南宋中后期的京城临安,或前后或同时存在着若干个诗社,它们各自聚集了一批志趣相投的社友,频繁地举行唱和活动。这些诗社并非有意冠名为西湖诗社,只不过因为它们都以西湖作为诗社活动的主要场所,故习惯地以西湖诗社(西湖吟社)相称罢了。下面即根据有关材料,对这些诗社略做考述。

---

① 唐圭璋编:《全宋词》第五册,中华书局1965年版,第3138页。
② 〔宋〕陈世崇著、孔凡礼点校:《随隐漫录》(与《爱日斋丛抄》《浩然斋雅谈》合刊),中华书局2010年版,第25~28页。
③ 唐圭璋编:《全宋词》第五册,中华书局1965年版,第3270页。
④ 唐圭璋编:《全宋词》第五册,中华书局1965年版,第3343页。
⑤ 唐圭璋编:《全宋词》第五册,中华书局1965年版,第3343页。
⑥ 北京大学古文献研究所编纂:《全宋诗》第70册,北京大学出版社1991年版,第44047页。

（一）杨万里诗社

杨万里《诚斋集》卷十九《朝天集》有《二月二十四日，寺丞田文清叔及学中旧同舍诸丈拉予同屈祭酒颜丈几圣、学官诸丈集于西湖，雨中泛舟，坐上二十人，用"迟日江山丽"四句分韵赋诗，余得"融"字。呈同社》诗：

> 正月一度游玉壶，二月一度游真珠。是时新霁晓光初，西湖献状无遗余。君王予告作寒食，来看孤山海棠色。海棠落尽孤山空，湖上模糊眼中黑。夜来三更湖月明，群仙下堕嬉珠庭。东坡和靖相先后，李成郭熙在左右。惠崇捧砚大如箕，大年落笔疾于飞。磨墨为云洒为雨，湖波掀舞山倾欹。画作西湖烟雨障，今晨挂在孤山上。同来诸彦文章公，不数钱起兼吴融。何如玉船一举百分满，一笑千峰烟雨散。①

杨万里（1127—1206），字廷秀，号诚斋，吉州吉水（今属江西）人。绍兴二十四年（1154）进士。光宗朝，历秘书监，出为江东转运副使，改知赣州，再召皆辞。卒谥文节。

上引杨诗显然记述了一次诗社诗酒登临唱和活动。此诗收于《朝天集》，按《朝天集》收录诗作四百首，皆作于淳熙十一年（1184）至十四年（1187）间，此时杨万里在朝任东宫侍读，故名《朝天集》。据此可知该诗社活动时期即在此一时期内，活动地点则在临安。

关于此诗社之成员，除了上引诗题中提到的田清叔、颜几圣等二十人外，《朝天集》还有《上巳同沈虞卿、尤延之、王顺伯、林景思游春湖上，随和韵得十绝句，呈之同社》一诗，其中提到的也应为此诗社之成员。田清叔、颜几圣、沈虞卿、王顺伯等人生平已难以考之，现将尤延之、林景思两人生平略述如下。

尤袤（1127—1194），字延之，无锡（今属江苏）人。绍兴十八年（1148）进士。历知台州、江西运判、中书门下省检正诸房公事、太常少卿、礼部侍郎、给事中等职，累官至正奉大夫、礼部尚书。卒谥文简。尤

---

① 〔宋〕杨万里：《诚斋集》卷十九，《四部丛刊初编》本，上海书店1989年版。

袤为南宋中期著名诗人,与杨万里、范成大、陆游齐名,称"尤杨范陆",誉为中兴四大诗人。

林宪,字景思,吴兴(今属江苏)人。乾道中特科,监南岳庙。参政贺子忱爱其才,以孙女妻之,因寓居天台。有《雪巢小稿》。景思有诗名,杨万里《朝天集》有《林景思寄赠五言,以长句谢之》诗,云:"华亭沈虞卿、惠山尤延之,每见无杂语,只说林景思。试问景思有何好,佳句惊人人绝倒。句句飞从月外来,可羞王公荐穹昊。若人乘云驾天风,秋衣剪菊裁芙蓉。暮宿银汉朝蓬宫,我欲从之东海东。……"从此诗中不难想见林景思之精神风貌。

《朝天集》中还有与陆游、张镃等人的唱和诗多首,但均未明显提到结社一事。其中有《上巳日予与沈虞卿、尤延之、莫仲谦招陆务观、沈子寿小集张氏北园赏海棠,务观持酒酹花,予走笔赋长句》一诗,诗题中之"张氏北园",即张镃桂隐堂中园林(详情见下文"张镃诗社"),不知这是否也是一次诗社活动?

(二)许及之诗社

许及之《涉斋集》有数首诗涉诗社活动,兹列于下:

《与同社游山园次翁常之韵》(卷一)
《感春呈同社》(卷七)
《再酬同社》(卷十)
《重阳前两日集,转庵同社,而今忽雨,次转庵韵》(卷十)
《李若兄菊诗,同社久已嗟赏赓和属蒙写寄,仍用韵以致予奉祠之喜。予两年从金陵觅菊栽,而一种至今著蕊未开,岂所谓晚节香者耶?次韵奉酬》(卷十二)①

许及之(?—1209),字深甫,永嘉(今浙江温州)人。隆兴元年(1163)进士,历宗正寺簿、右拾遗。庆元元年(1195),权礼部侍郎;四年(1198),自吏部尚书除同知枢密院事。嘉泰二年(1202),参知政

---

① 〔宋〕许及之:《涉斋集》,《影印文渊阁四库全书》本,台湾商务印书馆1986年版。以下所引许诗均出自此本,不另注出。

事；三年（1203），除知枢密院事兼参知政事；四年（1204）罢。开禧三年（1207），泉州居住。

《涉斋集》卷五《再次韵》诗有句云："转庵夙昔董诗盟，同社歌呼剧欢伯。"同卷《元日简转庵》诗云："遥想潘夫子，元正免立墀。"可知此诗社之主盟为潘转庵。卷二《再次转庵用"梗"字韵赋梅》诗云："不如两忘言，搔首孤山顶。"卷五《同转庵诸人筠斋赏菊花，次转庵韵》诗云："……同社持觞聊破戒，行令传花非俚画……诗来忽起西湖思，我辈已觉蓬莱隔。忆曾画船作夜游，亲听菱歌和露摘。南高北高只在眼，长桥短桥频泛宅。"可知此诗社的主要活动之地在临安，或至少在临安活动过。如果联系许及之入仕后大部分时间在京中任职，这一估计大致上是不错的。至于该诗社活动的具体起讫时间，已难以考知。大致上应是在隆兴元年（1163）至开禧三年（1207）之间。

除了上引诗题中提到的潘转庵、翁常之、李若兄等人为该诗社之成员外，《涉斋集》中提到的尚有数人：卷十《再用韵酬居甫》诗云"暂肯闻闲入诗社，来篇三复叹南容"；同卷《酬孝若》诗云"同社唱酬虽数至，扣门剥啄未尝听"；同卷《仲归以结局丁字韵二诗七夕，乃连和四篇，至如数奉酬》之一云"入社莫言诗殿后，此时孤律梦六丁"；同卷《酬木伯初仍简才叔、常之》诗云"恍惊社里摘文手，夺得天边织锦梭"；同卷《再酬梅南寿》诗云"报答一春无好语，更怜同社曲伏容"。以上诗题中提到的居甫、孝若、仲归、木伯初、才叔、梅南等人均应为该诗社之社友，故此诗社之成员当在十人以上。惜此数人之生平行实已湮灭无考。

（三）张镃诗社

张镃《南湖集》卷四有《园桂初发邀同社小饮》诗，云：

故故论年赏，新看惜未多。一香参众树，千月下纤娥。今雨胡能阻，秋虫亦复歌。有情毋令醉，斯世合婆娑。①

张镃（1153—1211），字功甫，号约斋，西秦（今陕西）人，居临安。宋高宗时抗金名将张俊诸孙。隆兴二年（1164），大理司直。淳熙五

---

① 〔宋〕张镃：《南湖集》卷四，《影印文渊阁四库全书》本，台湾商务印书馆1986年版。

年（1178），直秘阁通判婺州。庆元元年（1195），司农寺主簿。三年（1197），司农寺丞，与宫观。开禧三年（1207），为司农少卿，坐事追两官送广德军居住。嘉定四年（1211），除名象州编管卒。

周密《武林旧事》卷十载张镃《张约斋赏心乐事》《约斋桂隐百课》两文①，言其卜筑南湖，名其轩曰桂隐，园池声伎服玩之丽，甲于天下。园中亭榭堂宇，名目数十，且排纂一岁中游适之目，为赏心乐事。其中有一组十余间大小的楼阁，四周遍植丹桂。登楼远眺，可以尽见江湖诸山，名之曰"群仙绘幅楼"。上引张诗所述诗社同人诗酒欢会之地当即在此楼。据此亦可推知，张镃桂隐堂之堂馆桥池即为此诗社主要活动之地。

据《约斋桂隐百课》一文，桂隐堂命名于淳熙丁未（1187），至庆元庚申（1200）规模始全。此文则写于嘉泰壬戌（1202）。据此亦可推知，淳熙丁未（1187）至嘉泰壬戌（1202）前后，即应为该诗社的大致活动时间。张镃于开禧三年（1207），坐事追官送广德军居住之后，诗社也就自然消亡了。

张镃交游广泛，与辛弃疾、陆游、杨万里、姜夔等均有唱和往来。事实上，张镃之宅第已成为行都文士聚会的一个中心。戴表元《牡丹燕集诗序》云：

> 渡江兵休久，名家文人渐渐修还承平馆阁故事。而循王孙张功父使君以好客闻天下。当是时，遇佳风日，花时月夕，功父必开玉照堂置酒乐客。其客庐陵杨廷秀、山阴陆务观、浮梁姜尧章之徒以十数，至辄欢饮浩歌，穷昼夜忘去。明日，醉中唱酬或乐府词累累传都下，都下人门抄户诵，以为盛事。然或半旬十日不尔，则诸公嘲讶问故之书至矣。②

这里所说的情况和诗社活动极为相似，上引《园桂初发邀同社小饮》诗，或即为其中一次活动欤？

---

① 参见〔宋〕四水潜夫辑《武林旧事》，西湖书社1981年版，第159～165页。
② 〔元〕戴表元：《剡源集》卷十，《影印文渊阁四库全书》本，台湾商务印书馆1986年版。

（四）费士寅等同年会

陈造《江湖长翁集》卷十五有《次韵同年诸公环碧叙同年会》诗，共三首，其三云：

> 聚首论年不计官，寥寥故事复开端。俯容我辈输心语，更遣时流洗眼看。庾亮宾筵无尽兴，昌黎文饮有余欢。舍人妙句还新样，白雪赓酬政自难。①

关于此会活动之具体情形，陈造另有《集同年记》一文记之颇详：

> （原序：小宰费公士寅、西掖陈公宗召、左史汤公硕倡之。）
> 庆元庚申（1200）二月八日，合乙未（1175）岁同年进士饮于西湖环碧之园。其叙以拜，其坐以齿，其主席者三，某官其预招者十二某某。自举觞至扬觯三十刻。所饮既酣，合辞言曰：仕熙代，取科第良幸，而吾主客十六人者官于中外，合而离；越二十六年，离而复合。把杯相属，道国恩，论情素，劝加餐，祝亨嘉，聚首一笑，不其尤幸。况时仲春，风物媚妩，欲雨倏晴，云日葱昽。西湖山水，秀丽甲天下。而环碧之涵虚，又西湖胜处。宜春宜晴宜觞咏，俯仰徙倚，湖光澄淳，盎盎如酿，鸟鱼弄影，窥阚樽俎，风柔无力，落梅泛香，断续袭人。一时佳胜，为吾徒有，不止古所谓四并者。政恐后谪仙无此乐，非三钜公笃事契、忘名分，未易得此，此不容不识。客命某致辞，书者胡有开也。②

同年会是科举考试时，同榜登第的考生所结之会社。从本质上讲，它是封建官僚政治的产物。在复杂的官场政治斗争中，官僚们由于各自利益的相关而结成不同的派别、集团，得以在政治斗争中互通声气，党援朋比，使

---

① 〔宋〕陈造：《江湖长翁集》卷十五，《影印文渊阁四库全书》本，台湾商务印书馆1986年版。

② 〔宋〕陈造：《江湖长翁集》卷二十二，《影印文渊阁四库全书》本，台湾商务印书馆1986年版。

自己立于不败之地。同年会即是政治结盟的形式之一。然而同年会在具体开展活动时,政治色彩并不总是那么鲜明的,更多的时候它是通过流连山水,诗酒唱和来密切同人之间的关系,促进他们之间的感情交流,因此它在活动形式上往往和诗社活动并无二致,亦可将其视为诗社活动的形式之一。

现将此会参见者之生平略述如下。

费士寅,淳熙二年(1175)进士,宁宗嘉泰年间任吏部尚书签书枢密院事。

陈宗召,字景南。淳熙二年(1175)进士,绍熙四年(1193)复中博学鸿词科。仕至工部尚书,赠太师。

汤硕,淳熙二年(1175)进士,庆元间曾任建宁知府。

陈造(1133—1203),字唐卿,号江湖长翁,高邮(今属江苏)人。淳熙二年(1175)进士。调繁昌尉,改平江教授,历官浙西参议幕。

胡有开,淳熙二年(1175)进士,曾任秘书丞。

(五)史达祖、高观国等诗社

史达祖《梅溪词》有《龙吟曲》,题为:"陪节欲行,留别社友。"词云:

> 道人越步单衣,兴高爱学苏门啸。有时也伴,四佳公子,五陵年少。歌里眠香,酒酣喝月,壮怀无挠。楚江南,每为神州未复,阑干静,慵登眺。　　今日征夫在道,敢辞劳,风沙短帽。休吟稷穗,休寻乔木,独怜遗老。同社诗囊,小窗针线,断肠秋早。看归来,几许吴霜染鬓,验愁多少。①

史达祖,字邦卿,号梅溪,汴(今河南开封)人。生卒年不详。韩侂胄为相,达祖为其堂吏,拟帖拟旨,侍从柬札,俱出其手。韩侂胄伐金失败被诛,达祖受黥刑,死于贬所。关于此词的写作背景,《绝妙好词笺》云:"按梅溪曾陪使臣至金,故有此词。"史达祖一生未入仕籍,他

---

① 唐圭璋编:《全宋词》第四册,中华书局1965年版,第2345页。下文引史词均为此本,不另注出。

得以陪节使金,必在他为韩侂胄堂吏之时。按韩侂胄于宁宗庆元元年(1195)执政,至开禧二年(1206)北伐,其间每年秋季例行遣使往贺金章宗完颜璟生辰。史达祖陪节使金究竟是其中的哪一年?《四库全书总目》"梅溪词"则认为"必李璧使金之时,侂胄遣之随行觇国"。据此说,史达祖此行应在宁宗开禧元年(1205)。①

此词显然为达祖临行前社友送行时的唱和之作。但社友谓谁?词中并没有留下线索。考高观国《竹屋痴语》有《雨中花》词,云:

> 旆拂西风,客应星汉,行参玉节征鞍。缓带轻裘,争看盛世衣冠。吟倦西湖风月,去看北塞关山。过离宫禾黍,故垒烟尘,有泪应弹。　　文章俊伟,颖露囊锥,名动万里呼韩。知素有、平戎手段,小试何难。情寄吴梅香冷,梦随陇雁霜寒。立勋未晚,归来依旧,酒社诗坛。②

高观国,字宾王,山阴(今浙江绍兴)人。生平仕履不详。此词无题序,据词中"行参玉节征鞍""吟倦西湖风月,去看北塞关山""归来依旧,酒社诗坛"等语来看,其为在临安送别诗社友人使金之意甚明。但此社友是否即为史达祖呢?

考今存史达祖、高观国词作中有数首唱和之作。如史达祖《东方第一枝·草脚愁苏》题云"壬戌(1202)闰腊望,雨中立癸亥(1203)春,与高宾王各赋",《贺新郎·西子相思切》题云"湖上高宾王、赵子野同赋"。高观国《齐天乐·晚云知有关山念》题云"中秋夜怀梅溪",《东风第一枝·玉洁生英》题云"为梅溪寿",《东风第一枝·烧色回青》题云"壬戌立春日访梅溪,雨中同赋",《八归·楚峰翠冷》题云"重阳前二日怀梅溪",等等,可见两人原本是交情深笃的朋友。其次,上引史达祖《龙吟曲·道人越步单衣》与高观国《雨中花·旆拂西风》两词之唱和关系亦十分明显。如高词之"行参玉节征鞍"句,其"参"字与史达祖之"陪节"身份若合符节;又如"缓带轻裘"句,也是暗示史达祖未

---

① 参见〔元〕脱脱等《宋史》卷三十八《宁宗本纪》,中华书局1985年版,第737~739页。

② 〔宋〕高观国:《竹屋痴语》,《影印文渊阁四库全书》本,台湾商务印书馆1986年版。下文引高词均出自此本,不另注出。

着官服，不是有官职的正式使节身份；而"过离宫禾黍，故垒烟尘，有泪应弹"等句，也与史词中"休吟稷穗，休寻乔木，独怜遗老"等句句意相合。据此可以断定，史词题序中的"社友"，即为高观国无疑。

至于此诗社是否还有其他社友，由于缺乏材料，今已难以考知。按常理推断，既然称之为"社"，当不应只有两人。上引史达祖《贺新郎·西子相思切》词题中提到的赵子野，似也应为社友之一。史达祖《梅溪词》中尚有多首词涉及此诗社的活动。如《贺新郎》词题云"六月十五日夜西湖月下"，有句云"同住西山下。是天地中间，爱酒能诗之社"；《点绛唇·山月随人》小序云："六月十四日夜，与社友泛湖过西陵桥，已子夜矣。"可见此诗社的活动是十分频繁的。另外，据上引史、高词的题序显示，此诗社活动于宁宗嘉泰二年（1202）至开禧元年（1205）之间，而实际活动时间当不只此一范围。

（六）陈郁、陈世崇诗社

陈郁（？—1275），字仲文，号藏一，临川（今属江西）人。理宗朝，充缉熙殿应制。景定间，充东宫讲堂掌书兼撰述。陈世崇，字伯仁，号随隐，陈郁子。随父入宫禁，仍充东宫讲堂说书，兼两宫撰述，后任皇城司检法。贾似道忌之，遂归于乡。入元不仕，著《随隐漫录》，多述宋季事。隐居以终。

陈郁、陈世崇父子曾于理宗宝祐、景定间结西湖吟社，其事详见陈世崇著《随隐漫录》卷三：

> 先君会天下诗盟于通都，随隐才十二三，诸先生以孺子学诗可教而教以诗。……景定癸亥（1263），特旨以布衣除东宫掌书，吟社贺诗数十，仅记五首。……丙寅（1266）来归江西，名胜又赠诗词。……壬申（1272）秋，留西湖半载，吴松壑大有饯行云……俯仰之间，倏三十稔，吾翁诸老，皆赋玉楼；西湖吟社，各天一涯。穷达一场春梦。①

---

① 〔宋〕陈世崇著、孔凡礼校：《随隐漫录》，中华书局2010年版（与《爱日斋丛抄》《浩然斋雅谈》合刊），第25～28页。

关于该诗社的材料，仅见于此。从此材料可以看出，这是一个历时颇久、规模颇大的诗社。如果以景定癸亥（1263）陈世崇除东宫掌书时年龄为二十岁计，其十二三岁时该诗社即已开始活动，其时大致为理宗宝祐乙卯（1255）前后。至度宗咸淳丙寅（1266）陈郁父子离开临安返江西，诗社活动前后延续长达十年以上，这在宋元诗社中是比较少见的。除了陈郁、陈世崇父子之外，上引材料中提到的教诗、贺诗、赠诗者尚有吴石翁、杜汝能、刘彦朝、钱舜选、吕三馀、柳桂孙、俞菊窗、黄力叙、张彝、周济川、吴大有等十一人，均应为该诗社之成员。惜此数人之生平泰半已湮没无征了。

（七）杨缵、周密等诗社

关于该诗社活动的最早记载，见之于本文前引周密《采绿吟》小序。这篇小序透露了该诗社的几个重要信息。其一是诗社成立于"甲子夏"，即宋理宗景定五年（1264）；其二是该诗社的组织者为"霞翁"，即杨缵。周密的其他诗文里也多次提到此人。如《癸辛杂识》后集"记方通律"条云："余向登紫霞翁门。"① 《瑞鹤仙·翠屏围昼锦》小序云："寄闲结吟台出花柳半空间，远仰双塔，下瞰六桥，标之曰'湖山绘幅'，霞翁领客落成之。初筵，翁俾余赋词，主客皆赏音。"② 《草窗韵语》卷二有诗题云《紫霞翁觞客东园，列烛花外，秋林散影，高堂素壁，皆粲然李成、韦偃寒林图画，发新奇于摇落，前所未有，因作歌纪之》。从这些文字中都不难看出杨缵诗社盟主的地位。

该诗社的活动以宋亡为界，大致可分为前后两个时期。前期的活动有两个显著特点。

其一，审音辨律、切磋词艺是该诗社活动的主要内容。杨缵本以精通音律著称。周密《浩然斋雅谈》卷下说他"洞晓律吕，尝自制琴曲二百操……近世知音无出其右者"③。在他的带动下，该诗社的成员对精研琴理、商榷音律都十分热衷。如张炎《词源》卷下谓："近代杨守斋精于

---

① 〔宋〕周密撰、吴企明点校：《癸辛杂识》后集，中华书局1988年版，第89页。
② 唐圭璋编：《全宋词》第五册，中华书局1965年版，第3276页。
③ 〔宋〕周密著、孔凡礼点校：《浩然斋雅谈》卷下，中华书局1985年版（与《文录》合刊），第42页。

琴,故深知音律……与之游者周草窗、施梅川、徐雪江、奚秋崖、李商隐,每一聚首,必分题赋曲。但守斋持律甚严,一字不苟作,遂有《作词五要》。"① 周密《木兰花慢·西湖十景》词序云:"西湖十景尚矣。张成子尝赋《应天长》十阕夸余曰:'是古今词家未能道者。'余时年少气锐,谓:'此人间景,余与子皆人间人。子能道,余顾不能耶?'冥搜六日而词成。成子惊赏敏妙,许放出一头地。异日霞翁见之曰:'语丽矣,如律未协何?'遂相与订正,阅数月而后定。是知词不难作,而难于改;语不难工,而难于协。"② 这些材料显示了诗社同人审音辨律、切磋词艺的生动情景。事实上,该诗社的主要成员如徐理,为当时著名琴律家,施岳、张枢、王沂孙、张炎、徐宇等,均是当时的词乐专家。他们以诗社为核心,频繁往来,师友授受,标榜品题,因而形成了一个以精研词律为共同爱好追求的创作群体,在南宋末年的词坛上产生了显著影响。周密、张炎、王沂孙等人均成为宋词创作的重要流派——格律派的后劲,应该说和这种诗社的熏陶濡染是分不开的。

其二,该诗社严重脱离现实的倾向。检视这一时期的有关诗社之作,不难发现,除了斟研词律之外,大多为放浪山水,寄兴适情之作。今天可考知的该诗社的几次大的活动,如景定五年(1264)的西湖之盟,具体情形已见之周密的《采绿吟》序。咸淳三年(1267)七月及次年秋,周密两次大会社友往故乡吴兴,其所作《齐天乐》词序记其事云:"丁卯七月既望,余偕同志放舟邀凉于三汇之交,远修太白采石、坡仙赤壁数百年故事,游兴甚逸。余尝赋诗三百言以纪清适,坐客和篇交属,意殊快也。越明年秋,复寻前盟于白荷凉月间。风露浩然,毛发森爽,遂命苍头奴横小笛于舵尾,作悠扬杳渺之声,使人真有乘槎飞举想也。举白尽醉,继以浩歌。"③ 咸淳七年(1271)夏,诗社以书舫载客再游吴兴,周密《乳燕飞》词序记其事云:"辛未首夏,以书舫载客游苏湾。徙倚危亭,极登览之趣。所谓浮玉山、碧浪湖者,皆横陈于前,特吾几席中一物耳。遥望具区,渺如烟云;洞庭、缥渺诸峰,矗矗献状,盖王右丞、李将军著色画

---

① 〔宋〕张炎著、夏承焘校注:《词源注》,人民文学出版社1963年版(与《乐府指迷笺释》合刊),第31页。
② 唐圭璋编:《全宋词》第五册,中华书局1965年版,第3264页。
③ 唐圭璋编:《全宋词》第五册,中华书局1965年版,第3277页。

也。松风怒号,暝色四起,使人浩然忘归。慨然怀古,高歌举白,不知身世为何如也。溪山不老,临赏无穷,后之视今,当有契余言者。因大书山楹,以纪来游。"① 以上几则材料,基本上反映了该诗社活动的大致面貌。从这些诗社活动的记录里,读者也许会误以为他们生活在太平盛世,因为从中实在难以找到对国事衰颓的忧虑和对现实的关注,它从一个侧面反映了南宋灭亡前夕文人士大夫脱离现实、醉生梦死的精神状态。

以宋亡为转捩点,该诗社活动的后期与前期相比,发生了明显的变化。亡国的惨痛,将他们从麻木昏睡中惊醒,然而大势已去,无力回天,于是抒发亡国的悲哀,寄托遗民故老眷怀宗邦的民族情绪,就成为这一时期诗社活动的主旋律,它集中表现在《乐府补题》所载的五次吟咏中。

宋亡后不久,该诗社曾在杭州举行过五次活动②,填词分咏龙涎香、白莲、莼、蝉、蟹五物,前后参加者有周密、李彭老、张炎、王沂孙、王易简、仇远、冯应瑞、唐艺孙、吕同老、陈恕可、唐珏、赵汝钠、李居仁及无名氏十四人,共赋词三十七首,后人编为《乐府补题》一卷。这些词托物言情,寄慨深远,风格隐晦纡曲,深婉有致,不啻为南宋的灭亡奏响的一曲哀婉凄怨的挽歌,同时也将该诗社的活动推向了高潮。继《乐府补题》五咏之后,我们再也找不到有关该诗社活动的记载,大约在此后不久,诗社就解散了。

该诗社自景定五年(1264)开始活动,至元初解散,存世十余年。其间究竟有多少人参加过诗社的活动?由于没有任何资料明白记载,现在已难以确知。大致上说,前期与杨缵、周密交往密切的友人,后期参加了《乐府补题》五咏的词人,均可视为此诗社之成员。下面即根据这一标准,对该诗社的社友情况略做介绍。

杨缵,字继翁,严陵(今浙江桐庐)人,居钱塘。宁宗杨后兄次山之孙。号守斋,又号紫霞翁。好古博雅,善琴,有《紫霞洞谱》。

张枢,字斗南,一字云窗,号寄闲,西秦(今陕西省)人,居临安。张俊诸孙。

---

① 唐圭璋编:《全宋词》第五册,中华书局1965年版,第3280页。
② 夏承焘《乐府补题考》(附载于《唐宋词人年谱·周草窗年谱》后,上海古籍出版社1979年版)认为,《乐府补题》诸词是隐寓至元十五年(1278)番僧杨琏真加发南宋诸帝后陵事,故将写作年代定为至元十六年(1279)。关于发陵年代歧说甚多,迄今尚有争议,故不取夏说。

施岳，字仲山，号梅川，吴（今江苏苏州）人。能词，精于律吕。

李彭老，字商隐，号筼房，又号漫翁，淳祐中沿江制置司属官。

周密（1232—1298），字公谨，号草窗，济南人。流寓吴兴（今属江苏），居弁山，自号弁阳老人，又号四水潜夫。曾为义乌令。入元不仕。有《草窗词》《蘋洲渔笛谱》《草窗韵语》《齐东野语》《癸辛杂识》《志雅堂杂钞》《浩然斋雅谈》《武林旧事》《澄怀录》《云烟过眼录》各若干卷传于世。

吴文英，字君特，号梦窗，晚号觉翁，四明（今属浙江宁波）人。景定时，尝客荣王邸。有《梦窗甲乙丙丁》稿四卷。其《踏莎行》题云："敬赋草窗绝妙词。"有句云："西湖同结杏花盟，东风休赋丁香恨。"① 似亦参加过该诗社的活动。

徐宇，字未详，号雪江居士。杨缵门客。张炎《词源》卷下云："近代杨守斋精于琴，故深知音律……与之游者周草窗、施梅川、徐雪江、奚秋崖、李商隐，每一聚首，必分题赋曲。"

奚㳫，字倬然，号秋崖。

毛敏仲，衢州（今属浙江）人。张炎《词源·原序》云："昔在先人侍侧，闻杨守斋、毛敏仲、徐南溪诸公商榷音律。"② 袁桷《琴述赠黄依然》云："往六十年，钱塘杨司农以雅琴名于时，有客三衢毛敏仲，严陵徐天民在门下，朝夕损益琴理。"③

徐天民，严州（今浙江桐庐）人。

徐理（1228—?），号南溪，会稽（今浙江绍兴）人。宝祐四年（1256）进士。袁桷《琴述赠黄依然》云："越有徐理氏，与杨（缵）同时，有《奥音玉谱》一卷。……晚与杨交，杨极重之。"④

薛梦桂，字叔载，号梯飙，永嘉（今浙江温州）人。宝祐元年（1253）进士。尝知福清县。仕至平江通判。

---

① 唐圭璋编：《全宋词》第四册，中华书局1965年版，第2941页。
② 〔宋〕张炎著、夏承焘校注：《词源注》，人民文学出版社1963年版（与《乐府指迷笺释》合刊），第9页。
③ 〔元〕袁桷：《清容居士集》卷四十四，《丛书集成初编》本，中华书局1985年版，第765页。
④ 〔元〕袁桷：《清容居士集》卷四十四，《丛书集成初编》本，中华书局1985年版，第765页。

张炎（1248—?），字叔夏，号玉田，又号乐笑翁。高宗时循王张俊五世孙。本西秦（今陕西）人，家临安。宋亡不仕，纵游浙东西，落拓而卒。有《山中白云词》《词源》《乐府指迷》。《乐府补题》有其词。其所作《词源》自称得乐律之学于杨缵。又，其《木兰花慢》词序云："元夕后，春意盎然，颇动游兴，呈雪川吟社诸公。"① 雪川，指吴兴。此吟社或即指上文所述周密于咸淳三年、七年（1267、1271）在吴兴组织的诗社活动。

王沂孙，字圣与，号碧山，又号中仙、玉笥山人，会稽（今浙江绍兴）人。元至元中，曾任庆元路学正。有《碧山乐府》。与周密唱和颇多。《乐府补题》有其词。

王易简，字理得，号可竹，山阴（今属浙江）人。登进士第，除瑞安簿，不赴，隐居城南。有《山中观史吟》。《乐府补题》有其词。

仇远（1247—?）字仁近，一字仁父，号山村民，钱塘（今浙江杭州）人。咸淳间以诗名。元大德九年（1305），尝为溧阳教授，官满代归，优游湖山以终。有《兴观集》《金渊集》《无弦琴谱》等。《乐府补题》有其词。

冯应瑞，字祥父，号友竹。《乐府补题》有其词。

唐艺孙，字英发。有《瑶翠山房集》。《乐府补题》有其词。

吕同老，字和甫，济南（今属山东）人。《乐府补题》有其词。

陈恕可（1257—1339），字行之，固始（今属河南）人。以荫补官，咸淳十年（1274）中铨试，授迪功郎泗州虹县主簿。入元曾任西湖书院山长，吴县尹。自号宛委居士。《乐府补题》有其词。

唐珏（1147—?），字玉潜，号菊山，会稽人。至元间，番僧杨琏真加发南宋诸帝后陵，珏尝与林景熙等潜瘗诸陵遗骨，树以冬青。《乐府补题》有其词。

赵汝钠，字真卿，号月洲，宋宗室。《乐府补题》有其词。

李居仁，字师吕，号五松。《乐府补题》有其词。

陈允平，字君衡，一字衡仲，号西麓，四明（今浙江宁波）人。德祐时，授沿海制置司参议官。宋亡后，曾应征至大都。有《西麓诗稿》《日湖渔唱》等。景定癸亥（1263），允平曾与周密同赋西湖十景。又，

---

① 唐圭璋编：《全宋词》第五册，中华书局1965年版，第3511页。

其词《木兰花慢》题云："和李筼房题张寄闲家圃韵。"① 似亦曾参加该诗社的活动。

李莱老，字周隐，号秋崖，又号遁翁。莱老与彭老为伯仲，号龟溪二隐。皆与周密友情深厚。有词录入《绝妙好词》。

（八）汪元量、李珏诗社

元初杭州一地诗社活动颇为活跃，卫宗武《为吟友序饯行诗》一文云："钱塘吟社光价远扬，几使江浙倾动。"② 月泉吟社前六十名作者，其中连文凤属杭清吟社、仙村人属古杭白云社、梁必大属武林九友会、白珽属孤山社、周睽属武林社，③ 此均为元初在杭州活动的诗社。但由于材料的缺乏，大多诗社活动的具体情形不甚清楚。事迹稍显的，是汪元量、李珏等所结之诗社。

《永乐大典》卷二千八百零九"梅"字韵录汪元量《暗香》《疏影》两词，均为诗社之作。兹移录于下：

暗　　香

西湖社友有千叶红梅，照水可爱。问之自来，乃旧内有此种。枝如柳梢，开花繁艳，兵后流落人间。对花泫然承睑而赋。

馆娃艳骨。见数枝雪里，争开时节。底事化工，著意阳和暗偷泄。偏把红膏染质，都点缀、枝头如雪。最好是、院落黄昏，压栏照水清绝。　　风韵自迥别。谩记省故家，玉手曾折。翠条袅娜，犹学宫妆舞残月。肠断江南倦客，歌未了、琼壶敲缺。更忍见，吹万点、满庭绛雪。

疏　　影

西湖社友赋红梅，分韵得"落"字。

---

① 唐圭璋编：《全宋词》第五册，中华书局1965年版，第3100页。
② 〔宋〕卫宗武：《秋声集》卷五，《影印文渊阁四库全书》本，台湾商务印书馆1986年版。
③ 参见吴渭《月泉吟社诗》，《丛书集成初编》本，中华书局1985年版，第9、11、18、22～23页。

虬枝西萼。便轻盈态度，香透帘幕。净洗铅华，浓抹胭脂，风前伴我孤酌。诗翁瘦硬□□□，断不被、春风熔铄。有陇头、折赠殷勤，又恐暮笳吹落。　寂寞孤山月夜，玉人万里外，空想前约。雁足书沉，马上弦哀，不尽寒阴砂漠。昭君滴滴红冰泪，但顾影、未忺梳掠。等怎时、环佩归来，却慰此兄萧索。①

汪元量（1241—?），字大有，号水云，钱塘（今浙江杭州）人。以善琴事谢后、王昭仪。宋亡，随三公留燕，后为黄冠师南归。有《水云集》《湖山类稿》等。据上引词序中"旧内""兵后"等语可知，此两词当作于其自大都南归杭州之后，即至元二十六年（1289）。诗社之结，当亦在此年。

《绝妙好词》卷五载李珏《击梧桐》词，题作"别西湖社友"。词云：

枫叶浓于染。秋正老、江上征衫寒浅。又是秦鸿过，霁烟外，写出离愁几点。年来岁去，朝生暮落，人似吴潮辗转。怕听阳关曲，奈短笛唤起，天涯情远。　双屐行春，扁舟啸晚。忆昔鸥湖莺苑。鹤帐梅花屋，霜月后，记把山扉牢掩。惆怅明朝何处，故人相望，但碧云半敛。定苏堤、重来时候，芳草如剪。

李珏（1219—1307），字元晖，号鹤田，吉水（今属江西）人。曾任秘书省正字、阁门宣赞舍人等职。考汪元量《湖山类稿》卷四有《孤山和李鹤田》《读李鹤田钱塘百咏》两诗，均作于至元二十六年，② 后诗有句云"南浦亭边话别时，扁舟东下浙江湄"，正为送别之意。由是可知李珏词题中的西湖社友，即指元量无疑。至于该诗社是否还有其他社友，现已无从查考了。

三十八、 王阮诗社

王阮《义丰集》有两诗涉诗社活动，诗题《龙塘久别，乘月再到，

---

① 转引自唐圭璋主编《全宋词》第五册，中华书局1965年版，第3343页。
② 参见〔宋〕汪元量著、孔凡礼辑校《增订湖山类稿》卷四"编年"，中华书局1984年版，第120、122页。

奉呈同社》，自注云："在姑苏。"诗云：

> 龙塘畴昔擅云烟，破月重来倍爽然。浮玉北堂三万顷，扁舟西子二千年。青山识面争迎棹，白鹭知心不避船。华发鬖鬖更何往，一茅终在此桥边。
>
> 已无功业上凌烟，且泛扁舟逐计然。自喜兹游胜平日，不知今夕是何年。横空螮蝀聊欹枕，满袖婵娟永共船。同社贤豪多载酒，坐添清兴浩无边。①

王阮，字南卿，德安（今属江西）人。王韶之曾孙。隆兴元年（1163）进士。仕至抚州守。召入奏，韩侂胄欲见之，卒不往，怒，使奉祠归庐山以终。据前引诗题自注，此诗社活动之地当在苏州。至于诗社活动之时与参加之人，已不可考。

三十九、杨冠卿诗社

杨冠卿（1138—?），字梦锡，湖北江陵人。尝举进士，知广州，以事罢职。解官后曾寓居京城临安，有《客亭类稿》。

《客亭类稿》卷十三有两诗为诗社之作：

继诗社诸友韵

> 休将龟策向穷通，往事邯郸午枕中。南郭吹竽羞滥食，北山运斧笑愚公。酒边赖有赓酬在，客里还欣臭味同。得句不妨频寄我，从今莫效马牛风。

复用前韵且约携琴寻花下之盟

> 吟笺写就讯难通，人在千岩紫翠中。谈笑尊罍有余乐，交游气概压群公。忘年许缔金兰好，佳处何妨杖屦同。我欲携琴坐花底，乞君

---

① 〔宋〕王阮：《义丰集》，《影印文渊阁四库全书》本，台湾商务印书馆1986年版。

妙曲奏松风。①

从这两诗内容来看，冠卿所结诗社似是在其晚年弃官之后。但此诗社之具体情形，由于缺乏材料，已无可考。

四十、陈文蔚诗社

陈文蔚《克斋集》卷十六有《贺赵及卿、黄定甫主宾联名登第》诗，云：

> 人杰须知本地灵，鹅峰挺拔湛溪清。新添九桂丛芳茂，旁发一枝花更荣。文社只今传盛事，官途从此展修程。归耕愧我犹天地，仅有青山一笑迎。②

同卷还有《送赵局之官》诗，有句云："交游文社顿成阔，富贵帝乡今可期。"两诗中所云之文社，即指诗社。

文蔚字才卿，上饶（今属江西）人。早年师事朱熹。尝举进士。端平二年（1235），都省言其所作《尚书类稿》有益治道，诏补迪功郎。从前引诗句看，似作于早岁未登第前，大约为孝宗淳熙年间，结社之地则在其家乡上饶。诗题中之赵及卿、黄定甫、赵局等人当为同社之友人，其生平已无可考。

四十一、戴栩诗社

戴栩《浣川集》卷一有《夏肯父为先都仓求水心墓志，未得而归，社中诸友皆赋诗送其行》诗，云：

> 文星金石笔，许尔有新铭。宽作春风约，归看宰树青。房留僧闭月，舟渡雁移汀。凭寄梅花酹，先贤必典型。③

---

① 〔宋〕杨冠卿：《客亭类稿》卷十三，《影印文渊阁四库全书》本，台湾商务印书馆1986年版。

② 〔宋〕陈文蔚：《克斋集》卷十六，《影印文渊阁四库全书》本，台湾商务印书馆1986年版。

③ 〔宋〕戴栩：《浣川集》卷一，《影印文渊阁四库全书》本，台湾商务印书馆1986年版。

戴栩，字文子，号浣川，永嘉（今浙江温州）人。嘉定元年（1208）进士，任太学博士，迁秘书郎，出知临江军，不赴。后复起为湖南安抚司参议官。戴栩为叶适（水心）弟子，与永嘉四灵之徐照、徐玑、赵紫芝同里，王绰《薛瓜庐墓志铭》云："永嘉之作唐诗者，首四灵。继灵之后，则有刘咏道、戴文子……陈叔方者作，……风流相沿，用意益笃，永嘉视昔之江西几似矣，岂不盛哉！"① 可见其为四灵诗风的追随者。此诗写作年代难以确考，疑其同社之人均属四灵一派。

四十二、汪莘诗社

陆梦发《兰皋集序》云："曩见冯深居言，旧客海宁之渔亭，枚举吟社，起自竹洲之客汪柳塘以下二十余人，一时雅集，不减山阴。"②

这里记述的是南宋中叶在安徽休宁（即海宁）的一次诗社活动。据此材料，该诗社的主要成员有汪莘。汪莘（1155—？）字叔耕，号柳塘，一号方壶，休宁人。屏居黄山。嘉定中，以布衣应诏，上封事，不果用。材料中所说的竹洲为吴儆（1125—1183），字益恭，号竹洲，休宁人。官至广南西路安抚使。

诗社的另一主要人物是冯去非。冯去非（1192—？）字可迁，号深居，南康军（今江西庐山）人。淳祐元年（1241）进士。尝干办淮东转运。宝祐四年（1256），召为宗学谕。后罢归，年八十余卒。

据汪、冯两人年龄推测，该诗社活动的年代当在宁宗嘉定间，社事之具体情形已无可考。

四十三、曹邍豫章诗社

清厉鹗《宋诗纪事》卷七十五引《诗林万选》，有曹邍《寄豫章诗社诸君子》诗，云：

> 向来心事剑能知，曾结仙人汗漫期。南浦看花春载酒，西园刻烛夜吟诗。凄凉风月随残梦，零落江湖似断棋。千里洪崖秋水隔，暮云

---

① 〔宋〕薛师石：《瓜庐诗》卷末，汲古阁景宋钞南宋群贤六十家小集本。
② 吴锡畴：《兰皋集》卷首，《影印文渊阁四库全书》本，台湾商务印书馆1986年版。

无处说相思。①

曹邉,字择可,号松山。生平仕履不详。《宋诗纪事》谓其尝为贾似道客。据诗题揣测,可能为豫章(今江西南昌)人。北宋大观、政和间,徐俯等曾结豫章诗社唱和,已见前述。曹邉豫章诗社的活动时期当在理宗淳祐至度宗咸淳间。该诗社活动之具体情形及社友情况,已不可考。

四十四、 苏泂诗社

苏泂《泠然斋诗集》卷五有《闲居复遇重九,悠然兴怀。颇谓此节特宜于贫。盖富贵者不知若是之清美也。因赋唐律呈同社》诗,云:

> 风凄日薄鬓毛新,岁岁年年乐此辰。多少昔贤留赋咏,大都九日称清贫。瓮头无酒心仍醉,篱下看山意愈真。自采黄花供陶谢,迩来嘉兴属何人。②

从此诗来看,苏泂显然参加过一个诗社,并在重阳节与诗社同人唱和。

苏泂,字召叟,山阴(今属浙江)人。苏颂四世孙。少时曾从其祖游宦入蜀,长而落拓走四方。尝以荐得官,而终偃蹇不遇以老。其《送陆游赴修史之命》诗云:"弟子重先生,卯角以至斯。文章起婴慕,德行随萧规。"可知其尝从陆游学。从其所存诗作中可见,他与辛弃疾、刘过、赵师秀、姜夔、葛天民等人均有往来唱和。

苏泂所参加之诗社在何地?同社之人谓谁?由于缺乏材料,已难以考知。

四十五、 刘黻诗社

刘黻《蒙川遗稿》卷三有《寄社中》诗:

> 暗壁寒螿聚夜愁,孤灯相忆话绸缪。雁来不接西风字,又见黄花

---

① 〔清〕厉鹗辑撰:《宋诗纪事》卷七十五,上海古籍出版社1983年版,第1824页。
② 〔宋〕苏泂:《泠然斋诗集》卷五,《影印文渊阁四库全书》本,台湾商务印书馆1986年版。

老却秋。①

刘黻，字声伯，号质翁，乐清（今属福建）人。淳祐初，以试入太学，伏阙上书攻丁大会，送南安军安置。大会败后，召还。廷试又以对策忤贾似道，复为所抑。后由昭庆军节度掌书记除学官，擢御史，累官至吏部尚书。遭母丧解官，遂不复起。会宋亡，二王航海，黻追从入广，至罗浮而卒。谥忠肃。

从上引诗题可见，刘黻曾与人结诗社唱和，但此诗社之具体情况已不可考。

四十六、叶汝舟华亭真率会

卫宗武《秋声集》卷三有《月集呼声妓不至，野渡于觞末俾赋诗以纪初集》诗，云：

> 真率盟齐喜有初，崇觞载俎志交孚。共披白恰俱沾醉，独惜红裙不受呼。拟洛耆英宜有咏，班唐九老可成图。从今胜集循环举，岁岁毋令此意孤。②

显然，这是一篇类似白居易九老会、文彦博耆英会的怡老诗社的唱和之作。

卫宗武，字淇父，自号九山，华亭（今江苏松江）人。《四库全书总目》谓其淳祐间历官尚书郎，出知常州，罢归，闲居三十余载。至元二十六年（1289）卒。③ 其时宋亡已十年。此诗显然作于宗武罢官家居时期，具体时间已不可考，但从内容来看，作于宋末的可能性为大。

《秋声集》卷三《清明前有远役呈野渡》诗有句云："月集相期在后旬，料应主席不寒盟。"据此可知该诗社之主盟为野渡。《秋声集》卷五

---

① 〔宋〕刘黻：《蒙川遗稿》卷三，《影印文渊阁四库全书》本，台湾商务印书馆1986年版。

② 〔宋〕卫宗武：《秋声集》，《影印文渊阁四库全书》本，台湾商务印书馆1986年版。以下所引卫诗均出自此本，不另注出。

③ 参见〔清〕永瑢等《四库全书总目》卷一六五"秋声集"则，中华书局1965年版，第1413页。

有《叶野渡笔义序》一文,谓"野渡名汝舟,字济川,姓叶氏,野渡其号也"。序文称叶氏"方其发策决科,舒翘官路,将大展素抱著于施用,吾党亦金期之。而摧挫困抑,卒不获信其志业",从中可略见其生平。

该诗社可值得注意之点有二。一是活动频繁而有规律,大致一月一集,故称"月集"。二是较之白居易九老会、文彦博耆英会等怡老诗社,更具放纵身心之山林之趣。《秋声集》卷一《锦山自杭来,诗呈乡曲,共举月集》诗云:

……真率月有集,旧典犹可沿。洛社多尚齿,尚齿则未便。何如仿修禊,少长无拘挛。光风猎猎长,万象皆暄妍。四时有佳致,陵谷纵变迁。山巅或水际,竹下并花前。高吟吐风月,逸气嘘云烟。烦襟可洗除,芳景宜流连。毋徒嗟百罹,一笑觞互传。

白居易九老会、文彦博耆英会均奉行"尚齿不尚官",即不是以官阶大小排名,而是以年龄长幼为序,表现出一种摆脱官场等级观念的平等意识。该真率会却觉得"尚齿"亦"未便",也还是一种束缚,所以主张仿王羲之等人的兰亭修禊,"少长无拘挛",随心所欲,放浪形骸,在这种不拘形式的活动中,使身心得到极大的放纵和自由。从上引诗句中,我们不难看出这种有意的追求。

四十七、王镃遂昌诗社

王镃,字介翁,遂昌(今属浙江)人。宋末曾官县尉。入元,归隐不仕。有《月洞吟》一卷存世。

关于王镃生平及结诗社一事,见之于其后人、明王养端所作《月洞吟序》,略云:"有介翁镃者,文章尔雅,造履峻洁。仕宋,官县尉。当帝昺播迁,势入夷元,即幡然弃印绶,归隐湖山,与尹绿坡、虞君集、叶柘山诸人结社赋诗。扁所居为月洞,意以孤炯绝尘,颙颀自亢,庶几乎有桃园栗里之致焉……"①

今存王镃《月洞吟》,共辑录其诗七十余首,大多为黍离麦秀之悲

---

① 〔宋〕王镃:《月洞吟》,《影印文渊阁四库全书》本,台湾商务印书馆1986年版。以下所引王诗均出自此本,不另注出。

音。如："青松秦世事，黄菊晋人心。尘外烟萝客，相寻入远林。"（《山中》）"山河隔今古，天地老英雄。局败棋难著，愁多酒易中。"（《避乱柯岩，绿坡诸公以诗见寄》）"满目关河怀古恨，如今何处问孙刘。"（《金陵感秋》）"夜月蕉花秦世梦，寒烟草子宋时坟。"（《山中述怀柬详议梅洞四弟》）这等诗句可以说触目皆是，其《古杭感事二首》更是长歌当哭，涕泪交飞之作：

> 国事凋零王气衰，东南豪杰竟何之。云寒废殿排班石，草卧前朝记事碑。沙涨浙江龙去远，天宽北阙凤归迟。可怜不老吴山月，曾照官家宠幸时。
>
> 入北銮舆竟不回，衔花辇路长苍苔。九重禁地为僧舍，六代攒陵变劫灰。宋国衣冠春草绿，赵宫珠翠野花开。虽然兴废俱天数，祸自奸臣误国来。

虽然我们今天已难以分辨《月洞吟》中诗作哪些属诗社之作，但从上引诗句中已不难见出此诗社活动内容之一二了。

明万历辛丑（1601），汤显祖自遂昌知县辞官返乡后，王养端之后人王叔隆重梓《月洞吟》，求序于汤显祖，汤写下了《王镒月洞诗序》一文，对王镒及其《月洞吟》做了很高评价：

> 予在平昌（按遂昌汉魏时称平昌），见黄兆山人诗文浸淫魏晋人语。而复得其先人宋月洞先生诗，殆宛然出晚唐人手。宋之季犹唐之季也。观黄兆山人序《月洞》云："节操峻洁，孤炯独绝。"如律中"青松秦世事，黄菊晋人心""沙涨浙江龙去远，天宽北阙凤归迟"，悲歌当泣，此真如司空表圣弃官居虞乡王官谷尔。绝句如落花依草，绰约茜妍。咏荆卿者，固亦赋《闲情》耶！世之达官贵人，往往不珍惜其祖之手泽，而叔隆重梓斯集，问序于余。月洞先生可谓有诒厥之力矣。①

序中所说的黄兆山人，即王养端。《月洞吟》即为其所刊行。

---

① 徐朔方笺校：《汤显祖诗文集》卷五十，上海古籍出版社1982年版，第1471页。

又，清厉鹗《宋诗纪事》谓王镃为括苍（今浙江丽水）人，《四库全书总目》亦采此说，显然有误。汤显祖的序文谓王镃之后人生活在遂昌，故遂昌应为其故里。另外，今人周育德《汤显祖论稿》（文化艺术出版社1991年版）一书附有《平昌又见玉茗花》一文，叙其赴遂昌访汤显祖事迹，曾见到在遂昌文化馆工作的王权先生，乃王镃之后人，文中说王镃为"遂昌湖山人"，应是有根据的。

四十八、 赵必𤩪诗社

赵必𤩪《覆瓿集》卷二有《和同社饯梅》诗，云：

> 花开春意动，花谢春意静。逋仙余诗魂，梦断孤山境。飘零万斛香，冷落一枝影。玉笛深深悉，月浸阑干冷。吟翁饯梅行，诗句真隽永。持螯醉酒船，呼童涤茶皿。欲调宰相羹，且归状元岭。离骚不知音，激楚鄙鄘郢。唯有广平翁，心肠铁石劲。无花实更奇，此意要人领。桃李儿女曹，眼底纷蛙井。酒醒动微吟，心下快活省。①

同集卷一还有《吟社递至诗卷，足十四韵以答之。为梅水村发也》，卷二有《和同社酒边韵》等诗。

赵必𤩪（1245—1294），字玉渊，号秋晓，太宗十世孙，家东莞（今属广东）。咸淳元年（1265），与父同中进士，授高要县簿，尉、摄四会令。再任文林郎、南康县丞。文天祥开府于惠州，必𤩪伏谒辕门，辟摄惠州军事判官。入元，隐温塘村。

陈纪撰必𤩪《行状》云："代更世易，凄其黍离铜驼之怀，无复仕进意矣。以故官例，授将侍郎象州儒学教授，而公山林之意已坚，遂隐于邑之温塘村。惟以诗酒自娱，仰俯林壑，欣然会心，朋侪二三，更倡迭和，歌笑竟日，将以遗世事而阅余龄。"② 据此可知，必𤩪所结之诗社当是在入元之后。

必𤩪卒后，友人共二十六人撰有祭文和挽诗。翟佐挽诗云："畴昔追

---

① 〔宋〕赵必𤩪：《覆瓿集》卷二，《影印文渊阁四库全书》本，台湾商务印书馆1986年版。
② 〔宋〕赵必𤩪：《覆瓿集》卷六附录，《影印文渊阁四库全书》本，台湾商务印书馆1986年版。

随日,团头笑语同。酒船浮大白,荔圃擘轻红。入社惭招亮,忘年肯友戎。向来觞咏地,古木起悲风。"陈纪挽诗云:"年头岁尾足追随,畅饮高歌送落晖。赓咏每输弹丸句,谈谐常落箭锋机。渐成瓜葛缘方熟,共看荼蘩事已非。数尺茅檐杨柳岸,故应经此尚依依。"① 两诗内容似均涉及诗社活动,据此推测,撰祭文和挽诗的二十六人,当即为必璩同社之友人。他们是:张登辰、梅时举、陈庚、黎献、张宝大、陈师善、李春叟、翟佐、梅庆翁、胡骏升、张孺子、陈继善、姚燃、僧觉真、翟㝃、李士龙、陈纪、罗附凤、赵时清、黎善夫、邓元奎、叶持、张震龙、李昌辰、张昭子、黎伯元。此数人之生平已无可考。

四十九、王英孙越中诗社(山阴诗社)

《四库全书总目》黄庚《月屋漫稿》则云:"庚尝客山阴王英孙家,试越中诗社《枕易》题,庚为第一,考官乃李侍郎。"②

王英孙,字才翁,号修竹,会稽(今浙江绍兴)人。少保端明殿学士克谦之子,宋末官将作监簿。入元家居,与遗民野老往还,如唐珏、林景熙、郑朴翁、谢翱等均尝馆其家,结汐社相唱和。陈著《与王监簿英孙》一文云:"……朋友西来,必道高谊。主盟清风标致,犹昨日也。"③ 可见英孙实乃元初浙东遗民中一颇具影响的人物。此越中诗社当即其与遗民和当地士人所结。

黄庚《月屋漫稿》录有《枕易》一诗,诗题下原注:"越中诗社试题都魁。"诗云:

> 古鼎烟销倦点朱,翛然高卧夜寒初。四檐寂寂半床梦,两鬓萧萧一卷书。日月冥心知代谢,阴阳回首验盈虚。起来万象皆吾有,收拾乾坤在草庐。④

---

① 两诗均见〔宋〕赵必璩《覆瓿集》卷六附录,《影印文渊阁四库全书》本,台湾商务印书馆1986年版。
② 〔清〕永瑢等:《四库全书总目》卷一六六,中华书局1965年版,第1424页。
③ 〔宋〕陈著:《本堂集》卷七十九,《影印文渊阁四库全书》本,台湾商务印书馆1986年版。
④ 〔元〕黄庚:《月屋漫稿》,《影印文渊阁四库全书》本,台湾商务印书馆1986年版。下文引黄诗均出自此本,不另注出。

从诗题到内容都表现了对世事变幻如梦的无奈,以及归隐田园的思想,这正是元初遗民歌咏的主题之一。

黄庚,字星甫,天台(今属浙江)人。生卒年月不详。《月屋漫稿》集首自序作于泰定丁卯(1327),此时距宋亡(宋帝昺祥兴二年,1279)已四十八年。《月屋漫稿》中有《除夜即事》诗,有句云:"明朝年八十,晚景惜榆阴。"故知其至少活了八十岁。若以泰定丁卯(1327)前推,则宋亡时已三十二岁。入元后未见其有入仕的记载,故可称之为宋遗民。《月屋漫稿》中,不少诗作都表现了遗民的思想情感。如:

拟古(之三)

名门有贞女,始结丝萝盟。嬿婉席未温,良人已远行。远行何时归?妾身不自轻。空帏守寂寞,誓以终此生。虽云受恩浅,耿耿怀至情。

读文相吟啸稿

垂垂大厦颠,一木支无力。精卫悲沧海,铜驼化荆棘。英风傲几砧,濒死犹铁脊。血洒沙场秋,寒日亦为碧。惟留吟啸编,千载光奕奕。

前诗以为夫守节的贞女自拟,表达了忠于故宋不事元代的信念;后诗则满怀崇敬之情,讴歌了誓死不降元的民族英雄文天祥。从中不难看出黄庚思想风貌之一斑。

《月屋漫稿》所录《枕易》诗后,附有诗社所聘考官李侍郎应祈的批语,云:

诗题莫难于《枕易》,自非作家大手笔讵能模写,盖以其不涉风云雨露、江山花鸟,此其所以为难也。予阅三十余卷,鲜有全篇纯粹,正如披沙拣金,使人闷闷。忽见此作,若纷纷盆盎中得古罍洗,把玩不忍释手。此诗起句"倦"字便含睡意。额联气象优游,殊不费力,曲尽枕易之妙。颈联"冥心""回首"四字,极其精到。结句如万马横奔,势不可遏,且有力量。全篇体制合法度,音调谐宫商。

三复降叹，此必骚坛老手，望见旗鼓，已知其为大将也。冠冕众作，谁曰不然。

从此评语中可以看出越中诗社活动的若干特点。首先，此诗社活动不像宋代诗社那样采用分韵、次韵、联句等唱和形式，而是规定了一个诗题，参加者均作这一题目，这就具有了某种比赛的性质；其次，诗社专门聘请了考官，主持评裁，甄选甲乙，并要写出评语；再次，从李应祈的评语中"此必骚坛老手，望见旗鼓，已知其为大将也"等语来看，诗卷上并未署作者姓名，而是采用了"糊名"的形式。越中吟社的上述活动特点，与月泉吟社完全一致，都是采用了科举考试的某些形式。这反映出元初遗民诗社活动的一大特点：借诗社活动来模拟科举考试，以此作为对停止科举考试的心理补偿。

关于参加此诗社的人员，据李应祈批语中"予阅三十余卷"之语可知，应有三十余人，但姓名已大多不可考。唯连文凤《百正集》卷中亦有《枕易》一诗，诗云："身世相忘象外天，春风一枕几千年。有时默默焚香坐，闲看白云心自玄。"① 可知其也参加了越中吟社的活动。连文凤，字伯正，号应山，三山（今福建福州）人。宋咸淳间尝为太学生，德祐前亦尝授官。入元不仕。连文凤还参加了月泉吟社的活动，并被评为第一名。

又，黄庚《月屋漫稿》还载有《秋色》一诗，诗题原注："山阴诗社中选。"诗云："凭高望不极，望断动愁情。落日凄凉处，西风点染成。丹枫明野驿，白水浸江城。马上人回首，戍戍黯客程。"此山阴诗社或为越中吟社之别名，《秋色》即其另一次诗社活动的诗题。

五十、黄庚武林社

黄庚《月屋漫稿》载有《梅魂》一诗：

梦觉罗浮迹已陈，至今想象事如新。相思一夜窗前月，似见三生石上春。的的孤芳冰气魄，疏疏冷蕊雪精神。料应楚些难招至，欲倩花光为写真。

---

① 〔宋〕连文凤：《百正集》卷中，《丛书集成初编》本，中华书局1985年版，第23页。

诗题下有原注云"武林试中"。按《月泉吟社诗》(《丛书集成初编》本)第十九名周㻋、第二十七名东必曾名下均注云"武林社",是知武林社为元初杭州固有之诗社。这里说"武林试中",当即武林社中选之意。此诗社之组织者已不可考,此节标题作"黄庚武林社",仅表示其参加过此诗社的活动。

除了黄庚之外,何景福《铁牛翁遗稿》① 中亦载有《梅魂》一诗。诗云:

> 开落分明梦觉关,玉妃厌世谢尘寰。英精已出冰霜外,标格犹存水石间。淡月写真招不返,香风入骨引初还。数声羌笛知何处,迷却罗浮一片山。

此诗从诗题及诗意来看,均与黄庚之作相似,说明何景福也参加过武林社的活动。景福字介夫,淳安(今属浙江)人。何梦桂之族孙。元时不仕。《四库全书总目》谓其"诗颇奇伟,气格在梦桂上"②。

五十一、 熊升龙泽山诗社

熊升(1245—1295),字刚申,富州(今江西丰城)人。宋末尝举科举不第。元世祖至元十八年(1281)行省檄为瑞州西涧书院山长,以亲老不就。至元二十三年(1286),他与陈焕在家乡龙泽山共倡诗社,其事见赵文《熊刚申墓志铭》:

> ……尧峰陈先生焕,明经士,公雅敬之。……丙戌(1286),与尧峰倡诗会,岁时会龙泽徐孺子读书处,一会至二百人,衣冠甚盛,觞咏率数日乃罢。……邻郡闻之,争求其韵赓和,愿入社,其风流倾动一时如此。③

关于此诗社的材料,可考者仅见于此。但仅此材料中,已可见出此诗社的

---

① 参见〔元〕何梦桂《潜斋集》附,《影印文渊阁四库全书》本,台湾商务印书馆1986年版。
② 〔清〕永瑢等:《四库全书总目》卷一六五,中华书局1965年版,第1414页。
③ 〔元〕赵文:《青山集》卷六,《影印文渊阁四库全书》本,台湾商务印书馆1986年版。

几个鲜明特点。

其一，此诗社举行之地，为丰城龙泽山徐孺子读书处。徐孺子即东汉南昌人徐穉，字孺子。家甚贫，然躬耕而食，不应征辟，时称南州高士。在宋元易代之初，熊升等在徐穉曾读书处结诗社，其用意是显而易见的。虽然诗社之作未能保存下来，但不难推测，保持气节，不食元禄，应是此诗社吟咏的主调。熊升本人不就瑞州西涧书院山长一事，也证明了此一推测应距事实不远。

其二，诗社规模巨大。据上引材料，参加此诗社者多达二百人，这是宋代一般一二十人的诗社所无法比拟的。元初诗社中，超过此诗社规模的，还有一个月泉吟社。月泉吟社以《春日田园杂兴》为题，征诗四方，共得诗二千七百三十五卷，在人数上远远超过了熊升龙泽山诗社。但月泉吟社所采用的结社形式是以诗投稿，参加者并不聚集于一地，而此诗社则是二百余人齐聚在一处唱和，其规模可称得上宋元诗社之冠了。这一现象生动地反映出元初停止科举之后，无所适从的知识分子对诗社活动的热衷。

其三，产生了较大影响。元初诗社活动十分活跃，据现今所掌握的材料，可确切考知其活动年代的，有月泉吟社，至元二十三至二十四年间（1286—1287）；明远诗社，至元三十年（1293）。此诗社举行时间与月泉吟社相同，属元初较早的遗民诗社。从赵文《熊刚申墓志铭》"邻郡闻之，争求其韵赓和，愿入社，其风流倾动一时如此"的记载可知，此诗社产生了较大影响。它对元初诗社活动的空前活跃，显然起了一定的促进作用。

五十二、甘果龙泽山诗社

甘果（1269—1335），字景行，丰城（今属江西）人。其结诗社一事，见之于揭傒斯《甘景行墓志铭》，云："至元之末，与邑人蔡黼、熊坦等十人结社龙泽山中。"① 惜此诗社之具体情况已湮灭无考。

元初，丰城人熊升等也曾在龙泽山结诗社，据赵文《熊刚申墓志铭》记载，其时为至元二十三年（1286）。此诗社活动之地虽与熊升等人诗社

---

① 〔元〕揭傒斯著，李梦生标校：《揭傒斯全集·文集》卷八，上海古籍出版社1985年版，第401页。

相同，但时间略晚，为至元之末，即至元三十年（1293）前后，故显系两个不同诗社。

揭傒斯《甘景行墓志铭》载其简要生平云：

> 丰城甘君讳果，字景行，早以郡学诸生受业熊先生朋来之门。及长，好为诗。……方是时，国家取士非一途，或以艺，或以赀，或以功，或以法律，其最上者以文章荐可立置馆阁，然皆不好，唯以治田园，躬孝养，奉丧祭，给公上，礼宾客，恤贫乏，暇则读书教子而已。天历、至顺之间，天下大旱蝗，民相食……君出粟或赈或贷，或为粥以食，日所活以百计，而不受赏。……以至元改元十有二月八日卒，年六十七。

诗社的另一参与者蔡黼，字思敬，豫章（今江西南昌）人。生平未详。元吴澄《吴文正集》卷十五有《蔡思敬诗序》，云："唐人诗数百年，一集中可观者无几。豫章蔡黼思敬集，七体无一体不佳，每体无一篇不佳。若与唐人集并行，此集当为第一。虽然，体凡七，题止七十五，唯约故精，继此约者博，精者不杂，纵横颠倒，自成一家，则为曹、为阮、为陆、为陶、为陈、为李、为杜、为韦，吾何间然。"[①] 此序虽赞誉太甚，难逃溢美之讥，然知蔡黼亦善为诗者。

五十三、徐元得明远诗社、香林诗社

徐元得（1220—1293），字耕道，上饶（今属江西）人。宋末历官淮阴县尉，入元家居。

其举诗社一事，见之戴表元《剡源集》卷十七《徐耕道迁葬碣》[②]，略云："闲暇，惟与宗族乡党相倡和，命诗社曰明远，并主邻社香林。社友又为刊《小草六笔》者若干篇。"此为其晚年家居时事，即元世祖至元三十年（1293）前后。此诗社所能考得之材料仅见于此。

---

① 〔元〕吴澄：《吴文正集》卷十五，《影印文渊阁四库全书》本，台湾商务印书馆1986年版。

② 〔元〕戴表元：《剡源集（附札记）》卷十七，《丛书集成初编》本，中华书局1985年版，第260～261页。下同，不再注出。

关于徐元得之生平,亦仅见于戴表元《徐耕道迁葬碣》。略云:

> 岁甲戌乙亥,余客金陵四幕,文武掾佐浮沉去来以千计,徐君耕道在数中,余接之不及稔也。而后三十年,来上饶,于君为乡,始获知君之家世出处,及诵君词赋。盖上饶之徐自衢徙,而居世黄塘。……曾祖赐,迪功郎;祖植,礼部进士;父华甫,自号橘隐翁,世以儒业科级自重。至君从兄忠愍公,遂为壬辰进士第一人,仕终于大司成、冬官二卿。当忠愍公时,四方宜学之士无不愿登其门。君携超颖之质,入则与二季端友龙图、立大侍郎绸理书疏;出则与赵茂实尚书、徐景说秘书辈商略义理。及既不得志场屋而游,则与扬州李制置、江州赵安抚之徒讲画筹策。游倦而归,则与蜀郡杨参预、天台叶集贤诸公考问故实。声渐气摩,意喻色授,不劳而成良器。……尝奉檄筑怀远军城,补进勇副尉,升授滁州散祗候,移淮阴文家峰巡检、淮阴尉。进保重庆,转进义副尉;又剿广益盗湘南转进武校尉;又五转自承信郎至忠翊,皆身犯矢石得之,非他书生用空言寄功幕府之比。然盘旋曲折,亦不足尽其才。而岁年老矣,于是归傍乡井。既而避地于饶德兴之宗儒村。宗儒有王氏,故大家,能以礼馆谷君,学徒为之填委。会李制置弟宰祁门,于德兴邻邑也,复招游祁门,为刊所为诗词,曰《横塘小草》一笔、二笔者若干篇。君平生轻财,有俸馈,即散以周人之急,故晚而益贫。三年,不得已遂归黄塘,课子读书,督奴灌畦,殊不为前时意度。……癸巳夏,感疾。至秋加剧。索纸作书别所尝交往,有"此行遥指柯山"云云数十字,若寓升游洞天之意。书毕而逝。

五十四、 孙蕡南园诗社[①]

孙蕡《西庵集》卷八有《琪林夜宿联句一百韵》诗,其序云:

> ……河东(王佐)与余焚香瀹茗,共语畴昔。因思年十八九时,

[①] 本节内容参考了郭绍虞《明代的文人集团》一文,见《照隅室古典文学论集》上编,上海古籍出版社1983年版,第518~610页。

承先人遗泽,得弛负担过从贵游之列,一时闻人相与友善,若洛阳李长史仲修、郁林黄别驾楚金、东平黄通守庸之、武夷王徵士希贡、维扬黄长史希文、古冈蔡广文养晦、番禺赵进士安中及其弟通判澄、徵士讷、北平蒲架阁子文、三山黄进士原善,皆斯文表表者也,共结诗社南园之曲,豪吟剧饮,更唱迭和……而河东与余为同庚,情好尤笃。欢会未几,殷忧相仍,城沿兵火,朋从散落。河东与余拆袂奔走,邈不相见,凡十余年……①

孙蕡(1337—1393),字仲衍,号西庵,顺德(今属广东)人。早年为广东行省右丞何真幕僚。元末避乱乡间。洪武三年(1370)中进士,授工部织染局使,迁虹县主簿。后召为翰林典籍,与修《洪武正韵》。洪武九年(1376),监祀四川。后出为平原主簿,因事被累系狱,俾筑京师城墙。洪武十五年(1382),起为苏州经历,复坐累戍辽东。洪武二十六年(1393),大治蓝玉党,孙蕡因尝为之题画,遂受株连处死。上引诗序,记述的是元末孙蕡在广州南园与友人结社唱和的情况。

据该诗序"因思十八九时"之句可知,南园诗社之活动时期当在至正十四年至十五年间(1354—1355)。孙蕡《西庵集》中还有数诗具体描绘了诗社活动的情况。如卷一之《南园》诗:"诗社良燕集,南园清夜游。条风振络组,华月照鸣驺。高轩敞茂树,飞甍落远洲。移筵对白水,列烛散林鸠。雅兴殊未央,旨酒咏思柔。玉华星光灿,锦彩云气浮。丽景不可虚,众宾起相酬。长吟间剧饮,楚舞杂齐讴。陵阳杳仙驾,韩众非我俦。聊为徇时序,娱乐望百忧。"卷三《南园歌赠王给事彦举》云:"昔在越江曲,南园抗风轩。群英结诗社,尽是琪琳仙。群英组络照江水,与余共结沧州盟。沧州之盟谁最雄?王郎独有谪仙风。狂歌放浪玉壶缺,剧饮淋漓宫锦红。"于这些诗句的字里行间,犹可想见当年南园风雅之盛。

孙蕡与王佐、赵介、李德、黄哲并称南园五先生,又称南园五子。王佐,即上引诗序中所云之"河东",因其先世本河东(今山西永济蒲州)人,故云;李德,即诗序之李仲修;黄哲,即诗序之黄庸之。但不知何故,诗序中独不列赵介。但赵介《听雨》诗有句云:"南园多酒伴,有约

---

① 〔明〕孙蕡:《西庵集》卷八,《影印文渊阁四库全书》本,台湾商务印书馆1986年版。

候新晴。"① 细味其意，似亦参加过南园诗社的活动。或孙蕡诗序中偶遗之耶？

现将南园诗社社友生平略述如次。

王佐（1337—？），字彦举，先世河东人，元末随父至岭南，遂占籍南海（今属广东）。元末受广东行省右丞何真聘，掌书记。洪武六年（1373）被荐，征为给事中。后乞返故里，得其善终。有《听雨轩》《瀛洲》两集，今均不传。

赵介（1344—1389），字伯贞，番禺（今广东广州）人。不乐仕进，虽屡为有司所荐，均不就。洪武二十二年（1389），因事被诬，逮赴京师。不久事白南还，卒于归舟中。后因子纯贵显，追赠监察御史。有《临清集》，不传。

李德，子仲修，号采真子，番禺人。洪武三年（1370），应荐至京师，授洛阳长史。继迁济南府经历，改西安。自陈愿就教职，授汉阳教谕，改义宁学官，晚年倦游南归，卒于家。有《易庵集》，不传。

黄哲（？—1375），字庸之，番禺人。明初以荐拜翰林待制，入书阁侍太子读书。出为东阿知县，迁东平通判，罢归，寻坐法死。有《雪莲集》，不传。

黄楚金、王希贡、黄希文、蔡养晦、赵安中、赵澄、赵讷、蒲子文、黄原善等人生平失考。

五十五、 高启北郭诗社②

陈田《明诗纪事》甲签卷八陈则条引张大复《梅花草堂集》云：

> 陈文度少与高启、徐贲、张羽、杨基相倡和，尝赋《紫菊》，同社亟称之，呼陈紫菊。③

这里所说的同社，即指北郭诗社。关于此诗社的情况，高启《送唐处敬

---

① 转引自〔清〕陈田辑撰《明诗纪事》甲签卷九，上海古籍出版社1993年版，第200页。
② 本节内容参考了郭绍虞《明代的文人集团》一文，见《照隅室古典文学论集》上编，上海古籍出版社1983年版，第518～610页。
③ 〔清〕陈田辑撰：《明诗纪事》甲签卷八，上海古籍出版社1993年版，第189页。

序》一文有详细记载:"余世居吴之北郭,同里之士,有文行而相交善者,曰王君止仲一人而已。十余年,徐君幼文自毗陵、高君士敏自河南、唐君处敬自会稽、余君唐卿自永嘉、张君来仪自浔阳,各以故来居吴,而卜第适皆与余邻。于是北郭之人物遂盛矣。余以无事,朝夕诸君间,或辨理诘义以资其学,或赓歌酬诗以通其志;或鼓琴瑟以宣湮滞之怀,或陈几筵以合宴乐之好,虽遭丧乱之方殷,处隐约之既久,而优游怡愉,莫不自所得也。"① 高启在此文中共提到北郭诗社之社友共七人,其实尚不止此数。《明史·王行传》云:"初,高启家北郭,与行比邻,徐贲、高逊志、唐肃、宋克、余尧臣、张羽、吕敏、陈则皆卜居相近,号北郭十友,又称十才子。"② 此北郭十友当即为该诗社之主要成员。

不过,所谓北郭十友,诸家的说法略有差异。高启《春日怀十友诗》所谓十友为:余尧臣、张羽、杨基、王行、吕敏、宋克、徐贲、陈则、僧道衍、王彝,③ 与《明史》相比,少了高逊志、唐肃两人,而多出杨基、僧道衍、王彝三人,朱彝尊《徐贲传》④、陈田《明诗纪事》⑤ 等均采此说。陈衍《石遗室诗话》卷十八则又以"高启、杨基、张羽、徐贲、余尧臣、王行、宋克、吕敏、陈则、僧道衍"为北郭十子⑥,与高诗相比,又少了王彝。这种诸家记载相互抵牾的情况说明,所谓北郭十子之说,并非成数,而是概数。即以高启所言,如果将自己包括在内,即有十一人,而合各家所说一共提到的则有十三人之多。举其概数称十子或十友,乃是语言习惯使然,文学史上此类说法并不乏见。另外,所谓十子并非固定不变,他们中大多数人由外乡流寓苏州,聚散离合本是常有之事。一些人离开了,一些人又加入进来,故十人之基本队伍虽无大变,小的变化则在所难免。故后人所记,只是某一特定时期内的情况,而非该诗社全部存续期

---

① 〔明〕高启著,〔清〕金檀辑注,徐澄宇、沈北宗校点:《高青丘集·凫藻集》卷二,上海古籍出版社1985年版,第871页。
② 〔清〕张廷玉等:《明史》卷二八五,中华书局1974年版,第7330页。
③ 参见〔明〕高启著,〔清〕金檀辑注,徐澄宇、沈北宗校点《高青丘集》卷三,上海古籍出版社1985年版,第133~138页。
④ 参见〔清〕朱彝尊《曝书亭集》卷六十三,《四部丛刊初编》本,上海书店1989年版。
⑤ 参见〔清〕陈田辑撰《明诗纪事》甲签卷八"余尧臣"则,上海古籍出版社1993年版,第185页。
⑥ 转引自郭绍虞《明代的文人集团》,见《照隅室古典文学论集》上编,上海古籍出版社1983年版,第518页。

内的情况。

北郭诗社的活动时间当在元季。上引高启文中"虽遭丧乱之方殷，处隐约之既久"等句已透露出此一消息。张羽《续怀友诗序》亦云："予在吴围城中，作怀友诗二十三首，其后题识者四人，则嘉陵杨君孟载、介丘王君止仲、渤海高君季迪、郯郡徐君幼文也。时余与诸君及永嘉唐卿者游，皆落魄不任事，故得流连诗酒间，若不知有风尘之警者。及兵后移家武林，向所怀廿三人往往而见，而五君者或谪或隐，各相睽异，叹离合之无常，感游从之难得，作续怀友诗五首。"① 这里更清楚地说明了该诗社的活动时期是在兵前，即元季动乱之时，而兵后，即明王朝建立之后，社友"或谪或隐，各相睽异"，该诗社就基本上没有再举行活动了。

现将北郭诗社社友之生平略述于下。

高启（1336—1374），字季迪，号青丘子，长洲（今江苏苏州）人。元末尝为张士诚幕僚。洪武二年（1369），应诏与修《元史》，书成，授翰林编修，寻擢户部侍郎。坚辞，放还。后以魏观事坐法死。有《高青丘集》等。

杨基，字孟载，其先蜀嘉州（今四川乐山）人，家于吴。元季曾为张士诚记室。明初起为荥阳知县，被荐为江西行省幕官。以省臣得罪，落职。复起，奉使湖广，授兵部员外郎，迁山西副使，进按察使。被谗夺官，谪输作，卒于工所。

张羽，字来仪，浔阳（今江西九江）人，徙于吴。元末领乡荐，为安定书院山长。洪武初，征至京，应对不称旨，放还。再征授太常司丞，坐事窜岭南，未半道召还。羽自知不免，投龙江死。有《静居集》。

徐贲，字幼文，其先蜀人，徙于吴。张士诚辟为属，已谢去。洪武初用荐奉使晋、冀，还授给事中，改御史，出按广东。改刑部主事，迁广西参议，擢河南左布政使。以事下狱死。有《北郭集》。

王行，字止仲，长洲人。洪武初，有司延为学校师。后馆于凉国公蓝玉家。洪武末，坐蓝玉党死。有《半轩》《楮园》二集。

余尧臣，字唐卿，永嘉（今浙江温州）人。入吴，为张士诚客。明初谪徙濠梁，旋放还，授新郑丞。有《莱薖集》。

宋克，字仲温，长洲人。元季张士诚欲罗致之，不就。洪武初，出任

---

① 〔明〕张羽：《静居集》卷一，《影印文渊阁四库全书》本，台湾商务印书馆1986年版。

凤翔府同知。

吕敏，字志学，无锡（今属江苏）人。元季为道士。洪武初，官无锡教谕。有《无碍居士集》。

陈则，字文度，昆山（今属江苏）人。洪武初以秀才举，授应天府治中。擢户部侍郎，谪大同府同知，迁知府。

唐肃，字处敬，越州山阴（今浙江绍兴）人。至正壬寅（1362）举乡试。元末官嘉兴学正。洪武初，用荐召修礼乐书，擢应奉翰林文字，兼国史院编修，以失朝罢归，谪佃濠。有《丹崖集》。

高逊志，字士敏，萧县（今属浙江）人，徙居嘉兴（今属浙江）。洪武初预修《元史》，授翰林院编修，改秦府纪善。引退十五年，复召为试吏部侍郎，旋罢官。建文初，征入翰林，迁太常少卿。靖难后，死永嘉山中。有《啬庵遗稿》。

僧道衍，即姚广孝，幼名天僖，既为僧，名道衍，字斯道。长洲人。洪武中以高僧选侍燕邸。永乐初，为僧录左善世，加太子少师，复姓赐今名。卒赠荣国公，谥恭靖。有《逃虚子集》。

王彝，生平仕履未详。

五十六、方时举壶山文会

钱谦益《列朝诗集小传》甲前集"郭处士完"条云：

> 完，字维贞，莆田人。元末隐于壶山，以教授生徒为业，与方时举用晦等十二人结社。完卒，自为圹志。用晦与吴源、王孟宽为营葬，有诗哭之。

这里所说的结社，即指壶山文会。陈田《明诗纪事》甲签卷十五"方时举"条陈田按语，对该社之情况有更为详细的介绍：

> 闽中有壶山文会，初会九人：宋贵诚、方朴、朱德善、丘伯安、蔡景诚、陈本初、杨元吉、刘晟、陈观。续会者十三人：陈惟鼎、李芯、郭完、陈必大、吴元善、方炯、郑德孚、黄性初、黄安、陈熙、

方坦、叶源中、释清源。月必一会，赋诗弹琴，清谈雅歌以为乐。①

该诗社的唱和之作被编为《壶山文会集》，惜今已不传。《明诗纪事》甲签卷十五引方时举《会日怀雪巢、石溪二君卧病》诗，云："年来自觉亲朋少，今日相逢白发多。风雨栖迟一樽酒，令人长忆病维摩。"② 此诗当为诗社之作，想是诗社约定聚会的日子，雪巢、石溪二君因病未至，作者寄诗以表想念之情。

方时举，初名槐，又名朴，以字行，莆田（今属福建）人。洪武初，官兴化训导，有《方壶集》，不存。

郭完，已见前述。

刘晟，字性存，莆田人。洪武中，以荐官南阳知县。

陈观，字莒峰，莆田人。洪武初，以荐官陕西右参政。有《辍耕吟稿》，不存。

方炯，字用晦，号杏林布衣。

该诗社成员生平可考者仅此五人。

原刊《宋元诗社研究丛稿》，广东高等教育出版社 1996 年版

---

① 〔清〕陈田辑撰：《明诗纪事》甲签卷十五，上海古籍出版社 1993 年版，第 310 页。
② 〔清〕陈田辑撰：《明诗纪事》甲签卷十五，上海古籍出版社 1993 年版，第 310 页。

月泉吟社考述

在元初众多遗民诗社中,规模之大,人数之众,莫过于月泉吟社,故其在文学史上久负盛名。该诗社的活动留下了一卷《月泉吟社诗》,在宋元时期大多数诗社活动如云泥鸿爪,材料支离破碎的情况下,它更显得弥足珍贵。

一、月泉吟社之结社宗旨及社事始末

月泉为浙江浦江县的一处名胜。元黄溍《重修月泉书院记》云:"浦江县北有泉出仙华山之阳,而发于县西二里,视月之盈虚以为消长,号曰月泉。宋政和癸巳(1113),知县孙侯潮始疏为曲池,筑亭其上。咸淳丙寅(1266),知县王侯霖龙因构精舍于亭之西北,祠先圣先贤其中,以为诸生讲学之所。逮入国朝,乃畀书院额。"① 此月泉书院当即月泉吟社结社之所。

月泉吟社的发起人为浦江人吴渭。吴渭,字清翁,号潜斋,宋末曾官义乌令,具体生平不详。大约在月泉吟社建立之前,吴渭已在当地组织了一个规模较小的诗社——月泉社,从《月泉吟社诗》里可以看出一些端倪来。吴渭所撰《誓诗坛文》云:"月泉旧社,久寨诗锦之华。"② 其致月泉吟社征诗第一名罗公福启亦云:"月泉旧社,久盟湖海之交。"③ 另外,吴渭在征诗的启示中说:"本社预于小春月望命题,至正月望日收卷,月终结局。请诸处吟社用好纸楷书,以便誊副,而免于差舛。"④ 可见,月泉吟社是由吴渭所在的月泉社主盟,向各地诗社征诗的一次大型诗社活动。

---

① 〔元〕黄溍:《金华黄先生文集》卷十四,《四部丛刊初编》本,上海书店1989年版。
② 〔宋〕吴渭:《月泉吟社诗》,《影印文渊阁四库全书》本,台湾商务印书馆1986年版。
③ 〔宋〕吴渭:《月泉吟社诗》,《影印文渊阁四库全书》本,台湾商务印书馆1986年版。
④ 〔宋〕吴渭:《月泉吟社诗》,《影印文渊阁四库全书》本,台湾商务印书馆1986年版。

为了搞好此次征诗活动，吴渭还聘请了谢翱、方凤、吴思齐三人担任考官，主持甄选评裁工作。谢翱（1249—1295），字皋羽，一字皋父，号晞发子，福州长溪（今福建霞浦）人。咸淳中，试进士不第。景炎元年（1276）七月，文天祥开府延平，翱倾家财募乡兵投效，任咨事参军。文天祥被执后，翱避地浙江，晚年多在会稽、浦江、杭州一带活动，曾在严子陵钓台之西台哭祭文天祥，撰有《登西台恸哭记》。方凤（1240—1321），字韶卿，一字景山，浦江人。宋末曾试太学，举礼部不第，特恩授容州文学。宋亡隐居不仕。吴思齐，字子善，处州丽水（今属浙江）人，后徙永康（今属浙江）。宋末曾任嘉兴丞，宋亡不仕。宋濂《吴思齐传》云："思齐与方凤、谢翱无月不游，游辄连日夜。或酒酣气郁时，每扶携向天末恸哭，至失声而后返。"① 可见他们三人都是极具民族气节的人物。

吴渭为此次征诗活动所出的诗题是《春日田园杂兴》，这个诗题显然是从宋范成大的《四时田园杂兴》借用来的，征诗限定为"律五七言四韵，余体不取"。如果仅从诗题来看，这次诗社活动的宗旨乃是歌咏田园风光。然而，主办者的本意似乎并不在此，据吴渭所作《春日田园题意》，其中说：

> 此题要就春日田园上做出杂兴，却不是要将杂兴二字体贴。只为时文气习未除，故多不体认得此题之趣。识者当自知之。②

在《诗评》里，他对"此题之趣"进一步揭示道：

> 《春日田园杂兴》，此盖借题于石湖，作者固不可舍田园而泛言，亦不可泥田园而他及。舍之则非此诗之题，泥之则失此题之趣……诸公长者，惠顾是盟而屑之教，形容模写，尽情极态，使人诵之，如游辋川，如遇桃源，如共柴桑墟里，抚荣木，观流泉，种东皋之苗，摘

---

① 〔明〕宋濂：《吴思齐传》，见罗月霞主编《宋濂全集·宋学士先生文集辑补》，浙江古籍出版社1999年版，第2051页。
② 〔宋〕吴渭：《月泉吟社诗》，《影印文渊阁四库全书》本，台湾商务印书馆1986年版。

中国之蔬,与义熙人相尔汝也。①

这里点出"义熙人"即陶渊明,可谓把题趣说得再清楚不过了。晋陶渊明在晋时所作诗,皆题年号,入刘宋后所作者,但题甲子而已。其意思很明白,即仍以晋义熙年间人自居,表示耻事二姓之志。黄庭坚《次韵谢子高读渊明传》诗云:"风流岂落正始后,甲子不数义熙前。"② 说的正是这个意思。我们再来看月泉吟社的《送诗赏小札》:"月泉社吴清翁盟诗。预于丙戌(1286)小春望日以《春日田园杂兴》为题,至丁亥(1287)正月望日收卷,月终结局,收二千七百三十五卷,选中二百八十名,三月三日揭榜。"③ 丙戌,为元世祖至元二十三年(1286),此时宋已亡了整整七年,但仍不题元代年号,唯书甲子,可谓与陶渊明亦步亦趋。可见,借歌咏田园风光抒发眷怀故宋的遗民情结,以归隐田园来表达不与现政权合作的民族情绪,才是月泉吟社此次征诗的宗旨所在。

征诗启示发出后,得到各地吟社及士人的热烈响应。在三个月的征诗期结束时,共收到应征诗作二千七百三十五卷。吴渭及谢翱、方凤、吴思齐等从中甄选出二百八十卷,即为此次征诗活动的优胜者。今存《月泉吟社诗》一卷只收录了前六十名的诗作,其中有七人为一人两卷,实际作者为五十三人。此外,该书还附有摘句图,不收全诗,只收好的联句。其中起句四联,联句二十五联,结句四联,合计三十三联。两者相加,共有作者八十六人,约占此次应征者全部人数的三十分之一。

前六十名作者(实际是五十三人)名下,大多注有其籍贯或所寓之地。其中以浦江及其附近地区的义乌、东阳、建德、桐江、分水等地的作者最多,达三十四人;其次为杭州,十二人;另外福建三山三人,江苏昆山、泰州各一人。少数作者名下未注明籍贯。

前六十名的部分作者名下,还注有其所属之诗社,计有杭清吟社、白云社、孤山社、武林九友会、武林社等。

从入选的诗作来看,吴渭所揭橥的"题趣",对大多数作者来讲,可

---

① 〔宋〕吴渭:《月泉吟社诗》,《影印文渊阁四库全书》本,台湾商务印书馆1986年版。
② 〔宋〕黄庭坚撰,〔宋〕任渊、史容、史季温注,刘尚荣校点:《黄庭坚诗集注·山谷外集诗注》卷二,中华书局2003年版,第796页。
③ 〔宋〕吴渭:《月泉吟社诗》,《影印文渊阁四库全书》本,台湾商务印书馆1986年版。

谓心有灵犀。如：

> 种秫已非彭泽县，采薇何必首阳山。（第五十五名九山人）
> 往梦更谁怜麦秀，闲愁空自托杜鹃。（第十一名方赏）
> 吴下风流今莫续，杜鹃啼处草离离。（第七名栗里）
> 弃官杜甫雁天宝，辞令陶潜叹义熙。（第三十五名避世翁）
> 午桥萧散名千古，金谷繁华梦一场。（第四十七名临清）①

可见，在旖旎秀丽的田园风光之后，透露出来的却是亡国丧家的惨痛与归隐山林拒绝与现政权合作的心志。我们从中不难领略到元初遗民们悲怆、幻灭、失落、无助的精神状态，以及坚持民族气节的意志。清代著名学者全祖望说："月泉吟社诸公，以东篱北窗之风，抗节季宋，一时相与抚荣木而观流泉者，大率皆义熙人相尔汝，可谓壮矣。"② 洵为切中肯綮之论。

《月泉吟社诗》所录前六十名作者署名皆用寓名，而别注本名、字号、籍贯于其下。如第一名为罗公福，别注云："杭清吟社。三山连文凤伯正，号应山。"③ 此别注看来非原刻本所有，而系后人所加，故有的只有寓名而无别注，有的则别注过简，无从得知其真名。如第四名仙村人，别注仅云："古杭白云社。"④ 似此情况共有七人。加上上文所述有七人为一人两卷，故今天可考知姓名的仅有四十六人。笔者曾据有关史籍，撰《月泉吟社作者考略》《月泉吟社作者续考》两文⑤，对部分作者的生平有所考述，此不赘。

二、月泉吟社之活动形式

宋代之诗社活动大体较为随意，其形式不外乎次韵、分韵、联句等，与一般文人唱酬并无明显区别。元代诗社活动则较有组织，有一套较完整

---

① 以上诗作均见〔宋〕吴渭《月泉吟社诗》，《影印文渊阁四库全书》本，台湾商务印书馆1986年版。
② 〔清〕全祖望：《跋月泉吟社后》，见朱铸禹汇校集注《全祖望集汇校集注·鲒埼亭集外编》，上海古籍出版社2000年版，第1439页。
③ 〔宋〕吴渭：《月泉吟社诗》，《影印文渊阁四库全书》本，台湾商务印书馆1986年版。
④ 〔宋〕吴渭：《月泉吟社诗》，《影印文渊阁四库全书》本，台湾商务印书馆1986年版。
⑤ 参见《文献》1993年第1期，第187～199页；1994年第3期，第232～245页。

的章法,从《月泉吟社诗》里可以清晰看出这一点。首先,诗社活动的发起人称作"盟诗",又叫"主盟",由其定下诗题,聘请考官司甄选评裁之职。其次,由主盟发出征诗启示,宣明诗社活动之时间、地点及有关要求。其启示如下:

> 本社预于小春月望命题,至正月望日收卷,月终结局。请诸处吟社用好纸楷书,以便誊副,而免于差舛。明书州里姓号,以便供赏,而不致浮滥。切望如期差人来问浦江县西地名前吴知县渭对面交卷,守回标照应,俟评校毕,三月三日揭晓,赏随诗册分送。此固非足浼我同志,亦姑以讲前好、求新益云。①

除了启示之外,主盟还分别撰有《题意》《诗评》及《誓诗坛文》各一篇。《题意》主要阐述诗题之旨趣,《诗评》则是交代评诗之标准。在此两文里,主盟吴渭反复强调诗题中"田园"与"杂兴"之关系,防止片面理解诗题。

宋代诗社即有把同社称作同盟的,如邹浩有《月下怀同盟》②诗,此"同盟"即指其所结颍川诗社之同人。又如葛胜仲《次韵德升再讲酬唱》诗云:"莲社追攀每愧心,诗盟此假偶重寻。"③此"诗盟"也是指结社吟诗之意。由此看来,宋元时人将结社视为结盟。既为结盟,自然应有一定形式,《月泉吟社诗》所载《誓诗坛文》,使我们得以窥见结盟之具体情形:

> 月泉旧社,久寨诗锦之华;季子后人,独仿礼罗之意。遂从昨岁,遍致新题。春日田园,颇多杂兴。东风桃李,又是一番。乡邦之胜友云如,湖海之英游雷动。古囊交集,钜轴横陈;谁揭青铜,尚询黄发。无舍女学,何至教琢玉哉;不用道谋,是在主为室者。俾得臣而寓目,与舅犯以同心。眷唯骚吟,良出工苦。所贵相观而善,亦多

---

① 〔宋〕吴渭:《月泉吟社诗》,《影印文渊阁四库全书》本,台湾商务印书馆1986年版。
② 〔宋〕邹浩:《道乡集》卷七,《影印文渊阁四库全书》本,台湾商务印书馆1986年版。
③ 〔宋〕葛胜仲:《丹阳集》卷十九,《影印文渊阁四库全书》本,台湾商务印书馆1986年版。

自负所长。能雄万夫,定羞与绛灌等伍;如降一等,乃待以季孟之间。欲辛甘燥湿之俱齐固甚难,以曲直轻重而见欺亦不可。念伟事或偶成于戏剧,彼谚言特借誉而揄扬。我诗如邻曹,何幸纵观于诸老;此声得梁楚,誓将不负于齐盟。一点无它,三辰在上。①

征诗阶段结束后,即转入下一步收卷及评选阶段。在此一阶段,主要由诗社所聘考官从来卷中选出优胜,标列名次及写出评语。月泉吟社从二千七百三十五卷中共选二百八十名优胜者(今仅存前六十名),每名优胜者均附有考官评语。如第一名罗公福评语为:"众杰作中求其粹然无疵、极整齐而不见边幅者,此为冠。"② 第二名司马澄翁的评语为:"起善,包括两联说田园的,而杂兴寓其中,末语亦不泛。"③

值得注意的是,今所见六十名作者的署名均采用寓名,这也是宋代诗社活动所未曾有过的。这种做法似乎与征诗启示中所说的"明书州里姓号,以便供赏,而不致浮湛"之言不合。看来主办者起初是打算署真名的,但后来改变了主意。想必主办者为此又发过一个通知,但未收入本书中。为什么要做这种改变?明黄养正认为:"其名姓之诡托,无非赵宋之遗民者。"④ 清全祖望也猜测说:"岂当日隐语庾辞,务畏人知,不惮谬乱重复以疑之耶?"⑤ 这些意见有一定道理。但笔者以为,采用寓名主要还是借用科举考试的"糊名"之法以示公正,防止舞弊。⑥

最后一道程序揭榜,除了公布名次外,还要对优胜者给予奖赏,称作诗赏,其数额依名次有差等:

> 第一名,公服罗一缣七丈,笔五贴,墨五笏;第二名,公服罗一缣六丈,笔四贴,墨四笏;第三名,公服罗一缣五丈,笔三贴,墨三

---

① 〔宋〕吴渭:《月泉吟社诗》,《影印文渊阁四库全书》本,台湾商务印书馆1986年版。
② 〔宋〕吴渭:《月泉吟社诗》,《影印文渊阁四库全书》本,台湾商务印书馆1986年版。
③ 〔宋〕吴渭:《月泉吟社诗》,《影印文渊阁四库全书》本,台湾商务印书馆1986年版。
④ 〔明〕黄养正:《月泉吟社重刊诗集序》,浦江县志编委会重刊本1984年版。
⑤ 〔清〕全祖望:《跋月泉吟社后》,见朱铸禹汇校集注《全祖望集汇校集注·鲒埼亭集外编》,上海古籍出版社2000年版,第1439页。
⑥ 对此问题,拙文《郁潫失落的群体——论元初遗民诗社兼与王德明先生商榷》(载《文学遗产》1993年第4期)有较详细的论述。

筇；第四名至第十名，各春衫罗一缣，笔二贴，墨二筋；第十一名至二十名，各深衣布一缣，笔一贴，墨一筋；第二十一名至三十名，各深衣布一缣，笔一贴；第三十一名至五十名，各笔一贴，墨一筋，吟笺二沓。①

在颁发诗赏时，还附有考官致获奖者的《送诗赏小札》一篇，如谢翱等致第一名罗公福的《小札》云：

伏以月泉旧社，久盟湖海之交；春日新题，剩写田园之兴。得《周南》而正始，可冀北之空群。执事振响武林，舒翘文苑。种秧浇药，已朝市之无心；放犊听莺，更池塘之入梦。杼机自别，冠冕为宜。某心所甚欣，手之不释。诗成夺锦，诵珠玉者翕然；礼以为罗，愧琼瑶则多矣。余如玄颖，并致筐筥。②

获奖者收到奖赏和《送诗赏小札》后，则要撰《回送诗赏小札》致谢。如罗公福致吴渭等的回札云：

读渊明诗，久识田园之趣；从夫子学，愿为农圃之民。未敢望其下风，胡遽延之上座。执事雅怀月霁，清思泉寒。抚景兴思，慨唐科之不复；以诗为试，觊周雅之可追。窃知扶植之盛心，正欲主维乎公是。某美珠玉之在侧，忝糠秕之播前。旧拟秋声，曾占桐江之风景；新题春日，又分婺女之星辉。岂好为朱公之变姓异名，深恐蹈柳子之召闹取怨。惭非重宝，俾获与锦囊之荣；赐侈香罗，复唤起青衫之梦。受丝毫而皆感，与笔墨以忘言。谨述谢私，伏祈鉴在。③

考官致优胜者的《送诗赏小札》与优胜者致考官的《回送诗赏小札》，也与科举考试时中举者致考官的谢启和考官的回启如出一辙。第二名司马澄翁在《回送诗赏小札》中径称自己为"榜眼"，称吴渭等为"座

---

① 〔宋〕吴渭：《月泉吟社诗》，《影印文渊阁四库全书》本，台湾商务印书馆1986年版。
② 〔宋〕吴渭：《月泉吟社诗》，《影印文渊阁四库全书》本，台湾商务印书馆1986年版。
③ 〔宋〕吴渭：《月泉吟社诗》，《影印文渊阁四库全书》本，台湾商务印书馆1986年版。

主"，更是明白无误地说明了这一点。由于借用了科举考试的形式，就使得元初的诗社活动更加组织有序，相对于宋代较为松散随意的诗社活动来说，更加正规化。清吴翌凤云："社集始于宋末之月泉吟社。"①将月泉吟社视为诗社活动之始，显然是不确切的；但是，比较有组织的、正规化的诗社活动始自月泉吟社，则与历史实际大致不差，故月泉吟社在诗社活动史上无疑有划时代的意义。明李东阳《怀麓堂诗话》云："元季国初，东南人士重诗社，每一有力者主之，聘诗人为考官，隔岁封题于诸郡之能诗者，期以明春集卷，私试开榜次名，仍刻其优者，略如科举之法。"②清罗元焕《粤台征雅录》云："粤中好为校诗之会，亦称'开社'……至预布题，并订盟收卷，列第揭榜，悉仿浦江吴清翁月泉吟社故事。"③从这些记载中，我们可以看到月泉吟社的活动形式对后世诗社的影响何其深远。

借用科举考试的形式来进行诗社活动，并非月泉吟社主办者的一时灵感迸发，实在是有着深刻的社会政治原因。元代统治者入主中原后，曾在相当长一段时间里取消了科举考试，这对于早已把参加科举作为重要的人生目标的汉族知识分子来说，犹如人生道路的大塌方，造成他们群体性的巨大幻灭感和失落感。在这种情况下，借用科举考试的形式来进行诗社活动，实际上就有了模拟科举考试的性质，知识分子可以通过参加这一活动，"复唤起青衫之梦"，得到些许精神补偿。这也正是月泉吟社的征诗活动得到知识分子热烈响应的重要原因之一。

原刊《学术研究》1996 年第 6 期

---

① 〔清〕吴翌凤：《逊志堂杂钞》甲集，中华书局 1994 年版，第 10 页。
② 〔明〕李东阳著、李庆立校：《怀麓堂诗话校释》，人民文学出版社 2009 年版，第 11 页。
③ 〔清〕罗元焕：《粤台征雅录》，《丛书集成初编》本，中华书局 1985 年版，第 4～5 页。

月泉吟社作者考略

元世祖至元二十三年（1286），原宋义乌令浦江吴渭，入元不仕，退居吴溪，延致原宋容州文学浦江方凤、原宋嘉兴丞永康吴思齐，及尝为文天祥谘事参军的闽长溪人谢翱于其家，共同创办了月泉吟社。

该年十月十五日，月泉吟社以《春日田园杂兴》为题，征诗四方，于次年正月十五日收卷。在短短三个月的时间里，就收到来稿二千七百三十五卷，作者遍布浙、苏、闽、赣等省。方凤等从中选出二百八十名，依次给予奖赏，并把所选诗作，编集付梓。

月泉吟社虽以《春日田园杂兴》为题，表面上模山范水，吟风嘲月，实际上诗作中隐含着沉痛的故国之思、亡国之痛。如"种秫已非彭泽县，采薇何必首阳山"（第五十五名九山人）、"往梦更谁怜麦秀？闲愁空自托杜鹃"（第十一名方赏）、"吴下风流今莫续，杜鹃啼处草离离"（第七名栗里）一类句子触目皆是。清人全祖望说："月泉吟社诸公，以东篱北窗之风，抗节季宋，一时相与抚荣木而观流泉者，大率皆义熙人相尔汝，可谓壮矣。"① 明代毛晋将月泉吟社诗与宋遗民诗集《谷音》同刻，都是颇有见地的。这次诗社活动距宋亡（1279）不过七年时间，它在团结、激励广大汉族知识分子保持民族气节方面起了显著作用，并对后世产生了深远影响。明末广东番禺黎美周所创之粤中诗社，即"悉仿浦江吴清翁月泉吟社故事"②。

月泉吟社的诗集，原刻本已佚。现存《月泉吟社诗》一卷，仅载前六十名，收诗七十四首。这六十位作者的情况比较复杂。其一，署名皆用寓名，而别注本名、字号、籍贯于其下。如第一名为罗公福，别注云："杭清吟社。三山连文凤伯正，号应山。"其二，一人而两见。如第十四

---

① 〔清〕全祖望：《跋月泉吟社后》，见朱铸禹汇校集注《全祖望集汇校集注·鲒埼亭集外编》，上海古籍出版社2000年版，第1439页。

② 〔清〕罗元焕：《粤台征雅录》，《丛书集成初编》本，中华书局1985年版，第5页。

名喻似之，别注云："分水何教，名鸣凤，字逢原。"第四十五名陈纬孙，别注"分水何教，名鸣凤"。类似这种情况的共有七人。其三，只有寓名而无别注，或别注过简，无从得知真名。如第四名仙村人，别注仅云："古杭白云社。"似此情况亦有七人。因此，六十位作者中，今天可考知姓名的只有四十六人。这四十六人中亦只有极少数人如第八名白珽、第四十四名仇远身世稍显，大多数早已湮没无闻，致全谢山当时已有"当时主盟如方、谢、吴三先生至今学士皆能道其姓氏，而社中同榜之人自仇近村而外多已淹没不传"① 之叹。这是十分令人惋惜的。现据元代有关史籍，试对部分作者的生平略做考述。

一、连文凤

吟社第一名。吟社署名罗公福。别注云："杭清吟社。三山连文凤伯正，号应山。"

《四库全书》收有连文凤撰《百正集》，集中《庚子立春》诗有句云："又逢庚子岁，老景对韶华。"按庚子为元成宗大德四年（1300），据此诗文凤生年应为宋理宗嘉熙四年（1240）。其卒年不详。《百正集》中《送友人归越》诗序云："己亥避地于越。后十载，越之故人来杭，与之相慰藉者累日，语未温复别去，为之黯然。"己亥为元成宗大德三年（1299），后十载即元武宗至大二年己酉（1309），可知此时文凤仍健在，年已七十矣。又，《百正集》中还有《挽周明府公谨》诗一首，周密，字公谨，号草窗，为宋末元初著名词人。其卒年为元武宗至大元年戊申（1308），文凤之挽诗自当作于此后不久，亦可与《送友人归越》诗序互证。

文凤宋咸淳间尝为太学生。可见其所撰《学鲁斋记》："钱塘丁君强父，文章士也，乡之人咸誉之。初，余游杭泮，君居前庑，与之识，且尝与之争功名于场屋间。后十载，奎文敛耀，芹藻无香。君于是闭门读书，不复以荣进乱心，名读书之斋曰学鲁。"② "奎文敛耀，芹藻无香"云云，当指宋恭宗德祐二年丙子（1276）元兵入临安、南宋王朝覆亡之时，上

---

① 全祖望：《跋月泉吟社后》，见朱铸禹汇校集注《全祖望集汇校集注·鲒埼亭集外编》，上海古籍出版社2000年版，第1439页。

② 连文凤：《百正集》卷下，《丛书集成初编》本，中华书局1985年版，第28页。

推十年，为宋度宗咸淳二年（1266），此时文凤已入太学，其年二十七岁。另《百正集》中《暮秋杂兴》诗有句云"仕籍姓名除"，可知其德祐前亦尝授官，但授予何官已无可考。

入元后，文凤始终坚持民族气节，不食元粟。此一方面除《百正集》中大量诗文可证外，亦有二事可记。其一，为宋末殉节的忠烈之士徐应镳举葬。事见方回《桐江续集》卷十二《故太学徐君应镳哀辞并序》："丙子（1276）二月二十八日，迫太学生上道北行。有日经德斋徐君应镳，字巨翁，三衢人。为文祭告土神，携三子登楼，纵火自焚。不克。乃自沉公厨之井。长男琦，二十一；次男崧，十一；女元娘，九岁，同溺死。后十年丙戌（1286），三山刘汝钧君鼎、连文凤伯正率同舍举四丧，焚而葬于南山栖云兰若之原，私谥曰正节先生。"① 在元初民族压迫深重的形势下，文凤之举是需要极大的勇气和胆量的。其二为歌咏参与六陵冬青之役的志士仁人。宋南渡后，自高宗以下六代皇帝均攒葬于会稽之宝山。至元二十二年②（1285），元江南释教总统西僧杨琏真加利其金玉，将六陵尽行发掘，"至断残支体，攫珠襦玉柙，焚其骴，弃骨草莽间"③，被祸之烈，使人惨不忍睹。当时有山阴人唐珏、温州人林景熙等，独怀痛忿，不忍见陵骨暴旷荒野，乃秘密收拾诸陵遗骨，瘗葬于兰亭山南，并从宋常朝殿移冬青树栽植其上，以为标志。这就是历史上著名的六陵冬青之役。

连文凤虽然没有身预其役，但他听闻此事后，曾写诗歌颂参与此役的志士仁人。《百正集》中有《寄常州簿郑宗仁》诗，其序云："稽山禹穴，莽为狐兔，神龙遗蜕，散乱榛芜。孝子仁人，一夕悉取而归之。有人心者，能无愧乎？闻此悲泣，寄以诗。"诗云："玉立蓬莱问浅深，仙裾不受海尘侵。千年爱护神龙骨，万里凄凉老鹤心。夜月照愁低草色，秋风吹泪哭松阴。钱塘流水情何限，谁采蘋花学越吟。"

按郑朴翁，字宗仁，温州平阳人。宋咸淳末上舍释褐，授迪功郎、福州教授，寻除国子正，转从政郎。宋亡隐居不仕。林景熙《霁山集·梦

---

① 〔元〕方回：《桐江续集》卷十二，《影印文渊阁四库全书》本，台湾商务印书馆1986年版。

② 关于杨琏真加发陵的时间，历来有至元十五年、二十一年、二十二年（1278、1284、1285）等不同说法。拙作《六陵冬青之役考述》（载《文史》1992年第34辑）对此有所考辨，可参看。

③ 〔元〕陶宗仪：《南村辍耕录》卷四，中华书局1959年版，第43页。

中作》诗,章祖诚注云:"……时号杨总统,尽发越上宋诸帝山陵,取其骨渡浙江,筑塔于宋内朝旧址,其余骸骨弃草莽中,人莫敢收。适先生与同舍生郑朴翁等数人在越上,痛愤乃不能已,遂相率为采药者至陵上,以草囊拾而收之。……葬于越山,且种冬青树识之。"① 可见郑朴翁亦为冬青义士之一。从连文凤对此事的咏叹中,足以见出他强烈的民族情绪。

《百正集》中还有一首题为《枕易》的诗:"身世相忘象外天,青风一枕几千年。有时默默焚香坐,闲看白云心自玄。"按元黄庚《月屋漫稿》亦有《枕易》诗,诗题原注"越中诗社试题都魁",诗后附有考官李应祈批语。② 由此可知《枕易》是元初另一诗社越中诗社征诗的诗题。该诗社的情况虽不甚清楚,但从上引材料来看,其情形与月泉吟社极为相似,应是元初另一较具规模的遗民诗社。连文凤显然也参加过这一诗社,其诗是否中选则不得而知了。

清代王士禛尝谓"月泉吟社诗清新尖刻,别自一家,而谢翱等品题未允"③,因重为移置,改文凤为第二十一名。《四库全书总目》不同意此说,辨之曰:"元初东南诗社作者如林,推文凤为第一,物无异词,当必有说,似未可以一字一句遽易前人之甲乙。今观所作,大抵清切流丽,自抒性灵,无宋末江湖诸人纤琐粗犷之习,虽上不及尤杨范陆,下不及范揭虞杨,而位置于诸人之间,亦未遽为白茅之藉,则当时首屈一指亦有由矣。"④ 今观其《百正集》中诸作,这一评价大体是公允的。

二、 梁相

吟社选其诗两首,即第三名,署名高宇,别注云:"杭州西塾梁相,字必大。"第十三名,署名魏子大,别注云:"武林九友会,梁必大。"

元俞希鲁等撰《至顺镇江志》卷十七《司属志》"元教授"目有梁相名,注云:"大德二年(1298)十二月至。"梁相下为顾岩寿。注云:"大德五年(1301)十二月至。"据此可知梁相于大德二年(1298)十二

---

① 〔宋〕林景熙:《霁山集》卷三,中华书局1960年版,第103页。
② 此诗及批语亦载元张观光《屏岩小稿》中。《四库全书总目》按云:"黄庚《月屋漫稿》亦称以《枕易》诗为李侍郎取第一。一试有两第一,必有一伪。然无可考证,谨附识于此。"
③ 〔清〕王士禛撰、靳斯仁点校:《池北偶谈》卷十九"月泉吟社"则,中华书局1982年版,第461页。
④ 〔清〕永瑢等:《四库全书总目》卷一六五"百正集"则,中华书局1965年版,第1417页。

月至大德五年（1301）十二月间曾出任镇江路教授，共三年。

又，元吴澄《吴文正集》卷九十三有《送梁必大知事之婺州》诗，云："一见何仓促，相闻已岁年。东州文献后，南国俊髦先。士诧苏湖教，郡须岑范贤。赞谋倘余暇，为访牧羊仙。"① 按据《元史·百官志》，知事为路、府、州行政长官之属官，地位在教授之上，故梁相任职婺州知事之时间，应在镇江教授任后。

三、 刘应龟

吟社第五名。吟社署名"山南隐逸"。别注云："义乌刘应龟，字元益，号山南。"元黄溍《山南先生行述》一文记刘应龟生平履历甚详，兹录于下：

> 先生姓刘氏，讳应龟，字元益，世为婺之义乌人。自曾大父祖向、大父梦龙、父景辰，无仕者。先生少恢疏，常落落多大志。宋咸淳间游太学，马丞相高其材，将女焉；先生不可乃已。由是名称籍甚，非直用文墨出小异也。于时同舍生，掇其绪论，或取高第，而先生故为博士弟子员。
>
> 亡何，当以优升解褐。值德祐失国，乃返耕。筑室南山之南，卖药以自晦。人劝以仕辄不答，然亦不为激诡靳绝事眩俗矜众也。居久之，会使者行部，知先生贤，强起以主教乡邑。先生始幡然出山即席，于是至元二十有八年（1291）矣。终更调长月泉。有司以累考合格，上名尚书，亲友白当诣谒，先生笑弗顾。铨曹谬以年未及出其名。复俾正杭学，先生竟不自言。明年，遂以疾卒于家，寿六十四，大德十一年（1307）八月二十日也。
>
> 先生伟貌美髯，谈辨绝人。然任气好臧否。同里少年，以为厉己，而与谋中伤之，然卒亦无以害也。先生学本经济，而以简易为宗。读书务识其义趣，未尝牵引破碎以给浮说。至其为文，雄肆俊拔，飙驶水飞，一出于己，无少贬以追世好，世亦未有能好之者。凡所著为《梦稿》六卷、《痴稿》六卷、《听雨留稿》八卷，藏于家。

---

① 〔元〕吴澄：《吴文正集》卷九十三，《影印文渊阁四库全书》本，台湾商务印书馆1986年版。

先生盖有禄食于世矣，而未显也，故识与不识，皆称之曰山南先生，如隐者焉。

初娶吴氏，卒；再娶许氏。男一人曰鼎，孙男女合三人。既卜宅于永宁乡白茅之原，将以某年月日窆，而未有以昭不朽也。溍惟我曾祖左曹府君，以文章家知名当世，先生以外孙实得其学。顾溍之蒙鄙劣弱，犹幸弗失身负贩技巧之列以陨先业者，先生教也。先生之庇庥我厚矣！而溍安足以永先生之存，庸疏其世系出处卒葬之岁月以志夫志同而言立者，尚幸为之铭若诔，以揭诸幽云。①

黄溍，字晋卿，婺义乌人。元仁宗延祐二年（1315）进士。历任台州宁海丞、诸暨州判官，累擢侍讲学士、知制诰同修国史、同知经筵事。溍之曾祖讳梦炎，宋淳祐十年（1250）进士，仕至朝散大夫、行太常丞，兼枢密院编修官，兼权左曹郎官，以朝请大夫致仕。即文中左曹府君是也。其次子讳塈，仕承节郎，是为溍之祖。塈有一女，适刘景辰，即应龟之父。见《黄文献公集》卷七《记高祖墓表后》。由此可知溍与应龟实为中表子侄行。

据黄溍《行述》，刘应龟于宋咸淳间尝游太学。《记高祖墓表后》则明说他为"太学内舍生"。按宋取士有所谓三舍法。"其法，仪曹于春试进士毕，取去岁秋举之见遗而不忍弃者，单试之经义、诗赋，中即升之成均，曰外舍生。以经义诗赋论策月各一试，而学官自考之，曰私试。岁终，较其优，升内舍，曰外优。优成，又取内舍生月考之。岁终，较其优，曰内优。优成，仪曹再岁取内舍生通试之，为优、平二等，曰上舍。试内优成，而再入优，为上等上舍。授官比进士第二人。其次一优一平，为中等上舍。其次二平，为下等上舍，与教授。而通名之曰释褐。"② 应龟未及释褐而宋亡矣。《行述》中所说马丞相者，当谓马廷鸾，字翔仲，咸淳中拜右丞相。

据黄溍《行述》，入元后，刘应龟于至元二十八年（1291）出山，

---

① 〔元〕黄溍：《黄文献公集》卷三，《丛书集成初编》本，中华书局1985年版，第133～134页。
② 〔元〕戴表元：《李氏族谱后序》，见《剡源集》卷十，《丛书集成初编》本，中华书局1985年版，第147页。

"主教乡邑"。清张荩重修《金华府志》卷十二《官师志》"义乌县元教谕"目下列应龟名,注云"邑人,前太学内舍",与潜文合。关于其后改调浦江月泉书院山长及再改杭州学正的时间,不见记载。唯明徐象梅《两浙名贤录》卷二有"杭州学正刘应龟"条,曰:"元至正初,起为月泉书院山长,改杭州学正。"按至正元年为1341年,据黄潜《行述》刘应龟于大德十一年(1307)已卒,故此记载显然有误。

刘应龟死后,黄潜将其遗著《梦稿》《痴稿》《听雨留稿》合编为《山南先生集》,凡二十卷。黄潜在《山南先生集后记》中说:"盖先生自少时为举子业,已能知非之。逮其年迈而气益定,支离之习,刊落尽矣。故其为文,逸出横厉,譬如风雨之所润动,杂葩异卉,不择地而辄发。人见其徜徉恣肆,惟意所之而止耳。"①

黄潜《绣川二妙集序》一文也论到刘应龟的诗文创作。原文较长,现节录于下:

> 吾里中前辈以诗名家者,推山南先生为巨擘。……先生囊游太学,未及释褐,而学废士散。束书东归,遁迹林壑间。览物兴怀,一寓于诗,悲壮激烈,有以发其迈往不群之气,自视与石曼卿、苏子美不知何如。近代江湖间,呫呫然动其喙者,姑勿论也。……(予)自卯岁侍先生杖屦,而知爱先生之诗。顾以材器劣弱,局量褊小,不敢窥其涯涘,徒有望洋而叹。②

其推重应龟如此。又柳贯《跋晋卿所得牟、方、仇三公诗卷》:"……方韶父、刘元益吾乡前辈,而某之执友也。韶父国子进士,元益太学内舍生,尝与仇仁近在京庠同业最久,且故兵后皆以诗鸣。"③亦可证黄潜对应龟的赞誉并非过誉。惜《山南先生集》今已不传。刘应龟诗今仅存二首。一即月泉吟社之《春日田园杂兴》,另即清朱琰辑《金华诗录》卷十七所录《夏日杂咏》,诗云:"一片闲云堕野塘,晚风吹浪湿菰蒋。白鸥

---

① 〔元〕黄潜:《黄文献公集》卷七,《丛书集成初编》本,中华书局1985年版,第242页。
② 〔元〕黄潜:《黄文献公集》卷六,《丛书集成初编》本,中华书局1985年版,第236页。
③ 〔元〕柳贯:《柳待制文集》卷一九,《四部丛刊》本,上海书店1989年版。

不受人间署,长向荷花共雨凉。"① 从诗作的意趣来看,应是刘应龟宋亡后至出山任教谕之前,隐居乡间时所作。

另,谢翱《晞发集》中也有一首五律涉刘应龟。诗题为《韶卿往乌伤寄刘元益》。诗云:"他日忆逢君,林中访惠勤。鹿麛行处见,流水别时闻。草没秦人冢,山通越国云。音书年岁失,莫讶白鸥群。"② 诗题中的韶卿,即月泉吟社的创办者之一方凤,韶卿为其字,亦即上引柳贯文中的韶父。乌伤为义乌古县名,秦置。传说其地有名颜乌者以孝著闻,父亡,有群乌助其衔土块为坟,乌口皆伤,因以名县。③ 诗中"草没秦人冢"云云,当即指此。"山通越国云"句,表面上是说义乌的地理位置,其实是隐用春秋时越王勾践忍辱复仇的故事。谢诗借用这两个典故,表达对南宋覆亡的哀痛、寄寓抗元复宋的思想,与刘应龟共勉。从此诗可以见出,刘应龟是和谢翱、方凤等人声气相通的具有一定民族气节的人物。

四、 魏新之

吟社选其诗两首,即第六名,署名子进,别注云"分水魏石川先生,名新之,字德夫";第五十三名,署名子直,别注云"分水魏石川"。

宋濂《故宋迪功郎庆元府学教授魏府君墓志铭》,即为魏新之作,叙其生平颇详。现节录如下:

> 府君讳新之,字德夫,姓魏氏。世居睦之桐庐。曾大父子才,大父演,父国贤,皆隐约田里,以善人称。至府君,始以力学自奋,与兄升龙、从子云潭受《书》《易》于乡先生王公某。已而,三人均荐于乡,而府君继擢宋咸淳辛未进士第。初授庆元府学教授,阶迪功郎。……及至官,以濂洛关闽正学为己任。……浙东提举黄公震一见府君器之,遂以文学孝廉荐于朝。会国事日非,不果召。
>
> 德祐丙子(1276),元兵入临安,游军至鄞。鄞学时设两学教授,号东、西厅。西厅教授王榉惧甚,奔告府君曰:"吾侪死生决于

---

① 〔清〕朱琰编纂:《金华诗录》卷十七,光绪九年(1883)退补斋重刊本。
② 〔宋〕谢翱:《晞发集》,《影印文渊阁四库全书》本,台湾商务印书馆1986年版。
③ 参见〔北魏〕郦道元《水经注》卷四十《浙江水》引南朝宋刘敬叔《异苑》,巴蜀书社1985年版,第603页。

今日矣。"府君从容答曰："非止今日，有生之初已定，不若听之。"颜色不少变。及事平，间关归故乡，家素单乏，斋盐或不继。府君负薪而炊，扣角而歌，欢如也。所居有垂云洞，因倡嗜义之士建垂云书院，开迪新学，孜孜如不及。讲经之暇，与蛟峰方公逢辰、潜斋何公梦桂、盘峰孙公潼发为泉石之游，间赋诗以见其志。学者尊之，号为石川先生。元至元间，诏王御史某求贤大江之南。县大夫杨得藻举府君应命，力辞而不就。其风节凛然，人至今仰之。年五十有二，殁于元贞癸巳某月日。

……府君笃学自信，清修苦节以终其身，而尤注意于《易》。闽人有朱英湖者，精于诸家之说，与府君遇诸途。府君知其名，要之抵家。朱力叩《易》中难明之义，府君应之如响。既而，府君亦叩以所疑，朱舌强不能下，稽首谢曰："魏君年虽少，实吾师也。"叹息而去。所著有《易学蠡测》若干卷……①

据《墓志铭》，魏新之卒于元贞癸巳。考元成宗元贞年号，共三年，依次为乙未、丙申、丁酉，并无癸巳，癸巳应为元世祖至元三十年（1293），宋濂所记不免有误，据此上推，魏新之的生年应为宋理宗淳祐二年（1242）。《墓志铭》说魏新之为桐庐人，桐庐与分水唐前曾为一县，后取桐庐江水中分为两县。这里当是以桐庐代指分水。

《墓志铭》提到魏新之的交游。方逢辰，初名梦魁，字君锡，淳安（元时与分水同属睦州）人。登宋理宗淳祐十年（1250）进士第一，理宗改赐今名。官至吏部侍郎。德祐初，征拜礼部尚书，未赴。宋亡，晦迹不仕。元世祖诏御史中丞崔彧起之于家，坚辞不出。何梦桂，字岩叟，别号潜斋，淳安人。宋度宗咸淳元年进士，官至大理寺卿。元至元中，屡召不起，终于家。孙潼发，字帝锡，一字君文，号盘峰，桐庐人。登咸淳四年进士第，授衢州军事判官，辟御前军器所干办公事。未几宋亡，避地万山中，久之乃归。至元中，侍御史程钜夫南来求遗逸，以潼发应召，固辞不受。三人身世与魏新之大致相同，都是具有民族气节的前宋遗老。何梦桂《和韵问魏石川疾》诗云：

---

① 罗月霞主编：《宋濂全集·銮坡前集》卷三，浙江古籍出版社1999年版，第394~396页。

> 谩道无丹蜕骨凡，绣襦不换嫁时衫。老天倘未忘周孔，巫鬼何须问抵咸。身健加餐亲鼎饪，眼明减药认囊械。山中吠犬千年杞，采采犹堪餍吻馋。
>
> 不是尘中骨相凡，蓉裳蕙带芰荷衫。勿疑有疾淫成蛊，须信无心感是咸。裹药曾经丹灶火，裁书只欠土奁械。病余努力加蔬饭，莫笑篯笴太守馋。
>
> 灵山何许问巫凡，狭地知难旋舞衫。枕上病虽忧白傅，床前教肯愧陈咸。君宜借力宽诗课，我亦埋头事药械。种术养凫随分足，岂因富贵堕涎馋。①

诗中"绣襦不换嫁时衫""种术养凫随分足，岂因富贵堕涎馋"云云，正是遗民故老以志节操行互勉。

魏新之所著《易学蠡测》今已不传。

五、杨本然、杨舜举

杨本然，吟社第七名。吟社署名栗里。别注云："金华杨龙溪，名本然舜举。"

杨舜举，吟社第三十六名。吟社署名观我。别注云："金华杨舜举。"

按据《月泉吟社诗》别注，杨本然与杨舜举应为一人而两见，本然为名，舜举为字。厉鹗《宋诗纪事》、赵信《南宋杂事诗》、陈衍《元诗纪事》等均沿用此说。而清冯金伯辑《词苑萃编》引姚云文《江村剩语》"杨观我词"条却提供了另一种说法：

> 杨舜举观我，金华人，栗里翁本然之子，隐居不仕，父子一门，自为师友。栗里善说经，观我精考史，均出王深宁尚书之门。他文辞亦工。观我于填词尤妙，其《钱塘有感·浣溪沙》云："残照西风一片愁，疏杨画出六桥秋。游人不上十三楼。 有泪金仙还泣汉，无心玉马已朝周。平湖寂寂水空流。"玉马朝周，盖讥赵氏宗室入仕本

---

① 〔元〕何梦桂：《潜斋集》卷二，《影印文渊阁四库全书》本，台湾商务印书馆1986年版。

朝者。①

据此材料，杨本然与杨舜举应为父子两人，本然为父，号栗里，一号龙溪，舜举为子，号观我。

那么，究竟以何说为是呢？考月泉吟社共征诗二千七百三十五卷，经考官谢翱、方凤、吴思齐等评定，选中二百八十名，编成一集付梓。然而这个本子早已失传了。今存《月泉吟社诗》的最早刻本，据田汝耔序，为明正统十年（1445）于克文、钱世渊所刻，仅载前六十名，"盖后人节录之本，非完书也"②。这就存在着后人误刻的可能性。其次，今存《月泉吟社诗》六十位作者的具名均用寓名，而"别注本名于其下"。但检阅别注的情况，则可发现缺漏十分严重。如第二十九名朱孟翁，寓名下未注本名，仅注地名"东阳"，似此情况的竟有十四人之多！而摘句第十八联竟连寓名亦缺。这一情况只能说明，所谓"别注本名于其下"并非原刻本所有，而是后人补注上去的。后人补注时，由于年代已远，资料湮没不全，有些作者的真名已不可考，故而才阙疑的。③ 因此，将杨本然和杨舜举父子混为一人，显系出于后人补注时的误记，而厉鹗、陈衍等人失于考证，也就以讹传讹了。而上引《词苑萃编》所引姚云文《江村剩语》"杨观我词"条，作者身世虽不可考，《江村剩语》一书亦已亡佚，难以确知成书年代，但该条最后云"玉马朝周，盖讥赵氏宗室入仕本朝者"，"本朝"云云，说明作者应系元人无疑。本朝人所记本朝事，显然比后人所记可信。

据该条所记，杨本然、杨舜举父子均未从仕，父子一门，自为师友，以研经考史自娱。两人均工文辞，杨舜举尤精于填词，惜其所作除该条所录这首《浣溪沙》外，余皆不传。从这首词所流露的思想感情，尤其是词末对赵氏宗室入仕元朝的讥讽来看，作者显然是个具有一定民族气节的人。

另外，许谦《白云集》卷一《游山》诗序中涉及杨舜举："九月十八

---

① 〔清〕冯金伯辑：《词苑萃编》卷十四，《续修四库全书》本第1733册，上海古籍出版社2002年版，第561页。

② 〔清〕永瑢等：《四库全书总目》卷一八七"月泉吟社诗"则，中华书局1965年版，第1703页。

③ 参见徐儒宗《元初的遗民诗社——月泉吟社》，载《文学遗产》1986年第6期。

日,访疏寮于盘溪,偕赵肃夫及其子桩、何仲英先行,遁山策蹇马追及,拜北山遗像。夜宴,座中杨舜举,善滑稽,与遁山应酬不倦,夜半罗兰似醉归。"[1] 按许谦,字益之,号白云山人,世称白云先生,为元代著名理学家。金华人。遁山为何凤,字天仪,宋末理学家何基(即序中提到的北山)从子,亦金华人。据此可知,此序中提到的杨舜举,当与月泉吟社之杨舜举为一人无疑。序中所说杨舜举"善滑稽",诗中也说他与何凤"剧谈屡绝倒,隐语若响应",反映出杨舜举性格的另一侧面。

六、 全璧

吟社第九名。吟社署名全泉翁。别注云:"孤山社。名璧,字君玉,号遁初子。"

全璧为宋度宗全皇后戚属,其系次详见其后人清全祖望《答厉樊榭宋诗人问目·问孤山社全泉翁,足下先世,其系本、家传,尚有存否?乞详示》一文:

> 先侍御公以宋太平兴国中由钱塘迁甬上。而侍御公弟迁山阴,已而无子,侍御以次子后之。七传为太保唐公安民,生太傅越王份。份长子为太保申王大中,次子为太师徐公大节。徐公,即《宋史》所谓"保长"者也。大中无子,以从兄思正子为后,是为太师和王昭孙,女为度宗后。泉翁於和王为再从兄弟,宋时尝官侍从,国变后,徙居孤山,剡源先生至杭,尝与相赠答云。[2]

同书《冬青义士祠祭议三与绍守杜君》亦云:

> 先泉翁,讳璧,字君复,太尉永坚之从父也。宋时曾官秘阁,晚年迁居于杭之城东,所称孤山社遁初子者也。世亦称为城东处士。其诗见皋羽月泉吟社中,尤与剡源善。[3]

---

[1] 〔元〕许谦:《白云集》卷一,《影印文渊阁四库全书》本,台湾商务印书馆1986年版。
[2] 〔清〕全祖望撰、朱铸禹汇校集注:《全祖望集汇校集注·鲒埼亭集外编》,上海古籍出版社2000年版,第1769页。
[3] 〔清〕全祖望撰、朱铸禹汇校集注:《全祖望集汇校集注·鲒埼亭集内编》,上海古籍出版社2000年版,第622页。

全祖望文谓全璧字君复，与《月泉吟社诗》别注略异，或为其别字。从文中可知，全璧宋末尝官侍从。按宋代称翰林学士、给事、六尚书、侍郎为侍从。全文又谓其曾官秘阁，秘阁即尚书省的代称，可知全璧曾在尚书省为官。至于做何官，已无可考。文中所云剡源先生，即戴表元，字帅初，奉化人。宋咸淳七年（1271）进士，授建康府学教授。入元初不仕，往来奉化、杭州间，吟咏山水，交接遗民故老。后被荐为信州教授。著有《剡源集》。全祖望文谓其尝与全璧相赠答，其诗不见于今存《剡源集》中。《鲒埼亭集》外编卷三十三《跋戴剡源与先泉翁倡和诗》云："剡源答泉翁诗云：'酣歌待约东邻伴，泼面晴风涨酒阑。'又云：'更有邻墙全处士，醉吟能泛百杯宽。'是泉翁寓杭后所酬唱也。今泉翁之诗，自吟社而外无存者，惜夫！"①

又，方回《桐江续集》卷二十五有《岁除次韵全君玉有怀二首》诗，其二云："全老忽贻寒夜句，岁阑吾党久离群。一场恶梦三千字，百载颓龄七八分。孰与挽前轩此士，端能殿后栋斯文。乡傩礼失求诸野，小鬼应犹畏灶君。"②按《桐江续集》为编年诗，同卷《庚子元日》诗有句云："白尽此头浪多事，可怜七十四年人。"可知此诗作于大德四年（1299）除夕。诗中称全璧为"全老"，以及"百载颓龄七八分"的表述，估计两人年龄相仿，全璧此时应为七十岁左右。

另外，全璧可能参加了唐珏、林景熙等人的六陵冬青之役。此说亦见于全祖望《鲒埼亭集》卷二十四《宋兰亭石柱铭》一文，略云：

……开庆以后，吾家三世连戚畹，而先太师徐公之薨，赐葬于斯，故邀恩命，以天章寺旁地尽赐先少师，盖尝苞苴而有之。……抑闻宋之初亡也，戊寅六陵之难，遗民鬼战，呜咽流泉，护双经于竺国，在斯寺也。其时先泉翁尚未迁杭，其与唐、林诸公，固吟伴也，冬青之地主，即在吾家，而今总莫之能征矣。③

---

① 〔清〕全祖望撰、朱铸禹汇校集注：《全祖望集汇校集注·鲒埼亭集外编》，上海古籍出版社2000年版，第1422页。

② 〔元〕方回：《桐江续集》卷二十五，《影印文渊阁四库全书》本，台湾商务印书馆1986年版。

③ 〔清〕全祖望撰、朱铸禹汇校集注：《全祖望集汇校集注·鲒埼亭集内编》，上海古籍出版社2000年版，第455～456页。

按据悔堂老人《越中杂识》上卷《寺观》"天章寺"条，唐、林等人瘗骨的确切地点即在兰亭山南之天章寺侧①。据全氏此说，天章寺旁地既属其家，则全璧当应参加是役，至少瘗骨于此应征得他的同意。但此说独出于全氏，不见于元明两代其他著述，今存谢翱、林景熙诸人集中也未见有与其唱和之作，故全氏此说尚难以定论。

七、 刘汝钧

吟社第十二名。吟社署名邓草径。别注云："三山刘汝钧君鼎，号蒙山，寓杭。"

谢翱《晞发集》有《小元祐歌寄刘君鼎》诗。诗云：

> 前甲子，小元祐，句章祲黑权臣死。端平天子初改纪，龚芳泰陵之种兰芷。当秋淮甸枯草黄，弯弧北向射天狼。狐南星光天狗堕，入蔡生擒完颜王。是年南海无波浪，月湿珠胎君以降。只今六十空白头，独骑麒麟补春秋。天回星周美恶复，人世更传《蔡州录》。②

北宋元丰八年（1085）神宗死，哲宗即位，高太后听政，明年改元元祐。哲宗即位后，起用司马光为宰相，对神宗时王安石所推行的新法全盘加以否定，恢复旧制，排斥王安石等人。史称"元祐更化"。南宋理宗绍定六年（1233），宰相史弥远卒。弥远即谢诗中所说之"权臣"。弥远为相凡二十六年，用事专且久。明陈邦瞻《宋史纪事本末》卷八十八《史弥远废立》云："宰执、侍从、台谏、藩阃皆所引荐，莫敢谁何，权势薰灼。"③ 弥远死后，理宗始亲政，明年改元端平。罢斥党附弥远的李知孝、梁成大等人。文华殿待制魏了翁上章论十弊，请复旧典以彰新化。宰相郑清之"亦以更化为己任，收召贤才，擢用"④。这一情形与北宋时的

---

① 〔清〕悔堂老人《越中杂识·寺观·天章寺》："天章寺，在府城南二十五里兰渚山，有宋仁宗御书'天章之寺'篆文碑，又高宗《兰亭序》石刻，旁即宋义士唐珏等瘗宋陵骨处。"浙江人民出版社1983年版，第33页。

② 〔宋〕谢翱：《晞发集》，《影印文渊阁四库全书》本，台湾商务印书馆1986年版。

③ 〔明〕冯琦原编、〔明〕陈邦瞻纂辑、〔明〕张溥论正：《宋史纪事本末》卷八十八，中华书局1955年版，第776页。

④ 〔清〕毕沅：《续资治通鉴》卷一百六十七，岳麓书社1992年版，第298页。

"元祐更化"相似,故谢诗称之为"小元祐"。

又,绍定六年(1233)六月,金哀宗逃至蔡州。九月,蒙古都元帅塔察儿率兵至蔡州城下。十月,宋将孟珙等率兵赴蔡州与蒙古兵会师。端平元年(1234)正月,宋蒙联军合攻蔡州。城破,金哀宗自杀,末帝死于敌军中。至此,与宋南北对峙了一百余年的金国终于灭亡。谢诗中"当秋淮甸枯草黄……入蔡生擒完颜王"句当即指此。

据谢诗,刘汝钧的生年正是宋理宗端平元年(1234)。刘汝钧祖籍三山,即福州,故诗中有"是年南海无波浪"之句。谢诗作于端平元年(1234)之后一甲子,即元世祖至元三十一年(1294),此时刘汝钧应为六十一岁。至于其卒年,已无可考。

刘汝钧宋咸淳间尝为太学生。至元二十三年(1286),他在杭州与连文凤率同舍生为宋末殉节的徐应镳举葬,事见前连文凤文中引方回《故太学徐君应镳哀辞并序》文。由此可知他元初尝在杭州一带活动,可与别注所云"寓杭"互证。另据谢诗可约略推知,刘汝钧入元后至至元三十一年(1294)之前并未出来做官,故谢诗有"只今六十空白头"之句,他大概潜心于撰述历史,所谓"独骑麒麟补春秋"是也。另外,笔者认为,刘汝钧之"补春秋"主要是关注于宋末史料的记述,谢诗中所谓"《蔡州录》"当即是其所撰的一本记录宋兵攻破蔡州、消灭金国的著作。另外,元吴莱《桑海遗录序》所引刘汝钧与吴思齐书亦可证明这一点。该书并非原文,为吴氏所转述:

> 顷予尝从乡先生学,见福唐刘汝钧贻书括苍吴思齐子善,论文丞相宋瑞事。云:"自江西初起时,崎岖山谷,购募义徒。耕盯洞丁,造辕门请甲杖不啻数万。而尹玉实为骁将大衣冠指麾,众皆诣阙感泣求效死。已而,当国二揆交沮,用兵帅无宣谕,卒无犒赏。盘桓月余,仅令守姑苏一路。张彦提重兵居毗陵,且有叛志。尹玉竟以绝太湖吊桥,首尾不救而溺死。未几,独松告急。朝廷四诏、政府六书趣弃,聊摄援根本。一日一夜,仓皇就道。及至行都,而独松随以破陷。复令驻兵余杭守独松,朝议不一,众心离散。会有尹京之命,余庆遽夺其印不予,汉辅遁,德刚遁。北军入城,与权又绝江遁。乃即日拜枢使,又拜右揆。诣与权处,且令往军前讲解,毅然请行。及被囚以北,中道奔逸,收集亡散,无兵无粮,天下大势去矣!

帝霸交驰，正伪更作，是不一姓。当世之为大臣元老者，视易姓若阅传邮。况当沧海横流之际，而彼乃以异姓未深得朝廷事权，欲只手障之，至死不屈。微、箕二子，且有愧色于宗国矣。"①

吴莱，字立夫，浦江人。死后门人私谥渊颖先生。福唐为福清县旧称。三山则为福州之别称。二地唐时同属长乐郡。故此"福唐刘汝钧"与月泉吟社之"三山刘汝钧"即为一人无疑。吴思齐，字子善，号全归子，婺永康人。他是南宋著名抗战派人物陈亮的外曾孙，也是月泉吟社创办人之一。他的祖先为处州丽水人，丽水县境内有括苍山，隋时因以名县，唐更名丽水。这里是以其祖籍称其贯。从此书可以看出，刘汝钧对宋末文天祥抗元的事迹相当熟悉。至于这些材料是其所亲历，抑或得之于传闻，则不得而知了。

八、 林子明

吟社第十六名。吟社署名玉华吟客。别注云："分水林东冈，名子明。"

元方回有《林东冈用晦墓志铭》，兹引于下：

某因三山林君德载敬舆，识其族叔父子明用晦东冈先生。时则客于分水何氏之塾，无锡萧氏以礼迎之，训其子弟。大德六年壬寅（1302）夏卒于无锡。其生也前壬寅（1242）夏六月，享年六十有一。曾祖寅，隐君子，以德裕后。祖□，从事郎史馆校勘。父若水，承奉郎浙西安抚司干办公事。

君明经治易，善骈俪。旧朝咸淳九年（1273）癸酉，两浙漕解第三人。明年甲戌，江堑失险，至丙子科举废。岂造物者预知三翮将迁，不必春官奏凯，姑以秋闱显其能文之声欤？尝代李秀岩心传作《缴孝庙要录启》，名震一时。贾余庆为帅，檄摄浙西安抚司干官。至元中摄桐庐簿，寻为分水教谕。二邑士人，至今见思。初，朝旨命翰林询访人才，冯提学梦龟举君堪知制诰。诗文尚古，字画逼真魏晋。所至争师效之。和易谦厚，善于人交，不崖异，不苟随。素有足

---

① 〔元〕吴莱：《渊颖吴先生集》卷十二，《四部丛刊初编》本，上海书店1989年版。

> 疾。辛丑秋，感风眩呕泻，服铁蛋圆而愈。明年春，疾再作。医者为谓药力浅，不如灼艾，顶及踵十五、六穴，灸三百余壮，旬日不起……①

据此可知，林子明，字用晦，号东冈。福建三山（今福州）人。生于宋理宗淳祐二年（1242），卒于元成宗大德六年（1302），年六十一。宋季曾中乡试，并尝任浙西安抚司干官。入元后出任桐庐主簿，后为分水县教谕。大概任满后即客于分水，往来无锡间，以教授子弟为生。铭文中所谓"尝代李秀岩心传作《缴孝庙要录启》"云云，考李心传，字微之，号秀岩。宋代著名史学家。著有《建炎以来系年要录》等。心传卒于宋理宗淳祐三年（1243），此时林子明方二岁，两人绝不相接，这里当是指其模拟之作，惜今已不传。

九、白珽

吟社第十八名。吟社署名唐楚友。别注云："孤山社白湛渊，名珽，字廷玉。"

白珽之生平，宋濂《元故湛渊先生白公墓铭》述之甚详，兹节录于下：

> ……先生本四明名儒舒少度遗腹子，通武（按白珽之父白嵘，仕为通武郎）育以为嗣。五岁能属对，八岁能赋诗，十三授经太学，习为科举业，轰然有声场屋间，一时贵人争欲出其门下。甫及壮，元丞相伯颜平江南，闻先生贤，檄为安丰丞，辞不赴。乃客于藏书之家，昼翻夜诵，灯坠花穴帽，不知也。如是者一十七年。……中岁，尝出游梁、郑、齐、鲁，历览河山之胜，登临吊古，讯人物风土，慨然有尚友千载之意。及至燕，王公贵人见辄宾礼。或欲举为东宫官者。先生复引义固辞。……自是学益充，文益富，而家益贫。……李文简公……力挽起之，授太平路儒学正，先生不得已应命。未几，摄行教授事。……寻转常州路儒学教授。……俄再迁教授庆元，未

---

① 〔元〕方回：《桐江集》卷八，《续修四库全书》本，上海古籍出版社2002年版，第497～498页。

上，……升江浙等处儒学提举司副提举，阶将仕佐郎。……秩既满，……即谢事，养疴海陵，远近学徒担簦相从者，殆无虚月。先生已六十又七。及再迁从事郎婺州路兰溪州判官，则不复有宦情矣。日与韵朋胜友曳杖游衍，衔杯赋诗，惟恐日之易夕。所居西湖，有泉自天竺来，及门而汇，榜之曰"湛渊"，因以自号。晚归老栖霞，又号栖霞山人。以天历元年（1328）九月十五日卒，年八十一。……自幼至老，无一日废问学，故能长于诗文。紫阳方公回，称其"冠绝古今，有英雄大丈夫气"。剡源戴公表元，谓其"注波五经之渊，披条百氏之畹"。庐陵刘公辰翁，又言其"不为雕刻苛碎，苍然者，不惟极尘外之趣，兼有云山韶濩之音"。皆确论也。翰墨虽其余事，亦有魏晋风。……先生所著书，曰《诗》、曰《文》、曰《经子类训》、曰《集翠裘》、曰《静语》，皆二十卷。尝锓诸梓，四方多传诵。呜呼！先生已矣！濂也晚出，虽不能识先生，幸从乡先生黄文献公游，听谈杭都旧事，有如淮阴龚公开、严陵何公梦桂、眉山家公之巽、莆田刘公濩、西秦张公楧、虎林仇公远、齐东周公密，凡十余人，相与倡明雅道，而先生齿为最少，乃与群公相颉颃。南北两山间，其遗迹班班故在。仅逾五十春秋，而先辈风流余韵，弗可复见，不亦悲夫！①

《墓铭》谓白珽卒于天历元年（1328），年八十一。据此上推，其生年应为宋理宗淳祐八年（1248）。端宗景炎元年（1276），元兵入临安，白珽时年二十九岁。

自宋亡至至元二十八年（1291）白珽出任太平路儒学正，此一期间白珽的活动，除《墓铭》所云"客于藏书之家"外，尚有一事可记，即多次参加遗民诗社的活动。月泉吟社外，尚有《月泉吟社诗》别注所云之孤山社，此当为元初在杭州活动的遗民诗社之一。其活动的具体情形已难以考知。卫宗武《秋声集》卷五《为吟友序饯行诗》一文云："钱塘吟社光价远扬，几使江浙倾动。其间笔力雄迈可相颉颃者指不屡屈，湛渊其

---

① 罗月霞主编：《宋濂全集·翰苑别集》卷五，浙江古籍出版社1999年版，第1042～1045页。

一也。"① 卫宗武，字淇父，华亭（今江苏松江）人。宋末尝官尚书郎，出知常州。宋亡不仕。至元二十六年（1289）卒。这里所说的钱塘吟社或即指孤山社。从卫氏记述中可以看出此诗社影响之大，以及白珽在该诗社中所居之地位。

白珽出任太平路儒学正的时间为至元二十八年（1291），说据方回《宋白廷玉如当涂诗序》，云："余友白廷玉为当涂学官，常所往来者咸以诗祖其行……至元辛卯（1291）九月十一日。"② 其任常州路儒学教授的时间应为大德庚子（1300）前后，说见全祖望《跋月泉吟社白湛渊诗》："大德庚子（1300）任毗陵教授。"③ 毗陵即常州之旧称。又，方回《桐江续集》卷二十五有《送白廷玉常州教》诗。《桐江续集》为编年诗集，同卷有《庚子元日》诗。此亦为白珽出任常州教授在大德庚子（1300）之一证。郭畀《客杭日记》云："[至大戊申（1308）九月] 十七日午前，抵吕城坝下，倒换小舟至奔牛，复换小舟。晡时，至常州入城，元丰桥见白湛渊提举。"④ 白珽《湛渊集》有《大易集说序》一文，篇末署"皇庆元年（1312）春，将仕郎江浙等处儒学副提举白珽序"。据此可知，其任江浙等处儒学副提举的时间为至大元年（1308）至皇庆元年（1312）间。

《墓铭》谓白珽中岁尝出游梁、郑、齐、鲁，北达燕京。张之翰《西岩集》卷三《送白湛渊》诗涉其事，略云：

> ……今年复何年，邂逅松江边。梅花欲开雪欲落，问君胡为北趋燕？君言南北久分裂，混一光岳气始全。平生眼界苦未宽，要看中原万里之山川。恨余无文宠赠盖邦式，喜君有志愿学司马迁。渡江逾淮入泗汶，指日可系都门船。昭王一去年几千，黄金台上荒秋烟。视吾胸中耿耿然。浮薄宦，奚足怜，行囊不妨无一钱。从今满贮观光篇，

---

① 〔宋〕卫宗武：《秋声集》卷五，《影印文渊阁四库全书》本，台湾商务印书馆1986年版。
② 〔元〕方回：《桐江集》卷一，《续修四库全书》本，上海古籍出版社2002年版，第374～375页。
③ 〔清〕全祖望撰、朱铸禹汇校集注：《全祖望集汇校集注·鲒埼亭集外编》，上海古籍出版社2000年版，第1418页。
④ 〔元〕郭畀：《客杭日记》，《丛书集成初编》本，中华书局1985年版，第1页。

凤城远向鸡林传……①

张之翰，字周卿，邯郸人。《西岩集》卷十五《爱菊堂记》云："至元壬辰（1292），余由翰林知松江。"卷十六《贡举堂记》云："元贞元年（1295）……松江知府……张某记并书。"可知其任松江知府的时间即在至元二十九年（1292）至元贞元年（1295）间。诗云"邂逅松江边"，可知白珽北游即应在此一期间。据上文考述，其时应为白珽出任太平路儒学正之后、常州教授之前。《墓铭》将北游置于出仕之前，显然失考。从张之翰诗"浮薄宦，奚足怜，行囊不妨无一钱"等句意体会，白珽此时已任过低微官职之意甚明。

白珽入元初期，与前宋遗民故老戴表元、周密等来往颇密，日相唱和。戴表元《杨氏池堂燕集诗序》一文尝记其事：

> 丙戌（1286）之春，山阴徐天祐斯万、王沂孙圣与、鄞戴表元帅初、台陈方申夫番、洪师中中行，皆客于杭。先是，雪周密公谨与杭杨承之大受有连依之居。杭大受和武恭王诸孙，其居之苑御多引外湖之泉以为池，泉流环回斗折，涓涓然萦穿径间，松篁覆之，禽鱼之游，虽在城市，而具山溪之观。而流觞曲水者，诸泉之最著也。公谨乐而安之。久之，大受昆弟捐其余地之西偏，使自营别第以居，公谨遂亦为杭人。杭人之有文者仇远仁近、白珽廷玉、屠约存博、张楧仲实、孙晋康侯、曹良史之才、朱棨文芳，日从之游。②

白珽《湛渊集》中，亦保留有与龚开、梁栋等遗民故老的往来唱和之作。白珽宋亡时年二十九岁，入元前期思想显然受遗民故老的影响较大，参加月泉吟社的活动即其表现之一。

白珽在宋末即小有诗名，与仇远并称，谓之"仇白"。③ 宋濂《墓铭》已引述了各家的评论，现略做补充如下。

---

① 〔元〕张之翰：《西岩集》卷三，《影印文渊阁四库全书》本，台湾商务印书馆1986年版。
② 〔元〕戴表元：《剡源集》卷十，《丛书集成初编》本，中华书局1985年版，第151～152页。
③ 参见〔清〕丁丙修、王棻纂、罗榘等校定《（光绪）杭州府志》卷一四四《文苑》。

周暕《湛渊静语序》云：" 湛渊名满天下，尝自谓平生受用全得谢上蔡去一矜字力。文章翰墨，所至传诵，藏去如遇奇物。"①

戴表元《湛渊集序》云："廷玉诗甚似渡江陈去非，而尝讳言去非。又特好记览，每一篇必欲令注波于六经之渊，披条于百氏之畹。诚放此不止，余何云以得廷玉哉。"②

陈著《题白珽诗》云："钱塘白珽家西湖西，多佳趣。一日以吟稿示余，读之，其音清以和，是有意入四灵之门，而登晚唐之堂者乎。然诗已于晚唐而已乎？珽其勉之。"③

白珽著作今存仅《湛渊集》一卷、《湛渊静语》二卷。

白珽生二子：长曰贲，字无咎；次曰采，字无华。无咎为元代著名曲家，《录鬼簿》载入"前辈已死名公，有乐府行于世者"目中④；《太和正音谱》谓："白无咎之词，如太华孤峰。孑然独立，峭然挺出，若孤峰之插晴昊，使人莫不仰视也。宜乎高荐。"⑤

十、周暕

吟社第十九名。吟社署名识字耕夫。别注云："武林社。泰州周暕，字伯阳，号方山。"

元张伯淳《养蒙文集》卷二有《送周方山序》，略云：

> 居今之世，有若海陵周君以诗文游诸公间，识不识闻周方山至，倒屣唯恐后，而日汲汲道途，岂得已而不已者哉？其客秀凡数年，来为钱塘客复许久，今又将去而游吴门。不知方山此去辙迹所过可几所？欢然倾盖者几人？其可以长裾见而不贻俗子嗤者又几？王门青刍白饭能所至如归否？川浮陆走东西惟吾所欲不至濡滞否？无落寞否？

---

① 〔元〕白珽：《湛渊静语》卷首，《丛书集成初编》本，中华书局1985年版，第2页。
② 〔元〕白珽：《湛渊集》卷首，《影印文渊阁四库全书》本，台湾商务印书馆1986年版。
③ 〔元〕陈著：《本堂集》卷四十四，《影印文渊阁四库全书》本，台湾商务印书馆1986年版。
④ 参见〔元〕钟嗣成《录鬼簿》卷上，见《中国古典戏曲论著集成》第二册，中国戏剧出版社1959年版，第103页。
⑤ 〔明〕朱权：《太和正音谱》卷上《古今群英乐府格势》，见《中国古典戏曲论著集成》第三册，中国戏剧出版社1959年版，第18页。

于其行也，合钱塘交游之能诗者各赋以赠。于是嘉兴张伯淳壮方山之游兴不衰，又喜吴门有郡博士冯君抱瓮、前提学胡君沧溪，皆东道主也。方山见必有遇，当不至如区区所从者。作送周方山陳序。①

张伯淳，字师道，嘉兴崇德人。宋末举童子科。至元二十三年（1286）以荐除杭州路教授。大德中，官至翰林侍讲学士。此序当作于其杭州路教授任内。序中所云海陵，即泰州州治所在。别注中所说武林社，则是宋季元初杭州出现的众多诗社之一，仅《月泉吟社诗》别注中提到的，就有杭清吟社、白云社、孤山社、武林九友会等。月泉吟社第廿七名东必曾，亦是武林社中人。又，与周陳同时代的黄庚《月屋漫稿》有《梅魂》诗，原注云"武林试中"，当即武林诗社中选之意。

从此序中可知，周陳入元之后初未曾入仕，川浮陆走，寄迹四方。方回《桐江续集》卷十三有《送周君陳之余姚讲授》诗，诗云："绛帐飘然适海涯，月明任意拣南枝。腹中书不烦行李，床上琴堪当侍儿。马队定无元亮句，草堂宁有稚圭移。他年会作安刘事，且向深山茹紫芝。"② 如上文所述，《桐江续集》诗为编年诗，此诗前有《苦雨行》诗，其序云"丁亥五月初三日夏至"；卷十四有《丁亥初八日南至二首》诗。据此可断定此诗作于丁亥，即元世祖至元二十四年（1287）。从诗题中的"讲授"及诗的内容来看，周陳此时大概出任了余姚县学教谕之类的学官，但考之清乾隆四十四年（1779）所修《余姚志》、乾隆五十七年（1792）重修《绍兴府志》、光绪重修《余姚县志》，三志《职官志》均未列周陳名。但三志《职官志》均有缺漏，如《绍兴府志》所记元代余姚教谕仅陈子安等六人，按三年一任计，当远不止此数，周陳或即在缺漏之列？

又，白珽《湛渊静语》有周陳所作序，这是周陳除月泉吟社诗外，存世的唯一文字，兹引于下：

湛渊先生，有德有言人也。往予客江左，得相师友。始取惟文墨

---

① 〔元〕张伯淳：《养蒙文集》卷二，《影印文渊阁四库全书》本，台湾商务印书馆1986年版。
② 〔元〕方回：《桐江续集》卷十三，《影印文渊阁四库全书》本，台湾商务印书馆1986年版。

议论，历年多且游其里久，乃知文行之美出乎天性。五岁能属对，八岁能赋小诗，十岁能刺股肉起母之疾。既冠，盖孤贫，依多书之家者二十年，昼翻夜读，无大故不出户庭，文声猎猎起。既仕，喜推挽后来，成就寒隐，济人利物事，人能诵言之。所交南北知名士，如文本心、何潜斋、刘须溪、牟献之、方万里、夹古士常、闫子静、姚牧庵、卢处道诸公，莫不礼遇，相与为忘年之游，期于远大，而先生泊然以退为乐。将为河为海，欲为川渎而止，可乎？

二亩之宅，竹树半之。尝鼓一箧自随，客至即屏去。一日，卧内见之，乃所著有余师《经子类训》《集翠裘》等书也，引证严密，言论醇正，虽况说调笑，具有微意，非若今所谓杂说无益于学，徒玩物丧志。惜汗涂窜易，不加比缉。余哀其勤，虑其久至散佚，勉为次第，并诗文合百卷，《静语》其一也。

湛渊名满天下，尝自谓平生受用全得谢上蔡去一矜字力。文章翰墨，所至传诵，藏去如遇奇物。余老矣，尚惧美行为文所掩，故因其索，叙言之，庶知余取友之道不苟也。先生姓白氏，名珽，字廷玉，钱塘人，今年六十又三，湛渊其山居故扁云。至大庚戌（1310）夏四月二日，友生海陵周暕伯阳甫叙。①

白珽，字廷玉，号湛渊，钱塘人。宋末尝入太学。宋亡，初以授馆为业，后出任太平路儒学正、常州路儒学教授和江浙等处儒学副提举，以兰溪州判官致仕。他亦曾参加月泉吟社，为第十八名。此序作于至大庚戌（1310），可知此时周暕尚健在。序中说"余老矣"云云，味其语气，当与白珽年纪相差不大，此时应为六十岁左右。

十一、黄景昌

吟社第廿五名。吟社署名槐窗居士。别注云："浦阳长塘黄景昌。"
宋濂《浦阳人物记》卷下有《黄景昌传》，述其生平甚详，兹录于下：

黄景昌，字清远，一字明远，县之灵泉人。其先与太史公庭坚同所自出。四岁入小学，十二岁能属文。长从方凤、吴思齐、谢翱游，

---

① 〔元〕白珽：《湛渊静语》卷首，《丛书集成初编》本，中华书局1985年版，第2页。

益通五经、诸子、诗赋、百家之言。尤笃意《书》《春秋》，学之四十年不倦。三《传》异说，学者不知所从，景昌据经为断，各采其长，有不合者，痛辞辟之，不少恕。作《春秋举传论》。巴川阳恪著《夏时考正》，言三代悉用夏时，不改月数。景昌以"左氏纵不与孔子同时，亦当近在孔子后，其言当不诬"，作《周正如传考》。建安蔡沈集众说为《书传》，世无敢议其非，景昌独疏其倍师说者数十百条，作《蔡氏传正误》。古今诗体制虽相袭，而音节则殊，近代以此名家者亦罕知其说，景昌以"古人论诗主于声，今人论诗主于辞；声则动合律吕，可以被之金石管弦，辞则文而已矣"。乃集汉魏以来诸诗，各论其时代而甄别之，作《古诗考》。景昌善持论，出入经史，衮衮不穷，如议法之吏，反复推鞫，其人辞不服不止，故其所言，皆绰有理致。他著述尚多，不能备陈。

景昌年既耄犹执笔删述不已，或劝其休，景昌曰："吾岂不知老之宜佚哉？恐一旦即死，无以藉手见古人耳。"晚自号田居子，述《田间古调辞》九章，宾客至，辄揭瓮取酒共饮，酒酣，取辞歌之，以筮击几为节，音韵激烈，闻者自失，不知世上有贵富也。景昌事亲孝，亲没，哀泣至终丧。遇孤姊甚恋恋，怀乡人有恩。重纪至元二年（1336）卒，年七十六。①

据宋濂此传，景昌的生年应为宋理宗景定二年（1261）。景昌所撰《春秋举传论》《周正如传考》《蔡氏传正误》《古诗考》等书，惜均不传。唯吴莱《渊颖吴先生集》卷十一有《春秋举传论序》、卷七有《周正如传考序》、卷十二有《古诗考录后序》，可概略得知其内容。因原文冗长，兹不录。又，《渊颖吴先生集》卷八《田居子黄隐君哀颂辞》，所记景昌生平与宋传略同，其记景昌所撰《田间古调辞》篇名，可补宋传之缺："一章曰耕田、二章曰抱瓮、三章曰濯涧、四章曰暴日、五章曰候樵、六章曰倚窗、七章曰联蓑、八章曰酿酒、九章曰开径。"②

吴莱《渊颖吴先生集》卷二还有《夜观古乐府词，忆故友黄明远。明远曾作〈乐府考〉，录汉魏晋宋以来乐歌古词》一诗，对黄景昌辑录刊

---

① 罗月霞主编：《宋濂全集》，浙江古籍出版社1999年版，第1846～1847页。
② 〔元〕吴莱：《渊颖吴先生集》卷八，《四部丛刊初编》本，上海书店1989年版。

行乐府古诗的旨意多有发明。诗云:

> 忆昔黄君美如玉,老屋青灯雨间宿。起翻案上奇傀词,前后千年乐家曲。予方弱冠学讴歌,去问诗骚法若何。伟兹欲继三百五,佗尽虾蟹此蛟鼍。就中齐代及秦楚,巾拂鞞铎争传谱。清商雅部灿然文,骑吹箫铙雄者武。心力涵泳到,手力抄撮来,口力有白醴,目力无纤埃。时时弄笔便著句,花木禽鱼古今趣。北岸垂纶杨柳枝,东邻著屐樱桃树。自此相逢二十春,一朝门巷阒生尘。浅殡蓬藁冻蚁噆,荒庐寂寞狐妖嚬。人世本无金石寿,简编零落安能久?艺文著录数百家,一二仅存谁不朽?一二不朽终峥嵘,岁远浸恐山渊平。嗟君尚爱古乐府,夜半松风知此声。

宋末诗弊滋极,四灵、江湖末流诗人的创作气局荒糜,纤碎潜弱,寄情偏僻,尘俗可厌。宋元易代,天崩地坼,残酷严峻的社会现实唤醒了昏睡中的诗人,他们再也不能对此视而不见、充耳不闻了,他们强烈呼唤现实主义诗风的回归。因而,复古,即恢复汉魏晋唐诗歌的优良传统成了席卷诗坛的一股潮流。像宋末严羽提出"以汉魏晋盛唐为师,不作开元、天宝以下人物"的主张;元初戴表元提倡"宗唐得古";[①] 仇远则说得更明确:"近体吾主于唐,古体吾主于选。"[②] "选"即指《文选》中的魏晋古诗。显然,黄景昌也是这一复古主张的鼓吹者。

十二、陈希声、陈尧道、陈舜道

陈希声,吟社选其诗二首,即第五十名,署名元长卿;第五十一名,署名闻人仲伯。别注均作:"义乌陈希声。"陈尧道,吟社第八名。吟社署名倪梓。别注云:"义乌陈尧道,字景传,号山堂。"陈舜道,吟社第三十一名。吟社署名陈希邵。别注云:"义乌陈舜道。"

按陈希声、陈尧道、陈舜道三人为父子。说见黄溍《跋景传遗文》一文,兹引于下:

[①] 说见邓绍基主编《元代文学史》第十七章《元代诗文概况》,人民文学出版社1991年版,第368页。

[②] 〔宋〕方凤:《仇仁父诗序》,见方勇辑校《方凤集》,浙江古籍出版社1993年版,第64页。

呜呼，此景传绝笔也，予尚忍言之哉！景传长予十五岁，与予为忘年交，而其子克让，予婿也。景传始属疾，阴阳家争来言，所穿新井不利。景传曰："死生有命，井非所获罪也。"皆谢遣之。时克让方从予鄞江上，于是有"待汝不归，我行有程"之语。克让既归，则又有"忍死待儿而儿归"之语。呜呼，予尚忍言之哉！

景传之先，有为邵州新化县主簿者，仕稍不显。主簿君之父，笃厚长者，宗忠简公父事之。其殁也，公实铭其墓。逮景传之尊府君希声先生，遂以文学为后进师。而景传负其不羁之才，浮游物表，人见其寓笑于文字间，类若依隐玩世；至于死生之际，处之裕如，合乎圣贤之学，而出乎性命之正者，人固未或能知之也。

其季景宗，朝出耕，夜归读古人书，薄己而厚物，近乎昔之独行君子者，予尤畏慕焉。景传谓克让："汝非季父不立，汝非外舅不成。"呜呼！景宗视克让，盖犹子也，而景传望予之厚如此，予亦安能有以慰景传于地下，而尚忍言之哉！

景传之死，予既无只字以为之铭，又无片辞以为之诔，姑辑其遗言，录而藏诸，以示无忘。或者克让因是尚有警也。①

黄溍此文对陈希声、陈舜道二人记述较略，然而这也是今存元人文集和史料中关于两人生平的仅见文字。从中可知，两人均未从仕，以教授乡里和躬耕陇亩终其一生。黄溍和陈尧道是儿女亲家，故对陈尧道的生平为人记载略详。除此之外，《黄文献公集》中还有《跋景传新店湾诗》《绣川二妙集序》两文涉及陈尧道，现略加综合，考述如下。

黄溍《跋景传遗文》中说"景传长予十五岁"，按黄溍生于元世祖至元十四年（1277），据此可推知陈尧道应生于宋理宗景定四年（1263）。《跋景传新店湾诗》云："新店湾在诸暨东北三十里，景传十八年间，凡三题诗。顷予忝佐是州，以故事谒郡府，道过其处，览最后所题岁月，盖余以督运吏居鄞时，景传携其子克让来为予婿，尝寓宿于此也。追计之已六年，而景传与予永诀者亦四年。因次其韵，以志存殁之感。"② 按宋濂《金华黄先生行状》云："大德五年（1301），举教官；七年（1303），举

---

① 〔元〕黄溍：《黄文献公集》卷四，《丛书集成初编》本，中华书局1985年版，第158页。
② 〔元〕黄溍：《黄文献公集》卷四，《丛书集成初编》本，中华书局1985年版，第159页。

宪吏。……延祐元年（1314），贡举法行，县大夫又强起先生充贡乡闱……特置前列。二年（1315）上春官，复在选中……授将仕郎台州路宁海县丞。仅逾再期。会有诏改盐法，江浙行中书承制，迁两浙都转运盐铁使司石堰西场监运。……阅四载，以功超一姿，升从事郎绍兴路诸暨州判官。"① 据此可知，黄溍于延祐二年（1315）授将仕郎台州路宁海县丞，共做了二任，即六年。于延祐七年（1320）调任两浙都转运盐铁使司石堰西场监运，即《跋景传新店湾诗》文中所说的"督运吏"，在此任上四年，即到至治三年（1323）止。又黄溍《送曹顺甫序》云："曹君顺甫，与予居同郡，且同举教官。予讫不调，而顺甫用累考序迁为温学正。其行也，会予以督运吏书满，归自海壖。顺甫谓予幸以一言识其别。于是距予与顺甫同举时，二十又三年矣。"② 这里说督运吏任满的时间，距举教官之大德五年（1301）已二十三年，据此推知督运吏任满的时间是至治三年（1323），恰好和我们上文的推断吻合。黄溍《跋景传新店湾诗》中说，陈尧道最后一首新店湾诗作于其督运吏任上，即应在1320—1323年。作此诗后四年，陈尧道即去世了，故其卒年最迟不应晚于泰定三年（1326），活了大约六十三岁。

黄溍《跋景传遗文》中说"景传负其不羁之才，浮游物表，人见其寓笑于文字间，类若依隐玩世"，可略见其性格为人之一斑。陈尧道在当时颇有诗名，黄溍曾将他与傅野两人的诗合编为《绣川二妙集》，惜今已不传。黄溍在为此集所作序中说："景传之诗，涵肆彬蔚，如奇葩珍木，洪纤高下，杂植于名园，终日玩之而不厌也。"③ 评价颇高。遗憾的是，陈尧道的诗今存世的仅《月泉吟社诗》中一首，殊为可惜。

十三、许元发

吟社第三十四名。吟社署名云东老吟。别注云："义乌许元发。"

谢翱《晞发集》卷六有《寄东白许元发》诗。诗云："昔我来南方，采药与君遇。仙核堕寒芜，山花明远渚。云空参语外，露下离立处。别来

---

① 罗月霞主编：《宋濂全集·潜溪后集》卷十，浙江古籍出版社1999年版，第309页。
② 〔元〕黄溍：《黄文献公集》卷五，《丛书集成初编》本，中华书局1985年版，第196页。
③ 〔元〕黄溍：《绣川二妙集序》，见《黄文献公集》卷六，《丛书集成初编》本，中华书局1985年版，第236页。

荒烟中，五阅寒与暑。寒暑岂易初，肌发不如故。闻处人道变，未得世病愈。驱车望东白，此情那可朔？倘及乘青蜺，为君拂尘羽。"① 按东白，为东白山，在浙江东阳县东北，距义乌不远。元初许元发当隐于此山。据徐沁野《谢皋羽年谱》，谢翱首次来婺的时间是至元二十四年（1287），受浦阳吴渭之邀，主持月泉吟社评裁事。大约此时与许元发相识。诗中云"别来荒烟中，五阅寒与暑"，知此诗作于至元二十八年（1291）。从诗的内容看，许元发亦是与谢翱声气应求的同志。

十四、陈君用

吟社选其诗两首，即第四十名，署名柳圃；第四十六名，署名陈鹤皋。别注均云："月泉竹臞陈君用。"

陈衍《元诗纪事》卷六"陈君用"条注云："君用字竹臞。"② 厉鹗《宋诗纪事》卷八十一"陈公凯"条注云："公凯，字君用，号竹臞。"③ 两说有异。方凤《存雅堂遗稿》卷四《金华洞天行纪》云："己丑（1289）岁正月，谢翱皋羽、方凤韶卿约游洞天。十一日辛卯，韶卿携子樗肖翁入邑，与皋羽及陈公凯君用、弟公举帝臣会。韶卿夜赋诗示同游者。"④ 据此，当以厉鹗之说为是。

明郑柏《金华贤达传》卷十《陈公举传》云："陈公举，字正（帝）臣，浦江人，善属文。与兄公凯日与方凤、吴思齐为文字交。至元末任本县儒学教谕，累迁江浙儒学副提举，与赵孟頫为同僚。用荐者应奉翰林文字，甫二月卒。公凯，月泉书院山长。公举子昌翁亦能文，本县儒学教谕。"⑤《金华府志》卷三十《艺文志》录有陈公凯所作《浦江县漏刻铭》一文，作于至大己酉（1309），自署"前婺州路月泉书院山长陈公凯"⑥，故知公凯为月泉书院山长的时间应在此之前的大德年间。

---

① 〔宋〕谢翱：《晞发集》，《影印文渊阁四库全书》本，台湾商务印书馆1986年版。
② 〔清〕陈衍辑：《元诗纪事》卷六，《万有文库》本，商务印书馆1935年版，第89页。
③ 〔清〕厉鹗辑撰：《宋诗纪事》卷八十一，上海古籍出版社1983年版，第1985页。
④ 〔宋〕方凤：《存雅堂遗稿》卷四，《影印文渊阁四库全书》本，台湾商务印书馆1986年版。
⑤ 〔明〕郑柏辑：《金华贤达传》，《四库全书存目丛书》本史部第八十八册，齐鲁书社1996年版。
⑥ 〔明〕王懋德等修：《金华府志》卷三十，万历六年（1578）刻本。

又，陈公举亦参加了月泉吟社，但未能入选前六十名。今存《月泉吟社》附录"摘句图"，录有其"清晓蛙声引啼鸠，夕阳牛背立归鸦"一联，署名陈帝臣。

十五、陈养直

吟社第六十名。吟社署名"青山白云人"。别注云："居杭。"

全祖望《鲒埼亭集外编》卷四十七"月泉吟社诗人二"条云："青山白云人者陈养直也。亦奉化人。见《剡源集》。吟社谓其居杭，大抵侨寓也。"① 《剡源集》为戴表元文集，卷十二有《陈养直字序》一文，从中可略悉养直之生平："学者陈生名规，靳于人之意其圆也，其族昆字之以养直。曰规，弓材也，弓材直。养直疑之，以问于余。……养直美资识，严检操，是能顾其名矣，是能直矣。……大德丁酉（1297）岁后十二月朔日戴表元序。"②

陈养直尝与黄溍相往来，黄溍《黄文献公集》有两诗涉养直。卷一《送陈养直归四明》云：

迢迢浙河水，同渡不同归。执袂方成别，惊帆已若飞。野桥行处酒，风雪去时衣。瞻望嗟何及，天长鸿雁微。

卷二《青山白云图》云：

十年失脚走红尘，忘却山中有白云。忽见图画疑是梦，冷花凉叶思纷纷。③

陈养直生平可考者仅此。

十六、吴思齐

吴思齐与谢翱、方凤同为月泉吟社盟主吴渭所聘之考官，主持评裁

---

① 〔清〕全祖望撰、朱铸禹汇校集注：《全祖望集汇校集注·鲒埼亭集外编》，上海古籍出版社 2000 年版，第 1776～1777 页。
② 〔元〕戴表元《剡源集》卷十二，《丛书集成初编》本，中华书局 1985 年版，第 176 页。
③ 以上两诗见〔元〕黄溍《黄文献公集》卷一、卷二，《丛书集成初编》本，中华书局 1985 年版，第 35、83 页。

事。宋濂《吴思齐传》述其生平甚详,略云:

> 吴思齐,字子善,处之丽水人。祖深,有奇才,永康陈亮以子妻之,遂来家永康。父邃,武学博士,官至朝散郎知广德军。思齐少颖悟,仿邃为古文,即可诵。季父国子监丞天泽器之,悉授以所学,遂用辞章家知名。寻由任子入官,监临安府新城税锁厅。试漕司,中举。上礼部,不利。后从常调为嘉兴县丞。……寻监户部犒赏酒库。……未几,迁饶州节制司准备差遣。……俄不愿仕,请监南岳庙,流寓桐庐。……后值宋改物,家益艰虞,至无儋石之储。有劝之仕者,辄谢曰:"譬犹处子,业已嫁矣,虽冻饿者不能更二夫也。"中遇寒疾,耳失听,交游苦其聋,语未毕驰去。独婺方凤、粤谢翱、睦方棻剧谈每至夜,指画手书,傍观呫呫,而略无倦意。先墓在丽水,不能数归省,岁时必遥望陨涕。因自号"全归",誓不失身以病父母也。思齐天性真悫,虽行人所难,坦然不见崖异,心知有是非,不知有毁誉福祸。学者尊其行,争师之。方凤评思齐之为人如徐积、陈师道,君子不以为过。大德辛丑(1301),年六十四,手编圣贤顺正考终之事曰《俟命录》。录成,赋诗别诸友,遂卒。……所著书有《左氏传阙疑》《拟周公谨平荆州碑》《魏司马孚赞》《跋杜诗集》,陈亮、叶适两家文选,又仿真德秀《文章正宗》,辑宋一代诗文,卷帙多未就。①

吴思齐是元初浙西遗民中较特别的人物,他与方凤、谢翱为莫逆之交,尤以气节高峻为时人所重。宋濂《吴思齐传》云:"濂游浦阳仙华山,问思齐旧游处,见石壁题名尚隐隐可辨。故老云:'思齐与方、谢无日不游,游辄连日夜,或酒酣气郁时,每扶携望天末恸哭,至失声而后返。'"② 黄溍《书吴善父哀辞后》云:"中岁颇慕管幼安、陶渊明之为人,因自放山水间,时与畸人静者,深幽发奇,以泄其羁孤感郁之思。遇

---

① 〔明〕宋濂:《吴思齐传》,见罗月霞主编《宋濂全集·宋学士先生文集辑补》,浙江古籍出版社1999年版,第2050~2051页。
② 〔明〕宋濂:《吴思齐传》,见罗月霞主编《宋濂全集·宋学士先生文集辑补》,浙江古籍出版社1999年版,第2051页。

意所不释，或望天末流涕。"① 这些记载，均可补宋濂传文之略。

吴思齐的诗文流传下来的不多，现存的少数篇章亦可见其遗民故老危苦感愤之心态、冰霜峻洁之气节。黄溍有《和吴赞府斋居十咏》② 诗，十咏分别题为焦桐、蠹简、破砚、残画、旧剑、尘镜、废綮、败裘、断碑、卧钟。思齐之原作今已不存，但从所咏之物所显示的意象，不难想见其内心之绝望、悲观的情绪是何等深重。其所作《拟古》诗云：

> 平原一遗老，九重未知名。临危观劲节，相视胆为惊。析陉犹举手，吁天闵无成。九陨期报国，万古犹光晶。亦有布衣人，烈烈死弥贞。回风惜往日，辉映岂独清。滔滔肉食辈，沘颡徒吞声。我闻同志士，野祭激高情。配享遗斯人，忧心每如醒。③

此诗深情歌颂了遗民志士的高尚节操，亦可视为吴思齐本人的自白。

原刊《文献》1993年第1期、1994年第3期

---

① 〔元〕黄溍：《黄文献公集》卷四，《丛书集成初编》本，中华书局1985年版，第143页。
② 〔元〕黄溍：《黄文献集集》卷一，《丛书集成初编》本，中华书局1985年版，第30~31页。
③ 〔清〕胡凤丹：《金华诗录》卷九，光绪九年（1883）退补斋重刊本。

元初遗民诗社汐社考略

汐社与月泉吟社可以说是元初最具影响的遗民诗社。月泉吟社由于有《月泉吟社诗》一卷存世，我们得以清晰地了解它的整体概貌，而汐社则几乎没有任何完整材料保存下来。关于它的情况，主要见于当时人及后人的只言片语中，犹如云中神龙，不见首尾，唯见忽隐忽现的一鳞片甲而已。这里即将这些零散材料连缀补绽，试图描绘出此诗社的大致面貌。

一、关于汐社的组织者与结社宗旨

汐社的组织者一般认为是谢翱。谢翱（1249—1295），字皋羽，一字皋父，号晞发子，福州长溪（今福建霞浦）人。咸淳中试进士不第。景炎元年（1276）七月，文天祥开府延平，翱倾家财募乡兵投效，任谘事参军。文天祥被执殉国后，翱避地浙东，先后寓会稽王英孙、浦江吴渭家。至元二十七年（1290），他与友人在富春江畔严子陵钓台之西台设文天祥神主以祭，并作楚歌以招之。所撰《登西台恸哭记》曾详记其事。翱卒后，即葬于西台之侧。

关于谢翱为汐社之组织者一事，见之于方凤所撰《谢君皋羽行状》，略云："大率不务为一世人所好，而独求故老与同志以证其所得。会友之所名汐社，期晚而信，盖取诸潮汐。"① 何梦桂《汐社诗集序》一文则进一步阐发了汐社以"汐"为名的含义：

> 海朝谓潮，夕谓汐，两名也。汐社以偏名何？志感也。社期于信，而又适居时之穷，与人之衰暮偶，而犹蕲以自立者，视汐虽逮暮夜而不爽其期，若有信然者类，此谢君皋羽所以盟诗社之微意也。……然潮以朝盈，汐不以夕亏，君有取诸此，固将以信夫盟，拟

---

① 〔宋〕方凤著、方勇辑校：《方凤集》，浙江古籍出版社1993年版，第75页。

以为夫人之衰颓穷塞,卒至陆沉而不能自拔以死者之深悲也。①

从此序中不难看出,汐社之命名,大致有两方面的含义,一是有按时定期聚会之意,然更重要的则是,在国破家亡之际,诗社同人之间互相激励,不以衰颓穷塞而屈志改节。此正是汐社结社之宗旨所在。

除了谢翱之外,王英孙在汐社中亦担当了十分重要的角色,也可视为汐社的另一组织者。王英孙,字才翁,号修竹,会稽(今浙江绍兴)人。少保端明殿学士克谦之子,宋末官将作监簿。入元隐居不仕。英孙本会稽故家大族,家饶于赀,为人豪爽尚义,故鼎革后"为衣冠避乱者所宗"②。许多材料都谈到他与汐社的关系。如元胡翰《谢翱传》云:"天祥转战闽广,至潮阳被执。翱匿民间,流离久之。间行抵勾越。勾越多阀阅故大族,而王监簿诸人方延致游士,日以赋咏相娱乐。翱时出所长,诸公见者,皆自以为不及。"③ 明人季本云:"予尝考王英孙号修竹,为宋勋戚之裔,好义乐施,延致四方名士,林(景熙)、郑(朴翁)、谢(翱)、唐(珏),皆其客也,结社稽山之麓,与寻岁晏之盟,慷慨激昂形诸吟咏。"④《(万历)绍兴府志》云:"谢翱……间行抵勾越。……王监簿诸人方延致游士……遂结社会稽,名其会所曰汐社,期晚而信也。"⑤ 可见,汐社乃谢翱被王英孙延至于其家时所立,那么,王英孙在其中所起之作用也就不言自明了。

二、关于汐社活动之年代与活动之地域

汐社之活动年代虽无明确文字记载,但我们从其盟主谢翱的活动线索中仍可约略考得之。谢翱《登西台恸哭记》云:

> 始故人唐宰相鲁公开府南服,予以布衣从戎。明年别公漳水湄。后明年,公以事过张睢阳及颜果卿所尝往来处,悲歌慷慨,卒不负其

---

① 〔元〕何梦桂:《潜斋集》卷六,《影印文渊阁四库全书》本,台湾商务印书馆1986年版。
② 〔清〕曾廉:《元书》卷九十一《隐逸传上》,清宣统三年(1911)屋漪堂刻本。
③ 〔元〕胡翰:《胡仲子集》卷九,《影印文渊阁四库全书》本,台湾商务印书馆1986年版。
④ 〔清〕悔堂老人:《越中杂识》下卷,浙江人民出版社1983年版,第167页。
⑤ 〔明〕张元忭、孙鑛:《(万历)绍兴府志》卷三十九《寓贤》,见中国国家图书馆编《原国立北平图书馆甲库善本丛书》第369册,国家图书馆出版社2013年版,第1725页。

言而从之游。……又后三年,过姑苏。姑苏,公初开府旧治也,望夫差之台而始哭公焉。又后四年而哭之于越台,又后五年及今而哭于子陵之台。①

这段文字对其宋亡之后的行踪记述得十分清晰:宋景炎元年(1276)七月,文天祥开府南剑州,谢翱"杖策诣公,署谘事参军"②。景炎二年(1277)正月,文天祥移军漳州,翱于此时与天祥别,故有"明年别公漳水湄"之语。"后明年"云云,指宋末帝赵昺祥兴元年(1278)十二月,文天祥兵败被执,祥兴二年(1279),天祥被押北上途中曾题诗张巡庙一事。"又后三年"云云,指至元十九年(1282),谢翱过姑苏,登夫差之台哭祭文天祥。"又后四年而哭之于越台",则指至元二十三年(1286),谢翱来到会稽,登越王台哭祭文天祥。元张孟兼注《登西台恸哭记》,于此句下注曰:"此丙戌(1286)年也。按行述谓公是年过勾越,行禹窆间,北向而泣焉。"③据此可知,谢翱到会稽的确切时间是至元二十三年丙戌(1286),此即应为汐社活动年代的上限。谢翱卒于元贞元年(1295),汐社的活动也应在此年结束。

宋元之时的诗社活动大多局限于一地,故诗社多以其地命名,如贺铸之彭城诗社、邹浩之颍川诗社、叶梦得之许昌诗社、王十朋之楚东诗社以及元代之月泉吟社、越中吟社等。汐社则是一个例外。除了最初在会稽结社之外,据现今所掌握的资料,它还至少在浙西的浦江、桐庐等地有过活动。方凤《谢君皋羽行状》云:"(翱)游倦辄憩婺、睦之江源、月泉、仙华岩、小炉峰、三瀑布,复爱子陵台下白云原唐元英处士旧隐,有终焉之志;且欲为文冢,瘗所为稿台南。"④"甲午(1294)寓杭,遗人刘氏,女以女,至是,买屋西湖,日与能文词者往还。乙未(1295),复来婺、睦,寻汐社旧盟。夏由睦之杭,肺疾作,以秋八月壬子终。"⑤这里说的"复来婺、睦,寻汐社旧盟",细味其意,谢翱旧曾于婺、睦之地结汐社之意甚明。婺,这里指浦江县,古属婺州;睦,这里指桐庐县,古属睦

---

① 〔宋〕谢翱:《晞发集》,《影印文渊阁四库全书》本,台湾商务印书馆1986年版。
② 〔宋〕方凤著、方勇辑校:《方凤集》,浙江古籍出版社1993年版,第75页。
③ 〔宋〕谢翱:《晞发集》,《影印文渊阁四库全书》本,台湾商务印书馆1986年版。
④ 〔宋〕方凤著、方勇辑校:《方凤集》,浙江古籍出版社1993年版,第76页。
⑤ 〔宋〕方凤著、方勇辑校:《方凤集》,浙江古籍出版社1993年版,第76页。

州。至元二十三年（1286）冬，浦江吴渭举月泉吟社，聘谢翱、方凤、吴思齐为考官；至元二十七年（1290），谢翱登严子陵钓台西台哭祭文天祥。谢翱后期多在此一带活动，于是遂将原来在会稽所结之汐社进一步发展到了婺、睦两地。曾廉《元书》卷九十一《谢翱传》云："翱复之浦江，馆于吴渭。……延邑人方凤、永康吴思齐及翱开月泉吟社，遂合汐社为一。"何梦桂《吴愚隐诗序》云："古括吴君愚隐（按即吴思齐）以诗文相证……来婿白云，与闽人谢翱皋羽、婺人方景山（按景山为方凤字）为友，结诗社于双台下，盖高子陵之风久矣。"① 此均为汐社曾在婺、睦两地活动之明证。

综上所述，汐社的活动大致可分为前后两个阶段，前一阶段的主要活动之地在浙东的会稽，后一阶段则转移到了浙西的婺、睦两地，而联系这两个阶段的关键人物则是谢翱。由此可见，谢翱在元初遗民中的确是个颇值得重视的人物，他不仅自己好义不屈，节操峻洁，还通过结诗社这一形式联络了一大批遗民故老，形成群体，互为激励，从而使汐社早已超越了狭义的文学团体的范畴而具有了某种政治团体的性质。

三、 关于汐社的成员

如上所述，汐社的活动分为前后两个阶段，故对其成员的考察也应分别进行之。

在第一阶段会稽时期，除了谢翱和王英孙二人外，可确切考知的该社成员还有林景熙、唐珏、郑朴翁等。

林景熙，字德旸，号霁山，温州平阳（今属浙江）人。宋咸淳七年（1271）太学释褐，历泉州教授、礼部架阁，转从政郎。宋亡不仕。有《霁山集》。

唐珏，字玉潜，号菊山，会稽山阴人。

郑朴翁，字宗仁，温州平阳人。宋咸淳末上舍释褐，授迪功郎、福州教授，寻除国子正，转从政郎。宋亡不仕。

以上三人有两个共同之处：一是他们和谢翱一样，均被王英孙延至于其家，为王之门客；二是至元二十一年（1284），元江南释教总统西僧杨琏真加，将会稽宝山南宋六代皇帝之攒陵尽行发掘，"至断残支体，攫珠

---

① 〔元〕何梦桂：《潜斋集》卷七，《影印文渊阁四库全书》本，台湾商务印书馆1986年版。

襦玉柙，焚其骴，弃骨草莽间"①。当其时也，林、唐、郑三人在王英孙的组织下，秘密收拾诸陵遗骨，瘗葬于兰亭山南，并植冬青树于其上，史称六陵冬青之役。关于发陵事件之详情及王、林、唐、郑各人在此役中所起之作用，拙文《六陵冬青之役考述》②有详细论述，此不赘。

在第二阶段婺、睦时期，该社之主要成员则有方凤、吴思齐等。方凤，字韶卿，一字景山，浦江人。宋末曾试太学，举礼部不第，特恩授容州文学。宋亡后，归隐浦江仙华山。吴思齐，字子善，处州丽水（今属浙江）人，后徙永康（今属浙江）。由任子入官，监新城税，调嘉兴丞。宋亡不仕。谢翱晚年与方、吴二人交往十分紧密，宋濂《谢翱传》云："……游倦，辄憩浦阳江源，及睦之白云村，寻隐者方凤、吴思齐，昼夜吟诗不自休。"③宋濂《吴思齐传》云："思齐与方凤、谢翱无月不游，游辄连日夜。或酒酣气郁时，每扶携向天末恸哭，至失声而后返。"④从这些描述中，我们不难看到汐社同志眷怀宗邦、危苦悲愤的精神风貌。至元二十三年（1286）冬，浦江吴渭举月泉吟社，他们三人还一起受聘为该社的考官。

除了谢、方、吴三人之外，这一阶段的汐社成员，被有关材料提到的，还有方棨、方幼学、翁登、翁衡、冯桂芳、吴贵、严侣等数人。

《道光福建通志·宋忠节》云："（翱）邀同志结汐社，自凤、思齐外，婺方幼学、方棨，睦冯桂芳、翁登、登弟衡皆与焉。"⑤考谢翱《登西台恸哭记》，云其"与友甲乙若丙约，越宿而集。……登西台设主于荒亭隅，再拜跪伏，祝毕，号而恸者三，复再拜起"。据张孟兼注："甲乙若丙者，意为吴思齐、冯桂芳、翁衡也。今虽不知其然，唯三人同登时诗可考见也。"⑥又考方凤所撰《谢君皋羽行状》，谓谢翱"垂殁时，语妻刘：'吾去乡远，交游惟婺、睦间方某、翁某数人最亲，死必以赴，慎收吾文及遗骨，候其至以授之。'辛酉讣闻，婺方凤、方幼学、吴思齐，睦

---

① 〔元〕陶宗仪：《南村辍耕录》卷四，中华书局1959年版，第43页。
② 参见《文史》（第34辑），中华书局1992年版，第201～209页。
③ 罗月霞主编：《宋濂全集·宋学士先生文集辑补》，浙江古籍出版社1999年版，第2052页。
④ 罗月霞主编：《宋濂全集·宋学士先生文集辑补》，浙江古籍出版社1999年版，第2051页。
⑤ 〔清〕孙尔准等修、陈寿祺纂、程祖洛等续修、魏敬中续纂：《道光福建通志》卷一九〇，见《中国地方志集成·省志辑·福建》，上海书店出版社2000年版，第383页。
⑥ 〔明〕程敏政：《宋遗民录》卷三，《丛书集成初编》本，中华书局1991年版，第22页。

冯桂芳、翁登及弟衡，会小炉峰，相向哭。明日，凤与幼学、方焘，先往台南，度可葬地。甲子具舟之杭，哭诸刘氏……越明年正月二十八日丁酉窆，以文稿殉。……窆之日，同年生吴谦志圹，其从孙贵以门人，虞而归婺，祠之月泉"①。从上引材料可以看出谢翱与方幼学、方焘、冯桂芳、翁登、翁衡、吴贵等人的亲密关系，此数人为其所结之汐社成员应是情理中事，惜此数人之生平多已淹灭无考。

至于严侣亦为汐社成员一事，见之于杨维桢所撰《高节先生墓铭》，略云："先生讳侣，字君友，姓严氏，子陵三十五世孙也。……居家教授，生徒有裹粮自瓯越来者。宋相文山氏客谢翱，奇士也。雪夜与之登西台绝顶，祭酒恸哭……暮年建汐社为会，取晚而有信。翱卒无子，与社中友买地台南葬之，筑许剑亭。"② 可见严侣为谢翱在婺、睦时所交之友人，这里说的"社中友"，无疑是指方凤等汐社同人。

四、关于汐社的活动

汐社究竟开展过哪些活动，由于缺乏资料已难以确考，现仅据掌握的零星材料，略做排比如下。

（1）吟咏六陵冬青之役。据上文所述，参加六陵冬青之役的王英孙、林景熙、唐珏、郑朴翁等均为会稽时期的汐社之成员，但此役之时间在至元二十一至二十二年间（1284—1285），而笔者根据谢翱行踪所考知的汐社成立时间为至元二十三年（1286），故知此役发生在汐社成立之前。但汐社成立后，此役仍为汐社同人反复吟咏唱和的题材。

如林景熙有《冬青花》诗咏此役：

冬青花，花时一日肠九折。隔江风雨晴影空，五月深山护微雪。石根云气龙所藏，寻常蝼蚁不敢穴。移来此种非人间，曾识万年觞底月。蜀魂飞绕百鸟臣，夜半一声山竹裂。③

---

① 〔宋〕方凤著、方勇辑校：《方凤集》，浙江古籍出版社1993年版，第76页。
② 〔元〕杨维桢：《东维子集》卷二十六，《影印文渊阁四库全书》本，台湾商务印书馆1986年版。
③ 〔宋〕林景熙：《霁山集》卷三，中华书局1960年版，第103～104页。

唐珏则有《冬青行》二首与之唱和：

> 马棰问髐形，南面欲起语。野麋尚屯束，何物敢盗取。余花拾飘荡，白日哀后土。六合忽怪事，蜕龙挂茅宇。老天鉴区区，千载护风雨。
>
> 冬青花，不可折，南风吹凉积香雪。遥遥翠盖万年枝，上有凤巢下龙穴。君不见犬之年、羊之月，霹雳一声天地裂。①

谢翱则有《冬青树引别玉潜》诗：

> 冬青树，山南陲，九日灵禽居上枝。知君种年星在尾，根到九泉护龙髓。恒星昼陨夜不见，七度山南与鬼战。愿君此心无所移，此树终有开花时。山南金粟见离离，白衣人拜树下起，灵禽啄粟枝上飞。②

除此之外，林景熙还有《梦中行》四首、《酬谢皋父见寄》等诗歌咏此役，可见此役确为汐社同人反复追思及歌咏，而从谢翱"知君种年星在尾"句的语气来体味，可知其为事后追溯之作。

（2）登严子陵钓台西台哭祭文天祥。据上文所述，参加此次祭祀活动的除谢翱外，还有吴思齐、冯桂芳、翁衡、严侣等人。他们均是汐社的成员，故此次活动亦可视为汐社的一次有组织的活动。

（3）编辑《许剑录》。方凤《谢君皋羽行状》云："尝为《许剑录》，慨时降交靡，耆旧凋落，尽吴越殆无挂剑者。思集同好姓字年爵居里，择地昔贤所尝游，作亭立石，它日示宿草不忘意。"③ 许剑也者，此用春秋时季札赠剑徐君的典故。《史记·吴太伯世家》载："季札之初使，北遇徐君。徐君好季札剑，口弗敢言。季札心知之，为使上国，未献。还至徐，徐君已死。于是乃解其宝剑，系之徐君冢树而去。"后用许剑、挂剑比喻心许亡友、生死不渝之意。由此可以看出，谢翱所编之《许剑录》，

---

① 〔清〕厉鹗辑撰：《宋诗纪事》卷七十九，上海古籍出版社1983年版，第1913～1914页。
② 〔清〕厉鹗辑撰：《宋诗纪事》卷七十八，上海古籍出版社1983年版，第1895页。
③ 〔宋〕方凤著、方勇辑校：《方凤集》，浙江古籍出版社1993年版，第75页。

应是记录宋亡后所交识的志节忠义之士的名录,自然也应包括汐社成员在内。谢翱生前,此录已编就,但"勒诸石未就"。翱死后,方凤等"复为建许剑亭于墓右,从翱志也"①。

(4)刊刻《汐社诗集》。宋濂《吴思齐传》谓吴编有《汐社诗集》②,何梦桂则撰有《汐社诗集序》。此书当为汐社同人唱和的结集,惜今已不传。

原刊《中山大学学报》(社会科学版)1997年第1期

---

① 〔明〕程敏政:《宋遗民录》卷二,《丛书集成初编》本,中华书局1991年版,第12页。
② 参见〔明〕程敏政《宋遗民录》卷九,《丛书集成初编》本,中华书局1991年版,第83页。

宋元诗社活动年表

宋太宗至道元年（995）乙未

丞相李昉致仕，退居都下，欲与宋琪、杨徽之、魏丕、李运、朱昂、武允成、张好问、僧赞宁凡九人结九老会，后因事未果。事见王禹偁《小畜集》卷二十《右街僧录通惠大师文集序》。

宋真宗景德三年（1006）丙午

南昭庆寺僧省常与士大夫结西湖白莲社，参加者有向敏中、丁谓等十八人。事见丁谓《西湖结社诗序》（《圆宗文类》卷二十二）、孙何《白莲社记》（《咸淳临安志》卷七十九）。

宋仁宗庆历六年（1046）丙戌

马寻为湖州太守。与郎简、范锐、张维、刘余庆、周守中、吴琰等六老会于吴兴之南园，举六老会，胡瑗为之序。事见周密《齐东野语》卷二十"耆英诸会"条。

又，庆历中，徐祜屏居于吴，曾与叶参等结九老会。事见龚明之《中吴纪闻》卷二"徐都官九老会"条。

宋仁宗嘉祐元年（1056）丙申

庆历七年（1047），祁国公杜衍告老，退居睢阳。后十年为嘉祐元年（1056），与王涣、毕世长、朱贯、冯平等为五老会。事见王辟之《渑水燕谈录》卷四、钱明逸《睢阳五老图序》（厉鹗《宋诗纪事》卷八引《事文类聚前集》）。

宋神宗元丰元年（1078）戊午

元丰元年至三年（1078—1080），章岵任苏州太守，其间曾与徐师闵、元绛、程师孟、闾丘孝终、王琬、苏滉、方子通等作九老会。事见龚明之《中吴纪闻》卷四"徐朝议"条。

宋神宗元丰三年（1080）庚申

文彦博、范镇、张宗益、张问、史炤等五人在洛阳举五老会。事见文彦博《五老会》（《潞公文集》卷七）诗。

宋神宗元丰五年（1082）壬戌

文彦博、富弼、席汝言、王尚恭、赵丙、刘几、冯行已、楚建中、王谨言、张问、张焘、司马光等十二人，仿唐白居易九老会故事，置酒赋诗相乐，谓之洛阳耆英会。既而由闽人郑奂图形于妙觉僧舍。王拱辰时任北京留守，愿预其会。故参加者实为十三人。事见邵伯温《邵氏闻见录》卷十、司马光《洛阳耆英会序》（《传家集》卷六十八）。

宋神宗元丰六年（1083）癸亥

文彦博、程珦、司马旦、席汝言等四人举洛阳同甲会，是年四人均七十八岁。事见文彦博《奉陪伯温中散程、伯康朝议司马、君从大夫席，于所居小园作同甲会》（《潞公文集》卷七）诗。

是年前后，司马光、范纯仁与洛阳耆宿尝举真率会，并多次举行活动。事见司马光《真率会》（《传家集》卷十一）、范纯仁《和君实微雨书怀韵》（《范忠宣集》卷二）等诗。

宋神宗元丰七年（1084）甲子

贺铸在徐州，领宝丰监钱官，与当地士人张仲连、寇昌朝、陈师中、王适、王玨等结彭城诗社唱和。事见《庆湖遗老诗集》。

宋哲宗元祐元年（1086）丙寅

邹浩于此年前后任颍昌府学教授，与当地士人苏京、崔鶠、裴仲孺、胥述之等结诗社唱和。事见邹浩《颍川诗集序》（《道乡集》卷二十七）。

宋徽宗大观四年（1110）庚寅

此年前后，徐俯、洪刍、洪炎、苏坚、苏庠、潘淳、吕本中、汪藻、向子諲、张元干等，在豫章结诗社唱和。事见张元干《苏养直诗帖跋尾六篇》(《芦川归来集》卷九)。

宋徽宗重和元年（1118）戊戌

叶梦得于徽宗重和元年（1118）至宣和二年（1120）任许昌太守，其间曾与韩璹、韩宗质、韩宗武、王实、曾诚、苏迨、苏过、岑穰、许亢宗、晁将之、晁说之等人结社唱和。事见陆友仁《砚北杂志》卷上。

宋钦宗靖康元年（1126）丙午

李若水《忠愍集》卷三《次韵高子文途中见寄》诗有句云："趁取重阳复诗社，要看红叶醉西风。"知其尝与高子文结诗社唱和。若水以靖康元年（1126）擢吏部侍郎，从钦宗赴金营，以力争废止，不屈死。故知其结诗社当在此年之前。

欧阳澈尝与吴朝宗、陈钦若等在江西崇仁结诗社唱和。事见《飘然先生集》。据《宋史》本传，高宗建炎元年（1127），欧阳澈徒步赴行在，伏阙上封事，请诛汪伯彦、黄潜善等，与太学生陈东俱死于市。其结诗社之举，应在靖康元年（1126）以前。

除上述外，北宋诗社年代失考的，还有许景衡横塘诗社，事见《横塘集》。

宋高宗建炎四年（1130）庚戌

李山民、吴云公、顾淡云、杜芳洲等在苏州结岁寒社。事见徐大焯《烬余录》乙编。《宋史·高宗本纪》载，建炎四年（1130）二月，"金人入平江（即今苏州），纵兵焚掠"。据《烬余录》，顾淡云、杜芳洲等即卒于此时，可知该诗社活动当在此年之前。

又，苏州僧云逸结吟梅社，事亦见徐大焯《烬余录》乙编。云逸亦死于建炎四年（1130）金兵掠城之时。

宋高宗绍兴元年（1131）辛亥

邓深在湖南湘阴与友人欧阳天聪、何仲敏等结社唱和。事见其《大隐居士诗集》卷下《次韵欧阳天聪》《次韵答社友》《晚秋怀社中诸子》

等诗。邓深于绍兴中举进士，结诗社为中举前事，故知该诗社活动年代当为绍兴初年。

赵鼎在临安举真率会。事见其《忠正德文集》卷五《真率会诸公有诗，辄次其韵》诗。该会活动时间为绍兴初年，具体时间已不可考。

宋高宗绍兴二年（1132）壬子

苏庠在丹阳与陈序等结诗社。事见刘宰《书碧岩诗集后》（《漫塘集》卷二十四）。绍兴二年（1132），朝廷征召，苏庠辞不赴。诗社之举，当在此年之后。

宋高宗绍兴六年（1136）丙辰

程俱与赵子昼等在衢州结九老会。事见《北山集》卷十《与叔问预约继九老会》诗。程俱所撰赵子昼《墓志铭》，谓其卒于绍兴十二年（1142），此前"以旧职提举江州太平观，寓止衢州，凡七年"。是知该九老会活动时间，当在以绍兴十二年为下限上溯七年（1136—1142）这一期间内。

宋高宗绍兴十一年（1141）辛酉

朱翌在韶州举真率会。事见《灊山集》卷二《同郭侯、僧仲晚至武溪亭议真率会》诗。朱翌因忤秦桧，于绍兴十一年（1141）韶州安置，至绍兴二十五年（1155）召还，该真率会活动即在其贬官韶州期间。

宋高宗绍兴十三年（1143）癸亥

张扩与顾景蕃、顾彦成、张子温、张元龄、张大年、张耆年等在吴县结诗社。事见张扩《东窗集》。张扩于绍兴十三年（1143）提举江州太平观，绍兴十七年（1147）卒，结诗社当在此一期间。

宋高宗绍兴十七年（1147）丁卯

周紫芝在临安与友人结诗社。事见其《太仓稊米集》。紫芝于绍兴中登第。绍兴十七年（1147）任右迪功郎敕令所删定官，同年十二月为枢密院编修官。绍兴二十一年（1151）知兴国军。诗社为其在馆阁任上所结。

宋高宗绍兴二十年（1150）庚午

史浩在临安与友人结诗社。事见史浩《鄮峰真隐漫录》卷五《次韵周祭酒所和馆中雪诗》《诗社得神字》等诗。该诗社之结似在其任国子博士时，时间为绍兴二十年（1150）前后。

宋高宗绍兴二十二年（1152）壬申

李光在昌化举真率会。事见其《二月三日作真率会，游载酒堂，呈座客》（《庄简集》卷五）诗。据《宋史》本传，李光因忤秦桧，于绍兴十一年（1141）责授建宁军节度副使，藤州安置。十四年（1144）移琼州，居琼州八年，移昌化军。据此可大致考知该真率会活动日期为是年前后。

宋高宗绍兴二十三年（1153）癸酉

乐备在昆山结诗社，参加者有马先觉、范成大等人。事见马先觉《喜乐功成招范至能入诗社》（龚昱辑《昆山杂咏》）、范成大《中秋卧病呈同社》（《石湖诗集》卷二）。范诗作于赴漕试归来第二年的中秋。按范成大参加金陵漕试为绍兴二十二年（1152），是知其参加诗社为绍兴二十三年（1153）。

宋高宗绍兴二十八年（1158）戊寅

张纲在金坛与李公显等结诗社。事见张纲《华阳集》卷三十五《归乡》诗、卷三十六《次韵李公显》诗。张纲于绍兴二十八年（1158）致仕，诗社之举，当在其退老返乡之后。

宋高宗绍兴三十年（1160）庚辰

冯时行与吕及之、施晋卿、于格、樊汉广、李流谦、张积、吕智父、杜少讷、房仕成、杨舜举、宇文德济、杨大光、吕商隐、吕宜之、吕凝之、僧宝印十七人在成都结诗社。事见厉鹗《宋诗纪事》卷五十二引《成都文类》吕及之《梅林分韵得"爱"字》诗序。

宋孝宗隆兴元年（1163）癸未

王十朋于隆兴元年（1163）至乾道元年（1165）任饶州太守期间，与洪州太守陈阜卿、吉州太守洪迈、洪州通判王秬、饶州提点刑狱公事何麒结楚东诗社唱和，并将诗作结集，名之为《楚东酬唱集》。事见张元干《夜读五公楚东酬唱辄书其后呈龟龄》（《于湖集》卷七）诗、王十朋《次韵安国读〈楚东酬唱集〉》（《梅溪后集》卷二十六）诗。

许及之与潘转庵、翁常之、李若兄等人在临安结诗社。事见许及之《涉斋集》。该诗社的活动时间已难以确考。许及之于隆兴元年（1163）中进士，以后一直在京中做官，至嘉泰三年（1203），累官知枢密院事兼参知政事。故知其结诗社最早应在隆兴元年（1163）之后。

宋孝宗淳熙四年（1177）丁酉

史浩在四明举尊老会、五老会、六老会。事见《鄮峰真隐漫录》。

宋孝宗淳熙十一年（1184）甲辰

杨万里与田清叔、颜几圣、沈虞卿、尤袤、王顺伯、林景思等在临安结诗社。事见万里《二月二十四日，寺丞田文清叔及学中旧同舍诸丈拉予同屈祭酒颜丈几圣、学官诸丈集于西湖，雨中泛舟，坐上二十人，用"迟日江山丽"四句分韵赋诗，余得"融"字。呈同社》《上巳同沈虞卿、尤延之、王顺伯、林景思游春湖上，随和韵得十绝句，呈之同社》两诗。此两诗均收于万里《诚斋集》之《朝天集》。按《朝天集》收诗共四百首，皆作于淳熙十一年至十四年（1184—1187）间，时万里在朝中任东宫侍读，故名。

廖行之在衢州举诗社。事见其《和家字韵呈同社诸公》《中秋日简同盟诸公》（《省斋集》）等诗。据《省斋集》附录田奇撰《宋故宁乡主簿廖公墓记》，行之于淳熙十一年（1184）举进士。诗社之举，似在其举进士之前。

宋孝宗淳熙十四年（1187）丁未

张镃在临安结诗社。事见其《园桂初发邀同社小饮》（《南湖集》卷四）诗。又，周密《武林旧事》卷十载张镃《张约斋赏心乐事》《约斋桂隐百课》两文，言其卜筑南湖，名其轩曰桂隐，园池声伎服玩之丽，甲于天下。此桂隐堂当即为诗社活动之地。据《约斋桂隐百课》一文，桂隐堂命名于淳熙丁未（1187），诗社活动似应在此年之后。

宋宁宗庆元元年（1195）乙卯

汪大猷在四明与楼钥等举真率会。事见楼钥《适斋（大猷号）约同社往来无事形迹次韵》（《攻媿集》卷六）诗。楼钥所撰大猷《行状》，谓大猷于绍熙二年（1191）致仕回乡，卒于庆元六年（1200）。《行状》云："公既谢事，而钥得奉祠，六年之间，有行必从，有唱必合，徒步往来，殆无虚时，剧谈倾倒，其乐无涯。"以大猷之卒年上推六年，为庆元元年（1195），此一期间，即为该真率会的活动时间。

宋宁宗开禧元年（1205）乙丑

史达祖、高观国等在临安结诗社。事见史达祖《龙吟曲》（《梅溪词》）、高观国《雨中花》（《竹屋痴语》）。按史达祖《龙吟曲》词题为"陪节欲行，留别社友"。《四库全书总目提要》谓："必李璧使金之时，侂胄遣之随行觇国。"据《宋史·宁宗本纪》，此为开禧元年事。可知诗社之结，当在此年前后。

宋宁宗嘉定十五年（1222）壬午

刘爚在建阳举尊老会。事见其《壬午春社之明日，讲尊老会于西山之精舍。庞眉皓首，奕奕相照，真吾邦希阔之盛事。辄成口号一首，并呈诸耆寿，且以坚异日恬退之约云》（《云庄集》卷一）诗。

宋理宗嘉熙四年（1240）庚子

潘牥在建宁结诗社。事见周密《齐东野语》卷四"潘庭坚、王实之"条。

宋理宗宝祐三年（1255）乙卯

陈郁、陈世崇父子在临安结诗社，参加者有吴石翁、杜汝能、刘彦朝、钱舜选、吕三余、柳桂孙、俞菊窗、黄力叙、张彝、周济川、吴大有等人。事见陈世崇《随隐漫录》卷三："先君会天下诗盟于通都，随隐才十二三，诸先生以孺子学诗可教而教以诗。……景定癸亥（1263），特旨以布衣除东宫掌书，吟社贺诗数十，仅记五首。……丙寅（1266）来归江西，名胜又赠诗词。……壬申（1272）秋，留西湖半载，吴松壑大有饯行云……俯仰之间，倏三十稔，吾翁诸老，皆赋玉楼；西湖吟社，各天一涯。穷达一场春梦。"据该文，此诗社活动时间大致在理宗宝祐三年（1255）至度宗咸淳二年（1265）之间。

宋理宗景定五年（1264）甲子

杨缵、周密等于临安结诗社。事见周密《采绿吟》（《𬞟洲渔笛谱》卷一）词序。该诗社活动始于此年，一直持续到宋亡。先后参加者有张枢、施岳、李彭老、吴文英、徐宇、毛敏仲、徐天民、徐理、薛梦桂、张炎、王沂孙、王易简、仇远、冯应瑞、唐艺孙、吕同老、陈恕可、唐珏、赵汝钠、李居仁、陈允平、李莱老等数人。

宋端宗景炎二年（1277）丁丑

陈著在鄞县结诗社。事见其《菊集所檄》（《本堂集》卷五十三）一文。

除上述外，南宋诗社年代失考者尚多，兹胪列于次：

林季仲真率会。事见其《竹轩杂著》卷二《次韵和康文真率之集》诗。

王阮诗社。事见其《龙塘久别，乘月再到，奉呈同社》（《义丰集》）诗。

杨冠卿诗社。事见其《客亭类稿》卷十三《继诗社诸友韵》《复用前韵且约携琴寻花下之盟》诗。

刘植诗社。事见其《文会飞霞观》（《江湖后集》卷十四）诗。

陈文蔚诗社。事见其《克斋集》卷十六《贺赵及卿、黄定甫主宾联名登第》《送赵局之官》诗。

陈造真州诗社。事见其《江湖长翁集》卷十六《寄真州诗社诸友》诗。

戴栩诗社。事见《浣川集》卷一《夏肯父为其先都仓求水心墓志，未得而归，社中诸友皆赋诗送其行》诗。

汪莘诗社。事见陆梦发《兰皋集序》（吴锡畴《兰皋集》卷首）。该诗社活动之地为休宁，参加者有冯去非等二十余人。

敖陶孙诗社。事见其《谢叶司理、徐知县见贻之什》（《江湖小集》卷四十四《臞翁诗集》）诗。

薛师石诗社。事见其《秋晚寄赵紫芝》（《江湖小集》卷七十三《瓜庐集》）诗。

林希逸诗社。事见其《和山中后社韵》（《竹溪鬳斋十一稿续集》卷五）诗。

王琮诗社。事见其《答友人》（《江湖小集》卷四十八《雅林小稿》）诗。

戴复古江湖吟社。事见厉鹗《宋诗纪事》卷六十一"曾原一"注；又见复古《赵苇江与东嘉诗社诸君游，一日携吟卷见过，一谢其来》（《石屏诗集》卷六）诗。

曹邍豫章诗社。事见其《寄豫章诗社诸君子》（厉鹗《宋诗纪事》卷七十五引《词林万选》）诗。

苏泂诗社。事见其《闲居复遇重九，悠然兴怀。颇谓此节特宜于贫。盖富贵者不知若是之清美也。因赋唐律呈同社》（《泠然斋诗集》卷五）诗。

高翥诗社。事见其《清明日招社友》（《菊涧集》）诗。

薛嵎诗社。事见其《古淡然老得帖往长芦，不受，却归松风旧寺，次社中韵》（《江湖小集》卷五十五《云泉诗》）诗。

徐集孙诗社。事见其《寄怀里中社友》《寄里中社友》（《江湖小集》卷十六《竹所吟稿》）两诗。

姚镛诗社。事见其《悼复石壁》（《江湖小集》卷五十一《雪蓬稿》）诗。

吴潜诗社。事见其《望江南》（《履斋遗稿》卷二）词。

林尚仁诗社。事见其《雪中呈社友》（《江湖小集》卷二十三《端隐吟稿》）诗。

李涛诗社。事见其《诗社中有赴补者》（《江湖小集》卷八十三《蒙泉诗稿》）诗。

黄敏求诗社。事见其《题陈筼谷、陈野逸吟稿》（《江湖后集》卷十三）诗。

邓允端诗社。事见其《题社友诗稿》(《江湖后集》卷十五) 诗。

张辑诗社。事见其《沁园春·东泽先生》(《江湖后集》卷十七) 词、《临江仙·忆昔风流秋社里》(《永乐大典》卷一万四千三百八十一 "寄" 字韵引《清江渔谱》) 词。

胡仲弓、胡仲参诗社。事见仲弓《与社友定花朝之约》(《苇航漫游稿》卷二) 诗、《和社友游清源洞韵》《柬倪梅村》(《江湖后集》卷十二) 诗；仲参《留别社友》(《江湖后集》卷二十三) 诗。

叶茵诗社。事见其《寄社友》(《江湖小集》卷四十一《顺适堂吟稿》丁集) 诗。

刘黼诗社。事见其《寄社中》(《蒙川遗稿》卷三) 诗。

叶汝舟、卫宗武华亭真率会。事见宗武《锦山自杭来，诗呈乡曲，并举月集》(《秋声集》卷一)、《月集呼声妓不至，野渡于觞末俾赋诗以纪初集》(《秋声集》卷三) 等诗。

元世祖至元十六年（1279）己卯

王镃在遂昌结诗社。事见明王养端《月洞吟序》(王镃《月洞吟》卷首)，云："……仕宋，官县尉。当帝昺播迁，势入夷元，即幡然弃印绶，归隐湖山，与尹绿坡、虞君集、叶柘山诸人结社赋诗。扁所居为月洞，意以孤炯绝尘，颛顸自亢，庶几乎有桃源栗里之致焉。"据此可知，该诗社所结，当在元初。

赵必璩在东莞结诗社。事见其《吟社递至诗卷，足十四韵以答之。为梅水村发也》(《覆瓿集》卷一)、《和同社饯梅》《和同社酒边韵》(《覆瓿集》卷三) 等诗。陈纪撰必璩《行状》云："代更世易，凄其黍离铜驼之怀，无复仕进意矣。以故官例，授将侍郎象州儒学教授，而公山林之意已坚，遂隐于邑之温塘村。惟以诗酒自娱，仰俯林壑，欣然会心，朋侪二三，更倡迭和，歌笑竟日，将以遗世事而阅余龄。"(《覆瓿集》卷六附录) 据此可知，该诗社之结，当在入元之后。

元世祖至元二十二年（1285）乙酉

王英孙在山阴结越中吟社。事见黄庚《枕易》(《月屋漫稿》) 诗注。《四库全书总目》"月屋漫稿"则云："庚尝客山阴王英孙家，试越中诗社《枕易》，题庚为第一，考官乃李侍郎。"又，陈著《与王监簿英孙》一文云："……朋友西来，必道高谊。主盟清风标致，犹昨日也。"(《本堂集》卷七十九）可知该诗社之主盟为王英孙。该诗社之活动年代未见明确记载。该诗社的另一参加者连文凤（事见《百正集》所载《枕易》诗）曾参加月泉吟社的征诗活动，并选为第一名。月泉吟社活动于至元二十三年（1286），故将越中吟社的活动姑系之本年。

又，黄庚《秋色》（《月屋漫稿》）诗注云："山阴诗社中选。"此山阴诗社似为越中吟社之别名。

武林社。《月泉吟社诗》第十九名周㻋、第二十七名东必曾名下均注云"武林社"，黄庚《梅魂》（《月屋漫稿》）注云"武林试中"。知此武林社当为元初活动于杭州的诗社，其年代显然早于月泉吟社，故系之本年。

元世祖至元二十三年（1286）丙戌

熊升在龙泽山结诗社。事见赵文《熊刚申墓志铭》（《青山集》卷六）。参加者有陈焕等二百余人。

谢翱在会稽等地结汐社。事见方凤《谢君皋羽行状》（《存雅堂遗稿》卷三）、何梦桂《汐社诗集序》（《潜斋集》卷六）。据谢翱《登西台恸哭记》（程敏政《宋遗民录》卷二），其到达越中的时间为至元二十三年（1286），故汐社活动最早始于此年。

吴渭在浦阳结月泉吟社。事见《月泉吟社诗》（《丛书集成初编》）。月泉吟社至元二十三年（1286）十月以《春日田园杂兴》为题征诗四方，至至元二十四年（1287）正月收卷，共得二千七百三十五卷。聘谢翱、方凤、吴思齐三人为考官，选出前二百八十名。今存《月泉吟社诗》收录了前六十名的诗作，并附有部分摘句。

元世祖至元二十六年（1289）己丑

汪元量与李珏等在杭州结诗社。事见汪元量《暗香·馆娃艳骨》，其小序云："西湖社友有千叶红梅，照水可爱。问之自来，乃旧内有此种。枝如柳梢，开花繁艳，兵后流落人间。对花泫然承脸而赋。"及《疏影·虬枝西萼》，其序云："西湖社友赋红梅，分韵得'落'字。"（以上两首见《永乐大典》卷二千八百零九"梅"字韵）另有李珏《击梧桐·枫叶浓于染》，序云："别西湖社友。"（《绝妙好词》卷五）据孔凡礼《汪元量事迹纪年》(《增订湖山类稿》附录二)，元量于德祐二年（1276）随谢太后离杭赴大都，于至元二十六年（1289）返回钱塘。据上引词序中"旧内""兵后"等词可知，诗社之结为其返回杭州之后，故系之本年。

元世祖至元三十年（1293）癸巳

甘果在龙泽山结诗社。事见揭傒斯《甘景行墓志铭》："至元之末，与邑人蔡黼、熊坦等十人结社龙泽山中。"（《揭傒斯全集·文集》卷八）

徐元得在上饶结明远诗社、香林诗社。事见戴表元《徐耕道迁葬碣》："闲暇，惟与宗族乡党相倡和，命诗社曰明远，并主邻社香林。"（《剡源集》卷十七）该诗社具体活动年代不详，大致为其晚年家居时。据戴表元文，徐元得卒于至元三十年（1293），诗社活动当在此年之前。

元顺帝至正十四年（1354）甲午

孙蕡在广州结南园诗社。参加者有王佐、赵介、李德、黄哲、黄楚金、王希贡、黄希文、蔡养晦、赵安中、赵澄、赵讷、蒲子文、黄原善等人。事见孙蕡《南园》（《西庵集》卷一）、《南园歌赠王给事彦举》（《西庵集》卷三）、《琪林夜宿联句一百韵》（《西庵集》卷八）等诗。《琪林夜宿联句一百韵》诗序有"因思年十八九时"等语，按孙蕡生于元顺帝后至元三年（1337），故知该诗社活动当在本年前后。

元顺帝至正二十七年（1367）丁未

高启在苏州结北郭诗社。参加者有杨基、张羽、徐贲、王行、余尧臣、宋克、吕敏、陈则、唐肃、高逊志、王彝、僧道衍等人。事见高启《送唐处敬序》（《凫藻集》卷三）。高启此序中有"虽遭丧乱之方殷，处隐约之既久"等句，又张羽《续怀友诗序》云："予在吴围城中，……时余与诸君及永嘉唐卿者游，皆落魄不任事，故得流连诗酒间，若不知有风尘之警者。及兵后移家武林……而五君者或谪或隐，各相睽异……"（《静庵集》卷一）据此可知，该诗社活动正当元季动乱之时，而"兵后"，即明王朝建立之后，社友"或谪或隐，各相睽异"，该诗社基本上没有再举行活动。

方时举莆田壶山文会。事见郑王臣《莆风清籁集》（陈田《明诗纪事》甲签卷十五引）、钱谦益《列朝诗集小传》甲前集"郭处士完"条。

该诗社参加者有郭完、刘晟、陈观、宋贵诚等二十余人,唱和之作曾编为《壶山文会集》,惜今已不传。据钱谦益文,该诗社活动于元末,故系于本年。

原刊《宋元诗社研究丛稿》,广东高等教育出版社1996年版

北郭诗社考论

元季明初,吴中地区的文人群体性文学活动十分活跃。声名较著者,有杨维桢的铁雅诗派、顾瑛的玉山雅集和高启等人的北郭诗社。关于铁雅诗派、玉山雅集,学界已做了较多的研究,而对于北郭诗社则论者寥寥。虽然郭绍虞、蔡茂雄诸先生都已注意到它的存在①,但限于体例或其他方面的原因,他们对于"北郭十友"与"十才子"的关系以及诗社的分期、特点等重要问题均没有或较少涉及,甚至还存在着一些误解。本文即拟在前辈学人研究成果的基础上,对北郭诗社做进一步的研究。

一、"北郭十友"与"十才子"

研究北郭诗社,首先需要澄清"北郭十友"与"十才子"的关系问题。从清人钱谦益开始,"北郭十友"与"十才子"似已被混为一谈,其说见于其《列朝诗集小传》甲集前编十一"余左司尧臣"条:"尧臣字唐卿,永嘉人。早以文学著,客居会稽,越镇帅院判迈善卿、参政吕珍罗致幕下,与有保越之功。荐剡交上,无意仕进,于越之桐桂里治圃结茅,署曰'菜薖'。已而入吴,居北郭,与高启、张羽为'北郭十友',即所谓'十才子'也。"《明史》沿袭钱说,将高启、王行、徐贲、高逊志、唐肃、宋克、余尧臣、张羽、吕敏、陈则称为"北郭十友",又称"十才子"。至此,遂成定论。后世的研究者也均无异议②。

然而,"北郭十友"与"十才子"虽均为十人,但其具体人选并不一

---

① 参见郭绍虞《照隅室古典文学论集》上编《明代的文人集团》,上海古籍出版社1983年版,第534～536页;蔡茂雄《高青丘诗研究》第二章《交游》,台湾文津出版社1987年版,第35～79页。

② 郭绍虞《明代的文人集团》:"北郭十友,即北郭十才子:高启、张羽、徐贲、王行、高逊志、宋克、唐肃、余尧臣、吕敏、陈则。"钱伯城《论高启》:"就在高启以诗人成名的几年里,由于共同的兴趣与爱好,在他居里的北郭,形成了一个诗人集团。……这十人的诗,各有特色,称为'北郭十友',也称'北郭十才子'。"此例甚多,兹不一一列举。

致。考"十才子"之称，最早见于明初吕敏的《题徐幼文惠山图》："徐幼文居姑苏北郭，时称'十才子'，幼文其一也。诗书文章，妙冠一时，画则余事耳……无锡县庠吕志学题，实洪武庚申七月也。"① 庚申年为洪武十三年（1380），高启、徐贲均已谢世。吕志学，即吕敏，他是高、徐的生前至交暨同社友，三人彼此多有唱和且结集行世，名《东皋倡和集》②。因此，他的言论应该具有相当的可信度。他在回忆旧事时，只提"十才子"而不及自身，亦没有明确"十才子"究为何人。

第一个明确"十才子"所指的人，应是明万历年间的焦竑。他说：

> 张羽，字来仪，乌程人。元末避地吴中。颖敏，读书一览不忘，为诗文俊逸典雅，工绘事。洪武初，举明经，为郡学训导，历官翰林待制、太常寺丞。所著有《静居集》。羽与高季迪、杨孟载、徐幼文、王止仲、张子宜、方以常、梁用行、钱彦周、浦长源、杜彦正辈结诗社，号"十才子"。③

此说尚见于明包汝楫《南中纪闻》：

> 洪武初，张羽、杨基、高启、徐贲皆有盛名，世以拟唐初四子。又张羽诗社，自高季迪、杨孟载、徐幼文外，有张子宜、方以常、王止仲、浦长源、杜彦正、钱彦周、梁用行辈，号"十才子"。④

明黄㬙《蓬窗类记·著作记》"张适"条：

> 张适，字子宜。七岁习《诗经》，过目成诵；十三岁赴乡试，称奇童。元季隐居不仕。洪武初，宋濂荐修《元史》，拜水部郎中，未

---

① 〔明〕朱存理撰、赵琦美编：《赵氏铁网珊瑚》卷十四，《影印文渊阁四库全书》本，台湾商务印书馆1986年版。
② 〔明〕王行《半轩集》卷八《跋东皋唱和卷》："右诗一卷，渤海高启季迪、蜀山徐贲幼文访梁溪吕敏志学甫于东皋所唱和也。"《影印文渊阁四库全书》本，台湾商务印书馆1986年版。
③ 〔明〕焦竑：《玉堂丛语》卷一，中华书局1981年版，第15～16页。按从焦竑起，"十才子"即为十一人，疑其只取概数，易于称呼。
④ 〔明〕包汝楫：《南中纪闻》，《丛书集成初编》本，中华书局1985年版，第18页。

几辞归，与高季迪、杨孟载、张来仪、徐幼文、王止仲、梁用行、方以常、钱彦周、杜彦正、浦长源辈结为诗社，号"十才子"。①

"北郭十友"则出于清人之口，这是台湾蔡茂雄先生率先注意到的。②经一番周密考辨之后，他认为："'北郭十友'可能是钱谦益据高季迪的《春日怀十友》诗取的，后来朱彝尊等编修《明史》，采纳钱氏此一称呼入《文苑传》，另加'十才子'，终于传扬开来。"③此说对于"北郭十友"的来历解释甚明，但他认为"十才子"之称始于朱彝尊，则显与事实不符。

"北郭十友"的成员，清人众说纷纭，具有代表性的有三种。

一说不包括高启，"北郭十友"为高启的十个诗友，施闰章说：

愚山云："唐卿居会稽，越镇帅迈善卿、吕珍罗致幕下，有保越之功。无意仕进……后入吴，居北郭，与里中杨基、张羽、徐贲、王行、王彝、宋克、吕敏、陈则、释道衍为高启十友。"④

陈田《明诗纪事》同此说⑤。

《明史稿》则另辟一说，舍弃杨基，而将高启作为"北郭十友"中的一员："高启，字季迪，长洲人，博学工诗。家北郭，与王行比邻，其后徐贲、高逊志、唐肃、宋克、余尧臣、张羽、吕敏、陈则皆卜居与相近，号'北郭十友'，又以能诗号'十才子'。"⑥《明史》即采此说入史，通行于天下。

陈衍于元诗着力甚深，曾著《元诗纪事》行之于世。他的《石遗室诗话》舍王彝而取杨基，以"高启、杨基、张羽、徐贲、余尧臣、王行、

---

① 〔明〕黄晔：《蓬窗类记》卷三，《四库全书存目丛书》本，齐鲁书社1997年版，第26页。
② 参见蔡茂雄《高青丘诗研究》，台湾文津出版社1987年版，第35页。
③ 蔡茂雄：《高青丘诗研究》，台湾文津出版社1987年版，第36页。
④ 〔清〕朱彝尊：《静志居诗话》卷三，人民文学出版社1998年版，第68页。
⑤ 〔清〕陈田：《明诗纪事》甲签卷八"余尧臣"则："唐卿与杨基、张羽、徐贲、王行、王彝、宋克、吕敏、陈则、释道衍为高季迪'北郭十友'。"上海古籍出版社1993年版，第185页。
⑥ 〔清〕王鸿绪：《明史稿》列传一六一《高启传》，清刻本。

宋克、吕敏、陈则、释道衍为'北郭十友'"①。

通过上述材料，我们可以看出"北郭十友"与"十才子"之间明显的区别："十才子"之称起源于明初，而"北郭十友"的叫法则较之晚出了近三百年；"十才子"的成员一直稳定为高启、杨基、张羽、徐贲、王行、杜寅、张适、梁时、浦源、方彝、钱复，而"北郭十友"无论包括高启与否，与"十才子"几乎都有接近半数以上的人员差别。但两者之间又确实存在着某种特殊的关联：高启、杨基、张羽、徐贲、王行既属于"北郭十友"中的成员，又被括入"十才子"的行列。笔者认为，这一现象，反映了诗社活动于不同时期，而各个时期其成员有所变化的状况。后人不察，将"北郭十友"与"十才子"混为一谈，显然是不妥的。

二、北郭诗社的分期与成员

北郭诗社是否存在分期问题，郭绍虞先生的有关论述能给我们以有益的启示："据高启《送唐处敬序》谓'虽遭丧乱之方殷，而优游怡愉，莫不自有所得'与张羽《续怀友诗》所谓'故得流连诗酒间，若不知有风尘之警者'，可知他们结社之初，尚在元季群雄割据、扰攘不定之时。洪武二年（1369），高启、王彝即以修《元史》见招；三年（1370），高启放还，而唐肃又以荐召修礼乐书；四年（1371），唐肃卒；五、六年间（1372、1373）或复有社事，所以有些记载已无唐肃之名。七年（1374），高启、王彝均坐魏观事被诛，而社事遂亦以终结。"② 郭先生这段话有三处明显的错误：一则王彝被诏征修《元史》为洪武三年（1370）事③，二则唐肃死于洪武七年（1374）而非洪武四年（1371）④，三则社事之恢复

---

① 郭绍虞先生《明代的文人集团》一文中引陈衍《石遗室诗话》卷十八语，然现版《石遗室诗话》为十二卷本或十四卷本，未见有十八卷本以上者，或郭绍虞先生见过此本，故转引。

② 郭绍虞：《照隅室古典文学论集》上编《明代的文人集团》，上海古籍出版社1983年版，第534～536页。

③ 《明实录》卷四九："[洪武三年（1370）二月] 乙丑，诏续修《元史》……仍命翰林学士宋濂、待制王祎为总裁，儒士赵壎、朱右、贝琼、朱世廉、王彝、张孟兼、高逊志、李懋、李汶、张宣、张简、杜寅、殷弼、俞同十四人同纂修。"中央研究院历史语言研究所校印本1962年版，第965页。

④ [明]唐肃《丹崖集》卷首申屠衡《息末稿序》："洪武甲寅之冬，会稽唐丹崖卒于濠。"洪武甲寅为洪武七年（1374）。见《续修四库全书》第1326册，上海古籍出版社1995年版，第159页。

不是洪武五、六年（1372、1373）而是洪武四年（1371）（详后）。但郭先生已经推测到北郭诗社可能中断过，而且成员发生了变化。这恰恰是解决"北郭十友"与"十才子"关系的关键所在。

北郭诗社具体起于何时？吴宽、王鏊《正德姑苏志·周砥传》虽未给出明确的年月，但将高启、徐贲结社的时间定为周砥来吴之后：

> 周砥字履道，号菊溜生，吴人。博学工诗，豪放自好。尝寓居无锡，转徙宜兴之荆溪，与马治孝常穷山水之胜，著《荆南倡和集》。晚归吴中，复与高、杨诸人结社。兵兴，去客会稽，竟死于兵。砥效东坡书甚工，亦工画山水。①

明张昶亦同此说：

> 周砥，字履道，吴人，寓家无锡。砥为人豪放自好，始解后一售，竟抑以死。至正末尝客荆溪，与马治孝常倡和成集。又来吴兴，与高、徐辈为社。无子，友人吕敏为收其诗，藏之。②

更值得注意的是，徐贲在他为周砥、马治所作的《荆南倡和集序》里，亦将他们唱和的时间定于三人同居吴时："及予东还，与高季迪以诗倡和于吴，履道亦避地来居，故予三人交结又最密。"③

如此，我们只要知道周砥与高启结交的时间，就可以基本断定此年即三人结社的时间。高启《荆南倡和诗后序》给予了我们答案："《荆南倡和集》若干首，句吴周履道、毗陵马元素所著也。二君尝客阳羡荆溪之南，故以名编。庚子春，余始识履道于吴门，相与论诗甚契……"④

---

① 〔明〕吴宽、王鏊：《正德姑苏志》卷五十四"文学"，《天一阁藏明代方志选刊续编》本，上海书店1990年版，第641页。
② 〔明〕张昶撰，张献翼论赞：《吴中人物志》卷九"逸民"，《四库全书存目丛书》本，齐鲁书社1997年版，第741页。
③ 〔元〕周砥、马治：《荆南倡和集》附录《荆南倡和集序》，《影印文渊阁四库全书》本，台湾商务印书馆1986年版。
④ 〔明〕高启著，〔清〕金檀辑注，徐澄宇、沈北宗校点：《高青丘集·凫藻集》卷二，上海古籍出版社1985年版，第877页。

庚子年为至正二十年（1360）。是年，高启已经结束了长达三年的吴越漫游生活，重新回到了他在苏州北郭的故居，而徐贲、周砥也相继来到苏州，三人因为对诗歌的共同爱好以及彼此心性的契合，遂结社为唱和友。此后杨基、张羽、余尧臣等新成员不断加入，其队伍和规模日趋壮大。

至正二十七年（1367），朱元璋破苏州，张士诚政权灭亡。余尧臣、徐贲、杨基因与张氏政权的关系，谪徙临濠；高启兵后出郭，隐居青丘；张羽则回到了杭州。至此，诗社的重要成员或谪或隐，诗社的活动也暂时告一段落。

关于此期成员的记载，散见于他们的诗文或后人的传记。高启《送唐处敬序》云：

> 余世居吴之北郭，同里之士有文行而相友善者，曰王君止仲一人而已。十余年来，徐君幼文自毗陵，高君士敏自河南，唐君处敬自会稽，余君唐卿自永嘉，张君来仪自浔阳，各以故来居吴，而卜第适皆与余邻，于是北郭之文物遂盛矣。余以无事，朝夕诸君间，或辩理诘义以资其学，或赓歌酬诗以通其志，或鼓琴瑟以宣湮滞之怀，或陈几筵以合宴乐之好；虽遭丧乱之方殷，处隐约之既久，而优游怡愉，莫不自有所得也。①

高启此序作于至正二十五年（1365）冬，此时诗社成员有高启、王行、徐贲、高逊志、唐肃、余尧臣、张羽七人。

王彝《衍师文稿序》再添本人与释道衍两人：

> 至正间，余被围吴之北郭，渤海高君启、介休王君行、浔阳张君羽、剡郡徐君贲日夕相嬉游，而方外之士得一人焉，曰道衍师。其为古歌诗，往往与高、徐数君相上下。是时，余所居鹤市，聚首辄啜茗坐树下，哦诗论文以为乐，顾虽祸福、死生、荣瘁之机乎其前，亦有所不问者。师，儒林之出也，而托迹于浮屠之间。余故不以浮屠待师

---

① 〔明〕高启著，〔清〕金檀辑注，徐澄宇、沈北宗校点：《高青丘集·凫藻集》卷二，上海古籍出版社1985年版，第871页。

而师亦不自待以为浮屠而已也。①

王行在《跋东皋唱和卷》一文中，提到吕敏亦为同社友：

> 右诗一卷，渤海高启季迪、蜀山徐贲幼文访梁溪吕敏志学甫于东皋所唱和也。初，吴城文物，北郭为最盛，诸君子相与无虚日。凡论议笑谈、登览游适，以至于琴尊之晨，芗铭之夕，无不见诸笔墨间……②

陈则为社友，则见于明张大复《梅花草堂集·皇明昆山人物传》：

> 陈则，字文度，家贫力学，以师范闻于乡里。洪武七年（1374）由秀才举任应天府治中，转户部侍郎，左迁大同府同知，陞知本府。公少与高启、徐贲、张羽、杨基辈相倡和，尝赋《紫菊》诗，得句云："惟有魏花颜色似，春风秋露不相同。"同社亟称之，呼"陈紫菊"。③

僧道衍《送李炼师还吴》诗也提及当时的社友：

> 荐绅吴下真渊薮，独欣东郭多交友。我着田衣共颉颃，形服相忘岁年久。闲止文章力追古，宗常问学曾无苟。来仪才广班马伦，徒衡笔下蛟龙走。吹台倜傥如达夫，岂特百篇成斗酒。菜薖读书犹满腹，议论风飞钳众口。幼文词翰俱清俊，处敬温润浑如琇。仲廉居富曾无骄，为学孜孜能谨守。吁嗟诸子皆妙年，自信黄钟非瓦缶。一时毁誉震乾坤，万丈光芒射牛斗。鹤瓢先生清且秀，深探道术持枢纽。山房每与吾侪会，茫然共入无何有。④

---

① 〔明〕王彝：《王常宗集》卷二，《影印文渊阁四库全书》本，台湾商务印书馆 1986 年版。
② 〔明〕王行：《半轩集》卷八，《影印文渊阁四库全书》本，台湾商务印书馆 1986 年版。
③ 〔明〕张大复撰、〔清〕方惟一辑：《吴郡人物志》，见周俊富辑《明代传记丛刊》第 149 册，明文书局 1991 年版，第 65 页。
④ 〔明〕姚广孝：《逃虚子诗集》卷四，见《续修四库全书》第 1326 册，上海古籍出版社 1995 年版，第 574 页。

此诗中提到的"闲止"指王行,王行字止仲;"宗常",即常宗,此处为押韵计,故颠倒,为王彝字;"来仪",张羽字;"徒衡",指申屠衡;"吹台",高启别号;"菜薖",余尧臣号;"幼文",徐贲字;"处敬",唐肃字;"仲廉",王隅字;"鹤瓢先生",李睿号。社友除了高启、王行、王彝、张羽、余尧臣、徐贲、唐肃及释道衍本人外,又多了申屠衡、王隅、李睿三人。

我们仔细考察前期的社友名单,发现"北郭十友"在这里可以全部找到他们的名字。换种说法,"北郭十友"应该是清人对于这一时期诗社重要成员的称谓。

诗社的再次兴起应是在洪武四年(1371)。此次结社的时间,大致在张适辞官归吴后①。张适何时辞官,时间不明,但据《乐圃集》卷一《余旧业在城西乐圃,朱先生之故基也,树石秀丽,池水迂回,俨有林泉幽趣。余乱后多郊居,辛亥春复返旧业二首》诗及其为高启所作《哀辞》可知,其最晚亦在洪武四年(1371)春。此时,高启早已辞官归里②,徐贲与张羽隐居湖州③,杨基则在金陵西北门隐居,且明年即赴江西④。因此,再次结社的时间大致可定为洪武四年(1371)。成员则与前期有了较大改变,除高启、张羽、杨基、王行、徐贲外,尚有张适、杜寅、梁时、浦源、方彝、钱复六人。

洪武七年(1374),高启坐魏观案被腰斩,同社人纷纷为诗文悼之,社事遂亦以完结。

---

① 参见〔明〕黄昕:《蓬窗类记》卷三,《四库全书存目丛书》本,齐鲁书社1997年版,第26页。

② 〔明〕高启著,〔清〕金檀辑注,徐澄宇、沈北宗校点《高青丘集》卷七《酬谢翰林留别》序云:"启与同郡谢君徽同征,又同官翰林。洪武三年(1370)七月廿八日,上御阙楼召对,擢启为户部侍郎,谢吏部郎中,俱以逾冒辞;即蒙俞允,赐内帑白金,放归于乡。"上海古籍出版社1985年版,第289~290页。

③ 〔明〕高启著,〔清〕金檀辑注,徐澄宇、沈北宗校点《高青丘集》卷一五《送徐山人还蜀山兼寄张静居》诗云:"我因解绂远辞京,君为修琴暂入城。偶尔相逢春酒熟,飘然忽去暮烟生。山头学啸犹闻响,世上留诗不留名。西涧烦问张静者,年来注易几爻成?"上海古籍出版社1985年版,第653页。诗作于洪武四年(1371),参见陈建华《高启诗文系年补正》。

④ 〔明〕杨基《眉庵集》卷二《北山梨花》小序云:"余卜居金川,是金陵城西北门也。去北山无十里。……辛亥暮春五日。"卷三《千叶桃花》小序:"豫章气候差早,春未半,花已岑寂。省掖后苑有千叶桃一株,人未之知也。……壬子二月十七日。"按,壬子年为洪武五年(1372),知杨基五年时已在江西。《四部丛刊三编》本,上海商务印书馆1936年版。

北郭诗社前后社友有十九人之多，欧阳光在《高启北郭诗社》一文中已介绍了其中的十二人①，现将其他人的生平略述如下：

周砥，字履道，吴人，寓家无锡。砥为人豪放自好。至正末尝客荆溪，与马治唱和成集。又来吴兴，与高、徐辈为社。后从军赴会稽，卒于兵。

王彝，字常宗，其先蜀人，本姓陈，元时徙嘉定，自号妫蜼子。洪武初，以布衣召修《元史》，赐金币遣还。寻荐入翰林，以母老乞归。洪武七年（1374），坐魏观事伏法。有《三近斋稿》《妫蜼子集》。

申屠衡，字仲权，长洲人。少从杨维桢学，为古文有法。元季不仕，洪武三年（1370）征至京，草《谕蜀书》，称旨，授翰林修撰，以病免。寻谪居濠梁，所著《叩角集》。

王隅（1331—1366），字仲廉，汴梁人。与高启、王行为挚友。至正二十六年（1366）卒，王行为墓铭，启为哀辞。

张适（1333—1394），字子宜，长洲人，博洽工诗文。洪武初，以秀才举，擢工部郎中，以病免归，徙居朱长文乐圃。复以明经荐授广西行省理问，历滇池鱼课宣课大使，卒于官，有《乐圃集》二卷，《江馆》《南湖》《江行》《滇池》集各一卷，合名《甘白先生集》。

杜寅，字彦正，吴县人。洪武三年（1370）征修《元史》，后官岐宁卫知事。洪武八年（1375），边民降复叛，遇害。

梁时，字用行，始家吴江，迁长洲。博学，工文章，以气格为主，不事纤丽，亦善笔札。洪武中用荐授职岷府纪善，迁翰林典籍，修《永乐大典》，有《噫唉集》。

浦源，字长源，无锡人，明初官至晋府引礼舍人，有《浦舍人集》传世。

方彝，字以常，杭州人，元末任员外郎，与张羽交最深。

钱复，字彦周，长洲人，洪武初任湖州府学教授。

李睿，字士明，号鹤瓢道人，吴县人，主长洲宁真道院，与高启、徐贲等善。

---

① 参见欧阳光《宋元诗社研究丛稿》，广东高等教育出版社1996年版，第300～303页。

三、 北郭诗社的特点

北郭诗社既然名为诗社，它必然具有诗社所具有的一些共性。但是，由于时代、地域、文化背景的不同，它又在许多方面具有自身的独特性。而这些独特性所在，恰恰是值得我们重视的。

首先，自元顺帝至正八年（1348）方国珍起兵台州到洪武初年（1368）明太祖再次统一中国，战乱时间长达二十年。北郭诗社的活动时期，泰半都在其中。可是诗社成员或登高寻盟，或流连诗酒，或赏月观花，或题画观帖，其生活优游恰愉，浑不似战乱中人。究其原因，可以从两个方面来分析。

其一，从外部环境来看，自至正十六年到二十七年（1356—1367），吴地的实际统治者为张士诚兄弟。张氏虽为盐贩出身，却懂得广纳贤士，一时吴中士多往依附。并且张士诚无雄图大略，只知割据自守，此举虽导致他最终沦为朱元璋的俘囚，但客观上使当时的吴中避免了兵火之灾，较之他地不啻为一方乐土。故钱谦益在评价陈有定时，赞及张士诚的保士之功："元末，张士诚据吴，方谷真据庆元，皆能礼贤下士；而闽海之士，归于有定。一时文士，遭逢世难，得以苟全者，亦群雄之力也。"①

其二，从成员心态来看，现实中的不得志又使他们对时事持取一种漠然的态度。群雄割据时期，士人可供选择的道路大抵只有两条，一是各为其主，二是隐居逃世。北郭诗社成员大都无出这两种选择之外：出仕张士诚政权的有周砥、余尧臣、杨基、徐贲、唐肃、方彝、宋克等人，职位均不显赫，多为记室、典簿、军咨等小官；而隐居的高启、张羽、王行等人，生活亦是苦多乐少。在面对严酷现实而自身却无能为力的时候，雄心抱负就如烟云消散，逃避往往成为一种顺理成章的选择，而诗、酒则是他们最佳的避难所。张羽《续怀友诗》小序生动地描摹出了这种无奈：

> 予在吴围城中作《怀友诗》廿三首，其后题识四人，洒嘉陵杨君孟载、介休王君止仲、渤海高季迪、剡郡徐幼文也。时予与诸友及永嘉余唐卿者游，皆落魄不任事，故得流连诗酒间，若不知有风尘之

---

① 〔清〕钱谦益：《列朝诗集小传》甲前集"陈平章有定"条，上海古籍出版社1983年版，第46页。

警者。①

于是，求适情，重享受成为诗社成员当然的人生态度。对于他们来说，每一次诗社的活动都是一次抛开凡世纷扰，与友人共享欢乐的良机；每一次诗社的活动，都是一次任情自适，求得心灵解放的嘉会。只有在诗社里，他们才可以自由地做自己喜欢做的事，或吟诗联句，或登高远眺，或高歌一曲，或赌赛一局；也只有在诗社中，他们才能找回那个被现实压抑的扭曲了的自我，尽情地释放自我。因此，"风尘之警"被他们毫不犹豫地挡在了诗社之外，他们要使诗社成为自己心灵的世外桃源。这一点，至正二十六年（1366）的绿水园雅集最具有典型性。关于这次雅集，高启、张羽、徐贲均有诗：

平居寡良会，艰哉况兹时。幸逢金闺英，中筵接光仪。名园过修禊，景丽春阳熙。绿芷荣曲沼，朱华敷广墀。情宣寄高文，忱襟为之披。觞来不敢诉，虑此朋欢亏。何以淹返旆，颓光愿迟迟。② （高启《绿水园宴集》）

芳圃逼江城，回波绕舍清。主人擅文学，过客总簪缨。适向吴中会，何殊洛下英。唐虞共敷讲，风雅用和赓。矍铄攻辞健，铿锵得句精。建安方合体，大历却徒名。还展花前席，仍敲竹下枰。饮余歌秋杜，醉里听仓庚。径竹斑初脱，庭蕉绿已呈。浑忘在离乱，惟欲盼承平。蜗窟休图隐，鸡坛可负盟？从容四美具，感激二难并。更愿相加勉，留传汗简声。③ （张羽《绿水园燕集》）

至正二十六年（1366）是个多事之秋。朱元璋在基本消灭了最强大的对手——湖广陈友谅集团以后，挥师东进，直指张士诚政权，从而开始了长达两年之久的东、西吴之战，吴中已不再是战火中的乐土。可是，同年春的绿水园雅集，呈现给我们的依然是一片承平景象。高启他们显然意

---

① 〔明〕张羽：《静居集》卷一，《四部丛刊三编》本，上海书店1989年版。

② 〔明〕高启著，〔清〕金檀辑注，徐澄宇、沈北宗校点：《高青丘集》卷六，上海古籍出版社1985年版，第255页。

③ 〔明〕张羽：《静居集》卷四，《四部丛刊三编》本，上海书店1989年版。

识到了时局的艰危，并非真的"不知有风尘之警者"，但是"莫谈国事"似乎是诗社成员们彼此的一种共识与默契。其原因，或许就是高启诗中所写的"觞来不敢诉，虑此朋欢亏"，或许还有更深层次的原因。对于他们来说，既然没有能力挽救艰危的时局，那么至少可以有意识地选择一种回避的态度，不让战乱影响到他们的心境。他们饮酒、谈玄、作诗、下棋……所作所为，无非为了一个"忘"字。

其次，北郭诗社没有如宋豫章诗社的徐俯、彭城诗社的贺铸那样具有自觉盟主意识的主盟者。后人常将北郭诗社与高启并称，但在当时，诗社则是由高启、徐贲、周砥最早发起的，在三人的诗文中，并没有谁明确地表示要承担起主盟者的责任，而在诗社其他成员的诗文集中，也看不到比较自觉地共同对某一个成员的尊崇与服膺。主盟者的角色，在北郭诗社中是由一群核心成员来承担的，他们是高启、杨基、张羽、徐贲和王行。

王行诗文兼长，四库馆臣给予他的评价很高："其文往往踔厉风发，纵横排奡，极其意所驰骋，而不能悉归之醇正，颇肖其为人。诗格亦清刚肃爽，在'北郭十子'之中，与高启称为劲敌。就文论文，不能不推一代奇才也。"① 高启四人则并以诗见长，名重于世。在后人的眼中，高启在诗歌方面的成就是远远高于杨、张、徐三人的。如李东阳就认为："国初称高杨张徐。高季迪才力声调，过三人远甚，百余年来，亦未见卓然有以过之者，但未见其止耳。"② 王世懋的评价则更为极端："高季迪才情有余，使生弘正李、何之间，绝尘破的，未知鹿死谁手。杨、张、徐故是草昧之雄，胜国余业，不中与高作仆。"③ 其实，他们四人当时在诗社中的地位是伯仲之间、难分高下的。如杨基《梦故人高季迪三首》第一首：

> 诗社当年共颉颃，我才惭不似君长。可应句好无人识，梦里相寻与较量。④

《舟入蔡河怀徐幼文》诗：

---

① 〔清〕永瑢等：《四库全书总目》卷一六九"半轩集"则，中华书局1965年版，第1473页。
② 〔明〕李东阳：《麓堂诗话》，《丛书集成初编》本，中华书局1985年版，第7页。
③ 〔明〕王世懋：《艺圃撷余》，《丛书集成初编》本，中华书局1985年版，第8页。
④ 〔明〕杨基：《眉庵集》卷十一，《四部丛刊三编》本，上海书店1989年版。

> 余实美君敏且博，君亦怜余强而迈。英雄敢夸君与我，强弱不止楚敌蔡。孟渚豪士渤海高（季迪也）。时复峙足如鼎鼐。高才于我十倍丕，尚叹追君力不逮。纵横千字咸生笔，跌宕百韵余公菜。①

高启《送徐七山人往蜀山书舍》：

> 获君乃瑚琏，顾我犹斗筲。②

因此，同时代的人才会将四人并称，比诸"初唐四杰"，称"高、杨、张、徐"。③

北郭诗社产生于元末的战乱时代，受限于多方面的因素，它的成员不可能是固定的，而是经常处于流动变化之中。但是其核心成员基本是保持稳定的，无论前期还是后期，高启、杨基、张羽、徐贲、王行五人都是积极的参与者和组织者。这种近似于现代委员会制的形式较之单一的主盟制，其优点是显而易见的：由于大家年龄相若，才气相若，彼此都非常推崇，这种形式有利于大家在平等的基础上对于某种诗学主张或者创作理念进行最充分的争论和探讨，达成共识，并自觉贯彻到自身的创作中去；同时也有利于大家在创作过程中自由地沟通和交流。杨基《梦故人高季迪三首》诗的小序给我们提供了一个很有力的例证：

> 辛亥八月十八夜，梦与季迪论诗，已而各出诗稿，互相商榷。季迪在吴时，每得一诗，必走以见示，得意处辄自诧不已。梦中抵掌故态如常时。因赋三绝季迪，且索旧作云。④

虽然此处描述的是杨基的梦境，但这种梦境是建立在现实生活的基础

---

① 〔明〕杨基：《眉庵集》卷三，《四部丛刊三编》本，上海书店1989年版。
② 〔明〕高启著，〔清〕金檀辑注，徐澄宇、沈北宗校点：《高青丘集》卷四，上海古籍出版社1985年版，第162页。
③ 〔明〕高启著，〔清〕金檀辑注，徐澄宇、沈北宗校点《高青丘集》附录周立题识云："（高启）时与嘉陵杨基孟载、浔阳张羽来仪、剡郡徐贲幼文，名重当世，人称为高、杨、张、徐，比唐之四杰也。"上海古籍出版社1985年版，第984页。
④ 〔明〕杨基：《眉庵集》卷十一，《四部丛刊三编》本，上海书店1989年版。

之上的。高、杨在吴中时，互评诗稿，互相商榷诗艺诗法，而且有时还会对自己比较满意的诗歌醉心不已。这种推诚相见的程度，很难想象会出现在盟主与普通社友的交流中。

再次，北郭诗社既有自己共同的诗歌主张，但每个成员又都保留了自己独特的诗歌风貌。元末明初，会稽杨维桢自创铁雅诗派，险怪学李贺，缛丽则仿温庭筠、李商隐，其诗风风靡整个吴中，称门生弟子者不计其数，为当时影响最著。北郭诗社成员对此种诗风相当不满，而尤以王彝为最。他在《文妖》一文中，指斥杨维桢"以淫辞怪语，裂仁义，反名实，浊乱先圣之道。顾乃柔曼倾衍，黛绿朱白，而狡狯幻化，奄焉以自媚，是狐而女妇，则宜乎世之男子者之惑之也。余故曰：'会稽杨维桢之文，狐也，文妖也。'"①。基于此，北郭诗社大力提倡"复古"，提倡学汉、魏、晋、唐诸家，而摈弃唐大历以下的诗风：

> 肯从大历开元已，重拟清谈击唾壶。② （张羽《寄王止仲高季迪》）
> 早与高徐辈（乃高季迪、徐幼文也），远慕黄初时（魏年号）。③（杨基《衡阳逢丁泰》）

他们在品评社友诗或为社友诗集作序时，亦多以学古相期许，如王彝评高启诗：

> 盖季迪之言诗，必曰汉、魏、晋、唐之作者，而尤患诗道倾靡，自晚唐以极，于宋而复振起，然元之诗人，亦颇沉酣沙陲弓马之风，而诗之情亦泯。自返而求之古作者，独以情而为诗，今汉、魏、晋、唐之作，其诗具在，以季迪之作比而观焉，有不知其孰为先后者矣。……吾故观夫季迪之诗，而不敢以为季迪之诗，且以为汉、魏、

---

① 〔明〕王彝：《王常宗集》卷三，《影印文渊阁四库全书》本，台湾商务印书馆1986年版。
② 〔明〕张羽：《静居集》卷五，《四部丛刊三编》本，上海书店1989年版。
③ 〔明〕杨基：《眉庵集》卷一，《四部丛刊三编》本，上海书店1989年版。

晋、唐作者之诗也。①

然而，这种创作主张上的趋同并没有使诗社成员统一在同一种风格之下。在诗歌理念相同的背景下，每个成员又根据自己的实际情况，决定自己的学习对象和努力方向，从而形成自身的独特风格。

高启才情具美，专力于诗，以大家自期。他主张兼师众长，随事摹拟，最后依靠自己的领悟力，将众家之所长融为一体，才可称为一流之诗家。在洪武三年（1370）他为社友僧道衍所作的《独庵集序》中，详细阐述了这种主张：

> 夫自汉、魏、晋、唐而降，杜甫氏之外，诸作者各以所长名家，而不能相兼也。学者誉此诋彼，各师所嗜，譬犹行者埋轮一乡，而欲观九州之大，必无至矣。渊明之善旷而不可以颂朝廷之光，长吉之工奇而不足以咏丘园之致，皆未得为全也。故必兼师众长，随事摹拟，待其时至心融，浑然自成，始可以名大方而免夫偏执之弊矣。②

不幸的是，高启在洪武七年（1374）因为为苏州太守魏观作《上梁文》，被朱元璋腰斩，时年三十九岁。这使他未能有充分的时间去熔铸变化，成为像李杜一样的大家。即使如此，他在诗歌领域所取得的成就也让后人叹为观止，四库馆臣将其推许为明代第一诗人：

> 启天才高逸，实据明一代诗人之上。其于诗，拟汉魏似汉魏，拟六朝似六朝，拟唐似唐，拟宋似宋，凡古人之所长，无不兼之。振元末纤秾缛丽之习，而返之于古，启实为有力。③

与高启相比，其他社友或是在诗歌方面的天赋稍逊一筹，或是自身的勤奋程度有所不及，如果他们同样走高启"兼师众长"的道路，恐怕只

---

① 〔明〕高启著，〔清〕金檀辑注，徐澄宇、沈北宗校点：《高青丘集》附录，上海古籍出版社1985年版，第981～982页。

② 〔明〕高启著，〔清〕金檀辑注，徐澄宇、沈北宗校点：《高青丘集·凫藻集》卷二，上海古籍出版社1985年版，第885页。

③ 〔清〕永瑢等：《四库全书总目》卷一六九"大全集"则，中华书局1965年版，第1471页。

能是邯郸学步或东施效颦而已。因此，杨基、张羽等人另辟蹊径，或专力于一种或数种诗体，或在诗法上苦下功夫，虽不如高启之全面，但也各有所得，形成了自己的风格。如徐贲虽排名"吴中四杰"之末，但他重诗法，守纪律，故"其诗才气不及高、杨、张，而法律谨严，字句熨贴，长篇短什，首尾温丽，与三家别为一格"①。

最后，成员的多元化也是北郭诗社一个鲜明的特点。这种多元化主要包括三方面：其一，地域多元化。在北郭诗社中，高启、宋克、申屠衡、张适、释道衍、钱复是长洲人；王行、杜寅、李睿是吴县人；周砥、吕敏、浦源是无锡人；梁时家吴江，后徙居长洲；王彝其先蜀人，后徙居嘉定；王隅、高逊志都是河南人；张羽，浔阳人；徐贲，其先蜀人，徙长洲，再徙平江；杨基，其先蜀嘉州人，祖宦吴中，因家焉；唐肃，越州山阴人；余尧臣，永嘉人；陈则，昆山人；方彝，湖州人。其二，身份多元化。有僧人，如释道衍；有道者，如吕敏、李睿；有道学，如王彝；有官宦，如杨基、徐贲、余尧臣等；也有布衣，如王隅。其三，才能多元化。除了对于诗歌的共同爱好以外，诗社成员又具有多方面的才能。如高启、王彝、杜寅明初曾被召修《元史》；唐肃则"通经史，兼习阴阳、医卜、书数"②；宋克以善书名天下，与同时期宋广并称"二宋"；余尧臣、释道衍则通兵法，余尧臣曾助张士诚将吕珍守越有功，而僧道衍则辅助朱棣靖难，因封荣国公，为诗社中最显赫的一位；徐贲、张羽、王行、杨基则皆能画③。

地域的多元化有利于不同诗风的交流整合，为新诗风的形成提供一个广阔的平台；身份的多元化则有利于儒、道、释三教的沟通与交融，使思想不至于固定于一尊，有利于成员在思想自由的状况下进行创作；而才能的多元化则使一些诗歌形式如咏史、题画、题书法作品等都进入了诗社成员的创作视野。仅以题画诗为例，高启现流传诗歌两千余首，题画诗将近一百五十首；张羽诗歌总量远远低于高启，但其题画诗达到了一百零七首。

---

① 〔清〕永瑢等：《四库全书总目》卷一六九"北郭集"则，中华书局1965年版，第1472页。
② 〔清〕张廷玉等：《明史》卷二八五《唐肃传》，中华书局1974年版，第7330页。
③ 〔清〕陈田《明诗纪事》甲签卷八"王行"条按语："北郭十子，能画者五人，幼文画迹流传最多，孟载、来仪、仲温、止仲今罕传者。止仲喜泼墨成山水，时人谓之'王泼墨'。"上海古籍出版社1993年版，第187页。

综合考察北郭诗社，我们可以发现它几乎囊括了元末明初以苏州为中心的吴中地区所有的诗文大家；且以其十九人的诗社规模，加上与高、杨、张、徐关系密切并愿意接受他们文学主张的谢徽、金珉、王材、王肯、王璲等外围成员，已经形成了早期的吴中诗派。简言之，明初的吴中诗派可以说就是在北郭诗社的基础上发展而来的。因北郭诗社中的主要成员"吴中四杰"——高启、杨基、张羽、徐贲对吴中诗派的影响更为显著，笔者将另著专文论述，此处不复赘述。

原刊《文学遗产》2004年第1期，署名欧阳光、史洪权，由史洪权执笔

诗筒与古代文人交往

披阅古代文人文集,"诗筒"一词出现的频率相当高,兹略举数例:

> 为向两川邮吏道,莫辞来去递诗筒。(白居易《长庆集》卷五三《醉封诗筒寄微之》)
>
> 若念故人兼久病,公余无惜寄诗筒。(林逋《林和靖集》卷三《寄呈张九礼》)
>
> 忙里诗筒长遣客,静中酒户不妨禅。(李弥逊《筠谿集》卷一五《送邵文伯归溧阳》)
>
> 眼力尚能观细字,诗筒经卷且优游。(王之道《相山集》卷一〇《和梁宏父》)

所谓诗筒,又称邮筒、书筒,是古人封寄书函、寄赠诗篇的竹筒。蒲松龄《聊斋自志》云:"四方同人,又以邮筒相寄。"说的就是它。

关于诗筒的形制、功用,宋石介《竹书筒》一诗有十分形象生动的描绘:

> 截竹功何取,为筒妙可谈。长犹不盈尺,青若出于蓝。浮薄瓢皆去,欹崟节独堪。谁言但空洞,自是贵包含。虚受殊招损,多藏不类贪。巾箱经漫五,谤牍箧空三。泪有湘妃洒,书疑禹穴探。质曾冒霜雪,价本擅东南。陨箨遗轻粉,移根破冻岚。龙吟终不死,凤实尚余甘。朴陋我为贵,雕镂彼何惭。居常置几案,出或系骖騑。唱和友朋倦,提携童仆谙。纯姿斥丹漆,美干敌梗楠。其直如周道,虚心学老聃。吾徒正得用,诗笔战方酣。(《徂徕集》卷四)

诗筒一词究竟出现于何时现已难以确考,但它大量出现于唐宋时期的文人文集之中,则是显而易见的。不难看出,它的频繁出现与科举制度的确立从而扩大和密切了文人之间的交往这一社会现象紧密相关。

自隋唐以来实行的科举制度,从根本上改变了文人的生存方式,把他们从依附于世家豪门,固守一隅,相对封闭的生存状态中解放了出来。他们从全国各地,定期汇集京师,及第授官也好,落第沦落也好,又从京师分流向各地。这种由科举活动所促成的全国性人才大流动,不仅扩大了文人的行踪,开阔了他们的视野,同时也必然使文人之间的人际交往日益扩大和频密,而诗酒唱和则是文人间交往过从的主要形式。他们聚首一地时,诗酒文会,酬赠唱和,而当天各一方时,继续维系感情、切磋诗义就要借助诗筒的往来了。上文我们已经举了一些例子,下面试再举出一些:"邮筒不绝如飞翼,莫惜新篇屡往还"(欧阳修《文忠集》卷一三《送梅龙图公仪知杭州》)、"从此相思浸相远,便凭归棹附诗筒"(贺铸《庆湖遗老诗集》卷七《迁家历阳,江行夜泊黄泥潭,怀寄冯善渊。庚午九月赋》)、"频枉诗筒从我读,已留斋壁待君书"(葛胜仲《丹阳集》卷一九《次韵德升见怀》)、"高情未得真消息,试仗诗筒一问看"(王洋《东牟集》卷四《寄徐雅山》)。这些诗句充分表现了文人们对感情交流和切磋诗艺的强烈愿望,从中不难看出文人间交往日趋扩大和频密的一个侧面。

文人间交往的扩大和频密,自然容易形成思想感情接近、审美情趣相投的文人群体或社团。关于这一点,我们也可以从"诗筒"身上略窥一斑。王谠《唐语林》卷二"文学"载:"白居易,长庆二年(822)以中书舍人为杭州刺史,替严员外休复。休复有时名,居易喜为之代。时吴兴守钱徽、吴郡守李穰,皆文学士,悉生平旧友,日以诗酒寄兴。官妓高玲珑、谢好好巧于应对,善歌舞,从元稹镇会稽,参其酬唱。每以筒竹,盛诗来往。"这里记述的即是唐代以白居易为首的一个诗人群体的活动。白居易、钱徽、李穰、元稹分守湖州、苏州、杭州、会稽四地,虽相距不远,但有官职在身,相见想必也是不容易的吧。于是,诗筒成了联系四地的纽带,我们不难想见当时四地之间驿道上诗筒频繁传递的情景。

类似的情形,还有宋代王十朋等人的楚东诗社活动。宋孝宗隆兴元年(1163),王十朋曾与陈阜卿、洪迈、王秬、何麒等结楚东诗社唱和。时王十朋任饶州太守,陈阜卿任洪州太守,洪迈任吉州太守,王秬任洪州通判,何麒任饶州提点刑狱公事。诗社的五个成员分别在三地做官,显然不可能像其他诗社那样经常聚会,故较多采用了诗筒往来的形式。王十朋《提舶示观〈楚东集〉,用张安国韵。因思鄱阳与唱酬者五人,今六年矣,陈、何二公已物故,余亦离索,为之慨然,复用之韵》诗云:"忆昔江东会众仙,诗筒往来走山川。(原注:时陈在豫章,何按属郡,诗筒常往来。)"(《梅溪后集》》卷一七)《次韵何宪修途倦游,怀鄱阳唱和之乐》诗云:"马上诗成驿使驰,社中犹恨使来迟。"(《梅溪后集》卷九)说的就是诗社活动的情景。楚东诗社的唱和之作后来被编为《楚东酬唱集》(今不传),产生了较大影响。著名诗人张孝祥读了该集后,写诗赠王十朋云:"同是清都紫府仙,帝教弹压楚山川。星躔错落珠连纬,岳镇岩峣柱倚天。宫羽在县金奏合,骅骝参队宝花鲜。平生我亦诗成癖,却悔来迟不与编。"(《于湖集》卷七)这表达了张孝祥对楚东诗社活动的倾慕和加入该诗社的愿望。

诗筒虽小,从中却折射出古代文人交往的某些情景,有着十分丰富的文化蕴涵。研究这一现象,对我们全面深入地认识古代文人的生活,不无助益。

原刊《文学遗产》1999年第2期

宋遗民诗人方凤生平和创作初探

元初至元至大德的二三十年间,在东南沿海一带,活跃着一批宋遗民诗人。他们的创作,抒故国宗社之忧愤,歌黍离麦秀之悲音,慷慨沉郁,忧深思远,不仅表现了坚贞的民族气节,还有力地改变了宋季四灵、江湖诗人气局荒靡、纤碎浅弱的诗风,对有元一代诗歌创作影响甚巨。在这批遗民诗人中,方凤是一位十分突出的人物。宋濂评其诗云:"世言杜甫一饭不忘君。今考其诗,信然。凤虽至老,但语及胜国事,必仰视霄汉,凄然泣下。故其诗亦危苦悲伤,其殆有得于甫者非耶?"① 从宋濂的评论中,不难看到方凤诗歌创作成就之一斑。然而,由于方凤终生未仕,名不见于史传,生平行事多湮没无闻,所作诗歌亦大半散佚,致宋濂当时已有"世之知者或寡"② 之叹,这是十分令人惋惜的。现据方凤仅存的《存雅堂遗稿》,以及从元明文献中爬梳钩沉的一些材料,对其生平及诗歌创作做一初步探讨。

一

方凤,字韶卿,或曰韶父,一字景山③,号岩南,斋名存雅堂,故人多称存雅先生。婺之浦江人。柳贯《方先生墓碣铭》云:"年八十有二……卒于至治元年(1321)正月。"④ 以此上推,其生年应为宋理宗嘉熙四年(1240)。

---

① 〔明〕宋濂:《浦阳人物记》卷下,见罗月霞主编《宋濂全集》,浙江古籍出版社1999年版,第1846页。
② 〔明〕宋濂:《芝园续集》卷五《跋胡方柳黄四公遗墨后》,见罗月霞主编《宋濂全集》,浙江古籍出版社1999年版,第1548页。
③ 宋濂《浦阳人物记》作"一名景山"。按凤自作《栖碧楼记》题"景山方凤",则景山当为别字。
④ 〔元〕柳贯:《方先生墓碣铭》,见《柳待制文集》卷十,《四部丛刊初编》本,上海书店1989年版。

方凤出身于一个没落的封建官吏家庭。其八世祖资，字逢原，中宋嘉祐八年（1063）进士第，历官知真州，未上，卒赠紫金光禄大夫。七世祖扬远，字遐举，中元祐三年（1088）进士第，以吏部侍郎出为河北转运使，殁赠太中大夫。① 六世祖滋，亦曾在户部做官。② 五世祖以下，则无显者。

从方凤出生至三十七岁时宋亡，他的整个青少年时代都是在内忧外患交集，国势岌岌可危的形势下度过的。关于他在此时期的生平行事，宋濂《浦阳人物记》中说："凤有异材，常出游杭都，尽交海内知名士。将作监丞方洪奇其文，以族子任试国子监，举上礼部，不中第。主阁门舍人王斌家，教其二子大小登。斌与丞相陈宜中为亲昆弟，凤因得见宜中，三以策告宜中，虽不能听，将奏补为初品官，既而宜中走海南，事遂寝。后以特恩授容州文学。未几宋亡。"③ 今存《存雅堂遗稿》中收有《上陈丞相书》一文，应即是宋文所谓"三以策告"之一。在这篇文章中，方凤以布衣之身，为丞相指画抗元方略，提出了固守长江、暂分藩阃、爱惜人才等一系列建议。虽然因其人微言轻，建议未被采纳，但在元朝气焰炽甚，南宋王朝人心惶惶，笼罩着一派末日来临气氛的情况下，却显示出他过人的见地和胆识，同时也表现了他以国家民族兴亡为己任的耿耿忠心和高度责任感。

宋亡之后，方凤"自是无仕志"，回到了浦江。浦江当时是宋遗民的聚居之地，像写过《登西台恸哭记》的谢翱，像自号"全归子"以示誓不失身的吴思齐，都在这里麻衣绳屦，归隐啸傲。方凤回到浦江，与谢、吴结为莫逆之交，以风节行谊相高。三人尝结伴出游，"游辄连日夜，或酒酣气郁时，每扶携望天末恸哭，至失声而后返"④。大约在这一时期，

---

① 参见〔明〕宋濂《浦阳人物记》卷下，见罗月霞主编《宋濂全集》，浙江古籍出版社1999年版，第1845～1846页。

② 参见〔元〕柳贯《方先生墓碣铭》，见《柳待制文集》卷十，《四部丛刊初编》本，上海书店1989年版。

③ 〔明〕宋濂：《浦阳人物记》卷下，见罗月霞主编《宋濂全集》，浙江古籍出版社1999年版，第1845页。

④ 〔明〕宋濂：《吴思齐传》，见罗月霞主编《宋濂全集·宋学士先生文集辑补》，浙江古籍出版社1999年版，第2050页。

以他们三人为骨干，成立了一个遗民诗社——汐社①。关于汐社之名，方凤所撰《谢君皋羽行状》一文中说："独求故老与同志以证其所得。会友之所名汐社，期晚而信，盖取诸潮汐。"② 从这段话中不难看出，汐社绝不是一般的诗酒唱和、文人雅集，而是一个联络同志、团结故老，等待时机，期望恢复故宋的具有强烈反抗色彩的遗民组织。

至元二十三年（1286），原宋义乌令浦江人吴渭创办月泉吟社，方凤与谢翱、吴思齐一起被吴渭延至其家，担任诗社的"考官"。这次诗社活动得到东南一带遗民的热烈反响，短短三个月时间，就收到诗稿二千七百三十五卷（篇），作者遍布浙、苏、闽、赣等省。方凤等从中选出二百八十名，依次给予奖赏，并把所选诗作编成一集付梓③。月泉吟社的征诗虽以《春日田园杂兴》为题，来稿表面上模山范水、吟风嘲月，骨子里却隐含着沉痛的故国之思。像"种秫已非彭泽县，采薇何必首阳山""往梦更谁怜麦秀？闲愁空自托杜鹃""吴下风流今莫续，杜鹃啼处草离离"一类句子比比皆是。正如清人全祖望所说："月泉吟社诸公，以东篱北窗之风，抗节季宋，一时相与抚荣木而观流泉者，大率皆义熙人相尔汝，可谓壮矣。"④ 这次诗社活动，上距宋亡（1279）不过七年时间，它在团结、激励广大入元知识分子保持民族气节方面产生了重大影响。方凤作为这次活动的组织者之一，起了显著的作用，同时也在广大遗民中树立了声望。

大约在此后不久，方凤曾出游东南一带。他"游京口至建业，东出永嘉，行寻雁宕大龙湫，抉摘景物，以资赋咏。每遇雄关复奥，长江巨浸，破军蹶将之处，悼天堑不守，辄俯仰徘徊，悲不自禁"⑤。在出游中，他还结识了不少遗民故老，像牟献之、龚圣予、戴帅初、胡穆仲、仇仁近

---

① 〔清〕孙尔准等修、陈寿祺纂、程祖洛等续修、魏敬中续纂《道光福建通志》卷一九〇《宋忠节》："（翱）邀同志结汐社，自凤、思齐外，娶方幼学、方焘，睦冯桂芳、翁登、登弟衡皆与焉。"见《中国地方志集成·省志辑·福建》，上海书店出版社2000年版，第383页。

② 〔宋〕方凤：《谢君皋羽行状》，见方勇辑校《方凤集》，浙江古籍出版社1993年版，第75页。

③ 今存《月泉吟社诗》一卷，仅载前六十名。

④ 〔清〕全祖望：《跋月泉吟社后》，见朱铸禹汇校集注《全祖望集汇校集注·鲒埼亭集外编》，上海古籍出版社2000年版，第1439页。

⑤ 〔清〕王崇炳：《金华徵献略》卷三，清雍正十年（1732）婺东藕塘贤祠刻本。

等人，"于残山剩水间，往往握手歔欷，低徊而不忍去"①。元贞元年（1295）秋八月，谢翱在杭州病故。方凤闻讣后立至，将谢翱遗骨归葬于桐庐严子陵钓台南，即翱生前哭祭文天祥之处，并遵其遗嘱，建许剑亭于墓侧，以示对这位民族志士的纪念。

晚年，方凤隐居于浦江仙华山中，虽贫病艰窭，仍不屈志节，"但语及宋事，则仰首霄汉，凄然泪下"②。临殁，"犹属其子樗题其旌曰'容州'，示不忘（宋）也"③。

二

方凤的诗歌创作，据宋濂《浦阳人物记》有三千余篇。方凤去世后，他的学生柳贯"探其家藏，摘五七言古律诗三百八十篇，厘为九卷"④，名《存雅堂稿》。其后寖以散逸，并故本亦亡。清顺治年间，浦江张燧博搜诸书，掇拾残剩，辑为《存雅堂遗稿》。今存《存雅堂遗稿》有二种版本。一为《四库全书》本，收诗七十三篇、文十三篇；一为胡宗懋《续金华丛书》本，此本乃据四库本重刊，但新增诗九篇、文一篇，总计诗八十二篇、文十四篇，这大概是今天所能见到的方凤的全部诗文。除此之外，方凤还撰有《物异考》《野服考》《夷俗考》各一卷，属笔记杂乘类作品。

现存方凤的诗歌绝大部分作于宋亡以后。元代郭霖说："先生宋时未及仕而宋亡，遂抱其遗经隐仙华山……缘情托物，发为歌诗，以寓麦秀之遗意。"⑤ 这可以说是方凤全部诗文一以贯之的主题。具体来说，主要有以下几方面内容。

怀念故国故君，抒发亡国惨痛。宋亡之后的方凤，始终不愿接受亡国的现实，他"酌飞泉于中屿之东，送夕阳于冶城之西；洒铜仙之清泪，

---

① 〔元〕黄溍：《方先生诗集序》，见《黄文献公集》卷五，《丛书集成初编》本，中华书局1985年版，第194页。
② 〔明〕应廷育：《金华先民传》卷二，中央民族大学图书馆藏明钞本。
③ 〔明〕宋濂：《浦阳人物记》卷下，见罗月霞主编《宋濂全集》，浙江古籍出版社1999年版，第1846页。
④ 〔元〕黄溍：《方先生诗集序》，见《黄文献公集》卷五，《丛书集成初编》本，中华书局1985年版，第195页。
⑤ 〔元〕郭霖：《金华游录跋》，转引自〔明〕程敏政《宋遗民录》卷五，《丛书集成初编》本，中华书局1985年版，第56～57页。

睎钓濑之风漪"①，或登高咨嗟，或泽畔行吟，所接无非遗民故老，触目尽是剩水残山，无不加重他的故国故君之思。登高，他则吟"遥遥烟霭里，犹作故宫看"（《同胡汲仲兄弟登香远楼》）；② 临江，则吟"谁向龙山夸海国，一声铁笛女墙边"（《冒雨渡浦阳江》）；观瀑布，则吟"何当刺飞流，一洗磊块胸"（《游仙华山》）；甚至听到山中的空谷之音，他也觉得是与自己悲怨的心情相回应："共爱孤蝉远林咽，又疑帝子笙歌彻。"（《与皋羽、子善游宝掌山》）这种眷念宗邦的感情已浓烈到化不开的程度。《存雅堂遗稿》中有一首《故宫怨》，应是宋亡后作者再次游杭州时所作：

> 白日欲落何王宫，腥云颓树生烈风。狁猱几年争聚族，饥蟒狞狰攫人肉，熊豨肆毒夜横行，刺蛆刲血多飞鼪，荧尻吐焰大如鹭，照见女鬼迎新故，寒更鸱吻空哀哀，谁能化鹤还归来？山都冶夷总难记，妖狐吹火月坠地。

在这首诗里，作者用饱蘸血泪的笔墨，描绘了昔日繁华的故都，被元朝铁骑践踏之后残败破落、阴森恐怖的景象。虽然作者并没有直接抒情，但在冷峻孤峭的画面中，充盈着巨大的沧桑之感。诗歌节奏急促，两句一转韵，我们从中似乎可以感受到作者胸中感情的波涛如钱塘之潮，汹涌起伏，反映出作者对元代统治者的强烈怨恨和对故国山川文物的深切怀念。

歌颂民族志士，与遗民同志以志节相砥砺。像《哭陆丞相秀夫》：

> 祚微方拥衲，势极尚扶颠。鳌背舟中国，龙髯水底天。巩存周已晚，蜀尽汉无年。独有丹心皎，长依海日悬。

陆秀夫是宋末著名抗元志士。祥兴二年（1297），元军与宋军在南海崖山大战，宋军兵败，秀夫负幼帝赵昺投海殉国。在诗里，方凤以极其沉痛和

---

① 〔元〕柳贯：《修祠植碑后祭方先生文》，见《柳待制文集》卷二十，《四部丛刊》本，上海书店1989年版。

② 本文所引方凤诗均引自《存雅堂遗稿》，《影印文渊阁四库全书》本，台湾商务印书馆1986年版，不另注出。

崇敬的心情，对这位在南宋王朝灯枯油尽大厦将倾之际，全力辅佐幼主，支撑危局，最后以身殉国的民族英雄，给予热烈的赞美。虽然抗元兴宋的事业失败了，方凤不禁为之扼腕浩叹，但陆秀夫忠君报国的耿耿丹心，却如日月经天，辉耀千古。

在方凤现存诗歌中，与遗民故老的唱和赠答之作占了相当大比例。在这些诗歌里，方凤与他们以坚守民族志节相勉励。例如《呈皋羽》一诗：

> 依依莲社客，斗酒共相酬。臭味语中得，荣名杯上浮。世情余百变，吾道合千秋。肯信张平子，穷居但四愁。

谢翱是方凤在宋亡之后最相契的朋友，两人"为异姓兄弟，不忍离，离辄复合。每卧起食饮相与语，意不能平，未尝不抚膺流涕也"①。从这首诗里不难看出，正是这种不为穷愁艰窭所泯灭，不因世道变化而改变，一以贯之，至死不改的操守气节，使他们心心相印，情同手足。

又如《怀龚山人圣予》诗：

> 西北有杰阁，岧峣切云天。绮窗通四望，绰约流苏悬。中有绝代人，端居方盛年。被服既殊众，容采亦鲜妍。瑶床置宝瑟，玉轸朱丝弦。有时扬妙指，泠泠宫商传。曲终恣仰俯，托契轩农先。靡曼谐里耳，大雅谁能怜？我欲往从者，淮海生寒烟。

龚开，字圣予。宋季曾从陆秀夫参加抗元斗争。宋亡后隐居山中，曾撰文天祥、陆秀夫二传，记叙其抗元死义的事迹，在遗民中广为流传。在这首诗里，方凤深情地赞颂了龚开不同流俗的高洁品格，表达了他对这位节义之士无比钦敬的心情。通观《存雅堂遗稿》全卷，这一类与遗民故老以民族气节相尚的诗句触目皆是。像"啧啧不得意，兴怀偏为君。犹为乞米帖，不作送穷文"（《寄吴善父》）、"旧事横看东涧水，新餐谁供北山薇？"（《寄梁隆吉》）、"毋徒涉城市，出处任风尘"（《书示同志》），无不表现了方凤忠于赵宋的坚定信念。诚然，今天看来，方凤所坚持的民族

---

① 〔宋〕方凤：《谢君皋羽行状》，见方勇辑校《方凤集》，浙江古籍出版社1993年版，第75页。

气节与狭隘的忠君观念是掺糅在一起的,有其时代和阶级的局限,然而,处在当时的特殊历史背景下,他的忠君思想和民族气节是崇高的爱国主义思想的体现。

归隐田园,寄情山水,是方凤诗歌的又一主要内容。元代政权建立后,实行残酷的种族歧视、民族压迫政策,它们把统治下的各民族按族别和地区划分为四等:蒙古人、色目人、汉人、南人。原南宋统治地区的人民就属于最下等的南人。"九州之士,未始以南北限。……今则曰,扬以南为蛮夷。"① 由此可见汉族知识分子所受的歧视和压迫是何等深重!

另一方面,元代统治集团对汉族知识分子也采取笼络、分化的政策。"世祖皇帝初得江南,故宋衣冠之裔,多录用之。"② 这一政策收到了一定的成效。"凡异时有仕籍者,往往持故所受告身诣京师乞换授"③,"士之志于禄仕者,率投牒求察举补儒学官"④。在这种情况下,归隐田园,寄情山水,就成了一部分坚持民族气节、反抗民族压迫的汉族知识分子的消极斗争手段。但是,这部分知识分子,既不愿屈身仕元,却又未能像当时北方一些知识分子那样,抛弃陈腐的尊卑等级观念,与下层人民结合,组织书会,编写通俗文艺作品,从而开拓出一条崭新的道路。因此,归隐田园,寄情山水,就成了他们唯一的选择,这实在是一种无奈和绝望的表现。以上两个方面交织在一起,构成了元初这一类遗民山水田园诗的主要内涵。方凤的这部分诗歌当然也不例外。像《九日同皋羽、子善游白石龙湫,用杜老九日兰田韵》:

> 尘埃隔处天地宽,选胜携觞且笑欢。不惜逍遥投杖屦,何妨磅礴解衣冠。晴余岚重雨犹落,秋老天高酒易寒。世事悠悠双眼外,与君飞瀑醉中看。

---

① 〔元〕袁桷:《送陈道士归龙虎山序》,见《清容居士集》卷二十四,《丛书集成初编》本,中华书局1985年版,第430页。

② 〔元〕苏天爵:《元故翰林侍讲学士知制诰同修国史赠江浙行省参知政事袁文清公墓志铭》,见《滋溪文稿》卷九,中华书局1997年版,第134页。

③ 〔元〕黄溍:《故民应公碑》,见《黄文献公集》卷十下,《丛书集成初编》本,中华书局1985年版,第505页。

④ 〔元〕黄溍:《张弘道墓志铭》,见《黄文献公集》卷八上,《丛书集成初编》本,中华书局1985年版,第321页。

秀丽的山河景色，使作者得到了片刻解脱，醉酒使作者暂时忘却了悠悠世事，然而酒醒之后又该如何呢？可见表面上的故作旷达并不能掩饰内心的痛苦煎熬。方凤的不少诗歌都表现了这种希望摆脱现实又不能忘情现实的内心矛盾："还倚仙翁九节杖，翠云深处望安期。楚调歌残还击节，檐外纷纷落苍雪。"（《翠微楼对竹会饮》）他仰慕仙人安期生，希望脱离现实，到传说中的蓬莱仙岛去追随他。然而这只是虚无缥缈的幻想，眼前耳畔缭绕着屈原去国怀乡的哀怨歌声，窗外是漫天飘洒的飞雪。现实是这样冷酷，看不到一点希望，作者最后只能到佛道中去寻求解脱了："醉乡已失路，摩空将逃禅。服食益人寿，何当煮汞铅"（《仙华山采茶诗》）；"灯灼萧闲期郑老，盆歌疏达慕庄生"（《止所吴公挽歌辞》）；"手把南华读一过，诗思陡涌如春波"（《答柳道传饷笋》）。这些诗歌既表现了方凤坚持民族气节、不逐世浮沉的高贵品质，同时也反映了汉族知识分子在时代巨变的时候，由于脱离人民而走投无路、无所作为的悲哀。

三

宋季诗歌，至永嘉四灵、江湖诗派已成强弩之末，逃避现实、雕琢辞藻的衰靡诗风笼罩诗坛，正如宋濂所说："近代自宝庆之后，文弊滋极，唯陈腐之言是袭。前人未发者，则不能启一喙。精魄沦亡，气局荒靡，渐焉如弱卉之泛绪风，文果何在乎？"① 宋元之交的社会大变动，把被"江西""四灵""江湖"末流诗人竭力掩盖着的残酷社会现实暴露在诗人眼前，对赤裸裸、血淋淋的现实，诗人们再也不能视而不见、充耳不闻了，他们强烈呼唤现实主义诗风的回归。因而，复古，即恢复汉魏晋唐诗歌的优良传统成了席卷诗坛的一股潮流。像宋末严羽就提出了"以汉魏晋盛唐为师，不作开元、天宝以下人物"的主张。元初戴表元提倡"宗唐得古"，② 仇远则说得更透彻："近体吾主于唐，古体吾主于选。"③ 所谓"选"即指《文选》中的魏晋古诗。

---

① 〔明〕宋濂：《金华先生黄文献公文集序》，见罗月霞主编《宋濂全集·潜溪先生集辑补》，浙江古籍出版社1999年版，第1985页。
② 说见邓绍基主编《元代文学史》第十七章《元代诗文概况》，人民文学出版社1991年版，第368页。
③ 〔宋〕方凤：《仇仁父诗序》，见方勇辑校《方凤集》，浙江古籍出版社1993年版，第64页。

方凤也是元初较早提倡复古的人。"宋季文弊,凤颇厌之。"① 他在《仇仁父诗序》中说:"余谓做诗,当知所主,久则自成一家。唐人之诗,以诗为文,故寄兴深,裁语婉;宋朝之诗,以文为诗,故气浑雄,事精实。四灵而后,以诗为诗,故月露之清浮,烟云之纤丽。今君留情雅道,涤笔冰瓯,其孰之从?仇君曰:'近体吾主于唐,古体吾主于选。'"② 从这段话里可以看出,方凤对仇远的复古主张是大力肯定的,并对其复古的创作实践,给予很高的评价。

方凤并不只是笼统地提出复古,在如何复古的问题上他也有过具体阐述。首先,他强调"文章必真实中正方可传,他则腐烂漫漶,当与东华尘土俱尽"③。所谓"真实中正",就是要求诗歌创作要符合儒家温柔敦厚的诗教,要以典雅雍容、委婉含蓄为旨归。柳贯评方凤的诗歌:"束其兴观群怨之旨,而一发于咏歌。体裁纯密,声节娴婉,不缘琢镂,而神融气浩,成一家言。"④ 从一个侧面说明了这一点。方凤的这一诗歌创作主张,一方面固然反映了理学对他的影响,另一方面,乃是为了纠正四灵、江湖末流崇尚尖新、险怪的衰靡诗风而发的,因而有一定的积极意义。其次,方凤认为,凡诗之作,"由人心生也。使遭变而不悲黍离,居夔而不念仪髡,望白云而不思亲,过西州门闻山阳笛而不怀故,是无人心矣,而尚复有诗哉"⑤。在逃避现实、无病呻吟,专以雕琢辞藻、模拟学舌为能事的形式主义诗风弥漫诗坛之时,方凤的这些议论大声镗鞳,很能切中时弊,具有振聋发聩的作用。

方凤的诗歌创作主张,贯彻在他的创作之中。

首先,他的诗作社会意识强烈。他擅于用抒情的方式表达自己对现实政治的关心,把个人的命运与国家民族的命运紧紧联系在一起。位卑未敢

---

① 〔明〕宋濂:《浦阳人物记》卷下,见罗月霞主编《宋濂全集》,浙江古籍出版社1999年版,第1845～1846页。
② 〔宋〕方凤:《仇仁父诗序》,见方勇辑校《方凤集》,浙江古籍出版社1993年版,第64页。
③ 〔明〕宋濂:《浦阳人物记》卷下,见罗月霞主编《宋濂全集》,浙江古籍出版社1999年版,第1845～1846页。
④ 〔元〕柳贯:《方先生墓碣铭》,见《柳待制文集》卷十,《四部丛刊初编》本,上海书店1989年版。
⑤ 〔宋〕方凤:《仇仁父诗序》,见方勇辑校《方凤集》,浙江古籍出版社1993年版,第64页。

忘忧国，摅忠泣血为社稷。即使是表现隐居生活的诗篇，也很少吟诵逍遥遁世的闲情逸致，同样充满了怀念故国故君、坚守民族气节的赤子情怀。关于这一点，可以从上一节对方凤诗歌内容的介绍中得到印证，故不赘述。

其次，方凤的诗作富有真情实感。方凤的诗歌大多作于宋亡之后，国仇家恨交织于作者胸中，发而为诗，或悲歌慷慨，或婉转低回，无不是真情滂沛、血泪交迸之作。作者最喜欢用"悲""啸""狂"一类词句，像"大啸崖石裂"（《游仙华中》）、"裂古发悲啸"（《游宝掌山寺》）、"登高一啸洗秋悲"（《吴仲恭翠微楼九日落成和谢皋羽》）、"松风云壑冷，扫石待狂歌"（《答仇仁近》）等，因为不如此不足以抒发充塞胸中的悲愤郁怨的情感。黄溍评其诗"语多危苦激切"①，《四库全书总目》评其诗"幽忧悲思""肮脏磊落"②，非常中肯地揭示出方凤诗歌的特点。正因为这些诗都是作者饱蘸血泪写出来的，蕴蓄着诗人真挚的感情，因而使诗歌自然、动人，从中可以真切地感受到作者心灵的跳动和血肉的温热。

再次，质朴平淡，不尚华藻。方凤的诗作大多运用白描手法，平铺直叙，不缘雕镂，表面看来十分平淡，但由于情辞恳切，仍然富有感染力。特别是他的五古和七言歌行，叙事抒情，平易畅达，深于古今之感，绰有唐人风致。胡古愚称其诗"古意回风雅，清言越晋唐"③，概括了方诗的风格特征。当然，我们也要看到，方诗虽以质朴平易见长，但也存在着语言缺乏锤炼、诗味寡淡的不足，这在他的近体诗中表现得更明显一些。

对方凤的诗歌创作，时人尝"以杜甫拟之"④。当然，从诗歌创作成就来看，方凤自不能望杜甫之项背。然而，若从诗歌应表现诗人忧国伤时的情怀、诗人应把个人的命运与国家民族的命运紧密联系在一起这一点来看，方诗与杜诗在精神上是一脉相承的。宋濂说，方凤的诗歌创作，使

---

① 〔元〕黄溍：《方先生诗集序》，见《黄文献公集》卷五，《丛书集成初编》本，中华书局1985年版，第194页。
② 〔清〕永瑢等：《四库全书总目》卷一六五"存雅斋遗稿"则，中华书局1965年版，第1418页。
③ 〔元〕胡助：《挽方存雅先生》，见《纯白斋类稿》卷七，《丛书集成初编》本，中华书局1985年版，第57页。
④ 〔明〕应廷育辑：《金华先民传》卷二，《四库全书存目丛书》本史部第九十一册，齐鲁书社1996年版。

"浦阳之诗为之一变"①,《金华诗录》说"浦阳文学,皆韶卿一人开之矣"②,就是指他恢复了以杜甫为代表的现实主义传统而言的。元代的金华地区,出现了一批诗文作家,如柳贯、黄溍、吴莱、宋濂、王祎等,他们或多或少都受到方凤的影响③。他们在元代文坛上叱咤风云,成就彪炳,流风所被,一直影响到明代文坛。关于这一点,《四库全书总目》有明确论述:"(吴)莱与黄溍、柳贯并受业于宋方凤,再传为宋濂,遂开明代文章之派。"④ 方凤的诗歌创作成就也许不如他的学生,但他改变一代诗风的功绩应该得到充分肯定。

原刊《中山大学学报》(社会科学版)1993年第2期

---

① 〔明〕宋濂:《浦阳人物记》卷下,见罗月霞主编《宋濂全集》,浙江古籍出版社1999年版,第1845～1846页。
② 〔清〕朱琰等辑:《金华诗录》,清乾隆三十八年(1773)金华府学刻本。
③ 柳贯、黄溍是方凤的学生。吴莱是方凤的孙女婿。宋濂师事吴莱,王祎则是黄溍的学生。
④ 〔清〕永瑢等:《四库全书总目》卷一六七"渊颖集"则,中华书局1965年版,第1442页。

张观光 《屏岩小稿》 证伪

《四库全书》元人别集收录题为张观光的《屏岩小稿》和题为黄庚的《月屋漫稿》两种，作者、书名均不同，然细勘两书，无论内容抑或编排体例却几乎一致：《屏岩小稿》录诗四百二十首，《月屋漫稿》录诗四百一十八首，[1]差别微乎其微；这四百余首诗之诗题除极个别非关键文字略有差异外亦完全一致[2]。可见，两书名异而实同，其中必有一伪。令人惊诧不解的是，两书不仅同收于《四库全书》的元人别集内，且仅相隔八部著作，而四库馆臣对此却视而不见，不著一词。

《四库全书》成书以来，只有极少人注意到了这一错误。最早发现这个问题的是清人劳格，他在《读书杂识·张观光屏岩小稿》中云："《提要》（指《四库全书总目提要》）云：字直夫，东阳人。始末未详。格案隆庆《东阳县志》：元张观光，字用宾。天性通敏，群经子史莫不涉猎。世居邑南屏岩下，因以屏岩自号。江浙行台荐授婺州路教授。丁宝书云'此伪书'，即黄庚《月屋漫稿》，诗多重出。"[3]劳格之后，台湾王德毅、李荣村、潘柏澄等所编《元人传记资料索引》，述张观光生平时亦指出："观光之集久佚，今存题其所撰之《屏岩小稿》一卷，与黄庚《月屋漫稿》全同，盖伪书也。"[4]劳格与王德毅等均将张观光之《屏岩小稿》判为伪书，这一结论显然是正确的，然他们均未对其所做之判断做具体阐释，故读者仍不明其结论之所据。直到最近，才有刘浩琳于《古籍研究》2007年卷下（总第52期）发表《〈四库全书〉收录之〈屏岩小稿〉辨

---

[1] 《屏岩小稿》集后载有补遗三首，其中《宿甘露寺》《晚春》为黄庚《月屋漫稿》所未收；而《杂咏》一诗实际是于《月屋漫稿》已收《和茅亦山先生杂咏》其三中截取其颔联与颈联而成。
[2] 《月屋漫稿》诗题《和茅亦山秋日感怀》，《屏岩小稿》作《和茅亦山秋感怀》，脱一"日"字；《月屋漫稿》诗题《江湖伟观》，《屏岩小稿》作《江湖佛观》，余皆一致。
[3] 〔清〕劳格：《读书杂识》卷十二，《丛书集成续编》本，上海书店1995年版。
[4] 王德毅、李荣村、潘柏澄编：《元人传记资料索引》，中华书局1987年版，第1172页。

伪》，第一次对这一问题做了较为详细的论述。刘浩琳对两书的版本源流加以考证，得出张观光之《屏岩小稿》为伪书的结论。

笔者以为，刘浩琳从版本源流的考证来判断两书的真伪，对澄清这一疑案固然有所帮助，然而，从作者本人与作品本身即传统考证方法中所强调的内证入手，应该是更直截了当也更准确的方法，遗憾的是，刘文显然放弃了这一努力。当然，作者的放弃是有原因的，他在文中说："因为张观光与黄庚两人生活的地域、时代都非常接近，又都是处于宋元交替的特殊时代，遗民之情和失意之绪都是溢于言表的。除去与王修竹的交游上有一点疑问外，并不能完全断定其中哪一部就是伪书。像这样常见的从作品的年代或内容与著者的时代与事迹的抵牾上入手的辨伪方法，施于此似乎收效不大。"对此，笔者却不敢苟同。笔者认为，从已掌握的有关两位作者的仕履、游历等生平史料与诗集内容互勘，也是不难做出真伪判断的。

一

《四库全书·月屋漫稿》卷首载有黄庚所作自序，云：

> 然诗盛于唐，唐之诗脉，自杜少陵而降，诗以科目而弊，极于五代之陋；文盛于宋，宋之文脉，自欧阳诸公而降，文以科目而弊，极于南渡之末年。以科目而为诗，则穷于诗；以科目而为文，则穷于文矣；良可叹哉。仆自龆龀时，读父书、承师训，惟知习举子业，何暇为推敲之诗、作闲散之文哉？自科目不行，始得脱屣场屋，放浪湖海，凡平生豪放之气，尽发而为诗、文。且历考古人沿袭之流弊，脱然若醯鸡之出瓮天，坎蛙之蹄涔而游江湖也。遂得率意为之，惟吟咏情性，讲明礼义，辞达而已，工拙何暇计也？于是裒集所作诗文，缮写成编，命之曰漫稿，以为他日覆瓿之资。若曰复古道、起文弊，则有今之韩、杜在。泰定丁卯，天台山人黄庚星甫氏序。

在这篇序文中，黄庚叙述了宋元之间诗文与科目此消彼长的历程，谈到自己由于科目之废而得以纵情学诗的心态，以及诗集之编、命名之由，同时作序之时间、作序者之名号均清晰无疑义，显然，这篇自序是《月屋漫稿》为黄庚所作的最简单也是最明确的证据。

相比之下，四库所收的张观光《屏岩小稿》与《月屋漫稿》虽然内

容基本一致却唯独缺了这篇序文。《四库全书总目》的撰写者只是根据书中有关内容来揣测张观光的生平:

> 元张观光撰。观光字直夫,东阳人。其始末未详。集中有《和仇山村九日吟》,而《晚春即事》诗中有"杜鹃亡国恨,归鹤故乡情"句。盖宋末元初人。又有《甲子岁旦》诗。考景定五年(1264)为甲子。元泰定元年(1324)亦为甲子。诗中有"岁换上元新甲子"句,以历家三元之次推之,上元甲子当属泰定。观其《除夕即事》诗中称明朝年八十,则得寿颇长,其时犹相及也。诗多穷途之感,盖不遇之士。惟《赠谈命姚月壶》诗有"试把五行推测看,广文官冷几时春"句,其殆曾为学官欤?全集皆格意清浅,颇窘于边幅,然吐属婉秀,无钩章棘句之态。越中诗社,以《枕易》为题,李应祈次其甲乙,以观光为第一。其诗今见集中,并载应祈批,称其若纷纷盆盎中得古罍洗。案黄庚《月屋漫稿》,亦称以《枕易》诗为李侍郎取第一,一试有两第一,必有一伪,然无可证,谨附识于此。又有《梅魂》七言律诗一首,注曰"武林试中选"。《秋色》五言律诗一首,注曰"山阴诗社中选"。盖在当日,亦以吟咏擅名矣。①

由此可见,在《四库全书》的编辑者编辑此书的时候,对所谓作者张观光的生平仕履基本处于一无所知的状态。

其实,张观光其人并非毫无脉络可寻。元吴师道《礼部集》有《张屏岩文集序》,述其生平甚详:

> ……若吾东阳屏岩先生之为人,纯明而粹美,夷坦而渊深,孝爱友让,敦义笃行,自其乡之人及吾党之士,识与不识,皆称其为君子长者也。当宋季年,以诗义第浙士第一,入太学,才二十有六载,英华之气发于文辞,同时辈流固望而敬之矣。未几国亡,随其君北迁,道途之凄凉,羁旅之郁悒,闵时悼已,悲歌长吟,又有不能自已者焉。方中朝例授诸生官,独以亲老丐归,遂得婺学教授。改调时,年

---

① 〔清〕永瑢等:《四库全书总目》卷一六六"屏岩小稿"则,中华书局1965年版,第1426页。

甫强仕,即陈情辞禄,以遂志养。杜门深居,沉潜经籍,缕析群言,益造精微,不为苟作。盖其自少至老,虽所遭不同,而履度若一,故所著述皆本性情,义理春容,和平粹然一出于正,较其生平所为殆无一毫不合者,所谓有德之言岂不信哉!公既殁,其子枢衰遗稿,属愚为序。雅闻公晚年屏弃笔砚,以汩性害道,区区以言语求公,特其浅者也。况子长超卓之才,闳肆之学,方大振于文,异时并其前人而尊显之,宜也,于愚何取焉。独念初与子长定交,逮今且三十年。闻公尝嘱以吴某无他,来必许其周旋,见则自延之庄坐,竟日谈学馆旧游及留燕时事,尝出数编相示,每读一篇已,析言其所作之故。盖公平居,人未尝见其面也。藐焉不才,负公期待,衣冠道尽,风流日微,故书以致其拳拳之思,有不知其僭矣。公名观光,字直夫,屏岩其号,里系事行详见子长所自志,兹不著,特别取其出处之概有系于文者云。①

吴师道(1283—1344),字正传,兰溪人。至治元年(1321)进士,曾任国子博士,以礼部郎中致仕。师道与观光之子张枢(字子长)为友而获识其父,对这位前辈生平自然十分熟悉且非常敬重,在另一篇《家则堂诗卷后题》文中,也提到了这位前辈:"在宋之季则文天祥、谢枋得之诗章,与家公(铉翁,字则堂)之《春秋义说》是也。屏岩张先生在宋京师时得公所写赠书若干篇藏家,其子枢衰以为卷。……及张先生以太学诸生从主北迁,例得拜官,或因以致通显。先生顾以母老,受乡郡教授归,年四十既辞禄谢事,从容去就,亦无愧焉。"②

除了吴师道外,黄溍为张枢所作的《张子长墓表》亦有涉及张观光:

父观光,屏岩先生也。娶金华潘氏,又自东阳徙家金华。先生少游太学。德祐纳土(1276),从三宫北上,用执政荐授婺州路儒学教授阶将仕郎,仍刻印以给之。婺归皇朝之后,有学自先生始。在官十

---

① 〔元〕吴师道:《礼部集》卷十四,《影印文渊阁四库全书》本,台湾商务印书馆1986年版。

② 〔元〕吴师道:《礼部集》卷十七,《影印文渊阁四库全书》本,台湾商务印书馆1986年版。

年,改调绍兴路平准行用库大使,循新例换将仕佐郎,以母老不赴,遂弗仕,家食者垂四十年而卒。①

周密《癸辛杂识》"入燕士人"条则记录了宋末太学生随主北迁及之后授官的详细情况:

> 丙子(1276)岁春,三学归附士子入燕者,共九十九人。至至元十五年(1278)所存者止一十八人,各与路学教授。太学生一十四人,文学二人,武学二人:……张观光,婺州婺教。②

综合以上文献,我们已可清晰获知张观光的生平概略:观光字直夫,一字用宾,号屏岩。浙江东阳人,徙居金华。年二十六岁入太学。德祐二年(1276)国亡,以太学生身份随主北迁。至元十五年(1278)例授婺州路儒学教授,在官十年。改调绍兴路平准行用库大使,循新例换将仕佐郎,以母老辞不赴,居家四十年而终。

二

了解了张观光的生平之后,再将其与《屏岩小稿》的内容相比勘,集中之作品非其所作就是一目了然的了。

首先,通览张观光之生平,有两个重要经历是不容忽视的。一为其宋末曾为太学生,一为其在宋亡之后曾随宋皇室北迁入燕。作为亲历元代蒙古贵族入主、改朝换代重大历史巨变的汉族知识分子,这些经历显然构成了其人生最重要的事件,给其以强烈震撼是不言而喻的,按照常理,在其诗集中对这些事件必然会有所反映。其实,在前引吴师道的《张屏岩文集序》中已透露出张观光本人对这一经历的念念不忘——与后学相见时"竟日谈学馆旧游及留燕时事"即是明证,并曾有过大量涉及这些事件的创作:"入太学,才二十有六载,英华之气发于文辞,同时辈流固望而敬之矣。未几国亡,随其君北迁,道途之凄凉,羁旅之郁悒,闵时悼己,悲歌长吟,又有不能自已者焉。"这说明,在吴师道为其文集作序时,在该

---

① 〔元〕黄溍:《黄文献公集》卷十下,《丛书集成初编》本,中华书局1985年版,第524页。
② 〔宋〕周密:《癸辛杂识·续集下·入燕士人》,中华书局1988年版,第173~174页。

集子中是有作于太学之时的饱含"英华之气"的文辞和作于北迁途中的抒发"道途之凄凉，羁旅之郁悒，闵时悼已，悲歌长吟"的诗作的。然而，在今存《屏岩小稿》中，我们却寻觅不到任何涉及这些事件的诗作，岂非咄咄怪事？如果我们承认由张观光之子张枢收录编集、吴师道为之作序的《张屏岩文集》（已佚）为真的话，这一本不知何人所编的《屏岩小稿》为伪就是显而易见的了。

其次，由吴师道、黄溍等人所述张观光之生平可知，其二十六岁左右入太学，很快就遇到宋亡之变，随宋皇室北上，到至元十五年（1278），被授婺州路教授，此时约三十岁，在官十年，大约在至元二十五年（1288）左右，改调绍兴路平准行用库大使，以母老辞官不赴，此时约四十岁，之后一直居家终老，长达四十年，享年八十岁以上。另外，张观光为东阳人，徙居金华。据《元史·地理志》，东阳、金华均为婺州路属县。① 由此可知，张观光除了在三十岁前有过短暂离家的经历外，其人生的大多数时间包括做官和退隐都是在家乡活动，没有流寓外乡的记载。

然而，我们如果细读《屏岩小稿》，就不难发现其中充斥着大量的流寓思乡之作，聊举数例，以见一斑：

  木叶秋容瘦，客怀思故乡。淡云微见月，薄露不成霜。忽忽朱颜改，悠悠白日长。空心仍独月，减尽昔年狂。（《宿龙瑞山房次周云隐韵》）
  园林芳事歇，风雨暗荒城。转眼青春过，临头白发生。啼鹃亡国恨，归鹤故乡情。三径多荒草，东还计未成。（《晚春即事》）
  不厌茅庐小，栖栖寄此生。菊残如倦客，梅瘦似诗人。有地堪藏拙，无医可疗贫。并州故乡梦，长忆鉴湖春。（《书所寓》）
  新晴天气好，老去倦寻芳。桃李自春色，园林又夕阳。卷帘通燕入，扫径惜花香。寒食清明近，松楸忆故乡。（《春日和韵》）
  来宾何太早，嘹呖过南楼。数点乍离塞，一声初报秋。行行惊客恨，字字写乡愁。杖节人何在，帛书能寄不？（《新雁》）
  客鬓同秋老，乡心逐雁飞。重阳今日是，三径几时归？篱下多黄菊，门前少白衣。无人慰岑寂，独立对斜晖。（《九日书怀》）

---

① 参见〔明〕宋濂等《元史》卷六二，中华书局1976年版，第1497页。

世事等轻云，遽庐寄此生。青灯少年梦，白发异乡人。按剑惊山鬼，吞丹养谷神。黄庭重读罢，吾得葆吾真。(《夜坐》)

寒夜残灯照客愁，衿单添尽鹅鹳裘。半窗明月三更梦，一枕西风两鬓秋。吟骨棱棱宽频眼，归心切切望刀头。何时束篚家山去，独驾柴车访伯休。(《秋夜和月山韵》)

频年踪迹堕江湖，三径苔荒忆旧庐。身老方知生计拙，家贫渐觉故人疏。松薪拾去朝炊黍，渔火分来夜读书。怨鹤惊猿应待我，台山何日赋归欤？(《偶书》)

无须做详细解读，这些诗所反复表现的是一个长期在外乡漂泊至老仍不能归家的诗人的情感，绝不可能是从三十岁起至八十岁均未离开家乡的张观光所作。

再次，《屏岩小稿》也即《月屋漫稿》的众多诗题显示，作者曾与宋遗民王英孙、林景熙、仇远等有密切过从，并多次参加在山阴、杭州等地举行的宋遗民诗社的活动。王英孙，字才翁，号修竹，会稽（今浙江绍兴）人。少保端明殿学士克谦之子，宋末曾官将作监簿。入元后隐居不仕。英孙本会稽故家大族，家饶于赀，为人豪爽尚义，故鼎革后"为衣冠避乱者所宗"①。元胡翰《谢翱传》云："（文）天祥转战闽广，至潮阳被执。翱匿民间，流离久之。间行抵勾越。勾越多阀阅故大族，而王监簿诸人方延致游士，日以赋咏相娱乐。翱时出所长，诸公见者，皆自以为不及。"② 元孔希普跋谢翱《冬青树引别玉潜》云："郡先生霁山林君，当宋亡时，忠义耿耿……尝与唐珏收宋遗骸于山阴，种冬青树其上。……盖先生乃王修竹门客，先生与珏所为，王盖知之矣。"③ 明万历《绍兴府志》郑朴翁传云："宋亡……会稽王英孙延致宾馆，教授子弟，二十余年。"宋陈著《与王监簿英孙》云："……朋友西来，必道高谊。主盟清风标致，犹昨日也。"④ 明人季本云："予尝考王英孙号修竹，为宋勋戚之裔，

---

① 〔清〕曾廉：《元书》卷九一《隐逸传上》，清宣统三年（1911）层漪堂刻本。
② 引自〔明〕程敏政《宋遗民录》卷二，《丛书集成初编》本，中华书局1985年版，第10页。
③ 引自〔明〕程敏政《宋遗民录》卷六，《丛书集成初编》本，中华书局1985年版，第64~65页。
④ 〔宋〕陈著：《本堂集》卷七十九，《影印文渊阁四库全书》本，台湾商务印书馆1986年版。

好义乐施,延致四方名士,林(景熙)、郑(朴翁)、谢(翱)、唐(珏),皆其客也,结社稽山之麓,与寻岁晏之盟,慷慨激昂形诸吟咏。"① 这些从文献中钩稽出来的零星材料显示,在元初绍兴地区聚集了一批宋遗民,王英孙实乃他们之中的核心人物。由于其故家大族的地位、相对富裕的经济条件以及急公好义的性格,这些来自各地的遗民多寄居在他家里,他们结社吟咏,以忠义节烈相标榜,甚至还有一些群体性的举动,如收拾被元僧杨琏真加发掘的宋室陵墓遗骨的行动,就是这一群体中的部分成员所为。②

《屏岩小稿》也即《月屋漫稿》的作者应该也是这批遗民群体中的一员。在该集子中收录了与王英孙相关的诗作多达十余首。如《王修竹馆舍即事》:"池馆翠深处,宽闲称客居。未仙犹琅苑,不梦亦华胥。竹静堪居鹤,荷香欲醉鱼。心清无个事,长日一编书。"又如《夜坐即事呈修竹监簿》:"一室冷于冰,秋高夜气清。月窗搀烛影,风叶乱琴声。寡欲知身健,安贫觉累轻。吟边闲倚竹,谁识此时情。"从这些诗歌可以看出,该作者也曾寄居在王英孙家中。

该作者在寄居王家期间,还多次参加王修竹组织的群体唱和活动。如《九日会王修竹西楼,预坐者七人。以"落霞与孤鹜齐飞"分韵,予得"落"字,即席走笔》《修竹有楼名与造物游,对秦望山五云门》《修竹宴客广寒游亭,分韵得"香"字》《王修竹约观打鱼分韵得"圆"字》《春游次王修竹监簿韵》《修竹宴客冬园》等。我们现已很难确切考知参与这些群体唱和活动的参加者,但集中有《林霁山架阁同宿山中》《次郑朴翁国正见寄》《和仇山村九日吟卷》等诗,说明该作者与林景熙、郑朴翁、仇远等宋遗民人物有着来往,前文所引述的材料已显示王修竹家中实乃宋遗民集中聚集之处,故该作者与这些人的相识很可能是在王的家中。

该作者还是元初绍兴、杭州一带宋遗民诗社活动的积极参加者。《屏岩小稿》也即《月屋漫稿》中记录其参加此类诗社活动至少有三次。其《梅魂》诗题下自注云"武林试中",即该作者曾参加过在杭州(武林)举行的以"梅魂"为题的诗社活动并获入选;其《秋色》诗题下自注云

---

① 〔清〕悔堂老人:《越中杂识》卷下,浙江人民出版社1983年版,第167页。
② 详参拙著《六陵冬青之役考述》,见《文史》第34辑,中华书局1992年版,第201～209页。

"山阴诗社中选";尤其可注意的是《枕易》一诗,诗题下自注云"越中诗社试题都魁",诗曰:"古鼎烟销倦点朱,翛然高卧夜寒初。四檐寂寂半床梦,两鬓萧萧一卷书。日月冥心知代谢,阴阳回首验盈虚。起来万象皆吾有,收拾乾坤在草庐。"诗后并附有诗社考官李应祈的批语:

> 诗题莫难于《枕易》,自非作家大手笔讵能模写。盖以其不涉风云雨露、江山花鸟,此其所以为难也。予阅三十余卷,鲜有全篇纯粹,正如披沙拣金,使人闷闷,忽见此作,若纷纷盆盎中得古罍洗,把玩不忍释手。此诗起句倦字,便含睡意。颔联气象悠游,殊不费力,曲尽枕易之妙。颈联"冥心""回首"四字,极其精到。结局如万马横奔,势不可遏,且有力量。全篇体裁合法度,音调谐宫商,三复降叹。此必骚坛老手,望见旗鼓已知其为大将也。冠冕众作,谁曰不然。

作者不仅参加诗社征诗活动,还被评选为第一名,并得到考官的高度赞许,这是极高的荣誉,恐怕也是一生之中最值得骄傲的经历了吧。然而我们看到,在十分熟悉和了解张观光的吴师道和黄溍等人为他撰写的有关生平的文字里,却丝毫未提他曾寄馆于山阴王修竹家、与众多宋遗民交往的经历,尤其是对其曾获诗社第一名的辉煌成就不置一词,岂非咄咄怪事?这是完全无法解释的。这只能说明,这本诗集的名称和作者只能是《月屋漫稿》和黄庚,而绝不会是《屏岩小稿》和张观光。

三

将诗集的内容与张观光的生平互勘,不难得出《屏岩小稿》为伪书的结论。然而,要最终证实这一问题,仍然存在一个无法绕过的疑问。在《屏岩小稿》也即《月屋漫稿》中有一首名为《赠谈命姚月壶》的诗,其中有句云:"试把五行推测看,广文官冷几时春?"广文,即广文馆之意。唐天宝九年(750),在国子监增开广文馆,设博士、助教等职,领国子学生中修进士业者。[①] 故后多以广文泛指儒学教官。从此诗来看,作

---

① 参见〔宋〕欧阳修、宋祁《新唐书》卷四十八《百官志三》,中华书局1975年版,第1267页。

者显然做过儒学教官一类的学官,故《四库全书总目》在引述了此诗后,亦有这样的推测:"其殆曾为学官欤?"

四库馆臣是在不了解张观光生平的情况下,根据诗歌内容做出这一推测的。而根据吴师道、黄溍等人有关张观光生平的文字可知,其的确做过婺州路儒学教授十年之久,与此诗内容正相吻合,仅从此一点来看,这本诗集的作者似乎又应该属于张观光。

然而,我们不能无视上文所指出的诗集内容与张观光生平的抵牾不合。诗集中还有一首名为《呈曾蒲涧提刑》的诗,诗题下原注:"乃茶山后人。茶山曾以活字诗授陆放翁。"诗云:"诗至茶山后,如公世所稀。特来参活字,应肯授玄机。寒涧孤松芳,秋云独鹤飞。台山千万丈,望望未能归。"又诗集中《偶书》:"频年踪迹堕江湖,三径苔荒忆旧庐。身老方知生计拙,家贫渐觉故人疏。松薪拾去朝炊黍,渔火分来夜读书。怨鹤惊猿应待我,台山何日赋归欤?"我们知道,黄庚为浙江天台人,其《月屋漫稿》自序亦署天台山人,而张观光为浙江东阳人,徙居金华,与天台山无任何关系。所谓"台山千万丈,望望未能归"及"台山何日赋归欤",此明指家乡为天台也,这是该诗集作者属于黄庚的又一有力证据。

那么,怎么解释诗集中所显示的作者曾做过学官的记载呢?笔者以为,用"广文"一典,并不一定绝对指学官,私塾的教馆先生也是可以用此典来代指的,在与黄庚生活时代相距不远的宋濂的文集中就记载了这样的例子:

……天台张君天秩,守道君子也。于世无营。朝夕之间,唯饮木兰坠露,餐秋菊落英而已。遂取杜甫诗中"广文先生官独冷"语以名其斋,盖若有激也。然予窃有疑焉。张君下帷授徒,文毡方床,积古今图史左右,一启卷间,心融神畅,俨然如入春风中,和气煴煴动人。若云张君为独冷,吾则未之信也。①

宋濂文中所说的张天秩,以"独冷"名其斋,但他显然并不是学官,只是一位"下帷授徒"的教馆先生而已,这里"冷"字的意思并非"冷

---

① 〔明〕宋濂:《翰苑续集》卷五《题独冷斋卷后》,见罗月霞主编《宋濂全集》,浙江古籍出版社1999年版,第866~867页。

官",而是"冷寂"。黄庚的情况也正是如此,《月屋漫稿》中除了《赠谈命姚月壶》一诗外,还有一些诗歌透露了这方面的讯息:

寂寞茅檐下,穷居更待时。吾侪贫可忍,余子俗难医。风月偏宜酒,江山都是诗。广文无郑老,谁与共襟期?(《书怀寄呈诸友》)
山色青边屋,幽深称隐居。瓶梅香笔砚,窗雪冷琴书。壁有先贤像,门无俗客车。代耕唯舌在,何必耦长沮。(《月山书馆》)
池馆深深锁翠凉,课余多暇日偏长。屋连湖水琴书润,窗近花阴笔砚香。吾道尚存贫亦乐,客身长健老何妨。十年心事闲搔首,厌听蝉声送夕阳。(《书馆》)
行止非人可预谋,爱君无计为君留。张仪失策犹存舌,穆傅知机可掉头。黯黯别怀江路晚,萧萧行李驿亭秋。明年我亦携书去,不落人间第二筹。(《送姜仕可去馆》)
烟拖野色入书窗,一畈平田隔草堂。暮雨初收新水满,藕花香杂稻花香。(《书馆即事》)

细细品味上引诗歌的内容,如"广文无郑老,谁与共襟期""代耕唯舌在,何必耦长沮""池馆深深锁翠凉,课余多暇日偏长"等句子,颇似教馆先生的口吻,而诗题中屡屡出现的"书馆",也应是指一般的开馆授徒。前文已提到,黄庚长期流寓外乡,他以开馆授徒为谋生手段是毫不奇怪的。

(附记:陈小辉博士为本文查阅和提供了部分资料,特此说明,并致谢忱。)

原刊《元代文献与文化研究》第一辑,中华书局2012年版

方孝孺与婺州文人集团

一、绪言：从方孝孺被诛十族谈起

在明初政坛、文坛上，方孝孺都是不容忽视的人物。建文帝（1399—1402）时期，孝孺任文学博士，深受信任，是建文新政的主要谋划者；他学术醇正，被许为"程朱复出"①"有明之学祖"②。其为文"纵横豪放，颇出入于东坡、龙川之间"③，为明初散文大家之一。

熟悉方孝孺生平的人，都知道他在"靖难之役"中因拒绝为明成祖朱棣（1403—1424）起草登极诏书而被诛十族的惨烈一幕：

> 成祖欲草即位诏，皆举孝孺，乃召出狱，斩衰入见，悲痛彻殿陛。……左右授笔札，又曰："诏天下，非先生不可。"孝孺大批数字，掷笔于地，且哭且骂曰："死即死耳，诏不可草。"文皇大声曰："汝安能遽死。即死，独不顾九族乎？"孝孺曰："便十族奈我何！"声愈厉。文皇大怒，令以刀抉其口两旁至两耳，复锢之狱。大收其朋友门生……初，籍十族，每逮至，辄以示孝孺，孝孺执不从……九族既戮，亦皆不从，乃及朋友门生廖镛、林嘉猷等为一族，并坐，然后诏磔于市，坐死者八百七十三人，谪戍绝徼死者不可胜记。④

所谓"诛九族"，在中国历史上代不乏见，而将朋友门生归为一族，与九族同诛，不能不说是明成祖首开之恶例。对此，前人多感叹此种株连的血腥、残酷，却较少进一步去深思这一现象所昭示的社会文化意义。笔者以

---

① 〔清〕黄宗羲：《明儒学案·师说》，中华书局1986年版，第1页。
② 〔清〕黄宗羲：《明儒学案》卷四十三《诸儒学案上一》，中华书局1986年版，第1045页。
③ 〔清〕永瑢等：《四库全书总目》卷一七〇"逊志斋集"则，中华书局1965年版，第1480页。
④ 〔清〕谷应泰：《明史记事本末》卷十八《壬午殉难》，中华书局1977年版，第291页。

为,"诛十族"现象的出现,从一个侧面反映了师弟子渊源授受关系以及以师缘为纽带的朋友关系,已经成为封建社会诸种人际关系中重要的关系之一。唐以前,人们臧否品评人物主要着眼于人物的家世门第,宋元以降,看重的则是人物的师承授受。① 南宋时朱熹撰《伊洛渊源录》,强调道学渊源传承,"盖宋人谈宗派自此书始,而宋人分道学门户亦自此书始"②。后来黄宗羲、全祖望等修《宋元学案》,每一学派下别分讲友、学侣、门人等目,以明师承源流,都反映了这一社会风气的转移变化。宋元以降,在师缘、友缘的基础上发展形成的文人群体不仅大量出现,还在政治领域和思想文化领域发挥着越来越重要的作用。

生活在这一社会文化环境中的文人,其思想行事无疑受到来自师友以及群体方面的越来越大的影响。研究这一时期的文人,亦不能不对此一方面予以特别注意。正是基于这一思路,本文拟对方孝孺与婺州文人集团的关系做一初步考察。

二、方孝孺与婺州师友

明太祖(1368—1398)洪武十年(1377),孝孺时年二十一岁,赴浦阳承学于宋濂之门,至洪武十三年(1380)二十四岁时返乡,在浦阳共生活了四年。他与婺州师友的交往主要是在这一时期。

在此期间,对孝孺影响最大的首推他的老师宋濂。其实,早在前一年,宋濂仍在京任职翰林时,孝孺即衔父命,以文为贽,赴京谒见宋濂。

---

① 〔明〕宋濂《胡长孺传》云:"长孺之学,出于国子正青田余学古,学古师顺斋处士同邑王梦松,梦松事龙泉叶文修公味道,味道则徽国公朱熹之弟子也。考其渊源,亦有所自哉。"(见罗月霞主编《宋濂全集·宋学士先生文集辑补》,浙江古籍出版社1999年版,第2056页。)王祎《王忠文集》卷十四云:"朱氏之徒亦众矣,得其宗者唯黄榦氏。榦传何基氏,基传王柏氏,柏之传为履祥、为谦,其授受渊源如御一车以行大逵,如执一籥以节众音,推原统序必以四氏为朱学之世适,亦何其一出于正粹然如此也。"(《四库明人文集丛刊》本,上海古籍出版社1991年版,第302页)像这种一谈人物就上溯其师承渊源,判别其门庭的例子,在宋元人著作中可谓俯拾即是,不胜枚举。

② 〔清〕永瑢等:《四库全书总目》卷五十七"伊洛渊源录"则,中华书局1965年版,第519页。

宋濂"一览辄奇之,馆寘左右,与其谈经,历三时乃去"①。后来,孝孺因父不幸去世,与宋濂暂别。次年,宋濂致仕还乡,孝孺祥禫未终,即遵父遗命,为追随宋濂来到浦阳,继续未竟的学业。

方孝孺拜宋濂为师是慕其大名:"当今天下所师所宗、言而传世者,惟夫子为然"②,故"求学者舍婺无所往"③。而宋濂对能将这位才华横溢的青年收为弟子亦掩饰不住内心的欣喜:"古者重德教,非惟弟子之求师,而为师者得一英才而训饬之,未尝不喜动颜色……晚得天台方生孝孺,其为人也,凝重而不迁于物,颖锐有以烛诸理。间发为文,如水涌而山出,喧啾百鸟中,见此孤凤凰,云胡不喜。"④他毫无保留地将自己的学问传授给孝孺:"庸言极论,莫非正学。翼孟宗韩,沿洙遵洛。"⑤在宋濂的悉心教导下,孝孺"日有所进而月有所获","仅越四春秋而已英发光著"⑥,宋濂曾这样评价孝孺:"凡理学渊源之统,人文绝续之寄,盛衰几微之载,名物度数之变,无不肆言之,离析于一丝而会归于大通。生精敏绝伦,每粗发其端,即能逆推而底于极,本末兼举,细大弗遗。……以近代言之,欧阳少师、苏长公辈姑置未论,自余诸子与之角逐于文艺之场,不识孰为后而孰为先也?"⑦推扬赞誉备至。而孝孺亦为能从宋濂这位当世大儒问学而感到幸运和自豪。他不止一次地表示:"某少则嗜学,

---

① 〔明〕宋濂:《芝园续集》卷十《送方生还宁海并序》,见罗月霞主编《宋濂全集》,浙江古籍出版社1999年版,第1625~1626页。按,王春南、赵映林著《宋濂方孝孺评传》(南京大学出版社1998年版)谓宋文中"历三时"为"那天,这一老一少纵论古今,促膝长谈'历三时'"。笔者以为,这里对"三时"的理解有误。"三时"在这里应指一年中的三个时序,而非一天中的三个时辰。宋文"馆寘左右"云云,方孝孺《题太史公手帖》:"某年二十时,获见先生于翰林,遂受业于门。"(见《逊志斋集》卷十八,《四库明人文集丛刊》本,上海古籍出版社1991年版,第531页。下文凡引该集,除特别注明外,均用此本。)均表明孝孺拜见宋濂后,受其赏识,即留其门下受业。据〔清〕卢演《方正学先生年谱》(清同治十二年浙江刊本)孝孺于洪武九年(1376)初春游京师,其年十月父克勤因"空印案"受牵连,含冤殁于京师,孝孺与兄孝闻扶榇还乡,在宋濂门下恰历春、夏、秋三个时序。

② 〔明〕方孝孺:《先府君行状》,见《逊志斋集》卷二十一,第588页。
③ 〔明〕方孝孺:《与郑叔度八首》,见《逊志斋集》卷十,第298页。
④ 〔明〕宋濂:《送方生孝孺还天台诗序》,见罗月霞主编《宋濂全集·宋学士文粹辑补》,浙江古籍出版社1999年版,第1961~1962页。
⑤ 〔明〕方孝孺:《祭太史公五首》,见《逊志斋集》卷二十,第568页。
⑥ 〔明〕方孝孺:《与叶夷仲先生》,见《逊志斋集》卷九,第277页。
⑦ 〔明〕宋濂:《芝园续集》卷十《送方生还宁海并序》,见罗月霞主编《宋濂全集》,浙江古籍出版社1999年版,第1625~1626页。

窃有志于斯道。……近年始就太史公学于浦阳,然后知经之道为大,而唐虞之治不难致也;知古今之无二法,而世之言学者果不足以为学也。……自兹以往,皆公之赐也,其敢忘乎,其敢多让乎!"①

宋濂曾经想招孝孺为婿②,此事虽未成功,但足以说明他对孝孺厚爱有加。笔者以为,宋濂对孝孺的厚爱并不仅是从私人感情出发的,更主要的是他看中了孝孺的潜质,将他作为学术的衣钵传人,所谓"意谓小子,可属斯文"③是也。他对孝孺的培养也是着眼于此。对此,孝孺也是心领神会,并自觉以继承乃师事业为己任。他在《谢太史公》书中说:"然执事之知爱于至愚者,非私某也,盖悯斯道之不振,矜得其人而明之也。某之感执事也,亦岂敢致私德于执事乎!竭其驽钝,务学之成,他日万一有补于斯世,使将来有述焉,则庶乎不负执事之所望耳。"④

孝孺在浦阳求学期间,除了从师于宋濂之外,对他产生较大影响的老师一辈人物还有胡翰、苏伯衡、王袆等人。

胡翰(1307—1381),字仲子,一字仲申,学者称长山先生,金华人。明初以荐授衢州教授。洪武二年(1369)召与修《元史》,史成,赐金帛遣归。胡翰与宋濂尝同从师于著名古文家吴莱,而"同郡黄溍、柳贯以文章名天下,见翰文,称之不容口。游元都,公卿交誉之"⑤。宋濂对这位同门十分敬畏,自谓"见世之士多矣,心之所仰而服者,惟在先生"⑥。只是因为"潜溪(宋濂号)遭时遇主,一时高文典册,皆出其手;仲申老于广文,位不配望,是以天下但知有潜溪,鲜知仲申也"⑦。孝孺到浦阳不久,就拜见了胡翰⑧。胡翰对这位后学十分赏识,推誉奖掖

---

① 〔明〕方孝孺:《传经斋记》,见《逊志斋集》卷十六,第458～459页。
② 〔明〕方孝孺《与郑叔度八首》:"公无恙日,尝欲收仆,申以婚姻之好。还家言之,而祖母不许,公亦继以事去,遂不相闻,平居常以为恨。"见《逊志斋集》卷十,第308页。
③ 〔明〕方孝孺:《祭太史公五首》,见《逊志斋集》卷二十,第568页。
④ 〔明〕方孝孺:《谢太史公》,见《逊志斋集》卷九,第262页。
⑤ 〔清〕张廷玉等:《明史》卷二八五《胡翰传》,中华书局1974年版,第7310页。
⑥ 〔明〕宋濂:《芝园续集》卷二《〈胡仲子文集〉序》,见罗月霞主编《宋濂全集》,浙江古籍出版社1999年版,第1507页。
⑦ 〔清〕钱谦益:《列朝诗集小传》甲集,上海古籍出版社1983年版,第93页。
⑧ 〔明〕方孝孺《题胡仲申先生撰韩复阳墓铭后》:"余年二十一见先生于金华。"见《逊志斋集》卷十八,第533页。

不遗余力，谓："其将来未可涯也，吾之门人无及也，吾于生有望焉。"①并"待以国士，与语连日夜不休"②。对此，孝孺深受感动，他曾对友人王仲缙说："夫长山今之贤而有道者也。其文章方之当世，未肯多让；求之古人，不在作者之后。使昔之大儒如虞公、黄公尚在，且当屈己避之，况眇尔小子乎！大凡先辈之于后学，以为不引而称之，则其名不彰；称之而无所征，则众人不信，故屈己以为逊让。若长山先生之所言，乃待后学之心也。"③孝孺在浦阳求学的四年，正好是胡翰生命的最后岁月，这一对年龄相差五十岁的师弟子，由于志同道合而结为忘年之交，也称得上古今师弟子友谊的一段佳话吧。

苏伯衡，生卒年失考，约洪武二十三年（1390）前后在世，字平仲，金华人。宋苏辙九世孙。元末贡于乡。明初为国子学录，迁学正。被荐擢翰林编修，力辞归。洪武十年（1377），宋濂致仕，太祖问谁可替代，宋濂对曰："伯衡，臣乡人，学博行修，文词蔚赡有法。"④太祖即征之，复以疾辞。后为处州教授，坐表笺误，下吏死。伯衡年长孝孺二三十岁，两人来往频密，相处颇欢。孝孺读了伯衡的文章，赞叹其"得苏子之意者，其在是矣"⑤。伯衡也对孝孺十分青睐，"欲属之以斯文之重"⑥。两人分别数年后，孝孺在给伯衡的信中说："师友遐弃，忽逾六年。绪言闳论，久绝心耳。胜游欢会，无复曩时。每一兴怀，辄俯首搏髀，情不能已。时取旧所贶遗诸文读之以自释，或见之赋咏以自遣。然此心之郁郁，终不可开解。昨偶得黄岩林君寄至手书，发封伸纸，口诵心思，夙昔之好，乖阔之情，绸缪忳厚，宛然在目，何眷爱之隆、属望之远哉！"⑦两人感情之深厚于此可见一斑。

王祎（1322—1378），字子充，义乌人。明初，授江南儒学提举司校理，后同知南康府事。洪武二年（1369）修《元史》，召与宋濂为总裁。书成，擢翰林待制，同知制诰，兼国史院编修官。洪武五年（1372），奉

---

① 〔明〕方孝孺：《上胡先生二首》，见《逊志斋集》卷九，第265页。
② 〔明〕方孝孺：《题胡仲申先生撰韩复阳墓铭后》，见《逊志斋集》卷十八，第533页。
③ 〔明〕方孝孺：《与王仲缙五首》，见《逊志斋集》卷十，第310页。
④ 〔清〕张廷玉等：《明史》卷二八五《苏伯衡传》，中华书局1974年版，第7311页。
⑤ 〔明〕方孝孺：《苏太史文集序》，见《逊志斋集》卷十二，第370页。
⑥ 〔明〕方孝孺：《与苏先生二首》，见《逊志斋集》卷九，第268页。
⑦ 〔明〕方孝孺：《与苏先生二首》，见《逊志斋集》卷九，第267页。

使往云南谕降，不幸遇害。初私谥文节，后改谥文忠。孝孺到浦阳时，王
袆已死去多年，故孝孺有"以未识先生为恨"之叹。孝孺对这位前辈的
道德文章十分钦佩，他在《王待制私谥议》中对其予以极高的评价："追
考公平生，志行端洁，学术渊深。其于性命道德之要，治忽成败之几，灼
见洞晓。发乎文辞，敷腴蔚赡，浩乎若秋江之涛，鼓荡莫测，而其来有本
也；蔼乎若春空之云，变化不常，而其出无穷也。……偏才曲士多优于言
而劣于行，公南中之节奋厉卓伟，使异域知中国有守死不贰之臣，其过于
人甚远。"① 他还亲自编选王袆的文集，并为之作序②。从中可以见出这位
未曾谋面的前辈师长对他的影响。

孝孺在浦阳从宋濂学习期间，除了获接众多师长之外，还与同门学友
稽疑质惑，讲论问难，结下了深厚的友谊。他在回忆这段生活时满怀感情
地写道："在金华时，日接当世名人说论，恒见所未见，悟所未知，孳孳
穷日，求以达之。苟快然有得，著于文辞，美恶可否，辄又能辩而正之
者，心诚乐之。客寓数年，不肉而肥，姿状情趣，自觉大异于众人。"③
这里所说的给他在学术上以帮助的人，不仅限于老师，还包括同门学友。
其中与孝孺交往尤密者有刘刚、王绅以及义门郑氏子弟等。

刘刚，生卒年不详，字养浩，义乌人。从宋濂、胡翰游④，有文声。
尝作《明铙歌鼓吹曲》，胡翰为之跋云："刚此歌篇次体制皆承子厚之旧，
而才气横发，音节铿鍧，则得之潜溪，又将追踵其武，而骎骎其前矣。"⑤
刚与孝孺交情笃厚，孝孺为刚所作像赞，称其："心之蕴蓄自足以藻绘一
世……是夫也，岂非今之文行君子，而古之铁汉子孙也。"⑥ 两人分手后，
孝孺尝致书刚，云："一自为别……患难忧苦，何所不罹，形迹几于相忘

---

① 〔明〕方孝孺：《王待制私谥议》，见《逊志斋集》卷七，第226页。
② 〔明〕方孝孺《华川集后序》："华川先生出使南夷之九年，其子绶、绅将传其文于世。
天台方孝孺为择精醇尤可传者若干首，定为若干卷……华川者，义乌别名云。"见《逊志斋集》
卷十二，第369～370页。
③ 〔明〕方孝孺：《与王修德八首》，见《逊志斋集》卷九，第283～284页。
④ 〔明〕刘刚《胡仲子集后序》："刚生也后……幸洒扫潜溪宋太史公及长山胡先生之门，
俱获受其德教。"转引自〔明〕胡翰《胡仲子集》附录，《四库明人文集丛刊》本，上海古籍出
版社1991年版，第136页。
⑤ 〔明〕胡翰：《刘养浩铙歌鼓吹曲后跋》，见《胡仲子集》卷八，《四库明人文集丛刊》
本，上海古籍出版社1991年版，第103页。
⑥ 〔明〕方孝孺：《刘养浩像赞》，见《逊志斋集》卷十九，第562页。

矣。然梦寐中未尝不相会于萝山之下、两溪之间也。"① 今《逊志斋集》中有为刚所作文多篇，论诗如《刘氏诗序》，云："人不能无思也，而复有言；言之而中理也，则谓之文；文而成音也，则谓之诗。苟出乎道，有益于教，而不失其法，则可以为诗矣。于世教无补焉，兴趣极乎幽闲，声律极乎精协，简而止乎数十言，繁而至于数千言，皆苟而已，何足以为诗哉。"② 论做人如《集义斋记》，云："得釜庾之禄则以夸于众，有一命之爵则喜而以为荣，患难临之则戚戚不能生，贫贱困之则怨天而尤人。若是者无他，气不充而义不明也……有志乎学者，而可不自审欤！"③ 所言所论，无非同道间的砥砺濯磨，正是同门之本色。

王绅（1361—1400），字仲缙，义乌人。王祎次子。幼从宋濂学，宋濂器之曰："吾友不亡矣。"④ 洪武二十四年（1391），应蜀王聘，为成都府文学。建文继位，用荐者召拜国子博士，入史馆，纂修高皇帝实录。卒于官。善文词，有《继志斋集》。《四库全书总目》谓其文"演迤丰蔚，不失家法。诗亦有陶韦风致，无元季纤秾之习。在洪武、建文之间尚可卓然成家"⑤。仲缙少孝孺十余岁，两人虽系同门学友，但仲缙实以师长视孝孺，他在《简郑叔贞四十二韵》诗中说："阿师正学公，长才驾濂洛。……謇予在弱冠，共寓萝山宅。虽号同门生，实籍师资德。叩道厚弦应，问疑承缕析。乍别书累篇，同处日甘食。契谊等弟昆，交情固胶漆。"⑥ 他对这位兄长十分崇敬，谓其"负精纯之资，修端洁之行。考其学术，皆非流俗所可及。其言功业则以伊周为准绳，道德则以孔孟为宗会。其通而不泥于一，志乎大而不局于小，实有志于圣贤者也"⑦。孝孺

---

① 〔明〕方孝孺：《答刘养浩二首》，见《逊志斋集》卷十，第309页。按，"萝山""两溪"均为浦阳地名。
② 〔明〕方孝孺：《刘氏诗序》，见《逊志斋集》卷十二，第375页。
③ 〔明〕方孝孺：《集义斋记》，见《逊志斋集》卷十六，第470页。
④ 〔清〕张廷玉等：《明史》卷二八九《王祎传》附《王绅传》，中华书局1974年版，第7416页。
⑤ 〔清〕永瑢等：《四库全书总目》卷一七〇"继志斋集"则，中华书局1965年版，第1480页。
⑥ 〔明〕王绅：《继志斋集》卷一，《四库明人文集丛刊》本，上海古籍出版社1991年版，第662页。
⑦ 〔明〕王绅：《逊志斋稿序》，见《继志斋集》卷五，《四库明人文集丛刊》本，上海古籍出版社1991年版，第717页。

也深以能够结识这位忠臣的后代为幸,谓其"长于尚友而不能随俗合污,锐于自修而耻于干誉徼宠……群乎今之士而有古人之风"①,"于厥父厥师之传能绍其箕裘之业"②。孝孺不仅与仲缙同学于浦阳,后来仲缙应蜀王聘任成都府文学,孝孺时任汉中教授,亦应蜀王聘为世子傅,建文时两人又回京任职,用藏出处大体相同,可说是浦阳学友中交往时间最长的。仲缙卒后,孝孺作文悼之,谓:"欲蹈道而无补,将闻过而莫予加。四海之内章逢之流岂乏其人,畴能如子助我以中正而指吾之疵瑕?"③ 对失去这位益友深感哀痛。

孝孺之师宋濂曾长期主教于浦阳郑氏义门。所谓郑氏义门,是指浦阳郑姓家族,由于十世同居,和睦相处,受到宋元两代朝廷的旌表。该家族子弟从学于宋濂者多达数十人,其中,与孝孺关系最为密切的是郑楷。

郑楷,生平仕履不详,字叔度。关于两人的关系,孝孺曾有饱含感情的描述:"去年来浦江,居太史公门,时获过从吾兄里第。公门同序者不减十余辈。吾兄群从中,仆识其面者亦数十人,然知仆者乃吾兄,而仆所爱敬亲密无间蔽者亦莫兄若也。……吾兄闻仆所言,不待毕辞而已悉仆之意;于仆所论是非当否,不待预约而如出一口,吾兄之贤岂私于仆哉?诚道合使然也。仆知其如此,感同道者之难遇,幸而得吾兄,故倾肺腑竭愚诚尽殷勤之好,托昆弟之欢,效古君子交友之义,务为箴规劘切而至于道……故吾二人同处也必有所闻,同游也必有所益。乐也则共庆,悲也则共戚,日夕相与,则慰怿而不自胜,一旦别来,宜乎其各不能忘情也。"④ 这段肺腑之言将两人之相知相契描绘得十分生动,可称得上"心有灵犀一点通"的朋友。《逊志斋集》中涉叔度的诗、文颇多,内容大抵以阐道翼教为旨归。正如孝孺所强调的那样,他们的亲密感情是建立在"道合"的基础之上的。

以上,我们对方孝孺与婺州文人的交往做了初步考察。需要强调指出的是,以上的考察并非一般的交游考,我们的意图在于将方孝孺纳入婺州文人集团之中,并联系这一集团与明初政治的关系,试图揭示出其被明成

---

① 〔明〕方孝孺:《王仲缙像赞》,见《逊志斋集》卷十九,第560页。
② 〔明〕方孝孺:《文会疏》,见《逊志斋集》卷八,第250页。
③ 〔明〕方孝孺:《祭王博士》,见《逊志斋集》卷二十,第579页。
④ 〔明〕方孝孺:《与郑叔度八首》,见《逊志斋集》卷十,第303页。

祖诛十族的更深层的原因。

三、婺州文人集团及其学术特色

所谓婺州文人集团，是指自宋末元初以迄明初洪武、建文年间在浙东婺州地区自发形成的一个区域性文人群体。最初的创始人是宋遗民方凤、吴思齐、谢翱等人。他们在宋亡之后坚持遗民气节，创作了大量诗文，一寓其黍离麦秀之思，忠怀激愤，真情滂沛，使"浦阳之诗为之一变"①。他们还举办月泉吟社，"以东篱北窗之风，抗节季宋"②，东南一带士人风起响应，参加者达二千余人。③ 在他们周围，聚集了大批追随者。其佼佼者有黄溍、柳贯、吴莱等人。方凤等辞世后，黄、柳、吴等人影响日大。黄溍于延祐二年（1315）中进士第，后来官至翰林侍讲学士；柳贯曾任江西儒学提举、翰林待制等职。黄、柳与揭傒斯、虞集等并称为"儒林四杰"。吴莱亦有文名于当世。④ 他们因同门的关系而交往密切，形成了该集团的第二代。黄、柳、吴等人均讲学授徒，宋濂、王袆、胡翰、戴良等都出自其门下，由此又形成了该集团的第三代。清人朱琰云："浦阳方韶卿（按方凤字韶卿），与闽海谢皋羽、括苍吴子善（按吴思齐字子善）为友，开风雅之宗，由是而黄晋卿（按黄溍字晋卿）、柳道传（按柳贯字道传）皆出其门，吴渊颖（按吴莱私谥渊颖先生）又其孙女夫……此金华诗学极盛之一会也。"⑤ 清吴伟业云："浙水东文献，婺称极盛矣。自元移宋鼎，浦江仙华隐者方凤韶卿，与谢翱皋羽、吴思齐子善赓和于残山剩水之间，学者多从指授为文词。若侍讲黄公、待制柳公、山长吴公，胥及韶卿之门，出而纬国典、司帝制，擅制作之柄。景濂（按宋濂字）亲受业于三公，承传远而家法严，遂以文章冠天下……世皆慕之为名宗公，而

---

① 〔明〕宋濂：《浦阳人物记》卷下，见罗月霞主编《宋濂全集》，浙江古籍出版社1999年版，第1845～1846页。
② 〔清〕全祖望：《跋月泉吟社后》，见朱铸禹汇校集注《全祖望集汇校集注·鲒埼亭集外编》，上海古籍出版社2000年版，第1439页。
③ 参见〔清〕永瑢等《四库全书总目》卷一八七"月泉吟社"则，中华书局1965年版，第1703页。
④ 〔清〕永瑢等《四库全书总目》卷一六七"渊颖集"则，谓吴莱"在元人中屹然负词宗之目""开明代文章之派"。中华书局1965年版，第1442页。
⑤ 〔清〕朱琰：《金华诗录·序例》，转引自〔宋〕方凤著、方勇辑校《方凤集》，浙江古籍出版社1993年版，第233页。

不知渊源于宋之逸老。"① 将该集团代代承传的线索清晰地描绘了出来。不难看出，这是一个由师弟子间的传承为经，以乡缘、师缘以及建立在师缘基础上的友缘为纬，联系紧密、传承久远的典型的区域性文人集团。

方孝孺虽然不是婺州人，但他拜宋濂为师，并长期在婺州生活，从上面所介绍的他与婺州师长、学友的关系来看，实际上已经自觉融入了该集团之中。宋濂、胡翰、苏伯衡等对这位天资聪颖勤奋好学的门生青眼有加，谓其"可属斯文"，即欲传衣钵之意，而同门学友对他无不敬佩推崇。本身的素质、师长的提携、同辈的拥戴，同时具备了以上条件，这就使其成为该集团第四代的当然传人。

婺州地区自南宋以来就是学术重镇，有"小邹鲁""东南文献之邦"之誉。王袆在谈到婺州学派纷呈的情形时说：

> 宋南渡后，东莱吕氏绍濂洛之统，以斯道自任，其学粹然，一出于正；说斋唐氏，则务为经世之术，以明帝王为治之要；龙川陈氏，又修皇帝王霸之学，而以事功为可为。其学术不同，其见于文章，亦各自成家……然当吕氏、唐氏、陈氏之并起也，新安朱子方集圣贤之大成，为道学宗师，于三氏之学，极有同异。其高第弟子曰勉斋黄氏，实以其学传之北山何氏，而鲁斋王氏、仁山金氏、白云许氏，以次相传。自何氏而下，皆吾婺人，论者以为朱子之世适。②

在这种学术氛围的熏陶濡染之下，婺州文人集团形成了自己的如下学术特色：

首先，在学术思想上，受朱学影响极深③，奉朱学为正宗，以阐道翼教为宗旨。同时，也不排轧诋斥其他学说，而是杂采旁搜，兼取众长。像

---

① 〔清〕吴伟业：《宋文宪未刻集序》，见〔明〕宋濂著、黄灵庚编辑校点《宋濂全集》附录二，人民文学出版社2014年版，第2770页。

② 〔明〕王袆：《宋景濂文集序》，见《王忠文集》卷五，《四库明人文集丛刊》本，上海古籍出版社1991年版，第89～90页。

③ 方凤与许谦交好，许谦《白云集》中有与凤唱和之作多首。柳贯尝从金履祥学经（参见宋濂《潜溪前集》卷一〇《故翰林待制承务郎兼国史院编修官柳先生行状》，见罗月霞主编《宋濂全集》，浙江古籍出版社1999年版，第120页）。吴莱曾得到许谦的指授（《渊颖集》卷七《白云许先生哀颂辞》："而君平日遇予极厚。"《影印文渊阁四库全书》本，台湾商务印书馆1986年版）。宋濂曾从闻人梦吉学经，而梦吉之父选为王柏之弟子。

该集团之集大成者宋濂，一方面服膺朱学，究极朱子之精微；同时，对吕祖谦也十分推崇，谓"吾乡吕成公实接中原文献之传……欲学孔子，当必自公始"①，他与同门王祎以"学吕者"互勉，所作《思媺人辞》，集中表达了继承发扬吕学的志向。对朱熹所鄙弃的陈亮事功之学，宋濂也取相当通达的态度，认为"圣贤经理世故与三才并立而不废者，皆皇帝王霸之大略。明白简大，坦然易行"②。这种泛观广接、博采众长的开放心态，使他们能够得到多家学说营养的滋润，形成明理躬行、务实致用的学风。该集团与那些徒知记诵的"章句之儒"的一个极大不同，即反对空谈性命，主张学以用世。方凤"喜究心经世之务，凡所抒猷，凿凿可见诸施行"③；黄溍"明习律令，世以法家自专者，有弗如也"④；吴莱"凡天文、地理、井田、兵术、礼乐、刑政、阴阳、律历，下之氏族、方技、释老、异端之书，靡不穷考"⑤；胡翰从许谦授经，但他"持论多切世用，与谦之坐谈诚敬小殊"⑥；宋濂强调"真儒在用世"⑦，"必也学为圣贤有用之学。达，则为公为卿，使斯道行；不达，则为师为友，使斯道明。如此而后庶几也"⑧；方孝孺则明确表示"学古而不达当世之事，鄙木之士也"⑨。他"以古圣贤自期，以经纶天下为己任"。可以说，明道致用已经成为该集团一以贯之的学术传统。

其次，在政治上，该集团秉承中国传统政治思想，重民本，倡仁治，

---

① 〔明〕宋濂：《潜溪前集》卷七《思媺人辞》，见罗月霞主编《宋濂全集》，浙江古籍出版社1999年版，第87页。

② 〔明〕宋濂：《喻偘传》，见罗月霞主编《宋濂全集·宋学士先生文集辑补》，浙江古籍出版社1999年版，第2041页。

③ 〔清〕方士奇：《存雅先生遗集辑评跋》，转引自方凤著、方勇辑校《方凤集》，浙江古籍出版社1993年版，第192页。

④ 〔明〕宋濂：《潜溪后集》卷十《故翰林侍讲学士中奉大夫知制诰同修国史同知经筵事金华黄先生行状》，见罗月霞主编《宋濂全集》，浙江古籍出版社1999年版，第309页。

⑤ 〔元〕胡助：《浦阳渊颖吴先生文集序》，见《纯白斋类稿》卷二十，《丛书集成初编》本，中华书局1985年版，第186页。

⑥ 〔清〕永瑢等：《四库全书总目》卷一六九"胡仲子集"则，中华书局1965年版，第1469页。

⑦ 〔明〕宋濂：《芝园续集》卷十《送方生还宁海并序》，见罗月霞主编《宋濂全集》，浙江古籍出版社1999年版，第1625～1626页。

⑧ 〔明〕宋濂：《潜溪前集》卷九《送从弟景清还潜溪序》，见罗月霞主编《宋濂全集》，浙江古籍出版社1999年版，第106页。

⑨ 〔明〕方孝孺：《杂诫》，见《逊志斋集》卷一，第58页。

以教化正俗为治国之先务。在这方面，以宋濂、方孝孺的思想最为系统也最具代表性。他们强调国以民为本："有民斯有国，有国斯有君，民者君之天也。君之则君，舍之则独夫耳，可不畏哉！"①"天之立君也，非以私一人而富贵之，将使其涵育斯民，俾各得其所也。"②"如使立君而无益于民，则于君也何取哉！"③ 基于这一民本思想，他们提出了爱民、富民、养民等一系列主张。宋濂认为："民富则君不至独贫，民贫则君何能独富？捐利于民，实兴邦之要道也。"④ 方孝孺与乃师的主张如出一辙，谓："人君之职为天养民者也。然一人至寡也，天下至众也，人君果何以养之哉？惟用天之所产以养天民而已。"⑤ 他们所提出的轻徭薄赋、恢复井田制等措施，其用心都是为了抑制豪强兼并，缓解两极分化，使广大农民安居乐业，从而达致社会的安定。在为治之道方面，他们力倡施仁义，重教化，轻刑罚。宋濂说："人主诚以礼义治心，则邪说不入；以学校治民，则祸乱不兴。刑罚非所先也。"⑥ 方孝孺谓："若先王之治天下，常养斯民至美之朴，于政教之先，使之不以物迁，不以习变，而不至于不可继，是以安化而易使，和柔而易制。"⑦ 他还进一步提出建立乡族制度，利用其社会功能，最大限度地发挥正俗教化的作用。⑧

再次，该集团虽然在思想渊源上与理学家有着直接或间接的联系，但从其发展路向来看，是走向文学一派。创始人方凤本身并无理学师承，他是以诗文创作上的成就奠定其开山地位的。第二代的黄溍、柳贯、吴莱等人，入方氏之门主要是学习诗文创作，故多以文显。第三代的宋濂、王祎、戴良、胡翰等人亦大致如此。故胡应麟云："婺中黄、柳同辈吴立夫、胡长孺、戴九灵（良）、王子充、宋潜溪诸子，皆以文

---

① 〔明〕宋濂：《潜溪后集》卷二《燕书》（四十首之二十六），见罗月霞主编《宋濂全集》，浙江古籍出版社1999年版，第169页。
② 〔明〕方孝孺：《深虑论七》，见《逊志斋集》卷二，第96页。
③ 〔明〕方孝孺：《君职》，见《逊志斋集》卷三，第102页。
④ 〔明〕郑楷：《翰林学士承旨、嘉议大夫知制诰、兼修国史、兼太子赞善大夫致仕潜溪先生宋公行状》，转引自罗月霞主编《宋濂全集·附录》，浙江古籍出版社1999年版，第2353页。
⑤ 〔明〕方孝孺：《甄琛》，见《逊志斋集》卷五，第173页。
⑥ 〔清〕张廷玉等：《明史》卷一八二《宋濂传》，中华书局1974年版，第3786页。
⑦ 〔明〕方孝孺：《陈野翁字说》，见《逊志斋集》卷七，第233页。
⑧ 参见〔明〕方孝孺《宗仪九首》，见《逊志斋集》卷一，第73～85页。

章显,而诗亦工,当时不在诸方下。元末国初之才,吾郡盛矣。"①《四库全书总目》"渊颖集"则亦云:"(吴)莱与黄溍、柳贯并受业于方凤,再传而为宋濂,遂开明代文章之派。"均指出了这一文人集团偏重文学的特点。

作为一个师弟子间代代传承往禅来续的文人集团,其在文学观念和创作上自有其一脉相承的共同特色。在文学思想上,该集团以明道宗经为宗旨,有着非常浓厚的理学色彩。宋濂曾回忆从黄溍学文的情景:"及游黄文献公门,公诲之曰:'学文以六经为根本,迁、固二史为波澜。二史姑迟之,盍先从事于经乎。'"② 宋濂始终将黄溍的教诲奉之如圭臬,将宗经明道视作为文之根本。他说:"文者,道之所寓也。……天地未判,道在天地;天地既分,道在圣贤;圣贤既殁,道在六经。……后之立言者必期无背于经,始可言文。"③ "文之所存,道之所存也。文不系于道,不作焉可也。"④ 方孝孺持论比他的老师有过之而无不及。针对士人重文轻道的风气,他予以大力抨击:"士不知道盖久,世所推仰者惟在乎文章。文者道所不能无,而非所以为道也。仆深厌之,深病之。"⑤ 并作《文统》来纠正这种弊病。他在《答王秀才》一文中说:"凡文之为用,明道、立政二端而已。……故圣人者出,作为礼乐教化刑罚以治之,修其五伦六纪天衷人极以正之,而一寓之于文。尧舜禹汤周公孔子之心见于《诗》《书》《易》《礼》《春秋》之文者,皆以文乎此而已,舍此以为文者,圣贤无之,后世务焉。……仆窃悲其陋,故断自汉以下至宋,取文之关乎道德政教者为书,谓之《文统》,使学者习焉。违乎此者,虽工不录;近乎此者,虽质不遗。庶几人人得见古人文章之正,不眩惑于佹常可喜之论,祛千载之积蠹,为六经之羽翼,作仁义之气,摈浮华之习,以自进于圣人,俾世俗易心改目,以勉其远且大者。"⑥ 总之,该集团中人在具体文学主

---

① 〔明〕胡应麟:《诗薮》外编卷六,上海古籍出版社1979年版,第236页。
② 〔明〕宋濂:《銮坡前集》卷八《白云稿序》,见罗月霞主编《宋濂全集》,浙江古籍出版社1999年版,第495页。
③ 〔明〕宋濂:《芝园后集》卷一《徐教授文集序》,见罗月霞主编《宋濂全集》,浙江古籍出版社1999年版,第1351页。
④ 〔明〕宋濂:《浦阳人物记》卷下,见罗月霞主编《宋濂全集》,浙江古籍出版社1999年版,第1845~1846页。
⑤ 〔明〕方孝孺:《与王修德八首》,见《逊志斋集》卷九,第285页。
⑥ 〔明〕方孝孺:《答王秀才》,见《逊志斋集》卷十一,第335页。

张上容或有不同，但在坚持明道宗经这一总的宗旨上是并无二致的。

该集团在创作上的成就主要表现在散文方面。其总体特征为根柢六经，融汇史传，法度从容，平和渊洁，醇正典雅，雍容畅达。宋濂谓黄溍之文"一本乎六艺，而以羽翼圣道为先务。然其为体，布置谨严，援据精切，俯仰雍容，不大声色。譬之澄湖不波，一碧万顷，鱼鳖蛟龙潜伏而不动，渊然之色，自不可犯"①，谓柳贯之文"春容纡徐，如老将统百万雄兵，旗帜鲜明，戈甲焜煌，不见有暗呜叱咤之严"②，说的都是这种台阁之文的气象。宋濂本人入明以前的文章，有论者指出"已有台阁之文的气息"③，《四库全书总目》谓"濂文雍容浑穆，如天闲良骥，鱼鱼雅雅，自中节度"④，其评论与宋濂对黄、柳文的评论几乎如出一辙，足以说明他们的文章的确具有共同的特征。方孝孺的文章稍有例外，四库馆臣谓其文"纵横豪放，颇出入东坡、龙川之间"，并指出其原因："盖其志在于驾轶汉唐，锐复三代，故其毅然自命之气，发扬蹈厉，时露于笔墨之间。"⑤ 性格、气质的不同造成了为文风格的差异，但就"醇正"这一总体特征来说，方氏之文与他的前辈们并没有根本的不同。

四、婺州文人集团与明初政治

明王朝创建及成立之初，在元末大动乱中遭到重创的农业经济亟待恢复，农民需要休养生息，社会渴望安定；由于元代政治制度和思想统治的松懈所导致的社会秩序的破坏、伦理道德体系的崩缺，以及浅弱衰靡文风的弥漫，都亟须重新加以整合和重建。坚持儒家正统学说，有着积极用世的传统，同时又具有经世才干的婺州文人正好适应了这一时代的需要，可谓风云际会，一拍即合，他们登上明初政治舞台一展其身手，可以说是历史的必然。

---

① 〔明〕宋濂：《潜溪后集》卷十《故翰林侍讲学士中奉大夫知制诰同修国史同知经筵事金华黄先生行状》，见罗月霞主编《宋濂全集》，浙江古籍出版社1999年版，第310页。
② 〔明〕宋濂：《潜溪前集》卷十《故翰林待制承务郎兼国史院编修官柳先生行状》，见罗月霞主编《宋濂全集》，浙江古籍出版社1999年版，第120页。
③ 郭预衡：《"有明文章正宗"质疑》，载《文学遗产》2000年第1期，第104页。
④ 〔清〕永瑢等：《四库全书总目》卷一六九"宋学士全集"则，中华书局1965年版，第1464页。
⑤ 〔清〕永瑢等：《四库全书总目》卷一七〇"逊志斋集"则，中华书局1965年版，第1480页。

早在朱元璋尚未夺取全国政权之前，就曾询问过李善长："吾徐将军，淮阴无以过。即安得留侯者？"① 反映了他在军事斗争即将取得全面胜利之时，迫切需要得到政治、思想、道德、文化建设方面人才的愿望。元顺帝至正十八年（1358），他的军队攻下婺州，即召见了宋濂。次年命知府王显宗开郡学，又礼聘宋濂为五经师。至正二十年（1360），宋濂被征至应天（今江苏南京），授江南儒学提举，寻改起居注，并教太子朱标经学，自此迄至洪武十年（1377）致仕还乡，始终不离朱元璋左右。朱元璋得到宋濂的辅佐，真有如鱼得水之感，他多次说道："起居注宋濂，生于金华文献之邦，正学渊缘，有自来矣。"② "朕出自草莱，非兼备之才。蒙上天授命，位极两间。凡生民休息，百神祀事，尽赖文武辅导以成之。……然文者，翰林院尚未有首臣。朕于群儒中选，皆非真儒人，各虚名而已。独宋濂一人，侍朕十有九年，虽才不兼文武，博通经史，文理幽深，可以黼黻肇造之规。"③ 朱元璋的这些话恐不是虚誉之辞，而是由衷之言。宋濂为辅佐朱元璋也的确做到了殚精竭虑，鞠躬尽瘁。对此，方孝孺曾做过十分精当的评述："当元之衰，国朝之始兴也，地大兵强，据名号以雄视中国者十余人，皆莫能得士。太祖高皇帝定都金陵，独能聘致太史金华公而宾礼之。公始见上，上问以取天下大计，公以不杀对。上甚喜，俾授太子经。每询以治道，公未尝不以仁义为言。是时群雄多嗜杀好货，独上御军有法，命将征讨，戒以勿杀，所至民欢乐之，识者已谓天下不足平。及海内平定，上方稽古，以新一代之耳目，正彝伦，复衣冠，制礼乐，立学校，凡先王之典，多讲行之，而太史公实与其事。在翰林为学士，中尝为国子司业，晚为承旨，先后二十年，以道德辅导皇太子，圣德宽大仁明，而天下归心爱戴，称颂洋洋者，公之功居多。"④ 宋濂对明王朝政治、思想、道德、文化重建所做出的贡献之大，的确无人能出其右，他被许为"开国文臣之首"，可谓

---

① 〔明〕查继佐：《罪惟录》卷八《启运诸臣列传·李善长》，《四部丛刊三编》本，上海书店1989年版。

② 〔明〕朱元璋：《明太祖赐翰林学士诰文》，转引自罗月霞主编《宋濂全集·附录》，浙江古籍出版社1999年版，第2281页。

③ 〔明〕朱元璋：《明太祖赐翰林承旨诰文》，转引自罗月霞主编《宋濂全集·附录》，浙江古籍出版社1999年版，第2283页。

④ 〔明〕方孝孺：《宋学士续文粹序》，见《逊志斋集》卷十二，第366页。

名至实归。

除了宋濂之外，王袆在朱元璋取婺州后即受召见，用为中书省掾，"每商略机务，悉契上衷，益加礼敬，语必称子充而不名"①。朱元璋曾对他说："吾固知浙东有二儒者，卿与宋濂耳。学问之博，卿不如濂；才思之雄，濂不如卿。"② 洪武二年（1369）诏修《元史》，王袆与宋濂同入史局，并为两总裁。同时入史局的还有胡翰、张孟兼等人。苏伯衡、郑滔等也入朝做官……婺州文人集团中人几乎悉数成为明初统治集团的文臣。苏伯衡曾以自豪的口吻描述婺州文人充斥朝中的情景："前年秋，伯衡以非材忝教成均，会许先生为大司成，相与甚亲且乐也。未数月而张君孟兼亦来为学录。吾三人者婺人也，人已爱慕婺多士矣。及诏书招延儒臣纂修《元史》，而宋先生以前起居注来，胡先生以前郡博士继来，王先生以漳州通守又继来，相见益亲且乐。三人者亦婺人也，人皆谓婺信多士友。"③ 正如胡应麟所说："国初闻人，率由越产，……诸方无抗衡者。"④ 可以说，明初政坛、文坛已为浙东文人一统天下。

作为婺州文人集团第四代传人的方孝孺，登上明初政治舞台应是顺理成章的事，然而事实上却经过了一番曲折。朱元璋曾两次召见他，但终洪武一朝却没有重用他。第一次是在洪武十六年（1383）正月，经吴沉、揭枢的推荐，孝孺来到南京，接受朱元璋的召见。孝孺"陈说多称旨"⑤，并当廷作《灵芝甘露策》，朱元璋阅后大为赞赏，脱口而出："异才也！"但朱元璋并未任用他，只是对太子朱标说："此庄士也，当老其才以辅汝耳。"⑥ 第二次是在洪武二十五年（1392），孝孺应廷臣交荐再次赴京，朱元璋召见他后，道："今非用孝孺时。"⑦ 只授了他一个汉中府学教授的职

---

① 〔明〕郑济：《故翰林待制华川先生王公行状》，转引自〔明〕程敏政辑《皇明文衡》卷六二，《影印文渊阁四库全书》本，台湾商务印书馆1986年版。
② 〔明〕朱元璋：《明太祖赐翰林学士诰文》，转引自罗月霞主编《宋濂全集·附录》，浙江古籍出版社1999年版，第2281页。
③ 〔明〕苏伯衡：《送胡先生还金华序》，见《苏平仲文集》卷五，《四库明人文集丛刊》本，上海古籍出版社1991年版，第619页。
④ 〔明〕胡应麟：《诗薮》续编卷一，上海古籍出版社1979年版，第341页。
⑤ 〔明〕方孝孺：《逊志斋集》附录郡斋旧刻《方先生小传》，《四部丛刊初编》本，上海书店1989年版。
⑥ 〔明〕焦竑：《玉堂丛语》卷四《忠节》，中华书局1981年版，第137页。
⑦ 〔清〕张廷玉等：《明史》卷一四一《方孝孺传》，中华书局1974年版，第4017页。

务。对朱元璋不用方孝孺，有后世史家认为是："上方心在赏罚，未遑教化。"① 这或许是原因之一。但笔者认为，更主要的是朱元璋目光长远，有意为子孙后代储备人才。有一事例可为佐证。洪武二十年（1387），孝孺叔叔克家因仇家搆难，词连孝孺，有司录其家，械送京师。"太祖见其名，释之。"② 令其奉祖母及妻子还里。从这件小事亦可看出他对孝孺的特别关照。朱元璋临终之际，"遗令先召孝孺"③，正符合其将孝孺留待辅佐子孙的战略考虑。建文即位后，孝孺以从九品的汉中府学教授被召进京，被授以翰林侍讲，明年又迁侍讲学士，如此非常际遇不能不说和朱元璋的遗命有关。建文对孝孺十分倚重："国家大政事辄咨之。帝好读书，每有疑即召使讲解。临朝奏事，臣僚面议可否，或命孝孺就扆前批答。时修《太祖实录》及《类要》诸书，孝孺皆为总裁。……燕兵起，廷议讨之，诏檄皆出其手。"④ 宋濂辅佐朱元璋，为文臣之首，并担任太子朱标的老师；宋濂的弟子方孝孺又受到建文帝的尊宠、信赖，待之如师。以他为代表的浙东文人在朝中的主导地位，可谓一如洪武之时。

现在回头来看朱棣诛孝孺十族一事，就不难理解了。明清时期不少学者视此事件为意气之激使然⑤，识见未免皮相。倒是明人倪元璐看出了其中的端倪，他在为孝孺文集所作序中说："先生以一言沉十族不悔，文皇帝以一怒族先生亦不悔，盖皆以甚重其文章之故。"⑥ 文章乃思想之载体。朱棣要巩固用非法手段篡夺的政权，就不仅要诛杀方孝孺本人，禁绝他的文章，还要把传承他的思想、文章的弟子门生消灭干净。至此，传承了四代、延续了一百余年的婺州文人集团画上了句号。朱棣诛方孝孺十族看似偶然，然而它却曲折地反映了历史的必然，这就是以师弟子的传承为纽带

---

① 〔明〕方孝孺：《逊志斋集》附录郡斋旧刻《方先生小传》，《四部丛刊初编》本，上海书店 1989 年版。
② 〔清〕张廷玉等：《明史》卷一四一《方孝孺传》，中华书局 1974 年版，第 4017 页。
③ 〔明〕焦竑：《玉堂丛语》卷四《忠节》，中华书局 1981 年版，第 137 页。
④ 〔清〕张廷玉等：《明史》卷一四一《方孝孺传》，中华书局 1974 年版，第 4017 页。
⑤ 明人钱士升的话可作为代表："孝孺十族之诛，有以激之也。愈激愈杀，愈杀愈激，至于断舌碎骨，湛宗燔墓而不顾。而万乘之威，亦几于殚也。"见《皇明表忠记》卷八，北京图书馆藏明崇祯刻本。
⑥ 〔明〕倪元璐：《方正学先生逊志斋集序》，见〔明〕方孝孺《逊志斋集》卷首，《四部备要》本，上海中华书局 1936 年版，第 1 页。

的文人集团在当时的普遍出现,他们以群体组合的形式在政治、文学等领域发挥着越来越重要的作用。

原刊《中国古典文学与文献学研究》第 2 辑,学苑出版社 2003 年版

黄溍年谱简编

本文主要引用文献：宋濂《宋学士全集》，《丛书集成初编》本，中华书局1985年版；宋濂《浦阳人物记》，《丛书集成初编》本，中华书局1985年版；黄溍《金华黄先生文集》，《四部丛刊》本，上海书店1989年版；黄溍《黄文献公集》，《丛书集成初编》本，中华书局1985年版；柳贯《柳待制文集》，《四部丛刊》本，上海书店1989年版；王袆《王忠文公集》，《丛书集成初编》本，中华书局1985年版；方凤《存雅堂遗稿》，《影印文渊阁四库全书》本，台湾商务印书馆1986年版；苏天爵《滋溪文稿》，陈高华、孟繁清点校，中华书局1997年版；戴良《九灵山房集》《九灵山房遗稿》，《丛书集成初编》本，中华书局1985年版；杨维桢《东维子文集》，《四部丛刊》本，上海书店1989年版；《全宋词》，唐圭璋编，中华书局1965年版；《元史·顺帝纪》，中华书局1976年版；《元史·选举志》，中华书局1976年版；《元史·黄溍传》，中华书局1976年版；《四库全书总目》，中华书局1965年版。

黄溍，字晋卿。

宋濂《宋学士全集》卷二十五《故翰林侍讲学士中奉大夫知制诰同修国史同知经筵事金华黄先生行状》（以下简称《宋状》）："先生讳溍，字晋卿，姓黄氏。"

先世居浦江，后迁居义乌，遂为义乌人。

黄溍《金华黄先生文集》（以下简称《金华集》）卷四十《八世祖墓重建石表记》："宋黄府君讳景珪，字叔宝，婺之浦江人，溍八世祖也。府君父讳昉，字明仲……子一人讳琳……始家于义乌，是为溍之七世祖。"

九世祖昉。

　　昉字明仲。已见前。

八世祖景珪。

　　景珪字叔宝。已见前。

七世祖琳，娶宗泽之妹，始家义乌。

　　《宋状》："景珪生琳，娶忠简宗公泽之女弟，始迁于义乌。"

六世祖中辅，以文学行义知名，未官而卒。

　　中辅字槐卿，晚号细高。《金华集》卷四十《八世祖墓重建石表记》："孙三人……其季讳中辅，辄溍之六世祖也。"《黄文献公集》卷十一《桂隐先生小传》："中辅字槐卿，尚气节，不务为苟合。绍兴中，秦桧柄国。和议既成，日使士大夫歌诵太平中兴之美。闻其奸者，辄捕杀之。众咸缩头，独奋不顾，作乐府题太平楼，有'快磨三尺，欲斩佞臣头'之语，几蹈不测之祸。晚岁屏居山园，号细高，名其斋曰转拙。桧死久之，转运使乃上其行义于朝，未官而卒。"按，据《全宋词》，中辅所作乐府为【满庭芳】，全词已佚，所录两残句为"快磨三尺剑，欲斩佞人头"。

五世祖绍祖。

　　《宋状》："中辅生绍祖。"《金华集》卷四十《八世祖墓重建石表记》："讳绍祖者，于溍为五世祖。"

高祖伯信，迪功郎，累赠朝散大夫。妣宗氏，宗泽四世诸孙女。

　　《宋状》："绍祖生伯信，于先生为高祖。迪功郎，累赠朝散大夫。妣宗氏，忠简公四世诸孙女，累封安人。"

曾祖梦炎，仕至朝散大夫、行太常丞、兼枢密院编修官、兼权左曹郎官。

《宋状》："曾祖梦炎，淳祐十年（1250）进士。仕至朝散大夫、行太常丞、兼枢密院编修官、兼权左曹郎官，以朝请大夫致仕。"

祖塝，承节郎。

《宋状》："祖塝……以进纳恩补承节郎。入国朝弗仕。今累赠嘉议大夫、礼部尚书上轻车都尉，追封江夏郡侯。"《金华集》卷四十《先祖墓铭石表记》："公讳塝，朝请公第二子也。朝请公遇明禋当任子，辄推以与其侄，故公兄弟无用荫入官者。公仅以进纳补承节郎而不及禄。生于嘉熙四年（1240）六月二十四日，卒于今大德八年（1304）五月二十四日，享年六十有五。"

父铸，以荫补将仕郎。

《宋状》："父铸，以朝请府君遗泽补将仕郎。今累赠中奉大夫、江浙等处行中书省参知政事护军，追封江夏郡公。"《金华集》卷四十《先祖墓铭石表记》："我先人讳铸，用朝请公遗泽补将仕郎。宋亡，遂绝意仕进。后五十年乃以恩受封，终于从事郎温州路乐清县尹。今累赠中奉大夫、江浙等处行中书省参知政事护军，追封江夏郡公。"按，铸原为丁氏子，后过继与黄氏。《金华集》卷四十《先考墓志铭后记二首》："初，朝请府君之姊适从事郎昭庆军节度掌书记王公因金，嘉熙戊戌（1238）进士，有女作配于儒林郎两浙西路提举常平茶盐司干办公事丁公应复，实生我先君。年十有二，朝请府君见而奇之。承节府君以疾废，遂俾育我先君为子。"杨维桢《东维子集》卷二十四《故翰林侍讲学士金华先生墓志铭》（以下简称《墓志铭》）："中奉公元（原）出朝散公外孙女王氏，归丁应复。之后嘉议公疾废，育之为子也。"

子梓,绍兴路同知余姚州事。

《宋状》:"子男一人,梓,用荫入官。初授忠显校尉、绍兴路同知余姚事。"

孙四人。

《宋状》:"孙男四人:瑄、琛、瑛、珣。"

元世祖至元十四年丁丑(1277),晋卿一岁。
十月,晋卿生。

《宋状》:"夫人妊先生时,梦大星煜煜然坠于怀,历二十四月,以至元十四年冬十月一日始生。"

至元二十一年甲申(1284),晋卿八岁。
始入学,从傅肖说受《书》。

《金华集》卷二十二《跋傅氏所受诰命》:"溍八岁入学,受《书》于傅先生……先生名肖说,字商佐云。"
按,傅肖说,生平失考。

至元二十六年己丑(1289),晋卿十三岁。
能属文,尝著吊诸葛武侯辞。受中表刘应龟赏知,从其学为文辞。

《墓志铭》:"年十三,属文作吊诸葛武侯文,为乡先生刘公应龟所奇,因留受业。"《宋状》:"比成童,不妄逾户阈。授之以《诗》《书》,不一月成诵。迨学为文,下笔顷刻数百言。尝著吊诸葛武侯辞。前太学内舍刘君应龟,朝请府君之外孙也,见而叹曰:'吾乡以文辞鸣者,喻叔奇兄弟尔。是子稍加工,不其与之抗衡乎。'因留受业。"《金华集》卷十八《绣川二妙集序》:"吾里中前辈以诗名家者,推山南先生为巨擘……而于先生中表子侄行,自卯岁伺先生杖履而知爱先生之诗……"

按，刘应龟（1243—1306），字元益，义乌人。学者称山南先生。宋咸淳太学内舍生。至元二十八年（1291）出为月泉书院山长，转杭州州学正。有《山南先生集》，不传。事见黄溍《黄文献公集》卷三《山南先生行述》。

是年前后，尝从王炎泽游。

《金华集》卷三十三《南稜先生墓志铭》："溍自总角，忝预弟子列。"按，王炎泽（1253—1332），字威仲，别号南稜，义乌人。王祎《王忠文公集》卷十八《南稜先生行述》："公讳炎泽，字威仲，姓王氏。学者因其别号尊称之曰南稜先生。……自幼岐嶷不凡。稍长，治举子业，有声乡邦，既乃肆力于圣贤之学。盖自恩阳府君受业安定胡先生之门，厥后累世皆颛门为儒，渊缘之传，既有所本。而通斋（叶由庚，字成甫，号通斋）为外大父，学于徐文清公侨，文清，考亭朱子门人也，其风声气息之所传，感发尤多矣。公当运去物改之后，穷居约处，操行益坚，殊无仕进意。开门授徒，户外之屦至无所容。久之，部使者荐其行义，乃起为东阳、常山两县儒学教谕，迁石峡书院山长……居石峡岁余即弃官而归，于是年已几七十矣。优游家林，日以经史自娱……至顺壬申（1332）八月十三日竟以不起，享年八十。"

至元二十九年壬辰（1292），晋卿十六岁。
从盘峰先生孙潼发游。

《金华集》卷三十《盘峰先生墓表》："……昔在宋季，先生之外舅将作少监朱公杰与溍之曾大父户部府君仕同朝，居同里，先生于溍为大父行。年十六七即参陪于杖履之末。先生古貌野服，高谈雄辩，四座尽倾。每语当世事及前代故实，亹亹不倦。然喜汲引后进，有如溍之无所肖似犹不以凡子见遇，每折行辈相倾下。兴怀畴昔，梦寐不忘。"按，孙潼发（1244—1310），字帝锡，一字君文，别号盘峰，桐庐人。据《墓表》，登宋咸淳四年（1268）进士第，调衢州军事判官。阶文林郎。宋亡隐居弗仕，以风节自期，与乡先生袁易、魏新之为三友。

至元三十年癸巳（1293），晋卿十七岁。
撰《临池拾遗记》。

《金华集》卷十六《法书类要序》："予年十七八时，尝得所谓《书苑菁华》者，穷昼夜而观之。因取其所不录而杂出于史氏百家之言者，次第以为《临池拾遗记》。然以所见未博，无能补其阙佚之一二焉。"这是所知晋卿最早的撰述。

元成宗元贞二年丙申（1296），晋卿二十岁。
从方凤、吴思齐游。

《金华集》卷十七《送吴良贵诗序》："元贞丙申，予幸获执弟子礼见方先生仙华山之下。"《黄文献公集》卷四《书吴善父哀辞后》："元贞丙申秋，予游仙华宝掌间，因得拜先生浦阳江上。先生顾予喜曰：'吾二十年择交江南，有友二人焉，曰方君韶父，曰谢君皋父。今皋父已矣，子乃能从吾游乎？子其遂为吾忘年交。'予谢不敢，先生盖予大父行也。然自是间岁辄一再会，会则必欢欣交通，如果忘年者。"
按，方凤（1240—1321），一名景山，字韶父，一字韶卿，号岩南，浦江人。宋季尝入太学，以特恩授容州文学。宋亡不仕，隐居以终。有《存雅堂遗稿》。（宋濂《浦阳人物记》卷下《方凤传》）吴思齐（1238—1301），字子善，处州丽水人。祖深为陈亮婿，遂家永康。宋末以任子入官，调嘉兴丞。宋亡流寓浦江，穷病以终。（宋濂《宋学士全集》卷十《吴思齐传》）凤、思齐与流寓浦江的闽人谢翱（皋羽）均遗民中气节特出之士，三人情同莫逆，"无月不游，游辄连日夜。或酒酣气郁时，每扶携向天末恸哭，至失声而后返"（同上《吴思齐传》）。至元二十三年（1286），宋原义乌令吴渭举月泉吟社，三人同被聘为考官。（吴渭辑《月泉吟社诗》）三人皆工诗，"浦阳之诗，为之一变"（同上《方凤传》）。谢翱卒于元贞元年（1295），（方凤《存雅堂遗稿》卷四《谢君皋羽行状》）晋卿未及识。

是年，尝从石一鳌游。

《金华集》卷三十四《蒋君墓志铭》："潜弱冠时及石先生之门。"卷三十《石先生墓表》："潜生也后，幸执弟子礼而不及与夫数百人者群游并进，于先生十卷之书复未能与有闻焉。"

按，石一鳌（1230—1311），字晋卿，义乌人。据《墓表》，宋景定五年（1264）乡贡进士。尝从王若讷、王世傑受业。而世傑为徐侨弟子，徐侨之学则亲得于考亭朱子。家居授徒，负笈而至执弟子礼者亡虑数百人。

是年，尝手抄刘因《丁亥集》。

《金华集》卷二十一《跋静修先生遗墨》："潜弱冠时，尝手抄静修先生《丁亥集》，系能成诵。"

按，刘因，字梦吉，号静修，雄州容城人。元初理学家。《四库全书提要·静修集》："其早岁诗文，才情驰骋。既乃自订《丁亥诗集》五卷，尽取他文焚之。"

大德元年丁酉（1297），晋卿二十一岁。
是年，西游杭州，接识前代遗老。

《宋状》："弱冠西游钱塘，前代遗老与巨公宿学先生，咸得见之，于是益闻近世文献之泽。"《黄文献公集》卷五《送汪生序》："始予既知学，颇思自拔于流俗，而患乎穷乡下邑块焉独处，无从考质以祛所惑。闻钱塘古会府，号称衣冠之聚，宿儒遗老犹有存者，则籯粮笥书逾涛江而西，幸而有所接识。然以违亲越乡，不能久与居与游，间或聆绪言之一二，终未至尽大观而无憾也。"

按，晋卿西游杭州的时间，《宋状》置于从方凤游之前，谓："弱冠西游钱塘……暨还故居，从仙华山隐者方君凤游。"然据上引

《送汪生序》，晋卿此次西游杭州的时间不应太长。《金华集》卷二十一《跋翠巘画》云："溍以大德戊戌（1298）春见先生于钱塘……"是晋卿大德二年（1298）春尚在杭州，故其游杭州的时间显在大德元年至二年（1297—1298）之间。晋卿于元贞二年（1296）即已拜见方凤，故其游杭州的时间显在从方凤游之后。

晋卿此次西游杭州所获识之前朝遗老，姓名可考者有牟巘、方回、龚开等人。

  危素《大元故翰林侍讲学士……谥文献黄公神道碑》（以下简称《危碑》）："弱冠游虎林……大理卿牟公巘期公甚远。"（《黄文献公集》卷十二附录）《金华集》卷十六《隆山牟先生文集序》："……惟大理公仕宋季，与溍之曾大父朝请府君同为郎于吏部。溍生也后，犹及拜公床下，而辱赠以言。"柳贯《柳待制集》卷十九《跋晋卿所得牟、方、仇三公诗卷后》："某年长于晋卿，而出游诸公耆老间乃在其后。于时陵阳牟公居新安、方公居杭，如成都两石笋之相望，人固知为神物而不可狎近之也。然二公之于晋卿皆能破去崖岸，折行辈而交之，则二公之鉴赏岂私一晋卿哉！"
  按，牟巘（1227—1311），字献之，一字献甫，湖州人。宋季官大理司直。入元不复仕，杜门隐居凡三十六年，父子一门，自相师友，日以经学道义相切磨。有《陵阳集》。《宋史翼》有传。上引黄文"隆山牟先生"为其子应龙（1247—1324），字伯成，一字成甫，号隆山。宋咸淳七年（1271）进士，授光州定城尉。元初不仕，后出教溧阳，以上元县主簿致仕。有《隆山牟先生文集》，不传。《元史》有传。方回（1227—1307），字万里，号虚谷，歙县人。宋景定三年（1262）进士。宋末知建德府，以城降元，官建德路总管。晚寓钱塘，后进师尊之。有《桐江集》《桐江续集》《瀛奎律髓》等。《元书》有传。龚开（1222—1307），字圣予（圣与），号翠巘，淮阴人。宋景定间任两淮置司监当官。入元不仕。尚气节。诗文清劲古雅，亦善画。《宋史翼》有传。

大德二年戊戌（1298），晋卿二十二岁。

是年春，仍在杭州。

见大德元年条引《跋翠巘画》。

大德五年辛丑（1301），晋卿二十五岁。
是年，被举教官。晋卿原无仕进意，其友叶谨翁力挽之出。

《宋状》："……暨还故居，从仙华山隐者方君凤游，为歌诗相倡和，绝无仕进意。其友叶君谨翁力挽之出。大德五年（1301）举教官，七年（1303）举宪吏，就试皆中其选。"《金华集》卷三十三《叶审言墓志铭》："载念潜之少也，从先生长者咏歌先王之道于宽闲寂寞之乡，将以是终其身。审言力挽之出，而宦游不遂……"

按，叶谨翁（1272—1346），字审言，婺州金华人。据《墓志铭》，历浦江及义乌两县教谕、衢州明正书院山长、承务郎同知瑞安州事等职。

是年，吴思齐卒。《吴赞府挽诗》《书吴善父哀辞后》（《金华集》卷三）作于本年之后。

大德七年癸卯（1303），晋卿二十七岁。
举宪吏，复退隐于家。

见大德五年（1301）引《宋状》。

按，晋卿此次被举，似未能擢用。《金华集》卷三《上宪使书》云："仆乌伤之鄙人也。郡县不见菲薄，猥以充员……是用橐书裹粮而来，且庶乎亲承明问以少抒其平生之素。计日俟命，不为不久，而寂焉无闻，彷徨踯躅，欲进而不能，欲去而不敢；上之人未闻有求于仆，而仆方汲汲焉，若有求于上者，其为滞留渰涊之状，宁不起人厌薄之心而重风俗之不美也哉！仆于门下既不得有私谒，又不容嘿嘿而遂已也，辄敢显诵所闻于左右。若夫引而进之，抑而绝之，明公事也，非仆敢知也。"失意不满之状溢于言辞间。

大德八年甲辰（1304），晋卿二十八岁。

是年春，晋卿在杭州。清明日，尝与同郡在杭者四十四人谒乡先达宋兵部侍郎胡则墓，继泛舟西湖，并获识赵孟頫。

《金华集》卷十《南山题名记》："婺之宦学于杭者，每岁暮春，必相率之南山展谒乡先达故宋兵部侍郎胡公墓，仍即其庙食之所致祭焉。竣事，遂饮于西湖舟中，以叙州里之好。大德八年（1304）春三月癸亥，会者四十有四人。魏国赵文敏公时方以集贤学士领儒台，幸获从先生长者之后，而趋走于公屦屐之末。"晋卿又有《甲辰清明日陪诸公入南山拜胡侍郎墓，回泛舟中作》（《金华集》卷二）诗纪其事。

按，胡则，字子正，婺州永康人。宋太宗端拱二年（989）进士，官至兵部侍郎。《宋史》有传。赵孟頫（1254—1322），字子昂，号松雪道人，湖州人，宋宗室。未冠试中国子监，不及仕而宋亡。至元二十三年（1286）征入朝，累官兵部郎中、江浙儒学提举、翰林学士承旨。卒后追封魏国公，谥文敏。有《松雪斋文集》。《元史》有传。

祖埒卒于是年。

见前引《金华集》卷四十《先祖墓铭石表记》。

元武宗至大二年己酉（1309），晋卿三十三岁。
是年，作《陆君实传后叙》（《金华集》卷三），详记厓山之役事。

至大三年庚戌（1310），晋卿三十四岁。
正月，与邓文原、黄石翁等交游唱和。

《金华集》卷二《同儒上人谒黄尊师于龙翔上方，修撰邓公适至，辄成小诗，用记盛集》、卷六《庚戌正月二十一日，予与儒公禅师谒松瀑真人于龙翔上方，翰林邓先生适至，予为赋诗四韵，诸老皆属和焉……》。

按，邓文原（1259—1328），字善之，号匪石，杭州人。博学工古文。辟署本路学正，入为翰林应奉，进修撰，官至集贤直学士，兼国子祭酒。卒谥文肃。有《巴西集》。《元史》有传。黄石翁，字可玉，号猏叟，又号松瀑、清权，南康人。少多疾，父母强使为道士。好学博闻，士大夫多与之游。（据王德毅、李荣村、潘柏澄编《元人传记资料索引》，中华书局1987年影印台北新文丰出版公司版）儒上人、儒公禅师，失名待考。

是年春，与叶谨翁、张枢游金华北山，有诗。

《金华集》卷二《叶审言、张子长同游北山智者寺。既归，复与子长至赤松，由小桃源登炼丹山谒二皇君祠，回宿宝积观》。又，《金华集》卷五有《予与子长以庚戌之春、癸酉之夏两至赤松口……》诗，据知前诗正为庚戌年（1310）作。

按，张枢（1292—1348），字子长，金华人。博学工文辞，家居著书，屡征不起。（《金华集》卷三十《张子长墓表》）晋卿与审言、子长交情深笃，集中有与二人唱酬诗文多篇。

至大四年辛亥（1311），晋卿三十五岁。
是年，牟巘卒。作《大理牟公挽诗》（《金华集》卷二）吊之。

元仁宗皇庆元年壬子（1312），晋卿三十六岁。
是年，尝以文稿谒赵孟𫖯。

《金华集》卷三附赵孟𫖯跋文，云："东阳黄君晋卿博学而善属文。示予文稿，读之使人不能去手。其用意深切而立言雅健，杂之古书中未易辨也。予爱之敬之……皇庆元年（1312）十月廿九日赵孟𫖯书。"

延祐元年甲寅（1314），晋卿三十八岁。
是年，贡举法行。被荐举，充贡乡闱。

《宋状》:"延祐元年(1314),贡举之法行,县大夫又强起先生,充贡乡闱。时古赋以《太极》命题,场中作者,往往不脱陈言,独先生词致渊泳,绰然有古风,特置前列。"《墓志铭》:"延祐元年(1314),贡举法行,县大夫以生充赋。古赋以太极命题……场屋士不能为,独先生以楚声为之,遂冠场。"

延祐二年乙卯(1315),晋卿三十九岁。

是年春,赴大都会试、廷试,赐同进士出身,授将仕郎、台州路宁海县丞。

《宋状》:"二年(1315)上春官,复在选中。及奉大对,惓惓以用真儒、行仁义为言,辞甚剀切。读卷者以其颇涉于激,缀之末第。奉上旨赐同进士出身。主选吏以为白身补官散阶当下二等。上命与对品阶,授将仕郎、台州路宁海县丞。"

在京期间,尝拜见程钜夫。

《金华集》卷七《程楚公小像赞》:"延祐纪元之初,举进士至京师,因拜公于安贞里第。"

按,程钜夫(1249—1318),本名文海,避武宗讳,以字行,号雪楼,又号远斋,建昌南城人。历官翰林应奉、福建、湖北两道廉访使,翰林承旨。辛后追封楚国公,谥文宪。有《雪楼集》。《元史》有传。

延祐四年丁巳(1317),晋卿四十一岁。
是年,在宁海县丞任。尝与宁海士人游境内石台。

《金华集》卷十六《石台纪游诗序》:"予佐县之又明年,始合耆俊之士登斯台……相与饮酒赋诗,抵暮而去。"

延祐七年庚申(1320),晋卿四十四岁。
是年,在宁海县丞任。秋,为乡试考官。

《金华集》卷二十三《书王申伯诗卷后》:"延祐庚申(1320)秋,予忝预校文乡闱……"

元英宗至治三年癸亥(1323),晋卿四十七岁。
是年,迁两浙都转运盐铁使司石堰西场监运。

《宋状》:"授将仕郎、台州路宁海县丞。仅逾再期。会有诏改盐法,江浙行中书承制,迁两浙都转运盐铁使司石堰西场监运。事闻,命仍旧阶。"《金华集》卷十六《送曹顺甫序》:"曹君顺甫,与予居同郡,且同举教官……其行也,会予以督运吏书满归自海壖……于是距予与顺甫同举时二十又三年矣。"
按,晋卿以大德五年(1301)举教官,顺推二十三年,正为至治三年(1323)。

八月,杨载卒。

《金华集》卷三十三《杨仲弘墓志铭》:"初,潜与仲弘不相识,辄以书缔文字交,凡五年始识仲弘。后十有一年,乃与仲弘同举进士。又八年,而仲弘死矣……尝评其文博而敏,直而不肆。仲弘亦谓潜曰:'子之文气有未充者也,然已密矣。'每叹服其言。"
按,杨载(1271—1323),字仲弘,钱塘人。荐授翰林编修。登延祐二年(1315)进士第,授浮梁州同知。工诗,有《杨仲弘诗集》。《元史》有传。

是年,胡长孺卒。

《金华集》卷二十三《祭永康胡先生文》:"貌此陋微,亦累品评。赞邑海壖,遗则是征。择士艺闱,绪言是承。"据此可知晋卿与其有过交往,但具体情形已难确考。
按,胡长孺(1249—1323),字汲仲,号石塘,永康人。宋末以任子入仕。至元中荐授翰林修撰。元贞初迁教建昌,转宁海主簿。晚寓杭州。卒后门人私谥纯节先生。《元史》有传。长孺与其兄之纲、

之纯均以经术文学名,世称"三胡"。(《宋学士全集》卷十《胡长孺传》)

元泰定帝泰定元年甲子(1324),晋卿四十八岁。
是年,牟应龙卒。作《隆山牟先生挽章》(《金华集》卷五)吊之。

按,晋卿早岁西游杭州时,曾拜谒应龙之父巘,受其指教[见前大德元年(1297)]。延祐元年(1314),晋卿参加乡试,应龙为主试官之一。(《金华集》卷十六《隆山牟先生文集序》)

泰定三年丙寅(1326),晋卿五十岁。
是年,升诸暨州判官。

《宋状》:"……阅四载,以功超一资,升从仕郎、绍兴路诸暨州判官。"《金华集》卷三十四《蒋君墓志铭》:"先生(按指石一鳌)殁十有六年,而溍为诸暨州判官。"按,据晋卿所撰石氏《墓表》,石氏卒于至大四年(1311),后十六年为泰定三年(1326)。

元文宗天历元年戊辰(1328),晋卿五十二岁。
是年,在诸暨州判官任。
邓文原卒。

晋卿入仕前就与文原有交往[见前至大三年(1310)],其所撰《文肃邓公神道碑铭》云:"始公较艺乡闱,臣溍误辱荐名;及公再主文衡,臣溍遂忝预执事。"(《金华集》卷二十六)是知其后两人交往尚多。

仇远卒于本年之后。

仇远(1247—?),字仁近,一字仁父,号山村民,一作山邨,钱塘人。宋季即有文名。入元初弗仕,后出为镇江路学正,以杭州路知事致事,优游湖山以终。有《山村遗集》。《新元史》有传。晋卿与远交往甚密，柳贯《跋晋卿所得牟、方、仇三公诗卷后》："方韶父、刘元益吾乡前辈，而某之执友也。韶父国子进士，元益太学内舍生，尝与仇仁近在京庠同业最久，且故兵后皆以诗鸣。其贻书晋卿以调者，固将引而进之于道，非有所觊为利达计也。"（《柳待制集》卷十九）《金华集》中与远唱酬之作有《连雨杂书五首》（卷一）之四、《寄仇仁父先生》《陪仇仁父先生登石头城》（卷二）等。

天历二年己巳（1329），晋卿五十三岁。
是年，在诸暨州判官任。秋，为乡试考官。

《金华集》卷三十九《华亭黄君墓志铭》："始予校文乡闱，华亭黄璋首以荐书北上，试有司不合而归……及予起自退休，入直词林，被旨预闻试事，璋以再荐而来，竟不偶。予能得之于二十年之先，而不能不失之于二十年之后……"
按，据《危碑》，晋卿于至正七年（1347）起自退休，入直翰林，至正八年（1348）为会试主考官，逆推二十年是为天历二年（1329）。考《元史·选举志》："天历三年（1330）春三月，廷试进士……九十有七人。"是乡试当在二年秋。

至顺元年庚午（1330），晋卿五十四岁。
冬，以马祖常荐，入为应奉翰林文字、同知制诰兼国史院编修，进阶儒林郎。

《宋状》："至顺二年（1331），用故御史中丞马公祖长之荐，入为应奉翰林文字……进阶儒林郎。"
按，《宋状》记晋卿入朝为"至顺二年（1331）"，然晋卿《送索御史诗序》云："至顺纪元（1330）之冬……而潜忝骤常调供奉词林，属史氏。"（《金华集》卷十四）《恭跋御书奎章阁记石刻》云："至顺二年（1331）春正月……以臣潜待罪太史……"（《金华集》卷二十一）是知晋卿入朝之时应为至顺元年（1330）冬。

至顺二年辛未（1331），晋卿五十五岁。

是年夏,扈从至上都。作纪行诗十二篇,世盛传之。

《危碑》:"至顺二年(1331),用马文贞公之荐,召为应奉翰林文字……扈从至开平。作纪行诗十有二篇,世盛传之。"苏天爵《题黄应奉上京纪行诗后》:"至顺二年(1331),予与晋卿偕为太史属,扈行上京。览山河之形势,宫阙之壮丽,云烟草木之变化,晋卿辄低徊顾恋,若有深沉之思者,予固知其能赋矣。既而果得纪行诗若干首。"(《滋溪文稿》卷二十八)

八月,父铸卒。十二月讣至京,丁外忧去官。

柳贯撰铸《行状》云:"公……卒于至顺辛未(1331)八月十六日……子男五,长溍……至顺二年(1331)由诸暨州判官满秩召入词林。其夏扈从北都。秋还。及冬十二月望讣至京,溍即日解所居官匍匐奔归。"(《柳待制文集》卷二十)

元惠宗元统元年癸酉(1333),晋卿五十七岁。
是年,在家守制。
夏四月,同张枢、吴师道游金华北山名胜,有诗。

《金华集》卷五《癸酉四月同子长至赤松。子长先去,遂独宿智者之草堂。已而子长与正传俱来,同一上人宿鹿田,游三洞,还,过山桥,至潜岳谒故中书舍人潘公祠堂,复回智者而别》。

按,吴师道(1283—1344),字正传,婺州兰溪人。少从许谦学经。至治元年(1321)进士,授高邮县丞,入为国子助教,升博士。至正四年(1344)以礼部郎中致仕,命未下而卒。(宋濂《宋学士全集》卷十六《吴先生碑》)有《吴正传文集》《吴礼部诗话》《敬乡录》、《战国策》校注等。《元史》有传。

重纪至元元年乙亥(1335),晋卿五十九岁。
是年春,服阕,转承直郎、国子博士。

见《宋状》。《金华集》卷十九《纪梦诗序》:"重纪至元之元年(1335)春,予忝以非材,备员国子学官。"《危碑》:"服阕,转承直郎、国子博士。未始以师道自居,轻纳人拜。所亲厚者,业成而仕,皆有闻于时。"

秋,校文上京。

《纪梦诗序》:"重纪至元之元年(1335)春……其年秋,校文上京。"《金华集》卷四《同王章甫待制校文上京,八月十五日夜宿龙门驿》。

重纪至元二年丙子(1336),晋卿六十岁。
是年,在国子博士任。
秋,尝还金华,与汪元明、许存仁等游北山名胜,有诗。

《金华集》卷四《丙子七月十七日,同辉公登紫微岩,汪生元明、许生存仁来会,遂宿鹿田……抚事述情,成二十韵,邀两生同赋,奉呈审言、子长》。
按,汪祀(1305—1352),字元明,金华人。受经于许谦,既从黄溍、张枢等问学。居乡教授。(王祎《王忠文公集》卷十九《汪元明哀辞》)许存仁,生平失考。

重纪至元六年庚辰(1340),晋卿六十四岁。
是年,补外南还,换奉政大夫、江浙等处儒学提举。

《宋状》:"……服阕,转承直郎、国子博士。经六年之久。请补外,换奉政大夫、江浙等处儒学提举。"
按,据上文,晋卿于重纪至元元年(1335)入朝为国子博士,至本年恰为六年。

至正元年辛巳(1341),晋卿六十五岁。
是年,在杭州江浙等处儒学提举任。

正月，与张雨等人雅集。

《金华集》卷六《庚戌正月二十一日，予与儒公禅师谒松瀑真人于龙翔上方……后三十一年岁辛巳（1341）正月二十三日，过伯雨尊师贞居，无外式公、刘君衍卿不期而集，辄追用前韵，以纪一时之高会云》。又，《金华集》卷四《送陈生归天台》诗云："……昔予始西来，故国多文献。斑斑南山豹，窥管时一见。蹉跎垂四纪，回首皆梦幻。朋侪诸俊贤，存殁亦相半。殁者归山丘，存者风雨散。惟余贞居翁，共吃残年饭……"据此诗，晋卿与张雨相识当在其初次西游杭州时。

按，张雨（1283—1350），旧名泽之，又名嗣真，字伯雨，号贞居子，又号句曲外史，钱塘人。为道士于茅山，住持西湖福真观。工诗，一时文人多与之游。有《句曲外史集》。（刘基《珊瑚木难》卷五《句曲外史张伯雨墓志铭》）

是年，尝迎侍母夫人童氏来杭州。

张雨《送黄先生归乌伤序》："至正元年，国子先生黄公提举江浙儒学，迎侍母夫人来钱塘，时夫人八十有六……未几，夫人还义乌里第。"（《黄文献公集》卷十二附录）

秋，任乡试考官。

《金华集》卷三十九《乐平朱君墓志铭》："至正元年（1341）秋，予与建德推官李君灿同较文乡闱……"

至正二年壬午（1342），晋卿六十六岁。
是年，在杭州江浙儒学提举任。
二月，与同郡士大夫等四十一人会于南山。

《金华集》卷十《南山题名记》："婺之官学于杭者，每岁暮春必相率之南山展谒乡先达故宋兵部侍郎胡公墓……大德八年（1304）

春三月癸亥,会者四十有四人……逮今三十有九年……合同郡大夫士暨方外交四十有一人,以至正二年(1342)春二月癸亥,复会于南山。"

是年,柳贯卒。

晋卿与贯早岁同学文于方凤,交情深厚。《金华集》卷三十《翰林待制柳公墓表》:"溍与公居同郡,学同志,辱游于公为最久,知公最深。"戴良《九灵山房遗稿》卷一《柳待制墓表碑阴记》:"公(按指溍)少先生七岁,而其出游于耆老成人间,乃皆与先生接。及先生之历仕中外也,又未始不与之相先后,是盖交友中之最亲且久者。惟其交也久,故知之深;知之深故书之审,公非有私于先生也。良犹记寒夕宿先生斋阁中,先生拥衾语良曰:'予之交友满天下,然知我者莫若黄公。我死必求表其墓。'"《墓志铭》:"与同乡柳太常贯为文友,风节文章在柳上,人呼黄柳。"

按,柳贯(1270—1342),字道传,号乌蜀山人,婺州浦江人。受经于金履祥,学文于方凤。大德四年(1300)任江山教谕,延祐六年(1318)除国子助教,升博士,泰定元年(1324)迁太常博士,三年(1326)出为江西儒学提举,秩满归。至正元年(1341)起为翰林待制,明年卒。门人私谥文肃。有《柳待制文集》。《元史》附《黄溍传》。

是年,傅若金卒。

《金华集》有《送傅汝砺之安南》(卷五)、《送傅汝砺广州教授》(卷六)两诗。

按,傅若金(1303—1342),字汝砺,一字与砺,新喻人。顺帝即位,遣使安南,若金为参佐。还,授广州教授。工诗文,有《傅与砺诗文集》。《新元史》有传。

至正三年癸未(1343),晋卿六十七岁。
春,不俟引年,纳禄请归。

《宋状》:"至正三年(1343)春,先生始六十有七,不俟引年,亟上纳禄侍亲之请,绝江径归。"

六月,母童氏卒。

《金华集》卷四十《先考墓志铭后记二首》:"童氏金华大姓……父承信公娶俞氏,以宝祐四年(1256)六月十九日生先夫人。年二十归于先君,后先君十二年卒,至正三年(1343)六月十九日也。享年八十有八。"

俄有旨命预修辽金宋三史,丁内忧,不赴。除服,以中顺大夫秘书少监致仕。

见《宋状》。《先考墓志铭后记二首》:"……而廷议妙柬文臣付以史事,旁招疏贱,俾预讨论。使者及门,先夫人之殡在堂已九日矣。服除,乃拜秘书少监之命。"

至正四年甲申(1344),晋卿六十八岁。
是年,居家守制。
八月,吴师道卒。

见上文惠宗元统元年(1333)。

至正五年乙酉(1345),晋卿六十九岁。
是年,居家守制。
八月,携子赴杭州为父母买墓道之石,其间与杭州士大夫交往唱和。

陈元英《送黄先生归乌伤后序》:"今年秋八月,携子来钱塘,买石刻先君子太常府君并母夫人墓志铭,因得访故旧亲戚。而门生故吏来谒见,贺先生悬车致事……闻风而来,杂然请为文章者,殆无虚日……将归金华……郡之士人既赋歌诗为饯……"(《黄文献公集》卷十二附录)张雨《送黄先生归乌伤序》:"五年冬(按应为秋),

先生来钱塘,买石作先府君墓道之碑……碑事竟,载以东归。学士大夫与凡从游,以先生往日解印绶径去,人不得而知,弗获饯别,今咸欲为诗送焉……"(同上)杨维桢有《送金华黄先生归里序》(同上)亦作于同时。

  按,陈元英,生平不详。杨维桢(1296—1370),字廉夫,号铁崖,晚号东维子,山阴人。泰定四年(1327)进士,授天台县尹。至正初除杭州四务提举,转建德路推官,升江西儒学提举,未上。明初召诸儒考礼乐,洪武三年(1370)至京师,以疾请归。有《东维子文集》《铁崖古乐府》《丽则遗音》等。《明史》有传。晋卿与廉夫之交往颇密,廉夫撰晋卿《墓志铭》云:"太史考文江浙时,余辱与连房。卷有不可遗落者,必决于予。在杭提学时,谒文者填至,必取予笔代应,又不掩于人,曰:'吾文有豪纵不为格律囿者,此非吾文,乃杨廉夫文也。'自京南归时,予见于天竺山,谓予曰:'吾老且休矣,子《宋纪辨》已白于禁林,宋三百年纲目属之子矣。'"

是年,程端礼卒。

  《金华集》卷三十三《将仕佐郎台州路儒学教授致事程先生墓志铭》:"溍尝辱交于先生。"
  按,程端礼(1271—1345),字敬叔,号畏斋,鄞县人。以荐授建平县学教谕,累迁建康江东书院山长,除铅山州学教授,以台州路教授致事。有《读书分年日程》《畏斋集》。《元史》有传。

至正六年丙戌(1346),晋卿七十岁。
冬,被上旨,命落致仕,除翰林直学士、知制诰、同修国史、同知经筵事。

  《宋状》:"……居四岁,故湖广行省平章公朵而直班、今中书左丞相太平开府公力交荐之,被上旨着致仕,仍旧阶,除翰林直学士、知制诰、同修国史、同知经筵事,进阶中奉大夫。"《金华集》卷三十二《赠太常博士危府君墓志铭》:"……未几,上复用言者建白,妙选儒臣纂修三史,又以素为史官。史事既毕,中书奏以素为国子助教……至正六年（1346）也。其年冬，素以助教迁应奉翰林文字、文林郎、同知制诰兼国史院编修官，而溍以退休之余蒙恩召入，寓直词林，与素命同日下。"

至正七年丁亥（1347），晋卿七十一岁。
二月离家赴京，四月抵京，六月赴上京。

《金华集》卷四《丁亥春二月起自休致，入直翰林。夏四月抵京师，六月赴上京述怀》。《危碑》："至正七年（1347）六月至上京，中书传旨兼经筵官，召见仁慈殿。上语朵而直班曰：'文臣年老，正宜在朕左右。'"

至正八年戊子（1348），晋卿七十二岁。
正月，诏修本朝后妃、功臣列传，为总裁官。

《元史·顺帝纪》四："八年春正月……诏翰林国史院纂修后妃、功臣列传，学士承旨张起岩、学士杨宗瑞、侍讲学士（按，应为直学士，说详后）黄溍为总裁官。"《宋状》："在禁林，会修本朝后妃功臣传，先生为条陈义例，多所建明，士类服其精允。"

三月，为会试主考官。

《宋状》："先生尝预考江浙、江西、上都乡试，江浙则三往而一正其文衡。至是被上旨考试礼部，寻又为廷试读卷官，前后所甄拔者尽知名之士。"
按，据前文，晋卿于至正七年（1347）起自退休，入直翰林，至正十年（1350）四月离任返乡（见后文），其任会试主考官必在此一期间。《元史·选举志》附录："（至正）八年（1348）三月癸卯，廷试举人……"据此，晋卿为会试主考官正在本年三月。

夏，升侍讲学士、中奉大夫、知制诰、同知国史、同知经筵事。

见《危碑》。《宋状》:"进讲经筵者三十有二。经筵无专官,曰领、曰知,咸宰执近臣,讲文之述,率属先生订定,非有关于治道之大者,不敢上陈,其启沃之功为多。上嘉其忠,数出金织纹段赐之。"

按,《金华集》卷二十六《冀国公谥忠肃董公神道碑》作于至正八年(1348)夏四月,文中仍署"翰林直学士",是知晋卿升侍讲学士应在四月之后。

至正九年己丑(1349),晋卿七十三岁。
夏四月,上章求归,不俟报而行。上得知,遣使追还。

《宋状》:"九年(1349)夏四月,上章求归田里,不俟报而行。上闻知,遣使者追及武林驿,敦迫还京,复供前职。"《金华集》卷三十四《应中甫墓志铭》:"中甫之殁也,予方告老将退休田里,使者以召还之命追及予于钱塘,敦迫就道,无从申穗帷之一恸。"

按,《金华集》卷三十四《淮东道宣慰副使致仕王公墓志铭》:"公卒于至正八年(1348)正月癸亥……公既葬之明年,潜以久居词林,老不任事,纳禄而归。抵家甫一日而有召还之命。"卷三十二《奉训大夫……黄公墓志铭》:"……予亦以衰朽纳禄而归。抵家甫两日,俄有召还之命。"各说稍有抵牾。

孙潼发之孙裕来谒,为其祖求墓表,作《盘峰先生墓表》。

《金华集》卷三十《盘峰先生墓表》:"睦之桐庐有隐君子曰盘峰先生,以至大三年(1310)正月八日卒,年六十有七。越七年,乃克葬于县北大隐阡先墓之次,延祐三年(1316)十一月某日也。去年秋,潜以退休之余被命复出,舣舟桐庐驿,先生之孙裕来谒曰:'吾祖之葬,子之乡先生方公凤既为志于玄堂,而未有以表诸封隧,今三十有三年矣,惧愈久人无得而称焉,敢为子也请。'"按,黄潜早岁尝从孙潼发游,事见前元世祖至元二十九年(1292)。

至正十年庚寅(1350),晋卿七十四岁。

夏四月,得谢南归,自此家居。

《宋状》:"十年(1350)夏四月,始得谢南还。行中书为言于朝,给以半俸终身。公牍已具,而未及上。"

至正十二年壬辰(1352),晋卿七十六岁。
是年家居。
苏天爵卒。

晋卿与苏氏尝同朝为官[见前至顺二年(1331)],集中有与苏氏唱和之作多首。
按,苏天爵(1294—1352),字伯修,真定人。历官南台御史、礼部侍郎、集贤侍讲,仕至江浙行省参知政事。工诗文。有《滋溪文稿》《元朝名臣事略》等。《元史》有传。

方樗卒。

方樗(?—1352),字寿甫,一字子践,号北村。(戴良《九灵山房集》卷四《祭方寿父先生文》)其弟梓,字子发。樗、梓为晋卿先师方凤之子,三人交往密切,晋卿集中有与二人唱和之作多首。

至正十三年癸巳(1353),晋卿七十七岁。
是年家居。
编《义乌志》成。

《金华集》卷十九《义乌志序》:"……国朝统一函夏,县地入于职方已七十有八年……得元丰、咸淳二书,属溍重加诠次以传。溍衰朽荒疏,无能为役,乃俾王生祎、朱生濂合二书而参之郡乘……釐为七卷。"

至正十四年甲午(1354),晋卿七十八岁。
是年家居。

正月,《日损斋笔记》编成,宋濂为作序。

　　《宋学士全集》卷九《笔记序》:"金华侍讲黄公潜,以文辞冠于一代……晚出其绪余,随笔志之,号曰《日损斋笔记》。凡经史奥旨,昧者显之,讹者订之,辞虽优柔不迫,而难觉之疑,久蔽之惑,皆涣然而冰释……至正甲午(1354)春正月望日,门人同郡宋濂序。"

至正十五年乙未(1355),晋卿七十九岁。
是年家居。
文集于本年编成,贡师泰为作序。

　　贡序云:"翰林侍讲学士金华黄先生文集总四十三卷。其初稿三卷,则未第时……临川危素所编次也……(先生)今年七十又九,犹康强善饮啖,援笔骋驰如壮岁云。"(《金华集》卷首)
　　按,《宋状》谓晋卿"所著书有《日损斋初稿》三卷,《续稿》三十卷,《义乌志》七卷,《笔记》一卷";《危碑》谓"所著《文集》三十三卷,《义乌志》七卷,《笔记》一卷",所记文集卷数与贡序不合。今存《金华集》正为四十三卷,与贡序吻合。贡序作于晋卿生前,其时文集四十三卷已编成,为何卒后宋濂、危素等所记却少了十卷之数,原因未明,姑记之以俟后考。

至正十六年丙申(1356),晋卿八十岁。
是年家居。
夫人王氏卒。

　　《宋状》:"娶王氏……先一年卒。"

至正十七年丁酉(1357),晋卿八十一岁。
七月,江浙丞相达世贴睦迩,移书起先生商议中书省事,力辞不赴。

　　《宋状》:"十七年(1357)秋七月,今江浙左丞相金紫公达世贴睦迹方承制，司黜陟之柄，移书起先生咨议省事，以疾力辞。"

九月五日，卒于家。

《宋状》："闰九月五日薨于绣湖之私第，享年八十有一。"

葬于县东北崇德乡。

《宋状》："以是月十八日葬于县东北三里崇德乡东野之原，距嘉议府君墓仅十步。赠中奉大夫、江西等处行中书省参知政事护军，追封江夏郡公，谥文献。"

原刊台湾高雄中山大学《中山人文学报》2000年第10期

乙　稿

"书会" 别解

文学史上尚有许多未解之谜，宋元时期的书会就是其中之一。

何谓书会？似乎早已有了定论。钱南扬先生说："书会是宋金元时代编写戏剧话本等等的团体组织。"① 孙楷第先生说："宋元间文人结社，有所谓书会者，乃当时民间社会之一。其社虽亦以较论文艺为宗旨，而其讲求范围不外谈谐歌唱之词，所尚者风流而非风雅，故与诗社文社异。"② 冯沅君先生说："这时候，在杭州、永嘉、大都等地有所谓'书会'。书会似乎各有特殊的名字，如九山书会、武林书会等。它们常以剧本供给演剧者，因为所谓才人也者往往是这种剧团的成员。"③ 胡士莹先生说："从南宋到元代，说话和戏剧等伎艺相当发达，因此，当时就有专门替说话人、戏剧演员编写话本和脚本的文人，这些文人有自己的行会组织——书会。"④ 以上前贤所论，文字或有不同，但意思基本上是一致的：宋金元时期出现的书会，其性质属民间文艺家的行会组织，其功能则主要为演出团体编写文学脚本。这一结论几乎为所有文学史、戏曲史著作所承袭。

然而，一个无法回避的事实是，在存世文献中，我们根本无法找到哪怕一丝一毫关于书会是属于民间文艺家的行会组织的记载，更不用说这些组织的具体活动情形了。这并不是我们今天才有的困惑，孙楷第先生当年已有"元之书会组织情形，求之诸书，率无记载。……而吾人在今日言书会，则苦不能详"⑤ 的慨叹。

显然，现有的文献材料并不能确切无误地得出书会是民间文艺家行会

---

① 钱南扬校注：《永乐大典戏文三种校注·张协状元》，中华书局1979年版，第4页。
② 孙楷第：《也是园古今杂剧考》附录《元曲新考·书会》，上杂出版社1953年版，第388页。
③ 冯沅君：《古剧说汇·古剧四考跋》，作家出版社1956年版，第57～58页。
④ 胡士莹：《话本小说概论》，中华书局1980年版，第65页。
⑤ 孙楷第：《也是园古今杂剧考》附录《元曲新考·书会》，上杂出版社1953年版，第394页。

组织的结论。目前的结论不过是前贤对内涵不确定的材料进行解读的结果。宋元时期书会的真实面目，仍然笼罩在迷雾之中。

一

在正式讨论宋元时期所谓民间文艺家行会组织的书会之前，我们有必要先来谈谈宋代大量存在的另一类书会。

耐得翁《都城纪胜》"三教外地"条云："都城内外自有文武两学，宗学、京学、县学之外，其余乡校、家塾、舍馆、书会，每一里巷须一二所，弦诵之声，往往相闻。遇大比之岁，间有登第补中舍选者。"① 这里所说的书会，很明显，是与乡校、家塾、舍馆性质差不多的教学场所。

黄榦《勉斋集》卷一八有《与叶云叟书》，该书共两通，前通云：

> 吾友以妙年能力学自守，为异乡人所信向，殊可叹服，更幸勉之。……依本分教人子弟，以活其家，此最为上策。但亦须自治读书为文，令有教人之具，又须专心致志，以思所以教人之方，则书会庶可以长久也。②

后通云：

> 乡曲书馆可以接续子弟，得所矜示，事亲治家，往来良便，如是足矣。惟闲居更益厉所学为佳，读书向道乃终身事，不可自废也。③

据以上引文，受信人叶云叟显然是位教书先生，其教书的场所，一个称"书会"，一个则称"书馆"，可见，书会或书馆不过是同一事物的不同称谓而已。

书会作为对士子、蒙童的教育场所，在宋代十分流行。北宋李光有《戊辰（1088）冬，与邻士纵步至吴由道书会，所课诸生作梅花诗，以"先"字为韵，戏成一绝句。后三年，由道来昌化，索前作，复次韵三

---

① 〔宋〕耐得翁：《都城纪胜》，《影印文渊阁四库全书》本，台湾商务印书馆 1986 年版。
② 〔宋〕黄榦：《勉斋集》，《影印文渊阁四库全书》本，台湾商务印书馆 1986 年版。
③ 〔宋〕黄榦：《勉斋集》，《影印文渊阁四库全书》本，台湾商务印书馆 1986 年版。

首,并前诗赠之》① 一诗,这是迄今所见最早的书会记载,也是此类书会见于北宋的唯一记载。南宋时有关此类书会的记载则多得指不胜屈②,反映了宋代文化教育和科举应试教育的发达。

这里所说的作为教育场所的书会,与通常认为的民间文艺家行会组织的书会,由于名称的完全相同而引起了研究者的注意,他们试图找出两者之间的联系,于是,近年来"演变说"十分流行。所谓"演变说",即认为作为民间文艺家行会组织的书会是由作为教育场所的书会演变而来的。郭振勤先生的观点很有代表性:"书会是宋元士子、蒙童教学知识的组织。在自身的发展中,出于生活的需要,也由于戏文和杂剧的逐步成熟,其他伎艺的进一步壮大,文学性的加强,使书会中的不少人参与了戏曲剧本或其他伎艺底本的编撰。"③

这一分析看上去似乎合情合理。然而,遗憾的是,它并没有任何事实依据。我们在现存有关作为教育场所的书会的文献中,根本无法寻觅出任何参与民间文艺创作的蛛丝马迹,同样,在有关所谓民间文艺家行会组织的书会文献中,也找不到丝毫涉及文化教育的线索。因而,"演变说"的观点,只能是一种猜测和推理。

笔者认为,在没有发现新的材料之前,我们只能将它们视为两个不同

---

① 〔宋〕李光:《庄简集》卷七,《影印文渊阁四库全书》本,台湾商务印书馆1986年版。
② 〔宋〕王十朋《梅溪王先生文集·后集》卷十七《悼亡》诗注云:"予一日忽言穷,令人曰:'君今胜作书会时矣,不必言穷。'予悦其言,盖死之前数日矣。"(《四部丛刊初编》本,上海书店1989年版)又,叶适《通直郎致仕总干黄公行状》:"君讳亨,字鼎瑞,吴郡人。……既冠,人太学,文义益通达。吴中大书会稀少,至君学蚤成,后生慕从常百余人,勤学诱掖,一变口耳之习,其荐名有名多君门下,他师不敢望也。"(《水心先生文集》卷二十六,《四部丛刊初编》本,上海书店1989年版)又,杨万里《诚斋集》卷一三三附《谥文节公告议》,记杨万里之子述万里临终前一天情形,云:"忽有族侄杨士元者,端午节自吉州郡城书会所归省其亲,五月七日来访先臣万里,方坐未定,遽言及邸报中所报佽青用兵事……"(《四部丛刊初编》本,上海书店1989年版)又,朱熹《朱子语类》卷八十四"礼一"" 论修礼书"条,记朱熹与黄商伯书云:"若渠今年不作书会,则烦为道意,得其一来为数月留,千万幸也。"同书卷一○九《朱子六》"论取士"条:"可学曰:'神宗未立三舍前,太学亦盛。'曰:'吕氏《家塾记》云,未立三舍前,太学只是一大书会,当时有孙明复、胡安定之流,人如何不趋慕。'"同书卷一一七《朱子十四》"训门人五"条:"临行拜别,先生曰:'安卿今年已许人书会,冬间更须出行一遭。'"(中华书局1994年版,第2192、2692、2832页)
③ 郭振勤:《宋元"书会"考辨》,载《河南大学学报》1991年第5期,第43～46页。持相似看法的还有吴戈《"书会才人"考辨》,载《上海师范大学学报》1988年第4期,第70～76页;吴晟《"书会"补说与"才人"辨正》,载《文献》2000年第3期,第124～131页。

类型又毫不相干的书会。作为教育场所的书会，当属于教育史的研究课题，拙文暂不拟做进一步讨论。

二

对宋元书会的研究由于缺乏材料而陷入困境。当然，这里所指的材料主要是指文本材料。对大多数研究来说，在缺乏文本材料的情况下，研究是不可能再进行下去了。但是，对于戏曲和曲艺这类民间艺术来说，却未见得如此。戏曲和曲艺的独特之处在于，不管有没有文本文献的记载，其演出活动自宋元以来一直活跃于民间，从未中断过。这一历史长河就是活的文本，它提供了丰富的材料，不同之处只是在于，这些材料不是以文本的形式，而是以鲜活的、动态的形式呈现出来。如果我们只关注于文本材料而忽视这些鲜活的、动态的材料，不能不说是一个巨大的缺憾。正如遗传学所认为的，不管子孙后代长相、性格如何变异，祖辈的基因仍然存在于他的身上，这是无法改变的。在这方面，文化的传承与人类的遗传极为相似。也就是说，我们从今天的民间戏曲和曲艺的演出活动中仍然可以寻绎出某些一脉相承的因子，通过剖析这些因子，仍然可以在一定程度上还原宋元时期戏曲和曲艺演出活动的本来面目，就像生物学家通过对化石的研究来还原古生物的形态和生活环境一样。就算不可能百分之百地相似，起码也有部分相似。对这些材料加以研究，也许仍不能找到问题的最终答案，但它有助于活跃思路，开阔视野，这对问题的最终解决，也是不无益处的吧。

河南省宝丰县马街村至今年年举行的书会活动就是这样的一块"活化石"。

马街村，位于宝丰县城南约十五里处。每年农历正月十三，河南省各地及安徽、河北、山东、湖北、陕西、四川等省成百上千的民间艺人，汇聚此地，他们负鼓携琴，说书会友，弹唱献艺。当地人将其称之为马街书会。在书会上演出的戏曲、曲艺种类多达十余种，其中有豫剧、曲剧、评书、道情、三弦书、河南坠子、山东快书、陕西秦腔、湖北渔鼓等。每当书会举行的日子，方圆百里的赶会者，密布于马街村边广阔的田野里，说拉弹唱声、鼓梆丝弦声，汇成了欢乐的海洋。

新编《宝丰县志》提到了马街书会形成的历史，云："马街书会源远流长。据马街村广严寺及火神庙碑刻记载，此会源于元延祐年间

(1316)，至今已近700年。"① 这段话引起了笔者极大的关注。为了对马街书会有更清晰的了解，笔者于2001年5月和2002年2月两次赴宝丰做实地考察。新编《宝丰县志》中提到的广严寺、火神庙及其碑刻自然是考察的重点所在。

广严寺是一座独立于民居间的小寺，占地80～90平方米，建筑格局与当地普通民居并无明显区别，看上去比较残破。内里供奉着三尊佛像。寺前一左一右，各立有一尊石碑，高约2米，宽60厘米左右，字迹依稀可辨。两碑均刻于明孝宗弘治九年（1496），撰者为宝丰县儒学教谕天台人许崇仁。左碑名《广严寺住持行实记》，主要记述住持僧崇修重建广严寺及扩大寺产的功德；右碑名《重建广严禅寺记》，记载了该寺的沿革，其中云："宝丰县治南拾里，有居民所居之地曰马渡店，中有古寺曰广严禅寺，实创始于宋延祐二年，向后废而复兴者几。"马渡店，即马街之古称，因村外有应河古渡口而得名，是古代洛阳、禹州等地通往南阳的必经之地。碑文中的"宋延祐二年"存在明显错误。考宋仁宗有景祐、皇祐、嘉祐等年号，哲宗有元祐年号，理宗有淳祐、宝祐年号，恭宗有德祐年号，但并无以"延祐"为年号的，延祐是元仁宗的年号，故此句显然应作"元延祐二年"。碑文以"元"为"宋"，或许是笔误，但刻碑的时间距元代并不远，当不致发生这样明显的错误；抑或别有他意，尚待深究。除此之外，碑文还记载了广严寺周围的景观、僧崇修的操履道行，以及重建广严寺之始末，然通篇碑文中并没有发现有关书会活动的记载。

火神庙在距村约一里许的应河旁，建筑较新。据徐九才先生（原宝丰县文化局办公室主任，现已退休）介绍，原建筑在新中国成立初被拆，现在的建筑是近年重建的。庙前原立有四块石碑，20世纪50年代，村民造桥时被用来铺设桥面，现在虽然被重新起了出来，但由于常年人迹车辙的磨损，早已字迹漫漶而无法辨认。由于原来的碑文内容没有记载下来，这些石碑上是否记有元代书会活动的情况，也无从查考了。

在实地考察中，新编《宝丰县志》中提到的元代延祐年间书会已形

---

① 宝丰县史志编纂委员会编：《宝丰县志》，方志出版社1996年版。以下凡提到新编《宝丰县志》均指此志，不再另外注出。

成规模的碑文没有得到证实。查阅今存的几种清代县志①，亦未见有书会的记载。我在当地看到的有关马街书会最早的文献，是由县文联主办的马街书会会刊《书山曲海》1997年创刊号上郭靖尘的文章《神奇的马街和书会探密》中披露的清人司士选的一首诗。司士选为马街村人，清代同治年间曾任南阳府学教谕。该诗原刻在马街村附近应河河床上古代宝丰八景之一的"雅集石"上，其后人至今珍藏着该诗的拓版。其诗云："五老同游应水涯，车集雅集景堪夸。鱼跃缘波声随浪，堤边酌酒柳飞花。石上题诗苔结字，滩静鸥眠影在沙。年年书会来相聚，醉归仍到夕阳斜。"从诗句"年年书会"来看，至少在清代当地确实有年年举行书会的传统。

然而，书会形成于元代延祐年间的说法又是从何而来的呢？在当地长期从事群众文化工作的徐九才先生认为，主要还是来自老百姓祖祖辈辈的传说。据徐先生介绍，当地关于书会起源的传说并不止一种，还有夏禹说、商周说、东汉说等多种，但以元代延祐说影响最大。前数种传说由于历史久远又缺乏事实依据而显得虚无缥缈。而元代延祐说，由于有建于其时的广严寺，以及马街村地处交通要道、人烟稠密、商旅辐辏等多种因素综合考量而显得可信。因而，目前无论民间还是官方均采用了此说。

马街村的书会活动实况是考察的又一重点。2002年农历正月十三，笔者亲临现场观摩书会活动，对其规模之大，各种民间曲艺表演之丰富多彩，以及群众参与的热情之高，有了切身的体会。下面根据县文化局有关材料，结合本人的观察，对马街书会做一简要介绍。

（1）群众性。群众的广泛参与是马街书会给我的第一个深刻印象。每年参会的艺人都以成百上千计，来自河南、湖北、安徽、陕西、江苏、山东、四川、甘肃等十数个省的数十个县。据新编《宝丰县志》记载，清同治二年（1863），赶会艺人均到火神庙进香，"香案上放一大斗，每个艺人进香资一文，不得不进，也不准多进。事后一数，共计两串七，即赶会的艺人达2700人"。以下是新编《宝丰县志》所载1980—1987年参会艺人人数统计：

---

① 〔清〕马格修、李弘志纂《重修宝丰县志》五卷，乾隆八年（1743）刻本；〔清〕陆蓉修、武艺纂《宝丰县志》二十四卷，嘉庆二年（1797）刻本；〔清〕李彷梧修、耿兴宗、鲍桂征纂《宝丰县志》十六卷，道光十七年（1837）刻本。

年度/年	1980	1981	1982	1983	1984	1985	1986	1987
人数/人	780	550	610	650	580	790	950	750

2002年赶会者数尚未统计出来，但据宝丰县委宣传部部长陈银山同志介绍，起码在千人以上。赶会者中有市县一级的专业文艺团体，也有乡社、企业的业余文艺团体，还有许多个体艺人。至于来观看书会的群众，每年都在十数万人以上。以今年为例，从宝丰县城到马街村约十五里的公路上，人群摩肩接踵，如潮水般翻滚涌动，而书会活动的现场——马街村外火神庙方圆数里的麦田里，更是人山人海，万头攒动，蔚为大观。这种群众广泛参与的程度，恐怕是任何官方所组织的文艺活动所无法比拟的。

（2）包容性与开放性。各种剧种和曲艺汇聚一场，兼收并蓄，争奇斗艳，是马街书会给我的又一深刻印象。新编《宝丰县志》提到的曲艺种类就有河南坠子、湖北渔鼓、四川清音、山东琴书、凤阳花鼓、南阳大调、徐州琴书、三弦书、大鼓书、评书、乱弹、道情等十余种。尤为引人瞩目的是其表演形式，无论是团体还是个人，其表演场地均称作"棚"。所谓"棚"，好一点的是临时搭建的简易舞台，大多数则是因陋就简——拖拉机上、板车上、条凳上，甚至就站在地上表演说唱，总之是有一处表演就叫一棚，观众则或坐着或站着围观，在各棚之间自由流动，寻找自己喜欢的艺人和节目。从观众的多少就能看出哪个艺人或节目受欢迎。以下是新编《宝丰县志》所载1980—1987年书会的棚数统计：

年度/年	1980	1981	1982	1983	1984	1985	1986	1987
棚数/个	350	276	283	290	260	360	430	360

（3）深厚的传统和顽强的历史生命力。这是马街书会给我的第三个深刻印象。马街书会能够绵延七百年而不衰，深厚的民间文化传统是其生命延续的血脉。据新编《宝丰县志》的记载，书会最盛的时候是在清代中叶。清末民初，豫西连遭灾荒战乱，书会虽曾一度萧条冷落，却从未间断。"文革"期间，书会活动被取缔，但来自各地的艺人仍坚持在马街一带游乡串户，群众暗地里留他们食宿、演唱。艺人临门，情同亲友，管吃管住，不取分文。艺人到了马街就像回到了家，进村就唱，不收戏钱，他

们同这里的乡亲情同手足，有的艺人还在这里结下亲缘，留下"书为媒、曲联姻"的佳话。

三

将马街书会誉为"活化石"，可谓形象而又贴切的说法。尤可注意的，是"书会"这一名称的含义。从上面介绍的情况来看，这里所说的书会之"书"，显然是对各种戏曲、曲艺种类的统称，是对它们均具有叙事性——或唱或演故事这一特征的概括，与子弟书、木鱼书、大鼓书之"书"意思相似。当然，马街书会活动中也夹杂了一些非叙事性的表演——杂耍之类，但戏曲和曲艺无疑是书会活动的主体。书会之"会"则是指这些戏曲、曲艺种类的同场会演，与庙会之"会"意思相当。显然，这与通常将书会之"会"解释为组织、团体是明显不同的。

宋人孟元老在《东京梦华录》中曾详细描述过开封瓦肆的表演活动：

崇、观以来，在京瓦肆伎艺：张廷叟、孟子书，主张；小唱，李师师、徐婆惜、封宜奴、孙三四等，诚其角者；嘌唱，弟子张七七、望京奴、左小四、安娘、毛团等；教坊减罢并温习，张翠盖、张成；弟子薛子大、薛子小、俏枝儿、杨总惜、周寿奴、称心等，般杂剧；杖头傀儡，任小三，每日五更头回小杂剧，差晚看不及矣；悬丝傀儡，张金钱，李外宁，药发傀儡；张臻妙、温奴哥、真个强、没勃脐、小掉刀，筋骨上索；杂手伎，浑身眼、李宗正、张哥；球杖踢弄，孙宽、孙十五；曾无党、高恕、李孝详，讲史；李慥、杨中立、张十一、徐明、赵世亨、贾九，小说；王颜喜、盖中宝、刘名广，散乐；张真奴，舞旋；杨望京，小儿相扑杂剧；掉刀蛮牌，董十五、赵七、曹保义；朱婆儿、没因驼、风僧哥、俎六姐，影戏；丁仪、瘦吉等，弄乔影戏；刘百禽，弄虫蚁；孔三传，耍秀才诸宫调；毛详、霍伯丑，商谜；吴八儿，合生；张山人，说诨话；刘乔、河北子、帛遂、吴牛儿、达眼五、重明乔、骆驼儿、李敦等，杂班。外入孙三，神鬼；霍四究，说三分；尹常卖，五代史，文八娘，叫果子。其余不可胜数。不以风雨寒暑,诸棚看人,日日如是。①

这种多种伎艺同场会演的情景,对比马街书会,何其相似乃尔!甚至演出场所的称谓都叫作"棚"!所不同的只是,一个是在城市的固定演出场所——瓦肆,另一个则是天当幕地作台的乡村。两者的相似以及书会在元代延祐年间即已形成的口传历史,不能不使我们做这样的推测:今天马街书会的活动形式正是从当年延续下来的,至少是带有当年活动形式的某些成分。这就启发我们对原有的书会材料做一番新的审视和解读。

例一《张协状元》第一出末白【满庭芳】:"……《状元张协传》,前回曾演,汝辈搬成。这番书会,要夺魁名,占断东瓯盛事,诸宫调唱出来因。"② 这条材料中所说的书会,若是指组织或团体,用"番(次)"这一量词是说不通的。如果把它视作会演活动,问题就解决了,其意为:在这次书会会演活动中,要夺第一。而"占断东瓯盛事"者,所指的是一次盛大活动的意思也十分明显。

唱词中的"要夺魁名"云云,也有进一步深究的必要。天一阁抄本《录鬼簿》贾仲明为关汉卿所作挽词云:"驱梨园领袖,总编修师首,捻杂剧班头。"为马致远所作挽词云:"战文场曲状元,姓名香贯满梨园。"这些评价与"魁名"的意思相近。过去我们一般将这些评价理解为推崇赞美之词,其实宋元时期戏曲和伎艺演出中的确存在着竞赛和评比的情况,庄绰的《鸡肋编》就记载了一个生动的例子:

> 成都自上元至四月十八日,游赏几无虚辰。使宅后圃名西园,春时纵人行乐。初开园日,酒坊两户各求优人之善者,较艺于府会,以骰子置于合子中撼之,视数多者得先,谓之"撼雷"。自旦至暮,唯杂戏一色。坐于阅武场,环庭皆府官宅看棚,棚外始作高橙,庶民男左女右,立于其上如山。每诨一笑,须筵中哄堂,众庶皆噱者,始以青红小旗各插于垫上为记。至晚,较旗多为胜。若上下不同笑者,不

---

① 〔宋〕孟元老:《东京梦华录》卷五"京瓦伎艺"条,商务印书馆1959年版,第137~138页。
② 钱南扬校注:《永乐大典戏文三种校注》,中华书局1979年版,第2页。

以为数也。①

这就是完全以观众的喜好来区分高下优劣。有趣的是，马街书会每次会演活动也都要定出一位"书状元"，据新编《宝丰县志》记载，1980—1987年的"书状元"依次为王树德、杜萍、郝桂萍、谢素芳、赵玉萍、胡润之、潘玉仙和王巧珍。当选"书状元"的依据是其卖出节目的价码。马街书会的活动形式有点类似于今天的商品交易会，艺人的表演是完全免费的，而当某一台节目被人看中，要请到其他地方去演出时，就要谈价钱了。节目越精彩，现场观众的反应越热烈，价码也就越高。例如，1987年的书会，安阳市曲艺团王巧珍一棚四人，卖出节目的价码是五百元，是该年书会最高的价码，故当选为"书状元"。② 当然，目前我们还无法证明这种确定"书状元"的做法是自古以来就有的，但是我们也不能否认其中有古代传统延续的因素。从这个角度看，贾仲明对关汉卿、马致远等人所说的不仅是一般的赞美之词，很可能也是指他们创作的作品在类似的书会活动中很受欢迎，夺过魁名。

例二 周密《齐东野语》卷二十"隐语"："古之所谓廋词，即今之隐语，而俗所谓谜。……又有以今人名藏古人名者云：人人皆戴子瞻帽（原注：仲长统），君实新来转一官（原注：司马迁），门状送还王介甫（原注：谢安石），潞公身上不曾寒（原注：文彦博）。……然此近俗矣。若今书会所谓谜者，尤无谓也。"③ 这条材料中出现的书会，若是理解为组织或团体，那么接下来的"谜"就应该指作谜语的人。而细味其文意，这个"谜"字显然指的是具体的艺术种类谜语。如果照前一种理解，两者的搭配十分别扭。如果把它视作活动，意思就顺了，它指的是在书会演出活动中谜语这一伎艺种类。

例三 天一阁抄本《录鬼簿》"李时中"下有贾仲明所补挽词，云："元贞书会李时中、马致远、花李郎、红字公，四高贤合捻《黄粱

---

① 〔宋〕庄绰撰、萧鲁阳点校：《鸡肋编》，中华书局1983年版，第20～21页。

② 参见王碣石《我所经历的一次马街书会》，载宝丰县文联编辑马街书会会刊《书山曲海》，2002年2月24日。

③ 〔宋〕周密：《齐东野语》，中华书局1983年版，第378～380页。

梦》。"① 这条材料一直以来被解读为李时中等四人均属于冠名为"元贞"这一书会的成员，他们合作撰写了《黄粱梦》杂剧。单就这一条材料而言，似乎的确存在着一个叫作"元贞书会"的创作组织；然而我们还注意到，天一阁抄本所录贾仲明的挽词提到"元贞"的尚有多处，我们应将它们联系起来做综合考察，而不能只将这一句孤立出来。其赵公辅挽词云"儒学提举任平阳，公辅先生天水郎，元贞、大德乾元象"，赵子祥挽词云"一时人物出元贞，击壤讴歌贺太平。传奇乐府新时令，锦排场起玉京"，李郎挽词云"乐府词章性，传奇么末情；考兴在大德、元贞"，赵明道挽词云"钟公《鬼簿》应清朝，《范蠡归湖》手段高。元贞年里，升平乐章歌汝曹，喜丰登雨顺风调"，狄君厚挽词云"元贞、大德秀华夷，至大、皇庆锦社稷，延祐、至治承平世。养人才编传奇，一时气候云集"，顾仲清挽词云"唐虞之世庆元贞，高士东平顾仲清"。以上所有提到元贞的地方，毫无例外都是指年号，故与"大德""至大""皇庆""延祐""至治"等年号连用，而唯有李时中挽词中的"元贞"是书会名，这是不合逻辑的。关于这一点，幺书仪先生已做过令人信服的考辨②。因此，将这句话理解为在元贞年间的书会活动中，李时中等四人合作撰写了《黄粱梦》杂剧，可能更符合实际。

例四贾仲明《书〈录鬼簿〉后》说钟嗣成"载其前辈玉京书会，燕赵才人、四方名公士夫编撰当代时行传奇、乐章、隐语"③，这句话常被解读为在元朝京城大都存在一个名为"玉京书会"的创作组织。幺书仪先生指出，"玉京"是大都的代称，而不是具体书会组织的名称。④ 笔者完全同意这一判断。笔者想进一步指出的是，所谓玉京书会，同样可以解读为在元朝京城大都举行的书会会演活动。在这一大型会演活动中，有大量燕赵籍的才人和四方有名作家参与其中，"编撰当代时行传奇、乐章、隐语"。笔者甚至认为，这个玉京书会与例三所说的元贞年间的书会活动

---

① 〔元〕钟嗣成：《录鬼簿》卷上，古典文学出版社1957年版，第23页。以下所引贾仲明挽词均据此本，不另出注。
② 参见幺书仪《元人杂剧与元代社会》附录《〈录鬼簿〉贾仲明吊词三释》，北京大学出版社1997年版，第249～254页。
③ 〔元〕钟嗣成：《录鬼簿》，古典文学出版社1957年版，第5页。
④ 参见幺书仪《元人杂剧与元代社会》附录《〈录鬼簿〉贾仲明吊词三释》，北京大学出版社1997年版，第249～254页。

很可能就是一回事，因它在元贞年间最为兴盛，故被后人称为元贞书会；因书会活动的地点在大都，故又被称作玉京书会。而这正是公认的元杂剧创作繁荣的顶峰时期。由此也可看出，元杂剧创作的繁荣与书会活动的繁盛实有着相辅相成的关系。

例五周密《武林旧事》卷六"诸色伎艺人"条有"书会"一目，云："李霜涯（原注：作赚绝伦）、李大官人（原注：谭词）、叶庚、周竹窗、平江周二郎（原注：猢狲）、贾廿二郎。"① 这是被引用最多的一条书会材料，历来被当作存在着书会这种民间文艺家行会组织的证据来使用。但是，这条材料本身实在无法让我们得出存在着一个组织或团体的结论。不少研究者都对这一结论表示过怀疑，像吴戈先生就曾指出："这种'书会'，是指从事某种伎艺活动的个人，而不是一种艺术团体。"② 这一观察是很敏锐的。但是，由于他没有注意到"诸色伎艺人"条的内在结构，因此最终没有对这一问题做出令人信服的解释。

为了更清楚地认识这个问题，现将"诸色伎艺人"条移录于下（为节省篇幅计，只录子目，略去人名）：

御前应制　御前画院　棋待诏　书会　演史　说经诨经　小说　影戏　唱赚　小唱　丁未年拨入勾栏弟子嘌唱赚色　鼓板　杂剧　杂扮　弹唱因缘　唱京词　诸宫调　唱耍令　唱拨不断　说诨话　商谜　覆射　学乡谈　舞绾百戏　神鬼　撮弄杂艺　泥丸　头钱　踢弄　傀儡　顶橦踏索　清乐　角抵　乔相扑　女颩　使棒　打硬　举重　打弹　蹴球　射弩儿　散耍　装秀才　吟叫　合笙　沙书　教走兽　教飞禽虫蚁　弄水　放风筝　烟火　说药　捕蛇　七圣法　消息

细绎"诸色伎艺人"条的排列结构，不难看出，其中有着十分清晰的内在逻辑关系。全条所列的五十五个子项，明显分为两大部分。前三项"御前应制""御前画院""棋待诏"为第一部分，说的是宫廷伎艺人，这可以从名目"御前""待诏"等用词上看出来。自第四项"书会"以下，为第二部分，说的全都是民间伎艺人，这也是一目了然的事情，无须

---

① 〔宋〕周密：《武林旧事》，西湖书社1981年版，第105页。
② 吴戈：《"书会才人"考辨》，载《上海师范大学学报》1988年第4期，第71页。

多做解释。存在歧义的问题是,民间伎艺人这一部分共有五十二个子项,其中除了"书会"一项外,其余的都是具体的伎艺种类,如"演史""说经诨经""小说""影戏""杂剧""诸宫调""商谜"等,而"书会"显然不是伎艺种类,作者何以不仅将其排列其中,还置于所有民间伎艺的最前面呢?这一排列方式,大有深究的必要。笔者以为,将"书会"置于所有民间伎艺的最前面,所起的是统摄的作用,即"书会"以下的所有民间伎艺种类全部属于"书会"这一大的范畴之下。这和我们所认为的书会是包括戏曲在内的多种民间伎艺的会演活动的看法是相一致的。而"书会"目下所列的六个人,则很有可能是指书会的组织者,即所谓的"会首"①。至于其中三人名下"作赚绝伦""谭词""猢狲"等注释,可能是因为他们不仅是组织者,同时也擅长某一类伎艺的缘故吧。②

　　以上五个事例均有助于说明"书会"并不是民间艺人的行会组织,而是包括戏曲在内的多种伎艺的会演活动。其实,今存宋元间有关书会的材料,大多都可以作如是看。例如,贾仲明吊萧德祥挽词云"武林书会展雄才",其意可释为:在武林(杭州)书会活动中,萧德祥展示了他的杰出才华。百二十回本《水浒传》第一百一十四回:"看官听说,这回话,都是散沙一般。先人书会留传,一个个都要说到……"③这是说,这一回书,在前代书会活动时曾表演过,一直流传到今天。《张协状元》第二出【烛影摇红】曲:"九山书会,近目翻腾,别是风味。"其意可以理解为,在九山这个地方的书会活动中,(这个剧与以前相比)新近又有了修改和变化,别有一番风味。九山,为永嘉地名。④ 九山书会很可能是温州地区具有巨大影响的民间伎艺会演活动,故艺人以曾在九山书会演出相标榜,向观众炫耀。

---

　　① 据新编《宝丰县志》记载:"马街村九十多岁的清代老人司老八讲述,其祖父司世选爱好诗赋,酷爱曲艺。告老还乡后的当年,适逢马街书会之际,他请了三台大戏为书会助兴,被举为'会首',称'司总管'。"这种举会首的形式,想必也是传统的延续。
　　② 〔宋〕吴自牧《梦粱录》卷二十"妓乐":"今杭城老成能唱赚者,如宴四官人、离七官人、周竹窗……"(浙江人民出版社1984年版,第193页)由此可知,周竹窗亦为擅唱赚者,故擅长某种伎艺的应为四人。
　　③ 据《水浒全传》本,上海人民出版社1975年版,第1349页。
　　④ 参见钱南扬校注《永乐大典戏文三种校注·张协状元》第一出注1,中华书局1979年版,第4页。

四

　　谈到书会，不能不提到才人，因为一直以来都是把其作为书会这一组织或团体的成员来看待的。如果按我们上面所推测的那样，书会只是民间伎艺的会演活动，那么，才人也就不是所谓组织或团体的成员，而是时人对活跃在书会活动中，为戏曲和各种伎艺撰写或修改脚本的下层知识分子的泛称。也就是说，当人们说到书会才人的时候，其意是指栖身于书会活动中，以舞文弄墨为生的一类人。由于他们并不归属于某个具体组织或团体，因此对他们的称呼也是不确定的。有时称"书会才人"，如明成化刊本《新编刘知远还乡白兔记》："亏了永嘉书会才人，在此灯窗下，磨得墨浓，蘸得笔饱，编成此一本上等孝义故事。"① 有时称"书会先生"，如《清平山堂话本》卷二《简帖和尚公案传奇》："当时推出这和尚来，一个书会先生看见了，就法场上做了一只曲儿。"② 或只称"才人"，如钟嗣成《录鬼簿》就把除了前辈名公之外的参与过杂剧写作的作家都称为才人。又如南戏《宦门子弟错立身》题"古杭才人新编"③。或径称"书会"，如南戏《小孙屠》题"古杭书会编撰"④，百二十回《水浒传》第四十六回："后来蓟州城里书会们备知了这件事，拿起笔来，又做了这首《临江仙》词。"⑤ 总之，长期以来，我们主观地认定书会是民间文艺家的行会组织，才人是这一组织的成员；与此同时，我们又为找不到这种"组织"存在的证据而苦恼。其实，这种"组织"也许压根儿就是不存在的。但是，在民间的书会活动中，有大量的"才人"活跃其间，却是不争的事实。由此可以看出，随着戏曲和各种民间伎艺创作和演出的繁荣，一个新的社会行当应运而生了。一方面，书会活动的兴盛，使戏曲和各种民间伎艺急需脚本的供应和艺术上的提升，以应付日益扩大的社会需求；另一方面，被抛离仕宦轨道的落魄知识分子在这里找到了用武之地，获得了新的谋生手段。两者之间的这一良性互动，为戏曲和各种民间伎艺的不断发展提供了巨大动力。

---

① 王季思主编：《全元戏曲》第 9 册，人民文学出版社 1999 年版，第 438 页。
② 〔明〕洪楩编、王一工标校：《清平山堂话本》，上海古籍出版社 1992 年版，第 11 页。
③ 引自钱南扬校注《永乐大典戏文三种校注》，中华书局 1979 年版，第 219 页。
④ 引自钱南扬校注《永乐大典戏文三种校注》，中华书局 1979 年版，第 257 页。
⑤ 据《水浒全传》本，上海人民出版社 1975 年版，第 579 页。

拙文将河南省宝丰县马街村至今仍年年举行的书会活动视为历史的延续，并以此为参照，对现存有关宋元书会的材料做了新的解读。应该说，新的解读的结果令人振奋，一些以往模糊不清的问题逐渐清晰起来。这充分说明了当研究处于困境的时候，尝试运用不同的方法，改变固有的思维定式，往往会取得意想不到的结果。当然，必须承认，笔者所做的新的解读，由于文本材料的缺乏，从总体上说，仍然以猜测的成分为多，它能够解释得通现今所知的有关宋元书会的大多数材料，但仍有少部分材料不能得到圆满解释，更不敢说已找到了最接近事实的答案。笔者作此文的出发点绝无哗众取宠之心，实存实事求是之意。由这篇小文而引起讨论，活跃研究思路，并最终有助于这个问题的解决，乃是笔者最大的期望。

（附记：笔者两次赴河南省宝丰县马街村的考察，得到郑州市交通银行李恒义先生、宝丰县委宣传部领导和宝丰县文化局办公室原主任徐九才先生的协助，并提供便利，谨表谢忱。）

原刊《文史》2003年第2辑（总第63辑）

戴善夫《陶学士醉写风光好》杂剧本事嬗变探微

——从杂传故事到通俗文学的个案考察

一

元人戴善夫《风光好》杂剧叙宋初陶谷出使南唐，被韩熙载等设美人计色诱的故事，其本事多认为出自北宋郑文宝之《南唐近事》与释文莹之《玉壶清话》。《南唐近事》载：

> 陶谷学士奉使，恃上国势，下视江左，辞色毅然不可犯。韩熙载命妓秦弱兰，诈为驿卒女，每日弊衣持帚扫地，陶悦之，与狎，因赠一词名《风光好》，云："好因缘，恶因缘，只得邮亭一夜眠？别神仙，琵琶拨尽相思调，知音少，待得鸾胶续断弦，是何年？"明日，后主设宴，陶辞色如前，乃命弱兰歌此词劝酒。陶大沮，即日北归。①

《玉壶清话》云：

> 朝廷遣陶谷使江南，以假书为名，实使觇之。李相密遗（韩）熙载书曰："吾之名从五柳公，骄而喜奉，宜善待之。"至，果尔容色凛然，崖岸高峻，燕席谈笑，未尝启齿。熙载谓所亲曰："吾辈绵历久矣，岂烦至是耶？观秀实公，非端介正人，其守可隳，诸君请观。"因令宿留，俟写六朝书毕，馆泊半年，熙载遣歌人秦弱兰者，诈为驿卒之女以中之。弊衣竹钗，旦暮拥帚洒扫驿庭。兰之容止，宫

---

① 〔宋〕郑文宝：《南唐近事》，见《中国野史集成》编委会、四川大学图书馆编《中国野史集成》第四册，巴蜀书社1993年版，第600页。

掖殆无。五柳乘隙因询其迹。兰曰："妾不幸夫亡无归，托身父母，即守驿翁姬是也。"情既渎，失慎独之戒，将行翌日，又以一阕赠之。后数日，宴于澄心堂。李中主命玻璃巨钟满酌之，谷毅然不顾，咸不少霁。出兰于席，歌前阕以侑之，谷惭笑捧腹，簪珥几委，不敢不釂，釂罢复灌，几类漏卮，倒载吐茵，尚未许罢。后大为主礼所薄，还朝日，止遣数小吏携壶浆薄饯于郊。迫归京，鸾胶之曲已喧，陶因是竟不大用。其词《春光好》云："好因缘，恶因缘，奈何天，只得邮亭一夜眠？别神仙，琵琶拨尽相思调，知音少，待得鸾胶续断弦，是何年？"①

上引两条材料或略或详，但其主要人物与情节是一致的，与戴善夫《风光好》杂剧比勘，亦可见其一脉相承之迹。治曲者视其为《风光好》杂剧的本事②，显然是不错的。

然而，被治曲者所忽视的是，在这一故事的流传过程中，并不仅有以上一种说法，据笔者考察，至少还存在着两种不同版本，其一为龙衮《江南野史》。其文云：

> 曹翰使江南，惟事严重，累日不谈笑。后主无以为计。韩熙载因使官妓徐翠筠为民间妆束，红丝标杖，引弄花猫以诱之。翰见，果问主邮者："此女为谁？"伪对曰："娼家。"翰因留之。至旦去，与金帛无所受。曰："止愿得天使一词以为世宝。"不得已，撰《风光好》遣之。翰入谢，留宴，使妓歌此词。翰知见欺，乃痛饮数月而归。③

---

① 〔宋〕释文莹：《玉壶清话》，中华书局1984年版，第41～42页。
② 张庚主编《中国大百科全书·戏曲曲艺卷》（中国大百科全书出版社1983年版）、庄一拂《古典戏曲存目汇考》（上海古籍出版社1982年版）、邵曾祺《元明北杂剧总目考略》（中州古籍出版社1985年版）、李修生主编《古本戏曲剧目提要》（文化艺术出版社1997年版）等均采此说。
③ 丁传靖《宋人轶事汇编》卷四引。按《续百川学海》、宛委山堂《说郛》、《五朝小说大观》《中国野史集成》中《江南野录》一卷本，《豫章丛书》《中国野史集成》中《江南野史》十卷本均无此条，《宋人轶事汇编》所据何本未详。

其二为沈辽所作之《任社娘传》:

吴越王时,有娼名社娘者,姓任氏。妙丽善歌舞,性甚巧。其以意中人,人辄不自解,盖其天媚者出于天资。

乾兴中,陶侍郎使吴越。陶文雅蕴藉,有不羁之名,神宗深宠眷之。王知其为人也,使使谓社曰:"若能为我蛊使者,我重赐汝。"社即谢王曰:"此在使者何如,然我能得之,必假王宠臣,使我居客馆,然后可为也。"王许诺。社即诈为阍者女,居穷屋,服弊衣,就门中窥使者。使者时行屏间。社故为遗其犬者,窃出捕之,怵惧迁户旁。陶一顾已心动。其暮出汲水,驻立观客车骑甚久,陶复觇之,然而社未尝敢少望使者也。

明日,王遣使劳客,乐作,社少为涂饰,杂群女往来乐后以纵观。陶故逸荡其性,既数目社,因剧饮为欢笑。会且罢,使者休吏就舍,是时,客使左右非北吏,多知其事,吏既出,使者独望厅事上,社谬为不见使者,复出汲水,方陶意已不自持,乃呼为社曰:"遗我一杯水来。"社四顾已为望见使者,乃大惊,投罂瓶拜而走。陶疾呼谓社曰:"吾渴甚,疾持入来。"社为羞涩畏人,久之,方进。使者曰:"汝何为,乃自汲?"颔动不应。复问之,社又故作吴语曰:"王令国中有敢邀使客语者,罪至死矣。"陶曰:"汝必死,复何惮我也,令汝不死。"乃强持其手曰:"我闺中故静,我与汝一观。"社固辞不敢。即强引入闺中,排置榻上,曰:"敢动者死。"社即佯噤不敢语。陶即出呼吏,喜曰:"持烛来。"吏进奉烛,烛来已具,吏引阖其户而去。社曰:"我贱不可,我归矣。"比其就寝,甚艰难。已而,昼漏且下,社曰:"我安从归?"陶曰:"我送汝矣,然明日复来,我以金帛为好也。"社曰:"我家贫,受使者金帛,是速我死。然我平生好歌,为我度曲为词,使我为好足矣。"陶许诺。乃为送至其家。然尚不知其为娼也。

使者明日见王,王劳之,语甚欢。既还馆,为作歌,自歌之,歌曰:"好因缘,恶因缘,奈何天,只得邮亭几夜眠?别神仙,琵琶拨断相思调,知音少,待得鸾胶续断弦,是何年?"是夕,书以赠之。

明日,王召使者曲宴于山亭,命娼进,社之班在下,其服褒博,陶顾不能别也。王既知之,从容谓陶曰:"昔称吴越之女善歌舞,今殊无之,未知燕赵之下定何如也?"陶曰:"在北时闻有任氏者,今安在?"王曰:"公孰得之?"陶曰:"久矣。"王乃使社出拜,陶熟视而笑,知其为王所蛊也,亦不以为意,而社遂歌其词,饮酒甚乐。社前谢王,王大悦,赐之千金。

明年,北使来,请见社于王。王命社出。使者曰:"昔谓何如,今乃桃符。"社应声曰:"桃符正为客厉所畏。"使者不悦,已而,又嘲社曰:"社如龟荚,何客不钻。"社曰:"客兆得游魂,请视其文。"使者大惭。明日,王赐千金。后社之家甚富。既老矣,将嫁为人妻,乃以其所居第与橐中金百万为佛寺,在通衢中,自请其榜于王,王赐之名,所谓仁王院者也,至于今,其寺甚盛。

余初闻乐章事,云在胡中,盖不信之,然其词意可考者,宜在他国。及得仁王院近事,有客言其始终,颇异乎所闻,因为叙之。寺为沙门者多倡家,余所知凡数辈。①

上引的四条史料,从时间顺序来讲,应以《南唐近事》为最早。其作者郑文宝,字仲贤,南唐镇海节度使彦华之子。初仕为校书郎。入宋,举太宗太平兴国八年(983)进士,历官至陕西转运使、兵部员外郎。据其自序,该书作于太平兴国二年(977),其时犹未仕宋也。其次为《江南野史》,大约成书于宋真宗时期(998—1022)②。再次为《玉壶清话》。作者文莹字道温,为钱塘僧。其所撰《湘山野录》卷上"欧阳公顷谪滁州"条,记欧阳修送友人词,并云:"予皇祐(1049—1054)中,都下已闻此阕,歌于人口者二十年矣。"又云:"文莹顷持苏子美书荐谒之。迨还吴,蒙诗见送……"据此可知,其活动年代大致与欧阳修、苏轼同时。最后是《任社娘传》,作者沈辽,字睿达,钱塘人。曾任官西院主簿、太常寺奉礼郎监杭州军资库、转运使使摄华亭县。受知于王安石,安石尝与诗,有"风流谢安石,潇洒陶渊明"之称。曾巩、苏轼、黄庭坚皆与其唱酬相往来。元丰(1078—1085)末卒,年五十四③。由此可见,这一故

---

① 〔宋〕沈辽:《云巢集》卷八,《影印文渊阁四库全书》本,台湾商务印书馆1986年版。
② 参见燕永成《龙衮与他的〈江南野史〉》,载《赣南师范学院学报》1994年第4期,第77~99页。
③ 参见〔元〕脱脱等《宋史》卷三三一《沈辽传》,中华书局1977年版,第10653页。

事在北宋前期的一百余年时间里是相当流行的①，且呈现出多种版本并存的局面。

二

考察以上几种北宋的版本，不难发现，它们存在着同中有异的现象。先说同的方面。这主要指其核心情节的基本一致——四个版本都是以美人计和《风光好》（一作《春光好》）词作为构成故事的基本元素，而且无论是美人计的实施过程还是《风光好》词的文字，均无大的不同。相异之处则有三点：

首先是故事发生的时空不确定。就时间来说，《南唐近事》《江南野史》和《玉壶清话》三种均无明确的纪年，其中能提供年代线索的，《南唐近事》有"明日，后主设宴，陶辞色如前"之句，《江南野史》有"后主无以为计"之句，是知故事发生在后主李煜时期，即公元961—975年；《玉壶清话》则云"后数日，宴于澄心堂。李中主命玻璃巨钟满酌之"，是故事发生时间又上推到中主李璟时期，即公元942—960年。《任社娘传》是唯一有明确纪年的版本，文中云："乾兴中，陶侍郎使吴越。"按乾兴（1022）为宋真宗赵恒年号，据《宋史·陶谷传》，谷卒于"开宝三年（970）"，此时距谷卒已五十二年，且谷出使之吴越钱氏，于宋太宗太平兴国三年（978）即已降宋②，至乾兴（1022）已过去了四十四年，故《任社娘传》的记载显然有误③。就故事发生的地点来说，《南唐近事》《江南野史》和《玉壶清话》三种均作江南，即南唐，则故事发生的地点显然应为当时的南唐都城金陵；唯《玉壶清话》作吴越，则故事发生的地点又在杭州了。另外，沈辽在《任社娘传》末的按语中云"余初闻乐章事，云在胡中"，则知此故事发生的地点不仅在南方，也有在北方的说法，只不过由于材料的缺乏，我们无法得知其详情。

其次是人物的不确定。就故事的男女主人公来说，男主人公存在两

---

① 北宋时期记载这一故事的还有彭乘《续墨客挥犀》和张邦几《侍儿小名录拾遗》，此两种与《玉壶清话》文字大体一致，只是略有删节而已，显然是转抄于《玉壶清话》。

② 参见〔元〕脱脱等《宋史》卷四《太宗本纪》、卷四八〇《世家》三《吴越钱氏》，中华书局1977年版，第58、13901页。

③ 《任社娘传》记载之误非只此一处，传文中还有"陶文雅蕴藉，有不羁之名，神宗深宠眷之"之语，按神宗即位为1068年，此时距陶谷卒已九十七年了。

说,即《南唐近事》《玉壶清话》和《任社娘传》的陶谷(陶侍郎),《江南野史》则作曹翰;女主人公亦有三说:《南唐近事》《玉壶清话》的秦弱兰,《江南野史》的徐翠筠和《任社娘传》的任社娘。另外,主行使美人计者,《南唐近事》《江南野史》《玉壶清话》均为南唐大臣韩熙载,《任社娘传》则为吴越王。

最后是人物性格的不确定。这主要指男主人公而言。可分为两个系统。《南唐近事》《江南野史》《玉壶清话》男主人公的性格主线是虚伪——表面上正人君子道貌岸然,实则好色之徒。如《南唐近事》云,其初时"辞色毅然不可犯";《江南野史》的描写是"惟事严重,累日不谈笑";《玉壶清话》则作"容色凛然,崖岸高峻,燕席谈笑,未尝启齿"。正因有前面的这一铺垫,因此后面美人计真相大白后,就显得格外狼狈:"陶大沮,即日北归"(《南唐近事》),"翰知见欺,乃痛饮数月而归"(《江南野史》),"谷惭笑捧腹,簪珥几委,不敢不釂,釂罢复灌,几类漏卮,倒载吐茵"(《玉壶清话》)。《任社娘传》中的陶侍郎则是另一种面貌。一开始就强调他"文雅蕴藉,有不羁之名",出使吴越后亦无故作清高矜持之态。他初次见到社娘就"一顾已心动",甚至在吴越王的宴会上也毫不掩饰其色欲之心:"陶故逸荡其性,既数目社,因剧饮为欢笑。"接下来与社娘苟合的场面更是赤裸裸地近乎野蛮了:"强持其手曰:'我闺中故静,我与汝一观。'社固辞不敢。即强引入闺中,排置榻上,曰:'敢动者死。'"即使后来"知其为王所蛊也,亦不以为意"。这里所写的陶侍郎,性格单一且无变化,不仅没有上面三种版本男主人公刻意表现的虚伪,甚至有点不顾廉耻的痞子味道。

从上面简单的介绍我们可以得出以下结论:这一故事自北宋初期开始流传,流传中存在着多种不同版本,流传的地域有南方亦有北方。各种版本故事的基本框架并无明显不同,但也存在着若干差异。这种同中有异的情形说明,在该时期这一故事还处于最初流行的阶段,尚未完全定型。

到了南宋,这一故事仍在继续流传。据笔者所检得的材料,主要是以下两种。一种为周煇《清波杂志》所载:

> 陶尚书谷奉使江南,恃才凌忽,议论间殆应接不暇。有善谋者选籍中艳丽,诈为驿卒孀女,布裙荆钗,日拥彗于庭。谷一见喜之,久而与之狎,赠以长短句。一日,国主开宴,立妓于前,歌所赠"邮

亭一夜眠"之词，谷大惭沮，满饮致醉，顿失前日简倨之容。归朝，坐此抵罪。①

另一种是题为皇都风月主人编辑的《绿窗新话》，原题《陶奉使犯驿卒女》，注云："出《玉壶新话》。"可见，南宋时流传的这一故事完全是从北宋的《南唐近事》《玉壶清话》一脉承袭而来的，这一故事最终定型在这一版本上，而另两个版本则在流传过程中不见踪影了。这是为什么呢？个中原因，似值得做进一步探讨。

先看《江南野史》。该本的男主人公是曹翰。曹翰史有其人。周世宗时仕至德州刺史。入宋后从太祖征太原、平江南，终官左千牛卫上将军，卒谥太尉。曹翰乃一介武夫，《宋史》本传说他"少为郡小吏，好使气凌人，不为乡里所誉"；平江南时，"江州军校胡德、牙将宋德明据城拒命。翰率兵攻之，凡五月而陷，屠城无噍类，杀兵八百，所略金帛以亿万计"。② 可见其性格暴戾残忍。曹翰也有诗作流传后世，题为《内宴奉诏作》，诗云："三十年前学六韬，英名常得预时髦。曾因国难披金甲，不为家贫卖宝刀。臂健尚嫌功力软，眼明犹识阵云高。庭前昨夜秋风起，羞睹盘花旧战袍。"③ 亦是一副武夫口吻。将一个软性成分居多的风月故事加之于刚性的武夫身上，显然有些不伦不类④，曹翰的故事被淘汰就不足为奇了。

奇怪的是《任社娘传》。在有关这个故事的所有版本中，大多只是记录了故事的梗概，唯有《任社娘传》与《玉壶清话》情节曲折，细节丰富，最为详赡生动，它何以也销声匿迹了呢？通过对这两个版本略做比较，或许可以找到答案。

我们先从历史人物陶谷谈起。陶谷（903—970），字秀实，邠州新平人。初仕后晋，历任校书郎、著作佐郎、监察御史等职，继仕后周，为户

---

① 〔宋〕周煇撰、刘永翔校注：《清波杂志》卷八"邮亭曲"，中华书局1994年版，第342页。
② 参见〔元〕脱脱等《宋史》卷二六〇，中华书局1977年版，第9013～9014页。
③ 〔清〕厉鹗辑撰：《宋诗纪事》卷二，上海古籍出版社1983年版，第30页。
④ 〔明〕王世贞《艺苑卮言》"陶谷风光好"条："或有以为曹翰者，翰能作老将诗，其才固有之，终非武人本色。"见唐圭璋编《词话丛编》，中华书局1986年版，第391页。

部侍郎、翰林学士，入宋，为礼部尚书、翰林承旨。①《宋史》本传谓其"十余岁，能属文"，又谓："谷强记嗜学，博通经史，诸子佛老，咸所总览；多蓄法书名画，善隶书。"可见陶谷是一个典型的文人和文官。《宋史》作者对其评价不高，在传文中多有褒贬，其中所记的几件小事犹可见其思想性格之一斑：

> 崧族子昉为秘书郎。尝往候崧，崧语昉曰："迩来朝廷于我有何议？"昉曰："无他闻，唯陶给事往往于稠人中厚诬叔父。"崧叹曰："谷自单州判官，吾取为集贤校理，不数年擢掌诰命，吾何负于陶氏子哉？"及崧遇祸，昉因公事诣谷，谷问昉："识李侍中否？"昉敛衽应曰："远从叔尔。"谷曰："李氏之祸，谷出力焉。"昉闻之汗出。
>
> 初，太祖将受禅，未有禅文，谷在旁，出诸怀中而进之曰："已成矣。"太祖甚薄之。
>
> 谷性急率，尝与兖帅安审信集会，杯酒相失，为审信所奏。

这几件小事生动地反映出陶谷的性格品行：急率、奸狡、背德弃义。特别是关于李崧的一条，对自己所做坏事并不掩饰，反而向受害者的亲人和盘托出，活现出一副赤裸裸的无行文人的嘴脸。对《宋史》记载的这个陶谷，我们可以骂他"无耻"，但无论如何是和"虚伪"挂不上钩的。

《任社娘传》的男主人公陶侍郎虽没有出现名字，但结合这个故事流传的情况综合考察，应是指陶谷。《宋史》没有记载陶谷曾出使过南唐或吴越。仅就人物性格来加以比较，不难看出，《任社娘传》的描写与其比较接近。无论是初次见到社娘时的"一顾已心动"，还是苟合时的欲火焚身迫不及待，抑或是丑行败露后的厚颜无耻，无不与《宋史》所提供的陶谷的性格品行若合符节。可见，《任社娘传》虽然记的是正史未记之事，但基本上是按照作为历史人物的陶谷的本来面目记录这一人物的，虽然在记录中也吸收了一些民间传说的东西，如细节的丰富、心理的描写等，但从总体上看，用的仍然是史传实录的笔法。《玉壶清话》则显然是另一路数。在它所描写的陶谷身上，已很难看出历史人物陶谷的影子，整

---

① 参见〔元〕脱脱等《宋史》卷二六九，中华书局1977年版，第9235～9238页。下同，不再出注。

个故事重点表现的是陶谷道貌岸然，实则是一肚子男盗女娼的虚伪嘴脸。可见，这里不过是借用了陶谷的名字，披上了他的衣冠，而内在精神、性格已做了根本改造，实际上是把民间对文人的劣根性——虚伪这一看法，赋予他的身上，至于这种描写是否符合历史人物的本来面目，则完全不被重视。实际上，这正是民间文学惯常使用的手法，即按照民众的趣味和审美取向对正史人物加以重塑。《玉壶清话》这一版本系统在流传中最终淘汰了其他版本，正是民众趣味和审美取向的胜利。

三

治曲者在论述戴善夫《风光好》杂剧的本事时，只提《玉壶清话》这一版本系统，显然是不完全的。《任社娘传》的人物性格虽然为杂剧作者所不取，但这并不说明该传对杂剧毫无影响。例如，有关故事发生的地点，杂剧的处理是，陶谷出使南唐时中了韩熙载等人所设的美人计，真相暴露后，他无颜北返，于是亡命吴越，这显然是将《玉壶清话》和《任社娘传》的故事地点加以综合的产物。

然而，杂剧作为这一故事的集大成者，主要是沿着《玉壶清话》一脉民众趣味和审美取向的方向发展，并对这一故事进一步加以改造，主要表现在三个方面。

首先是进一步强化了《玉壶清话》对陶谷性格的描写。在这方面，杂剧将戏剧体裁擅长刻画人物的特点可谓发挥得淋漓尽致。如在《玉壶清话》中，对陶谷初时假道学的表现，只不过用了"容色凛然，崖岸高峻，燕席谈笑，未尝启齿"寥寥数语，杂剧中则对此做了浓笔重墨的渲染。[①] 当韩熙载设宴，并唤秦弱兰唱曲助兴时，陶谷的反应是："大丈夫饮酒，焉用妇人为？吾不与妇人同食，教他靠后，休要恼怒小官！"当韩熙载命令奏乐时，陶谷却云："住了乐声！小官一生不喜音乐，但听音乐，头晕脑闷。""小官乃孔门弟子，放郑声，远佞人；郑声淫，佞人殆。"秦弱兰上前为陶谷把盏，陶谷大怒，呵斥道："泼贱人靠后！小官一生不吃妇人手内饮食！""我头顶儒冠，身穿儒服，乃正人君子，不得无礼！"以致秦弱兰都被其假象欺骗了，无奈地唱道："【金盏儿】我这里

---

① 参见王季思主编《全元戏曲》，人民文学出版社1990年版。以下所引曲文均出自此本，不另注出。

觑容颜，待追攀，嗨，畅好是冷丁丁沉默默无情汉。则见那冬凌霜雪都堆在两眉间，恰便是额颅上挂着紫塞，鼻凹里躺着蓝关。可知道秀才双脸冷，宰相五更寒。"而当晚间在驿舍再次见到秦弱兰时，陶谷马上换了另一副嘴脸，他毫不掩饰自己的色欲熏心，惊呼："一个好女子也！"并迫不及待地表示："小官乃大宋使臣陶学士。若小娘子不弃，愿同衾枕。"只不过变换了一下场合——从公开变成了私下，其表现马上判若云泥。正如秦弱兰所唱的："【隔尾】我则道他喜居苦志颜回巷，却原来爱近多情宋玉墙。这答儿厮叙的言语那停当，想昨日那座上，苦眼铺眉尽都是谎！"不难看出，在塑造这一形象时，如何迎合观众的趣味和审美取向，如何调动一切手段来表现主题和塑造人物，成为作者关注的首要因素，在这种创作方法指导下，陶谷的形象与历史人物相差越来越远了，但作为艺术形象却越来越饱满和生动了。

其次是隐语的运用。所谓隐语，又叫廋词，指的是不把本意说出而借别的词语来表示的一种类似谜语的文字游戏。隐语的使用在我国有着悠久的传统，《左传》《国语》里已有关于隐语的记载，汉代将这种拆字游戏谓之"离合体"，如蔡邕书曹娥碑阴"黄绢幼妇，外孙齑臼"，杨修解之为"绝妙好辞"四字之类①。这种既含蓄委婉，又富含机锋的文字游戏，在宋元时期尤为盛行，称为拆白道字②，不仅文人士大夫喜用它来谐谑逗趣，在民间流行的通俗文艺中亦得到广泛应用③，如元杂剧范子安《竹叶舟》行童的打诨：

（做入见科，云）师父，外面有个故人，自称耳东禾子即夕。特来相访。

---

① 参见赵翼《陔余丛考》卷二十二"谜"，中华书局1963年版，第433～436页。
② 如黄庭坚《两同心》："你共人、女边著子，争知我、门里挑心。"（见唐圭璋编《全宋词》，中华书局1986年版，第401页）即拆"好闷"两字为句。又如赵翼《陔余丛考》卷二十二"谜"所载："王介甫柄国时，有人题相国寺壁云：'终岁荒芜湖浦焦，贫女戴笠落柘条。阿侬去家京洛遥，惊心盗寇来攻剽。'东坡解之曰：'终岁，十二月也，十二月为青字；荒芜，田有草也，草田为苗字；湖浦焦，水去也，水去为法字；女戴笠，为安字；柘落木，剩石字；阿侬是吴言，吴言为误字；去家京洛为国，寇盗为贼民。盖言青苗法，安石误国贼民也。'"此为拆字诗，亦拆白道字之一种。
③ 有关宋代的情况，可参见孟元老《东京梦华录》卷五"京瓦伎艺"条、陶宗仪《武林旧事》卷六"诸色伎艺人"条。

（惠安云）这厮胡说，世人那有这等姓名的人？
……
（行童云）我说与你，这个叫做拆白道字：耳东是个陈字，禾子是个季字，即夕是个卿字。却不是你的故人陈季卿来了也？①

这种插入剧中的拆白道字显然对增加情节的趣味、活跃剧场的气氛起到积极作用，它得到观众的喜爱是可以想见的。在《风光好》杂剧之前，这个故事流传的各种版本中并没有拆白道字的记载，杂剧第一折所写的陶谷在墙壁上题写"川中狗，百姓眼，虎扑儿，公厨饭"十二字，然后被韩熙载破译，乃"独眠孤馆"四字这一情节，显然是杂剧作者的创造。作者将深受民众欢迎的拆白道字引入剧中，的确为这出轻喜剧增色不少，有了这一铺垫，后面情节的开展就更有层次，陶谷虚伪的性格特征也更加鲜明生动，同时也使得杂剧本身更富娱乐性。

再次是大团圆结局。《玉壶清话》的结局是写到美人计真相大白后，陶谷狼狈北返，至于秦弱兰的结局则没有做任何交代。《任社娘传》则写任社娘完成色诱任务后，受到吴越王的奖赏，成为巨富，后嫁为人妻，捐金百万为佛寺，香火甚盛。这两种结局似都没有摆脱史传实录的窠臼，对富于同情心和追求完满的民众来说，显然感到残缺而不满足。杂剧将结局改为陶谷羞于北返，逃往吴越，投奔故人钱俶；南唐被宋所灭后，秦弱兰亦逃到吴越，于是，在钱俶主持下，与陶谷结为夫妻。这就将原本是表现政治阴谋的故事，演化成了旖旎的才子佳人的爱情故事，这一结局也许是荒唐可笑的，但它却是符合当时民众的心理和愿望的。

从宋初的笔记杂传到元代的杂剧，这个故事的嬗变显示了一条清晰的轨迹：它离正史渐行渐远，虚构创作的成分则越来越浓。而在这一发展趋向后面，我们可以强烈地感到有一只看不见的手在起着导向性的作用，这就是民众的趣味和审美取向。作为个案，它对我们认识古代通俗文学作品的演化规律，颇具启迪意义。

原刊《文学遗产》2001年第4期

---

① 王季思主编：《全元戏曲》，人民文学出版社1990年版。

从"惊梦"到"离魂"

——试论《倩女离魂》对《西厢记》的继承与发展

《㑇梅香骗翰林风月》(简称《㑇梅香》)与《迷青琐倩女离魂》(简称《倩女离魂》)是"元曲四大家"之一的郑德辉存世的两部爱情剧,这两部作品都明显地受到《西厢记》的影响,成就却各有不同。《㑇梅香》可以说是失败之作,而《倩女离魂》则取得了很高的成就,在我国爱情戏的发展史上占有重要的地位。这种现象是怎样产生的呢?原因当然是多方面的,但我认为,很重要的一个原因,是作者在学习、继承《西厢记》的时候,采取了两种不同的态度:模仿与创新。《㑇梅香》"套数、出没、宾白全剽《西厢》"①,"如一本小《西厢》"②,前人的这些指责虽未免过严,但基本是符合实际的,它确实较多地流露出模仿《西厢记》的痕迹。《倩女离魂》则不同,作者并没有停留在《西厢记》已取得成就的基础上,而是就《西厢记》的某一方面做了新的发展与开拓,给人耳目一新之感。

一

《倩女离魂》取材于唐陈玄祐的传奇小说《离魂记》。但它又对《离魂记》的基本情节做了一个重大的改动,而这个改动则导致了作品主要矛盾的变化。《离魂记》对倩娘与王宙的爱情关系是这样描写的:

> 清河张镒,因官家于衡州。……镒外甥太原王宙,幼聪悟,美容范。镒常器重,每曰:"他时当以倩娘妻之。"后各长成。宙与倩娘

---

① 〔明〕王世贞:《曲藻》,见中国戏曲研究院编《中国古典戏曲论著集成(四)》,中国戏剧出版社1959年版,第34页。
② 〔清〕梁廷枏:《曲话》卷二,见中国戏曲研究院编《中国古典戏曲论著集成(八)》,中国戏剧出版社1959年版,第262页。

常私感想于窈寐,家人莫知其状。后有宾寮之选者求之,镒许焉。女闻而郁抑;宙亦深恚恨。①

由此可见,《离魂记》的基本矛盾是青年人的纯真爱情与封建家长的门第观念的矛盾,倩娘的离魂是为了维护自己的爱情,反抗封建门第观念的压迫。

《倩女离魂》也描写了希望获得爱情幸福的青年与封建家长的矛盾,但这并不是主要的,它在剧中所占的分量很小,主要只存在于全剧的楔子这部分里。倩女与王文举原是由双方父母指腹为亲的恋人,他们长大以后各自都恪守着婚约。王文举趁赴京应举之机,千里迢迢来到倩女家,准备成亲,不料老夫人却叫倩女以哥哥相称,"悔"掉了这门亲事。获得爱情幸福的愿望遭到破灭,激起了这对年轻人的强烈不满。倩女悲愤地唱道:

【幺篇】可待要隔断巫山窈窕娘,怨女鳏男各自伤。不争你左使着一片黑心肠,你不拘箝我可倒不想,你把我越间阻越思量。②

这里表现出来的反抗精神是十分强烈的。倩女不同于崔莺莺,崔莺莺在反抗封建礼教时,有着比较复杂的内心冲突,表现在行动上是犹豫畏缩、瞻前顾后,倩女则大胆直率,强烈地表现出她与封建家长在婚姻问题上的对立和毫不妥协的斗争性格。

然而,这对年轻人和封建家长的对立并没有持续多久。在第一折里,当王文举质问老夫人为什么让他和倩女"以兄妹相呼"时,老夫人回答说:"老身为何以兄妹相呼?俺家三辈不招白衣秀士。想你学成满腹文章,未曾进取功名。你如今上京师,但得一官半职,回来成此亲事,有何不可?"老夫人嫌弃王文举尚是白衣秀士,这固然反映了她的封建门第观念,但说到底她并没有悔婚,只不过是把婚期推迟了而已。因此,王文举听了岳母的这一番解释,就高高兴兴地赴京应举去了。而倩女也没再表示任何意见。所以,这对年轻人和老夫人的矛盾至此已基本解决。这当然也

---

① 〔宋〕李昉等编:《太平广记》卷358,中华书局1961年版,第2831页。
② 本文所引杂剧曲文,均据王季思主编《全元戏曲》,人民文学出版社1990年版。不另注出。

留有模仿《西厢记》的痕迹，然而作者是把《长亭送别》以前的四本十六折戏压缩在一折戏里表演，留下后面三折戏，以崭新的面貌展开了《草桥惊梦》以下的情节，不啻为《西厢记》的第五本做了全新的改造。

既然这对年轻人与封建家长的矛盾在第一折里已基本解决，那么，从第一折以下，《倩女离魂》的主要矛盾究竟是什么呢？倩女在听了母亲为什么让她和王文举"以兄妹相呼"的解释后，所做出的第一个反应是叮嘱王文举："哥哥，你若得了官时，是必休别接了丝鞭者！"这说明她思虑的焦点已经从母亲身上移到了王文举身上。她已感觉到，他们的婚约能否实践，起决定作用的，不再是老夫人，而是王文举。所以，王文举可以高高兴兴去应举，而倩女则旧恨未了，又添新愁，对王文举中举后变心的顾虑和恐惧，像一片阴霾，浓重地笼罩着她。试看第一折折柳亭送别时倩女的唱词："兀的不取次弃舍，等闲抛掉，因而零落。""似长亭折柳赠柔条，哥哥你休有上梢没下梢。""常言道：'好事不坚牢。'你身去休教心去了。"由此可见，以老夫人提出考取功名为结亲条件为转折点，王文举取代了老夫人而成为矛盾对立的另一方。它并不像《西厢记》或《离魂记》那样，主要是表现青年们和封建家长在婚姻上的对立，而是表现封建时代青年士子在婚姻中的变心问题。

有的人对作者把《离魂记》中主人公表兄妹的关系改成"指腹成亲"大为不满，说它"实质上歌颂了一对义夫节妇"①。其实，这是没有看到这两部作品所表现的主题思想有所不同的缘故。《倩女离魂》以"指腹成亲"来确定主人公的婚姻关系，固然有它封建性的一面，但如此处理却可以省去诸如一见钟情、传诗递简等与主题关系不大而在表现自由恋爱的内容时又是必不可少的情节，从而便于集中力量来表现作品的既定主题。

二

其实，对于青年士子婚姻中的变心问题，《西厢记》已经涉及了。以老夫人的允婚为转折点，贯穿于前四本戏中的青年和封建家长的矛盾已经基本获得了解决，莺莺和张生的婚姻最终能否遂愿，现在完全要看张生的了。首先是他能否考上科举，其次是他考上科举后能否坚持婚约。在元杂剧的爱情戏里，青年士子考上科举一般是不成问题的，那么，莺莺和张生

---

① 张庚、郭汉城主编：《中国戏曲通史》上卷，中国戏剧出版社1980年版，第151页。

实现婚姻的关键主要就在于张生高中后能否坚持婚约这一点。应该说，莺莺对张生是了解的，他们的爱情经历了那么多的曲折，在经过了反反复复的考验和试探之后，她给张生以"志诚种"的评价。然而即使这样，当她投向张生怀抱的时候，仍不忘谆谆告诫张生："妾千金之躯，一旦弃之。此身皆托于足下，勿以他日见弃，使妾有白头之叹。"当长亭送别时，她更直截了当地吐露了自己的担忧："你休忧'文齐福不齐'，我只怕你'停妻再娶妻'。"莺莺的临行赠别诗："弃掷今何在，当时且自亲。还将旧来意，怜取眼前人。"更深切地写出了莺莺对婚姻能否实现的迷茫和恐惧。莺莺的担忧，难道仅仅是少女的多疑吗？不！它是封建社会的现实决定的。

马克思主义告诉我们，文明时代（包括封建时代）出现的一夫一妻制婚姻，从本质上讲，"都是由双方的阶级地位来决定的，因此总是权衡利害的婚姻"①。封建时代，不少出身寒微的青年士子，在他们尚未发迹之时，或者和女方已订立了婚约，或者和女方有过热恋，然而当科举制度为他们提供了向上爬的阶梯，一旦功名得意，身份地位的改变，促使他们在原有的婚姻和另就高门两者之间重新权衡利害时，往往为自己的前程考虑而牺牲爱情。另一方面，封建的婚姻关系是"建立在丈夫的统治之上的……这时通例只有丈夫可以解除婚姻关系，离弃他的妻子。破坏夫妻忠诚这时仍然是丈夫的权利"②。这种男女双方在性爱上的不平等的地位，给无数妇女造成了婚姻的悲剧，从《白头吟》到《莺莺传》《琵琶记》《陈三五娘》……古代的文学作品中对此有着充分的反映。

明白了这一点，我们对莺莺的多疑就容易理解了。对她来说，郑恒所编造的张生中举后就婚于卫尚书家的谎言并非不可能成为现实的。但是，封建社会妇女在婚姻上的不平等地位，决定了她在长亭送别之后，对自己的婚姻已完全丧失了主动性，除了整日以泪洗面、长吁短叹之外，只能消极地等待命运的安排，而不可能有任何积极的作为。莺莺的表现是令人丧气的，但这种描写又是现实主义的，它是封建社会妇女命运的真实写照。

现在我们可以回到《倩女离魂》上来了。从上面的论述中可以看到，

---

① 恩格斯：《家庭、私有制和国家的起源》，见《马克思恩格斯选集》第四卷，人民出版社 1972 年版，第 67 页。

② 张庚、郭汉城主编：《中国戏曲通史》上卷，中国戏剧出版社 1980 年版，第 57 页。

《西厢记》与《倩女离魂》在客观上确实存在着某种联系：从作品所表现的思想内容来说，《西厢记》第四本的结束也就是《倩女离魂》主要故事的开始。《倩女离魂》并不像《㑇梅香》那样去再现《西厢记》已描述过的情节，而是试图去解决《西厢记》尚没有解决好的问题——在婚约订立之后，在防止男子变心的问题上，妇女如何变被动为主动，把命运掌握在自己的手里。

那么，《倩女离魂》是如何解决这一问题的呢？这里我们有必要提到《西厢记》的一个情节——"草桥惊梦"。它描写张生和莺莺长亭分手后，当晚张生做了一个梦，梦见莺莺夜半私奔而来，从而塑造了一个与现实迥异的、不甘心于消极等待而要掌握命运主动权的莺莺的形象。这说明作者试图通过浪漫主义的表现方法来突破现实的羁绊。但这种尝试是不成功的，因为做梦的人并不是莺莺而是张生，莺莺思想的升华只是通过张生的梦境折射出来。它不可能更深一步地表现莺莺对自身命运的反抗。

然而，在这不成功的尝试里面所体现的浪漫主义精神，却给予人们以有益的启示。《倩女离魂》正是在《西厢记》"惊梦"的影响下，运用现实主义和浪漫主义相结合的方法，把《西厢记》长亭送别之后莺莺一味消极等待的情节改用魂游与卧病的两种情境来写，把消极的等待与主动的追求结合在一起，把现实与理想结合在一起，从而更进一步地写出了封建时代丧失了婚姻主动权的妇女的悲惨命运，和她们为改变命运所做的不屈不挠的斗争，讴歌了理想的胜利。

作品的结构也体现了这一创作构思。从第一折折柳亭分别开始，剧情就分成了两条线，第二折集中写生活在幻想天国里的倩女之魂。作者巧妙地运用灵魂出壳这一闪烁着浪漫主义光彩的情节，在我们面前展现了一个超越现实的倩女形象。她可以不顾现实中老母的严厉管教，不顾封建礼教的重重束缚，大步踏出牢牢地禁锢着她的闺房，去追赶爱人——私奔。当她追上王文举后，生活在幻想天国里的倩女和生活在现实世界里的王文举之间，爆发了一场尖锐的冲突。王文举被倩女的行为吓坏了，战战兢兢地问她："若老夫人知道了怎了也？"倩女则勇敢相对："他（她）若是赶上咱待怎么？常言道'做着不怕！'"王文举拿出封建主义的大道理指责她："老夫人许了亲事，待小生得官回来，谐两姓之好，却不名正言顺。你今私自赶来，有玷风化，是何道理！"倩女毫不退缩地回答："你振色怒增加，我凝睇不归家。我本真情，非为相滥，已主定心猿意马。"王文举终于被倩女的真情感化了，但他还有最后一层顾虑，他还不清楚倩女这样不顾一切地追赶他，是否仅仅是为了富贵？于是向倩女提出"小生倘不中呵，却是怎生？"的问题。对此，倩女坦诚地回答：

（魂旦云）你若不中呵，妾身荆钗裙布，愿同甘苦。（唱）

【拙鲁速】你若是似贾谊困在长沙，我敢似孟光般显贤达。休想我半星儿意差，一分儿抹搭，我情愿举案齐眉傍书榻。任粗粝淡薄生涯，遮莫戴荆钗穿布麻。

这里充分表现出了倩女的爱情理想，她所追求的并不是荣华富贵，而是夫妇和谐的爱情生活，这和封建社会一些富贵变心的男子，形成了鲜明的对照。倩女之魂终于赢得了胜利，跟随王文举赴京，用自己的大胆行动，换来了甜蜜的爱情生活。

与此相对照，作品第三折细致入微地铺写了生活在现实世界里的倩女之身的悲惨遭遇。和情人执手临歧之后，倩女即卧病在床，她茶饭不思，精神恍惚："一会家缥缈呵忘了魂灵，一会家精细呵使着躯壳，一会家混沌呵不知天地。"她一会儿埋怨王生薄情："日长也愁更长，红稀也信尤稀，春归也奄然人未归。"一会儿猜测王生："他得了官别就新婚，剥落呵羞归故里。"一会儿她梦见王生得了官回来看她，欣喜异常；一会儿又是梦醒后的倍觉凄清与惆怅。总之，对爱情的执着与对情人负心的担忧交织在一起，把封建社会丧失了婚姻主动权的少女的心理状态，淋漓尽致地描绘了出来。第三折的结尾处，当她读了王生的来信，得知王生已得官，将携小姐（实际乃倩女之魂）回家时，对她更是致命的一击，她日夜所担心的王生"变心"的事情终于发生了，她悲痛欲绝，怨天怨地，但除此之外，她又没有任何办法来改变这一现实。在这里，封建社会里无数姐妹已经经历过的厄运又一次降临到她的身上。

一个魂，一个身，一个在幻想的天国里自由飘扬，一个在现实的牢笼里备受熬煎，两者互相映衬，形成了鲜明的对比。而这两种不同的境界"正好表现出封建社会中闺女性格的两个方面：在封建礼教禁锢下精神负担的沉重和对自由美好生活的强烈追求"①。而在这两者之中，作者突出

---

① 游国恩、王起等主编：《中国文学史》第三册，人民文学出版社1963年版，第230页。

强调的是叛逆精神这一面。这从作品的结构把倩女的离魂安排在卧病之前可以看出来。从作品的结局也可以看出其以浪漫主义为主的特色。同是大团圆，崔莺莺是消极等来的，而倩女则是主动争来的。总之，作品采用现实主义与浪漫主义相结合的表现方法，突破了《西厢记》第四本以后的局限，进一步开拓了爱情戏的新领域。

  在我国古代的众多爱情戏里，出现人魂分离关目的剧作不少，《倩女离魂》可以说是这一类关目的滥觞，它对以后作者的启迪和影响是不容低估的。"你把我越间阻越思量"，倩女的这句唱词，既深刻又简明地揭示出这么一个道理：压力越大，要求摆脱压力的要求就越强烈。这要求在现实中无法实现，就驾起幻想的翅膀，在理想的天国里去实现它。这正是"离魂"这个关目里所体现的积极浪漫主义精神之所在，这正是《倩女离魂》几百年来备受赞扬的原因之所在。这种积极浪漫主义精神被后来汤显祖的《牡丹亭》继承，并进一步发扬光大。它通过杜丽娘生而死、死而生的奇情幻境，更深刻也更全面地反映了情与理的尖锐冲突，和青年们为争取自由幸福所进行的不懈斗争。从《西厢记》的"惊梦"到《倩女离魂》的"离魂"，到《牡丹亭》的生而死、死而生，我们可以看到一条积极浪漫主义发展的清晰线索。《倩女离魂》继承并发展了《西厢记》反封建的战斗精神。从《西厢记》的以现实主义为主向《牡丹亭》的以浪漫主义为主的发展道路上，《倩女离魂》在它们中间搭了一座桥，它在中国戏曲史上的地位是应当给予充分肯定的。

原刊《文史知识》1987 年第 4 期

《中国十大古典悲剧集·娇红记》校评后记

《娇红记》的作者孟称舜,字子若,又字子适,或作子塞。明会稽山阴(今浙江绍兴)人。生卒年不详。他的戏剧活动主要在明末天启、崇祯年间。除《娇红记》外,他还撰有《贞文记》《二胥记》两种传奇和《人面桃花》等六种杂剧。他所编的《古今名剧合选》收入元明两代的杂剧五十六种,对元明杂剧的整理刊布做了有益的工作。

《娇红记》所写的王娇娘和申纯的爱情故事,在民间早有流传,曾被编写成小说和杂剧。显然,孟称舜是在这一基础上写成了《娇红记》,并加以丰富和发展的。

《娇红记》所表现的男女青年争取婚姻自由的主张,在元明间的戏曲中曾被反复表现过。但是,《娇红记》没有停留在它以前的爱情作品已达到的高度上,无论是人物形象的塑造,或反映现实的深度,都有其自身的特点,闪烁着新的思想的光辉。

娇娘是作者着力歌颂的主要人物。她的性格特征,首先表现在她不同于那些在封建礼教重压下逆来顺受的软弱少女,而是竭力思考婚姻恋爱各方面的问题,形成了自己的恋爱观。她清醒地看到封建婚姻给广大青年造成的痛苦:"婚姻儿怎自由,好事常差谬。多少佳人,错配了鸳鸯偶。"因而绝不愿再蹈"古来多少佳人,匹配匪材,郁郁而终"的覆辙,主动选择了一条自己的道路:"与其悔之于后,岂若择之于始。"她强调"择"应是"自择"。她对"卓文君之自求良偶"大加赞佩,认为"人生大幸,无过于斯"。娇娘还进一步提出了选择爱人的标准。她蔑视不学无术的纨绔子弟,也不要那些朝三暮四、轻薄无行的文人才士,她理想中的配偶是能够和她"死共穴、生同舍"的"同心子"。她认为能和这样的爱人结合,即使"身葬荒丘,情种来世,亦所不恨"。这一"同心子"的婚姻标准的提出值得我们重视,它把《西厢记》提出的、为以后许多爱情作品承袭的"郎才女貌"的婚姻标准,大大推进了一步,其实质是追求建立在共同思想基础上的爱情,带有较浓厚的现代性爱的色彩。娇娘的进步恋爱观的出现，揭示了封建社会后期妇女的进一步觉醒，表明她们反对封建礼教束缚，希望主动掌握自己命运这一民主要求的增强。

然而，娇娘的爱情理想并没有得以实现的现实可能性，美好的愿望和残酷的现实之间构成了悲剧性的冲突。当时，封建社会虽已渐趋衰落，但它仍牢牢地占据着统治地位。这一情势决定了娇娘的悲剧命运。但是，真正成功的悲剧人物，绝不是匍匐在恶势力脚下的羔羊，正是在和恶势力的不屈不挠的斗争中，他们的性格迸发出耀眼夺目的光彩。娇娘正是这样一位为坚持理想，与封建势力做不妥协斗争的勇敢斗士。娇娘经过反复的试探、考验，经历了种种误会和猜疑之后，终于和申纯从形体的倾慕进而到心灵的共鸣，她认定申纯是能和她白头相守的"同心子"，就毅然"全不顾礼法相差"，勇敢地和申纯结合。正当他们沉浸在爱情的幸福中时，帅公子倚势逼婚，王文瑞也因害怕权势和为了家世的利益将娇娘许配给帅公子。帅公子有钱有势，门第显赫，然而权势和钱财遮掩不了他空虚的灵魂和卑下的品格，他苦苦追求娇娘，只是为了满足其兽欲，毫无爱情可言。这和娇娘所追求的有着共同志趣、心心相印的"同心子"的爱情，是对性爱的两种截然不同的态度。抱着崇高理想的娇娘是绝不愿沦为帅公子这种衣冠禽兽的掌中玩物的，因而，这必将激起娇娘的激烈反抗。无论王文瑞怎样威逼利诱，她都"抵死相拒，蓬头垢面，以求退亲"。最后以死来维护自己美好的爱情，也以死来反抗权门的逼婚，正是她的反抗性格发展的必然结果。

作为娇娘的情人，申纯的形象也是很可爱的。他对爱情执着，不怕困难和曲折。然而申纯形象的主要特征是在他的世界观中，明确地把婚姻恋爱放在科举功名之上。他说："我不怕功名两字无，只怕姻缘一世虚。"他后来被迫应考，也只是把科举作为获得爱情的手段。因而，当他和娇娘的爱情受到摧残时，他毅然抛弃科举及第的"光辉"前程，和娇娘双双殉情。这种轻功名、重爱情的叛逆思想，和娇娘叛逆礼教的精神，本质上是一致的，他不愧是娇娘的"同心子"。《娇红记》之前的爱情作品，例如《西厢记》《牡丹亭》，他们的主人公虽也在婚姻上背叛礼教，但对功名，则大都采取热衷的态度。而申纯在这点上，认识却能高于他们。这反映了封建社会末期青年知识分子对现实认识的不断深化和觉醒。通过申纯这一形象，我们已可隐约窥见《红楼梦》的男主人公贾宝玉的雏形。

娇娘和申纯形象的出现，是明代后期封建经济中出现资本主义生产关系的萌芽、意识形态领域里左派王学倡导个性解放，以及市民阶层壮大、他们反封建的要求不断加强这一社会现实在文学中的反映，也显示了随着时代的发展，作家对爱情问题的认识在逐渐深化。恩格斯在《家庭、私有制和国家的起源》里曾详细论述了与新的生产关系相适应的现代性爱的特点，指出这种以"所爱者的互爱为前提"的爱情，其强烈之程度，往往使相爱的双方为此付出生命。娇娘和申纯的"同心子"的爱情，正体现了这种现代性爱的特点。娇娘"自择佳配"的要求，与杜丽娘"花花草草由人恋"的要求一脉相承；而其与"同心子"结合的进步恋爱观，则给予它以后的伟大爱情作品《红楼梦》以影响。《红楼梦》所描写的宝黛的爱情正是建立在背叛封建仕途经济这一"同心"的基础上。因而我们可以认为，《娇红记》是介于《牡丹亭》与《红楼梦》之间的过渡作品，通过它，可以看到我国古代爱情作品中反封建的优秀传统是怎样被继承着、发展着、光大着的。

《娇红记》是一部成功的现实主义作品。作者运用现实主义手法，将封建社会中在婚姻问题上大量存在的矛盾和客观的力量对比加以集中概括，把娇娘、申纯争取婚姻自由的斗争和帅公子的逼婚这两条线交织在一起，展开了悲剧性的冲突。作者努力刻画娇娘和申纯的崇高理想、优美的内心世界和横溢的才华，并将其与不学无术、荒淫无耻的帅公子进行对比，突出了两种不同性爱观的尖锐对立。随着娇、申爱情的发展，他们和封建势力的矛盾也一步步激化，最后他们殉情而死，把悲剧冲突推向高潮。这些现实主义描绘深刻地揭示了当时在婚姻上存在的巨大矛盾，控诉了封建社会对青年美好愿望的扼杀，具有感发人心的巨大艺术力量。在舞台关目的安排上，作者擅于从实境实情出发，把握人物在特定环境下的心情，通过细腻的心理描绘，揭示人物的精神面貌。例如《生离》一出里，王文瑞将娇娘许嫁帅公子，申纯被迫离开王家。申纯向王文瑞辞别，娇娘暗上偷觑，当她和申纯的目光相遇时，她控制不住内心的悲痛，掩面暗泣，而当王文瑞唤她与申纯相别时，她却掩泪急下，再催也不出来。在这过程中，娇娘没有一句唱词或道白，但观众却完全可以感受到她内心的巨大悲痛，真有"此时无声胜有声"之妙。《娇红记》这些现实主义描绘，深受《会真记》《西厢记》等作品的影响，反映了《牡丹亭》之后，爱情作品从浪漫主义到现实主义的发展。

《娇红记》的曲辞具有浓郁的悲剧色彩。为了表现主人公的强烈的反抗性格，作者赋予他们的曲辞以悲壮的风格。在《生离》一出，当申纯知道王文瑞已将娇娘许嫁给帅公子时，他向娇娘诀别，要她勉强跟帅公子结婚，这引起娇娘极大的反感。她说："兄丈夫也，堂堂六尺之躯，乃不能谋一妇人！……妾身不可再辱，既已许君，则君之身也。"接唱【五般宜】曲："你做了男儿汉，直恁般性情憎！我和你结夫妻恩深义重，怎下得等闲抛送，全无始终！"这段烈性如火、悲壮激烈的曲白，很好地写出了这一悲剧人物刚强不屈的反抗性格。但是，在大多数情况下，娇娘和申纯的曲辞却是哀愁感伤的。它表现了悲剧主人公追求理想，又找不到在现实中实现理想的愁苦心情。例如在《泣舟》一出里，娇、申互诉悲情的【玉交枝】【豆叶黄】【川拨棹】等曲，运用重迭、回环、断而又续等句式，缠绵婉转地表现出这一对生死恋人呜呜咽咽的哀音，声情结合，凄切动人。《娇红记》的语言流畅自然，同时又较注重文采，诗意浓厚。在语言风格上，孟称舜基本上是属于和王实甫、汤显祖等一样的文采派作家。

毋须讳言，《娇红记》不是白璧无瑕的。在娇娘和申纯身上存在着落后消极的因素。他们看不到爱情不能实现的深刻社会根源，把它看作命运的捉弄。娇娘说："不是我负心爹无始终，则我多情女忒命穷。"申纯也把自己的悲剧认为是"前生命穷，今生命凶"。他们思想中的消极宿命观，是造成悲剧的主观因素，也反映了作者思想的局限。娇、申死后化为鸳鸯，上承焦仲卿、刘兰芝化鸟，梁山伯、祝英台化蝶，在幻想的领域里表现人民善良的愿望。但认为生前不能成夫妇，死后却可以美好团圆，往往导致一些在爱情上失望的青年走向双双殉情的道路，这消极影响的一面也必须看到。另外，作品长达五十出，冗长枝蔓，像番兵入侵的一些场次就与作品主题关系不大，反映了传奇家贪多炫博的习气。

本篇为王季思主编《中国十大古典悲剧集·娇红记》（上海文艺出版社1982年版）之"后记"，由本人执笔撰写。该文曾刊《文艺理论研究》1981年第3期，题目为《〈玉簪记〉〈绿牡丹〉〈娇红记〉的思想意义和艺术特征》，署名为"中山大学戏曲史师资培训班"

以讹传讹，以俗化雅

——从梁灏故事的衍变看古代戏剧题材的世俗化

宋代的梁灏以高年参加科举并一举夺魁的传奇故事因为编入了蒙学读物《三字经》而为世人所熟知和艳羡，并进而成为戏剧的表现对象。今存有关梁灏科举的戏剧计有《不伏老》《题塔记》和《青袍记》（一名《折桂记》）等数种。饶有兴味的是，这一故事题材的形成及戏剧化经历了一个从正史到讹传，再到以讹传讹的演进过程，在情节如雪球般不断滚大、丰富的同时，其内涵及审美取向也从最初的表现文人情怀向着民间趣味转化。其衍化进程可谓古代戏剧题材世俗化的生动例证。

一

《三字经》云："若梁灏，八十二。对大廷，魁多士。彼既成，众称异。尔小生，宜立志。"这里说的是宋代梁灏以耄耋之年科考夺魁的故事，这一故事因此而脍炙人口，梁灏也被视为大器晚成的励志典范。然而，征之史实，梁灏以高年夺魁实乃以讹传讹，与历史真相大相径庭。

南宋王称《东都事略》有《梁颢①传》，载其生平云：

> 梁颢字太素，郓州项城②人也。从王禹偁为学，禹偁颇器之。举进士，太宗召升殿，擢冠甲科。……卒，年四十二。颢风姿粹美，强力少疾，闺门雍睦，与人交久而无改，士大夫多之。子固继，世擢第一，为直史馆，早卒。固弟适，相仁宗，自有传。③

---

① 梁颢，即梁灏，两字通用。
② 按，梁灏应为郓州须城人，此处"项城"乃原书刊刻之误，因点校本未改，故依原貌。
③〔宋〕王称撰，孙言诚、崔国光点校：《东都事略》卷四十七，齐鲁书社2000年版，第373～374页。

同为南宋人黄震的《古今纪要》亦有关于梁灏的记载：

> 梁灏太素，郓人。从禹偁学。冠甲科。论边事。雍睦。耐交。知开封。卒，年四十二。子固继擢第。固弟适，相仁宗。①

两书所记基本相同，均明确指出梁灏卒年为四十二岁，却未提及其"冠甲科"时的年岁。而南宋李心传《建炎以来朝野杂记》中有"状元年三十以下数"一条，即有"梁内翰灏、张舍人孝祥、王尚书佐皆二十三"②的记载。由此可知，梁灏中状元时的年岁是二十三岁，恰是青年才俊，与《东都事略》中"风姿粹美，强力少疾"之语相合。

除此之外，宋代史籍中关于梁灏的生平记载还有两事极为人所称道。一件事为"玉殿传胪"。传胪是殿试后由皇帝亲自唱名赐第的仪式。《皇朝编年纲目备要》卷三记载："乙酉雍熙二年（985）……三月，亲试举人，初唱名赐第。得梁灏以下一百七十余人，诸科一百余人，并唱名赐及第。……"③《宋朝事实》卷十四亦曾记载"唱名自雍熙二年（985）梁灏榜始"④。由此可知，传胪之制是始于雍熙二年（985）梁灏榜。梁灏不仅取为第一，而且经皇帝金口唱名赐状元及第，可谓自有科举以来第一人，自是荣耀非凡。

另一件事是其子固亦中状元，一门父子两状元。梁固中状元是在北宋真宗大中祥符二年（1009）。李心传《旧闻证误》卷一中有一处证王明清《挥麈前录》之误："本朝父子状元及第，张去华、子师德，梁灏、子固而已。出王明清《挥麈前录》。按，开宝二年，安德裕状元及第，五年，子守亮继之，凡三家。仲言遗其一耳。"⑤ 可见有宋一朝，父子状元不过三例，而就整个科举历史来看，这种情况也并不多见。梁氏一门父子两状

---

① 〔宋〕黄震：《古今纪要》卷十七，《影印文渊阁四库全书》本，台湾商务印书馆1986年版。
② 〔宋〕李心传撰、徐规点校：《建炎以来朝野杂记》甲集卷九，中华书局2000年版，第183页。
③ 〔宋〕陈均编，许沛藻、金圆、顾吉辰、孙菊园点校：《皇朝编年版纲目备要》，中华书局2006年版，第72页。
④ 〔宋〕李攸：《宋朝事实》，中华书局1985年版，第217页。
⑤ 〔宋〕李心传撰、崔文印点校：《旧闻证误》，中华书局1981年版（与《游宦纪闻》合刊），第3页。

元，显赫一时，梁氏家族亦由此成为宋代东平地区的望族，而东平县至今还存有纪念梁灏梁固的"父子状元坊"。

那么，《三字经》所云梁灏八十二岁中状元的说法又是从何而来呢？原来，在宋代还存在着另一种说法。

洪迈在《容斋四笔》"梁状元八十二岁"一条中说道：

> 陈正敏《遁斋闲览》："梁灏八十二岁，雍熙二年（985）状元及第。其谢启云：'白首穷经，少伏生之八岁；青云得路，多太公之二年。'后终秘书监，卒年九十余。"此语既著，士大夫亦以为口实。予以国史考之，梁公字太素，雍熙二年（985），廷试甲科，景德元年（1004），以翰林学士知开封府，暴疾卒，年四十二。子固亦进士甲科，至直史馆，卒年三十三。史臣谓："梁方当委遇，中途夭谢。"又云："梁之秀颖，中道而摧。"明白如此，遁斋之妄不待攻也。①

陈正敏生卒年不详，《遁斋闲览》全本今已不存，《说郛》收录一卷，共四十四条，不见此事。《郡斋读书志》谓此书为"皇朝陈正敏崇观间撰"②。另外与《遁斋闲览》相近似的记载还有同样出于北宋时人孔平仲的《谈苑》和彭乘的《续墨客挥犀》，由此可知，此一传闻在北宋中叶以后便已广为流行了。

除了《遁斋闲览》等笔记以外，还有修于元代的《宋史·梁颢传》：

> 梁颢字太素，郓州须城人。……父文度早世，颢养于叔父。王禹偁始与乡贡，颢依以为学，尝以疑义质于禹偁，禹偁拒之不答。颢发愤读书，不期月，复有所质，禹偁大加器赏。初举进士，不中第，留阙下。……雍熙二年（985），复举进士，廷试，方禹中献赋。太宗召升殿，询其门第，赐甲科，解褐大名府观察推官。……颢有吏才，每进对，词辨明敏，真宗嘉赏之。凡群臣上封者，悉付颢洎薛映详阅可否。……景德元年（1004），权知开封。……颢美风姿，强力少疾，闺门雍睦。与人交久而无改，士大夫多之。六月，暴病卒，年九

---

① 〔宋〕洪迈：《容斋四笔》卷十四《容斋随笔》，上海古籍出版社1978年版，第776页。
② 〔宋〕晁公武撰、孙猛校证：《郡斋读书志校证》，上海古籍出版社1990年版，第591页。

十二。①

《宋史》虽没有载明梁灏中举时的具体年纪，但明确记载其卒年为九十二岁，其时为真宗景德元年（1004）六月，据此反推，其中举时年纪应为七十三岁，这与文中所记"颢美风姿，强力少疾，闺门雍睦"等语实不相合。故对于《宋史》的讹误，前人早有考辨。②

陈正敏《遁斋闲览》之妄已受到洪迈的有力批驳。洪迈所据之"国史"应指宋代官修国史，因梁灏生活于北宋太祖、太宗和真宗三朝，故其所记应为成书于天圣八年（1030）的《三朝国史》，惜今已不传。王称《东都事略》于南宋光宗绍兴间（1190—1194）初刻于四川眉山；李心传于南宋宁宗嘉泰二年（1202）写成《建炎以来朝野杂记》甲集；黄震卒于元至元十八年（1281），《古今纪要》应是南宋末年编修完毕。虽然两宋之官修、私修史书对梁灏的及第年岁和卒年都有明确可靠的记载，但也不能阻止"梁灏晚达"故事的流传。洪迈认为此事"明白如此，遁斋之妄不待攻"，然而在南宋时，这一讹传已成为典故。与黄震同中宝祐四年（1256）进士的陈著在《代族弟观回蒋定女札》中便如是写道："永锡难老，幸偕乐于藻芹；寒然后知，尚相期于松柏。毋曰隐居而自适，行观大器之晚成。掇梁灏之科名，维其时矣；展太公之事业，跂予望之。"③

自《三字经》在南宋广为流行之后，极大地推动了梁灏晚达故事的传播，使之达到家喻户晓、妇孺皆知的地步。《三字经》固然是以讹传讹，然而这其中却反映了科举时代的社会心理。自古以来，少年得志和大器晚成都是十分令人艳羡之事，而在科举时代，后者又有着更为深刻的社会意义。科举既为文人取得功名的唯一途径，然此种通过考试的选拔制度，必定会出现大量的落选者。对那些老趼场屋的失意者来说，梁灏的大器晚成很自然地成为他们的精神支柱，也是激励他们继续奋斗的强大动力。元人祝诚在《莲堂诗话》中评欧阳修《送郑荦先辈赐第南归》一诗时说道："宋之人才不得一第，老而不休。观此诗及梁灏得第之吟，岂但

---

① 〔元〕脱脱等：《宋史》卷十一，中华书局1977年版，第9862～9866页。
② 关于《宋史·梁颢传》的考辨，可参见钱大昕《廿二史考异》之《宋史》卷十一《梁颢传》、俞正燮《癸巳存稿》卷八《书宋史梁颢传后》。
③ 〔宋〕陈著：《代族弟观回蒋定女札》，见曾枣庄、刘琳主编《全宋文》第350册，上海辞书出版社、安徽教育出版社2006年版，第421页。

可以资老举人之谈笑，亦足以励仕进之志云。"① 清人金埴在《巾箱说》中记录此事时亦说道："俾知老蹭场屋者之终得博一第，而弗使之丧气也。事虽讹，而训世之意甚善也。"②

于是我们看到，宋代以还这一典故大量出现在文人的诗文之中，用以自勉勉人，亦常寄寓祝福：

自叹乐天之白雪，敢期梁灏之青云。③（元陆文圭《回生日启》）

梁灏登科尽头白，位望虽迟年八十。④（明张宁《送赵士英下第南归》）

梁灏科名犹可绍，窦家世泽未应穷。⑤（明王鏊《贺李谕德子阳五十得子》）

八十前头看梁灏，白袍元是一书生。⑥（明顾清《次韵用常有怀见寄兼送三儿失举还京因以自叹之作二首》之二）

子牙出将之年，喜耽翰墨；梁灏登科之岁，戏看盘铃。⑦（清尤侗《汤太公八十征诗引》）

若仍对策同梁灏，倘使同舟或郭仙。⑧（清李调元《寄祝袁子才八十用尚书毕秋帆沅前韵兼以奉怀》）

显然，在科举文化的语境中梁灏已成为一个代表性符号，在其身上凝聚着科举时代文人的价值取向，寄寓着文人自身的情感和理想。对文人士大夫来说，他们并非没有能力对此事的真伪做出理性的考辨，但他们宁愿

---

① 〔元〕祝诚：《莲堂诗话》，中华书局1985年版，第48页。
② 〔清〕金埴撰、王湜华点校：《巾箱说》，中华书局1982年版（与《不下带编》合刊），第137页。
③ 李修生主编：《全元文》第17册第561卷，江苏古籍出版社2000年版，第484页。
④ 〔明〕张宁：《方洲集》卷五，见沈乃文主编《明别集丛刊》第1辑第48册，黄山书社2013年版，第52页。
⑤ 〔明〕王鏊：《震泽先生集》卷四，见王鏊著、吴建华点校：《王鏊集》，上海古籍出版社2013年版，第82页。
⑥ 〔明〕顾清：《东江家藏集》卷十四，《影印文渊阁四库全书》本，台湾商务印务馆1986年版。
⑦ 〔清〕尤侗：《西堂杂组二集》卷七，见尤侗著、杨旭辉点校：《尤侗集》，上海古籍出版社2015年版，第268页。
⑧ 〔清〕李调元：《童山诗集》卷三十四，中华书局1985年版，第470页。

相信讹传，其真相则被人们选择性忘却。梁灏故事的这种以讹传讹、以讹为正的衍化过程清晰地显示了人们是如何按照自身的主观愿望和社会心理来对史实进行改造和重塑的。

二

在俗文学兴盛的时代，这一极富传奇色彩的故事很自然地成为戏剧表现的热门题材。明代，表现这一题材的戏剧计有冯惟敏的杂剧《不伏老》、徐复祚传奇《题塔记》、张楚传奇《题塔记》，以及无名氏传奇《青袍记》（一名《折桂记》）四种，它们呈现出两种不同的风貌。

冯惟敏的杂剧《不伏老》，全名《梁状元一世不伏老》，又名《玉殿传胪记》，演梁灏少年参加科考，却屡试不第。亲人朋友劝其选官，然梁灏不愿辜负平生之志，故无视他人冷眼嘲讽，愈挫愈勇，终以八十二岁高龄赴试，高中状元，更得皇帝玉殿传胪，真可谓苦尽甘来，一扫之前的失意落拓。《不伏老》为五折杂剧，篇幅较短，故可紧扣梁灏晚达一事，集中描述他五十余年科场辗转之坎坷情状。作者在剧中极力展现梁灏在亲友的劝告、仆人的冷言和监考官的嘲讽之下，仍不为所动并坚持心中理想。高中状元、玉殿传胪，展现的正是这种坚持和执着带来的成功和荣耀，足可激励天下所有失意人。这正是典型的文人价值取向。此剧作者冯惟敏才高志大，他希望凭科举一途获取功名，但却屡试不中，失意半生，故作此以寄情怀。剧中的梁灏既是冯惟敏的化身，也是数百年来科场受挫之人的象征。虽然现实中大多数老踬场屋之人无法像梁灏那样可以一偿夙愿，但是却并不妨碍他们在这部剧中或这个故事里找到情感的共鸣和理想的归宿。

徐复祚的传奇《题塔记》今已不传。张楚同名传奇亦以梁灏晚达为主线，状其早年生活和求学之种种艰辛。除了这一主线之外，因传奇篇幅较长，故作者又据史敷衍，增添诸多情节，如史书中载梁灏曾从王禹偁学，作者便将此师徒之谊发展成翁婿之情，叙王禹偁因爱梁灏才学，遂将女儿许配于他。此剧亦记王禹偁因谤讪罪罢知滁州事，而梁灏流落延郦、扈跸北征诸事，前人推断大体是从梁灏落第羞归和奉使陕西生出[①]，虽不合正史，亦有所依凭。剧名标作"题塔"，乃取唐人进士及第之后题名雁

---

① 参见董康《曲海总目提要》，人民文学出版社1959年版，第1670～1672页。

塔的典故，即意味着科举高中之后的名播天下。因此，虽然《题塔记》与《不伏老》相比，情节更为生动曲折，对史实也有所增益，但是二者的价值取向与审美趣味却大体相同，都没有离开这个故事既有的主题，其中所体现的文人情怀是显而易见的。

无名氏的《青袍记》传奇则将这一故事做了很大改动：梁灏家贫无妻，从母命至望仙楼读书。吕洞宾逢大运劫数，求救于文曲星下凡的梁灏，躲过雷击。吕特写像留题预示梁灏及其子都将高中状元。灏与诸友会，说遇仙一事，又与众人打赌，留宿望仙楼，遇魁星点额。吕洞宾因感灏恩，亦于当晚命柳树精将灏命中之妻薛玉梅送至望仙楼。灏见玉梅衣衫不整，以青袍覆之。后二人成就良缘。秋闱将至，灏与诸友赴试，竟入月宫获嫦娥赠桂枝。是年，灏中解元，玉梅产子。灏因时逢乱世，遂隐居二十载。入宋之后，灏再次赴试，然因当初泄露天机，故被吕洞宾罚九赴恩科仍不得中状元。吕洞宾送仙丹与梁母，为其治病延寿，使其可亲见子孙中试、门楣光耀。梁灏终以八十二岁高龄夺魁，全家俱获朝廷赐封。

《不伏老》《题塔记》等剧，尽管也有编撰的成分，但总体来说，基本遵循着史实，其核心情节不离梁灏八十二岁中状元、玉殿传胪、父子状元和从王禹偁学这几个核心要件，其主旨均在于表现"有志者事竟成"的理念，且绝无涉神异。而《青袍记》的主旨则可以用"万事皆由命定"来概括。为演绎这一主旨，作者增添了诸多神异情节，除了晚达和父子状元二事与梁灏直接相关外，剧中的人物和情节多是附会杜撰而成。在不断衍生的故事情节中，读者和观众的耳目之欲得到了极大的满足，但叙事的复杂性却消解了"梁灏晚达"这一主线情节的唯一性，而作者对戏剧性和趣味性的极力追求也淡化了这一故事原有的励志色彩和悲壮情调。

中国传统的天命观强调"尽人事，听天命"，不管是文人士大夫还是下层民众，因为在认知和能力上存在着局限，故或多或少都会受到这种观念的影响，而"万事皆由命定"和"有志者事竟成"这两种不同的人生态度显然不是绝对对立的。但就普通民众而言，因为种种条件的限制，他们对宇宙人生的认识相对肤浅，更容易接受一切都是命中注定和鬼神安排的观念。相对封闭保守的生存环境和长久以来对"自我"的忽视，也使他们更愿意相信并屈从于命运的力量。只有如此，他们才能从那些看似偶然发生的事件中找到必然的联系和自认为可靠的解释。故与《不伏老》和《题塔记》所体现的文人情怀不同，《青袍记》所代表的显然是民间立场。后者正是围绕着"命定"的主旨将原本互不相干的事件整合在一起，很好地迎合了一般民众的价值观念和审美趣味，因此在民间受到了极大的欢迎。

为了宣扬天命观，作者首先便将梁灏设定为文曲星下凡，并用救渡吕洞宾、魁星点额和蟾宫折桂三个情节来展现他的不同凡响。在剧中，吕洞宾是作者特意增设以用来推动剧情发展的，他的出现首次点破了梁灏的身份。因梁灏有奎光护体，故可掩盖变成粟粒的吕洞宾，使其避开雷电追击。为答谢救命之恩，吕洞宾特意题诗透露梁灏将来会有父子状元之显荣。梁灏后因打赌留宿望仙楼并获魁星点额，此事除了展现其过人的胆识和超凡的气度外，也是为了进一步强调他中状元乃是天命所归。因此，梁灏在得知传闻中的鬼物是魁星之后，便如此唱道：

【前腔】（生）常道妖魑鬼怪把人迷，元来是踢斗魁星在此居。相逢点额应昌期。须知有日风云际，拟看春闱占大魁。①

此后梁灏更直入月宫，获嫦娥赠送第一仙芝。天下士子梦寐以求的东西被他轻而易举地夺得，这一切都是因为他乃文曲星转世，是命中注定的状元郎。因此，梁灏虽然家贫无依，但他特殊的身份早已预示了他将成就不凡。这些情节虽是作者移花接木、拼凑而成，但并不妨碍人们对它们的接受和认可。因为在世人眼里，梁灏必然天赋异禀，才会获得如此高的科举功名和身份地位，所以在天命观和神鬼观念的引导下，人们相信这些博学多才、文采斐然且功名卓著之人都是神仙下凡，梁灏当然也不例外。

科举制度的建立及发展成熟，对人们的价值取向、思想观念和生活方式造成了极大的影响。世人对科举的关注和信念，使民间出现了许多与文运和考试相关的神灵，魁星和文曲星即是其中的代表。他们在由自然神转变为人格神的过程中，逐渐融入并不断影响着人们的社会生活。因为文曲星经常出现在民间传说和戏文小说之中，所以更为世人熟知。梁灏八十二岁中状元一事足可称异，人们甚至将他与姜太公类比。他在数百年来一直为人传颂，具备了被言说成神的条件，而且就民间信仰的随意性、功利性

---

① 〔明〕无名氏：《青袍记》，见《古本戏曲丛刊二集》影印明万历间金陵文林阁刊本，卷上第15a。

和复杂性来看，他被奉为神是十分自然的事。云南大理下关文庙中有一文昌宫，其中"殿龛上塑有文昌帝君，左塑苏老泉，右塑梁灏"①。《光绪嘉定县志》卷三十一"祠宇"中列有"采仙祠"，注明"祀梁灏，同治四年重建"②，而《民国嘉定县续志》卷十五的寺观祠宇表中则标明这一"彩仙庙"（即"采仙祠"）位于严庙乡，占地二亩五分，房屋十间，供奉的是梁灏③。二书并未说明其奉祀目的，由其身份推测，应是与科考文运相关。不止如此，梁灏还被纳入民间的门神信仰系统，成了能为人们带来功名利禄的文官门神之一④。由此可知，《青袍记》的作者将梁灏设定为文曲星下凡是符合当时民间的信仰观念和风俗习惯的。这一戏曲同时也成为了强化梁灏神圣地位的重要工具，它对这一民间造神运动起到了极大的宣传和推动作用。

因为对命定观念的强调，所以虽然梁灏在《青袍记》中对自身才学仍十分自信，但是一系列的神异事件却使其自信更像是来自他对命运的预知。有着如此明确天命的梁灏之所以屡遭挫折，竟至八十二岁才夺魁，是因为他曾泄露了天机。而梁灏因为笃信自己一定会中状元，所以才会每次都拒绝低于此的功名。作者运用天命观和因缘果报的思想化解了这一情节设置上的矛盾，既没有破坏传闻中梁灏的人生轨迹，也极大地提升了此剧的戏剧性和趣味性。梁灏因被塑造成大器晚成的典范，故他及第的时间竟晚于其子梁固，这种因伦理观念而产生冲突的可能性正好被戏曲小说家们用来丰富剧情。梁灏先后九次赴试，不中状元誓不罢休，除了因预知自己能中状元故不肯屈就外，也是因为不想落于儿子和学生之后。这种出于民间思维的解读与改编正好符合了中国社会的伦理道德观念。

除了将梁灏设定为文曲星下凡以推动主线情节的发展之外，《青袍记》还插入了"天赐夫人"这一生旦遇合情节，而其中所体现的同样是

---

① 苏曼中：《下关文庙》，载中国人民政治协商会议云南省大理市第六届委员会编《大理市文史资料》2006年第13辑，第148页。
② 〔清〕程其珏修、杨震福等纂：《光绪嘉定县志》，见《中国地方志集成·上海府县志》第8辑，上海书店、巴蜀书社、江苏古籍出版社1991年版，第633页。
③ 参见范钟湘、陈传德修，金念祖、黄世伸等纂：《民国嘉定县续志》，见《中国地方志集成·上海府县志》第8辑，上海书店、巴蜀书社、江苏古籍出版社1991年版，第880页。
④ 关于门神信仰的变化以及梁灏作为文官门神的研究，可参看台湾云林科技大学汉学资料整理研究所硕士班郑亦涵的硕士论文《中国祈福门神及相关图像之研究》（2010年6月，指导教授：王瀞苡。未刊）。

姻缘命定的观念。在剧中,梁灏的妻子被换成了薛玉梅,而不再是王禹偁之女。薛玉梅被设定为梁灏命定之妻,具有"状元妻状元母"之命格。而吕洞宾更是为了报恩才命柳树精将玉梅送至望仙楼上,以成就二人良缘,并促成"父子状元"事。梁、薛二人的相遇过于神异且稍嫌悖礼,虽然梁灏能够镇定自若且行止合宜,以青袍覆玉梅并将其送至母亲处照顾,后二人更遵循礼法结为夫妻,但是男女夜逢,女方又衣裳不整,难免会给人风月遐想。然而在姻缘命定和因果报应等观念的主宰之下,这一切却又显得合情合理,其荒诞性则正好转变成戏剧性和趣味性。

"天赐夫人"的情节,本事应出元好问之《续夷坚志》,其主角并不是梁灏,而是金代的梁肃。梁肃,字孟容,奉圣州(今河北涿鹿)人,天眷二年(1139)进士,《金史》有传。"天赐夫人"一事,后世多有流传,坊间亦有多个版本①,均与梁灏无关。然而编撰戏曲小说者多喜移花接木、张冠李戴,梁肃既与梁灏同姓,"天赐"之语又与天缘注定暗合,那么《青袍记》作者的移用就是得来全不费工夫了,它不仅使剧情更为变幻摇曳、生动有趣,还进一步深化了此剧"万事皆由命定"的主旨。

显然,《青袍记》对梁灏故事的世俗化改编,使故事内涵呈现出的已不仅是单纯的文人情怀,更多地融入了民众的价值取向和审美趣味。梁灏在剧中既能获得天赐良缘,又能以八十二岁的高龄中状元,梁氏一门之富贵显达,自是旁人难及。虽然在正统文人的心中,科举功名不过是实现理想的一个途径,但是在普通民众看来,功名富贵本身就是最高的理想和终极的目的。而这一切都是命中注定和由鬼神安排的,非人力所能强求。《青袍记》浓墨重彩地展现这些令人惊叹艳羡的曲折情节和热闹繁盛的情景,正好契合了这种心理。正如《二刻醒世恒言》的作者在《九烈君广施柳汁》一则中所说的:"若论那十二岁为丞相的,自秦到如今,也只得一个甘罗,不曾闻有第二;若论那八十余岁中状元的,自宋到今,也只得一个梁灏,后来却也无双。可见功名难得,就如登天之难;易的也似拾芥之易。看起来,或者也真有个天数么。正是:贫通得丧不由人,暗里教君

---

① 关于"天赐夫人"诸版本,可参见近人董康所编《曲海总目提要》中《折桂记》条,后附数种"天赐夫人"传说。

听鬼神。时运若逢君莫笑，铁生光彩木逢春。"①

三

吕天成在《曲品》中用俗演之《望仙楼》来衬托徐复祚所作传奇《题塔记》，他认为前者"不足观"②。祁彪佳在《远山堂曲品》著录了《折桂记》（即《青袍记》），将之贬入"具品"，其评语为："此亦传梁太素者。母与孙系添出。虽其中点缀一二，终是庸笔所为。以视《题塔》一记，何异蜣转之于苏合也！"③ 他在《归南快录》中记崇祯乙亥（1635）在杭城所观看的戏剧，其中六月十六日看的就是《题塔记》④，而此《题塔记》应是张楚所作。然于演梁灏故事的诸剧中，祁彪佳最为激赏的还是冯惟敏的杂剧《不伏老》，他在《远山堂剧品》中将之列入"雅品"，并评论道："偶阅俗演《梁太素》曲，神为之昏。得此剧，大为击节。近有《题塔记》，能畅写其坎坷之状，而曲之精工，远不及此。"⑤ 在祁彪佳眼中，《不伏老》《题塔记》、俗演《梁太素》曲等而下之，结合他在《远山堂曲品》中对《折桂记》的评价以及吕天成的相关评论，可以推知所谓《梁太素》曲指的即是《青袍记》（《折桂记》）⑥。不难看出，在吕天成、祁彪佳等人眼中，为之击节赞赏的是《不伏老》《题塔记》等文雅之作，而《青袍记》则是"不足观"的"庸笔"而已。然而在当

---

① 〔清〕心远主人著、北京大学图书馆古籍研究室整理、张荣起校订：《二刻醒世恒言》，北京大学出版社1990年版，第17页。

② 〔明〕吕天成撰、吴书荫校注：《曲品校注》，中华书局2006年版，第284页。按，杨志鸿抄吕天成《曲品》中著录徐复祚（爽鸠文孙）所作传奇《题塔记》，将之列入"上下品"，谓"梁灏事，曲写晚成志节，亦足裁少年豪举之气。俗演望仙楼一事，不足观"。"望仙楼一事"，即《青袍记》中的相关情节。

③ 〔明〕祁彪佳：《远山堂曲品》，见中国戏曲研究院编《中国古典戏曲论著集成（六）》，中国戏剧出版社1959年版，第90页。

④ 参见〔明〕祁彪佳著、黄裳校录《远山堂明曲品剧品校录》，古典文学出版社1957年版，第331页。

⑤ 〔明〕祁彪佳：《远山堂剧品》，见中国戏曲研究院编《中国古典戏曲论著集成（六）》，中国戏剧出版社1959年版，第153页。

⑥ 吴书荫先生曾于《明代戏曲作家作品考略》中考证《青袍记》，认为其作者是王乾章。《（道光）东阳县志》卷二十八有"至今梨园所唱悉王曲"的记载，即指王所作《梁太素传奇》，而当时民间盛演的以梁灏为题材的传奇正是《青袍记》，二者应为同一剧。具体可参见吴书荫《明代戏曲作家作品考略》，见中国艺术研究院戏曲研究所《戏曲研究》编辑部编《戏曲研究》第12辑，文化艺术出版社1984年版，第180～184页。

时，民间盛演的梁灏戏剧却正好是被他们视为庸笔的《青袍记》。

吕天成在《曲品》中著录《题塔记》一剧时，特用俗演《望仙楼》来与之对比，可见《望仙楼》在当时是相当流行的一出折子戏。《徽池雅调》曾选此剧中《八旬状元》一折，《尧天乐》选《梁太素衣锦还乡》一折，《昆弋雅调》选《太素荣归》和《梁灏游街》。由此可知，《青袍记》（《折桂记》）被改编成多种声腔，成为各地方戏剧中的流行剧目。《琉球剧文和解》中有五种唐跃①剧目，《望先楼》（即《望仙楼》）便是其中一种。就剧本而言，其唱词基本为上下对句，对白通俗易懂，应是以地方剧种的形式传入琉球的。② 从现存资料来看，川剧高腔戏中有经典剧目"五袍""四柱""江湖十八本"，《青袍记》即"五袍"之一，而此剧亦随川剧入滇，成为滇剧传统剧目。湖南辰河戏中亦有整本《青袍缘》，衡阳湘剧中有折子戏《望仙楼》《不老夸才》和《五福团圆》，湘剧中则有《不老夸才》和《五福团圆》，祁剧亦有《五福团圆》。据《湖南高腔剧目初探》的资料可知，辰河戏和衡阳湘剧中的《望仙楼》所演即"天赐夫人"事，乃"小生、花旦唱、做并重戏"③。

除了被改编成戏曲之外，梁灏故事还以图像艺术这种更为直观的形式出现在人们的生活中，其中最常见的就是被绘成瓷器纹饰。元明清时期，许多戏曲小说中的人物和情节会被绘成瓷器纹饰，梁灏戏剧也不例外。饶有兴味的是，就目前的资料显示，有关梁灏戏剧最常被绘在瓷器上的是"天赐夫人"（图1、图2）和"蟾宫折桂"（图3、图4）这两个情节，而此二者全部出自《青袍记》。这自然跟《青袍记》的盛演密切相关。我们知道，明清时期瓷器上的有关戏曲小说的纹饰大多出自民窑，很显然反映的是普通民众的审美趣味。

《青袍记》的盛演和其瓷器纹饰的盛行，更强化了梁灏故事的民间色彩。现在可知的关于梁灏的民间传说故事，多涉神异，而在《青袍记》之前，梁灏故事系统中是完全没有神异因素的。明人西周生《醒世姻缘传》第十七回，晁家出事，晁夫人没人商议，"只指望这一会子怎么得一

---

① 唐跃，即在琉球上演的中国戏剧，可参见板谷彻著、张志凡译《关于唐跃》，载《戏剧艺术》2009年第6期。

② 《望先楼》的剧本可参看《琉球剧文和解》，载《戏剧艺术》2009年第6期。

③ 湖南省戏曲研究所主编，文忆萱、江沅球、乔德文编写：《湖南高腔剧目初探》，湖南省戏曲研究所1983年版，第123页。

图1 清顺治五彩青袍记花觚　　图2 清顺治青花五彩人物故事图罐
（现藏景德镇陶瓷馆）　　　　（英国巴特勒家族藏）①

图3 清康熙青花蟾宫折桂图盘②　　图4 明崇祯青花蟾宫折桂图莲子罐③

---

① 图片来自 *ShunZhi Porcelain*（1644—1661）: *Treasures form an Unkonwn Reign*，2002，第59号瓷器。此图片由刘德智先生提供，特此注明，聊表谢忱。
② 图片来自铁源主编《明清民窑瓷器鉴定·顺治康熙卷》，朝华出版社2005年版，第129页。
③ 图片来自铁源主编《明清民窑瓷器鉴定·天启崇祯卷》，朝华出版社2005年版，第52页。

阵大风，象括那梁灏夫人的一般，把那邢皋门从淅川县括将来才好"①。由此可知，"天赐夫人"的情节在明代已相当流行。据上文考述，梁灏取代梁肃成为这一事件的主角应是出于《青袍记》，由此可以推知此剧在民间的影响力和受欢迎程度。

《青袍记》在民间的盛演也影响了后世人们对它的改编。在清末民初小说《吕洞宾三戏白牡丹》第十九、二十回中，作者插入梁灏修造洛阳桥事。除梁灏仍是八十二岁及第外，其籍贯、身世均被改变，但他与吕洞宾的关系则明显承自《青袍记》，而故事中宣扬的因缘果报思想亦与此剧相似。总的来说，原本普通无奇的梁灏故事，凭借"以讹传讹"的社会心理和天命观的渗入而变得丰富多彩，其内涵和审美取向则从文人情怀向着民众趣味转化。这一世俗化的过程，清晰地显示了戏剧题材的衍变中民间观念的影响和民间文化的主导。

（附记：中山大学中国古文献研究所黄仕忠教授、中文系硕士研究生李继明为本文提供了相关文献材料，特此鸣谢。）

原刊《文化遗产》2014年第1期，署名欧阳光、何艳君，由何艳君执笔

---

① 〔明〕西周生撰、黄肃秋校注：《醒世姻缘传》，上海古籍出版社1981年版，第249页。

明清时期乡村演剧戏资体制初探

一、乡村演剧与戏资

明清时期,乡村演剧日见频繁。无论四时佳节,或喜庆活动,或许愿酬神,或祭祖祀神,乡民都喜欢聚集一起,用演剧来集体表达他们对祖先的追思、对神灵的敬畏、对喜事的欢庆。《汜水县志》云该县"醵钱唱剧,习俗若狂,难以丕变"①。《蕲水县志》载:

> (三月)二十八日,俗谓"东岳诞辰",演剧设醮累十日。
> (五月)自十一日起为"关帝会",为"张王会",至十八日为"送船会",巴兰俱有之……皆演台阁故事以庆之。费金钱,糜酒食,虽贫民不避焉。
> (八月)五乡俱演剧报赛。②

《黄梅县志》载:

> 三月初三日为"大医禅师诞辰",十月二十二日"大满禅师诞辰"……又,五月二十八日"城隍大会"……八月二十二日"宋昭德侯神会"……西乡村俗,建坛设额,诵经演剧……靡然繁费矣。③

---

① 丁世良、赵放主编:《中国地方志民俗资料汇编·中南卷》,北京图书馆出版社1991年版,第12页。
② 丁世良、赵放主编:《中国地方志民俗资料汇编·中南卷》,北京图书馆出版社1991年版,第361页。
③ 丁世良、赵放主编:《中国地方志民俗资料汇编·中南卷》,北京图书馆出版社1991年版,第366页。

《合水县志》载：

> 每岁二月二日，城南药王庙会……次日，为文昌会。三月十八日，后土会。四月二十八日，城隍会。五月十日，关帝会。凡会必演剧……其村中自为祷祈者，多用影戏。①

村镇演剧不仅频繁，还对演出质量亦有较高追求。明代浙江鄞县屠氏宗族，为祭祖而举办演剧活动，先后于明万历四十一年（1613）、清乾隆二十九年（1764）、光绪十八年（1892）分别创立"岳降会""嵩生会"和"一阳会"。《会则》规定祀祖仪式后演戏庆祝，"须请上三名班"②。清代毛祥麟《墨余录》卷十二《灯市》载："我邑岁于三月二十三日为天后诞辰……名班演剧。""名班"自然是演出水平高、口碑好的上等戏班。又山西蒲县柏山东岳庙清乾隆四十二年（1777）《用垂永久》碑云："土戏裹神，谋献苏腔。"③苏腔即昆腔，乡民集会演剧讲究名班、昆腔，可见乡民审美意识的提高，不仅追求演剧数量之多，还趋向演出质量之精。

清代扬州人李斗在《扬州画舫录》中记乡村老翁为筹办关神会演剧，入城花高价请著名戏班下乡演戏：

> 纳山胡翁，尝入城订老徐班下乡演关神戏。班头以其村人也，绐之曰："吾此班每日必食火腿及松萝茶，戏价每本非三百金不可。"④

明清之际，乡民欲享受名班演出可不容易，反遭名班懈怠，究其缘由，乃当时村人的经济能力难以令人轻信。每本戏价三百金，虽是夸张之言，但亦反映了演剧花费之昂贵，的确非一般乡村百姓所能承受。

而明清戏价的不断上扬更加重了此种负担。山西洪洞县广胜寺明应王庙万历四十八年（1620）《水神庙祭典文碑》载："三月十八日圣诞：……

---

① 丁世良、赵放主编：《中国地方志民俗资料汇编·西北卷》，北京图书馆出版社1997年版，第188页。
② 中国戏曲志编辑委员会：《中国戏曲志·浙江卷》，中国ISBN中心1997年版，第644页。
③ 冯俊杰：《山西戏曲碑刻辑考》，中华书局2002年版，第437页。
④〔清〕李斗撰，汪北平、涂雨公点校：《扬州画舫录》，中华书局1960年版，第136页。

飨赛男女乐二十人，银三两。"①据《明史·食货志》载，自洪武二十八年（1395），"于是户部定：钞一锭，折米一石；金一两，十石；银一两，二石"②。说明当时官方规定一两银子可抵大米二石。明人沈榜《宛署杂记》亦记万历间"白米一斗，银八分"③。明代"钱千文，银一两"④。一两银即为一百分，即便米价为八分一斗，山西洪洞县广胜寺明应王庙万历四十八年（1620）飨赛请男女乐二十人所花之银三两，也可买近四石白米。明代《沈氏农书》曰："长年每一名工，吃米五石五斗。"⑤ 清代张履祥亦言："凡人计腹而食，日米一升，能者倍之而已。"⑥ 即一般人的口粮，每日米一升，一年三石六斗；能者倍之。山西洪洞县广胜寺明应王庙万历四十八年（1620）飨赛请男女乐二十人所花之银三两，可买近四石白米，乃常人全年之口粮。

明末清初，吴江人叶绍袁于顺治五年（1648）日记《甲行日注》中记：

> 平湖郊外，盛作神戏，戏钱十二两一本。⑦

顺治五年（1648）戏钱十二两一本，说明戏价已上扬。明末清初人姚廷遴日记载"（顺治五年，1648）其时米价每石三两五钱"⑧。平湖郊外神戏一本就花去十二两，亦可购米逾三石。时人洪亮吉说"一人之身，岁得布五丈即可无寒；岁得米四石即可无饥"，"日不过食一升"。⑨ 这意味着当时平湖郊外一本神戏之花费，可抵一人全年之口粮。

至乾隆年间，山西长治二贤庄二仙庙乾隆五十三年（1788）《重修二

---

① 冯俊杰：《山西戏曲碑刻辑考》，中华书局2002年版，第333页。
② 〔清〕张廷玉等：《明史·食货二》，中华书局1974年版，第1895页。
③ 〔明〕沈榜：《宛署杂记》卷十四，北京出版社1961年版，第123页。
④ 〔清〕张廷玉等：《明史·食货二》，中华书局1974年版，第1962页。
⑤ 〔清〕张履祥辑补、陈恒力校点：《沈氏农书·运田地法》，中华书局1956年版，第16页。
⑥ 〔清〕张履祥著、陈祖武点校：《杨园先生全集》卷三十一，中华书局2002年版，第884～885页。
⑦ 〔明〕叶绍袁：《甲行日注》卷七，民国二年（1913）吴兴刘氏嘉业堂刊本，第127页。
⑧ 〔清〕姚廷遴：《历年版记·感知录》之三，转引自《清代日记汇抄》，上海人民出版社1982年版。
⑨ 〔清〕洪亮吉：《洪北江诗文集》，商务印书馆1935年版，第26页。

仙庙碑记》载："三村公议：会社每年三月二十日、七月十五日献戏三天，三村写戏……戏价十千为正日。"① 广东佛山现存清乾隆五十五年（1790）《奉分宪核定正埠租项章程告示碑记》载："九月二十八日华帝诞约用银十两。搭戏台约用银五两七钱六分。演戏一本约用银十四两四钱。"② 清人钱泳《履园丛话》述："苏松常镇四府……乾隆初，米价每升十余文。……至五十年大旱，则每升至五十六七文。自此以后，不论荒熟，总在二十七八至三十四五文之间为常价矣。"③ 佛山与苏、松、常等四府乾隆五十年（1785）后米价每石在二两多至三两多，而华帝庙会演剧共费银三十余两，演戏一本约用银十四两四钱，说明米价在上涨的同时，戏价亦在上扬，其上扬之程度似乎更甚。

自嘉庆道光至清末民初，乡镇演剧负担日益加重。山西高平唐头乡谷头村济渎庙嘉庆七年（1802）《增补庙宇神池改作歌舞台碑记》云："酬神演戏一百零三两六钱零六厘。"④《江津县志》载：

> 插田事毕，雨足风和，秧歌社鼓之余，桐乳榕阴之下，缚木为楼，召优作乐，以迓田祖，以祓蟊螣。秧苗之戏，……庙各有会，会之戏动即旬月，戏之值日钱数十万，而筵席之费不计焉。⑤

《遂安县志》云该县：

> 演剧，多在乡村祠庙间，……春秋冬三季，民间报赛之戏一村常演数夜，全县岁费不下万余金。⑥

对此巨额演剧开支，不少地方志及碑刻等文献亦有评价。阳城县成汤

---

① 冯俊杰：《山西戏曲碑刻辑考》，中华书局2002年版，第14页。
② 车文明：《20世纪戏曲文物的发现与曲学研究》，文化艺术出版社2001年版，第256页。
③〔清〕钱泳：《旧闻·米价》，见《履园丛话》卷一，中华书局1979年版，第27页。
④〔清〕钱泳：《旧闻·米价》，见《履园丛话》卷一，中华书局1979年版，第229页。
⑤ 丁世良、赵放主编：《中国地方志民俗资料汇编·西南卷》，北京图书馆出版社1991年版，第236页。
⑥ 丁世良、赵放主编：《中国地方志民俗资料汇编·华东卷》，书目文献出版社1995年版，第633页。

庙康熙二十八年（1689）《成汤庙化源里增修什物碑记》云明清之际飨赛，"陈锦绣，设珍玩，穷水陆，俳优技。预其事者，中人之产，鲜不因以破家，虽输公之息，无以逾此，识者忧之"①。嘉庆十年（1805）《黎里志》载："'太平神会'……设筵演剧……惟此一节需费无算。"② 乾隆三十三年（1768）刻本《漳州府志》云："穷乡僻壤悉演剧，费甚奢。"③ 光绪元年（1875）《宁远县志》亦言："……公会，建醮演剧，为费滋多。"④ 光绪二年（1876）《黄梅县志》："西乡村俗，建坛设额，诵经演剧……靡然繁费矣。"⑤ 道光间《汉口竹枝词》亦如此感叹："芦棚试演梁山调，纱幔轻遮木偶场。听罢道情看戏法，百钱容易剩空囊。"⑥ 据史料记载：江南一些地区的庙会活动曾造成"昨天取钱今取谷，春衣典却还卖犊""农民有失家产者"⑦ 的结果。

可见，频繁的演剧、巨额的开支，仅凭个人之力实难以承受如此重大之负担。乡村戏剧演出，除非是为一人一户所演之堂会，只要是对所有乡民开放，即具有公共的性质，"乡村戏资取诸公"⑧ 就是一个必然选择。中国古代乡村历来有"需财之事则醵资于众"⑨ 的传统，因而各种形式的筹集戏资的方式也就应运而生了，综而言之，通常流行的大致有临时戏资、定额戏费、固定戏田等数种，以下分述之。

二、 临时戏资

临时戏资指针对某次演剧而临时敛集募捐的资费。南宋陈淳《上傅寺丞论淫戏》一文曰漳州一带"常秋收之后……戏头……逐家哀敛财物，

---

① 冯俊杰：《山西戏曲碑刻辑考》，中华书局2002年版，第387页。
② 冯俊杰：《山西戏曲碑刻辑考》，中华书局2002年版，第440～441页。
③ 冯俊杰：《山西戏曲碑刻辑考》，中华书局2002年版，第1195页。
④ 丁世良、赵放主编：《中国地方志民俗资料汇编·中南卷》，北京图书馆出版社1991年版，第585页。
⑤ 丁世良、赵放主编：《中国地方志民俗资料汇编·中南卷》，北京图书馆出版社1991年版，第366页。
⑥ 中国戏曲志编辑委员会：《中国戏曲志·湖北卷》，文化艺术出版社1993年版，第11页。
⑦ 〔清〕邓琳纂修：《虞乡志略》，苏州古旧书店1983年版。
⑧ 冯俊杰：《山西戏曲碑刻辑考》，中华书局2002年版，第1148页。
⑨ 冯俊杰：《山西戏曲碑刻辑考》，中华书局2002年版，第409页。

豢优人作戏，或弄傀儡。筑棚于居民丛萃之地、四通八达之郊，以广会观者"①，说的就是临时敛集戏资的情况。其《上赵寺丞论淫祀》一文，更是细致描述了临时集资的具体情形：

> 或装土偶，名曰"舍人"，群呵队从，撞入人家迫胁题疏，多者索至十千，少者亦不下一千。或装土偶，名曰"急脚"，立于通衢，拦街觅钱……或印百钱小榜，随门抑取。②

除了演戏的资费之外，乡村演剧场所——戏台，其修葺费用也多采此种方式。万荣县解店镇东岳庙明正德五年（1510）《重修子孙神母殿堂记》载正德间修看亭时，"众社人等，各舍资财，多寡不一"③。河北井陉县头泉村马王庙乾隆六年（1741）《戏楼碑记》记该村乾隆六年"建立戏楼三间"，"众善人施钱施物"。④ 此庙嘉庆四年（1799）《戏楼碑记》述该村重修戏台时"至于乡众所助之工与所管之饭，并所出之钱不暇枚举"⑤。

临时戏资的筹集有摊派、捐赠、罚缴等途径；戏资的形式以钱为主，但也有以粮或物代替，甚或有以工代资等方式。《汜水县志》曰："一村联为一社，推生监殷户为会首，敛聚钱粟……多兴利庙，傅会诞期，醵钱唱剧。"⑥《安仁县志》说该县"农务既毕，城市乡村……或摊钱演戏"。说的都是摊派戏资的情形。

捐赠则是指个人因喜庆或酬愿而捐献戏资，演剧以飨乡里。如《衢县志》记载该县科考中举者捐资演戏的情况：

---

① 〔宋〕陈淳：《北溪大全集》卷四十七，《影印文渊阁四库全书》本，台湾商务印书馆1986年版。
② 〔宋〕陈淳：《北溪大全集》卷四十三，《影印文渊阁四库全书》本，台湾商务印书馆1986年版。
③ 冯俊杰：《山西戏曲碑刻辑考》，中华书局2002年版，第184页。
④ 中国戏曲志编辑委员会：《中国戏曲志·河北卷》，中国ISBN中心1993年版，第562页。
⑤ 中国戏曲志编辑委员会：《中国戏曲志·河北卷》，中国ISBN中心1993年版，第562页。
⑥ 丁世良、赵放主编：《中国地方志民俗资料汇编·中南卷》，北京图书馆出版社1991年版，第12页。

举乡会明经，闻报有喜……必演戏达夜，多者每逾旬日……①

莆田涵江崇祯间（1628—1644）陈应功祠堂戏联载某中举者曾聘戏班演《苏秦》一剧酬神，撰戏联曰：

也不必怨妻怨嫂，裘敝归来何处逢人非白眼；且休道入魏入秦，学成终用漫言取士尽黄金。②

言辞中洋溢着中举后的得意。另外，乡民若遇天灾、人祸、疾病等事，亦会捐资演戏，许愿酬神。如安徽休宁县流口村黄氏《家用收支帐》所记雍正、乾隆年间该家族出资演愿戏记录：

乾隆元年（1776）某日，五钱八分，愿戏一会。
……
乾隆八年（1783）四月初八，一分，我病急，母许鬼头戏一本。③

又，《淮阳乡村风土记》载：

更有乡民因平日得火神之救济，而许戏于是日演唱者。④

此种由乡民自愿所捐之戏资，没有定额，也无硬性规定，多寡不一，钱、粮、物均可，重在体现捐戏者的慷慨大方及虔诚之意。

罚缴则是另一主要临时戏资来源。为维持乡里社会秩序之正常运转，乡民制定相关乡约、村规、宗法，以约束乡众举止行为，维护乡村社会之稳定。处罚犯规者的常见措施之一即罚金演戏。如广东澄海县凤窖乡乾隆二十七年（1762）《玉带溪碑记》述该乡为保护玉带溪，所立禁约一律以

---

① 丁世良、赵放主编：《中国地方志民俗资料汇编·华东卷》，书目文献出版社 1995 年版，第 892 页。
② 中国戏曲志编辑委员会：《中国戏曲志·福建卷》，文化艺术出版社 1993 年版，第 60 页。
③ 《徽州千年契约文书》，花山文艺出版社 1991 年版，第 76、216 页。
④ 《徽州千年契约文书》，花山文艺出版社 1991 年版，第 174 页。

罚戏为惩罚措施：

> 乡众禁约：
> ——乡众公议，沟面本悬弓丈一丈三尺，镶狭者罚戏一台。
> ——镶田头对面邻徇隐不报者，也罚戏一台。
> ——父兄不约束子弟，任凭子弟在沟底作坛厍鱼，淤塞沟渠之无教者，罚父兄戏一台。若有犯上条规，抗不受罚者，乡众佥呈究治。
> ——庙内竖立三碑，以后不许后辈私自承赔改凿，违者议两人各罚戏一台。①

《剡北陈氏家谱·敬谱规》曰："因藏私借致启事端于宗祠内，罚戏一台。"② 广东大埔县湖寮莒村乾隆三十六年（1771）禁碑云："禁流丐到家，不许私与米饭。若有私与者，罚戏一本。"③ 广东文昌县山海乡咸丰七年（1857）《奉谕示禁碑》载：

> 窃盗家财衣服耕牛，捉获者赏钱乙千六百文，窃盗罚钱演大戏三本。
> 窃盗家器物件，捉获者赏钱五百文，窃盗罚钱演小戏三本。
> 窃盗田园物业，捉获者赏钱乙千五百文，窃盗罚钱演大戏六本。④

山西平顺县东峪村九天圣母庙乾隆三十八年（1773）《重修九天圣母庙碑记》所录乡约规定："合社公议，庙内永不许赌钱，不遵命者，罚戏三日。"⑤

综上可见，罚戏在乡村中是比较普遍的现象。由违规之人出资演戏，

---

① 谭棣华、曹腾騑、冼剑民编：《广东碑刻集》，广东高等教育出版社2001年版，第281页。
② 中国谱牒学研究会、山西社科院家谱资料研究中心、巴蜀书社编：《中华族谱集成·陈氏谱卷》册二，巴蜀书社1995年版，第887页。
③ 中国戏曲志编辑委员会：《中国戏曲志·广东卷》，中国ISBN中心1993年版，第449页。
④ 谭棣华、曹腾騑、冼剑民编：《广东碑刻集》，广东高等教育出版社2001年版，第925页。
⑤ 冯俊杰：《平顺圣母庙宋元明清戏曲碑刻考》，见《中华戏曲》总第二十三辑，文化艺术出版社1999年版，第34页。

既可将犯规人之过失公之于众,起惩戒之作用,又能在一定程度上解决演剧经费短缺问题,满足了乡众观赏演剧之娱乐需求,可见不失为临时筹集演剧资金妙方之一。

临时戏资是乡村演剧资金的一大来源,乡村演剧之所以能够蓬勃开展,其功自不可没。但是,临时戏资亦存在明显局限,即因其自发性、随意性、不确定性、无刚性制度保证而难以成为稳定可靠的来源。浙江江山县邑前毛氏宗谱［民国十九年(1930)续修］卷末(第十九本)"规条"曰:"亲贤会,向无会底。只取新贵喜事,并在会各出贺赀,以为颁胙、演戏诸费,但难为久远计。"① 说的就是这种临时凑集,难为久远的困窘。另外,募集形式的不规范也极易导致纠纷,乾隆七年(1742)江西《陈宏谋禁止赛会敛钱示》载:

> 迎神赛会……挨户敛钱,情同强索。江省陋习,每届中元令节,有等游手奸民,借超度鬼类为名,遍贴黄纸报单,成群结党,手持缘簿……逐户敛收钱文,聚众砌塔。并扎扮狰狞鬼怪纸像,夜则燃点塔灯,鼓吹喧天,昼则搬演《目连戏文》。②

轮番挨户敛钱,感觉上如同强索,影响了出资的积极性,甚或难免有怨言了。

三、定额戏费

定额戏费也是乡村演剧戏资筹集形式之一。与临时戏资的随意募集不同,是一种相对稳定的具有一定制度化的戏资募集体制,即以人丁或财产数目为依据,按丁口或财产摊派固定数额资金,以维持乡村公共演剧活动的持续进行。其形式约略有以下数种:

(1) 照丁征资。即以人丁为依据,按人头分派固定数额资金。如清人詹元相《畏斋日记》中有关作者家乡徽州府婺源县浙源乡庆源村按丁

---

① 转引自〔日〕田仲一成著,云贵彬、王文勋译《明清的戏曲》,北京广播学院出版社2004年版,第151页。

② 〔清〕陈宏谋:《培远堂偶存稿》卷十四,见王利器辑《元明清三代禁毁小说戏曲史料》,上海古籍出版社1981年版,第109页。

出资演剧记载：

> [康熙三十九年（1770）] 二月十六，合村于祠内整酒、演戏，贺以献伯八旬。……每人敛银一钱二分，有荤贴二格。□□夜饮酒、回戏。①
>
> [康熙四十年（1771）十二月] 二十七……神痘散坛，其中兄献醮，每位敛银四分，众费。②

浙江嵊县四明乡上江村"中欲堂"（即土地庙）所存乾隆五十九年（1794）《戏田碑记》记载：

> 尝开春祈秋报……则照丁敛资，亦演戏一台以庆赏元宵，是□春祈之意也。至于秋……演戏时不论男女老幼，每丁捐钱二十五文，共演戏四台……③

前引安徽休宁县流口村黄氏《家用收支帐》中，亦多次记录了该家族按丁出资演剧的情况。

（2）按亩摊费。即乡民按其所拥有的田亩之数，计亩出资。《淮阳乡村风土记》：

> 雨神会系因天旱专为向神求雨而有之组织。……倘雨降而田禾得其大惠者，即择于农暇特为定演梆戏一台，令各村均到会进香，以示酬答。此会即名之为"雨神会"。……会中所需经费，除由会首分担外，余由各村按地亩多寡分担之。④

《续石埭县志》称：

---

① 〔清〕詹元相：《畏斋日记》，见《清史资料》第四辑，中华书局1983年版，第189页。
② 〔清〕詹元相：《畏斋日记》，见《清史资料》第四辑，中华书局1983年版，第228页。
③ 吴戈、施玉兴：《清乾隆年间的〈戏田碑记〉》，见《中华戏曲》总第十三辑，山西古籍出版社1993年版，第387～389页。
④ 丁世良、赵放主编：《中国地方志民俗资料汇编·中南卷》，书目文献出版社1991年版，第173页。

（六月）各乡农人照田亩输谷，倩梨园子弟于表畷之处演戏，名为"保禾苗"。①

《双林镇志》云：

乡间各圩堡自正月初旬至清明前止……照田亩派钱搭台演春戏，络绎不绝。②

灵宝县北坡头乡东孟村道光十八年（1838）立《孟村中社公议演戏规式》碑规定：

关帝正赛五月十三日演戏出钱遵地亩分派。虫王正赛六月初六日演戏出钱遵地亩分派。③

沁水县南瑶村合村之民于道光十二年（1832）立《致祭诸神圣诞条规》碑，商定：

四月初三日致祭玉皇大帝圣诞，戏三台，猪一口，依地亩摊钱。……七月初三日致祭玉皇大帝，戏三台，猪一口，依地亩摊钱……④

另外，乡村戏台戏楼的营造、修葺资金的募集，亦常常采用这一形式。如平顺县东河村圣母庙光绪元年（1875）《重修舞楼赋》记该庙舞楼之修建：

制缘外募，按亩均捐……缅梨园之子弟，尽态极妍；被优孟之衣

---

① 丁世良、赵放主编：《中国地方志民俗资料汇编·华东卷》，书目文献出版社1995年版，第1044页。
② 丁世良、赵放主编：《中国地方志民俗资料汇编·华东卷》，书目文献出版社1995年版，第702页。
③ 中国戏曲志编辑委员会：《中国戏曲志·河南卷》，文化艺术出版社1992年版。
④ 冯俊杰：《山西戏曲碑刻辑考》，中华书局2002年版，第15页。

冠，式歌且舞。……可以酬圣母之德，可以给百姓群黎之求。①

又河南涉县田家嘴村光绪十四年（1888）《补修官房创立戏楼碑记》云："今田家嘴旬创立戏楼，恐遇烈风迅雨之患，神戏不能演敬……合社公议，按地亩以资材……"② 陕西西乡县光绪二十年（1894）《金洋堰庙修戏房序》碑文言该地"按亩摊钱，修建戏房"③。

除此之外，还有依树摊金、计畜派钱等筹资方式，与照丁征资、按亩摊费实施原则大同小异。

采用照丁征资、按亩摊费的方式募集戏资，显然受到明代税法"一条鞭法"及清代"摊丁入亩"等公共赋税制度的影响。日本学者田仲一成对此曾有过精辟的论述："与明代……祭祀组织效法里甲制度而建立的做法相对，清代……祭祀组织效法地丁银制度而建立。"④ 并说"社祭组织本来是自治组织，但是可以说，它有一种倾向，那就是追求与国家征税制度相协调的形式"⑤。

按亩摊费的筹资方式能够体现出资的公平性。清人王庆云认为："惟均之于田，可以无额外之多取，而催科易集……保甲无减匿，里户不逃亡，贫穷免敲扑，一举而数善备焉。"⑥ 总体而言，乡民按亩摊费，田多者须多出，田少者则少出，无田者可不出，乡民在演剧开支负担上总体相对均衡，一定程度上减轻了无田、少田乡民的开支负担，而地主与富民则相应增加一点乡村演剧的出资，这在客观上缓和了乡村演剧资金紧缺的矛盾，给乡村演剧提供了经济保障。

（3）村社轮流。即由众多村社轮流出资演剧。如江西宁都县蔡江乡真君庙庙会唱戏各村轮流次序在明朝已排定，"依次为：村里、池元、麻源、湖坊、蔡江、山梨、罗坑、小磜、谢坊、大坑、中田径、源头、白

---

① 车文明：《20世纪戏曲文物的发现与曲学研究》，文化艺术出版社2001年版，第490页。
② 杨健民：《中州戏曲历史文物考》，文物出版社1992年版，第151页。
③ 车文明：《20世纪戏曲文物的发现与曲学研究》，文化艺术出版社2001年版，第237页。
④ ［日］田仲一成著，云贵彬、王文勋译：《明清的戏曲》，北京广播学院出版社2004年版，第95页。
⑤ ［日］田仲一成著，云贵彬、王文勋译：《明清的戏曲》，北京广播学院出版社2004年版，第95页。
⑥ 〔清〕王庆云：《石渠余纪》卷三，北京古籍出版社1985年版，第115页。

门","凡轮到'当年'的那一坊必须负责搭戏台、招待各坊首事、请戏班、维持秩序等"①。云南宜良县草甸土官村土主庙所存道光四年(1824)《重修土主庙碑记》称此庙"始于元,历有明","每岁仲春,讽经演戏……土主神戏三天,五保轮流"②。宁波府咸祥镇《四明朱氏支谱内外编》"社庙"条载:

> 咸祥庙分堡八,曰朱广俊,朱敬,朱家诗,沙龚郑,朱元祥,王孟贤,朱陈鲍,蔡观,莫知其所自始……演戏祭神,八堡轮流,周而复始。③

除了各村轮流演剧之外,也还有另一种形式,即将演剧所需人、财、物加以分解,由各村分担。长治二贤庄二仙庙乾隆五十三年(1788)《重修二仙庙碑记》载:

> 三村公议:会社每年三月二十日、七月十五日献戏三天,三村写戏。草料点照,并戏子所用,一切备办。戏价十千为正日,公阅戏约。龙灯三对。一村煮祭馓□三□□祭□□殿两廊灯笼十二对。一村管戏饭,立□在庙并管台二人,十五日鼓乐饭六名。三村写戏,管饭煮祭,周而复始。若有失误者,罚钱二十千入社。□□□□,补戏三天。④

修葺戏台也有采取这种形式的,如云南宜良县草甸土官村土主庙所存康熙四十六年(1707)《土主庙戏台碑记》载:

> 合乡戏台,年久朽坏,议定修理,一保二保备木植,四保备瓦

---

① 胡循荣:《蔡江乡的寺庙与庙会》,见刘劲峰主编《宁都县的宗族、庙会与经济》,国际客家学会、海外华人资料研究中心、法国远东学院2002年版,第29页。
② 顾峰:《云南戏曲碑刻文告考述》,见《中华戏曲》总第十九辑,山西古籍出版社1996年版,第13页。
③ 《四明朱氏支谱内外编》卷十七,慎德堂民国二十四年(1935)刊,转引自[日]田仲一成著,云贵彬、王文勋译《明清的戏曲》,北京广播学院出版社2004年版,第85页。
④ 冯俊杰:《山西戏曲碑刻辑考》,中华书局2002年版,第14页。

片，五保备工匠人夫，土官村半保备土坯灰砖……①

数村合力轮流出资或分工承担演剧费用，减轻了乡民负担，使演剧得以长期持久，不失为乡村演剧筹资的好办法。

相对于自发、随意、不确定的临时筹募戏资的方式，定额戏费大体上是一种较为固定的戏资筹集方式。它以人丁或田亩为基准，定额出资，不分彼此，无有偏颇，相对公平合理，且形式规范，数额固定，故乡民大多会遵守施行。有的村社还将其录之于乡约，或形之于村规，勒之于石，公之于众，成为制度。如山西洪洞县广胜寺镇乡民于明万历四十八年（1620）在明应王庙立《水神庙祭典文碑》，规定每次庙会："乐户飨赛，已有公费，不许照旧绰收秋夏。其乐户止供装扮，不许贪夜入庙亵神。……二十四村共水地三万四千九百一十一亩，一年每亩摊银四厘五毫，十年一输，每年该地三千四百九十一亩一分，每亩摊银四分五厘。共摊银一百五十七两一钱一分九厘五毫。"② 其后碑文还详列相关演剧费用收支规定。河南灵宝县北坡头乡东孟村村民于清道光十八年（1838）铭刻石碑——《孟村中社公议演戏规式》，公布了孟村各演剧集会摊钱规定："关帝正赛五月十三日演戏出钱遵地亩分派。虫王正赛六月初六日演戏出钱遵地亩分派。火星圣母正赛九月十五日演戏出钱遵地亩一半、人口一半分派。马王正赛十月初十日演戏出钱遵地收麦骡马，一骡二马分派。"并强调："以上四赛演戏，但不必预定日期，各人戏钱务必于演戏之日送到庙上。"③ 为了保证戏资的筹集，有的村社还订立了惩罚的制度，如上引洪洞县广胜寺镇明应王庙立《水神庙祭典文碑》就明确规定："摊派地亩……每亩摊银若干……勒石永为定例，以便遵守，倘有故违，定记脏（赃）治罪。"④《双林镇志》曰："乡间有'三官会'。……至'上元节'有醮事或演戏酬神……其费用有会规，无敢侵蚀。"⑤ 云南澄江县西

---

① 顾峰：《云南戏曲碑刻文告考述》，见《中华戏曲》总第十九辑，山西古籍出版社1996年版，第15～16页。
② 冯俊杰：《山西戏曲碑刻辑考》，中华书局2002年版，第337页。
③ 中国戏曲志编辑委员会：《中国戏曲志·河南卷》，文化艺术出版社1992年版，第559页。
④ 冯俊杰：《山西戏曲碑刻辑考》，中华书局2002年版，第331～332页。
⑤ 丁世良、赵放主编：《中国地方志民俗资料汇编·华东卷》，书目文献出版社1995年版，第702页。

龙潭龙王庙乾隆二十年（1775）《轮流演戏碑》碑文规定："照得每年各村营演戏事，头龙立夏及龙王庆诞，牌到分定轮着村营演戏一天……俟候应办，不得抗拗……如违严拿重究！"① 可谓赏罚严明，措施得力。可见，定额戏费较之临时戏资已经逐渐衍化为一种制度化筹集方式，也是一种更加有效的筹集方式。

四、 固定戏田

固定戏田指的是为筹集演剧经费而专门置办的具特定用途的田产，包括水田、旱地、山林、池塘等。广东高州冼太夫人庙所存道光二年（1822）《记事碑》称，该庙"明崇祯年间，捐置……田租三十六石……神诞定演寿戏恭祝"②；浙江嵊县四明乡上江村"中欲堂"（即土地庙）所存乾隆五十九年（1794）《戏田碑记》记该村"自（乾隆）三十八年（1773）起，至五十八年（1793）止，二十余年来，置田六十一亩零……秋季演戏"③；广东海康县雷祖神祠存乾隆二十六年（1761）《庙田租碑》载该庙有"田乙千四百九十七丘，园一百零三丘，地五所，树一林……每年租谷，除庙内香灯，每年春秋、清明、冬至宝诞，五祭出游安灯，修斋演戏"④；浙江店口镇《（义门）陈氏宗谱》卷四"元宵悬灯演剧助田碑记"载义门陈氏"于嘉庆九年（1804）出田十九亩零……至十三年……置田十九亩零……为元宵悬灯演剧之用"⑤。可见，在乡村演剧活动中，戏田的产出已成为其主要经济来源。

戏田的存在形式主要有下列数种：

（1）附于庙田。庙田为乡村寺庙之公产，其收入除用于祭祀及日常开支外，自然也包括酬神演剧在内的庙会活动。寺庙产业早在隋唐时期已高度发达，降至明清，庙产更为兴盛。张之洞曾指出："今天下寺观何止

---

① 顾峰：《云南戏曲碑刻文告考述》，见《中华戏曲》总第十九辑，山西古籍出版社1996年版，第17页。

② 谭棣华、曹腾騑、冼剑民编：《广东碑刻集》，广东高等教育出版社2001年版，第592页。

③ 吴戈、施玉兴：《清乾隆年间的〈戏田碑记〉》，见《中华戏曲》总第十三辑，山西古籍出版社1993年版，第387～389页。

④ 谭棣华、曹腾騑、冼剑民编：《广东碑刻集》，广东高等教育出版社2001年版，第528～529页。

⑤ 中国谱牒学研究会、山西社科院家谱资料研究中心、巴蜀书社编：《中华族谱集成·陈氏谱卷》第十四册，巴蜀书社1995年版，第282～283页。

数万，都会百余区，大县数十，小县十余，皆有田产，其物业皆由布施而来。"① 康有为也称广东"乡必有数庙，庙必有公产"②。固定的庙产，为庙会演剧提供了恒定的经济来源。代县刘家圪洞村观音寺明天启二年（1622）《重修代郡高村观音寺》碑文载：

> 有释子妙江者……妆金饰像，修三座之殿宇，盖歌舞之楼台，置买田园各段不等，计地三十八亩，每粮不一，该粮贰石。四斗八合，永为亘寺之规也。
> 计开地段亩数：住院地二亩，该粮一斗五升九合；寺南坡地一十八亩，该粮九斗五千四合；寺园水地五亩，该粮四斗六升五合；横墙平地八亩，该粮五斗七升六合；赵仲夆坡地四亩，该粮二斗二升二合。③

车文明考述此碑文时说："此明末寺院既'盖歌舞之楼台'，又设永久之地产，则其所谓恒产主要用于歌舞可知。"④

广东海康县雷祖神祠存乾隆二十六年（1761）《庙田租碑》，碑文曰：

> 雷郡之有雷祖神祠，自陈代至今，历有年所。缘祠向设田租谷四百余石，土名坐落官和沙园□等处。……庶神田世守勿替，而庙貌亦可以常新等，理合造具田地土名、丘段四至清册一本，租谷支销册一本，呈请察核批示，以便勒石，永垂不朽，实为公便。须至申者。田乙千四百九十七丘，园一百零三丘，地五所，树一林，通共收租谷四百一十石正。土名四至繁多未载。册存各衙门案卷。每年租谷，除庙内香灯，每年春秋、清明、冬至宝诞，五祭出游安灯，修斋演戏，交完纳丁粮饮用款二百九十石，实存谷一百二十石，以为修庙之需。此租谷一应俱无收入庙仓，不许首事私贮。⑤

---

① 〔清〕张之洞：《劝学篇·外篇第三》，上海古籍书店2002年版，第40～41页。
② 汤志钧编：《康有为政论集》上册，中华书局1981年版，第132页。
③ 冯俊杰：《山西戏曲碑刻辑考》，中华书局2002年版，第351页。
④ 冯俊杰：《山西戏曲碑刻辑考》，中华书局2002年版，第353～354页。
⑤ 谭棣华、曹腾騑、冼剑民编：《广东碑刻集》，广东高等教育出版社2001年版，第529页。

从此碑文可知海康县雷祖神祠庙产有田地千余丘，每年"通共收租谷四百一十石正"。祭祀演戏及课税等"用款二百九十石，实存谷一百二十石"，有近三分之一的剩余，足见其庙产之富足。在丰实的庙产经济支撑下，该庙可"每年春秋、清明、冬至宝诞，五祭出游安灯，修斋演戏"。

田地之外，山林也是寺庙的重要产业。山西蒲县柏山东岳庙清道光元年（1821）《东神山补修各工并增三处戏钱碑记》及《碑阴续批》载："嘉庆庚辰……公议重号枯朽柏树，爱得价钱一千有零，先放于各当典本钱五百千，获息五十千，为添三、五、七月戏赏。"① 此庙道光二十一年（1841）《重庆圣寿并增三处戏钱碑记》又记：

> ……庚子岁，山坳有倒仆树木，变价得百余千文……仍照前放出当典本钱一百一十千文，每年得息钱十一千文，于三、五、七月演戏……二、三月会新加息钱七千文，连旧得息钱九十三千文，共钱一百千文以备戏赏。一、五月新加息钱二千文，连旧得息钱十四千六百，共钱十六千六百文以备戏赏。一、七月新加息钱二千文，连旧得息钱一十五千文共钱一十七千文以备戏赏。②

这里将寺庙所属山林伐木所得放典生息以补充戏资的操作程序记录得十分清晰。

除支付庙会演剧之外，寺庙戏台之营建维修经费亦多出自庙产。如云南师宗县保太村道光十四年（1834）《关帝庙新建台碑记》载该庙利用公产池塘树林于道光十年（1830）兴修戏台：

> 每岁秋季，县主临仓征收，谒庙拈香，欲敬戏文，奈无台阁，此乃前人缺陷。……乡之善士……公议将公地渔塘一段……公树一林……禀官变卖。③

---

① 车文明：《山西蒲县东岳庙及其戏曲文物考述》，见《中华戏曲》总第二十一辑，山西古籍出版社1998年版，第68页。

② 杨太康：《一处罕见的戏曲史料宝库——山西蒲县东岳庙戏曲文物考述》，见《民俗曲艺》第86期，财团法人施合郑民俗文化基金会1993年版。

③ 顾峰：《云南戏曲碑刻文告考述》，见《中华戏曲》总第十九辑，山西古籍出版社1996年版，第22页。

庙产作为一种恒产，并非一成不变，往往呈不断扩增之势，如广东高州冼太夫人庙存道光二年（1822）《记事碑》言：

> 我等先祖周盛虞、麦明羡，在于前明崇祯年间，捐置土名水划垌，田租三十六石，载民米一石四斗三升，粮归上三里道甲冼诚敬名下输纳，立遗水庆夫人会田。……侍俸夫人座前长明香灯，神诞定演寿戏恭祝，以妥神灵……①

可知，该庙明末即已有丰厚田产。而据该庙道光六年（1826）《记事碑》，此庙田产于康熙年间又有所增添：

> 先祖黄胜猷、胜献，共沐洪恩，以表微诚。康熙二年（1663）捐置土名塘岭垌田租一百二十石，在□二里二甲民米□石七斗，减载实祖七十二石，敬送入庙，以为冼太夫人座前长明灯供祀，与寿诞演戏之需。②

据此庙道光二年《记事碑》碑文，其田产于乾隆年间还有增添：

> 至（乾隆）四十二年（1777）……其田至上荒埇，再用工本□凿成田，起租十六石，共载租五十二石……③

以上文献显示，明清村镇各寺庙，或置办水田，或购买地产，或培育树林，以备庙会演剧之需。其庙田之丰厚，有的多至上千丘，租谷多达数百石，其资金之充裕，举办演剧绰绰有余。而不断扩增的庙产，使庙会演剧活动有了越来越稳固的经济保障。

（2）依于族田。族田，为宗族共有之田产。按其性质又有义田、学田、祭田等区分。义田以赡族，学田用以宗族兴学，祭田则主要用于祭祖酬神。

---

① 谭棣华、曹腾騑、冼剑民编：《广东碑刻集》，广东高等教育出版社2001年版，第592页。
② 谭棣华、曹腾騑、冼剑民编：《广东碑刻集》，广东高等教育出版社2001年版，第593页。
③ 谭棣华、曹腾騑、冼剑民编：《广东碑刻集》，广东高等教育出版社2001年版，第592页。

祭田之设，于宋代已形成制度。朱熹《家礼》有云："初立祠堂，则计见田，每龛取其二十之一，以为祭田。亲尽则以为墓田。后凡正位祔者，皆仿此。宗子主之，以给祭用。上世初未置田，则合墓下子孙之田，计数而割之。皆立约闻官，不得典卖。"① 后人把朱熹之话奉为经典，他们认为"祠而弗祀，与无同；祀而无田，与无祀同"。而演剧则是家族祭祠的重要内容之一，所谓"凡敬祖之礼，莫大乎演剧"②，故祭田的产出亦成为演剧开支的重要来源。浙江余姚县兰风乡魏氏宗族宣统二年（1910）《（余姚·兰风）魏氏宗谱》卷三"特祭会碑记"条记载：祭祀仪式若"演戏设筵……其礼为独隆"③。据该宗谱记载，该族先后分别成立特祭会、灯祭会、新特祭会、宗报会等组织，均有丰厚祭田，支持演剧等活动。成立于辛亥（乾隆五十六年，1791）冬的特祭会有祭田"阳字号，共田十亩零；成字号，共田三亩八分零"④；成立于道光间的灯祭会，"业有灯戏以敬神"，"亦有灯祭以报祖"，有祭田"调字号共田五亩零一厘正；阳字号共田十九亩零三厘五毛六糸五忽"；⑤ 同治年间成立的新特祭会"共田四十二亩四分五厘六毛六糸"，"每届冬至，于老特祭后，演戏致敬"。⑥

为了确保祭祀礼仪中演剧项目能按期举办，不少祀田捐置者于捐田之初，便明立议约，规定祭祀须有鼓乐及演剧。如浙江店口镇《（义门）陈氏宗谱》卷四《释慧山为本生祖先设立祀产碑记》记载该族释慧山：

  愿以数十年经忏余赀，积置祖宗祭产……上坟演戏诸条款具开于左：
  ……

---

① 《朱文公家礼》卷一《通礼》第一《祠堂》，见《朱子全书》第七册，上海古籍出版社、安徽教育出版社2002年版，第876页。
② 《（姚江·孝义西）黄氏宗谱》，转引自［日］田仲一成《中国戏剧史》，北京广播学院出版社2002年版，第154页。
③ 《（余姚·兰风）魏氏宗谱》卷三"特祭会碑记"条，洽礼堂宣统二年（1910）本。
④ 《（余姚·兰风）魏氏宗谱》卷三"特祭会碑记"条，洽礼堂宣统二年（1910）本。
⑤ 《（余姚·兰风）魏氏宗谱》卷三"特祭会碑记"条，洽礼堂宣统二年（1910）本。
⑥ 《（余姚·兰风）魏氏宗谱》卷三"特祭会碑记"条，洽礼堂宣统二年（1910）本。

> 冬至节在大宗祠前演戏一台，神桌祭礼俱全。①

同谱卷四《朱氏孺人捐田碑记》记：

> 朱氏孺人……愿捐田宗祠以作氏夫祀产……所立条款勒石以垂久远。……中秋节演戏一台，值年者备三牲福物以祀始祖考、妣，旁设盏箸二副，祭学三百五十四公暨朱氏孺人。

可见，乡民普遍认为，唯有演戏，才能"祭礼俱全"；唯有演剧，才算"祭祖之大礼"。而"祭非田不备"②。丰厚与稳定的祭田，实乃乡村演剧活动的重要经济来源。

（3）独立戏田。乡村演剧之资或出于庙田，或出于族田，然而庙田、族田之功能非只为演剧而设，故难免或有不能周全之时，如浙江余姚县姚江孝义黄氏宗族同治十三年（1874）修《黄氏宗谱》就出现了"向缘祠产有限，惟进主之年，演剧祭祖以致敬，余岁阙如"③的窘迫情形。故在庙田、族田之外，又有专门戏田之设。浙江店口镇《（义门）陈氏宗谱》卷四《元宵悬灯演剧助田碑记》云陈氏宗族为元宵演剧前后专门置办戏田共近四十亩：

> 吾族义门大宗祠虽灯彩绚烂，而歌台岑寂。炯文公尝欲捐资为倡，有志未逮。万邦公遵公遗命，于嘉庆九年出田十九亩零……至十三年阖族会议……于是共推族孙覃谷承值。……置田十九亩零……为元宵悬灯演剧之用。

浙江嵊县四明乡上江村"中欲堂"（即土地庙）所存乾隆五十九年（1720）《戏田碑记》载：

---

① 中国谱牒学研究会、山西社科院家谱资料研究中心、巴蜀书社编：《中华族谱集成·陈氏谱卷》第十四册，巴蜀书社1995年版，第278～279页。
② 中国谱牒学研究会、山西社科院家谱资料研究中心、巴蜀书社编：《中华族谱集成·陈氏谱卷》第十四册，巴蜀书社1995年版，第275页。
③ 《（姚江、孝义西）黄氏宗谱》，转引自［日］田仲一成著，云贵彬、王文勋译《明清的戏曲》，北京广播学院出版社2004年版，第154页。

> 剡东上江村，向有赵叶杨滕陈五老姓，贤有□（田）以为新春境庙演戏之资。……至于秋，叶老姓、杂姓均无戏田……自（乾隆）三十八年（1773）起，至五十八年（1793）止，二十余年来，置田六十一亩零，可得稍（租）价一十余千，秋季演戏……①

这种用途专一的戏田的出现，说明它已从族田、庙田、祭田等公产形式中相对独立了出来，这一事实足以说明演剧在乡民生活中不可或缺的地位。专门戏田的出现使乡镇演剧活动的经费开支更加有了保障，为乡镇演剧的发展兴盛提供了牢靠稳固的经济后盾。

五、乡村戏资体制的演进

通过以上简要叙述，我们不难看出，明清乡村演剧的蓬勃开展，实得益于强有力的经济支持，而临时戏资、定额戏费和固定戏田诸种戏资筹集方式即是其具体表现形式。这几种戏资筹集方式并非分别单一独立地存在于某一时期、某一地域，在同一时期、同一地域甚至也会出现多种戏资筹集方式并存的现象。从上文所引述的大量乡村文献可以看出，早在明代即已有固定戏田的戏资形式存在了，而到了清代临时戏资的形式仍被广泛沿用，这说明各种戏资筹集方式之间似乎并无清晰的逻辑演进关系。然而，仔细考察诸种戏资筹集方式的内涵，仍不难发现其间的演进之迹。

临时戏资从其性质上看，当属于最为初级的戏资筹集形式，乡民出资数目没有定数，可多可少，多寡不一，依乡民的经济能力及其慷慨程度而定。其形式也不规范，既有银钱，又有粟粮，还有戏物、劳力，具有随意性、自发性、原始性、非强制性、无规定性的特点。临时戏资支撑了乡村演剧的进行，但由于它的不稳定、不确定，使乡村演剧不免处于时断时续、或有或无的状态，难于长期持久地进行。

定额戏费形式，或以人丁为基准，或以田亩为参照，定额派钱，大体上是一种时间、数量、品种都较固定的戏资募集体制。所集品种趋于一致，或统一为银钱，或统一为谷粮，数量上亦从无定额向定额转化。显然，较之临时戏资，定额戏费是一种改良了的乡村演剧戏资募集方式。尤

---

① 吴戈、施玉兴：《清乾隆年间的〈戏田碑记〉》，见《中华戏曲》总第十三辑，山西古籍出版社1993年版，第388页。

尤其值得注意的是，定额戏费的募集方式已经出现了制度化的倾向。乡民将定额戏费的募集方式或录之于乡约，或形之于村规，其组织之严密，有如规约制度。这就使乡村演剧资金的筹集有范可依，有规可循，具有可操作性、规范性、自觉性等特点。既保证了乡村演剧活动资金的来源，又维系了其可持续发展，从而积极有力地推动乡村演剧之兴盛。

然而，定额戏费仍以募集为基本手段，而且是以平均主义为基础的带有一定强制性的募集，对于一部分贫困乡民来说，难免成为沉重的负担，如果连基本温饱都难以保证，能否按时按量交纳戏资也是很成问题的，故定额戏费仍有其局限，还不能算得上稳定可靠的戏资募集方式。

固定戏田则改变了主要以募集为手段的戏资筹集方式，其田不管是附于庙田，依于族田，或是属于独立的戏田，其性质均属于乡民大众所共同拥有的公产，戏资的来源由一家一户的募集变成了公产经营，专款专用，这一戏资筹集方式的革新，不仅使乡民的相关负担得到了大幅减轻，还使戏剧演出的经费来源更为恒定，也更为持久。

对以上三种戏资筹集方式略做比较，可以看出，虽然它们几乎是同时并存于明清时期的乡村演剧活动中，承担着相似的功能，但实质上是有着从初级到高级的演化轨迹的。

原刊《文学与文化》2010年第1期，署名欧阳光、黄爱华，由黄爱华执笔

《镜花缘》简论

18世纪上半叶,《儒林外史》和《红楼梦》的出现,将我国古代长篇小说创作推上了光辉的顶峰。之后,由于后继乏力,长篇小说创作相对沉寂了下来。这时出现的一些作品,大多浅薄、平庸、乏善可陈,唯有李汝珍的《镜花缘》独标一格,在那片漆黑的夜空中熠熠闪烁,令人瞩目。

一

李汝珍(1763?—1830?),字松石,直隶大兴(今北京大兴县)人。他的生平材料保存下来的很少。根据一些一鳞半爪的材料可约略得知,他有弟兄三人,兄名汝璜,字佛云;弟名汝璪,字宗玉。清乾隆四十七年(1782),李汝璜来到海州(今江苏连云港),出任板浦场盐课司大使,汝珍也随兄到了任所。自此之后,除了嘉庆六年至九年(1801—1804),他曾赴河南做过一任县丞的官之外,一生中的大部分时间是跟着哥哥在海州以及淮南、淮北一带度过的。

在海州,李汝珍曾师从著名经学家凌廷堪学习,打下了坚实的学问基础,尤其对音韵学有很精深的研究,曾经撰写过专著《音鉴》五卷、《字母五声图》一卷,都是具有一定学术价值的著作。从《镜花缘》对歧舌国的描写中,我们不难感受到他在音韵学方面知识的渊博。

李汝珍早年丧妻。到海州后,他又续娶了当地人许桂林的姐姐为继室。与他交往较多的朋友有许桂林、许乔林、肖荣修、孙吉昌、吴振勃、陈云、徐铨、徐鑑、徐廷和、沈桔夫等人。这些人都是术业有专攻的学者。曾经有研究者认为,《镜花缘》为许桂林、许乔林所撰,或认为系许桂林与李汝珍合作,但论据并不充分,因而未能被学界所接受。

李汝珍为人旷达乐观,幽默风趣。作为一个儒学知识分子,他"读书不屑屑章句帖括之学",汲汲于八股科举,相反却兴趣广泛,"于学无所不窥"。除了对音韵学有很深的造诣外,他对琴棋、游艺、篆隶、星相、医药等杂学旁搜也有很浓厚的兴趣,曾编写过一部《受子谱》,搜集了有关围棋的棋谱二十余局，刊行于嘉庆二十二年（1817）。他还曾计划写一部《广方言》，可惜未能完成。

虽然李汝珍学富五车，多才多艺，却沉抑下僚，志不获伸。"耕无负郭田，老大仍驱饥""可怜数十载，笔砚空相随"，正是他一生困顿的真实写照。于是，李汝珍将他对现实的满怀悲愤熔铸在《镜花缘》这部书里，使得《镜花缘》也如同《儒林外史》《红楼梦》一样，成为一部饱含作者血泪的讽世愤俗之作。

李汝珍所生活的清代嘉庆、道光年间，中国正处于鸦片战争的前夜。这时的封建社会，经济体系崩溃瓦解，政治糜烂腐败，意识形态千疮百孔。宛如一位行将就木的老人，在他的躯体上已没有一丝生气，连返照的回光也黯淡了下来。笼罩着这个时代的，是一片临终前的愁云惨雾。

另一方面，在垂死的封建社会的母体里，已经孕育出了资本主义的胚胎，尽管它还十分弱小，却显示出了强大的生命力。她催化出先进的民主主义思想的幼芽，激励着人们对原有的旧秩序、旧观念重新审视。希望呼吸新鲜空气，希望有所变革的要求，如地火在这片古老的大地下潜行，正在寻找地壳最薄弱的地方喷发出来。

这是一个旧的正在死亡，新的正在孕育的时代；这是一个黑夜将逝，曙光即现的时代。作为产生于这一时代的长篇小说《镜花缘》，在一定程度上反映出了这一时代的特色。

二

"泣红我亦泪余痕，薄命徒嗟往事存。最爱挑灯深夜读，卷中常对美人魂。"

这是燕山女子徐玉如读完《镜花缘》后所写的一首诗。从这首诗中不难看出，《镜花缘》在妇女读者群中引起了强烈的共鸣，受到她们深深的喜爱。

妇女们喜爱《镜花缘》不是没有原因的。塑造了崭新的妇女形象，并在她们身上寄寓了一定的民主思想，正是这部小说思想内容的一个突出特色。

读过《镜花缘》的人，都不会忘记小说第三十二至三十七回所写的"女儿国"。在这个幻想的以女性为中心的国度里，男女的社会角色被整个儿颠倒了过来："男子反穿衣裙，作为妇人，以治内事；女子反穿靴帽，作为男人，以治外事。"不仅如此，小说还别出心裁地让男人穿耳缠足，让他们去体验和尝试封建社会里妇女在肉体和精神上所受到的巨大摧残。请看天朝来的客商林之洋被封为女儿国王妃后强迫他缠足的一段精彩描写：

> 那黑须宫娥取了一个矮凳，坐在下面，将白绫从中撕开，先把林之洋右足放在自己膝盖上，用些白矾洒在脚缝内，将五个脚指紧紧靠在一处，又将脚面用力屈作弯弓一般，即用白绫裹紧；才缠了两层，就有宫娥拿着针线上来密密缝口：一面狠缠，一面密缝。林之洋身旁既有四个宫娥紧紧靠定，又被两个宫娥把脚扶住，丝毫不能转动。及至缠完，只觉脚上如炭火烧的一般，阵阵疼痛。不觉一阵心酸，放声大哭道："坑死俺了！"

一直以来，我们从汗牛充栋的文学作品中所看到的，是对"三寸金莲"的把玩和赞美，而全然没有人意识到为这种病态的、扭曲的审美观所付出的，是千百万妇女的血泪和痛苦。《镜花缘》以它独特的方式揭露批判了这一陋习，为妇女们长长地出了一口气。

从《镜花缘》对女儿国的描写中，我们不难感受到作者对封建社会妇女悲惨的遭遇所寄予的深切的怜悯和同情。值得我们注意的是，作者的思想并没有仅仅停留于这一层面，而是更进了一步。在对这个以逆向思维构撰的国度的描写里，显然还包含对女性人格的尊重，以及承认她们具有与男子平等的权利和社会地位的初步民主主义思想。正是这种进步的民主主义思想，使他笔下的妇女形象闪耀着过去的时代所不曾有过的独特风采。

首先，作者一反"女子无才便是德"的传统观念，赋予他笔下的女子超群绝伦的智慧和才学。她们人人淹通经史，个个饱读诗书。在封建时代，学问本是男子的专利，可《镜花缘》里的女性不仅涉足于这一领域，还远远超过了男子。如在黑齿国，黎红薇、卢紫萱两位少女与天朝来的大贤、满腹经纶的多九公辩论音韵训诂之学。开始时，多九公在这两个"幼年女流"面前妄自尊大，根本不把她们放在眼里。然而随着辩论的深入，多九公渐渐招架不住了。他破绽百出，又羞又窘："急的满面青红，恨无地缝可钻。……满脸是汗。走又走不得，坐又坐不得，只管发楞……"出尽了洋相。最后不得不对两位少女渊博的学问心悦诚服，悔恨自己"少读十年书"。

值得注意的是，小说的女主人公们苦读经书，目的并不是涵养德性，陶冶性情，如《牡丹亭》中杜丽娘的父亲杜宝所说的"他日嫁一书生，不枉了谈吐相称""知书识礼，父母光辉"，而是为了考取科举。小说最后设计了女皇武则天开女科考试，一百才女名登金榜的情节，让她们实现了自己的夙愿。

李汝珍让自己的女主人公们将人生目标定位在考取科举上，不免落入了封建主义的窠臼。然而，在作者所生活的时代，要实现人生的价值，获得社会的承认，考取科举可以说是唯一的途径。而女子考科举，在当时只不过还是一种幻想。从这个角度来看待《镜花缘》女子考科举的描写，在它旧的形式里面，不是也包含有肯定和承认女子拥有和男子一样的平等权利和社会地位的合理内核吗？

其次，《镜花缘》的女主人公们虽然淹通经史、饱读诗书，却不是《牡丹亭》中的陈最良、《儒林外史》中的范进那样的皓首穷经的腐儒，在她们的知识结构中，除了获取功名的学问外，举凡经学、史学、音韵训诂、诗赋、音乐、绘画、书法、数学、医药、博弈、六壬等无不涉猎。像林书香、谢文锦被武则天钦定为书法第一，苏亚兰精通射艺，孟云芝擅长六壬，米兰芬则可以说是一位数学大师，她对所谓"盈朒法""差分法"和圆周率，甚至物理学中的"听雷计程"都很精通。用一百二十六两金子制成的大小不等的九个杯子，她用"差分法"能迅速算出各个杯子不同的重量；她只要量一下直径，就能用"铺地锦"的方法计算出圆桌的周长；她还能从看到闪光到听见雷声的时间差里，计算出所处之地与雷区的实际距离。不由人不对她们兴趣的广泛和知识的渊博感到由衷的赞叹。

另外，她们不仅具备广博的书本知识，还具有实际的才能和自立自强的生活本领。如骆红蕖和魏紫樱箭术高超，以狩猎为谋生的手段；姚芷馨、薛蘅香则以蚕桑丝织养活自己和家人；廉锦枫擅长潜水采参，颜紫绡、燕紫琼更是像聂隐娘一样的侠女，身怀飞檐走壁、来去如电的绝技，专事除暴安良、扶危济困。

从中不难看出，《镜花缘》为我们展示了一群人格相对独立、身心得到比较全面发展的女性形象，这不能不说是这部小说对中国古代小说女性形象的丰富和发展所做出的独特贡献。

在我国源远流长的古典文学宝库中，歌颂女子的才学和智慧的文学作品并不乏见。然而以往文学作品中的这一类女子，尽管她们才华横溢、不让须眉，但由于她们缺乏经济上的自立和谋生的本事，因而始终未能摆脱作为以男性为中心的社会附庸的地位。正是这种附庸的地位，决定了她们不能自主自己的命运。因此，当厄运到来之时，她们或是以泪洗面，屈从于命运的摆布，或是以一死了之来做消极的反抗，《红楼梦》中女性形象的命运，可以说把这种女性处于附庸地位的无奈和悲哀表现得最为淋漓尽致。正是在这一点上，《镜花缘》有了明显的突破。它不仅继承了以往文学作品的优秀传统，热烈地讴歌女性的才华和智慧，还注意表现她们自立自强的生活本领。她们不再是依附于男性的附属品，而是能文能武，既有满腹才学，又有实际生活本领的个性得到比较全面发展的人。《镜花缘》从这个角度来表达男女平等的思想，显然比仅仅单一地表现才学前进了一步，更接近现代意义上男女平等的内涵。这正是这部小说民主性精华的集中表现。

三

揭露和展现封建末世的社会弊病和浇薄的世风，并给予辛辣的嘲讽和鞭挞，是《镜花缘》思想内容的又一突出特色。

李汝珍所生活的时代，随着封建社会的没落，封建意识形态也是千疮百孔、腐朽不堪，早已失去了它稳定社会、维系人心的历史作用。封建意识形态中原有的消极一面加速膨胀，如病魔一般，日益疯狂地、无情地吞噬着封建社会这躯病体，加速着它的灭亡。《镜花缘》通过生动的形象，把封建社会所面临的这一深刻的精神危机揭示了出来。例如作者所写的两面国，这里的人"个个头戴浩然巾，都把脑后遮住，只露一张正面，却把那面藏了"。露出来的正面，一副和颜悦色、满面谦恭的神态，"令人不觉可爱可亲"。然而当把他的浩然巾揭去，却本相毕露："不意里面藏着一张恶脸，鼠眼鹰鼻"，"青面獠牙，伸出一条长舌，犹如一把钢刀，忽隐忽现"。靖人国的人则诡诈异常，"满口说的都是相反的话"，"明是甜的，他偏说苦的；明是咸的，他偏说淡的：教你无从捉摸"。毛民国的人鄙吝成性，一毛不拔，以至长了一身长毛。翼民国的人头长五尺，因为他们"最喜奉承，北边俗语叫做'爱戴高帽子'，所以渐渐把头弄长了"。这里所写的虽然都是海外的国度，反映的却是封建末世人际关系上虚伪乡愿、趋炎附势、尔虞我诈的社会现实。第五十八回，作者还借余承志、文芸等人在小瀛洲遇强盗一事，借题发挥，让余承志一口气数出社会上存在的四十四类强盗。其中除了前两类"杀人放火""图财害命"属于本来意义上的强盗之外，绝大多数都属于伦理道德范畴里的种种忤逆不道的行为，像"忘了祖先""不孝父母""欺兄灭嫂""诬罔正人""凌辱孤寡""恶口咒人""负义忘恩""暗箭伤人""借刀杀人""造言害人""设计坑人""引人嫖赌""坏人名节""唆人兴讼"等，这就为我们描绘了一幅传统人文精神失落、原有纲常秩序大乱、世风日下、道德沦丧的真实图景。

在封建社会后期，八股科举制度犹如一个巨大的毒瘤，严重地腐蚀着知识分子的精神，钳制着他们的思想，使他们变得灵魂空虚，精神猥琐，言行乖戾。清代进步思想家颜元曾一针见血地指出："入朱门（指朱熹《四书章句集注》一类八股科举考试必读书）者便服其砒霜，永无生气、生机。"（《朱子语类评》）《镜花缘》的作者痛切地感受到了八股科举制度所造成的这一弊病，并毫不留情地给予揭露和抨击。例如小说第二十三回所写的淑士国，"国人都是头戴儒巾，身穿青衫"，连做买卖的"也是儒家打扮"。林之洋一行来到酒楼上，只见酒保"儒巾素服，面上戴着眼镜，手中拿着折扇，斯斯文文"，一开口则是满口之乎者也："三位先生光顾者，莫非饮酒乎？抑用菜乎？敢请明以教我。"真是让人酸得掉牙。然而更为精彩的是，当酒保错将醋拿来当酒，林之洋与之发生争执时，旁座的一位老者摇头晃脑地发了一大篇议论：

先生听者：今以酒醋论之，酒价贱之，醋价贵之。因何贱之？为甚贵之？其说分之，在其味之。酒味淡之，故尔贱之；醋味厚之，所以贵之。人皆买之，谁不知之。他今错之，必无心之。先生得之，乐何如之！

第既饮之，不该言之。不独言之，而谓误之。他若闻之，岂无语之？苟如语之，价必增之。先生增之，乃自讨之；你自增之，谁来管之。但你饮之，即我饮之；饮既类之，增应同之。向你讨之，必我讨之；你既增之，我安免之？苟亦增之，岂非累之？既要累之，你替与之。你不与之，他安肯之？既不肯之，必寻我之。我纵辩之，他岂听之？他不听之，势必闹之。倘闹急之，我唯跑之；——跑之跑之，看你怎么了之!

在这段令人喷饭的描写里,作者对那种咬文嚼字、故作文雅,实则迂拙透顶的冬烘腐儒做了辛辣的嘲讽,这正是中国当时封建士人的漫画化写照。

如果说淑士国的人只是酸腐可笑的话,白民国的那位塾师的空疏浅薄则简直令人可憎可厌了。这个自称学问高深,"上智不移",对天朝来的林之洋等人不屑一顾的"饱学鸿儒",却将《孟子》中的"幼吾幼以及人之幼"读成了"切吾切以反人之切";将"求之与,抑与之与"读成了"永之兴,柳兴之兴";将"庠者,养也;校者,教也;序者,射也"读成了"羊者,良也;交者,孝也;予者,身也"。真是滑天下之大稽!这段精彩的描写,把那种"明明晓得腹中一无所有,他偏装作充足样子"的不学无术的假斯文,讽刺得可谓痛快淋漓,不由人不拍案叫绝。

在批判八股科举制度的弊端方面,《镜花缘》显然继承了《儒林外史》批判现实主义的传统。虽然它的批判无论广度还是深度都远不及《儒林外史》,但它毕竟撕开了这个毒瘤的表皮,把它的污浊丑陋展示在世人面前。这一成绩,仍然是值得肯定的。

四

《镜花缘》作为反映封建社会末世的一面镜子,它不仅映现了这个社会种种垂死的征象,同时也折射了某些新的经济因素和新思想、新观念的光芒,透露了某些新的时代的信息。

18世纪中叶以后,中国封建社会中一度被压抑的资本主义经济成分又活跃起来。东南沿海、江南及运河沿岸一带,正是资本主义经济发展最快的地区。以纺织业为例,乾隆末年,南京全城的织机已达三万架(陈作霖《凤麓小志》卷三),苏州、杭州等地区出现了拥有千架织机的大型纺织工场,有的工场雇佣工人高达四千人(巴尔《中国状况》)。与纺织业有关的丝行、纸行、机店、梭店也纷纷建立起来。其他如制瓷业、印刷业、制盐业、采矿业等的规模和水平都相当可观。手工业的发展必然促进商品的流通,社会生活中的商业活动越来越活跃,商人队伍不断扩大,作用日益显著。同时对海外的贸易也发展了起来。雍正七年(1729),清政府"大开洋禁,南洋诸国咸来互市"(王之春《柔远记》)。这都给原来自给自足的小农经济带来了新的气象。

李汝珍长期生活在海州，这里正是商品经济最活跃的地区和对外贸易的口岸。李汝珍的老师凌廷堪，妻兄许乔林、许桂林都是定居在海州的徽商，家里就有出海商船。长期的耳濡目染，使他不可能不受到这一时代新气息的熏陶，并把它反映在作品里。

《镜花缘》通过林之洋等人的海外贸易，生动地反映出当时商业活动日益活跃的社会现实。他们每到一地，总是根据当地的市场需求来买卖货物。淑士国里读书人多，他们就货卖纸墨笔砚；巫咸国不产桑蚕，他们就货卖绫罗绸缎；歧舌国的人爱好音乐，他们就货卖笙箫管笛；女儿国的人喜爱打扮，他们就货卖胭脂香粉。卖货所赚的钱，他们又将它买成当地的土特产品运回天朝，像君子国盛产燕窝，当地人视之如糟糠，他们就以粉条子的价钱买来大量燕窝运回天朝，获利甚丰。通过这些买卖活动，我们可以看到当时商品流通领域繁荣兴盛的状况。商业活动的主体是商人。而驱动商人投身商业活动的最原始的动机是获取高额利润。对这一点，《镜花缘》也有生动的描写。如第三十二回，林之洋一行来到女儿国，他掏出一张货单递给第一次出海的唐敖。"唐敖接过，只见上面所开脂粉、梳篦等类，尽是妇女所用之物。看罢，将单递还道：'当日我们岭南起身，查点货物，小弟见这物件带的过多，甚觉不解，今日才知却是为此。单内既将货物开明，为何不将价钱写上？'林之洋道：'海外卖货，怎肯预先开价，须看他缺了那样，俺就那样贵。临时见景生情，却是俺们飘洋讨巧处。'"像这类商业活动和商人心理的描写，《镜花缘》显然比它之前的"三言二拍"中的类似作品更为细腻。值得注意的是，《镜花缘》还成功地塑造了林之洋、多九公这两个弃儒从商的新型知识分子的形象。林之洋与多九公原本都是儒士。林之洋早年曾经读过书，多九公也是幼年入学，"因不得中，弃了书本……儒巾久已不戴"，他们都不约而同地选择了弃儒从商的道路。令人瞩目的是，他们的"弃儒"并非出于无奈。试看林之洋与白民国的那位塾师的一段有趣的对话：

先生道："你明是通家，还要推辞？"林之洋道："俺如骗你，情愿发誓：教俺来生变个老秀才，从十岁进学，不离书本，一直活到九十岁，这才寿终。"先生道："如此长寿，你敢愿意！"林之洋道："你只晓得长寿，那知从十岁进学活到九十岁，这八十年岁考的苦处，也就是活地狱了。"（第二十二回）

这段对话清楚不过地表明，林之洋之所以"弃儒"，是对这一条知识分子传统人生道路的否定！他不愿在这"活地狱"中煎熬自己的生命，耗费自己的青春，因此才主动选择了经商的道路。这不能不说是一个价值观念的深刻转变。它反映了随着商品经济的发展，社会生活的日益繁复，知识分子价值选择的多元化趋势。事实上，林之洋、多九公的人生价值也的确在这一新的人生领域里得到了实现。他们经商成功，成为巨富。同时，海外的大千世界、经商所历的艰难困厄，也开阔了他们的眼界，扩大了他们的胸怀，锻炼了他们的意志，丰富了他们的人生，使他们表现出恢宏大度、幽默达观、稳重历练、自尊自强的精神风貌。这一点适与书中所写的另一位仍在科举——归隐的传统人生道路上徘徊的知识分子唐敖终日愁眉苦脸、局促畏葸的精神状态形成鲜明的对照。

最后，我们要来谈谈关于君子国的描写。这是作者饱蘸钦羡赞美的笔触所描写的一个国度。在这个国度里，官员廉洁奉公，"臣民如将珠宝献进，除将本物烧毁，并问典刑"。位高至宰相，所居之处，只不过"两扇柴扉，周围篱墙，上面盘着许多青藤薜荔；门前一道池塘，塘内俱是菱莲"。全国"士庶人等，无论富贵贫贱，举止言谈，莫不恭而有礼"。"耕者让畔，行者让路。"连做买卖的，也是卖方以低价出售上等货品，而买方则争付高价拿次等货品。双方推让许久，甚至为此争执而难以成交。很明显，作者对这个民风淳厚的礼让之邦的刻意描绘，寄寓了他的社会理想。

作者的这一社会理想自有它一定的积极意义。它无疑是对他所生活的封建末世道德沦丧、世风浇薄的丑恶现实的有力针砭和反拨。然而，我们不能不看到，作者所开出的这一疗治社会痼疾的药方并非什么仙丹妙药，说到底，它不过是复古，即用儒家的道德观念去重构早已支离破碎的传统价值体系。作者在书中多次喟叹"人心不古"，他把造成所有社会弊端的原因都归咎于这一点，因而着意按照古礼的要求描绘出这么一个君子国来，希望对现实加以匡救。这种改造现实的愿望，既是肤浅的，也是无力的。就如同生活在晋末乱世的陶渊明虚构出一个祥和宁静的桃花源一样，它不过是一个美丽而空幻的梦。当然，在作者生活的时代，还没有出现成熟的新的生产力、生产关系和阶级力量，他除了编织这个美丽而空幻的梦之外，又能有什么作为呢？说到底，这是时代的局限，亦是作者自身的局限。

五

　　《镜花缘》这部小说在艺术上可以说是瑕瑜互见，既有成功精彩之处，也存在着严重的缺陷。

　　拿人物形象塑造来说，《镜花缘》往往把笔墨较多地花在展示人物的才学上，而不注重表现矛盾冲突和在矛盾冲突中刻画人物性格。因而，书中的人物，大多显得平面浮泛，很难找到真正血肉饱满的人物形象。这可以说是小说的一个致命的弱点。

　　但是，在人物形象的描写上，《镜花缘》也不乏令人拍案叫绝的精彩之笔。作者对所要讽刺批判的对象，擅长使用高度夸张和对比的手法，以突出人物表象与本质的矛盾。他往往将人物表象的一面极力加以渲染，并一步步将其推向极致，然后突然釜底抽薪，就如俗话所说的"撺断的上竿，掇了梯儿看"，在局面的突然逆转之中，把人物本质的一面充分暴露出来。像作品对白民国那位塾师的描写，就是一个绝妙的例子。小说首先对这位塾师的表象，可谓极尽渲染之能事。先看他所居的环境："里面诗书满架，笔墨如林。厅堂当中悬一玉匾，上写'学海文林'四个泥金大字。两旁挂一副粉笺对联，写的是：'研六经以训世，括万妙而为师。'"再看他的言行，对林之洋等人的虚心求教，他大言不惭地说："不是我夸口说，我的学问，只要你们在我跟前稍为领略，就够你们终身受用；日后回到家乡，时时习学，有了文名，不独近处朋友都来相访，只怕还有朋友'自远方来'哩。"而当他得知林之洋等人是商人，马上露出一副鄙夷不屑之色："你们既不晓得文理，又不会作诗，无甚可谈，立在这里，只觉俗不可耐。……况且我们谈文，你们也不懂。若久站在此，惟恐你们这股俗气四处传染，我虽'上智不移'，但馆中诸生俱在年幼，一经染了，就要费我许多陶熔，方能脱俗哩。"

　　面对这位"高雅博学"的塾师，不独林之洋等人被他震慑，吓得"连鼻子气也不敢出"，连读者诸君恐怕也不由不对他的学问敬佩万分了。然而就在这时，作者让他高声念出"切吾切，以反人之切"，光彩陆离的肥皂泡刹那间破灭了，他被从绝顶一下子重重地摔在地上，一个不学无术却又要装腔作势的冒牌知识分子形象被生动地塑造了出来。

　　《镜花缘》的作者喜欢在书中借人物之口发表议论，这一点历来被研究者诟病。本来，作为文学作品，作者的主观评价应该通过形象表现出来，应该"在场面和情节中自然流露出来",而作者却将它"特别地说出",这不能不在一定程度上损害了作品的文学性。但是,对这个问题也不能一概而论。作者的有些议论是紧紧结合特定的情境,通过书中人物之口发表出来的,因而往往能够起到画龙点睛、切中肯綮的作用。例如对女子缠足的描写。作者不仅写了林之洋在女儿国被强行缠足的遭遇,让男人去亲自体验女子缠足的痛苦,还在十二回通过君子国的宰相吴之和之口,对这一陋习发表了一番议论:

> 吾闻尊处向有妇女缠足之说。……谁知系为美观而设;若不如此,即为不美!试问鼻大者削之使小,额高者削之使平,人必谓为残废之人;何以两足残缺,步履艰难,却又为美?即如西子、王嫱,皆绝世佳人,彼时又何尝将其两足削去一半?况细推其由,与造淫具何异?

这真是一语破的之论!正因为书中已有了关于缠足的具体描写,这段议论就不会显得空泛和游离于具体情境之外,相反还能收到相得益彰之效。

《镜花缘》在结构上大致可分为两大部分。前五十回主要以林之洋、唐敖等的海外游历为中心内容,小说的精华几乎主要集中在这一部分里。后五十回小说转入对唐小山等一百才女赴试以及聚会的描写,作者主观上乃是为了展示这群女子的才华,但是由于作者未能掌握好分寸,因而难免给人以矜才炫博之嫌。像仅仅为了介绍她们具有书画琴棋、医卜韵算,以及酒令、灯谜、双陆、马吊、斗草、投壶等知识,就用了长达二十七回的篇幅,大大淹没了现实生活的描写。正如鲁迅在《中国小说史略》中所指出的:"惟于小说又复论学说艺,数典谈经,连篇累牍而不能自已,则博识多通又害之。"这实际上反映了乾嘉考据学风对小说创作领域的影响。

原刊《中山大学学报》(社会科学版)1995 年第 4 期

也谈《三字经》的成书年代

《文史知识》1995年第8期所载张子开先生《〈三字经〉成书年代小考》一文,据五代泉州昭庆寺静、筠二师所集《祖堂集》卷六《洞山和尚》中已有"玉不琢,不成器;人不学,不知道"等与今本《三字经》相似的语句,而断定《三字经》"早在公元10世纪中叶应已具雏形",其"原型竟可追溯到公元9世纪矣"。张先生此说将《三字经》的成书年代大大地提前了。但是,仅据此一条材料而下此论断,似不无可商榷之处。

在张先生此文之前,关于《三字经》的撰人向有歧说,其中年代最久远的一般认为是南宋末叶的王应麟(1223—1296)。其实,早在王应麟之前,南宋中期的陈淳(1153—1218)即编写过类似的蒙学读本,名为《启蒙初诵》。该读本亦为三字一句,共七十六句二百二十八字。兹据《北溪大全集》移录如下:

天地性	人为贵	无不善	万物备	仁义实	礼智端
圣与我	心同然	性相近	道不远	君子儒	必自反
学为己	明人伦	君臣义	父子亲	夫妇别	男女正
长幼序	朋友信	日孜孜	敏以求	愤忘食	乐忘忧
讷于言	敏于行	言忠信	行笃敬	思无邪	居处恭
执事敬	与人忠	入则孝	出则弟	敬无失	恭有礼
足容重	手容恭	目容端	色容庄	口容止	头容直
气容肃	立容德	视思明	听思聪	色思温	貌思恭
正衣冠	尊瞻视	坐毋箕	立毋跛	恶旨酒	好善容
食无饱	居无安	进以礼	退以义	不声色	不货利
信道笃	执德弘	见不善	如探汤	祖尧舜	宪文武
如周公	学孔子	礼三百	仪三千	温而厉	恭而安

存其心　尽其性　终始一　睿作圣①

从以上引文不难看出,《启蒙初诵》的内容——宣扬封建纲常伦理及日常行为规范、形式——以较通俗浅白的三字韵语编就,与今本《三字经》基本一致,但文字上却差异较大。这不仅表现为字数略少,还比较干巴抽象。用今天的习惯用语来说,它的艺术性是远远不如今本《三字经》的。

这就提出了一个问题:既然如张先生所推断,今本《三字经》早在公元10世纪中叶即已具雏形,经过二百余年的流传,不可能不广为人知,陈淳又有什么必要另起炉灶来编写这本无论内容还是形式都与《三字经》基本一致,文字上却要粗陋得多的蒙学读本呢?

陈淳在《启蒙初诵》序文中说:"予得子今三岁,近略学语,将以教之,而无其书,因集《易》《书》《诗》《礼》《语》《孟》《孝经》中明白切要四字句协之以韵,名曰《训童雅言》……又以其初未能长语也,则以三字先之,名曰《启蒙初诵》……盖圣学始终大略见于此矣。恐或可以先立标的,而同志有愿为庭训之助者,亦所不隐也。"在这段话里,陈淳将他编写《启蒙初诵》的动机已交代得十分清楚。他是为了教育自己的儿子,却苦于"无其书",因此"先立标的",编写了这部教材。可见,当陈淳编写《启蒙初诵》的时候,是全然不知还有另一本蒙学读物《三字经》存在的。这不能不使人对所谓《三字经》在公元10世纪中叶即已具雏形的说法产生疑问。

也许有人会反驳说,陈淳不知道有《三字经》的存在,可能是由于他的孤陋寡闻,信息不灵。这在古代的社会条件下并不足怪,并不能以其不知否认《三字经》的已经存世。好,下面让我再引述一些材料,进一步来看看这个问题。

据笔者掌握的材料,南宋中期,除陈淳外,尚有两人编写过与《启蒙初诵》相类似的蒙学读物。一为史浩(1105—1194),撰有《童丱须知》,计有君臣、父子、夫妇、长幼、朋友、祭祀、舅姑、叔妹、娣姒、臧获、敬天、传道、修德、恤民、措刑、乐声、忠恕、疏财、见德、习尚、宫室、舆马、张设、衾褥、玩好、衣服、酒醴、膳羞、梳妆、稻粱等

---

① 〔宋〕陈淳:《北溪大全集》卷一六,《影印文渊阁四库全书》本,台湾商务印书馆1986年版。

三十篇，自"敬天"以下每篇又分八小篇，均为五字或七字韵语，通俗浅白。其序云："予起身寒微，颇安俭素，非官至，未尝陈觞豆。退处率多暇，日间口占数语以训儿孙，使知事君事亲修身行己之要。录之几百篇，目曰《童丱须知》，不敢以示作者，姑藏其家，欲其易晓，故鄙俚不文。然比之嘲风弄月，则有间矣。留心义方者有取于斯焉。淳熙辛丑（1181）下元真隐居士书于清凉境界。"① 另一为汪立义（生平失考）。汪所作为《童子诀》，今已湮没不传，但南宋孙应时有《跋汪立义教童子诀》一文，从中不难窥见其大略。其文略云："……童子最难其师，然世常轻视童子之师，故童子师满天下，而句读音义字书之学大抵卤莽，虽有工技辞、蹑科第、白首显仕，而笔舌声画之间或可鄙笑不能自改者，师误之也。余先君子雪斋先生，终老为童子师。其法度必准于古，不以一毫自愧。今观樟山汪先生教人之诀甚似而尤详，读之泫然泪下。世之求童子师与为之师者，各取一通，置之座侧，非小补也。……庆元四年（1198），岁在戊午四月辛未孙某跋。"②

从上引两条材料里，我们同样看不见任何《三字经》已经存世的消息，有的倒是对缺乏这一类蒙学读物的焦虑。陈淳等三人均生活在南宋的中期，但活动在不同的地域，其中史浩在宋孝宗朝曾两任宰相；陈淳为著名理学家，交游广泛，与朱熹等人来往颇密。显然，用孤陋寡闻、信息不灵是无法解释这一现象的。这一现象只能说明，在他们三人存世的南宋中期，已出现今本《三字经》的可能性是不大的。

而且，陈淳等三人不约而同地编写蒙学读物的现象，恰恰从另一方面说明了《三字经》的产生年代应是在南宋的后期。士大夫热衷于编写类似《三字经》的蒙学读物并蔚成风气，已经成为一种引人瞩目的社会现象。这一现象和南宋理学的确立并日益推广盛行有着直接的关系。在南宋后期产生集大成的《三字经》，正是中期以来大量蒙学读物产生的基础上合乎逻辑的发展。

那么，又怎么解释早在五代时的《祖堂集》中就已有了"玉不琢，

---

① 〔宋〕史浩：《鄮峰真隐漫录》卷四十九，《影印文渊阁四库全书》本，台湾商务印书馆1986年版。
② 〔宋〕孙应时：《烛湖集》卷一〇，《影印文渊阁四库全书》本，台湾商务印书馆1986年版。

不成器；人不学，不知道"等今本《三字经》中的语句呢？笔者以为，这些语句本属于社会生活中广泛流行的格言、警句或习语，由于《三字经》引用了这些语句而使它们流传得更为广泛，久而久之，便容易使人产生错觉，误以为《三字经》即它们的最早出处。其实，正如张先生可以从《祖堂集》引用了《三字经》的角度看问题一样，我们又何尝不可以从《三字经》引用了包括《祖堂集》在内的前人著作以及社会生活中广泛流行的格言、习语、警句的角度来看问题呢？要而言之，仅凭此一条孤证是不足以下结论的，必须联系社会、历史、文化的更广泛的背景来看问题，方可得出接近于事实的结论。

原刊《文史知识》1996 年第 2 期

后　　记

本书共收录文章二十七篇，分为甲、乙稿。甲稿十九篇，主要是关于宋元时期文人群体、诗社活动以及与此相关的人或事的研究；乙稿八篇，则集中于古代戏曲、小说等俗文学研究领域。这些文章是从以往的研究成果中甄选出来的，它们大致反映了我学术研究的基本面貌。

书中收录的文章都曾在各类学术刊物发表过，部分选录自本人之前出版的著作《宋元诗社研究丛稿》。本次汇集出版，主要做了两方面的工作。一是重核文献，改正了明显的错字和断句有误之处；二是由于这些文章发表于不同刊物、不同年代，注释体例或详或简，引用文献版本不一，差异很大，这次尽量做了更新与统一。除此之外，则一仍其旧，基本保持原发表时的面貌。

今年是我国改革开放四十周年，也是我研究生入学四十周年。躬逢这个伟大的时代，使我有了选择人生道路的自由，能够从一个部队的基层干部，成为"文革"后恢复研究生培养制度后的首届研究生，而且非常幸运地拜在王季思先生和黄天骥先生门下。王季思先生是出生于20世纪初、在民国时期即已成就卓著的老一辈学者，黄天骥先生则是中华人民共和国成立后培养的首批学者中之佼佼者。亲承两位先生謦欬，得以略窥学术门径，两位先生之惠我莫大焉。但弟子生性驽钝，又长期为冗事所扰，未能专注于学术，所得有限，深感愧疚。然敝帚自珍，感谢中山大学中文系设立专项出版基金，使我能够收拾旧作，汇集付梓，算是为曾经走过的路留一个纪念吧。

关于书稿的誊录、引文的校对，史洪权副教授、何艳君研究员帮我做了大量工作，本书策划嵇春霞女士、责编孔颖琪女士亦付出不少辛劳，谨致谢忱。

2018年11月15日于影湖居